STEPHEN KING

DAS SPIEL

Das Buch

Ein einsames Sommerhaus an einem Waldsee in Maine. Jessie ist von ihrem Mann ans Bett gefesselt worden. Nach 17 Ehejahren findet Gerald noch immer Spaß an perversen Sexspielen. Ganz im Gegenteil zu Jessie, die ihren glatzköpfigen Mann verachtet und ihn mit einem Tritt empfängt, als er zu ihr ins Bett schlüpfen will. Gerald stürzt zu Boden und kommt ums Leben. Alle Versuche Jessies, sich von den Fesseln zu befreien, schlagen fehl. Niemand hört ihre Hilfeschreie. Ohnmächtig muß sie zusehen, wie ein Hund sich der Leiche nähert und daran zu fressen beginnt. Hunger, Durst und Muskelkrämpfe peinigen die gefesselte Frau. Die Schatten der Vergangenheit werden wach, unterdrückte Kindheitserinnerungen bedrängen sie. Plötzlich sieht sie einen Mann in der Ecke stehen, ein Monster, das Züge jener Männer trägt, die sie vor langer Zeit mißhandelt und vergewaltigt haben. Ihr Martyrium scheint kein Ende zu nehmen.
Stephen King entwirft in seinem neuen Roman ein Horrorszenario von quälender Ausweglosigkeit. Angst, nackte Angst ist das übermächtige Element dieser Geschichte. Aber wie macht uns King nur solche Angst? Ben P. Indick, ein Kenner der modernen unheimlichen Literatur, gibt darauf eine schlüssige Antwort: »Kings Fähigkeit besteht darin, daß er die Grenzen menschlicher Sensibilität versteht – und berechnen kann –, die eine solche Szene möglich machen, und er hinterläßt im Leser einen Niederschlag der Angst, die noch lange nach Beendigung der Lektüre anhält.«

Der Autor:

Stephen King alias Richard Bachman gilt weltweit unbestritten als der Meister der modernen Horrorliteratur. Seine Bücher haben eine Weltauflage von 100 Millionen weit überschritten. Seine Romane wurden von den besten Regisseuren verfilmt. Geboren 1947 in Portland/Maine, schrieb und veröffentlichte er schon während seines Studiums Science-Fiction-Stories. 1973 gelang ihm mit *Carrie* der internationale Durchbruch. Alle folgenden Bücher (*Friedhof der Kuscheltiere, Es, Sie, Christine* u. v. a.) wurden Bestseller, die meisten davon liegen als Paperbacks oder Taschenbücher im Wilhelm Heyne Verlag vor. Stephen King lebt mit seiner Frau, der Schriftstellerin Tabitha King, und drei Kindern in Bangor/Maine. »Stephen King ist ein Geschichtenerzähler, ein intelligenter, gewitzter, hochspezialisierter Handwerker – der Handwerker des Schreckens.« Süddeutsche Zeitung

STEPHEN KING

DAS SPIEL

ROMAN

WILHELM HEYNE VERLAG
MÜNCHEN

Band-Nr. 41/42

Titel der Originalausgabe
GERALD'S GAME
Aus dem Amerikanischen übersetzt
von Joachim Körber

DEUTSCHE ERSTAUSGABE

4. Auflage

Redaktion: Gertrud Wittich

Printed in Germany 1993
Deutsche Übersetzung des Zitats von
W. Somerset Maugham von Ilse Krämer
Umschlagillustration: Paul Davies

Landkarte: Virginia Norey
Umschlaggestaltung: Atelier Ingrid Schütz, München
Gesamtherstellung: Ebner Ulm

ISBN 3-453-05703-1

Dieses Buch ist voll Liebe und Bewunderung
sechs guten Frauen gewidmet:

Margaret Spruce Morehouse
Catherine Spruce Graves
Stephanie Spruce Leonard
Anne Spruce Labree
Tabitha Spruce King
Marcella Spruce

[Sadie] riß sich zusammen. Unbeschreiblich war der Hohn ihres Gesichtsausdruckes oder der verächtliche Haß, den sie in ihre Antwort legte.

»Ihr Männer! Ihr gemeinen dreckigen Schweine! Alle seid ihr gleich, alle, alle! Schweine, nichts als Schweine!«

– W. Somerset Maugham
›Regen‹

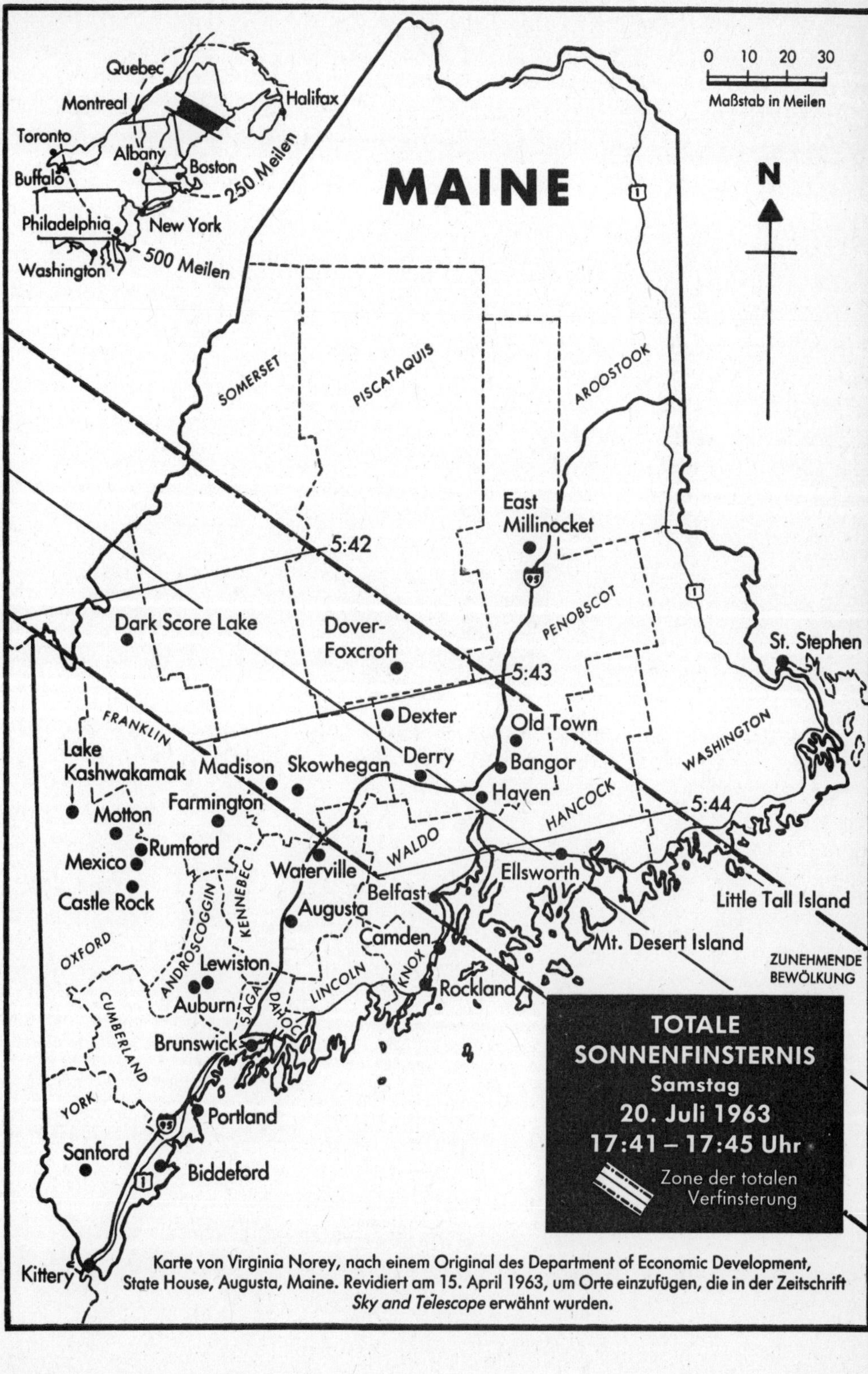

Karte von Virginia Norey, nach einem Original des Department of Economic Development, State House, Augusta, Maine. Revidiert am 15. April 1963, um Orte einzufügen, die in der Zeitschrift *Sky and Telescope* erwähnt wurden.

1

Jessie konnte die Hintertür leise, willkürlich, im Oktoberwind, der um das Haus wehte, schlagen hören. Im Herbst war der Rahmen immer aufgequollen, und man mußte der Tür wirklich einen Stoß versetzen, damit sie schloß. Dieses Mal hatten sie es vergessen. Sie überlegte, ob sie Gerald bitten sollte, die Tür zuzumachen, bevor sie zu sehr bei der Sache waren oder das Schlagen sie wahnsinnig machte. Dann dachte sie, wie lächerlich das unter den gegebenen Umständen wäre. Es würde die Stimmung verderben.

Welche Stimmung?

Gute Frage. Und als Gerald den hohlen Kamm des Schlüssels im zweiten Schloß herumdrehte, als sie das leise Klicken über dem linken Ohr hörte, wurde ihr klar, daß die Stimmung zumindest für sie kaum erhaltenswert war. Darum hatte sie die offene Tür natürlich überhaupt erst bemerkt. Bei ihr hatte die sexuelle Erregung der Fesselspiele nicht lange angehalten.

Das allerdings konnte man von Gerald nicht sagen. Er hatte nur noch ein Paar Boxershorts an, und sie mußte ihm nicht ins Gesicht sehen, um zu wissen, daß sein Interesse unvermindert anhielt.

Das ist albern, dachte sie, aber albern war nicht alles. Es war auch ein wenig beängstigend. Sie gab es nicht gern zu, aber es war so.

»Gerald, warum vergessen wir's nicht einfach?«

Er zögerte einen Augenblick, runzelte die Stirn und ging dann weiter durchs Zimmer zu der Kommode, die links neben der Badezimmertür stand. Dabei hellte sich sein Gesicht wieder auf. Sie beobachtete ihn vom Bett, wo sie mit hoch erhobenen, gespreizten Armen lag und ein wenig aussah wie die angekettete Fay Wray, die in *King Kong* auf die Ankunft des Riesenaffen wartet. Ihre Hände waren mit zwei Paar Handschellen an die Bettpfosten aus Mahagoni gefesselt. Die Ketten ließen ihr etwa fünfzehn Zentimeter Bewegungsspielraum. Nicht gerade viel.

Er legte die Schlüssel auf die Kommode – zwei leise Klicks, ihre Ohren schienen für Mittwochnachmittag außerordentlich gut zu funktionieren – und drehte sich zu ihr um. Über seinem Kopf tanzten Sonnenwellen vom See und waberten an der hohen, weißen Decke des Schlafzimmers.

»Was meinst du? Es hat für mich viel von seinem Reiz verloren.«

Und es hat von Anfang an schon nicht viel gehabt, fügte sie wohlweislich nicht hinzu.

Er grinste. Er hatte ein feistes, rosa Gesicht unter einem spitzen, rabenschwarzen Haaransatz, und dieses Grinsen hatte immer etwas Unangenehmes bei ihr ausgelöst, etwas, das sie aus irgendeinem Grund nicht mochte. Sie kam nicht genau darauf, was dieses Etwas war, aber ...

Aber sicher kommst du darauf. Er sieht dumm aus. Man kann praktisch sehen, wie sein IQ für jeden Zentimeter, den dieses Grinsen breiter wird, zehn Punkte fällt. Bei maximaler Breite sieht dein tüchtiger Firmenanwalt und Ehemann aus wie ein Hausmeister der hiesigen Irrenanstalt an seinem freien Tag.

Das war gemein, aber nicht ganz unzutreffend. Aber wie sagt man seinem Mann, mit dem man fast zwanzig Jahre verheiratet ist, daß er beim Grinsen jedesmal aussieht, als würde er an leichtem Schwachsinn leiden? Die Antwort war selbstverständlich einfach: Gar nicht. Sein Lächeln dagegen war wieder etwas völlig anderes. Er hatte ein bezauberndes Lächeln – sie vermutete, dieses Lächeln, so warmherzig und gutmütig, hatte sie überhaupt erst dazu verleitet, mit ihm auszugehen. Es hatte sie an das Lächeln ihres Vaters erinnert, wenn dieser seiner Familie Amüsantes von seinem Tag erzählte, während er vor dem Essen einen Gin-Tonic schlürfte.

Aber dies war nicht das Lächeln. Dies war das *Grinsen* – oder jedenfalls eine Version davon, die er ausschließlich für solche Sitzungen zu reservieren schien. Sie hatte eine Ahnung, daß es für Gerald, der es nur von innen erlebte, ein wölfisches Grinsen war. Möglicherweise piratenhaft. Aber aus ihrer Warte, wie sie hier mit über den Kopf gestreckten Armen und lediglich einem Bikinihöschen bekleidet dalag, sah es nur dumm aus. Nein ... *schwachsinnig.* Schließlich war er kein tollkühner Abenteurer wie die in den Männermagazinen, über die er die heftigen Ejakulationen seiner einsamen, übergewichtigen Pubertät ergossen hatte; er war ein Anwalt mit einem viel zu feisten rosa Gesicht unter einem spitzen Haaransatz, der sich unbarmherzig Richtung völliger Kahlheit hin verjüngte. Nur ein Anwalt mit einem Ständer, der die Vorderseite seiner Unterhosen deformierte. Und nur bescheiden deformierte, nebenbei bemerkt.

Aber die Größe seiner Erektion war nicht das Entscheidende. Das Entscheidende war das Grinsen. Es hatte sich kein bißchen verändert, und das bedeutete, Gerald hatte sie nicht ernst genommen. Schließlich *sollte* sie sich sträuben; das gehörte ja gerade zum Spiel.

»Gerald? Es ist mein Ernst.«

Das Grinsen wurde breiter. Einige weitere dieser kleinen, harmlosen Anwaltszähne wurden sichtbar; sein IQ fiel wieder um zwanzig bis dreißig Punkte. Und er hörte immer noch nicht auf sie.

Bist du sicher?

Sie war es. Sie konnte ihn zwar nicht lesen wie ein Buch – sie schätzte, daß mehr als siebzehn Jahre Ehe dazu gehörten, das zu bewerkstelligen –, aber sie dachte, daß sie normalerweise eine ziemlich gute Vorstellung von dem hatte, was in seinem Kopf vor sich ging. Sie fand, etwas wäre ernsthaft daneben, wenn es nicht so wäre.

Wenn das stimmt, Süße, wieso kann er *dich dann nicht lesen? Wieso sieht er nicht, daß dies nicht nur eine neue Szene in derselben alten Sex-Farce ist?*

Jetzt war es an ihr, ein wenig die Stirn zu runzeln. Sie hatte schon immer Stimmen in ihrem Kopf gehört – sie vermutete, das ging allen so, obwohl die Leute normalerweise nicht darüber sprachen, ebensowenig wie über die Funktion ihrer Eingeweide –, und die meisten davon waren alte Freunde, so vertraut und angenehm wie ihre Hausschuhe. Diese indessen war neu ... und sie hatte nichts Angenehmes an sich. Es war eine kräftige Stimme, jung und lebhaft. Außerdem hörte sie sich ungeduldig an. Und nun war sie schon wieder da und beantwortete ihre eigene Frage.

Es ist nicht so, daß er dich nicht lesen kann; *es ist nur so, Süße, daß er es manchmal nicht will.*

»Gerald, wirklich – mir ist nicht danach. Hol die Schlüssel her und mach mich los. Wir machen etwas anderes. Ich setz mich auf dich, wenn du willst. Oder du kannst dich einfach hinlegen, die Hände hinter dem Kopf verschränken, und ich mach es dir, du weißt schon, auf die andere Art.«

Bist du sicher, daß du das willst? fragte die neue Stimme. *Bist du wirklich sicher, daß du* überhaupt *Sex mit diesem Mann willst?*

Jessie machte die Augen zu, als könnte sie die Stimme dadurch zum Schweigen bringen. Als sie sie wieder aufschlug, stand Gerald am Fußende des Bettes, und die Vorderseite seiner Unterhose stand wie ein Schiffsbug ab. Sein Grinsen war noch breiter geworden und entblößte die letzten Zähne – die mit den Goldplomben. Nicht nur, daß sie dieses dumme Grinsen nicht mochte, stellte sie fest; sie verabscheute es geradezu.

»Ich *werde* dich loslassen ... wenn du sehr, sehr *lieb* bist. Kannst du sehr, sehr lieb sein, Jessie?«

Wie witzig, merkte die neue Ohne-Scheiß-Stimme an. *Äußerst* witzig.

Er hakte die Daumen in den Bund seiner Unterhose wie ein alberner Revolverheld. Die Boxershorts rutschten ziemlich schnell nach unten, sobald sie einmal über seinen nicht gerade unscheinbaren Rettungsringen waren. Und da war es nun. Nicht das formidable Instrument der Liebe, das ihr erstmals als Teenager in den Seiten von *Fanny Hill* begegnet war, sondern etwas Kümmerliches und Rosiges und Beschnittenes; vierzehn Zentimeter vollkommen unspektakulärer Erektion. Vor zwei oder drei Jahren hatte sie während einer ihrer unregelmäßigen Ausflüge nach Boston einen Film mit dem Titel *Der Bauch des Architekten* gesehen. Sie dachte: *Genau. Und jetzt sehe ich den Penis des Anwalts.* Sie mußte sich innerlich auf die Wangen beißen, um nicht zu lachen. In diesem Augenblick zu lachen wäre politisch unklug gewesen.

Da kam ihr ein Gedanke, und der massakrierte jeden Drang zu lachen. Es war folgender: Er wußte nicht, daß sie es ernst meinte, weil für ihn Jessie Mahout Burlingame, Frau von Gerald, Schwester von Maddy und Will, Tochter von Tom und Sally, Mutter von niemand, eigentlich gar nicht da war. Sie war mit dem leisen, stählernen Klicken der Handschellenschlösser verschwunden. Die Abenteuermagazine aus Geralds Teenagerzeit waren einem Stapel Pornoheftchen in der untersten Schublade seiner Kommode gewichen, Heftchen, in denen Frauen, die Perlen und sonst nichts trugen, auf Bärenfellen knieten, während Männer mit Sexapparaten, neben denen der von Gerald im Vergleich wie eine maßstabgetreue Miniatur wirkte, sie von hinten nahmen. Am Ende dieser Heftchen, zwischen Anzeigen für Telefonsex mit 900er Nummern, fand sich Werbung für aufblasbare Frauen, die angeblich anatomisch korrekt waren – eine bizarre Vorstellung, wenn Jessie je eine untergekommen war. Jetzt mußte sie an diese luftgefüllten Puppen denken, an ihre rosa Haut, die faltenlosen Trickfilmkörper und konturlosen Gesichter, und empfand eine Art staunender Offenbarung. Es war kein Entsetzen – noch nicht –, aber ein grelles Licht flammte in ihrem Inneren auf, und die Landschaft, die es erhellte, war eindeutig furchteinflößender als dieses dumme Spiel oder die Tatsache, daß sie es dieses Mal im Sommerhaus am See spielten, allerdings lange nachdem sich der Sommer wieder für ein Jahr verabschiedet hatte.

Das alles hatte ihr Gehör nicht im geringsten beeinträchtigt. Jetzt zum Beispiel hörte sie eine Motorsäge, die in einiger Entfernung im Wald schnarrte – möglicherweise fünf Meilen. Nicht so weit weg, über dem Hauptausläufer des Kashwakamak Lake, schmetterte ein Eistaucher, der seinen jährlichen Flug nach Süden säumig antrat, seinen irren Schrei in die blaue Oktoberluft. Noch näher, irgendwo hier am Nordufer, bellte ein Hund. Es war ein häßlicher, würgender Laut, aber Jessie fand ihn seltsam tröstlich. Er bedeutete, daß noch jemand hier oben war, Mitte der Woche und Oktober hin oder her. Sonst war nur noch die Tür zu hören, welche haltlos wie ein alter Zahn in verfaultem Zahnfleisch gegen den aufgequollenen Rahmen schlug. Sie dachte, wenn sie sich das noch lange anhören müßte, würde sie verrückt werden.

Gerald, der mittlerweile bis auf die Brille nackt war, kniete sich aufs Bett und kam auf sie zugekrochen. Seine Augen glänzten immer noch.

Sie hatte eine Ahnung, daß dieser Glanz sie veranlaßt hatte, das Spiel weiter zu spielen, nachdem ihre anfängliche Neugier schon längst befriedigt war. Es war Jahre her, seit sie soviel Hitze in Geralds Blick bemerkt hatte, wenn er sie ansah. Sie sah nicht schlecht aus – es war ihr gelungen, die Pfunde fernzuhalten, und ihre Figur war weitgehend wie früher –, aber Geralds Interesse hatte trotzdem nachgelassen. Sie vermutete, daß der Fusel teilweise die Schuld daran trug – er trank wesentlich mehr als am Anfang ihrer Ehe –, aber sie wußte, daß es nicht ausschließlich am Fusel lag. Wie ging noch gleich das alte Sprichwort, wonach Vertrautheit die Mutter der Gleichgültigkeit war? Das sollte auf Männer und Frauen, die sich liebten, eigentlich nicht zutreffen, zumindest nicht den romantischen Dichtern zufolge, die sie in Englische Literatur 101 gelesen hatte, aber in den Jahren seit dem College hatte sie feststellen müssen, daß es gewisse harte Tatsachen des Lebens gab, über die John Keats und Percy Shelley nie geschrieben hatten. Aber freilich waren die auch ziemlich jung gestorben – jedenfalls jünger als sie und Gerald jetzt waren.

Und das alles spielte hier und jetzt überhaupt keine Rolle. Eine Rolle spielte möglicherweise nur, daß sie dieses Spiel länger, als sie wirklich wollte, mitspielte, weil ihr der heiße Glanz in Geralds Augen so gefallen hatte. Sie fühlte sich jung und hübsch und begehrenswert. Aber ...

... aber wenn du wirklich gedacht hast, daß er dich *sieht, wenn er diesen Glanz in den Augen hat, Süße, dann hast du dich getäuscht. Oder hast*

dich täuschen lassen. Und jetzt mußt du dich vielleicht entscheiden – wirklich, wirklich entscheiden –, ob du diese Demütigung weiter auf dich nehmen willst. Denn fühlst du dich nicht genau so? Gedemütigt?

Sie seufzte. Ja. Das kam hin.

»Gerald, es *ist* mein Ernst.« Sie sprach jetzt lauter, und zum ersten Mal flackerte der Glanz in seinen Augen ein wenig. Gut. Es schien, als könnte er sie doch hören. Demnach war vielleicht doch alles in Ordnung. Nicht toll, es war lange her, seit alles, wie man sagen könnte, toll gewesen war, aber in Ordnung. Dann erschien der Glanz wieder, und einen Moment später folgte das idiotische Grinsen.

»Ich werde dich lehren, stolze Schönheit mein«, sagte er. Das sagte er wahrhaftig, und er sprach *Schönheit* wie ein Gutsbesitzer in einem schlechten viktorianischen Melodram aus.

Dann laß ihn gewähren. Laß ihn einfach gewähren und bring es hinter dich.

Das war eine Stimme, die ihr weitaus vertrauter war, und sie hatte die Absicht, ihrem Rat zu folgen. Sie wußte nicht, ob Gloria Steinham das billigen würde, und es war ihr einerlei; der Rat besaß die Attraktivität des durch und durch Praktischen. Laß ihn gewähren, und du hast es hinter dich gebracht. Q. E. D.

Dann streckte er die Hand aus – seine weiche Hand mit den kurzen Fingern, deren Haut so rosa war wie die auf der Spitze seines Penis – und berührte ihre Brust, und da zerriß plötzlich etwas in ihr wie eine überlastete Sehne. Sie stieß Hüften und Rücken ruckartig nach oben und schüttelte seine Hand ab.

»Hör auf, Gerald. Mach diese albernen Handschellen los und laß mich aufstehen. Das macht schon seit letztem März keinen Spaß mehr, als noch Schnee auf dem Boden gelegen hat. Ich fühle mich nicht sexy, ich komme mir nur lächerlich vor.«

Dieses Mal *hatte* er sie gehört. Sie sah es daran, daß der Glanz in seinen Augen mit einem Male erlosch wie eine Kerzenflamme bei starkem Wind. Sie vermutete, daß es die beiden Worte *albern* und *lächerlich* waren, die ihn schließlich erreicht hatten. Er war ein dicker Junge mit starken Brillengläsern gewesen, ein Junge, der seine erste Verabredung mit achtzehn gehabt hatte – ein Jahr, nachdem er eine strikte Diät angefangen und ein Training absolviert hatte, um das wuchernde Fett zu ersticken, bevor es ihn ersticken konnte. Und seit seinem Eintritt ins College war Geralds Leben ›mehr oder weniger unter Kontrolle‹, wie er sich ausdrückte (als wäre das Leben – sein Leben zumindest – ein bockender Hengst, den er auf Befehl zähmen konnte), aber sie wußte, die Jahre auf der High-School waren ein einziger Horror gewesen, der ihm ein tief verwurzeltes Erbe von Selbstverachtung und Argwohn gegenüber anderen hinterlassen hatte.

Sein Erfolg als Firmenanwalt (und die Ehe mit ihr; sie glaubte, daß auch das einen Teil dazu beigetragen hatte, möglicherweise sogar den entscheidenden) hatte sein Selbstvertrauen und seine Selbstachtung weiter gestärkt, aber sie vermutete, daß manche Alpträume nie richtig zu Ende gingen. In einem tief verborgenen Teil seines Verstands verpaßten die Schulschläger Gerald immer noch Knüffe im Klassenzimmer, lachten immer noch über Geralds Unvermögen, mehr als Mädchenliegestütze im Turnunterricht zu machen, und es gab Worte – *albern* und *lächerlich* zum Beispiel –, die das alles ins Gedächtnis zurückriefen, als wäre es gestern gewesen . . . vermutete sie. Psychologen konnten in mancher Hinsicht unvorstellbar dumm sein – beinahe absichtlich dumm, so schien es ihr häufig –, aber sie fand, was die schreckliche Beharrlichkeit einiger Erinnerungen betraf, trafen sie genau ins Schwarze. Manche Erinnerungen hafteten am Gedächtnis eines Menschen wie bösartige Blutegel, und bestimmte Worte – *albern* und *lächerlich* zum Beispiel – erweckten sie unverzüglich zu zuckendem, fiebrigem Leben.

Sie wartete auf einen Stich der Scham, weil sie so unter die Gürtellinie gezielt hatte, und war erfreut – vielleicht sogar erleichtert –, als kein Stich kam. *Ich glaube, ich habe es einfach satt, etwas vorzugeben,* dachte sie, und dieser Gedanke führte zu einem weiteren: sie hatte vielleicht ihre eigene sexuelle Speisekarte, und wenn ja, stand diese Sache mit den Handschellen eindeutig nicht darauf. Sie gaben ihr ein Gefühl der Erniedrigung. Die ganze Vorstellung gab ihr ein Gefühl der Erniedrigung. Oh, eine gewisse unbehagliche Erregung hatte die ersten paar Experimente begleitet – und bei einigen Gelegenheiten hatte sie mehr als nur einen Orgasmus gehabt, was bei ihr eine Seltenheit war. Dennoch gab es Nebenwirkungen, auf die sie gerne verzichten konnte, und das Gefühl, erniedrigt zu werden, war nur eine davon. Zu Beginn hatte sie nach jeder Version von Geralds Spiel Alpträume gehabt. Sie war jedesmal schweißgebadet und stöhnend daraus erwacht, hatte die Hände fest in die Gabelung ihres Schritts gepreßt und zu Fäusten verkrampft. Sie konnte sich nur an einen dieser Träume erinnern, und die Erinnerung war vage, verschwommen: sie hatte nackt Krockett gespielt, und mit einemmal war die Sonne erloschen. Dann hatte eine Hand sie angefaßt, und eine gräßliche, furchteinflößende Stimme hatte aus der Dunkelheit gesprochen: *Liebst du mich, Punkin?* hatte sie gefragt, und das schrecklichste an dieser Stimme war gewesen, daß sie so vertraut klang.

Vergiß es, Jessie, über all das kannst du an einem anderen Tag nachdenken. Im Augenblick ist nur wichtig, daß du ihn dazu bringst, dich loszumachen.

Ja. Denn dies war nicht *ihr* Spiel; dieses Spiel war seines ganz allein. Sie hatte einfach nur mitgespielt, weil Gerald es von ihr wollte. Aber das genügte nicht mehr.

Der Eistaucher ließ wieder seinen einsamen Ruf über den See erschallen. Geralds albernes Grinsen der Vorfreude war einem Ausdruck verdrossenen Mißmuts gewichen. *Du hast mein Spielzeug kaputt gemacht, du Flittchen,* sagte dieser Blick.

Jessie mußte an das letztemal denken, an dem sie den Blick deutlich vorgeführt bekommen hatte. Im August war Gerald mit einem Hochglanzprospekt zu ihr gekommen, hatte ihr gezeigt, was er wollte, und sie hatte ja gesagt, selbstverständlich konnte er einen Porsche kaufen, wenn er einen Porsche wollte, *leisten* konnten sie sich einen Porsche auf jeden Fall, aber es wäre besser, wenn er Mitglied im Forest Avenue Health Club wurde, was er seit zwei Jahren versprach. »Im Augenblick hast du nicht gerade eine Porsche-Figur«, hatte sie gesagt und gewußt, sie war nicht eben diplomatisch, aber sie hatte den Eindruck gehabt, als wäre nicht der richtige Zeitpunkt für Diplomatie gewesen. Außerdem hatte er ihr so den Nerv getötet, daß sie nicht unbedingt Rücksicht auf seine Gefühle nehmen wollte. In letzter Zeit passierte ihr das immer öfter, und es mißfiel ihr, aber sie wußte nicht, was sie dagegen machen sollte.

»Was soll das nun wieder heißen?« hatte er gekränkt gefragt. Gewöhnlich machte sie sich nicht die Mühe zu antworten; sie hatte gelernt, wenn Gerald solche Fragen stellte, waren sie fast immer rhetorisch. Die wichtige Botschaft lag im einfachen Subtext: *Du machst mich wütend, Jessie. Du spielst das Spiel nicht mit.*

Aber bei dieser Gelegenheit hatte sie – vielleicht als unbewußte Vorbereitung auf die jetzige – den Entschluß gefaßt, nicht auf den Subtext zu achten und die Frage zu beantworten.

»Es heißt, daß du diesen Winter sechsundvierzig wirst, ob du nun einen Porsche hast oder nicht, Gerald ... und du hast trotzdem dreißig Pfund Übergewicht.« Gemein, ja, aber sie hätte auch regelrecht grausam sein können; sie hätte ihm das Bild schildern können, das ihr durch den Kopf schoß, als sie das Foto des Sportwagens in dem Hochglanzprospekt betrachtete, den Gerald ihr gegeben hatte. In diesem kurzen Augenblick hatte sie ein pummeliges Kind mit rosa Gesicht und spitzem Haaransatz gesehen, das in dem Reifen steckenblieb, den es ins Bad mitgebracht hatte.

Gerald hatte ihr den Prospekt aus der Hand gerissen und war ohne ein weiteres Wort davongestapft. Das Thema Porsche war seitdem nicht mehr angeschnitten worden ... aber sie hatte es häufig in seinem mißfälligen Das-freut-uns-aber-gar-nicht-Blick gesehen.

Momentan sah sie eine noch heißere Vision dieses Blicks.

»Du hast gesagt, es hört sich *aufregend* an. Das waren genau deine Worte: ›Es hört sich aufregend an‹.«

Hatte sie das gesagt? Sie nahm es an. Aber es war ein Fehler gewesen. Ein kleiner Witz, mehr nicht, ein kleiner Ausrutscher auf der alten Bananenschale des Lebens. Klar. Aber wie brachte man das seinem Mann bei, wenn der die Unterlippe hängen ließ wie Baby Herman, bevor es einen Anfall bekommt?

Sie wußte es nicht, daher senkte sie den Blick ... und sah etwas, das ihr ganz und gar nicht gefiel. Geralds Version von Mr. Freudenspender war keinen Millimeter geschrumpft. Offenbar hatte Mr. Freudenspender nichts von der Änderung der Pläne mitbekommen.

»Gerald, mir ist ...«

»... einfach nicht danach? Schöne Nachrichten, was? Ich habe mir den ganzen Tag freigenommen. Und wenn wir die Nacht hier verbringen, heißt das auch noch morgen vormittag.« Er grübelte einen Moment düster darüber nach, dann wiederholte er: »Du hast gesagt, es hört sich aufregend an.«

Sie fächerte ihre Ausreden auf wie ein lahmes altes Pokerblatt. *(Ja, aber ich habe Kopfschmerzen; Ja, aber ich habe echt schlimme Menstruationskrämpfe; Ja, aber ich bin eine Frau und habe darum das Recht, meine Meinung zu ändern; Ja, aber jetzt, wo wir tatsächlich hier draußen in der weiten Einsamkeit sind, machst du mir Angst, du großer starker Bär von einem Mann, du.)* Die Art von Lügen also, die entweder seinen Irrglauben oder sein Ego (die beiden waren gelegentlich austauschbar) bestärkten. Doch bevor sie noch eine Karte ziehen konnte, irgendeine, meldete sich die neue Stimme wieder zu Wort. Es war das erste Mal, daß sie laut sprach, und Jessie stellte fasziniert fest, daß sie sich in der Atmosphäre ebenso anhörte wie in ihrem Kopf: kräftig, trocken, entschlußfreudig und beherrscht.

Außerdem hörte sie sich seltsam vertraut an.

»Du hast recht – ich glaube, ich *habe* es gesagt, aber was sich wirklich aufregend anhörte, war der Gedanke, einmal mit dir wegzufahren wie früher, bevor dein Name mit denen der anderen Bosse auf dem Firmenschild stand. Ich dachte mir, vielleicht könnten wir ein bißchen Matratzensport betreiben und dann auf der Veranda sitzen und die Stille genießen. Nach Sonnenuntergang vielleicht ein bißchen Scrabble spielen. Ist das etwa eine strafbare Handlung, Gerald? Was meinst du? Sag es mir, weil ich es wirklich wissen will.«

»Aber du hast gesagt . . .«

In den vergangenen fünf Minuten hatte sie ihm auf die unterschiedlichste Weise mitgeteilt, daß sie aus diesen verdammten Handschellen raus wollte, und er hatte sie immer noch nicht losgemacht. Plötzlich kochte ihre Ungeduld in Wut über. »Mein Gott, Gerald, es hat mir von Anfang an nie richtig Spaß gemacht, und wenn du nicht so ein Holzkopf wärst, hättest du es auch bemerkt!«

»Deine Sprüche. Deine klugen, sarkastischen Sprüche. Manchmal habe ich sie so satt . . .«

»Gerald, wenn du dir wirklich etwas in den Kopf gesetzt hast, kommt man dir im Guten nicht bei. Und wessen Schuld ist das?«

»Ich mag dich nicht, wenn du so bist, Jessie. Wenn du so bist, mag ich dich kein bißchen.«

Es wurde schlimm und schlimmer, und das Beängstigendste war, wie schnell es passierte. Plötzlich war sie sehr müde, und eine Zeile aus einem alten Stück von Paul Simon fiel ihr ein: *I don't want no more of this crazy love.* Genau, Paul. Du bist vielleicht klein, aber dumm bist du nicht.

»Das weiß ich. Aber das macht momentan nichts, denn momentan sind diese Handschellen das Thema, und nicht, wie sehr du mich magst oder nicht magst, wenn ich meine Meinung ändere. Ich will *raus* aus diesen Handschellen. Hast du mich verstanden?«

Nein, stellte sie mit zunehmendem Mißfallen fest, er verstand sie nicht. Gerald lag immer noch eine Biegung zurück.

»Du bist immer so verdammt launisch, so verdammt *sarkastisch*. Ich liebe dich, Jess, aber dein verfluchtes Großmaul kann ich nicht leiden. Konnte ich noch nie.« Er strich mit der Handfläche der linken Hand über die Rosenknospe seines Schmollmundes und sah sie traurig an – der arme, vor den Kopf gestoßene Gerald, der mit einer Frau geschlagen war, die ihn hierher in den Wald geschleppt hatte und sich nun weigerte, ihren sexuellen Pflichten nachzukommen. Der arme, vor den Kopf gestoßene Gerald, der keinerlei Anstalten traf, die Schlüssel der Handschellen von der Kommode neben der Badezimmertür zu holen.

Ihr Unbehagen war zu etwas anderem geworden – sozusagen hinter ihrem Rücken. Es war zu einer Mischung aus Wut und Angst geworden, die sie, soweit sie sich erinnern konnte, nur einmal empfunden hatte. Als sie zwölf oder so war, hatte ihr Bruder Will sie in den Hintern gepiekst. Ihre sämtlichen Freundinnen hatten es gesehen, und sie hatten alle gelacht. *Har-har, sähr komisch, Senhorra, fünde ich.* Aber für sie war es nicht komisch gewesen.

Will hatte am lautesten gelacht, so sehr, daß er gebückt mit den Händen auf den Knien dagestanden und ihm das Haar ins Gesicht gehangen hatte. Das war ein Jahr, nachdem die Beatles, die Stones, die Searchers und all die anderen hochgekommen waren, und Will hatte jede Menge Haar gehabt, das er hängen lassen konnte. Anscheinend hatte es ihm die Sicht auf Jessie genommen, denn er hatte keine Ahnung, wie wütend sie war ... dabei war er unter normalen Umständen auf fast unheimliche Weise empfänglich für ihre Launen und Stimmungsumschwünge. Sie war bei weitem Wills Lieblingsschwester. Er hatte so lange gelacht, bis sie derart geladen war, daß sie etwas tun mußte, oder sie wäre geplatzt. Und so hatte sie eine kleine Faust geballt und ihrem heißgeliebten Bruder eine auf den Mund geschlagen, als dieser schließlich den Kopf gehoben und sie angesehen hatte. Der Schlag hatte ihn umgehauen wie einen Kegel, und er hatte echt schlimm geweint.

Später versuchte sie sich einzureden, daß er mehr vor Überraschung als Schmerz geweint hatte, aber sie hatte schon mit zwölf gewußt, daß das nicht so war. Sie hatte ihm weh getan, ziemlich weh sogar. Seine Unterlippe war an einer Stelle aufgeplatzt, die Oberlippe an zweien, und sie hatte ihm ziemlich weh getan. Und warum? Weil er etwas Dummes gemacht hatte? Aber er war erst neun gewesen – an diesem Tag neun –, und in dem Alter waren alle Kinder dumm. Das war praktisch ein Naturgesetz. Nein, es war nicht wegen seiner Dummheit gewesen. Es war ihre Angst gewesen – die Angst, wenn sie nicht etwas wegen dieser grünen Giftmischung aus Wut und Verlegenheit unternahm, würde er

(die Sonne auslöschen)

bewirken, daß sie platzte. Die Wahrheit, die ihr an diesem Tag zum erstenmal aufging, war die: Es war ein Brunnen in ihr, das Wasser in diesem Brunnen war vergiftet, und als er sie gepiekst hatte, hatte William einen Eimer da hinunter gelassen, der voll Schlamm und Dreck wieder hochgezogen worden war. Dafür hatte sie ihn gehaßt, und sie vermutete, es war in Wirklichkeit dieser Haß, der sie dazu gebracht hatte, ihn zu schlagen. Der Dreck aus der Tiefe hatte ihr Angst gemacht. Und heute, viele Jahre später, stellte sie fest, daß das immer noch zutraf ... aber er machte sie auch wütend.

Du wirst die Sonne nicht auslöschen, dachte sie ohne die geringste Ahnung, was das bedeuten sollte. Das wirst du verdammt noch mal *nicht* tun.

»Ich will nicht um Grundsätzlichkeiten streiten, Gerald. Hol einfach diese verdammten Schlüssel und *mach mich los!*«

Und dann sagte er etwas, das sie so verblüffte, daß sie es zuerst überhaupt nicht fassen konnte: »Und wenn nicht?«

Als erstes fiel ihr sein veränderter Tonfall auf. Normalerweise sprach er mit einer forschen, bärbeißigen, gutmütigen Stimme – Ich *habe hier das Sagen, und das ist ein ziemliches Glück für uns alle, richtig?* –, aber dies war eine leise, schnurrende Stimme, die sie nicht kannte. Der Glanz in seinen Augen war wieder da – dieser heiße, verhaltene Glanz, der sie einmal entflammt hatte wie einen Waldbrand. Sie konnte ihn nicht besonders gut sehen – seine Augen waren hinter der Nickelbrille zu aufgedunsenen Schlitzen zusammengekniffen –, aber er war da. Wahrhaftig.

Und dann der seltsame Fall von Mr. Freudenspender. Mr. Freudenspender war keinen Millimeter geschrumpft. Er schien sogar strammer zu stehen als sie sich jemals erinnern konnte ... aber das lag wahrscheinlich nur an ihrer Einbildung.

Glaubst du, Süße? Ich nicht.

Sie verarbeitete diese Informationen allesamt, bevor sie sich wieder seinen letzten Worten zuwandte – dieser erstaunlichen Frage. *Und wenn nicht?* Dieses Mal drang sie hinter den Tonfall zum Sinn der Worte vor, und als sie sie zur Gänze begriff, konnte sie spüren, wie ihre Wut und Angst um eine Drehung hochgeschraubt wurden. Irgendwo in ihrem Innern wurde der Eimer wieder in den Brunnenschacht hinuntergelassen, um eine schleimige Ladung hochzubefördern – eine Ladung Jauche voller Mikroben, die fast so giftig wie eine Mokassinschlange waren.

Die Küchentür schlug gegen den Rahmen und der Hund bellte

wieder im Wald; jetzt hörte er sich näher denn je an. Es war ein schriller, verzweifelter Laut. Wenn man so etwas zu lange hörte, bekam man zweifellos Migräne.

»Hör zu, Gerald«, hörte sie ihre kräftige neue Stimme sagen. Sie war sich bewußt, daß sich diese Stimme einen besseren Zeitpunkt hätte aussuchen können, ihr Schweigen zu brechen – schließlich befand sie sich hier am verlassenen Nordufer des Kashwakamak Lake, war mit Handschellen an die Bettpfosten gefesselt und trug nur ein dünnes Nylonhöschen –, aber dennoch mußte sie sie bewundern. Sie bewunderte sie fast gegen ihren Willen. »Hörst du mir jetzt zu? Ich weiß, das kommt heutzutage nicht mehr sehr oft vor, wenn ich rede, aber dieses Mal ist es wirklich wichtig, daß du mich verstehst. Also ... hörst du mir endlich zu?«

Er kniete auf dem Bett und sah sie an, als gehörte sie einer bis dato unentdeckten Insektengattung an. Seine Wangen, in denen sich ein komplexes Netz winziger scharlachroter Fädchen wand (sie bezeichnete sie als Geralds Alkoholnarben), waren vor Röte fast purpurn. Ein ähnlicher Fleck überzog die Stirn. Dessen Farbe war so dunkel, die Form so scharf umrissen, daß er wie ein Muttermal aussah. »Ja«, sagte er, und mit seiner neuen schnurrenden Stimme kam das Wort als *jhhaarr* heraus. »Ich höre dir zu, Jessie. Eindeutig.«

»Gut. Dann geh jetzt zur Kommode und hol die Schlüssel. Dann schließt du die auf ...« Sie schlug mit dem rechten Handgelenk gegen das Kopfteil, »... und dann schließt du die auf.« Sie klopfte ebenso mit dem linken Handgelenk. »Wenn du das auf der Stelle machst, können wir einen kleinen normalen, schmerzlosen Sex mit beiderseitigem Orgasmus haben, bevor wir in unser normales, schmerzloses Leben in Portland zurückkehren.«

Sinnlos, dachte sie. *Das hast du weggelassen. Normales, schmerzloses, sinnloses Leben in Portland.* Vielleicht war das so, vielleicht war es auch nur ein wenig übertriebene Melodramatik (ans Bett gekettet zu sein löst das bei einem aus, stellte sie fest), aber es war wahrscheinlich in jedem Falle besser, daß sie es weggelassen hatte. Es deutete auch darauf hin, daß die neue Ohne-Scheiß-Stimme doch nicht ganz so indiskret war. Dann hörte sie diese Stimme – die letztlich doch *ihre* Stimme war –, wie sie, als ob sie dem widersprechen wollte, zum unverwechselbaren Rhythmus und Pulsieren äußerster Wut anschwoll.

»Aber wenn du weiter Scheiße baust und mich verarschst,

fahre ich von hier aus direkt zu meiner Schwester, frage sie, wer ihre Scheidung geregelt hat, und ruf dort an. Es ist mein Ernst. *Ich will dieses Spiel nicht mitspielen!*«

Jetzt geschah etwas wirklich Unglaubliches, das sie in einer Million Jahre nicht für möglich gehalten hätte: sein Grinsen kam wieder zum Vorschein.

Es tauchte auf wie ein U-Boot, das nach einer langen und gefährlichen Reise endlich wieder ruhige Gewässer erreicht hat. Aber das war eigentlich nicht das Unglaubliche. Das wirklich Unglaubliche war, daß Gerald mit diesem Grinsen nicht mehr wie ein harmloser Schwachsinniger aussah. Jetzt sah er damit aus wie ein gemeingefährlicher Irrer.

Er streckte die Hand wieder aus, liebkoste ihre linke Brust und drückte sie dann schmerzhaft. Er brachte diese unangenehme Sache zum Ende, indem er sie in die Brustwarze kniff, was er noch nie gemacht hatte.

»*Autsch,* Gerald! Das *tut weh!*«

Er nickte ernsthaft und bewundernd, was sich mit dem gräßlichen Grinsen ausgesprochen seltsam ausnahm. »Das ist echt gut, Jessie. Ich meine alles. Du könntest Schauspielerin sein. Oder Callgirl. Eins der echt teuren.« Er zögerte, dann fügte er hinzu: »Das sollte ein Kompliment sein.«

»Um Himmels willen, wovon redest du?« Aber sie war ziemlich sicher, daß sie das wußte. Jessie stellte plötzlich fest, daß sie jetzt wirklich Angst hatte. Etwas Böses war im Schlafzimmer freigesetzt worden; es drehte sich rundherum wie ein schwarzer Kreisel.

Aber sie war auch immer noch wütend – so wütend wie an dem Tag, als Will sie geneckt hatte.

Gerald lachte doch tatsächlich. »Wovon ich *rede?* Einen Augenblick lang hätte ich dir fast geglaubt. *Davon* rede ich.« Er ließ eine Hand auf ihren rechten Schenkel fallen. Als er weitersprach, klang seine Stimme spröde und seltsam geschäftsmäßig. »Also – willst du sie für mich spreizen, oder muß ich es selbst machen? Soll das auch zu dem Spiel gehören?«

»Laß mich *los!*«

»Ja ... nachher.« Er streckte die andere Hand aus. Dieses Mal kniff er sie in die rechte Brust, und dieses Mal kniff er so fest, daß kleine weißglühende Funken bis zu ihrer Hüfte hinabschossen. »Vorerst solltest du aber die hübschen Beine für mich spreizen, stolze Schöne mein!«

Sie betrachtete ihn eingehender und sah etwas Schreckliches: Er wußte es. Er wußte, es war ihr ernst damit, daß sie nicht weitermachen wollte.

Er wußte es, hatte aber beschlossen, nicht zu *wissen*, daß er es wußte. Konnte man das?

Worauf du dich verlassen kannst, sagte die Ohne-Scheiß-Stimme. *Wenn du ein Top-Winkeladvokat in der größten Anwaltskanzlei nördlich von Boston und südlich von Montreal bist, kann man wahrscheinlich alles wissen, was man wissen will, und nicht wissen, was man nicht wissen will. Ich glaube, du sitzt echt in der Klemme, Herzblatt. In einer Klemme, die das Ende einer Ehe bedeuten kann. Beiß lieber die Zähne zusammen und kneif die Augen zu, ich glaube nämlich, daß dir eine* Riesendosis *Serum bevorsteht.*

Dieses Grinsen. Dieses häßliche, gemeine Grinsen.

Er heuchelte Unwissenheit. Und das machte er so überzeugt, daß er später sogar einen Lügendetektortest bestehen würde. *Ich habe gedacht, das gehört alles zum Spiel,* würde er mit großen, gekränkten Augen sagen. *Wirklich.* Und wenn sie beharrte und ihm mit ihrer Wut zusetzte, würde er auf die älteste Ausrede von allen zurückgreifen, würde in sie hineinschlüpfen wie eine Eidechse in eine Felsspalte: *Es hat dir gefallen. Du weißt es. Warum gibst du es nicht zu?*

Heuchelte doch tatsächlich *völlige* Unwissenheit. Wußte es, hatte aber trotzdem vor, weiterzumachen. Er hatte sie mit Handschellen ans Bett gefesselt, hatte es mit ihrer Hilfe gemacht, und jetzt, ach, Scheiße, lassen wir doch die Schönfärberei, jetzt hatte er vor, sie zu vergewaltigen, wirklich zu *vergewaltigen,* während die Tür schlug und der Hund bellte und die Motorsäge schnarrte und der Eistaucher über dem See jodelte. Er hatte es wirklich vor. Jawoll Sir, Jungs, hechel, hechel, hechel, ihr könnt erst sagen, ihr habt eine Muschi gehabt, wenn ihr eine Muschi gehabt habt, die unter euch rumgezappelt ist wie eine Henne auf einer heißen Herdplatte.

Und wenn die *tatsächlich* zu Maddy ging, wenn diese Lektion in Demütigung vorbei war, würde er weiter darauf bestehen, daß ihm nichts so fern gelegen hätte wie Vergewaltigung.

Er stemmte die rosa Hände gegen ihre Schenkel und begann ihr die Beine zu spreizen. Sie wehrte sich nicht sehr; im Augenblick war sie so entsetzt und fassungslos über das, was sich hier abspielte, daß sie kaum Widerstand leisten konnte.

Und das ist genau das richtige Verhalten, sagte die vertrautere

Stimme in ihrem Inneren. *Bleib einfach ruhig liegen und laß ihn seinen Saft verspritzen. Schließlich, was ist schon dabei? Er hat es schon mindestens tausendmal vorher gemacht, und du bist nie grün dabei geworden. Falls du es vergessen hast, es ist schon ein paar Jahre her, seit du eine errötende Jungfrau warst.*

Und was konnte passieren, wenn sie nicht auf diese Stimme hören würde?

Was war die Alternative?

Wie als Antwort erstand ein gräßliches Bild vor ihrem geistigen Auge. Sie sah sich selbst, wie sie vor einem Scheidungsgericht aussagte. Sie wußte nicht, ob es so etwas wie Scheidungsgerichte in Maine noch gab, aber das beeinträchtigte die Vision in keinster Weise. Sie sah sich in ihrem konservativen rosa Donna-Karan-Hosenanzug mit der apricotfarbenen Seidenbluse darunter. Knie und Knöchel hatte sie züchtig zusammengekniffen. Ihr kleines Handtäschchen, das weiße, lag auf ihrem Schoß. Sie sah, wie sie einem Richter, der wie der selige Harry Reasoner aussah, die Aussage machte, ja, es stimmte, daß sie Gerald freiwillig zum Sommerhaus begleitet hatte, ja, sie hatte zugelassen, daß er sie mit zwei Handschellen Marke Kreig an die Bettpfosten gefesselt hatte, ebenfalls freiwillig, und ja, sie hatten solche Spiele schon früher gespielt, wenn auch nie in dem Haus am See.

Ja, Euer Ehren. Ja.

Ja, ja, ja.

Während Gerald ihr weiter die Beine spreizte, hörte sich Jessie dem Richter, der wie Harry Reasoner aussah, weiter erzählen, wie sie mit Seidenschals angefangen hatten, wie sie die Fortsetzung des Spiels, von Schals zu Stricken zu Handschellen geduldet hatte, obwohl ihr die ganze Sache schon bald zuwider geworden war. Bis sie sie regelrecht abstoßend gefunden hatte. So abstoßend, daß sie an einem Wochentag im Oktober die dreiundsechzig Meilen von Portland zum Kashwakamak Lake mit Gerald gefahren war; so abstoßend, daß sie wieder einmal geduldet hatte, wie ein Hund angekettet zu werden; so gelangweilt, daß sie nur ein so dünnes Nylonhöschen angehabt hatte, daß man die Kleinanzeigen der *New York Times* durch den Stoff hätte lesen können. Der Richter würde alles glauben und aufrichtig mit ihr fühlen. Selbstverständlich. Wer nicht? Sie sah sich selbst, wie sie im Zeugenstand saß und sagte: »Da lag ich also mit Handschellen an die Bettpfosten gefesselt und trug nur Unterwäsche von Victoria's Secret und ein Lächeln, aber ich änderte meine Meinung in letzter

Minute, und Gerald wußte es, und darum war es eine Vergewaltigung.«

Ja, Sir, damit würde sie echt glaubhaft dastehen. Jede Wette.

Sie erwachte aus dieser abstoßenden Vorstellung, als Gerald an ihrem Höschen zerrte. Er kniete zwischen ihren Beinen, und sein Gesicht war so konzentriert, daß man meinen konnte, er wollte das Staatsexamen ablegen, und nicht seine widerspenstige Frau nehmen. Ein weißer Speichelfaden hing von der Mitte seiner dikken Unterlippe herab.

Laß ihn gewähren, Jessie. Laß ihn seinen Saft verspritzen. Das Zeug in seinen Hoden macht ihn wahnsinnig, das weißt du. Das macht sie alle wahnsinnig. Wenn er es losgeworden ist, kannst du wieder vernünftig mit ihm reden. Dann kannst du mit ihm fertig werden. Also mach keinen Aufstand – bleib einfach liegen, bis er es abgeschossen hat.

Guter Rat, und sie vermutete, sie hätte ihn befolgt, wäre da nicht diese neue Stimme in ihr gewesen. Dieser namenlose Neuankömmling glaubte eindeutig, daß Jessies bisherige Beraterin – die Stimme, die sie im Lauf der Jahre Goodwife Burlingame getauft hatte – eine Zimperliese erster Kajüte war. Jessie hätte die Dinge dennoch mehr oder weniger ihren gewohnten Lauf nehmen lassen, aber dann geschah zweierlei gleichzeitig. Als erstes kam die Erkenntnis, daß ihre Hände zwar an die Bettpfosten gefesselt, ihre Füße und Beine aber frei waren. Im selben Augenblick fiel der Speichelfaden von Geralds Kinn. Er baumelte einen Moment und wurde länger, dann fiel er direkt über dem Nabel auf ihren Leib. Etwas an diesem Gefühl war vertraut, und sie wurde von einer schrecklich intensiven Empfindung von déjà vu übermannt. Das Zimmer um sie herum schien dunkler zu werden, als wären Fenster und Oberlicht durch Rauchglasscheiben ersetzt worden.

Es ist sein Saft, dachte sie, obwohl sie ganz genau wußte, daß er es nicht war. *Es ist sein gottverdammter Saft.*

Ihre Reaktion richtete sich nicht so sehr gegen Gerald als gegen das verhaßte Gefühl, das aus den tiefsten Tiefen ihres Verstandes hochströmte. Sie reagierte im wahrsten Sinne des Wortes ohne nachzudenken und schlug nur mit dem instinktiven, panischen Ekel einer Frau zu, die festgestellt hat, das Ding, das sich in ihrem Haar verfangen hat und zappelt, ist eine Fledermaus.

Sie zog die Beine an, verfehlte mit dem rechten Knie nur knapp die Halbinsel seines Kinns, und stieß die bloßen Füße wie Rammböcke nach unten. Sohle und Rist des rechten trafen ihn in den

Bauch. Die Ferse des linken knallte gegen den steifen Schaft seines Penis und die Hoden, die wie blasse, reife Früchte darunter baumelten.

Er kippte nach hinten und landete mit den Pobacken auf den plumpen, haarlosen Fesseln. Er hob den Kopf zum Oberlicht und der weißen Decke mit dem gespiegelten Muster der Wellen auf dem See und stieß einen hohen, röchelnden Schrei aus. Da schrie auch der Eistaucher über dem See wieder, ein diabolischer Kontrapunkt; für Jessie hörte es sich an, als würde ein Mann einen anderen bemitleiden.

Jetzt waren Geralds Augen nicht mehr zusammengekniffen; sie glänzten auch nicht mehr. Sie waren weit aufgerissen, sie waren so blau wie der makellose Himmel heute (der Gedanke, diesen Himmel über dem herbstlich verlassenen See zu sehen, war der ausschlaggebende Faktor gewesen, als Gerald vom Büro aus angerufen und gesagt hatte, er hätte freigenommen und ob sie nicht einen Tag und vielleicht über Nacht mit ihm zum Sommerhaus kommen wollte), und der Ausdruck darin war ein gequältes Staunen, das sie kaum ertragen konnte.

Sehnen standen wie Stränge an seinem Hals ab. Jessie dachte: *Die habe ich seit dem verregneten Sommer nicht mehr gesehen, als er die Gartenarbeit weitgehend aufgegeben und statt dessen J. W. Dant zu seinem Hobby gemacht hat.*

Sein Schrei verhallte langsam. Es war, als würde jemand mit einer speziellen Gerald-Fernbedienung die Lautstärke reduzieren. Aber daran lag es selbstverständlich nicht; er hatte außerordentlich lange geschrien, möglicherweise dreißig Sekunden, und jetzt ging ihm einfach die Puste aus. *Ich muß ihm ziemlich weh getan haben,* dachte sie. Die roten Flecken auf den Wangen und die Stelle auf der Stirn wurden purpurn.

Du hast's getan! rief die Stimme von Goodwife bestürzt. *Du hast's wirklich, wirklich getan!*

Jawoll; verdammt guter Schuß, nicht wahr? meldete sich die neue Stimme.

Du hast deinen Mann in die Eier getreten! kreischte Goodwife. *Was, in Gottes Namen, gibt dir das Recht, so etwas zu tun? Was gibt dir das Recht, auch nur Witze darüber zu reißen?*

Sie wußte die Antwort darauf; glaubte es zumindest: Sie hatte es getan, weil ihr Mann vorgehabt hatte, sie zu vergewaltigen, und es dann hinterher als übersehenes Signal zwischen zwei im Grunde genommen harmonischen Ehepartnern, die ein harmloses Sex-Spiel spielten, abtun wollte. *Das Spiel war schuld,* hätte er achselzuckend gesagt. *Das Spiel, nicht ich. Wir müssen es nicht mehr spielen, Jess, wenn du nicht willst.* Selbstverständlich wohl wissend, daß nichts auf der Welt sie je wieder dazu bewegen konnte, die Arme hochzuhalten und sich Handschellen anlegen zu lassen. Nein, dies war ein Fall von jetzt und nie wieder gewesen. Gerald hatte es gewußt und das Beste daraus machen wollen.

Das schwarze Ding, das sie in dem Zimmer gespürt hatte, war außer Kontrolle geraten, wie sie befürchtet hatte. Gerald schien immer noch zu schreien, aber kein Laut (jedenfalls keiner, den sie hören konnte) kam ihm über den schmerzverzerrten Mund. Der Blutstau in seinem Gesicht schien an manchen Stellen fast schwarz zu sein. Sie konnte die Schlagader – oder die Karotidarterie, falls das in so einem Augenblick wichtig war – heftig unter der sorgfältig rasierten Haut seines Halses pulsieren sehen. Welche von beiden es auch sein mochte, sie schien kurz vor dem Explodieren zu sein, und ein garstiger Schreck fuhr Jessie in die Glieder.

»Gerald?« Ihre Stimme klang dünn und unsicher, die Stimme eines Mädchens, das bei der Geburtstagsparty einer Freundin etwas Wertvolles kaputtgemacht hat. »Gerald, alles in Ordnung?«

Das war natürlich eine dumme Frage, unglaublich dumm, aber sie ließ sich viel leichter stellen als die, die ihr tatsächlich durch den Kopf gingen: *Gerald, wie schlimm bist du verletzt? Gerald, glaubst du, du wirst sterben?*

Natürlich wird er nicht sterben, sagte Goodwife nervös. *Du hast ihm weh getan, wirklich weh, und du solltest dich schämen, aber er wird nicht* sterben. *Niemand wird hier* sterben.

Geralds geschürzter Schmollmund bebte weiter lautlos, aber er beantwortete ihre Frage nicht. Eine Hand hatte er auf den Bauch gedrückt, mit der anderen hielt er sich die schmerzenden Hoden. Dann hob er sie beide und drückte sie auf die linke Brustwarze. Sie ließen sich nieder wie zwei pummelige rosa Vögel, die zu müde zum Weiterfliegen waren. Jessie konnte den Umriß eines bloßen Fußes – *ihres* bloßen Fußes – auf dem rundlichen Bauch ihres Mannes abgebildet sehen. Es war ein helles, vorwurfsvolles Rot auf der rosa Haut.

Er atmete aus, oder versuchte es, und gab einen üblen Dunst von sich, der nach faulen Zwiebeln roch. *Atemreserve,* dachte sie. *Die letzten zehn Prozent unseres Lungeninhalts sind Atemreserve, haben sie uns das nicht an der High-School in Biologie beigebracht? Ja, ich glaube schon. Atemreserve, der legendäre letzte Luftvorrat von Ertrinkenden und Erstickenden. Wenn man den ausstößt, wird man entweder bewußtlos oder man . . .*

»Gerald!« schrie sie mit schneidender zänkischer Stimme. »Gerald, *atme!*«

Seine Augen quollen aus den Höhlen wie blaue Murmeln in einem unansehnlichen Klumpen Plastilin, und es gelang ihm, einmal kurz Luft zu holen. Er nutzte es, um ein letztes Wort zu ihr zu sagen, dieser Mann, der manchmal nur aus Worten zu bestehen schien.

». . . Herz . . .«

Das war alles.

»Gerald!« Jetzt hörte sie sich nicht nur zänkisch, sondern auch betroffen an, eine altjüngferliche Dorfschullehrerin, die den Schwarm der zweiten Klasse dabei erwischt hat, wie sie den Rock hochzieht und den Jungs die Blümchen auf ihrer Unterhose zeigt. *»Gerald, hör auf herumzukaspern und atme, verdammt!«*

Gerald atmete nicht. Statt dessen verdrehte er die Augen in den Höhlen und enblößte gelbliche Augäpfel, die wie das Weiß blutiger Eier aussahen. Die Zunge schnellte mit einem geräuschvollen Furzen aus seinem Mund. Ein Strahl trüben, orangeroten Urins schoß aus seinem erschlafften Penis, und ihre Knie und Schenkel wurden von fiebrig heißen Tropfen überschüttet. Jessie stieß einen langgezogenen, gellenden Schrei aus. Dieses Mal merkte sie nicht, daß sie an den Handschellen zerrte oder sie dazu benützte, sich so weit wie möglich von ihm wegzuziehen, wobei sie die Beine unbehaglich an sich zog.

»Hör auf, Gerald! Hör auf damit, sonst fällst du noch vom B . . .«

Zu spät. Selbst wenn er sie noch hätte hören können, was ihr rationaler Verstand bezweifelte, wäre es zu spät gewesen. Sein gekrümmter Rücken bugsierte den Oberkörper über die Bettkante, und die Schwerkraft erledigte den Rest. Gerald Burlingame, mit dem Jessie einmal Sahnehörnchen im Bett gegessen hatte, fiel mit gesenktem Kopf und hochgestreckten Knien hinunter wie ein unbeholfenes Kind, das seine Freunde beim Freischwimmen im Pool des CVJM beeindrucken möchte. Als sie hörte, wie sein Schädel auf den Holzboden schlug, mußte sie wieder schreien. Es hörte sich an, als würde ein riesiges Ei am Rand einer Steingutschüssel aufgeschlagen. Sie hätte alles dafür gegeben, wenn sie es nicht hätte hören müssen.

Dann herrschte Schweigen, das nur vom fernen Brummen der Motorsäge unterbrochen wurde. Eine große graue Rose entfaltete sich in der Luft vor Jessies Augen. Die Blütenblätter gingen immer mehr auf, und als sie sich wieder um sie schlossen wie die staubigen Flügel riesiger, farbloser Falter und eine Zeitlang alles verdeckten, verspürte sie nur eine deutliche Empfindung, nämlich Dankbarkeit.

2

Sie schein in einem langen, kalten Korridor voll weißem Nebel zu sein, einem Korridor, der deutlich zur Seite geneigt war wie die Flure, die die Leute in Filmen wie *Nightmare – Mörderische Träume* oder Fernsehserien wie *Twilight Zone* immer entlangzugehen schienen. Sie war nackt und die Kälte setzte ihr echt zu und tat ihr in den Muskeln weh – besonders in den Rücken-, Hals- und Schultermuskeln.

Ich muß hier raus, sonst werde ich krank, dachte sie. *Ich bekomme schon Krämpfe vom Nebel und der Feuchtigkeit.*

(Aber sie wußte, es lag nicht an Nebel und Feuchtigkeit.)

Außerdem stimmt etwas mit Gerald nicht. Ich kann mich nicht genau erinnern, was es ist, aber ich glaube, er ist krank.

(Aber sie wußte, krank war nicht das richtige Wort.)

Jedoch, und das war seltsam, ein anderer Teil ihres Verstands wollte gar nicht aus diesem schiefen, nebligen Korridor entkommen. Dieser Teil deutete an, daß es viel besser war, wenn sie hierblieb. Daß es ihr leid tun würde, wenn sie ging. Und so blieb sie noch eine Weile.

Was sie schließlich wieder aus ihrer Erstarrung riß, war der bellende Hund. Es war ein über die Maßen häßliches Bellen, tief, aber in den oberen Registern mit schrillen Kieksern. Jedesmal, wenn das Tier eins ertönen ließ, hörte es sich an, als würde es eine Handvoll scharfer Splitter kotzen. Sie hatte dieses Bellen schon einmal gehört, aber es konnte besser sein – sogar viel besser –, wenn es ihr gelang, sich nicht daran zu erinnern, wann das war oder wo, oder was zu der Zeit geschehen war.

Aber immerhin setzte es sie in Bewegung – linker Fuß, rechter Fuß, guter Fuß, schlimmer Fuß – und plötzlich fiel ihr ein, sie könnte besser durch den Nebel sehen, wenn sie die Augen aufschlug, daher tat sie es. Sie sah keinen unheimlichen Flur aus *Twilight Zone* vor sich, sondern das Elternschlafzimmer ihres Sommerhauses am nördlichen Ende des Kashwakamak Lake – dem Gebiet, das als Notch Bay bekannt war. Sie vermutete, daß sie nur deshalb gefroren hatte, weil sie nur ein Bikiniunterteil anhatte, und ihr Hals und die Schultern taten weh, weil sie mit Handschellen an die Bettpfosten gefesselt und in ihrer Bewußtlosigkeit mit dem Hinterteil vom Bett gerutscht war. Kein schiefer Korridor; keine neblige Feuchtigkeit. Nur der Hund war echt, er bellte sich immer noch die verdammte Lunge aus dem Hals. Es hörte sich an, als wäre er jetzt nahe am Haus. Wenn Gerald das hörte ...

Beim Gedanken an Gerald zuckte sie zusammen, und dieses Zusammenzucken jagte komplexe Spiralfunken von Schmerzen durch ihren verkrampften Bizeps und Trizeps. Das Kribbeln verlor sich an den Ellbogen im Nichts, und Jessie stellte voll zähem, halbwachem Mißfallen fest, daß ihre Unterarme fast völlig gefühllos waren und ihre Hände ebensogut Handschuhe voll geronnenem Kartoffelpürree sein konnten.

Das wird weh tun, dachte sie, und dann fiel ihr alles wieder ein ... besonders Gerald, wie er den Kopfsprung vom Bett machte. Ihr Mann lag auf dem Boden, tot oder bewußtlos, und sie lag hier oben auf dem Bett und dachte, was für ein Verdruß es war, daß ihre Arme und Hände eingeschlafen waren. Wie egoistisch und egozentrisch konnte man eigentlich werden?

Wenn er tot ist, ist er selber schuld, sagte die Ohne-Scheiß-Stimme. Sie versuchte, noch ein paar Binsenweisheiten loszuwerden, aber Jessie brachte sie zum Schweigen. In ihrem halbwachen Zustand besaß sie einen klareren Einblick in die tieferen Archive ihrer Speicherbänke, und plötzlich wurde ihr klar, wessen Stimme – etwas näselnd, abgehackt, immer am Rand eines sarkastischen Lachens – das war. Sie gehörte Ruth Neary, ihrer Zimmergenossin am College. Nachdem Jessie es nun wußte, war sie kein bißchen überrascht. Ruth hatte ihre guten Ratschläge stets verschwenderisch um sich geworfen, und ihr Rat hatte die neunzehnjährige, hinter den Ohren noch grüne Zimmergenossin aus Falmouth Foreside häufig in Verlegenheit gebracht ... was zweifellos Absicht war, jedenfalls teilweise; Ruth hatte das Herz immer am rechten Fleck gehabt, und Jessie hatte nie daran gezweifelt, daß Ruth sechzig Prozent von dem glaubte, was sie von sich gab, und vierzig Prozent von allem, was sie angeblich schon erlebt haben wollte, tatsächlich erlebt hatte. Wenn es um sexuelle Dinge ging, lag der Prozentsatz wahrscheinlich noch höher. Ruth Neary, die erste Frau, die Jessie kennengelernt hatte, die sich strikt weigerte, Beine und Achselhöhlen zu rasieren; Ruth, die einmal den Kissenbezug einer unangenehmen Etagenaufsicht mit Erdbeerschaumbad gefüllt hatte; Ruth, die zu jeder Studentenveranstaltung ging und schon aus Prinzip jede experimentelle Studentenaufführung besuchte. *Wenn alle Stricke reißen, Süße, ist bestimmt ein gutaussehender Typ dabei, der sich nackt auszieht,* hatte sie einer erstaunten, aber faszinierten Jessie erzählt, als sie von einer Studentenvorführung von etwas mit dem Titel »Der Sohn von Noahs Papagei« nach Hause gekommen war. *Ich meine, das passiert nicht* immer, *aber* normalerweise – *ich glaube, Theaterstücke von Studenten sind nur dazu da – damit Jungs und Mädchen sich nackt ausziehen und es in aller Öffentlichkeit treiben können.*

Sie hatte seit Jahren nicht mehr an Ruth gedacht, und jetzt war Ruth plötzlich in ihrem Kopf und verteilte kleine Perlen der Weisheit, ganz wie in einstigen Tagen. Nun, warum nicht? Wer konnte besser geeignet sein, die geistig Verwirrten und emotional Gestörten zu beraten als Ruth Neary, die nach der Universität von New Hamsphire drei Ehen, zwei Selbstmordversuche und vier Drogen- und Alkoholentziehungskuren hinter sich gebracht hatte? Die gute alte Ruth, ein weiteres prächtiges Beispiel dafür, wie gut die einstige ›Love Generation‹ damit fertig wurde, daß sie in die mittleren Jahre kamen.

»Herrgott, genau das kann ich jetzt brauchen, Dear Abby aus der Hölle«, sagte sie, und ihre belegte, nuschelnde Stimme machte ihr mehr angst als die Gefühllosigkeit in Händen und Unterarmen.

Sie versuchte, sich wieder in die weitgehend sitzende Haltung zu ziehen, die sie vor Geralds kleinem Kopfsprung innegehabt hatte (war dieses gräßliche Geräusch wie von einem aufgeschlagenen Ei Teil des Traums gewesen? Sie betete, daß es so war), und die Gedanken an Ruth wurden von einem plötzlichen Ausbruch von Panik verschlungen, als sie bemerkte, daß sie sich überhaupt nicht bewegen konnte. Das unangenehme und schmerzhafte Kribbeln bohrte sich wieder durch ihre Muskeln, aber sonst passierte nichts. Ihre Arme hingen einfach weiter seitlich über ihr, reglos und taub wie Ofenscheite aus Ahornholz. Das Gefühl der Benommenheit verschwand aus ihrem Kopf – sie stellte fest, daß Panik-Riechsalz haushoch überlegen war –, und ihr Herz legte einen Zahn zu, aber das war auch alles. Ein lebhaftes Bild aus einer längst vergangenen Geschichtsstunde flackerte einen Moment lang vor ihrem geistigen Auge: ein Kreis lachender, deutender Leute, die um eine junge Frau herumstanden, die Kopf und Hände im Pranger hatte. Die Frau war gebückt wie die Hexe im Märchen, das Haar hing ihr ins Gesicht wie ein Bußschleier.

Sie heißt Goodwife Burlingame und wird bestraft, weil sie ihren Mann verletzt hat, dachte sie. *Sie bestrafen Goodwife, weil sie die wahre Schul-*

dige nicht bekommen können ... diejenige, die sich anhört wie meine alte Zimmergenossin vom College.

Aber war verletzt das richtige Wort? War es nicht wahrscheinlicher, daß sie dieses Schlafzimmer mit einem Toten teilte? War es nicht darüber hinaus wahrscheinlich, daß – Hund hin oder her – die Gegend um Notch Bay vollkommen verlassen war? Daß nur der Eistaucher ihr antworten würde, sollte sie anfangen zu schreien? Nur er, sonst niemand?

Überwiegend lag es an diesem Gedanken mit seinen seltsamen Anklängen an Poes ›Der Rabe‹, der sie plötzlich zur Erkenntnis dessen brachte, was hier eigentlich ablief, in welche Lage sie sich gebracht hatte, und da überkam sie mit einemmal ausgewachsenes, namenloses Grauen wie ein Raubvogel, der Klauen voran aus der Sonne gestürzt kommt. Zwanzig Sekunden oder so (hätte man sie gefragt, wie lange dieser Anflug von Panik gedauert hatte, hätte sie drei Minuten geschätzt, wahrscheinlich eher fünf) wand sie sich hilflos in seinem Griff. Ein kleiner Rest vernünftigen Bewußtseins blieb tief in ihr erhalten, aber der war hilflos – nur ein betroffener Zuschauer, der beobachtete, wie sich die Frau auf dem Bett hin und her warf und dabei den Kopf in einer Geste der Verneinung drehte, und der ihre heiseren, ängstlichen Schreie hörte.

Ein tiefer, glasklarer Schmerz am Halsansatz, unmittelbar über der linken Schulter, machte dem ein Ende. Es war ein Muskelkrampf, ein schlimmer – Charleypferd sagten die Jockeys dazu.

Jessie ließ den Kopf stöhnend gegen die zweigeteilten Mahagonibretter sinken, die das Kopfende des Bettes bildeten. Der Muskel, den sie belastet hatte, war in der angestrengt überdehnten Position erstarrt und schien hart wie Stein zu sein. Die Tatsache, daß nach ihrer Anstrengung Nadelstiche des Empfindens bis in die Unterarme und Handflächen kribbelten, verblaßte neben diesen schrecklichen Schmerzen zur Bedeutungslosigkeit, und sie mußte feststellen, daß sie den überlasteten Muskel nur noch größerem Druck aussetzte, wenn sie sich gegen das Kopfteil lehnte.

Instinktiv, ohne einen Gedanken, stemmte Jessie die Fersen auf die Matratze, hob die Pobacken und drückte mit den Füßen. Ihre Ellbogen wurden durchgedrückt, der Druck auf Schultern und Oberarme ließ nach. Einen Augenblick später ließ das Charleypferd in ihrem Deltamuskel nach. Sie stieß einen langen, harschen Stoßseufzer der Erleichterung aus.

Der Wind – der das Stadium ›Brise‹ schon einiges hinter sich gelassen hatte, wie sie feststellte – wehte in Böen und strich seufzend durch die Pinien am Hang zwischen Haus und See. In der Küche (die sich, soweit es Jessie betraf, in einem anderen Universum befand) schlug die Tür, die weder sie noch Gerald ganz zugezogen hatten, gegen den aufgequollenen Rahmen: einmal, zweimal, dreimal, viermal. Das waren die einzigen Laute; nur die, sonst keine. Der Hund hatte aufgehört zu bellen, zumindest vorübergehend, und die Motorsäge brummte auch nicht mehr. Selbst der Eistaucher schien Kaffeepause zu machen.

Die Vorstellung von einem Eistaucher, der Kaffeepause machte, möglicherweise auf einer Luftmatratze trieb und mit ein paar Eistaucherdamen schwatzte, löste ein verstaubtes Krächzen in ihrem Hals aus. Unter nicht so unangenehmen Umständen hätte man es als ein Kichern bezeichnen können. Es löste den letzten Rest ihrer Panik auf; sie hatte immer noch Angst, aber wenigstens wieder Kontrolle über ihr Denken und Handeln. Darüber hinaus hatte sie einen unangenehm metallischen Geschmack auf der Zunge.

Das ist Adrenalin, Süße, oder was für ein Drüsensekret dein Körper auch immer absondern mag, wenn du die Krallen ausfährst und an den glatten Wänden hochkletterst. Wenn dich jemals jemand fragen sollte, was Panik ist, jetzt kannst du es ihnen sagen: ein emotionaler weißer Fleck, nach dem man das Gefühl hat, als hätte man einen Mundvoll Pennies gelutscht.

Ihre Unterarme kribbelten, und mittlerweile hatte sich dieses Kribbeln der Empfindung auch in die Finger ausgebreitet. Jessie spreizte und spannte die Hände mehrmals, wobei sie jedesmal zusammenzuckte. Sie konnte das ferne Geräusch der Handschellen hören, die gegen die Bettpfosten schlugen, und nahm sich einen Moment Zeit, darüber nachzudenken, ob sie und Gerald verrückt gewesen waren – jetzt schien es so, aber sie zweifelte nicht daran, daß Tausende Menschen überall auf der Welt tagtäglich ähnliche Spiele spielten. Sie hatte gelesen, daß es sogar sexuelle Freigeister gab, die sich in ihren Schränken aufhingen und abspritzten, während die Blutzufuhr zum Gehirn langsam zu Null schwand. Derlei Neuigkeiten bestärkten sie in ihrer Überzeugung, daß Männer nicht mit einem Penis gesegnet, sondern damit verflucht waren.

Aber *wenn* es nur ein Spiel war (nur das und nichts weiter), warum hatte Gerald es dann für notwendig erachtet, richtige

Handschellen zu kaufen? *Das* war einmal eine interessante Frage, oder nicht?

Möglich, aber ich glaube nicht, daß es im Augenblick die wirklich wichtige Frage ist, Jessie, du etwa? fragte Ruth Neary in ihrem Kopf. Es war wirklich erstaunlich, wie viele Gedankengänge das menschliche Gehirn gleichzeitig verfolgen konnte. Einer war, daß sie sich gerade fragte, was aus Ruth, die sie zum letztenmal vor zehn Jahren gesehen hatte, geworden sein mochte. Und es war mindestens drei Jahre her, seit Jessie zuletzt von ihr gehört hatte. Das letzte Lebenszeichen war eine Postkarte gewesen, die einen jungen Mann im herausgeputzten Samtanzug mit Rüschen am Hals zeigte. Der junge Mann hatte den Mund offen und die Zunge anzüglich herausgestreckt gehabt. EINES TAGES KOMMT MEIN MÄRCHENPRINZ VORBEIGEZÜNGELT, hatte auf der Karte gestanden. New-Age-Humor, hatte Jessie damals gedacht, wie sie sich noch erinnerte. Die Viktorianer hatten Alexander Pope gehabt; die ›Lost Generation‹ hatte H. L. Mencken gehabt; wir jedoch müssen mit anzüglichen Grußkarten und pseudowitzigen Stoßstangenaufklebern wie SIE HABEN GANZ RECHT, DIE STRASSE GEHÖRT *TATSÄCHLICH* MIR vorliebnehmen.

Die Karte hatte einen verschwommenen Poststempel aus Arizona getragen und die Information übermittelt, daß Ruth einer Lesbengemeinschaft beigetreten war. Diese Neuigkeit hatte Jessie nicht besonders überrascht; sie hatte sogar darüber nachgedacht, ob ihre alte Freundin, die zutiefst nervtötend und überraschend, auf melancholische Art nett sein konnte (manchmal im selben Atemzug), nicht endlich ein Loch auf dem großen Spielbrett des Lebens gefunden haben mochte, das einzig und allein für ihren seltsam geformten Spielstein gebohrt worden war.

Sie hatte Ruths Postkarte in die oberste linke Schublade ihres Schreibtisches gelegt, wo sie verschiedene Briefe und Karten aufbewahrte, die wahrscheinlich nie beantwortet werden würden, und das war das letzte Mal gewesen, an dem sie – bis heute – an ihre alte Zimmergenossin gedacht hatte – an Ruth Neary, die Ruth, die so unheimlich gerne eine alte Harley-Davidson besessen hätte, aber nicht einmal imstande gewesen war, ein Standardgetriebe zu bedienen, nicht einmal das von Jessies zahmen alten Ford Pinto; Ruth, die sich sogar nach drei Jahren noch häufig auf dem Campus der UNH verlief; Ruth, die immer weinte, wenn sie vergaß, daß sie etwas auf der Herdplatte kochte und es anbrannte. Letzteres passierte ihr so oft, es grenzte schon an ein Wunder, daß sie nie das Zimmer – oder das ganze Wohnheim – in Brand gesteckt hatte. Wie seltsam, daß sich die selbstbewußte Ohne-Scheiß-Stimme in ihrem Kopf als die von Ruth entpuppte.

Der Hund fing wieder an zu bellen. Es klang nicht näher, aber es klang auch nicht weiter entfernt. Sein Besitzer jagte keine Vögel, soviel stand fest; kein Jäger konnte mit so einem Hundeplappermaul etwas anfangen. Und wenn Herr und Hund einfach zu einem Nachmittagsspaziergang unterwegs waren, wie kam es dann, daß das Bellen seit mindestens fünf Minuten von ein und derselben Stelle ertönte?

Weil du vorhin recht gehabt hast, flüsterte ihr Verstand. *Es* gibt *keinen Herrn.* Diese Stimme gehörte weder Ruth noch Goodwife Burlingame, und es war ganz sicher nicht die Stimme, die sie als ihre eigene betrachtete (wie immer *die* auch sein mochte); sie war sehr jung und sehr ängstlich. Und merkwürdig vertraut, wie Ruths Stimme. *Das da draußen ist nur ein Streuner. Er kann dir nicht helfen, Jessie. Er kann* uns *nicht helfen.*

Aber das war womöglich eine zu düstere Einschätzung. Schließlich *wußte* sie nicht, ob der Hund ein Streuner war, oder? Nicht sicher jedenfalls. Und bis sie es nicht genau wußte, wollte sie's auch nicht glauben. »Verklagt mich doch, wenn euch das nicht paßt«, sagte sie mit leiser, heiserer Stimme.

Inzwischen war da immer noch das Problem Gerald. In all der Panik und den Schmerzen war ihr das irgendwie entfallen.

»Gerald?« Ihre Stimme klang immer noch verstaubt und abwesend. Sie räusperte sich und versuchte es noch einmal. »Gerald!«

Nichts. Zilch. Überhaupt keine Reaktion.

Aber das bedeutet nicht, daß er tot ist, also bleib auf dem Teppich, Weib – dreh nicht schon wieder durch.

Sie *blieb* auf dem Teppich, schönen Dank, und sie hatte auch nicht die Absicht, wieder durchzudrehen. Dennoch verspürte sie ein tiefes, brodelndes Unbehagen im Innersten, ein Gefühl, das einem schrecklichen Heimweh glich. Geralds fehlende Reaktion bedeutete nicht, daß er tot war, das stimmte, aber es hieß, daß er zumindest bewußtlos war.

Und wahrscheinlich *tot,* fügte Ruth Neary hinzu. *Ich will dir nicht die Tour vermasseln, Jess – echt nicht –, aber du hörst ihn nicht atmen, oder? Ich meine, normalerweise* kann *man Bewußtlose atmen hören; sie holen schnarchend, blubbernd Luft, oder nicht?*

»Verdammt, woher soll ich das wissen?« sagte sie, aber das war dumm. Sie wußte es, weil sie die ganze Zeit an der High-School aus Überzeugung Karbolmäuschen gewesen war, und da brauchte man nicht lange, bis man ziemlich genau wußte, wie sich tot anhörte; es hörte sich nach gar nichts an. Ruth hatte alles über die Jahre gewußt, die sie am Portland City Hospital gearbeitet hatte – ihre ›Bettpfannenjahre‹, wie sich Jessie manchmal selbst ausdrückte –, aber diese Stimme hätte es auch gewußt, wenn es Ruth nicht gewußt hätte, denn diese Stimme war nicht die von *Ruth;* es war *ihre eigene.* Sie mußte sich daran erinnern, weil diese Stimme ein so unheimliches Eigenleben zu haben schien.

Wie die Stimmen, die du schon einmal gehört hast, murmelte die junge Stimme. *Die Stimmen, die du nach dem dunklen Tag gehört hast.*

Aber daran wollte sie nicht denken. Sie wollte *niemals* daran denken. Hatte sie nicht schon genug Probleme?

Doch Ruths Stimme hatte recht: Bewußtlose – besonders diejenigen, die als Folge eines kräftigen Schlags auf den Kopf bewußtlos waren – schnarchten normalerweise *wirklich.* Was bedeutete ...

»Er ist wahrscheinlich tot«, sagte sie mit ihrer verstaubten Stimme. »Okay, ja.«

Sie beugte sich nach links, bewegte sich aber behutsam, eingedenk ihres Muskels am Halsansatz, der sich so schmerzhaft verkrampft hatte. Sie hatte das äußerste Ende der Kette, die ihr rechtes Handgelenk fesselte, noch nicht ganz erreicht, als sie einen feisten rosa Arm und eine halbe Hand sah – eigentlich nur die zwei letzten Finger. Es war seine rechte Hand; das wußte sie, weil er keinen Ehering am dritten Finger trug. Sie konnte die weißen Sicheln seiner Fingernägel sehen. Gerald war wegen seiner Hände und Nägel immer ausgesprochen eitel gewesen. Bis jetzt war ihr nie aufgefallen, *wie* eitel. Manchmal war es komisch, wie wenig man sah. Wie wenig man sah, auch wenn man glaubte, man hätte alles gesehen.

Mag sein, aber ich will dir noch was sagen, Herzblatt: momentan kannst du die Jalousien runterlassen, weil ich nämlich nichts mehr sehen will. Nein, überhaupt nichts mehr. Aber sich weigern, zu sehen, war ein Luxus, den sie sich zumindest im Augenblick nicht leisten konnte.

Jessie, die sich weiterhin überaus behutsam bewegte und Hals und Schultern hätschelte, rutschte, soweit es die Kette zuließ, nach links. Viel war es nicht – fünf oder sechs Zentimeter, höchstens –, aber der Winkel wurde dadurch soviel größer, daß sie einen Teil von Geralds Oberarm, einen Teil seiner rechten Schulter und ein winziges Stück des Kopfs sehen konnte. Sie war nicht sicher, bildete sich aber ein, daß sie auch winzige Blutströpfchen an seinem schütteren Haaransatz erkennen konnte. Sie vermutete, es war zumindest theoretisch denkbar, daß das ihrer Phantasie entsprang. Sie hoffte es.

»Gerald?« flüsterte sie. »Gerald, kannst du mich hören? Bitte antworte mir.«

Keine Antwort. Keine Bewegung. Sie konnte wieder das tiefe, heimwehähnliche Unbehagen verspüren, das pochte und pulsierte wie eine unbehandelte Wunde.

»Gerald?« flüsterte sie wieder.

Warum flüsterst du? Er ist tot. Der Mann, der dich einmal mit einem Wochenendausflug nach Aruba – ausgerechnet Aruba *– überrascht und während einer Silvesterparty deine Krokodillederschuhe auf den Ohren getragen hat . . . dieser Mann ist tot. Also warum um alles in der Welt flüsterst du?*

»*Gerald!*« Dieses Mal schrie sie seinen Namen. »*Gerald, wach auf!*«

Der Klang ihrer eigenen schreienden Stimme versetzte sie beinahe wieder in ein panisches, zuckendes Interludium, und das Beängstigendste war nicht Geralds andauernde Unfähigkeit, sich zu bewegen oder zu antworten; es war die Erkenntnis, daß die Panik noch da war, immer noch *genau hier,* wo sie rastlos um Jessies Denken kreiste, wie ein Raubtier das lodernde Lagerfeuer einer Frau umkreist, die irgendwie von ihren Freunden getrennt wurde und sich in den tiefen, dunklen Weiten des Waldes verirrt hat.

Du hast dich nicht verirrt, sagte Goodwife Burlingame, aber Jessie traute dieser Stimme nicht. Ihre Beherrschung klang gekünstelt, die Vernunft nur oberflächlich. *Du weißt genau, wo du bist.*

Ja, das wußte sie. Sie befand sich am Ende eines kurvigen, ausgefahrenen Feldwegs, der zwei Meilen südlich von hier von der Sunset Lane abzweigte. Der Feldweg war ein Korridor heruntergefallener roter und gelber Blätter gewesen, über die sie und Gerald gefahren waren, und das Laub war ein stummer Hinweis auf die Tatsache, daß dieser Weg, der zum Abschnitt Notch Bay des Kashwakamak führte, in den drei Wochen, seit das Laub sich verfärbt hatte und abfiel, wenig oder gar nicht befahren worden war. Dieses Ende des Sees gehörte fast ausnahmslos den Sommergästen, und soweit Jessie es beurteilen konnte, war der Weg wohl schon seit dem Tag der Arbeit nicht mehr benützt worden. Alles in allem waren es fünf Meilen, zuerst auf dem Feldweg und dann auf der Sunset Lane, bis man zur Route 117 kam, wo einige Ortsansässige wohnten.

Ich bin ganz alleine hier draußen, mein Mann liegt tot auf dem Boden und ich bin mit Handschellen ans Bett gefesselt; ich kann schreien, bis ich schwarz werde, es wird mir nichts nützen, niemand wird mich hören. Der Mann mit der Motorsäge ist wahrscheinlich der nächste, und selbst der ist mindestens vier Meilen entfernt. Er könnte sogar auf der anderen Seite des Sees sein. Der Hund könnte mich hören, aber der Hund ist mit ziemlicher Sicherheit ein Streuner. Gerald ist tot, und das ist jammerschade – ich wollte ihn nicht umbringen, falls ich das getan habe –, aber wenigstens ist es bei ihm schnell gegangen. Bei mir wird es nicht schnell gehen; wenn sich in Portland niemand Sorgen um uns macht, und das müßte eigentlich niemand, jedenfalls nicht so schnell . . .

Sie sollte so etwas nicht denken; es brachte das Panik-Ding wieder näher. Wenn sie ihr Denken nicht aus diesen Bahnen riß, würde sie dem Panik-Ding bald wieder in die dummen, gierigen roten Augen sehen. Nein, sie sollte so etwas auf gar keinen Fall denken. Das Dumme war nur, wenn man erst einmal damit angefangen hatte, konnte man kaum mehr damit aufhören.

Aber vielleicht verdienst du es nicht anders, meldete sich plötzlich die oberlehrerhafte, fiebrige Stimme von Goody Burlingame zu Wort. *Vielleicht. Weil du ihn* doch *umgebracht hast, Jessie. Diesbezüglich kannst du dir nichts vormachen, weil ich es nicht dulde. Ich bin sicher, er war nicht besonders gut in Form, und ich bin sicher, es wäre früher oder später sowieso passiert – ein Herzanfall im Büro oder vielleicht auf dem Nachhauseweg auf der Überholspur, er mit einer Zigarette in der Hand, die er anzünden wollte, und hinter ihm ein riesiger Achtunddreißigtonner, der hupt, damit er endlich Platz macht und wieder auf die rechte Fahrspur schert. Aber du hast nicht auf früher oder später warten können, richtig? O nein, du doch nicht, nicht Tom Mahouts braves kleines Mädchen Jessie. Du hast nicht einfach daliegen und ihn seinen Saft abschießen lassen können, was? Cosmo-Girl Jessie Burlingame sagt: »Kein Mann fesselt mich.« Du hast ihn in Bauch und Eier treten müssen, richtig? Und das hast du machen müssen, als sein Thermostat sowieso schon über der roten Linie war. Bringen wir es auf den Nenner, Teuerste: du hast ihn ermordet. Darum verdienst du es vielleicht, daß du mit Handschellen an dieses Bett gefesselt bist. Vielleicht . . .*

»Ach, das ist doch alles Quatsch«, sagte sie. Es war eine unaussprechliche Erleichterung, diese andere Stimme – Ruths Stimme – aus ihrem Mund zu hören. Manchmal (nun . . . vielleicht traf *häufig* eher den Kern der Sache) haßte sie die Stimme von Goodwife, haßte und fürchtete sie. Sie war häufig albern und zimperlich, das war Jessie klar, aber sie war auch *stark* und man konnte nur schwer nein zu ihr sagen.

Goody war immer schnell zur Stelle, um ihr zu sagen, daß sie das falsche Kleid gekauft oder den falschen Lieferanten für das Sommerfest beauftragt hatte, das Gerald jedes Jahr für die Partner in der Anwaltskanzlei und deren Frauen gab (davon abgesehen, daß eigentlich Jessie es gab; Gerald stand nur herum und sagte »halb so wild« und ließ sich feiern). Goody bestand immer darauf, daß sie, Jessie, fünf Pfund abnehmen mußte. Diese Stimme ließ nicht einmal locker, wenn man Jessies Rippen sehen konnte. *Vergiß die Rippen*! kreischte sie in einem Tonfall rechtschaffenen Entsetzens. *Sieh dir deine* Titten *an, altes Mädchen! Und wenn das nicht ausreicht, daß du Knochen kotzt, sieh dir deine* Schenkel *an!*

»Was für ein *Quatsch*«, sagte sie und versuchte, es noch nachdrücklicher zu sagen, aber nun hörte sie ein leises Zittern in der Stimme, und das war nicht gut. »Er wußte, daß es mein Ernst war . . . er *wußte* es. Wessen Schuld ist es dann?«

Aber stimmte das wirklich? In gewisser Weise ja – sie hatte gesehen, wie er sich über das hinwegsetzte, was er in ihrem Gesicht sah und aus ihrer Stimme heraushörte, weil es das Spiel verdorben hätte. Aber in anderer Hinsicht – einer weitaus grundlegenderen Hinsicht – wußte sie, daß es ganz und gar nicht stimmte, weil Gerald sie in den letzten zehn oder zwölf Jahren ihres Zusammenlebens fast überhaupt nicht mehr ernst genommen hatte. Er hatte es sich fast zu einer Art zweitem Beruf gemacht, nicht zu hören, was sie sagte, wenn es sich nicht gerade um Mahlzeiten oder darum handelte, wo sie an dem-und-dem Tag zu der-und-der Zeit sein mußten (also vergiß es nicht, Gerald). Die einzigen anderen Ausnahmen der allgemeinen Hör-Regel waren unfreundliche Bemerkungen über sein Gewicht oder seinen Alkoholkonsum. Er hörte, was sie zu diesen Themen zu sagen hatte, und es gefiel ihm nicht, aber er konnte sie als Teil einer mythischen Weltordnung abtun: Fische müssen schwimmen, Vögel müssen fliegen, Ehefrauen müssen nörgeln.

Also was genau hatte sie von diesem Mann erwartet? Daß er sagte: Aber gewiß, Teuerste, ich werde dich sofort losbinden, und danke, übrigens, daß du mein Gewissen erleichtert hast?

Ja, vermutete sie, ein naiver Teil von ihr, ein unberührter und blauäugiger Kleinmädchenteil, hatte genau das erwartet.

Die Motorsäge, die eine ganze Weile gebrummt und gekreischt hatte, verstummte plötzlich. Hund, Eistaucher und sogar der Wind waren ebenfalls verstummt, jedenfalls vorübergehend, und die Stille schien so dick und greifbar wie der ungestörte Staub von zehn Jahren in einem leeren Haus. Sie konnte kein Auto und keinen Lastwagenmotor hören, nicht einmal in der Ferne. Und die Stimme, die jetzt sprach, gehörte ausschließlich ihr selbst. *O mein Gott,* sagte sie. *O mein Gott, ich bin ganz allein hier draußen. Ich bin ganz allein.*

3

Jessie kniff die Augen fest zusammen. Vor sechs Monaten hatte sie vergebliche vier Monate in Therapie verbracht, ohne Gerald etwas zu sagen, weil sie wußte, er würde sarkastisch sein ... und sich wahrscheinlich Sorgen machen, was sie alles aus dem Nähkästchen plaudern könnte. Sie hatte als Problem Streß genannt, und Nora Callighan, ihre Therapeutin, hatte ihr eine einfache Entspannungstechnik beigebracht.

Die meisten Menschen denken beim Zählen bis zehn an Donald Duck, der versucht, sich zu beherrschen, hatte Nora gesagt, *aber wenn man bis zehn zählt, bekommt man damit in Wirklichkeit die Chance, sämtliche emotionalen Skalen neu einzustellen ... und jeder, der sie nicht mindestens einmal täglich neu einstellen muß, hat wahrscheinlich schwerwiegendere Probleme als Ihre oder meine.*

Auch diese Stimme war deutlich – so deutlich, daß sie ein kleines, sehnsüchtiges Lächeln auf Jessies Gesicht zauberte.

Ich habe Nora gemocht. Sehr gemocht.

Hatte sie, Jessie, das damals gewußt? Sie stellte zu ihrem gelinden Erstaunen fest, daß sie sich nicht genau erinnern konnte, ebensowenig wie sie sich erinnern konnte, warum sie aufgehört hatte, dienstags nachmittags zu Nora zu gehen. Sie vermutete, daß eine Menge Aktivitäten – Sammlungen für die Wohlfahrt, das neue Obdachlosenasyl in der Court Street und vielleicht auch die Beschaffung von Mitteln für die neue Bibliothek –, daß das alles einfach auf einen Schlag zusammengekommen war. Manchmal läuft es eben beschissen, sagt schon ein weiterer dieser angeblich so weisen und doch so geistlosen New-Age-Sprüche. Wahrscheinlich war es sowieso das Beste gewesen, einfach aufzuhören. Wenn man nicht irgendwo einen Schlußstrich zog, ging die Therapie einfach immer weiter, bis man zusammen mit seinem Therapeuten zur großen Gruppentherapie im Himmel tatterte.

Vergiß es – zähl einfach, fang mit den Zehen an.

Ja – warum nicht?

Eins ist für Füße, zehn Zehen klein, wie kleine Schweinchen, sind sie nicht fein?

Nur waren acht komisch und schief und ihre großen Zehen sahen aus wie die Köpfe von Schusterhämmern.

Zwei ist für Beine, schön lang und schön eben.

Nun, *so* lang nun auch wieder nicht – schließlich war sie nur einen Meter fünfundsiebzig groß –, aber Gerald hatte immer behauptet, sie wären dennoch das Beste an ihr – jedenfalls in der alten Abteilung Sex-Appeal. Diese Behauptung, die sein wahrhaftiger Ernst zu sein schien, hatte sie stets amüsiert. Irgendwie hatte er ihre Knie übersehen, die so häßlich wie die Knoten an Apfelbäumen waren, und die pummeligen Oberschenkel.

Drei mein Geschlecht, das Gott mir gegeben.

Einigermaßen niedlich – ein bißchen *zu* niedlich, würden viele vielleicht sagen –, aber nicht besonders erleuchtend. Sie hob ein wenig den Kopf, als wollte sie das fragliche Teil betrachten, ließ die Augen aber geschlossen. Sie brauchte die Augen sowieso nicht, um es vor sich zu sehen; sie lebte schon lange Zeit mit diesem speziellen Teil zusammen. Zwischen ihren Beinen befand sich ein Dreieck ingwerfarbener Löckchen rings um einen unscheinbaren Schlitz mit all der ästhetischen Schönheit einer schlecht verheilten Wunde. Dieses Ding – dieses Organ, das in Wirklichkeit nicht mehr war als eine tiefe Hautfalte zwischen überkreuzten Muskelsträngen – schien ihr als ein Gegenstand von Mythen reichlich übertrieben zu sein, aber im kollektiven Denken der Männer kam ihm dennoch eine mythische Rolle zu; es war das verzauberte Tal, zu dem selbst die wildesten Einhörnern zitternd und mit gesenkten Köpfen hingezogen wurden ...

»Mutter Macree, was für ein Quatsch«, sagte sie und lächelte ein wenig, allerdings ohne die Augen aufzuschlagen.

Aber es *war* kein Quatsch, nicht völlig. Dieser Schlitz war das Objekt aller männlichen Begierde – jedenfalls der heterosexuellen –, aber er war gelegentlich auch Gegenstand unerklärlichen Abscheus, Mißtrauens und Hasses. Man hörte diesen dunklen Zorn nicht in allen Witzen, aber er schwang in vielen mit, und manchmal kam er roh wie eine Schwäre zum Vorschein. *Was ist eine Frau? Ein Lebenserhaltungssystem für eine Fotze.*

Hör auf, Jessie, befahl Goodwife Burlingame. Ihre Stimme klang aufgebracht und angewidert. *Hör sofort auf.*

Das, überlegte Jessie, war eine verdammt gute Idee, und sie konzentrierte sich wieder auf Noras Zehner-Reim. Vier war für ihre Hüften (zu breit), fünf für ihren Bauch (zu dick). Sechs waren ihre Brüste, die *sie* für ihr Bestes hielt – Gerald, vermutete sie, brachten die Spuren blauer Äderchen unter den anmutigen Kurven etwas aus der Fassung; bei den Brüsten der Frauen in seinen

Hochglanzmagazinen sah man diese Spuren der Leitungen unter Putz nicht. Und den Mädchen in den Magazinen wuchsen auch keine winzigen Härchen aus den Warzenhöfen.

Sieben waren ihre zu breiten Schultern, acht ihr Hals (der gut ausgesehen hatte, in den letzten Jahren aber eindeutig zu faltig geworden war), neun war ihr fliehendes Kinn, und zehn ...

Moment mal! Nur einen gottverdammten Moment mal! wandte die Ohne-Scheiß-Stimme erbost ein. *Was ist das denn für ein dummes Spiel?*

Jessie kniff die Augen noch fester zusammen, da das Ausmaß der Wut in dieser Stimme und ihre *Eigenständigkeit* sie betroffen machten. In ihrer Wut schien es überhaupt keine Stimme zu sein, die aus dem inneren Kern ihres Verstandes stammte, sondern ein richtiger Eindringling – ein fremder Geist, der sie übernehmen wollte, wie der Geist von Panzuzu das kleine Mädchen in *Der Exorzist* übernahm.

Möchtest du nicht antworten? fragte Ruth Neary – alias Panzuzu. *Okay, vielleicht war die Frage zu kompliziert. Ich will es dir wirklich einfach machen, Jess: Wer hat aus Nora Callighans einfacher kleiner Entspannungsübung ein Mantra des Selbsthasses gemacht?*

Niemand, dachte sie kläglich zurück, wußte aber sofort, daß die Ohne-Scheiß-Stimme das nie akzeptieren würde, daher fügte sie hinzu: *Goodwife. Sie war es.*

Nein, sie war es nicht, gab Ruths Stimme augenblicklich zurück. Sie hörte sich ob dieses halbherzigen Versuchs, die Schuld abzuwälzen, erbost an. *Goody ist ein Dummerchen und hat momentan große Angst, aber im Grunde ihrer Seele ist sie ein liebes Ding, und ihre Absichten waren immer gut. Die Absichten derjenigen, die Noras Liste verändert hat, waren wirklich böse, Jessie. Siehst du das nicht? Kannst du nicht ...*

»Ich sehe *gar nichts,* weil ich die *Augen* zugemacht habe«, sagte sie mit zitternder, kindlicher Stimme. Sie schlug sie beinahe auf, aber etwas sagte ihr, daß das die Situation nur verschlimmern, statt verbessern würde.

Wer war es, Jessie? Wer hat dir beigebracht, daß du häßlich und wertlos bist? Wer hat Gerald Burlingame als verwandte Seele und als deinen Märchenprinzen erkoren, und das wahrscheinlich Jahre bevor du ihn tatsächlich bei dieser Party der Republikanischen Partei kennengelernt hast? Wer hat entschieden, daß er nicht nur das war, was du brauchtest, sondern was du verdient hast?

Mit einer immensen Anstrengung fegte Jessie diese Stimme –

alle Stimmen, wie sie inbrünstig hoffte – aus ihrem Denken. Sie begann das Mantra wieder, und dieses Mal sprach sie es laut aus.

»Eins ist für Füße, zehn Zehen klein, zwei ist für Beine, schön lang und schön eben, drei mein Geschlecht, das Gott mir gegeben, vier sind die Hüften, rundlich und keß, fünf ist der Bauch, wo landet was ich eß.« Sie konnte sich an die anderen Verse nicht mehr erinnern (was wahrscheinlich ein Segen war; sie hatte den starken Verdacht, daß Nora sie sich selbst ausgedacht hatte, wahrscheinlich im Hinblick auf Veröffentlichung in einem der weichen und sehnsüchtigen Selbsthilfemagazine, die auf dem Kaffeetischchen in ihrem Wartezimmer lagen), daher fuhr sie ohne sie fort: »Sechs sind die Brüste, sieben die Schultern, acht mein Hals . . .«

Sie verstummte, holte Luft und stellte zufrieden fest, daß ihr Herzschlag von Galopp zu schnellem Trab gebremst worden war.

». . . neun ist mein Kinn, und zehn sind meine Augen. Augen, öffnet euch!«

Sie ließ den Worten Taten folgen, und das Schlafzimmer gewann ruckartig grelle Konturen rings um sie herum, irgendwie neu und – zumindest augenblicklich – fast so entzückend wie damals, als sie und Gerald ihren ersten Sommer in diesem Haus verbracht hatten. 1979, einem Jahr, das einmal den Beigeschmack von Sciene-fiction gehabt hatte, heute aber unendlich veraltet schien.

Jessie betrachtete die grauen Bretterwände, die hohe weiße Decke, wo sich Wellen des Sees spiegelten, und die beiden großen Fenster, eins auf jeder Seite des Bettes. Das links von ihr zeigte nach Westen und bot Ausblick auf die Veranda, das sanft abfallende Land dahinter und das herzerweichende Blau des Sees. Das rechts bot kein so romantisches Panorama – die Einfahrt und ihre graue Fregatte von Mercedes, inzwischen acht Jahre alt und mit den ersten Rostflecken an den Kotflügeln.

Gegenüber, auf der anderen Seite des Zimmers, sah sie den gerahmten Batikschmetterling über der Kommode an der Wand hängen und erinnerte sich mit einem abergläubischen Mangel an Überraschung, daß es ein Geschenk von Ruth zum dreißigsten Geburtstag gewesen war. Sie konnte die winzige rotgestickte Signatur von hier nicht erkennen, aber sie wußte, daß sie da war: *Neary, '81.* Auch ein Science-fiction-Jahr.

Neben dem Schmetterling (und passend wie die Faust aufs Auge, obwohl sie nie den Nerv aufgebracht hatte, ihren Mann darauf hinzuweisen) hing Geralds Bierkrug mit dem Aufdruck Alpha Gamma Rho an einem Chromhaken. Rho war kein besonders heller Stern am Firmament der Studentenschaften – die anderen Burschenschaftler nannten sie immer Alpha Grab A Hoe – »Alpha pack die Hacke« –, aber Gerald trug die Anstecknadel mit einer Art perversem Stolz und ließ den Bierkrug an der Wand hängen und trank jedes Jahr im Juni, wenn sie hierher kamen, das erste Bier des Sommers daraus. Derlei Zeremonien warfen manchmal, schon lange vor den Aktivitäten des heutigen Tages, die Frage auf, ob sie ihre fünf Sinne beisammen gehabt hatte, als sie Gerald heiratete.

Jemand hätte es verhindern müssen, dachte sie trübselig. *Jemand hätte es wirklich verhindern müssen, denn seht nur, was daraus geworden ist.*

Auf dem Stuhl auf der anderen Seite der Badezimmertür konnte sie den aufreizend kurzen Hosenrock und die ärmellose Bluse sehen, die sie an diesem ungewöhnlich warmen Herbsttag getragen hatte; ihr BH hing am Türknauf der Badezimmertür. Über die Bettdecke und ihre Beine fiel ein heller Streifen Nachmittagssonnenschein, der die Härchen auf ihren Oberschenkeln in goldene Drähte verwandelte. Nicht das Quadrat aus Licht, das um ein Uhr fast genau auf der Mitte der Decke lag, und nicht das Rechteck um zwei; dies war ein breites Band, das bald zu einem Streifen schrumpfen würde, und obwohl ein Stromausfall den digitalen Radiowecker auf dem Frisiertisch durcheinandergebracht hatte (er blinkte immer wieder 12:00, so unbarmherzig wie eine Neonreklame), verriet ihr das Band aus Licht, daß es auf vier Uhr ging. Nicht lange, dann würde der Streifen vom Bett rutschen und sie würde Schatten in den Ecken und unter dem kleinen Lesetisch drüben an der Wand sehen. Und wenn der Streifen zum Faden wurde, der erst über den Boden kroch und dann die gegenüberliegende Wand erklomm und dabei verblaßte, würden diese Schatten aus ihren Ecken gekrochen kommen und sich im Zimmer ausbreiten wie Tintenkleckse und unterdessen das Licht fressen. Die Sonne wanderte nach Westen; noch eine Stunde, höchstens eineinhalb, und sie würde untergehen; vierzig Minuten danach würde es dunkel sein.

Dieser Gedanke löste keine Panik aus – jedenfalls noch nicht –, aber er zog eine Membran der Niedergeschlagenheit über ihr Denken und eine klamme Atmosphäre des Grauens über ihr Herz. Sie sah sich mit Handschellen ans Bett gefesselt daliegen, und Gerald neben ihr tot auf dem Fußboden; sah sich und ihn lange nach Einbruch der Dunkelheit hier liegen, wenn der Mann mit der Motorsäge schon nach Hause zu Frau und Kindern und seinem hell erleuchteten Heim gegangen, der Hund davongestreunt war und nur noch der verdammte Eistaucher draußen auf dem See ihr Gesellschaft leistete – nur er, sonst niemand.

Mr. und Mrs. Gerald Burlingame, die eine letzte lange Nacht zusammen verbrachten.

Während sie den Bierkrug und den Batikschmetterling ansah, unpassende Nachbarn, die nur in einem Ferienhaus wie diesem toleriert werden konnten, stellte Jessie fest, daß es leicht war, über die Vergangenheit nachzudenken, und ebenso leicht (wenn auch nicht ganz so angenehm), sich mögliche Versionen der Zukunft auszumalen. Die echt schwierige Aufgabe schien zu sein, in der Gegenwart zu bleiben, aber sie dachte sich, daß sie sich wirklich größte Mühe damit geben sollte. Wenn nicht, würde diese schlimme Situation wahrscheinlich noch viel schlimmer werden. Sie konnte sich nicht darauf verlassen, daß ihr ein *deus ex machina* aus der Klemme heraushalf, in der sie steckte, und das war ein Schlag ins Kontor, aber wenn es ihr selbst gelang, winkte ihr immerhin ein Bonus: ihr wurde die Peinlichkeit erspart, fast splitterfasernackt hier zu liegen, während ein Hilfssheriff sie losmachte, sich erkundigte, was denn vorgefallen war und obendrein gleichzeitig den blütenweißen Körper der frischgebackenen Witwe lange und gründlich in Augenschein nehmen konnte.

Außerdem waren da noch zwei Probleme. Sie hätte viel darum gegeben, wenn sie sie wenigstens vorübergehend hätte verdrängen können, aber das konnte sie nicht. Sie mußte aufs Klo und sie hatte Durst. Augenblicklich war der Drang abzulassen noch stärker als der Drang nachzufüllen, aber der Wunsch nach einem Schluck Wasser machte ihr Sorgen. Es war noch nicht der Rede wert, aber das würde sich ändern, wenn es ihr nicht gelang, die Handschellen abzustreifen und zum Wasserhahn zu gehen. Die Situation würde sich so ändern, daß sie nicht darüber nachdenken wollte.

Es wäre komisch, wenn ich zweihundert Meter vom neuntgrößten See in Maine entfernt verdursten würde, dachte sie, dann schüttelte sie den Kopf. Dies war nicht der neuntgrößte See in Maine; wo war sie nur mit ihren Gedanken gewesen? Das war der Dark Score Lake, wo sie und ihre Eltern und ihr Bruder und ihre Schwester vor Jahren hingegangen waren. Vor den Stimmen. Vor ...

Sie unterdrückte das. Fest. Es war lange her, seit sie zum letzten Mal an den Dark Score Lake gedacht hatte, und sie wollte jetzt nicht damit anfangen, Handschellen hin oder her. Da war es schon besser, über den Durst nachzudenken.

Was gibt es da nachzudenken, Süße? Der ist psychosomatisch, das ist alles. Du hast Durst, weil du weißt, daß du nicht aufstehen und etwas trinken kannst. So einfach ist das.

Aber so war es nicht. Sie hatte einen Streit mit ihrem Mann gehabt, und die beiden Tritte, die sie ihm verpaßt hatte, hatten eine Kettenreaktion ausgelöst, die schlußendlich zu seinem Tod führte. Sie selbst litt an den Nachwirkungen eines heftigen Hormonstoßes. Der Fachausdruck dafür war Schock, und eine Begleiterscheinung von Schock war Durst. Sie konnte sich wahrscheinlich glücklich schätzen, daß ihr Mund nicht trockener war, zumindest bis jetzt, und ...

Und vielleicht kann ich dagegen etwas tun.

Gerald war der Inbegriff eines Gewohnheitstiers, und eine seiner Gewohnheiten war, daß er immer ein Glas Wasser auf dem Regal über dem Kopfteil des Betts stehen hatte. Sie drehte den Kopf hoch und nach rechts, und tatsächlich, da stand es, ein großes Glas Wasser, in dem schmelzende Eiswürfel schwammen. Das Glas stand zweifellos auf einem Untersetzer, damit es keinen Ring auf dem Regal hinterließ – so war Gerald, stets rücksichtsvoll bei Kleinigkeiten. Kondensationströpfchen überzogen das Glas wie Schweißperlen.

Als sie das sah, verspürte Jessie den ersten Anflug von richtigem Durst. Sie leckte sich die Lippen. Sie rutschte so weit nach rechts, wie es die Kette der linken Handschelle zuließ. Das waren nur fünfzehn Zentimeter, aber sie kam damit auf Geralds Seite des Bettes. Die Bewegung ließ auch mehrere dunkle Flecken auf der linken Seite des Bettuchs erkennen. Sie betrachtete diese einige Augenblicke verständnislos, bis ihr einfiel, wie Gerald im letzten Todeskampf die Blase entleert hatte. Dann richtete sie den Blick rasch wieder auf das Glas Wasser, das da oben auf einem Stück Pappkarton stand, das möglicherweise irgendso ein Yuppie-Gebräu anpries, Becks oder Heineken schienen am wahrscheinlichsten.

Sie streckte die Hand langsam nach oben und wünschte sich, sie käme weit genug. Kam sie nicht. Ihre Fingerspitzen reichten nur bis sechs Zentimeter vor das Glas. Der Anflug von Durst – ein leichtes Zusammenschnüren des Halses, ein schwaches Kribbeln auf der Zunge – kam und ging wieder.

Wenn niemand kommt oder mir's nicht gelingt, mich bis morgen früh zu befreien, werde ich das Glas nicht einmal mehr ansehen können.

Dieser Vorstellung war eine kalte Vernunft zueigen, die an und für sich entsetzlich war. Aber sie *würde* morgen früh nicht mehr hier sein, das war das Entscheidende. Dieser Gedanke war vollkommen lächerlich. Sogar wahnsinnig. Plemplem. Es lohnte sich nicht, darüber nachzudenken. Er ...

Hör auf, sagte die Ohne-Scheiß-Stimme. *Hör einfach auf.* Und sie gehorchte.

Sie mußte der Tatsache ins Gesicht sehen, daß die Vorstellung *nicht* vollkommen lächerlich war. Sie weigerte sich, die Möglichkeit zu sehen oder gar einzurechnen, daß sie hier *sterben* konnte – das *war* selbstverständlich plemplem –, aber sie konnte lange, ungemütliche Stunden hier verbringen, wenn sie die Spinnweben an der alten Denkmaschine nicht abstaubte und diese in Gang setzte.

Lang, ungemütlich ... und möglicherweise schmerzhaft, sagte Goodwife nervös. *Aber die Schmerzen wären ein Akt der Buße, oder nicht? Schließlich hast du dir das selbst zuzuschreiben. Ich hoffe, ich werde nicht langweilig, aber hättest du ihn einfach seinen Saft abschießen ...*

»Du *wirst* langweilig, Goody«, sagte Jessie. Sie konnte sich nicht erinnern, ob sie vorher schon einmal laut mit einer ihrer inneren Stimmen gesprochen hatte. Sie fragte sich, ob sie den Verstand verlor. Sie kam zum Ergebnis, daß ihr das so oder so scheißegal war, zumindest vorläufig.

Jessie machte wieder die Augen zu.

4

Dieses Mal stellte sie sich nicht ihren Körper in der Dunkelheit hinter ihren Lidern vor, sondern das ganze Zimmer. Selbstverständlich war sie immer noch der Mittelpunkt, huch, selbstverständlich – Jessie Mahout Burlingame, immer noch ein Pfriemelchen unter vierzig, immer noch hinreichend schlank mit einsfünfundsiebzig und dreiundsechzig Kilo, blaue Augen, rotbraunes Haar (sie übertünchte das Grau, das sich vor fünf Jahren zum ersten Mal zeigte, mit einer Tönung und war ziemlich sicher, daß Gerald es nie bemerkt hatte). Jessie Mahout Burlingame, die sich in dieses Schlammassel gebracht hatte, ohne zu wissen, wie oder warum. Jessie Mahout Burlingame, inzwischen wahrscheinlich Witwe von Gerald, immer noch Mutter von niemand, und mit zwei Polizeihandschellen an dieses Scheißbett gefesselt.

Sie ließ den Bildsucher ihres Verstandes auf letztere zoomen. Eine Furche der Konzentration erschien zwischen ihren Augen.

Alles in allem vier Handschellen, jedes Paar mit einer fünfzehn Zentimeter langen, gummierten Stahlkette verbunden, jedes hatte M-17 – eine Seriennummer, vermutete sie – in den Stahl der Verschlußplatte gestanzt. Sie erinnerte sich, wie Gerald ihr damals, als das Spiel noch neu war, erzählt hatte, daß jede Handschelle einen Bügel mit Vertiefungen besaß, mit dem man sie einstellen konnte. Außerdem war es möglich, die Kette so weit zu verkürzen, daß die Hände eines Gefangenen schmerzhaft zusammengezogen wurden, Gelenk an Gelenk, aber Gerald hatte ihr die maximale Kettenlänge zugestanden.

Warum zum Teufel auch nicht? dachte sie jetzt. *Schließlich war es nur ein Spiel . . . richtig, Gerald?* Aber nun fiel ihr ihre anfängliche Frage wieder ein, und sie überlegte sich wieder, ob es für Gerald wirklich jemals nur ein Spiel gewesen war.

Was ist eine Frau? flüsterte eine andere Stimme – eine UFO-Stimme – leise aus einem dunklen Brunnen in ihrem Inneren. *Ein Lebenserhaltungssystem für eine Fotze.*

Geh weg, dachte Jessie. *Geh weg, du bist nutzlos.*

Aber die UFO-Stimme widersetzte sich dem Befehl. *Warum hat eine Frau einen Mund* und *eine Fotze*? fragte sie statt dessen. *Damit sie gleichzeit stöhnen und pissen kann. Sonst noch Fragen, kleine Lady?*

Nein. Angesichts der beunruhigend surrealistischen Antworten hatte sie keine Fragen mehr. Sie ließ die Hände in den Handschellen kreisen. Die empfindliche Haut der Gelenke strich über den Stahl, so daß sie zusammenzuckte, aber die Schmerzen waren erträglich, und sie konnte die Hände mühelos drehen. Gerald mochte geglaubt haben, daß der einzige Lebenszweck einer Frau darin bestand, als Lebenserhaltungssystem für eine Fotze zu dienen, oder auch nicht, aber er hatte die Handschellen nicht so eng gestellt, daß es weh tat; dagegen hätte sie sich selbstverständlich schon früher verwahrt (redete sie sich ein, und keine der inneren Stimmen war so gemein, ihr bei diesem Thema zu widersprechen). Dennoch waren sie zu eng zum Herausschlüpfen.

Oder nicht?

Jessie zog versuchsweise. Die Handschellen rutschten an den Gelenken hoch, während sie die Hände nach unten zog, und dann blieben die Stahlösen fest an den Verbindungen von Knochen und Knorpel hängen, wo die Gelenke die komplexe und erstaunliche Verbindung mit den Händen eingingen.

Sie zog fester. Jetzt waren die Schmerzen weitaus intensiver. Plötzlich fiel ihr ein, wie Daddy einmal die hintere Tür auf der Fahrerseite ihres alten Country Squire-Kombi zugeschlagen hatte, als Maddy die linke Hand darin hatte, ohne zu wissen, daß sie zur Abwechslung einmal auf seiner Seite herauswollte, statt auf ihrer. Wie sie geschrien hatte! Ein Knochen war gebrochen – Jessie konnte sich nicht erinnern, wie er hieß –, aber sie wußte noch, daß Maddy ihren Gips stolz vorgeführt und gesagt hatte: »Und außerdem habe ich mir die Posteriorsehne durchgeschnitten.« Jess und Will war das komisch vorgekommen, weil jeder wußte, daß ›Posterior‹ die wissenschaftliche Bezeichnung für den Allerwertesten war. Sie hatten gelacht, mehr überrascht als hämisch, aber Maddy war dennoch mit einem Gesicht so finster wie eine Gewitterwolke davongestürmt, um es Mommy zu sagen.

Posteriorsehne, dachte sie und zog trotz der zunehmenden Schmerzen absichtlich fester. *Posteriorsehne und Radius-Ulnar-so-oder-so. Einerlei. Wenn du aus diesen Handschellen schlüpfen kannst, solltest du es besser machen, Süße, soll sich doch später ein Arzt den Kopf darüber zerbrechen, wie man Humpty wieder zusammenflicken kann.*

Sie verstärkte den Zug langsam, konstant, und befahl den Handschellen im Geiste, herunterzurutschen. Wenn sie nur ein *bißchen* rutschten – vier Millimeter konnte genügen, ein Zentimeter war mit Sicherheit mehr als genug –, hätte sie den Knochenwulst hinter sich und müßte sich nur um das nachgiebigere Gewebe kümmern. Hoffte sie. Selbstverständlich hatte sie auch Knochen in den Daumen, aber darüber würde sie sich Gedanken machen, wenn es soweit war.

Sie zog fester, den Mund verzerrt und die zusammengebissenen Zähne zu einer Grimasse von Schmerz und Anstrengung entblößt. Die Muskeln ihrer Oberarme standen als flache weiße Wölbungen vor. Schweißperlen standen ihr auf der Stirn, Wangen, sogar im Grübchen unter der Nase. Sie streckte die Zunge heraus und leckte letzteres ab, ohne es überhaupt zu bemerken.

Sie empfand große Schmerzen, aber die Schmerzen bewogen sie nicht, wieder aufzuhören. Es war die simple Erkenntnis, daß sie die größte Kraft aufgeboten hatte, deren ihre Muskeln fähig waren, und die Handschellen waren kein Stück weiter gerutscht als zuvor. Ihre kurze Hoffnung, sie könnte sich einfach herauswinden, flackerte und erlosch.

Bist du sicher, *daß du so fest gezogen hast, wie du kannst? Oder machst du dir nur was vor, weil es so weh tut?*

»Nein«, sagte sie, ohne die Augen aufzuschlagen. »Ich habe so fest ich konnte gezogen. Wirklich.«

Aber diese andere Stimme blieb, eigentlich mehr gesehen als gehört: so etwas wie ein Fragezeichen in einem Comic.

Sie hatte tiefe weiße Furchen in der Haut der Handgelenke – unter dem Daumenpolster, über den Handrücken und den feinen blauen Spuren der Adern darunter –, wo der Stahl hineingedrückt hatte, und ihre Handgelenke pochten weiterhin schmerzhaft, obwohl sie die Handschellen entlastet hatte, indem sie die Hände hob, bis sie eins der Kopfteilbretter berühren konnte.

»O Mann«, sagte sie mit zitternder, unsicherer Stimme. »Das ist vielleicht eine Scheiße.«

Hatte sie so fest sie konnte gezogen? *Wirklich?*

Unwichtig, dachte sie und sah zu den schimmernden Spiegelungen an der Decke. *Es ist unwichtig, und ich will auch verraten, warum – wenn ich* wirklich *fester ziehe, wird mit meinem Handgelenk dasselbe passieren wie mit dem von Maddy, als die Autotür zugeschlagen wurde: Knochen werden brechen, Posteriorsehnen werden reißen wie Gummi, und Radius-Ulnar-Wasweißichs werden explodieren wie Tontauben auf dem Schießstand. Der einzige Unterschied wäre, statt angekettet und durstig hier zu liegen, würde ich angekettet und durstig und mit zwei gebrochenen Handgelenken als Zugabe hier liegen. Anschwellen würden sie auch. Ich denke folgendes: Gerald ist gestorben, bevor er überhaupt die Möglichkeit hatte, in den Sattel zu steigen, aber er hat mich trotzdem nicht schlecht gefickt.*

Okay; welche anderen Möglichkeiten gab es?

Keine, sagte Goodwife Burlingame im wäßrigen Tonfall einer Frau, die nur eine Träne vom völligen Zusammenbruch entfernt ist.

Jessie wartete, ob die andere Stimme – Ruths Stimme – ihren Senf dazu geben würde. Nein. Soviel sie wußte, konnte Ruth mit den anderen Irren in der Wasserflasche im Büro herumschwimmen. Wie auch immer, ihr Schweigen gab Jessie die Möglichkeit, sich selbst Gedanken zu machen.

Na gut, dann mach, dachte sie. *Was wirst du wegen der Handschellen unternehmen, nachdem du dich nun vergewissert hast, daß es unmöglich ist, einfach aus ihnen rauszuschlüpfen? Was* kannst *du tun?*

Jede Handschelle besteht aus zwei Ösen, meldete sich die jugendliche Stimme, für die sie noch keinen Namen gefunden hatte, zögernd zu Wort. *Du hast versucht, aus denen zu schlüpfen, in denen deine Hände stecken, und das hat nicht geklappt ... aber was ist mit den anderen? Die an den Bettpfosten befestigt sind? Hast du daran schon gedacht?*

Hoffnung schoß in ihr hoch wie eine Rakete. Jessie drückte den Hinterkopf ins Kissen und krümmte den Rücken, damit sie Kopfteil und Bettpfosten ansehen konnte. Die Tatsache, daß sie diese verkehrt herum sah, nahm sie kaum zur Kenntnis.

Das Bett war kleiner als die De-luxe-Modelle, aber größer als ein normales Doppelbett. Es hatte einen Phantasienamen – Court Jester Size oder Chief-Lady-in-Waiting –, aber je älter sie wurde, desto schwerer fiel es ihr, sich so etwas zu merken; sie wußte nicht, ob man das Vernunft oder beginnende Senilität nennen sollte. Wie dem auch sei, das Bett, in dem sie derzeit lag, war genau richtig zum Vögeln gewesen, aber ein bißchen zu klein, als daß sie beide bequem die Nacht darin hätten verbringen können.

Für sie und Gerald war das freilich kein Nachteil gewesen, denn sie schliefen sowohl hier als auch im Haus in Portland seit fünf Jahren in getrennten Schlafzimmern. Es war ihre Entscheidung gewesen, nicht seine; sie hatte sein Schnarchen satt gehabt, das jedes Jahr ein bißchen schlimmer zu werden schien. Bei den seltenen Gelegenheiten, an denen sie hier unten Gäste über Nacht hatten, hatten sie und Gerald zusammen geschlafen – unbequem –, aber ansonsten nutzten sie dieses Bett nur für Sex gemeinsam. Aber sein Schnarchen war nicht der wahre Grund für ihren Umzug gewesen; nur der diplomatischste. Der wahre

Grund war Geruch gewesen. Jessie hatte den Geruch des Nachtschweißes ihres Mannes zuerst als unangenehm empfunden und später regelrecht verabscheut. Selbst wenn er duschte, bevor er ins Bett ging, drang ihm gegen zwei Uhr morgens das saure Aroma von Scotch Whisky aus allen Poren.

Bis zu diesem Jahr hatte die Routine aus zunehmend oberflächlicherem Sex bestanden, gefolgt von einer Periode des Dösens (das war ihr der liebste Teil der ganzen Angelegenheit geworden), wonach er geduscht und sie allein gelassen hatte. Aber seit März war es zu einigen Veränderungen gekommen. Schals und Handschellen – besonders letztere – schienen Gerald in einer Art und Weise zu erschöpfen, wie es beim guten alten Sex in der Missionarsstellung nie der Fall gewesen war, und er schlief häufig tief neben ihr ein, Schulter an Schulter. Das machte ihr nichts aus, die meisten dieser Begegnung waren Matineen gewesen, und Gerald roch nach normalem altem Schweiß, nicht nach Scotch mit Wasser. Er schnarchte auch nicht so sehr, wenn sie genauer darüber nachdachte.

Aber sämtliche Sitzungen – sämtliche Matineen mit Schals und Handschellen – hatten im Haus in Portland stattgefunden, dachte sie. *Wir haben den ganzen Juli und fast den gesamten August hier unten verbracht, aber wenn wir Sex hatten – was nicht häufig vorkam, aber manchmal –, war es die normale alte Rostbraten-mit-Kartoffelbrei-Variante: Tarzan oben, Jane darunter. Bis heute haben wir das Spiel nie hier unten gespielt. Ich frage mich, warum?*

Wahrscheinlich wegen der Fenster, die zu groß und merkwürdig geschnitten für Vorhänge waren. Sie waren nie dazu gekommen, das durchsichtige Glas durch Milchglas zu ersetzen, obwohl Gerald ständig darüber gesprochen hatte, daß er es machen wollte, bis . . . nun ja . . .

Bis heute, vollendete Goody, und Jessie segnete ihr Taktgefühl. *Und du hast recht – wahrscheinlich lag es* wirklich *an den Fenstern, jedenfalls weitgehend. Es hätte ihm nicht gefallen, wenn Fred Laglan oder Jaimie Brooks hergekommen wären, um aus einer Laune heraus zu fragen, ob er neun Löcher Golf mitspielen wollte, und gesehen hätten, wie er Mrs. Burlingame pimperte, die zufällig mit zwei Paar Handschellen Marke Kreig an die Bettpfosten gekettet war. So etwas hätte sich wahrscheinlich herumgesprochen. Fred und Jaimie waren gute Kumpels, schätze ich . . .*

Zwei nicht mehr ganz jugendliche Kotzbrocken, wenn du mich fragst, warf Ruth gallig ein.

. . . aber sie waren auch nur Menschen, und so eine Geschichte wäre

einfach zu schön gewesen, sie nicht zu erzählen. Und da ist noch etwas, Jessie ...

Aber Goody mußte nicht weitersprechen. Schließlich war Goody *sie* (eine Tatsache, die sie sich immer wieder ins Gedächtnis rufen mußte, je lauter, deutlicher und auf unheimliche Weise überzeugender die Stimmen wurden), und es war ein Gedankengang, den Jessie nicht mit Goodwifes angenehmer, aber hilflos prüder Stimme ausgesprochen hören wollte.

Möglicherweise hatte Gerald sie nie gebeten, das Spiel hier unten zu spielen, weil er befürchtet hatte, ein unerwarteter Joker könnte aus dem Blatt zutage kommen. Was für ein Joker? *Nun,* dachte sie, *sagen wir nur, es könnte ein Teil in Gerald gewesen sein, der wirklich glaubte, daß eine Frau nur ein Lebenserhaltungssystem für eine Fotze war ... und ein anderer Teil von ihm, den ich in Ermangelung eines besseren Ausdrucks ›Geralds bessere Natur‹ nennen könnte, das wußte. Dieser Teil könnte Angst gehabt haben, daß die Situation außer Kontrolle geriet. Ist nicht genau das auch passiert?*

Es war ein Gedanke, dem man nur schwerlich widersprechen konnte. Wenn dies nicht der Definition von außer Kontrolle entsprach, was dann, überlegte Jessie.

Sie verspürte einen Augenblick sehnsüchtiger Traurigkeit und mußte sich zwingen, nicht dorthin zu sehen, wo Gerald lag. Sie wußte nicht, ob sie Trauer für ihren verstorbenen Mann in sich hatte oder nicht, aber sie wußte, *falls* welche da war, war jetzt nicht der richtige Zeitpunkt, sich damit zu beschäftigen. Trotzdem war es schön, sich an etwas Gutes an dem Mann zu erinnern, mit dem man so viele Jahre zusammengelebt hatte, und die Erinnerung, wie er manchmal nach dem Sex neben ihr eingeschlafen war, war gut. Sie hatte die Schals nicht gemocht und die Handschellen verabscheut, aber sie hatte ihn gern betrachtet, wenn er eindöste; hatte gern gesehen, wie die Falten aus seinem großen rosa Gesicht verschwanden.

Und in gewisser Weise schlief er jetzt wieder neben ihr ... oder nicht?

Dieser Gedanke zauberte sogar auf ihre Oberschenkel Gänsehaut, wo der schrumpfende Streifen Sonnenschein lag. Sie verdrängte den Gedanken – versuchte es jedenfalls – und studierte wieder das Kopfende des Betts.

Die Pfosten waren etwas weiter innen als die Seitenbretter, so daß ihre Arme gespreizt waren, aber nicht schmerzhaft, schon wegen der zwölf Zentimeter Bewegungsfreiheit, die die Ketten der Handschellen ihr ließen. Vier horizontale Bretter verliefen zwischen den Pfosten. Diese bestanden ebenfalls aus Mahagoni und waren mit einfachen, aber hübschen Wellenlinien geschmückt. Gerald hatte einmal vorgeschlagen, sie sollten ihre Initialen ins Kopfteil schnitzen lassen – er kannte einen Mann in Tashmore Glen, der mit Vergnügen herfahren und es machen würde, sagte er –, aber sie hatte Eiswasser auf diesen Vorschlag geschüttet. Es kam ihr wichtigtuerisch und kindisch zugleich vor, wie ein Paar verknallter Teenager, die Herzen in ihre Schulbänke schnitzten.

Das Regal befand sich über dem obersten Brett, hoch genug, damit sich niemand beim Aufsitzen den Kopf anstoßen konnte. Dort standen Geralds Glas Wasser, ein paar Taschenbücher, die vom letzten Sommer übriggeblieben waren, und an ihrem Ende eine kleine Auswahl Kosmetika. Auch diese waren vom vergangenen Sommer übriggeblieben, und sie vermutete, daß sie ausgetrocknet waren. Eine Affenschande – nichts konnte eine mit Handschellen gefesselte Frau besser aufmuntern als ein bißchen Rouge Marke Country Morning Rose. Das konnte man in allen Frauenzeitschriften nachlesen.

Jessie hob langsam die Hände und winkelte die Arme ein wenig an, damit die Fäuste nicht gegen die Unterseite des Regals drückten. Sie hielt den Kopf nach hinten gestemmt, weil sie sehen wollte, was sich am anderen Ende der Ketten abspielte. Die anderen Ösen waren zwischen dem zweiten und dritten Brett um die Pfosten geschlungen. Als sie die Hände hob und aussah wie ein Frau, die eine unsichtbare Hantel stemmt, rutschten die Handschellen an den Pfosten hinauf bis zum nächsten Brett. Wenn es ihr gelang, dieses Brett wegzudrücken, und das darüber, konnte sie die Handschellen einfach über die Enden der Bettpfosten schieben. *Voilà.*

Wahrscheinlich zu schön, um wahr zu sein, Herzchen – zu einfach, *um wahr zu sein –, aber du könntest es immerhin versuchen. Es wäre zumindest ein Zeitvertreib.*

Sie klammerte die Hände um das geschnitzte Querbrett, das das erste Hindernis für die Handschellen an den Bettpfosten bildete. Sie holte tief Luft, hielt den Atem an und drückte. Ein heftiger Ruck sagte ihr, daß auch das zum Scheitern verurteilt war; es war, als wollte sie eine Eisenstange aus Stahlbeton ziehen. Sie spürte nicht, daß das Brett auch nur einen Millimeter nachgegeben hätte.

Ich könnte zehn Jahre an diesem Scheißding ziehen und würde es nicht einmal bewegen, geschweige denn aus dem Bettpfosten ziehen, dachte sie und ließ die Hände wieder in die vorherige schlaffe, angekettete Position über dem Bett sinken. Ein verzweifelter, kurzer Schrei entrang sich ihr. Sie fand, er hörte sich wie das Krächzen einer durstigen Krähe an.

»Was soll ich nur machen?« fragte sie das Wellenschimmern an der Decke und brach schließlich in Tränen der Angst und Verzweiflung aus. »Was, in Gottes Namen, soll ich nur *machen?*«

Wie als Antwort fing der Hund wieder an zu bellen, und dieses Mal war er so nahe, daß sie einen Angstschrei ausstieß. Es hörte sich an, als wäre er unmittelbar unter dem Ostfenster, in der Einfahrt.

5

Der Hund war nicht in der Einfahrt; er war sogar noch näher. Der Schatten, der sich auf dem Asphalt fast bis zur vorderen Stoßstange des Mercedes erstreckte, deutete darauf hin, daß er sich auf der hinteren Veranda befand. Der lange, verzerrte Schatten sah aus, als gehörte er einer verkrüppelten und monströsen Mißgeburt, und sie haßte ihn schon beim bloßen Ansehen.

Sei nicht so verdammt albern, schalt sie sich. *Der Schatten sieht nur so aus, weil die Sonne untergeht. Und jetzt mach den Mund auf und gib Laut, Mädchen – es* muß *ja nicht unbedingt ein Streuner sein.*

Schon richtig; vielleicht gehörte doch ein Herrchen dazu, aber ihre Hoffnung hielt sich in Grenzen. Sie vermutete, daß der Hund von dem drahtgittergeschützten Abfalleimer gleich neben der Verandatür angelockt worden war. Gerald hatte diese ordentliche Konstruktion mit den Zedernschindeln und zwei Scharnieren an der Klappe manchmal ihren Waschbärmagneten genannt. Dieses Mal hatte er einen Hund statt eines Waschbären angezogen, das war alles – mit ziemlicher Sicherheit ein Streuner. Ein ausgehungerter, vom Pech verfolgter Köter.

Trotzdem mußte sie rufen.

»*He!*« schrie sie. »*He! Ist jemand da? Ich brauche Hilfe, wenn da jemand ist! Ist da jemand?*«

Der Hund hörte sofort auf zu bellen. Sein spinnengleicher, verzerrter Schatten zuckte zusammen, drehte sich um, setzte sich in Bewegung . . . und blieb wieder stehen. Sie und Gerald hatten während der Fahrt von Portland hierher Sandwiches gegessen, große, ölige Brötchen mit Salami und Käse, und als sie angekommen waren, hatte sie als erstes Krümel und Verpackung genommen und in den Abfalleimer geworfen. Der leckere Geruch von Öl und Fleisch hatte den Hund wahrscheinlich überhaupt erst angezogen, und zweifellos hielt ihn auch dieser Geruch davon ab, in den Wald zurückzulaufen, als er ihre Stimme hörte. Der Geruch war stärker als die Impulse seines ängstlichen Herzens.

»*Hilfe!*« schrie Jessie, und ein Teil ihres Verstands warnte sie, daß es wahrscheinlich ein Fehler war, zu schreien, daß sie sich nur die Kehle heiser kreischen und sie noch durstiger machen würde, aber diese vernünftige, besonnene Stimme hatte keine Chance.

Sie hatte den Gestank ihrer eigenen Angst wahrgenommen, der so stark und verlockend war wie der Geruch der Sandwichreste für den Hund, und dieser beförderte sie rasch in einen Zustand, der nicht Panik war, sondern eine Art vorübergehenden Wahnsinns.

»*HILFE! HELFT MIR DOCH! HILFE! HILFE! HIIIIIIILFE!*«

Nun endlich brach ihre Stimme, und sie drehte den Kopf so weit nach rechts, wie sie konnte, das Haar klebte ihr als schweißnasse Locken und Strähnen an Wangen und Stirn, die Augen quollen ihr aus den Höhlen. Die Angst davor, nackt und angekettet neben ihrem toten Mann gefunden zu werden, war nicht einmal mehr ein nebensächlicher Faktor in ihrem Denken. Dieser neue Panikanfall war wie eine unheimliche geistige Sonnenfinsternis – er überschattete das helle Licht von Vernunft und Hoffnung und zeigte ihr die schrecklichsten Möglichkeiten, die man sich nur vorstellen konnte: verhungern, Wahnsinn vor Durst, Krämpfe, Tod. Sie war nicht Heather Locklear oder Victoria Principal, und dies war kein spannender Fernsehfilm für einen amerikanischen Kabelkanal. Es gab keine Kameras, keine Beleuchtung, keinen Regisseur, der Schnitt rief. Dies geschah *wirklich*, und wenn keine Hilfe kam, konnte es weiter geschehen, bis sie nicht mehr unter den Lebenden weilte. Sie machte sich keine Gedanken mehr über die Umstände ihrer Entdeckung, sie hatte einen Punkt erreicht, wo sie Maury Povitch und den gesamten Stab von *A Current Affair* mit Tränen der Dankbarkeit willkommen geheißen hätte.

Aber niemand antwortete auf ihre panischen Rufe – kein Hausmeister, der gekommen war, um nach dem Haus am See zu sehen, kein neugieriger Einheimischer, der seinen Hund Gassi führte (und möglicherweise herausfinden wollte, welcher seiner Nachbarn ein bißchen Marihuana unter den flüsternden Pinien anbaute), und schon gar nicht Maury Povitch. Da war nur dieser lange, eigentümlich unheimliche Schatten, bei dem sie an einen grauenerregenden Spinnenhund denken mußte, der auf vier dünnen, gelenkigen Beinen balancierte. Jessie holte tief und erschauernd Luft und versuchte, ihren panischen Verstand wieder unter Kontrolle zu bekommen. Ihr Hals war heiß und trocken, ihre Nase unangenehm naß und tränenverstopft.

Was jetzt?

Sie wußte es nicht. Enttäuschung, die vorübergehend so groß geworden war, daß sie keinerlei konstruktives Denken zuließ, pochte schmerzhaft in ihrem Kopf. Sie war nur in einem vollkommen sicher: daß der Hund an sich keinerlei Bedeutung hatte; er würde nur eine Weile auf der Veranda stehen und wieder gehen, wenn ihm klar wurde, daß er nicht an das herankommen konnte, was ihn hierher gelockt hatte. Jessie stieß einen tiefen, unglücklichen Schrei aus und machte die Augen zu. Tränen quollen ihr unter den Wimpern hervor und rollten langsam die Wangen hinunter. Im Licht der Spätnachmittagssonne sahen sie wie Tropfen aus purem Gold aus.

Was jetzt? fragte sie sich wieder. Der Wind draußen wehte böig, brachte die Pinien zum Flüstern und die offene Tür zum Schlagen. *Was jetzt, Goodwife? Was jetzt, Ruth? Was jetzt, ihr versammelten UFOs und Zuschauer? Hat einer von euch – einer von* uns *– irgendwelche Vorschläge? Ich habe Durst, muß pinkeln, mein Mann ist tot, und meine einzige Gesellschaft ist ein streunender Hund, dessen Vorstellung vom Hundehimmel aus den Resten eines Salamisandwichs mit drei Käsesorten von Amato's in Gorham besteht. Und der wird ziemlich schnell auf den Trichter kommen, daß er mehr als den Geruch nicht vom Himmel bekommen wird, und dann wird er verduften. Also . . . was jetzt?*

Keine Antworten. Sämtliche inneren Stimmen waren verstummt. Das war schlimm – sie hatten ihr doch zumindest Gesellschaft geleistet –, aber die Panik war ebenfalls verschwunden und hatte nur ihren Schwermetallnachgeschmack hinterlassen, und das war gut.

Ich schlafe eine Weile, dachte sie und stellte erstaunt fest, daß sie genau das konnte, wenn sie es nur wollte. *Ich schlafe eine Weile, und wenn ich aufwache, fällt mir vielleicht etwas ein. Im besten Falle komme ich so wenigstens eine Zeitlang von der Angst weg.*

Die winzigen Streßlinien in den Augenwinkeln und die beiden deutlicheren zwischen den Brauen wurden glatter. Sie spürte, wie sie wegdämmerte. Und mit einem Gefühl von Erleichterung und Dankbarkeit ließ sie sich in diese Zuflucht vor der Selbstbetrachtung treiben. Als der Wind diesmal wieder böig wehte, schien er fern zu sein, und das unablässige Schlagen der Tür war noch weiter weg: *Bumm-bumm, bumm-bumm, bumm.*

Ihr Atem, der tiefer und gleichmäßiger geworden war, während sie eindöste, setzte plötzlich aus. Sie riß die Augen auf. Im ersten Augenblick dieser aus dem Schlaf gerissenen Orientierungslosigkeit nahm sie nur eine Art verwirrte Pikiertheit zur Kenntnis: sie hatte es fast *geschafft,* verdammt noch mal, und dann hatte diese verdammte Tür . . .

Was war mit dieser verdammten Tür? Was genau war damit?

Die verdammte Tür hatte ihren gewöhnlichen Doppelschlag nicht beendet, das war damit. Als hätte dieser Gedanke sie heraufbeschwört, konnte Jessie jetzt das deutliche Klicken von Hundekrallen auf dem Boden der Diele hören. Der Streuner war durch die unverriegelte Tür hereingekommen. Er war im Haus.

Ihre Reaktion war blitzartig und unzweideutig. »*Raus mit dir!*« schrie sie ihn an und merkte gar nicht, daß ihre überlastete Stimme sich heiser wie ein Nebelhorn anhörte. »*Hinaus, Mistvieh! Hast du verstanden? MACH, DASS DU AUS MEINEM HAUS KOMMST!*«

Sie verstummte, atmete schwer und hatte die Augen aufgerissen. Kupferdrähte mit geringer elektrischer Spannung schienen in ihre Haut geflochten zu sein; die obersten zwei oder drei Schichten summten und kribbelten. Sie bemerkte am Rande, daß ihre Nackenhärchen so steif abstanden wie Stachelschweinstacheln. Der Gedanke zu schlafen war blitzartig von der Bildfläche verschwunden.

Sie hörte das anfängliche erschrockene Kratzen der Hundekrallen auf dem Dielenboden ... dann nichts. *Ich muß ihn verscheucht haben. Wahrscheinlich ist er sofort wieder zur Tür rausgestürzt. Ich meine, er muß doch Angst vor Menschen und Häusern haben, als Streuner.*

Ich weiß nicht, Süße, sagte Ruths Stimme. Sie hörte sich ungewohnt zweifelnd an. *Ich sehe seinen Schatten auf der Einfahrt nicht.*

Natürlich nicht. Wahrscheinlich ist er sofort ums Haus herum und wieder in den Wald. Oder runter zum See. Stirbt vor Angst und rennt wie der Teufel. Wäre das nicht logisch?

Ruths Stimme antwortete nicht. Ebensowenig die von Goody, obwohl Jessie im Augenblick beide recht gewesen wären.

»Ich *habe* ihn verscheucht«, sagte sie. »Ich bin ganz sicher.«

Aber dennoch blieb sie reglos liegen, lauschte so angestrengt sie konnte, hörte aber nichts als das Rauschen und Pochen ihres Blutes in den Ohren. Zumindest noch nichts.

6

Sie hatte ihn nicht verscheucht.

Er *hatte* Angst vor Menschen und Häusern, damit hatte Jessie recht gehabt, aber sie hatte seine verzweifelte Lage unterschätzt. Sein früherer Name – Prinz – war jetzt auf geradezu teuflische Weise ironisch. Er hatte eine Menge Abfalleimer wie den der Burlingames auf seinem langen, ausgehungerten Streifzug um den Kashwakamak Lake in diesem Herbst gesehen, den Geruch von Salami, Käse und Olivenöl aus diesem aber rasch links liegen lassen. Das Aroma war verlockend, aber bittere Erfahrung hatten den einstigen Prinz gelehrt, daß das so heiß Ersehnte außerhalb seiner Reichweite lag.

Aber da waren noch anderen Gerüche; der Hund bekam jedesmal eine Nase voll, wenn der Wind die Tür aufriß. Diese Gerüche waren schwächer als die aus dem Abfalleimer, und ihr Ursprung im Haus drinnen, aber sie waren so gut, daß er sie nicht außer acht lassen konnte. Der Hund wußte, er würde wahrscheinlich von brüllenden Herrchen, die ihn verfolgten und mit ihren seltsamen harten Füßen traten, weggescheucht werden, aber die Gerüche waren stärker als seine Angst. Eines hätte seinen schrecklichen Hunger vielleicht übertrumpfen können, aber bis jetzt wußte er noch nichts von Gewehren. Das würde sich ändern, wenn er bis zur Jagdzeit überlebte, aber die war erst in zwei Wochen, und so waren brüllende Herrchen mit ihren harten, schmerzhaften Füßen das Schlimmste, das er sich vorstellen konnte.

Er schlüpfte zur Tür hinein, als der Wind sie aufriß, und trottete in die Diele . . . aber nicht zu weit. Er war bereit, im Moment der Gefahr einen hastigen Rückzug anzutreten.

Seine Ohren verrieten ihm, daß der Bewohner dieses Hauses ein Frauchen war, und sie hatte den Hund eindeutig bemerkt, weil sie ihn anschrie, aber der Streuner hörte in der schrillen Stimme des Frauchens Angst, keine Wut. Nachdem er anfänglich ängstlich zurückgezuckt war, verteidigte der Hund seine Position. Er wartete darauf, daß ein anderes Herrchen in die Schreie des Frauchens einstimmen oder gerannt kommen würde, und als das nicht geschah, streckte der Hund den Hals und schnupperte die leicht abgestandene Luft im Haus.

Zuerst wandte er sich nach rechts, Richtung Küche. Aus dieser Richtung waren die Geruchschübe durch die schlagende Tür gekommen. Die Gerüche waren trocken, aber lecker: Erdnußbutter, Cracker Marke Rye Krisp, Rosinen, Frühstücksflocken (dieser letztere Geruch drang aus einer Schachtel Special K in einem der Schränke – eine hungrige Feldmaus hatte ein Loch in den Boden der Schachtel genagt).

Der Hund ging einen Schritt in diese Richtung, dann drehte er den Kopf auf die andere Seite und vergewisserte sich, daß sich kein Herrchen anschlich – Herrchen brüllten meistens, aber sie konnten auch listig sein. Niemand stand im Flur, der nach links führte, aber der Hund nahm einen viel stärkeren Geruch von dort wahr, bei dem sich sein Magen in einem Anfall von wolfsartigem Hunger zusammenkrampfte.

Der Hund trottete den Flur entlang, und in seinen Augen funkelte eine irre Mischung aus Angst und Verlangen; die Schnauze hatte er gerümpft wie einen faltigen Teppich, die lange Oberlippe hob und senkte sich zu einem nervösen, zuckenden Schnuppern, bei dem weiße, spitze Zähne zu sehen waren. Ein Urinstrahl schoß ängstlich aus ihm heraus und markierte die Diele – und damit das ganze Haus – als sein Territorium. Das Geräusch war so leise und kurz, daß nicht einmal Jessies gespitzte Ohren es hören konnte.

Er roch Blut. Der Geruch war stark und falsch zugleich. Letztendlich gab der nagende Hunger des Hundes den Ausschlag; er mußte bald fressen oder sterben. Der einstige Prinz ging langsam den Flur entlang Richtung Schlafzimmer. Dabei wurde der Geruch immer stärker. Es war Blut, das stimmte, aber es war das falsche Blut. Es war das Blut eines Herrchens. Dennoch war der Geruch in sein kleines, verzweifeltes Gehirn vorgedrungen, er war so blumig und verlockend, daß man sich ihm einfach nicht entziehen konnte. Der Hund ging weiter, und als er sich der Schlafzimmertür näherte, fing er an zu knurren.

7

Jessie hörte das Klicken der Hundekrallen und begriff, daß er tatsächlich noch im Haus war und hierher kam. Sie fing an zu schreien. Sie wußte, das war wahrscheinlich das Schlimmste, was sie tun konnte – es widersprach jedem Rat, den sie je gehört hatte, wonach man einem potentiell gefährlichen Tier niemals zeigen durfte, daß man Angst hatte –, aber sie konnte nicht anders. Sie konnte sich nur zu gut vorstellen, was den Streuner ins Schlafzimmer lockte.

Sie zog die Beine an und benützte gleichzeitig die Handschellen, um sich am Kopfteil hochzuziehen. Dabei nahm sie keinen Blick von der Schlafzimmertür. Jetzt konnte sie den Hund knurren hören. Bei dem Geräusch fühlten sich ihre Eingeweide kraftlos und heiß und flüssig an.

Unter der Tür blieb er stehen. Dort hatten sich die Schatten bereits zusammengeballt, daher war der Hund für Jessie nur eine vage Gestalt am Boden – nicht sehr groß, aber auch kein Pudel oder Chihuahua. Zwei orangefarbene Sicheln reflektierten Sonnenlichts glitzerten in seinen Augen.

»Geh weg!« schrie Jessie ihn an. *»Geh weg! Hinaus! Du bist... du bist hier nicht erwünscht!«* Das waren lächerliche Worte, aber welche wären es unter den gegebenen Umständen nicht gewesen? *Ehe man sich's versieht, werde ich ihn bitten, mir die Schlüssel von der Kommode zu holen,* dachte sie.

An den Hinterläufen des schemenhaften Umrisses unter der Tür war eine Bewegung zu erkennen: er hatte angefangen, mit dem Schwanz zu wedeln. In einem sentimentalen Mädchenroman würde das wahrscheinlich bedeuten, daß der Streuner die Stimme der Frau auf dem Bett mit der Stimme eines geliebten, aber längst verschwundenen Herrchens verwechselt hatte. Aber Jessie wußte es besser. Hunde wedelten nicht nur mit dem Schwanz, wenn sie glücklich waren; sie wedelten auch – ebenso wie Katzen – wenn sie unentschlossen waren und noch versuchten, eine Situation abzuschätzen. Der Hund war kaum zusammengezuckt, als er ihre Stimme hörte, aber er traute dem halbdunklen Zimmer auch nicht. Jedenfalls noch nicht.

Der einstige Prinz wußte noch nichts von Gewehren, aber er

hatte in den sechs Wochen seit dem letzten Augusttag eine Menge anderer schmerzhafter Lektionen gelernt. Da nämlich hatte ihn Mr. Charles Sutlin, ein Anwalt aus Braintree, Massachusetts, im Wald ausgesetzt, damit er verhungerte, statt ihn mit nach Hause zu nehmen und die städtische und bundesstaatliche Hundesteuer von zusammen siebzig Dollar zu bezahlen. Siebzig Dollar für eine Töle, die nichts weiter als eine Promenadenmischung war, war nach Meinung von Charles Sutlin ein ziemlich stolzer Preis. Ein bißchen *zu* stolz. Er hatte erst in diesem Sommer einen Motorsegler für sich gekauft, zugegeben, eine Anschaffung, die weit im fünfstelligen Bereich lag, und man konnte behaupten, daß es eine ziemlich perverse Denkweise war, wenn man den Preis des Boots mit dem der Hundesteuer verglich, klar konnte man, *jeder* konnte das, aber darum ging es eigentlich gar nicht. Es ging darum, daß die Motorjacht eine *geplante* Anschaffung gewesen war. Diese spezielle Anschaffung stand schon seit mindestens zwei Jahren auf dem Einkaufszettel der Sutlins. Der Hund dagegen war lediglich aus einer Laune heraus beim Gemüsestand an der Straße in Harlow gekauft worden. Er hätte ihn nie gekauft, wenn seine Tochter nicht bei ihm gewesen wäre und sich in den Welpen verliebt hätte. »Der da, Daddy!« hatte sie gesagt und darauf gedeutet. »Der mit dem weißen Fleck auf der Nase – der ganz allein steht, wie ein kleiner Prinz.« Und so hatte er ihr den Hund gekauft – niemand sollte behaupten, daß er es nicht verstand, sein kleines Mädchen glücklich zu machen –, aber siebzig Piepen (möglicherweise bis zu hundert, wenn Prinz in Klasse B, Großer Hund, eingestuft wurde) waren kein Pappenstiel, wenn es um einen Köter ging, der nicht einmal irgendwelche Papiere hatte. Zuviel Knete, hatte Mr. Charles Sutlin entschieden, als es Zeit wurde, die Hütte am See wieder für ein Jahr zuzusperren. Ihn auf dem Rücksitz des Saab mit nach Braintree zurückzunehmen wäre auch eine Scheißangelegenheit – er würde überall hinpinkeln, vielleicht sogar auf die Teppichböden scheißen. Er überlegte, daß er ihm einen Zwinger von Vari-Kennel kaufen konnte, aber die kleinen Schönheiten begannen bei neunundzwanzig Dollar fünfundneunzig, und von da an ging es nur noch steil aufwärts. Ein Hund wie Prinz wäre in einem Zwinger sowieso nicht glücklich. Er wäre glücklicher, wenn er frei herumlaufen konnte und die gesamten nördlichen Wälder als sein Königreich hatte. Ja, sagte sich Sutlin am letzten Tag im August, als er an einem gottverlassenen Abschnitt der Sunset Lane parkte und den Hund vom Rücksitz lockte. Der alte Prinz hatte das Herz eines fröhlichen Wandersmanns – man mußte nur genau hinsehen. Sutlin war nicht dumm, und ein Teil seines Verstands wußte, daß das eigennütziger Quatsch war, aber ein anderer Teil war *erregt* von dieser Vorstellung, und als er wieder in sein Auto einstieg, wegfuhr und Prinz, der ihm nachsah, am Straßenrand stehenließ, pfiff er die Titelmusik von *Born Free* und sang gelegentlich sogar Bruchstücke des Textes: »Booorn freeeee... to follow your *heaaaart!*« In dieser Nacht hatte er gut geschlafen und nicht einmal mehr an Prinz gedacht, der die Nacht zusammengerollt unter einem umgestürzten Baum verbracht hatte, zitternd und wach und hungrig und jedesmal, wenn eine Eule heulte oder ein Tier sich im Wald bewegte, vor Angst winselnd.

Jetzt stand der Hund, den Charles Sutlin zu den Klängen von *Born Free* ausgesetzt hatte, unter der Tür des Sommerhauses der Burlingames (die Hütte der Sutlins lag auf der anderen Seite des Sees, und die beiden Familien hatten einander nie kennengelernt, obwohl sie sich in den letzten drei oder vier Sommern am städtischen Bootsanlegeplatz aus der Ferne beiläufig zugenickt hatten). Er hatte den Kopf gesenkt, die Augen aufgerissen und die Nakkenhaare gesträubt. Er bemerkte sein eigenes unablässiges Knurren nicht einmal; seine ganze Konzentration galt dem Zimmer. Er begriff auf eine tiefsitzende, instinktive Weise, daß der Blutgeruch bald alle Vorsicht überwinden würde. Bevor das geschah, mußte er so gut er konnte sicherstellen, daß dies keine Falle war. Er wollte nicht von Herrchen mit harten, schmerzhaften Füßen oder solchen, die harte Brocken vom Boden aufhoben und nach ihm warfen, gefangen werden.

»Geh weg!« versuchte Jessie zu schreien, aber ihre Stimme hörte sich schwach und zitternd an. Sie würde den Hund nicht verscheuchen, wenn sie ihn anschrie; der Dreckskköter wußte irgendwie, daß sie nicht vom Bett aufstehen und ihm etwas tun konnte.

Das darf nicht wahr sein, dachte sie. *Wie kann es wahr sein, wo ich noch vor drei Stunden angeschnallt auf dem Beifahrersitz eines Mercedes gesessen, die Rainmakers im Kassettenrecorder angehört und studiert habe, was in den Mountain Valley-Kinos gespielt wird, falls wir uns doch entscheiden sollten, die Nacht dort zu verbringen? Wie kann mein Mann tot sein, wo wir doch zusammen mit Bob Walkenhorst gesungen haben? »One more summer«, haben wir gesungen, »one more chance, one more stab at romance.« Wir kannten den Text beide auswendig, weil es ein toller*

Song ist, und weil das so ist, wie kann Gerald da tot sein? Wie kann es nur soweit gekommen sein? Tut mir leid, Leute, aber das muß ein Traum sein. Für die Wirklichkeit ist es viel zu absurd.

Der Streuner kam langsam ins Zimmer, seine Beine waren steif vor Argwohn, Schwanz gesenkt, Augen groß und schwarz, Zähne in voller Pracht gefletscht. Von Begriffen wie absurd wußte er nichts.

Der einstige Prinz, mit dem die achtjährige Catherine Sutlin einst fröhlich gespielt hatte (jedenfalls bis sie eine Patchworkpuppe der Firma Cabbage namens Marnie zum Geburtstag bekommen und vorübergehend das Interesse verloren hatte), war teils Labrador und teils Collie ... ein Mischling, aber längst kein Bastard. Als Sutlin ihn Ende August an der Sunset Lane ausgesetzt hatte, hatte er vierzig Kilo gewogen und ein glänzendes, glattes, gesundes Fell gehabt, eine nicht unattraktive Mischung aus Braun und Schwarz (mit einem typischen weißen Colliefleck auf Brust und Schnauze). Jetzt wog er gerade noch zwanzig Kilo, und hätte man ihm mit der Hand über die Seiten gestrichen, dann hätte man die Rippen gespürt, ganz zu schweigen vom raschen, fiebrigen Herzschlag. Das Fell war stumpf und rauh und voller Zecken. Eine halb verheilte rosa Narbe, Souvenir einer panischen Flucht unter einem Stacheldrahtzaun hindurch, verlief zickzackförmig über einen Lauf, und ein paar Stachelschweinstacheln ragten aus seiner Schnauze wie schiefe Schnurrhaare. Das Stachelschwein hatte er vor etwa zehn Tagen tot unter einem Baumstamm gefunden, aber nach der ersten Nase voll Stacheln aufgegeben. Er war hungrig gewesen, aber noch nicht völlig verzweifelt.

Jetzt war er beides. Seine letzte Mahlzeit hatte aus ein paar madigen Fleischbrocken bestanden, die er aus einem Abfalleimer im Straßengraben an der Route 117 gewühlt hatte, und das war auch schon zwei Tage her. Der Hund, der rasch gelernt hatte, Catherine Sutlin einen roten Gummiball zu bringen, wenn sie ihn über den Wohnzimmerboden oder in die Diele rollte, war inzwischen buchstäblich am Verhungern.

Ja, aber hier – genau hier, auf dem Boden, *in Sichtweite!* – lagen Pfunde und Aberpfunde von frischem Fleisch und Fett und Knochen voll köstlichem Mark. Es war wie ein Geschenk vom Gott der Streuner.

Der einstige Liebling von Catherine Sutlin ging weiter auf den Leichnam von Gerald Burlingame zu.

8

Das kann gar nicht passieren, sagte sie sich. *Völlig unmöglich, also beruhige dich wieder.*

Sie sagte es sich bis zu dem Moment, als der Oberkörper des Streuners hinter der linken Bettseite verschwand. Er wedelte heftiger denn je mit dem Schwanz, und dann folgte ein Geräusch, das sie kannte – das Geräusch eines Hundes, der an einem heißen Sommertag aus einer Pfütze trinkt. Aber es war nicht *ganz* so. Dieses Geräusch war irgendwie rauher, weniger ein Schlabbern als vielmehr ein *Lecken.* Jessie betrachtete den heftig wedelnden Schwanz, und dann zeigte ihr ihr geistiges Auge plötzlich, was hinter dem Bett, vor ihren Blicken verborgen, vor sich ging. Der heimatlose Streuner mit dem Fell voller Zecken und den erschöpften, argwöhnischen Augen leckte das Blut aus dem schütteren Haar ihres Mannes.

»NEIN!« Sie hob die Pobacken vom Bett und schwang die Beine nach links. *»GEH WEG VON IHM! GEH DA WEG!«* Sie trat nach ihm und strich mit einer Ferse über die Wölbungen der Wirbelsäule des Hundes.

Dieser wich augenblicklich zurück und hob die Schnauze; die Augen hatte er soweit aufgerissen, daß dünne weiße Ringe zu sehen waren. Er machte das Maul auf, und im verblassenden Licht der Nachmittagssonne sahen die Speichelfäden zwischen der oberen und unteren Zahnreihe wie Fäden gesponnenen Goldes aus. Er schnappte nach ihrem bloßen Fuß. Jessie zog ihn mit einem Aufschrei zurück, spürte den heißen Atem des Hundes auf der Haut, konnte aber die Zehen retten. Jessie verschränkte die Füße wieder unter sich, ohne es zu bemerken, ohne auf den schmerzhaften Protest der überlasteten Schultermuskeln zu achten, ohne zu spüren, wie ihre Gelenke sich widerwillig in ihren Gelenkpfannen drehten.

Der Hund sah sie noch einen Augenblick an, knurrte weiter, bedrohte sie mit den Augen. *Eines wollen wir klarstellen, Lady,* sagten diese Augen. *Du ziehst deine Sache durch, und ich meine. So lautet der Deal. Klingt gut? Sollte es, denn wenn du mir in den Weg kommst, mach ich dich fertig. Er ist sowieso tot – das weißt du so gut wie ich, warum sollte er also vergeudet werden, wo ich am Verhungern bin? Du würdest es genauso machen. Ich bezweifle, ob du das jetzt schon weißt, aber ich denke, früher oder später wirst du auch auf den Trichter kommen, und zwar eher früher als später.*

»*HINAUS!*« schrie sie. Jetzt hockte sie auf den Fersen und hatte die Arme auf beiden Seiten ausgestreckt, und sah damit Fay Wray auf dem Opferaltar im Dschungel ähnlicher denn je. Ihre Haltung – Kopf erhoben, Brüste vorgestreckt, Schultern so weit zurückgezogen, daß sie an den äußersten Punkten weiß vor Anstrengung waren, tiefe dreieckige Schatten am Halsansatz – war die eines scharfen Pin-ups in einem Männermagazin. Der unvermeidliche, schmollend einladende Mund fehlte freilich; ihr Gesichtsausdruck war der einer Frau, die dicht an der Grenze zwischen dem Land der Normalen und dem der Wahnsinnigen steht. »*RAUS MIT DIR!*«

Der Hund sah weiter zu ihr auf und knurrte noch einige Augenblicke. Als er sich anscheinend vergewissert hatte, daß sich die Tritte nicht wiederholen würden, schenkte er ihr keine Beachtung mehr und senkte wieder den Kopf. Dieses Mal erfolgte kein Schlabbern und kein Lecken. Statt dessen hörte sie ein lautes Schmatzen. Es erinnerte sie an die enthusiastischen Küsse, die ihr Bruder Will bei Besuchen immer auf Oma Joans Wangen gedrückt hatte.

Das Knurren hielt noch ein paar Sekunden an, aber jetzt war es seltsam gedämpft, als hätte jemand dem Streuner einen Kissenbezug über den Kopf gezogen. In ihrer neuen Haltung – ihr Haar streifte fast das unterste Regal über ihrem Kopf – konnte Jessie nicht nur den rechten Arm und die Hand, sondern auch einen von Geralds plumpen Füßen sehen. Der Fuß ruckte hin und her, als würde Gerald zu einer schmissigen Musik tanzen – »One more summer« von den Rainmakers, zum Beispiel.

Von ihrem neuen Aussichtspunkt konnte sie den Hund besser sehen; der Körper war jetzt bis zu der Stelle sichtbar, wo der Hals anfing. Seinen Kopf hätte sie auch sehen können, wenn er ihn gehoben hätte. Aber das machte er nicht. Der Streuner hatte den Kopf gesenkt und die Hinterbeine steif gespreizt. Plötzlich ertönte ein fleischiges Reißen – ein *rotziger* Laut, als würde sich jemand mit einer schlimmen Erkältung räuspern. Sie stöhnte.

»Hör auf ... oh, bitte, kannst du nicht aufhören?«

Doch der Hund beachtete sie nicht. Früher hatte er einmal Männchen gemacht und nach Tischabfällen gebettelt, wobei seine Augen lachten und der Mund zu grinsen schien, aber diese Tage gehörten wie sein früherer Name längst der Vergangenheit an und waren schon fast vergessen. Dies war das Jetzt, und die Lage war, wie sie nun einmal war. Überleben war keine Frage von Höflichkeit oder Entschuldigungen. Er hatte seit zwei Tagen nichts mehr gefressen, hier gab es Essen im Überfluß, und obwohl auch ein Frauchen hier war, das nicht wollte, daß er sich das Essen holte (die Zeiten, als Herrchen gelacht und ihm den Kopf getätschelt und ihn GUTER HUND genannt und ihm Leckerbissen gegeben hatte, wenn er sein kleines Repertoire an Kunststückchen vorführte, waren vorbei), aber die Füße dieses Frauchens waren weich und klein, nicht hart und schmerzhaft, und die Stimme verriet, daß es machtlos war.

Das Knurren war zu gedämpftem Keuchen der Anstrengung geworden, und der Rest von Geralds Leichnam begann vor Jessies Augen ebenfalls zu tanzen wie der Fuß, er hüpfte hin und her und fing dann wahrhaftig an zu *rutschen,* als hätte er sich völlig vom Rhythmus mitreißen lassen, tot oder nicht tot.

Laß krachen, Disco-Gerald! dachte Jessie hysterisch. *Vergiß den Chicken Bop und den Shag Jive – tanz den Dog!*

Der Streuner hätte Gerald nicht von der Stelle bewegen können, wenn der Teppich noch gelegen hätte, aber Jessie hatte vereinbart, daß der Boden nach dem Tag der Arbeit gewachst werden sollte. Bill Dunn, der Hausmeister, hatte das Team von Skip's Floor 'n More kommen lassen, und die hatten die Arbeit verdammt gut erledigt. Sie hatten gewollt, daß die Missus bei ihrem nächsten Besuch ihre Arbeit voll und ganz würdigen konnte, daher hatten sie den Schlafzimmerteppich zusammengerollt im Schrank in der Diele gelassen, und als der Streuner Disco Gerald auf dem glänzenden Boden einmal in Gang gebracht hatte, bewegte sich dieser fast so mühelos wie John Travolta in *Saturday Night Fever.* Der Hund hatte nur ein Problem, nämlich selbst den Halt nicht zu verlieren. Seine langen, schmutzigen Krallen halfen ihm dabei, sie faßten und hinterließen kurze, gezackte Striemen in Wachs, während der Hund, der die Zähne fest in Geralds schwabbeligen Oberarm vergraben hatte, weiter zurückwich.

Ich sehe das alles nicht, klar. Nichts passiert wirklich. Es ist noch nicht lange her, da haben wir die Rainmakers gehört, und Gerald hat den Ton so lange leiser gestellt, bis er mir gesagt hatte, daß er sich überlegte, ob er diesen Samstag nicht zum Footballspiel nach Orono gehen sollte. University of Maine gegen B. U. Ich weiß noch, er hat sich beim Reden am rechten Ohrläppchen gekratzt. Wie kann er also tot sein und von einem Hund über den Schlafzimmerboden gezerrt werden?

Geralds spitzer Haaransatz war ganz verstrubbelt – wahrscheinlich weil der Hund das Blut geleckt hatte –, aber die Brille hatte er noch fest auf der Nase. Sie konnte seine halb offenen und glasigen Augen sehen, die aus den aufgedunsenen Höhlen zu den verblassenden Sonnenwogen an der Decke sahen. Sein Gesicht war immer noch eine Maske häßlicher roter und purpurner Flecken, als hätte nicht einmal der Tod seine Wut über ihren plötzlichen, launischen (hätte er ihn als launisch angesehen? Auf jeden Fall) Sinneswandel mildern können.

»Laß ihn los«, sagte sie zu dem Hund, aber ihre Stimme war schwach und traurig und kraftlos. Der Hund zuckte kaum mit den Ohren, als er sie hörte, und blieb nicht einmal stehen. Er zerrte das Ding mit der zerzausten Frisur und dem fleckigen Gesicht einfach weiter. Dieses Ding sah nicht mehr wie Disco-Gerald aus – kein bißchen. Jetzt war es nur noch der Tote Gerald, der von Hundezähnen im schlappen Bizeps über den Boden geschleift wurde.

Ein zerfetzter Hautlappen hing dem Hund aus der Schnauze. Jessie versuchte sich einzureden, daß er wie Tapete aussah, aber eine Tapete hatte – jedenfalls soweit sie wußte – keine Leberflecke oder Narben. Jetzt konnte sie Geralds rosa, feisten Bauch sehen, dessen einziges Merkmal das kleinkalibrige Einschußloch des Nabels war. Sein Penis wippte und baumelte in seinem Nest dunkelbraunen Schamhaars. Die Pobacken glitten unheimlich reibungslos und glatt über den Boden.

Unvermittelt wurde die erstickende Atmosphäre des Entsetzens von einem Schaft der Wut durchbrochen, der so grell wie Wetterleuchten in ihrem Kopf war. Sie akzeptierte diese neue Empfindung nicht nur, sie hieß sie sogar willkommen. Wut trug vielleicht nicht gerade dazu bei, aus dieser alptraumhaften Situation herauszukommen, aber sie spürte, daß sie ein Gegengift gegen ihr immer stärker werdendes Gefühl des Unwirklichen sein konnte.

»Du Mistvieh«, sagte sie mit leiser, zitternder Stimme. »Du feiges, stinkendes Mistvieh.«

Sie konnte zwar nicht auf Geralds Seite des Regals herankommen, aber Jessie stellte fest, wenn sie die linke Hand in der Handschelle drehte, so daß sie nach hinten über die Schulter deutete, konnte sie die Finger ein kurzes Stück auf dem Regal auf ihrer Seite hin und her bewegen. Sie konnte den Kopf nicht soweit drehen, daß sie sah, was sie berührte – es lag unmittelbar außerhalb jener dunstigen Stelle, die die Leute als Augenwinkel bezeichnen –, aber das machte eigentlich nichts. Sie wußte ziemlich genau, was sich da oben befand. Sie ließ die Finger hin und her wandern, strich mit den Fingerspitzen sacht über Make-up-Fläschchen, schob ein paar auf dem Regal weiter zurück und stieß andere herunter. Von letzteren landeten einige auf der Bettdecke; andere prallten vom Bett oder ihrem linken Oberschenkel ab und fielen auf den Boden. Nichts kam dem, wonach sie suchte, auch nur nahe. Ihre Finger schlossen sich um eine Dose Nivea-Gesichtscreme, und einen Moment dachte sie, mit der ließe sich der Trick bewerkstelligen, aber es war nur eine Probepackung und damit so klein und leicht, daß sie dem Hund nicht wehtun würde, selbst wenn sie aus Glas statt aus Plastik bestanden hätte. Sie ließ sie wieder auf das Regal fallen und setzte ihre blinde Suche fort.

Am äußersten Ende der Reichweite stießen ihre tastenden Finger auf die abgerundete Kante eines Glasgegenstands, der bei weitem das größte war, das sie bis jetzt berührt hatte. Einen Augenblick wußte sie nicht, was es war, aber dann fiel es ihr ein. Der Krug, der an der Wand hing, war nur ein Souvenir von Geralds Alpha-Grab-A-Hoe-Zeit; jetzt berührte sie ein anderes. Es war ein Aschenbecher, und sie hatte ihn nur deshalb nicht gleich einordnen können, weil er auf Geralds Seite des Regals neben das Glas Eiswasser gehörte. Jemand – wahrscheinlich Mrs. Dahl, die Putzfrau, möglicherweise Gerald selbst – hatte ihn auf ihre Seite des Bettes geschoben, vielleicht beim Abstauben, vielleicht um Platz für etwas anderes zu schaffen. Der Grund war so oder so einerlei. Er war da, und das genügte momentan völlig.

Jessie klammerte die Finger um die abgerundete Kante und spürte zwei Vertiefungen – die Ablagen für Zigaretten. Sie packte den Aschenbecher, zog die Hand so weit sie konnte zurück und stieß sie wieder nach vorne. Sie hatte Glück und winkelte das Handgelenk in dem Augenblick wieder an, als die Kette der Handschelle sich straffte, so wie ein Baseballwerfer, der einen angeschnittenen Ball wirft. Das alles war eine rein impulsive Tat, sie suchte, fand und warf das Geschoß, ehe sie einen Fehlwurf riskieren konnte, indem sie darüber nachdachte, wie unwahrscheinlich es doch war, daß eine Frau, die in zwei Jahren Leibesübungen als Pflichtfach am College im Bogenschießen höchstens eine Vier geschafft hatte, einen Hund mit einem Aschenbecher treffen konnte, zumal dieser Hund vier Meter entfernt und die Wurfhand mit einer Handschelle an einen Bettpfosten gekettet war.

Nichtsdestotrotz *traf* sie ihn. Der Aschenbecher drehte sich einmal im Flug und ließ so kurz den Leitspruch von Alpha Gamma Rho erkennen. Sie konnte ihn vom Bett aus nicht lesen, aber das mußte sie auch nicht; die lateinischen Worte für Hilfsbereitschaft, Wachstum und Mut waren kreisförmig um eine Fackel geschrieben. Der Aschenbecher setzte zu einer zweiten Drehung an, prallte aber gegen die verkrampften, knochigen Schultern des Hundes, ehe er die zweite Umdrehung ganz ausführen konnte.

Der Streuner stieß einen überraschten und gequälten Schrei aus, und Jessie verspürte einen Augenblick heftigen, primitiven Triumphs. Sie verzog den Mund zu einem Ausdruck, der sich wie ein Grinsen anfühlte, aber wie ein Schrei aussah. Sie heulte vor Wonne, während sie gleichzeitig den Rücken krümmte und die Beine ausstreckte. Wieder bemerkte sie die Schmerzen in den Schultern nicht, als Knorpel gedehnt und Gelenke, die die Behendigkeit von einundzwanzig längst vergessen hatten, fast bis zum Auskugeln belastet wurden. Später würde sie alles spüren – jede Bewegung, jeden Ruck, jede Drehung, die sie ausgeführt hatte –, aber momentan erfüllte sie ausschließlich unbändige Freude über den Treffer, und ihr war zumute, als müßte sie explodieren, wenn sie dieser Freude nicht irgendwie Ausdruck verlieh. Sie trommelte mit den Füßen auf der Bettdecke und warf den Körper von einer Seite auf die andere, wobei ihr das schweißnasse Haar gegen Wangen und Stirn schlug und die Sehnen am Hals wie dicke Stromkabel vorstanden.

»HA!« rief sie. *»ICH ... HAB ... DIIICH! HA!«*

Der Hund zuckte zurück, als der Aschenbecher ihn traf, und zuckte nochmals, als er auf den Boden fiel und zerschellte. Er legte die Ohren an, als er die Veränderung in der Stimme des Frauchens bemerkte – jetzt hörte er nicht Angst, sondern Triumph. Bald würde sie vom Bett aufstehen und mit den seltsam harten Füßen Fußtritte austeilen. Der Hund wußte, er würde wieder Schmerzen spüren, wie schon früher, wenn er blieb; er mußte also weglaufen.

Er drehte den Kopf und vergewisserte sich, daß sein Fluchtweg noch frei war, und dabei drang ihm wieder der verlockende Geruch von Blut und Fleisch in die Nase. Der Magen des Hundes krampfte sich sauer und knurrend vor Hunger zusammen, und er winselte unbehaglich. Er war hin- und hergerissen zwischen zwei gleichstarken Instinkten und stieß wieder einen nervösen Urinstrahl aus. Der Geruch seines eigenen Wassers – ein Aroma, das von Krankheit und Schwäche sprach, statt von Kraft und Selbstvertrauen – trug weiter zu seiner Frustration und Verwirrung bei, und er fing wieder an zu bellen.

Jessie schrak vor diesem brüchigen, unangenehmen Laut zurück – sie hätte sich die Ohren zugehalten, wenn sie gekonnt hätte –, worauf der Hund wieder eine Veränderung im Zimmer spürte. Der Geruch des Frauchens hatte sich verändert. Ihr Alphageruch verblaßte, obwohl er noch frisch und neu war, und der Hund spürte, daß dem Schlag auf die Schultern nicht zwangsläufig weitere Schläge folgen mußten. Der erste Schlag war ohnehin mehr überraschend als schmerzhaft gewesen. Der Hund machte wieder einen zögernden Schritt auf den Arm zu, an dem er gezogen hatte ... auf den hypnotisierenden Geruch von Blut und Fleisch. Dabei behielt er das Frauchen genau im Auge. Seine anfängliche Einschätzung, wonach das Frauchen harmlos, hilflos oder sogar beides war, konnte falsch sein. Er mußte sehr vorsichtig sein.

Jessie lag auf dem Bett und bemerkte nun erstmals vage das Pochen in ihren Schultern. Es war so deutlich, daß ihr der Hals jetzt richtig weh tat. Am deutlichsten merkte sie jedoch, daß der Hund, Aschenbecher hin, Aschenbecher her, immer noch da war. Im ersten heißen Ansturm ihres Triumphs war sie zur unweigerlichen Schlußfolgerung gekommen, daß er fliehen mußte, aber irgendwie hatte er standgehalten. Schlimmer noch, er kam wieder näher. Sie spürte einen prallen grünen Sack Gift irgendwo in ihrem Inneren pulsieren – bitteres Zeug, so schädlich wie Schierling. Sie hatte Angst, wenn dieser Sack platzte, würde sie an ihrer eigenen hilflosen Wut ersticken.

»Raus, Pißkopf«, sagte sie dem Hund mit einer heiseren Stimme, die schon an den Rändern bröckelte. »Raus, oder ich bring dich um. Ich weiß nicht wie, aber ich schwöre bei Gott, daß ich es schaffe.«

Der Hund blieb wieder stehen und sah sie mit zutiefst unbehaglichen Augen an.

»Ganz recht, du solltest besser auf mich hören«, sagte Jessie. »Solltest du, weil es mein Ernst ist. Jedes Wort.« Dann schwoll ihre Stimme wieder zu einem Brüllen an, das freilich manchmal zu Flüstern verblutete, weil ihre überlastete Stimme kurzschloß. *»Ich bring dich um, das mach ich, ich schwöre es, ALSO HAU AB!«*

Der Hund, der einmal Catherine Sutlins Prinz gewesen war, sah vom Frauchen zum Fleisch; vom Fleisch zum Frauchen; wieder vom Frauchen zum Fleisch. Er kam zu einer Entscheidung, die

Charles Sutlin selbst als Kompromiß bezeichnet haben würde. Er beugte sich vornüber, verdrehte gleichzeitig die Augen, damit er Jessie genau beobachten konnte, und packte den abgerissenen Fetzen Sehnen, Fett und Knorpel, der einmal Gerald Burlingames rechter Bizeps gewesen war. Er zerrte ihn knurrend rückwärts. Geralds Arm schoß in die Höhe; die schlaffen Finger schienen durch das Ostfenster auf den Mercedes in der Einfahrt zu deuten.

»Hör auf!« kreischte Jessie. Ihre verletzte Stimme kippte immer öfter in die oberen Register, wo Schreie zu kreischendem Falsettflüstern werden. *»Hast du nicht schon genug angerichtet? Laß ihn einfach in Ruhe!«*

Der Streuner beachtete sie gar nicht. Er schüttelte rasch den Kopf von einer Seite auf die andere, was er häufig gemacht hatte, wenn er und Catherine Sutlin Tauziehen mit einem seiner Gummispielsachen gespielt hatten. Aber dies war kein Spiel. Schaumflocken flogen dem Streuner von den Lefzen, während er angestrengt bemüht war, das Fleisch vom Knochen zu reißen. Geralds sorgfältig manikürte Hand fuchtelte wild in der Luft hin und her. Er sah aus wie ein Dirigent, der seine Musiker zu mehr Tempo anfeuert.

Jessie hörte das verschleimte Räuspern wieder und merkte plötzlich, daß sie sich übergeben mußte.

Nein, Jessie! Das war Ruths Stimme, die aufgeschreckt klang. *Nein, das darfst du nicht! Der Geruch könnte ihn anlocken ... zu dir!*

Jessie verzog das Gesicht zu einer gequälten Grimasse, während sie sich bemühte, das Erbrochene wieder hinunterzuschlukken. Das reißende Geräusch ertönte erneut, und sie erhaschte einen Blick auf den Hund – der die Vorderpfoten wieder steif festgestemmt hatte und am Ende eines dunklen Elastikbands von der Farbe eines Einmachgummis zu stehen schien –, bevor sie die Augen zumachte. Sie versuchte, die Hände vors Gesicht zu schlagen und vergaß in ihrem Streß vorübergehend, daß sie Handschellen trug. Ihre Hände wurden in einem Abstand von noch mindestens sechzig Zentimetern ruckartig festgehalten, die Ketten der Handschellen klirrten. Jessie stöhnte. Es war ein Geräusch, das Niedergeschlagenheit hinter sich ließ und zu Verzweiflung wurde. Es hörte sich an, als würde sie aufgeben.

Sie hörte das nasse, rotzige Reißen wieder. Es endete mit einem weiteren feuchten, glücklichen Schmatz. Jessie schlug die Augen nicht auf.

Der Streuner wich zur Flurtür zurück, ohne das Frauchen auf

dem Bett aus den Augen zu lassen. Im Maul trug er ein großes, glänzendes Stück von Gerald Burlingame. Wenn das Frauchen auf dem Bett versuchen wollte, es zurückzuholen, würde sie jetzt handeln. Der Hund konnte nicht denken – jedenfalls nicht im menschlichen Sinne –, aber sein komplexes Netz von Instinkten lieferte eine ausgesprochen wirksame Alternative zum Denken, und er wußte, was er getan hatte – und noch tun würde –, kam einer Art Verdammnis gleich. Aber er hatte schon lange Zeit Hunger. Er war von einem Mann, der auf dem Nachhauseweg die Titelmelodie von *Born Free* gepfiffen hatte, im Wald ausgesetzt worden, und nun war er am Verhungern. Wenn das Frauchen jetzt versuchen wollte, ihm die Mahlzeit wegzunehmen, würde er darum kämpfen.

Er sah sie ein letztes Mal an, stellte fest, daß sie keine Anstalten traf, sich vom Bett zu erheben, und drehte sich um. Er trug das Fleisch in die Diele, legte sich hin und hielt es zwischen den Pfoten fest. Der Wind böte kurz, riß die Tür erst auf und schlug sie dann wieder zu. Der Streuner sah rasch in diese Richtung und vergewisserte sich auf seine nicht-ganz-denkende Hundeart, daß er die Tür mit der Schnauze aufstoßen und rasch fliehen konnte, sollte es erforderlich werden. Nachdem diese letzte Aufgabe erledigt war, fing er an zu fressen.

9

Der Drang, sich zu übergeben, verging langsam, aber er verging. Jessie lag auf dem Rücken, hatte die Augen fest zugekniffen und spürte allmählich das schmerzhafte Pochen in den Schultern. Es kam in langsamen, peristaltischen Wellen, und sie hatte das ungute Gefühl, daß das erst der Anfang war.

Ich möchte schlafen, dachte sie. Es war wieder die Kinderstimme. Jetzt hörte sie sich betroffen und ängstlich an. Sie interessierte sich nicht für Logik, Geduld, Können oder Nichtkönnen. *Ich war fast eingeschlafen, als der böse Hund hereingekommen ist, und das möchte ich jetzt wieder – einschlafen.*

Sie fühlte aus ganzem Herzen mit ihr. Das Problem war, Jessie war eigentlich gar nicht mehr schläfrig. Sie hatte gerade gesehen, wie ein Hund ein Stück aus ihrem Mann gerissen hatte, und sie war nicht mehr schläfrig.

Sie war *durstig.*

Jessie schlug die Augen auf und erblickte als erstes Gerald, der auf seinem eigenen Spiegelbild auf dem polierten Schlafzimmerboden lag wie ein groteskes menschliches Atoll. Er hatte die Augen immer noch offen und starrte immer noch verbissen zur Decke, aber die Brille hing jetzt schief und ein Bügel war in seinem Ohr statt darüber. Den Kopf hatte er so extrem angewinkelt, daß die linke Wange fast die linke Schulter berührte. Zwischen der rechten Schulter und dem rechten Ellbogen befand sich nur ein dunkelrotes Lächeln mit unregelmäßigen weißen Rändern.

»Lieber Gott«, murmelte Jessie. Sie sah rasch weg, zum Westfenster hinaus. Goldenes Licht – inzwischen fast das Licht des Sonnenuntergangs – blendete sie, und sie schloß die Augen wieder und beobachtete Ebbe und Flut von Rot und Schwarz, während ihr Herz Blut in Membranen durch die geschlossenen Lider pumpte. Nach einigen Augenblicken fiel ihr auf, daß sich dieselben Muster immer wiederholten. Es war fast, als würde man Einzeller unter einem Mikroskop betrachten, Einzeller auf einem Objektträger mit einem roten Fleck. Sie fand das immer wiederkehrende Muster interessant und beruhigend zugleich. Sie vermutete, man mußte kein Genie sein, um die Faszination zu begreifen, die einfache wiederkehrende Muster unter den gegebenen Umständen hatten. Wenn die gewöhnlichen Muster und Routineverrichtungen des Lebens auseinanderfielen – und noch dazu so erschreckend plötzlich –, mußte man etwas finden, woran man sich klammern konnte, etwas das geistig normal und vorhersehbar war. Wenn man nur das organisierte Wirbeln des Blutes in den dünnen Hautschichten zwischen den Augäpfeln und dem letzten Sonnenlicht eines Oktobertages finden konnte, dann nahm man es und sagte recht schönen Dank auch. Denn wenn man nicht *etwas* fand, woran man sich klammern konnte, etwas, das zumindest ein bißchen Sinn ergab, konnte es sein, daß einen die fremden Elemente der neuen Weltordnung wahnsinnig machten.

Zum Beispiel Elemente wie die Geräusche, die gerade aus der Diele erklangen. Die Geräusche, die von einem dreckigen streunenden Köter stammten, der einen Teil des Mannes fraß, der dich in den ersten Bergman-Film mitgenommen hatte, des Mannes, der dich in den Jahrmarkt am Old Orchard Beach geführt und an Bord des Wikingerschiffs gelockt hatte, das wie ein Pendel in der Luft hin und her schwang, und dann Tränen lachte, als du sagtest, du wolltest noch einmal fahren. Des Mannes, der einmal in der Badewanne mit dir geschlafen hat, bis du vor Lust buchstäblich geschrien hast. Des Mannes, der jetzt stückweise im Schlund des Hundes verschwand.

Solche fremden Elemente.

»Seltsame Zeiten, meine Schöne«, sagte sie. »Wirklich seltsame Zeiten.« Ihre Sprechstimme war ein staubiges, schmerzhaftes Krächzen geworden. Sie vermutete, sie wäre gut beraten, wenn sie einfach schweigen und ihr Ruhe gönnen würde, aber wenn es im Schlafzimmer still war, konnte sie die Panik hören, die immer noch da war, die immer noch auf ihren großen, lautlosen Pfoten herumschlich, nach einer Öffnung suchte und darauf wartete, daß sie, Jessie, unachtsam wurde. Außerdem *war* es gar nicht richtig still. Der Typ mit der Motorsäge hatte für heute Feierabend gemacht, aber der Eistaucher stieß immer noch ab und zu einen Schrei aus, und mit dem Sonnenuntergang nahm der Wind zu und schlug die Tür lauter – und häufiger – denn je.

Und dazu, natürlich, die Geräusche des Hundes, der sich an ihrem Mann gütlich tat. Während Gerald gewartet hatte, bis er die Sandwiches bei Amato's mitnehmen und bezahlen konnte, war Jessie nach nebenan in Michaud's Market gegangen. Michaud's hatten immer guten Fisch – so frisch, daß er fast noch zappelte, hatte ihre Großmutter immer gesagt. Sie hatte ein schönes Stück Seezungenfilet gekauft und gedacht, sie würde es in der Pfanne braten, sollten sie beschließen, über Nacht zu bleiben. Seezunge war gut, weil Gerald, der sich, wenn auf sich allein gestellt, ausschließlich von Roastbeef und Brathähnchen ernähren würde (und dazwischen aus gesundheitlichen Erwägungen ab und zu fritierte Champignons), tatsächlich behauptete, daß ihm Seezunge schmeckte. Sie hatte sie ohne die geringste Ahnung gekauft, daß Gerald gegessen werden würde, bevor er sie, die Seezunge, essen konnte.

»Da draußen ist ein Dschungel, Baby«, sagte Jessie mit ihrer krächzenden, staubigen Stimme und überlegte sich, daß sie inzwischen nicht mehr nur in Ruth Nearys Stimme *dachte;* sie hörte sich tatsächlich schon wie Ruth an, die damals von nichts anderem als Dewar's und Marlboros gelebt hätte, wäre *sie* auf sich allein gestellt gewesen.

Da meldete sich die harte Ohne-Scheiß-Stimme zu Wort, als hätte Jessie an einer Wunderlampe gerieben. *Erinnerst du dich noch an den Song von Nick Lowe, den du auf WBLM gehört hast, als du eines Tages letzten Winter von deinem Töpferkurs nach Hause gekommen bist? Wegen dem du lachen mußtest?*

Sie erinnerte sich. Sie wollte es nicht, aber sie erinnerte sich. Es war ein Stück von Nick Lowe mit dem Titel ›She Used to Be a Winner (Now She's Just the Doggy's Dinner)‹ gewesen, eine auf zynische Weise amüsante Pop-Meditation über Einsamkeit zu einem völlig unpassenden heiteren Beat. Letzten Winter, urkomisch, ja, da hatte Ruth recht, aber jetzt nicht mehr.

»Hör auf, Ruth«, krächzte sie. »Wenn du schon freien Zugang zu meinem Kopf hast, dann hab wenigstens soviel Anstand und mach dich nicht über mich lustig.«

Lustig machen? Herrgott, Süße, ich mache mich nicht über dich lustig; *ich versuche nur, dich zu wecken!*

»Ich *bin* wach!« sagte sie quengelig. Über dem See schrie der Eistaucher wieder, als wollte er sie damit unterstützen. »Was teilweise dir zu verdanken ist!«

Nein, das bist du nicht. Du bist schon lange nicht mehr wach – wirklich *wach. Weißt du, was du machst, wenn etwas Schlimmes passiert, Jess? Du sagst dir: »Oh, kein Grund zur Beunruhigung, das ist nur ein böser Traum. Die bekomme ich ab und zu, sie sind nicht weiter schlimm, und sobald ich mich wieder auf den Rücken drehe, wird alles gut.« Und das machst du, du arme Närrin. Genau das machst du.*

Jessie machte den Mund auf, um zu antworten – derlei Anmaßungen sollten nicht unbeantwortet bleiben, trockener Mund und wunder Hals hin oder her –, aber Goodwife Burlingame erklomm das Rednerpult, noch ehe Jessie auch nur ihre Gedanken ordnen konnte.

Wie kannst du so etwas Schreckliches sagen? Du bist furchtbar! Geh weg!

Ruths Ohne-Scheiß-Stimme stieß wieder ihr zynisches, bellendes Gelächter aus, und Jessie dachte, wie beunruhigend – wie *gräßlich* beunruhigend – es doch war, einen Teil des eigenen Verstands mit der eingebildeten Stimme einer alten Bekannten lachen zu hören, die längst Gott weiß wohin gegangen war.

Weggehen? Das würde dir so passen, was? Juppheidi und juppheida, Daddys kleiner Liebling. Jedesmal, wenn die Wahrheit zu nahe kommt, jedesmal wenn du denkst, daß der Traum vielleicht doch kein Traum ist, läufst du weg.

Das ist lächerlich.

Wirklich? Und was ist mit Nora Callighan passiert?

Das schockierte Goodys Stimme einen Augenblick – wie ihre eigene, die normalerweise in ihrem Geist und auch sonst mit »ich« sprach –, und sie schwieg, aber in diesem Schweigen formte sich ein seltsames, vertrautes Bild: ein Kreis lachender, deutender Menschen – hauptsächlich Frauen –, die um ein junges Mädchen herumstanden, das Kopf und Hände im Pranger hatte. Sie war kaum zu sehen, weil es ziemlich dunkel war – eigentlich hätte noch Tageslicht herrschen sollen, doch aus unerfindlichen Gründen war es sehr dunkel –, aber das Gesicht des Mädchens wäre auch im hellen Tageslicht nicht zu sehen gewesen. Das Haar hing ihr ins Gesicht wie ein Bußschleier, obwohl man sich kaum vorstellen konnte, daß sie etwas *wirklich* Schlimmes gemacht hatte; sie war mindestens acht, höchstens aber zwölf Jahre alt. Wofür sie auch immer bestraft wurde, es war ganz sicher nicht, weil sie ihrem Ehemann wehgetan hatte. Diese spezielle Tochter Evas war zu jung für die Monatsblutung, geschweige denn für einen Ehemann.

Nein, das stimmt nicht, meldete sich plötzlich eine Stimme aus den tieferen Schichten ihres Verstandes zu Wort. Diese Stimme klang singend und dennoch erschreckend kraftvoll, wie der Schrei eins Wals. *Sie hat schon mit zehneinhalb angefangen. Vielleicht war das das Problem. Vielleicht hat er das Blut gerochen wie der Hund in der Diele. Vielleicht hat ihm das den Kopf verdreht.*

Sei still! rief Jessie. Sie wurde selbst fast kopflos. *Sei still, darüber sprechen wir nicht!*

Und da wir gerade von Gerüchen sprechen, was ist der andere für einer? fragte Ruth. Jetzt klang die innere Stimme schroff und eifrig ... die Stimme eines Schürfers, der endlich auf eine Ader gestoßen ist, die er lange vermutet, aber nie gefunden hat. *Der Mineralgeruch, wie Salz und alte Pennies ...*

Ich habe gesagt, darüber sprechen *wir nicht!*

Sie lag auf der Decke, die Muskeln unter ihrer kalten Haut waren verkrampft, aber ihre Gefangenschaft und der Tod ihres Mannes waren angesichts dieser neuen Bedrohung vorübergehend vergessen. Sie konnte spüren, wie Ruth – oder ein abgeschnittener Teil ihres Verstands, für den Ruth sprach – sich überlegte, ob sie das Thema weiter verfolgen sollte. Als sie entschied, das nicht zu tun (jedenfalls nicht direkt), stießen sowohl Jessie wie auch Gooodwife Burlingame einen Stoßseufzer der Erleichterung aus.

Also gut – sprechen wir statt dessen über Nora, sagte Ruth. *Nora, deine* Therapeutin? *Nora, deine* Beraterin? *Zu der du etwa ab dem Zeitpunkt gegangen bist, als du aufgehört hast zu malen, weil dir manche deiner Bilder Angst gemacht haben? Was übrigens, Zufall oder nicht, auch der Zeitpunkt zu sein schien, als Geralds sexuelles Interesse an dir nachzulassen begann und du angefangen hast, an seinen Hemdkragen nach Parfum zu schnuppern. Du erinnerst dich doch an Nora, oder nicht?*

Nora Callighan war ein neugieriges Miststück! fauchte Goodwife.

»Nein«, murmelte Jessie. »Ihre Absichten waren gut, daran zweifle ich nicht, sie wollte einfach immer nur einen Schritt zu weit gehen. Eine Frage zuviel stellen.«

Du hast gesagt, du hast sie gern gehabt. Habe ich dich das nicht sagen hören?

»Ich will nicht mehr denken«, sagte Jessie. Ihre Stimme klang zittrig und unsicher. »Ganz besonders will ich keine Stimmen mehr hören und ihnen antworten. Das ist verrückt.«

Nun, du solltest trotzdem lieber zuhören, sagte Ruth grimmig, *weil du von hier nicht so weglaufen kannst wie vor Nora ... wie vor* mir, *was das betrifft.*

Ich bin nie *vor dir weggelaufen, Ruth!* Jessies Stimme war ganz betroffenes Leugnen, doch nicht sehr überzeugend. Sie hatte selbstverständlich genau das getan. Hatte einfach die Koffer gepackt und war aus der verwahrlosten, aber fröhlichen Bude ausgezogen, die sie sich mit Ruth geteilt hatte. Sie hatte es nicht gemacht, weil Ruth angefangen hatte, ihr zu viele falsche Fragen zu stellen –

Fragen über Jessies Kindheit, Fragen über den Dark Score Lake, Fragen danach, was dort im Sommer, nachdem Jessie ihre erste Periode bekommen hatte, geschehen sein mochte. Nein, nur eine schlechte Freundin wäre aus solchen Gründen ausgezogen. Jessie war nicht ausgezogen, weil Ruth nicht *aufhörte,* sie zu stellen, als Jessie sie darum gebeten hatte.

Das machte *Ruth* nach Jessies Meinung zu einer schlechten Freundin. Ruth hatte die Linien gesehen, die Jessie in den Staub gemalt hatte ... und war trotzdem absichtlich darüber getreten. Genau wie Jahre später Nora Callighan.

Außerdem war die Vorstellung wegzulaufen unter den gegebenen Umständen ziemlich lächerlich, oder nicht? Schließlich war sie mit Handschellen ans Bett gefesselt.

Beleidige nicht meine Intelligenz, Honigtörtchen, sagte Ruth. *Dein* Verstand *ist nicht ans Bett gefesselt, das wissen wir beide. Du kannst trotzdem weglaufen, wenn du möchtest, aber mein Rat – mein* ausdrücklicher *Rat – ist, genau das nicht zu tun, weil ich deine einzige Chance bin. Wenn du weiter daliegst und so tust, als wäre das alles ein Alptraum, den du hast, weil du auf der linken Seite eingeschlafen bist, wirst du in Handschellen sterben. Willst du das? Ist das deine Belohnung dafür, daß du dein ganzes* Leben *in Handschellen gelebt hast, seit ...*

»Ich will nicht daran denken!« schrie Jessie in das leere Zimmer.

Einen Augenblick war Ruth still, aber bevor Jessie mehr als nur aufkeimende Hoffnung hegen konnte, sie wäre gegangen, war Ruth wieder da ... setzte ihr zu und bearbeitete sie wie ein Terrier einen Lappen.

Komm schon, Jess – du glaubst wahrscheinlich lieber, du bist verrückt, anstatt in diesem alten Grab herumzustochern, aber das bist du nicht, weißt du. Ich bin du, Goodwife ist du ... wir sind tatsächlich alle *du. Ich kann mir ziemlich gut vorstellen, was sich an dem Tag am Dark Score Lake abgespielt hat, als die ganze Familie unterwegs war, und was mich wirklich interessiert, hat eigentlich nichts mit dem Vorfall* per se *zu tun. Was mich wirklich interessiert ist: Gibt es einen Teil von dir – von dem ich nichts weiß –, der sich morgen um diese Zeit den Platz im Bauch des Hundes mit Gerald teilen will? Ich frage nur, weil sich das meines Erachtens nicht nach Loyalität anhört; es hört sich nach Bestrafung an.*

Tränen rannen ihr wieder die Wangen hinab, aber sie wußte nicht, ob sie weinte, weil die Möglichkeit endlich ausgesprochen worden war, daß sie hier tatsächlich sterben konnte, oder weil sie zum erstenmal seit mindestens vier Jahren fast wieder an das andere Sommerhaus gedacht hatte, das am Dark Score Lake, und was dort an dem Tag geschehen war, als die Sonne erloschen war.

Einmal hatte sie das Geheimnis fast in einer Frauengruppe preisgegeben ... das war Anfang der siebziger Jahre gewesen, und sie hatten das Treffen selbstverständlich auf Initiative ihrer Zimmergenossin hin besucht, aber Jessie war bereitwillig mitgekommen, jedenfalls am Anfang; es schien harmlos zu sein, lediglich eine weitere Attraktion im erstaunlich bunten Karneval des Collegebetriebs. Für Jessie waren die beiden ersten Jahre am College – besonders mit jemand wie Ruth Neary, die sie durch die Spiele, Attraktionen und Karussellfahrten lotste – größtenteils herrlich gewesen, eine Zeit, als Furchtlosigkeit möglich und Erfolg unvermeidlich schienen. Es war die Zeit, als kein Schlafsaal ohne Poster von Peter Max vollständig war, und wenn man die Beatles satt hatte – nicht, daß das bei jemand der Fall gewesen wäre –, konnte man immer etwas von Hot Tuna oder MC-5 auflegen. Alles war ein wenig zu strahlend gewesen, um wahr zu sein, so, als würde man es mit einem Fieber sehen, das nicht hoch genug war, um lebensbedrohend zu sein. Tatsächlich waren die beiden ersten Jahre ein Feuerwerk gewesen.

Das Feuerwerk hatte mit dem ersten Treffen der Frauengruppe geendet. Dort hatte Jessie eine abscheuliche graue Welt entdeckt, die gleichzeitig die Zukunft als Erwachsene in den achtziger Jahren vorwegzunehmen und von düsteren Kindheitsgeheimnissen, die in den sechziger Jahren begraben worden waren, zu flüstern schien ... aber nicht in Frieden dort ruhten. Zwanzig Frauen hatten sich im Wohnzimmer des Frauenzentrums neben der Neuworth Interdenominational Chapel eingefunden, manche saßen auf alte Sofas gepfercht, andere in den Schatten der großen und klobigen Ohrensessel, die meisten jedoch in einem ungefähren Halbkreis auf dem Boden – zwanzig Frauen im Alter zwischen achtzehn und über vierzig. Zu Beginn der Sitzung hatten sie sich alle die Hände gereicht und einen Augenblick der Stille geteilt. Als das vorbei war, war Jessie mit gräßlichen Geschichten von Vergewaltigung, Inzest und grausamer körperlicher Folter drangsaliert worden. Selbst wenn sie hundert wurde, würde sie nie das ruhige blonde Mädchen vergessen, die den Pullover hochgezogen und die Narben von Zigaretten auf den Unterseiten der Brüste gezeigt hatte.

Da hatte der Jahrmarkt für Jessie Mahout aufgehört. Aufgehört? Nein, das war nicht ganz richtig, geschweige denn fair. Es war, als wäre ihr ein flüchtiger Blick *hinter* den Jahrmarkt gewährt worden; als hätte sie die grauen und verlassenen herbstlichen Felder sehen dürfen, die die tatsächliche Wahrheit waren: nichts als leere Zigarettenschachteln und benützte Kondome und ein paar billige zerbrochene Preise im hohen Gras, die darauf warteten, daß sie entweder fortgeweht oder vom Schnee des Winters zugedeckt wurden. Sie sah die stumme, dumme, sterile Welt, die hinter der dünnen Schicht geflickter Leinwand wartete, die einzige Barriere, die sie vom bunten Tohuwabohu des Jahrmarktsgeländes, dem Muster der Buden und der grellen Farben der Karussells trennte, und das hatte ihr Angst gemacht. Der Gedanke, daß nur das vor ihr lag – nur das, nicht mehr –, war schrecklich; der Gedanke, daß es auch *hinter* ihr lag, von der geflickten und fadenscheinigen Leinwand ihrer eigenen zurechtgeschusterten Erinnerungen nur unzureichend verborgen, war unerträglich.

Nachdem sie ihnen die Unterseiten ihrer Brüste gezeigt hatte, hatte das blonde Mädchen den Pullover wieder heruntergezogen und erklärt, daß sie ihren Eltern nicht sagen konnte, was die Freunde ihres Bruders an dem Wochenende, als ihre Eltern nach Montreal gefahren waren, mit ihr gemacht hatten, denn das hätte bedeutet, daß auch herausgekommen wäre, was ihr Bruder schon das ganze vergangene Jahr über mit ihr gemacht hatte, und *das* hätten ihre Eltern nie geglaubt.

Die Stimme des blonden Mädchens war so ruhig wie ihr Gesicht gewesen, ihr Tonfall vollkommen rational. Als sie fertig war, herrschte einen Augenblick lang betroffenes Schweigen – ein Augenblick, in dem Jessie gespürt hatte, wie etwas in ihrem Inneren riß und hundert geisterhafte innere Stimmen in einer Mischung aus Hoffnung und Angst aufschrien – und dann hatte Ruth das Wort ergriffen.

»*Warum* hätten sie dir nicht geglaubt?« wollte sie wissen. »Herrgott, Liv – sie haben dich mit *glühenden Zigaretten* verbrannt! Ich meine, du hattest die Brandwunden als *Beweis!* Also *warum* hätten sie dir nicht geglaubt? Haben sie dich nicht geliebt?«

Doch, dachte Jessie. *Doch, sie haben sie geliebt. Aber ...*

»Doch«, sagte das blonde Mädchen. »Sie haben mich geliebt. Sie lieben mich immer noch. Aber meinen Bruder Barry haben sie vergöttert.«

Jessie erinnerte sich, wie sie neben Ruth saß, den Ballen einer nicht ganz ruhigen Hand gegen die Stirn gedrückt, und flüsterte: »Außerdem hätte es sie umgebracht.«

Ruth drehte sich zu ihr um, begann »Was ...?«, und das blonde Mädchen, das immer noch nicht weinte, immer noch unheimlich ruhig war, sagte: »Außerdem hätte es meine Mutter umgebracht, wenn sie so etwas herausgefunden hätte.«

Und da hatte Jessie gewußt, sie würde explodieren, wenn sie nicht sofort raus kam. Daher war sie hochgeschossen, war so schnell aus dem Sessel gesprungen, daß sie das häßliche, klobige Ding fast umgestoßen hätte. Sie war aus dem Zimmer gerannt, wohl wissend, daß alle sie anstarrten, aber es war ihr egal. Es war unwichtig, was sie dachten. Wichtig war nur, daß die Sonne erloschen war, *die Sonne selbst,* und man hätte ihre Geschichte nur nicht geglaubt, wenn Gott gut gewesen wäre. Wenn Gott schlechter Laune gewesen wäre, *hätte* man Jessie geglaubt ... und selbst wenn es ihre Mutter nicht umgebracht hätte, hätte es die Familie entzweigerissen wie eine Dynamitstange in einem fauligen Kürbis.

Und so war sie aus dem Zimmer gerannt, durch die Küche, und wäre zur Hintertür hinausgestürzt, aber die Hintertür war abgeschlossen. Ruth lief ihr nach und rief stehenbleiben, Jessie, stehenbleiben. Sie war stehengeblieben, aber nur, weil diese verdammte Tür abgeschlossen war. Sie hatte das Gesicht gegen das kalte dunkle Glas gedrückt und überlegt – ja, einen Augenblick echt überlegt –, ob sie einfach den Kopf durchrammen und sich die Kehle aufschlitzen sollte, um die gräßliche Vision der grauen Zukunft vor ihr und der Vergangenheit hinter ihr loszuwerden, aber letztendlich hatte sie sich einfach umgedreht, an der Tür hinunter zu Boden rutschen lassen, die bloßen Beine unter dem Saum ihres kurzen Rocks mit den Händen umklammert, die Stirn auf die Knie gelegt und die Augen zugemacht. Ruth hatte sich neben sie gesetzt, einen Arm um sie gelegt, sie hin und her gewiegt, beruhigend auf sie eingesprochen, ihr das Haar gestreichelt und sie ermutigt, es sich von der Seele zu reden, es loszuwerden, herauszulassen, auszuspucken.

Während sie jetzt in dem Haus am Ufer des Kashwakamak Lake lag, fragte sie sich, was aus dem tränenlosen, unheimlich ruhigen blonden Mädchen geworden sein mochte, das ihnen von Barry und Barrys Freunden erzählt hatte – junge Männer, die eindeutig der Meinung waren, daß eine Frau nur ein Lebenserhaltungssystem für eine Fotze war, und Verbrennen eine durchaus angemessene Bestrafung für eine junge Frau, die es okay fand, mit ihrem Bruder zu ficken, aber nicht mit den guten Kumpels des Bruders. Doch ganz besonders fragte sich Jessie, was sie zu Ruth gesagt hatte, während sie mit dem Rücken an der abgeschlossenen Küchentür saßen und die Arme umeinander geschlungen hatten. Sie erinnerte sich nur noch an eines ziemlich deutlich, etwas wie: »Mich hat er nie verbrannt, er hat mich nie verbrannt, er hat mir überhaupt nie weh getan.« Aber es mußte mehr gewesen sein, denn die Fragen, die Ruth gestellt hatte, waren alle eindeutig in eine Richtung gegangen: zum Dark Score Lake und dem Tag, an dem die Sonne erloschen war.

Am Ende hatte sie Ruth lieber verlassen, als es ihr zu sagen ... ebenso wie sie Nora lieber verlassen hatte, als es ihr zu sagen. Sie war so schnell sie nur konnte weggelaufen – Jessie Mahout Burlingame, auch bekannt als das erstaunliche Pfefferkuchenmädchen, das letzte Wunder eines dubiosen Zeitalters, Überlebende des Tages, als die Sonne erloschen war, und jetzt mit Handschellen ans Bett gefesselt und nicht mehr imstande wegzulaufen.

»Hilf mir«, sagte sie in das leere Schlafzimmer. Jetzt, wo sie an das blonde Mädchen mit dem unheimlich ruhigen Gesicht und der ebensolchen Stimme gedacht hatte, die die alten kreisrunden Narben auf den sonst so makellosen Brüsten zeigte, konnte Jessie sie nicht mehr aus dem Kopf bekommen, ebensowenig wie das Wissen, daß es keine Ruhe gewesen war, sondern vielmehr eine absolute und umfassende Losgelöstheit von dem schrecklichen Erlebnis, das ihr widerfahren war. Irgendwie wurde das Gesicht des blonden Mädchens zu ihrem Gesicht, und als Jessie sprach, sprach sie mit der zitternden, demütigen Stimme eines Atheisten, dem alles genommen wurde, außer einem letzten, hoffnungslosen Gebet. »Bitte hilf mir.«

Nicht Gott antwortete ihr, sondern der Teil in ihr, der offenbar nur sprechen konnte, wenn er sich als Ruth Neary verkleidete. Die Stimme hörte sich sanft an ... aber nicht sehr hoffnungsvoll. *Ich versuche es, aber du mußt mich unterstützen. Ich weiß, du bist bereit, schmerzhafte Dinge auf dich zu nehmen, aber du mußt vielleicht auch schmerzhafte Gedanken denken. Bist du dazu bereit?*

»Es geht nicht ums *Denken«,* sagte Jessie zitternd und dachte: *So hört sich also Goodwife Burlingame laut an.* »Es geht ums ... nun ... *Entkommen.«*

Du mußt sie vielleicht zum Schweigen bringen, sagte Ruth. *Sie ist ein wichtiger Teil von dir, Jessie – von* uns –, *und sie ist wirklich kein schlech-*

ter Mensch, aber sie hat schon viel zu lange die Oberhand, und in so einer Situation taugt ihre Art, mit der Welt umzugehen, nicht viel. Oder möchtest du das bestreiten?

Jessie wollte weder das, noch etwas anderes bestreiten. Sie war zu müde. Das Licht, das zum Westfenster hereinfiel, wurde zunehmend heißer und roter, je näher der Sonnenuntergang kam. Der Wind wehte böig und trieb raschelnde Blätter über die Veranda zum See hin, die jetzt leer war; die Gartenmöbel waren alle im Wohnzimmer aufgestapelt. Die Pinien rauschten; die Hintertür schlug; der Hund hielt inne, dann fing er sein lärmendes Schmatzen und Reißen und Kauen wieder an.

»Ich habe solchen Durst«, sagte sie wehleidig.

Okay – dann sollten wir damit anfangen.

Sie drehte den Kopf in die andere Richtung, bis sie die letzten Sonnenstrahlen warm auf der linken Seite des Halses und dem feuchten Haar spürte, das an der Wange klebte, und dann schlug sie die Augen wieder auf. Sie sah Geralds Glas Wasser genau da, und ihr Hals stieß sofort einen ausgedörrten, ungeduldigen Schrei aus.

Beginnen wir diese Phase der Operation damit, daß wir den Hund vergessen, sagte Ruth. *Der Hund macht nur, was er tun muß, um durchzukommen, und das mußt du auch.*

»Ich weiß nicht, ob ich ihn vergessen *kann*«, sagte Jessie.

Ich glaube, das kannst du, Süße – wirklich. Wenn du unter den Teppich kehren kannst, was an dem Tag geschehen ist, als die Sonne erlosch, kannst du meiner Meinung nach alles *unter den Teppich kehren.*

Einen Augenblick lang wäre fast alles wieder dagewesen, und sie begriff, daß sie sich an alles erinnern *konnte,* wenn sie es wirklich wollte. Das Geheimnis dieses Tages war nie völlig in ihr Unterbewußtsein versunken, wie es mit solchen Geheimnissen in Fernsehseifenopern und Kinomelodramen stets der Fall war; es ruhte bestenfalls in einem flachen Grab. Es war zu einer selektiven Amnesie gekommen, aber völlig freiwillig. Wenn sie sich erinnern wollte, was geschah, als die Sonne erloschen war, dann konnte sie es wahrscheinlich.

Als wäre dieser Gedanke eine Aufforderung gewesen, sah sie plötzlich vor ihrem geistigen Auge eine Vision von herzzerreißender Klarheit: eine Glasscheibe, die mit einer Grillzange festgehalten wurde. Eine Hand, die einen Grillhandschuh trug, drehte sie im Rauch eines kleinen Grünholzfeuers hierhin und dorthin.

Jessie erstarrte auf dem Bett und verdrängte das Bild.

Stellen wir eins klar, dachte sie. Sie vermutete, daß sie zur Stimme von Ruth sprach, war aber nicht ganz sicher; sie war ganz allgemein nicht mehr sicher. *Ich* will *mich nicht erinnern. Kapiert? Die Ereignisse damals haben nicht das geringste mit den Ereignissen heute zu tun. Sie sind längst den Bach runter. Es ist ziemlich einfach, den Zusammenhang zu sehen – zwei Seen, zwei Sommerhäuser, zwei Fälle von*

(Geheimnissen – Schweigen – Schmerz – Qual)

sexuellem Herumgemache – aber die Erinnerung an das, was 1963 passiert ist, nützt mir heute überhaupt nichts, ganz davon abgesehen, daß sie mein ohnehin schon starkes Unbehagen noch mehr vertieft. Also lassen wir das ganze Thema einfach fallen, okay? Vergessen wir Dark Score Lake.

»Was meinst du, Ruth?« fragte sie mit leiser Stimme, und ihr Blick wanderte zu dem Batikschmetterling auf der anderen Seite des Zimmers. Einen Moment lang sah sie ein ganz anderes Bild – ein kleines Mädchen, die süße kleine Punkin, die den süßlichen Duft von Aftershave roch und durch ein rußgeschwärztes Glas zum Himmel sah –, doch dann verschwand es gnädigerweise wieder.

Sie betrachtete den Schmetterling noch eine Zeitlang, weil sie sicher sein wollte, daß die alten Erinnerungen fort *blieben,* dann sah sie wieder zu Geralds Glas Wasser. Unglaublicherweise trieben immer noch ein paar Eissplitter an der Oberfläche, obwohl sich die Nachmittagshitze im Zimmer staute und es noch eine ganze Weile so bleiben würde.

Jessie ließ den Blick über das Glas schweifen und genoß die kalten Kondenstropfen darauf. Sie konnte den Untersetzer nicht sehen, auf dem das Glas stand – der Winkel war ein klein wenig zu steil –, aber sie mußte ihn auch nicht sehen, um sich den dunklen, ausbreitenden Feuchtigkeitsring vorzustellen, der sich bildete, während die kühlen Kondenstropfen am Glas hinunterliefen und eine Pfütze erzeugten.

Jessie streckte die Zunge heraus und leckte sich über die Oberlippe, ohne diese nennenswert zu befeuchten.

Ich will etwas trinken! schrie die ängstliche, fordernde Stimme eines Kindes – einer süßen kleinen Punkin. *Ich will es, und ich will es jetzt . . . GLEICH!*

Aber sie kam nicht an das Glas heran. Ein eindeutiger Fall von so nah und doch so fern.

Ruth: *Gib nicht so einfach auf – wenn du den gottverdammten Hund mit dem Aschenbecher getroffen hast, Süße, kannst du vielleicht auch das Glas holen. Vielleicht klappt's.*

Jessie hob wieder die rechte Hand, strengte sich an soweit es ihre schmerzende Schulter zuließ, war aber immer noch mindestens sieben Zentimeter entfernt. Sie schluckte und verzog das Gesicht, weil sich ihr Hals zusammenzog und wie Sandpapier anfühlte.

»Siehst du?« fragte sie. »Bist du jetzt zufrieden?«

Ruth antwortete nicht, aber Goody. Sie meldete sich leise, fast unterwürfig in Jessies Kopf zu Wort. *Sie hat gesagt* holen, *nicht* greifen. *Das ... das ist vielleicht nicht dasselbe.* Goody lachte auf eine verlegene Wer-bin-ich-daß-ich-mich-einmische-Weise, und Jessie konnte sich wieder einen Augenblick wundern, wie seltsam es war, einen Teil von sich selbst so lachen zu hören, als wäre er wahrhaftig ein völlig separates Wesen. *Wenn ich noch ein paar Stimmen hätte,* dachte Jessie, *könnten wir da drinnen ein verdammtes Bridge-Turnier veranstalten.*

Sie betrachtete das Glas noch einen Augenblick, dann ließ sie sich auf das Kissen zurückfallen, damit sie die Unterseite des Regals studieren konne. Sie sah, daß es nicht an der Wand befestigt war; es lag auf vier Stahlhaken, die wie umgekehrte große Ls aussahen. Und das Regal war auch nicht mit *denen* verbunden – sie war ganz sicher. Sie erinnerte sich, einmal hatte sich Gerald beim Telefonieren geistesabwesend auf das Regal stützen wollen. Dabei war das eine Ende hochgeklappt und hatte geschwebt wie das Ende einer Schaukel, und wenn Gerald die Hand nicht auf der Stelle weggezogen hätte, hätte er das Regal gekippt wie bei einem Flohhüpfspiel.

Der Gedanke an das Telefon lenkte sie einen Augenblick ab, aber wirklich nur einen Augenblick. Es stand auf einem niederen Tischchen vor dem Ostfenster, dem mit dem malerischen Ausblick auf Einfahrt und Mercedes, und es hätte sich genausogut auf einem anderen Planeten befinden können, soviel nützte es ihr in der momentanen Situation. Sie richtete den Blick wieder auf die Unterseite des Regals, wobei sie zuerst das Brett selbst studierte, und dann wieder die L-förmigen Haken.

Als sich Gerald auf *sein* Ende gelehnt hatte, war *ihr* Ende in die Höhe gegangen. Wenn sie genügend Druck auf ihr Ende ausüben konnte, so daß *seines* kippte, würde das Glas Wasser ...

»Es könnte herüberrutschen«, sagte sie mit heiserer, nachdenklicher Stimme. »Es könnte zu meinem Ende herüberrutschen.« Selbstverständlich konnte es ebensogut fröhlich an ihr vorbeirutschen und auf dem Boden zerschellen, oder es konnte da oben gegen ein unsichtbares Hindernis stoßen, bevor es überhaupt bis zu ihr kam, aber der Versuch lohnte sich jedenfalls, oder nicht?

Klar, ich schätze schon, dachte sie. *Ich meine, ich hatte vor, mit einem Lear-Jet nach New York zu fliegen – im Vier Jahreszeiten essen, im Birdland die Nacht durchtanzen –, aber da Gerald tot ist, wäre das wohl ein wenig pietätlos. Und da ich an die guten Bücher momentan nicht herankomme – an die schlechten übrigens auch nicht, was das betrifft –, könnte ich mich vielleicht doch damit begnügen, wenigstens den Trostpreis zu bekommen.*

Also gut; wie sollte sie vorgehen?

»Ganz vorsichtig«, sagte sie. »*So* sollst du vorgehen.«

Sie zog sich an den Handschellen in die Höhe und studierte das Glas erneut eine Zeitlang. Daß sie die Oberfläche des Regals nicht sehen konnte, erschien ihr jetzt als Nachteil. Sie hatte eine ziemlich gute Vorstellung davon, was sich auf ihrem Ende befand, aber bei dem von Gerald und dem Niemandsland in der Mitte war sie nicht so sicher. Das war natürlich nicht überraschend, denn wer, außer jemand mit einem fotografischen Gedächtnis, hätte eine vollständige Inventur aller Kleinigkeiten auf einem Schlafzimmerregal machen können? Wer hätte je gedacht, daß das einmal wichtig sein würde?

Nun, jetzt ist es wichtig. Ich lebe in einer Welt, in der sich alle Perspektiven verändert haben.

Ja, wahrhaftig. In dieser Welt konnte ein streunender Hund furchteinflößender als Freddy Krueger sein, das Telefon stand in der Twilight Zone und die gesuchte Wüstenoase, das Ziel von tausend bärbeißigen Fremdenlegionären in hundert Wüstenromanzen war ein Glas Wasser, in dem die letzten Reste von Eiswürfeln trieben. In dieser neuen Weltordnung war das Regal über dem Bett zu einem mindestens genauso wichtigen Verbindungsweg wie der Panamakanal geworden, und ein altes Western- oder Krimitaschenbuch am falschen Fleck konnte zu einer tödlichen Straßensperre werden.

Glaubst du nicht, daß du ein bißchen übertreibst? fragte sie sich unbehaglich, aber in Wahrheit übertrieb sie nicht. Es würde schon unter günstigsten Umständen eine Mission gegen jede Chance werden, aber wenn Gerümpel auf der Startbahn lag, vergiß es. Ein einziger schmaler Hercule Poirot – oder einer der *Raumschiff En-*

terprise-Romane, die Gerald las und dann wegwarf wie benützte Servietten – würde durch den Winkel nicht auf dem Regal zu sehen sein, aber mehr als ausreichen, das Wasserglas aufzuhalten oder umzukippen. Nein, sie übertrieb nicht. Die Perspektiven dieser Welt *hatten* sich verändert, und zwar so sehr, daß sie an diesen Science-fiction-Film denken mußte, wo der Held anfing zu schrumpfen und immer kleiner wurde, bis er im Puppenhaus seiner Tochter lebte und Angst vor der Hauskatze hatte. Sie mußte die neuen Regeln raschestmöglich lernen ... lernen und danach leben.

Nur nicht den Mut verlieren, Jessie, flüsterte Ruths Stimme.

»Keine Bange«, sagte sie. »Ich werde es versuchen – wirklich. Aber manchmal ist es gut zu wissen, womit man es zu tun hat. Ich glaube, das macht manchmal den Unterschied aus.«

Sie drehte das rechte Handgelenk so weit sie konnte vom Körper weg, dann hob sie den Arm. In dieser Haltung sah sie wie ein Frauenumriß in einer Reihe ägyptischer Hieroglyphen aus. Sie strich mit den Fingern wieder über das Regal und tastete nach Hindernissen an der Stelle, wo das Glas, wie sie hoffte, landen würde.

Sie berührte ein Stück relativ dicken Papiers, strich kurz mit dem Daumen darüber und versuchte zu ergründen, was das sein konnte. Zuerst vermutete sie, daß es ein Zettel vom Notizblock wäre, der normalerweise im Durcheinander auf dem Telefontischchen lag, aber dafür war es nicht dünn genug. Ihr Blick fiel auf eine Zeitschrift – entweder *Time* oder *Newsweek,* Gerald hatte beide mitgebracht –, die verkehrt herum neben dem Telefon lagen. Sie erinnerte sich, wie er eine der Zeitschriften hastig durchgeblättert hatte, während er die Socken auszog und das Hemd aufknöpfte. Das Papier auf dem Regal war wahrscheinlich eine dieser nervtötenden Abonnementskarten, die immer in die Zeitschriften vom Kiosk gesteckt wurden. Gerald legte diese Karten häufig beiseite, damit er sie später als Lesezeichen benützen konnte. Es konnte auch etwas anderes sein, aber Jessie kam zu dem Ergebnis, daß das für ihre Pläne so oder so egal war. Es war auf jeden Fall nicht hart und dick genug, das Glas aufzuhalten oder umzukippen. Sonst war nichts da oben, zumindest nicht in Reichweite ihrer ausgestreckten, tastenden Finger.

»Okay«, sagte Jessie. Ihr Herz hatte heftig zu klopfen angefangen. Ein sadistischer Piratensender in ihrem Kopf versuchte, ihr ein Bild des Glases zu übertragen, wie es vom Regal fiel, aber sie blockte dieses Bild hastig ab. »Sachte; sachte kann es gehen. Langsam und sachte gewinnt man das Rennen. Hoffe ich.«

Jessie behielt die rechte Hand, wo sie war, obwohl es ihr nicht gut tat, sie in dieser Richtung vom Körper wegzuhalten – es schmerzte jetzt schon wie der Teufel –, hob die linke *(Meine Aschenbecherwurfhand,* dachte sie mit einem grimmigen Anflug von Humor) und umklammerte damit das Regalbrett hinter dem letzten Stützhaken auf ihrer Seite des Betts.

Also los, dachte sie und drückte mit der linken Hand nach unten. Nichts geschah.

Wahrscheinlich bin ich zu nahe an der letzten Stütze und bekomme nicht genügend Hebelwirkung. Das Problem ist die verdammte Handschellenkette. Sie ist so kurz, daß ich das Regal nicht so weit außen zu fassen kriege, wie es eigentlich nötig wäre.

Wahrscheinlich richtig, aber diese Einsicht änderte nichts an der Tatsache, daß sie mit der linken Hand, da wo sie nun mal war, nicht das geringste bei dem Regal ausrichtete. Sie mußte die Finger ein wenig weiter abspreizen – wenn sie konnte – und hoffen, daß das genügte. Das war die reine Witzbuchphysik, simpel, aber tödlich. Ironischerweise konnte sie jederzeit *unter* das Regal greifen und es *hoch* drücken. Das brachte nur ein winziges Problem mit sich – das Glas würde in die falsche Richtung rutschen, von Geralds Ende fallen und auf dem Boden zerschellen. Wenn man es genauer betrachtete, sah man ein, daß die Situation wirklich ihre komische Seite hatte; sie war wie ein *Bitte-lächeln*-Video aus der Hölle.

Plötzlich ließ der Wind nach und die Geräusche aus der Diele waren auf einmal sehr laut. *»Schmeckt es dir, Pißkopf?«* kreischte Jessie. Schmerzen zerrissen ihre Kehle, aber sie hörte nicht auf – *konnte* nicht aufhören. *»Das hoffe ich, denn wenn ich hier rauskomme, werde ich dir als erstes den Kopf wegpusten!«*

Große Worte, dachte sie. *Sehr große Worte für eine Frau, die nicht mehr weiß, ob Geralds alte Schrotflinte – die seinem Vater gehört hatte – hier oder auf dem Dachboden des Hauses in Portland ist.*

Dennoch folgte ein gnädiger Augenblick der Stille aus der schattenhaften Welt jenseits der Schlafzimmertür. Es war fast, als würde der Hund auf seine aufmerksamste, ernsteste Weise über diese Drohung nachdenken.

Dann begann das Schmatzen und Kauen von neuem.

Jessies rechtes Handgelenk zuckte vielsagend, war kurz vor einem Krampf und warnte sie, daß sie besser sofort mit ihrer Aufgabe weitermachen sollte ... das hieß, falls sie überhaupt eine Aufgabe hatte.

Sie beugte sich nach links und streckte die Hand, so weit es die Kette zuließ, aus. Dann übte sie wieder Druck aus. Zuerst geschah nichts. Sie drückte fester, hatte die Augen fast zu Schlitzen zusammengepreßt und die Mundwinkel nach unten gezogen. Es war das Gesicht eines Kindes, das mit einer Dosis bitterer Medizin rechnet. Kurz bevor sie den Maximaldruck, den ihre schmerzenden Armmuskeln ausüben konnten, erreicht hatte, spürte sie eine winzige Bewegung des Regals, eine so winzige Veränderung im einheitlichen Sog der Schwerkraft, daß sie es mehr erahnte als tatsächlich spürte.

Wunschdenken, Jess – alles nur Wunschdenken und nichts weiter.

Nein. Es war eine Sinneswahrnehmung, die möglicherweise von ihrer Angst in die Stratosphäre geschossen worden war, aber es war kein Wunschdenken.

Sie ließ das Regal los, blieb einige Augenblicke nur ruhig liegen, atmete tief durch und gönnte ihren Muskeln Erholung. Sie wollte nicht, daß sie im entscheidenden Augenblick zuckten oder sich verkrampften. Sie hatte auch ohne das genug Probleme, recht schönen Dank. Als sie glaubte, daß sie so bereit war, wie sie nur sein konnte, legte sie die linke Hand um den Bettpfosten und rieb sie daran hinauf und hinab, bis der Schweiß auf ihrer Handfläche getrocknet war und das Mahagoni quietschte. Dann streckte sie den Arm aus und umklammerte das Regal wieder. Es war Zeit.

Aber ich muß vorsichtig sein. Das Regal hat sich bewegt, keine Frage, und es wird sich weiter bewegen, aber ich werde alle Kraft aufbieten müssen, das Glas in Bewegung zu setzen ... das heißt, wenn ich es überhaupt schaffe. Und wenn ein Mensch am Ende seiner Kraft ist, läßt seine Körperbeherrschung nach.

Das stimmte, aber es war nicht das Entscheidende. Das Entscheidende war: sie hatte kein Gefühl für den Punkt, an dem das Regal kippen würde. Überhaupt keins.

Jessie erinnerte sich, wie sie einmal mit ihrer Schwester Maddy auf dem Spielplatz hinter der Grundschule von Falmouth geschaukelt hatte – sie waren eines Sommers früh vom See zurückgekehrt und ihr schien, als hätte sie den ganzen August mit Maddy als Spielgefährtin auf der Wippe mit ihrer abblätternden Farbe verbracht – und sie hatten perfekt balancieren können, wenn ihnen danach zumute war. Maddy, die ein bißchen mehr wog, mußte nur eine Polänge nach innen rutschen. Lange, heiße Nachmittage des Übens, während sie einander beim Auf und Ab Seilhüpflieder vorsangen, hatten ihnen ermöglicht, den Balancepunkt jeder Wippe mit fast wissenschaftlicher Exaktheit herauszufinden; die sechs verzogenen grünen Balken, die in einer Reihe auf dem kochend heißen Asphalt standen, waren ihnen fast wie Lebewesen vorgekommen. Aber jetzt spürte sie diese begierige Vitalität nicht unter den Fingern. Sie mußte einfach ihr Bestes geben und hoffen, daß es gut genug war.

Und auch wenn die Bibel das Gegenteil behauptet, laß deine linke Hand nicht vergessen, was die rechte tun soll. Die linke mag deine Aschenbecherwurfhand sein, aber deine rechte sollte besser die Wasserglasfanghand sein, Jessie. Du hast nur auf wenigen Zentimetern des Regals eine Chance, es zu erwischen. Wenn es daran vorbeirutscht, spielt es keine Rolle, ob es stehenbleibt – es wird dann genauso außer Reichweite sein wie jetzt.

Jessie glaubte nicht, daß sie vergessen *konnte,* was ihre rechte Hand machte – sie tat zu weh. Ob sie imstande sein würde, zu tun, was Jessie von ihr verlangte, stand auf einem ganz anderen Blatt. Sie verstärkte den Druck auf die linke Seite des Regals so konstant und langsam sie konnte. Ein beißender Schweißtropfen lief ihr in einen Augenwinkel und sie blinzelte ihn weg. Irgendwo schlug die Hintertür wieder, aber sie hatte sich zum Telefon in das andere Universum gesellt. Hier waren nur das Glas, das Regal und Jessie. Ein Teil von ihr rechnete damit, daß das Regal unvermittelt hochklappen würde wie ein brutaler Springteufel, so daß alles davonkatapultiert wurde, und sie versuchte, sich gegen die mögliche Enttäuschung zu wappnen.

Mach dir darüber Gedanken, wenn es passiert, Süße. Vergiß derweil deine Konzentration nicht. Ich glaube, es tut sich was.

Es tat sich wirklich was. Sie konnte wieder die winzige Veränderung spüren – das Gefühl, als würde sich das Regal an einem Punkt auf Geralds Seite lösen. Dieses Mal ließ Jessie den Druck nicht nach, sondern verstärkte ihn, bis die Muskeln in ihrem linken Oberarm als harte kleine Wölbungen vorstanden, die vor Anstrengung zitterten. Sie stieß eine Reihe kurzer, explosionsartiger Grunzlaute aus. Das Gefühl, daß das Regal sich löste, wurde immer stärker.

Und plötzlich war die kreisrunde Oberfläche des Wassers in Geralds Glas eine schiefe Ebene und sie hörte die letzten Eissplitter leise klirren, als sich das rechte Ende des Regals tatsächlich hob. Das Glas bewegte sich aber nicht, und da kam ihr ein gräßlicher Gedanke: Was war, wenn etwas von dem Kondenswasser, das am Glas hinunterlief, den Untersetzer aus Pappkarton durchnäßt hatte, auf dem es stand? Was war, wenn dieser an dem Regalbrett festklebte?

»Nein, das kann nicht sein.« Die Worte kamen als einziges, ununterbrochenes Flüstern heraus, wie das Nachtgebet eines müden Kindes. Sie drückte fester auf das linke Ende des Regals und bot dabei alle Kraft auf. Nun war auch das allerletzte Pferd aufgezäumt; der Stall war leer. »Bitte laß es nicht so sein. *Bitte.*«

Geralds Ende des Regals stieg weiter an und wackelte wild. Ein Döschen Rouge von Max Factor fiel von Jessies Ende und landete auf dem Boden neben der Stelle, wo Geralds Kopf gelegen hatte, bevor der Hund gekommen war und ihn vom Bett weggezerrt hatte. Und nun fiel ihr eine neue Möglichkeit – mehr eine Wahrscheinlichkeit – ein. Wenn sie den Winkel des Regals noch mehr erhöhte, würde es einfach auf den L-Haken hinunterrutschen, samt Glas und allem, wie ein Schlitten, der einen verschneiten Hang hinunterrutscht. Wenn sie das Regal als Wippe betrachtete, konnte sie Schwierigkeiten bekommen. Es *war* keine Wippe; es hatte keinen zentralen Angelpunkt, an dem es befestigt war.

»Rutsch, du Miststück!« schrie sie das Glas mit einer schrillen, atemlosen Stimme an. Sie hatte Gerald vergessen; sie hatte vergessen, daß sie durstig war; hatte alles vergessen, außer dem Glas, das jetzt in einem Winkel geneigt war, daß das Wasser fast über den Rand lief, und sie konnte nicht verstehen, warum es einfach nicht umfiel. Aber es fiel nicht; es blieb einfach stehen, wo es gestanden hatte, als wäre es auf der Stelle festgeklebt. *»Rutsch!«*

Plötzlich rutschte es.

Die Bewegung verlief so konträr zu ihren schwärzesten Vorstellungen, daß sie fast nicht begreifen konnte, was vor sich ging. Später fiel ihr ein, daß das Abenteuer des rutschenden Glases etwas alles andere als Bewundernswertes über ihre eigene Denkweise verriet: sie war so oder so auf ein Scheitern vorbereitet gewesen. Der Erfolg machte sie fassungslos und staunend.

Die kurze, reibungslose Reise des Glases auf dem Regal zu ihrer rechten Hand hin verblüffte Jessie so sehr, daß sie mit der linken beinahe fester gezogen hätte, eine Bewegung, die das prekäre Gleichgewicht des Brettes mit Sicherheit zerstört hätte, so daß es krachend auf den Boden gefallen wäre. Dann berührten ihre Finger das Glas tatsächlich, und sie schrie wieder. Es war der Schrei einer Frau, die gerade in der Lotterie gewonnen hatte.

Das Regalbrett zitterte, fing an zu rutschen und hielt dann inne, als wäre ihm ein rudimentärer Verstand eigen, mit dem es überlegte, ob es das wirklich wollte oder nicht.

Nicht viel Zeit, Süße, warnte Ruth sie. *Pack das verdammte Ding, solange die Gelegenheit günstig ist.*

Jessie versuchte es, aber ihre Fingerspitzen rutschten nur an der glatten, nassen Oberfläche des Glases ab. Es schien, als gäbe es nichts zu packen, und sie bekam mit den Fingern nicht genügend Halt an dem dreimal verfluchten Ding, um es festzuhalten. Wasser ergoß sich über ihre Hand, und jetzt spürte sie, selbst wenn das Regal hielt, würde das Glas gleich umkippen.

Einbildung, Süße – nur die Vorstellung, daß eine traurige kleine Punkin wie du nie *etwas richtig machen kann.*

Das traf fast genau ins Schwarze – so genau, daß ihr unbehaglich zumute wurde –, aber es war nicht genau *im* Schwarzen, diesmal nicht. Das Glas war *wirklich* im Begriff zu kippen, wirklich und wahrhaftig, und sie hatte nicht die leiseste Ahnung, was sie machen konnte, um das zu verhindern. Warum hatte sie nur so kurze, häßliche kleine Wurstfinger? *Warum?* Wenn sie sie nur ein Stückchen weiter um das Glas legen könnte . . .

Ein Alptraumbild aus einer alten Fernsehwerbung fiel ihr ein: eine lächelnde Frau mit einer Frisur im Stil der fünfziger Jahre, die ein Paar blaue Gummihandschuhe anhatte. *So flexibel, Sie können eine Münze damit aufheben!* brüllte die Frau durch ihr Lächeln. *Zu schade, daß du nicht ein Paar hast, kleine Punkin oder Goodwife oder wer du auch immer sein magst! Vielleicht könntest du damit das verdammte Glas packen, bevor alles auf dem Scheißregal den Expreßlift nimmt!*

Jessie stellte plötzlich fest, daß die lächelnde, brüllende Frau mit den Gummihandschuhen von Playtex ihre Mutter war, und ein trockenes Schluchzen entrang sich ihr. Es war wie ein schreckliches Omen, das nicht nur auf Tod hindeutete, sondern einen ganzen Friedhof garantierte.

Gib nicht auf, Jessie! schrie Ruth. *Noch nicht! Du bist dicht dran! Ich schwöre es!*

Sie übte mit dem letzten Rest Kraft Druck auf die linke Seite des Regalbretts aus und betete unzusammenhängend, daß es nicht rutschen würde – noch nicht: *O bitte, lieber Gott, wer immer Du bist, bitte laß es nicht rutschen, noch nicht, noch nicht.*

Das Brett *rutschte* ... aber nur ein bißchen. Dann hielt es wieder, weil es vielleicht vorübergehend von einem Splitter oder einer Unebenheit im Holz gehalten wurde. Das Glas rutschte ihr etwas weiter in die Hand, und jetzt – immer verrückter – schien *es* ebenfalls zu sprechen, das verdammte *Glas*. Es hörte sich an wie einer dieser bärbeißigen Großstadttaxifahrer, die vor lauter Weltverdruß einen Dauerständer zu haben scheinen: *Herrgott, Lady, was soll ich denn noch machen? Mir einen verdammten Griff wachsen lassen und mich für Sie in einen Scheißkrug verwandeln?* Ein erneuter Wasserguß tropfte auf Jessies überdehnte rechte Hand. Jetzt würde das Glas fallen, jetzt war es unvermeidlich. In Gedanken konnte sie schon den Eiswassersturzbach spüren, der ihr den Nacken hinunterlief.

»Nein!«

Sie drehte die rechte Schulter ein Stück weiter, öffnete die rechte Hand noch ein bißchen und ließ das Glas eine Winzigkeit tiefer in die verspannte hohle Handfläche gleiten. Die Handschelle schnitt ihr in die Hand und jagte schmerzhafte Stiche bis zum Ellbogen, aber Jessie achtete nicht darauf. Die Muskeln ihres linken Arms zuckten jetzt unkontrolliert, und dieses Zucken wurde auf das schiefe, instabile Regalbrett übertragen. Ein weiteres Make-up-Döschen fiel auf den Boden. Die letzten Eisreste klirrten leise. Über dem Regal konnte sie den Schatten des Glases an der Wand sehen. Im schrägen Licht des Sonnenuntergangs sah er aus wie ein Getreidesilo, das starker Präriewind schief geweht hat.

Mehr ... nur noch ein bißchen mehr ...

Es GEHT nicht mehr!

Es geht. Es muß *gehen.*

Sie streckte die rechte Hand zur absolut sehnenzerreißenden Grenze ihrer Belastbarkeit und spürte, wie das Glas noch ein winziges Stück auf dem Regal herunterrutschte. Dann krampfte sie die Finger wieder zusammen und betete, daß es endlich genügen würde, denn jetzt ging es wirklich nicht mehr – sie hatte ihre Kraftreserven bis zum absoluten Limit belastet. Es reichte fast nicht; sie konnte immer noch spüren, wie das feuchte Glas davonrutschen wollte. Es kam ihr allmählich wie etwas Lebendiges vor, ein vernunftbegabtes Wesen mit einer bösen Ader so breit wie eine Autobahnfahrspur. Sein Ziel war, kapriziös auf sie zuzutänzeln und sich ihr dann zu entziehen, bis sie den Verstand verlor und in den Schatten der Abenddämmerung angekettet und tobsüchtig daliegen würde.

Laß es nicht entwischen, Jessie, wage es nicht, UND LASS DIESES DREIMAL VERFLUCHTE GLAS ENTWISCHEN ...

Und obwohl nichts mehr ging, kein Pond Druck mehr ausgeübt werden konnte, sie außerstande war, sich auch nur noch einen Millimeter zu strecken, brachte sie doch noch ein wenig mehr zustande und drehte das rechte Handgelenk ein allerletztes Stückchen zu dem Regal hin. Und als sie die Finger dieses Mal um das Glas krümmte, blieb es reglos.

Ich glaube, ich habe es vielleicht. Nicht sicher, aber vielleicht. Vielleicht.

Oder vielleicht war sie doch schließlich in Wunschdenken verfallen. Es war ihr einerlei. Vielleicht dies und vielleicht das, und vielleicht spielte keines dieser Vielleichts mehr eine Rolle, was im Grunde genommen eine Erleichterung war. Nur eines war sicher – sie konnte das Regalbrett nicht mehr halten. Sie hatte es sowieso nur fünf oder sechs Zentimeter gekippt, höchstens sieben, aber sie fühlte sich, als hätte sie sich gebückt und das ganze Haus an einer Ecke hochgehoben. *Das* war sicher.

Sie dachte: *Es kommt nur auf die Perspektive an, und auf die Stimmen, die einem die Welt beschreiben, schätze ich.* Sie *sind wichtig. Die inneren Stimmen.*

Mit einem zusammenhanglosen Gebet, daß das Glas in ihrer Hand bleiben mochte, wenn das Regalbrett nicht mehr da war, um es zu stützen, ließ sie mit der linken Hand los. Das Brett fiel polternd auf die Halterungen zurück, es war nur leicht schief und höchstens drei oder vier Zentimeter nach links gerutscht. Das Glas *blieb* in ihrer Hand, und jetzt konnte sie den Untersetzer sehen. Er klebte an der Unterseite des Glases wie eine fliegende Untertasse.

Bitte, lieber Gott mach, daß ich es nicht fallen lasse. Mach daß ich es nicht f ...

Ein Krampf krümmte ihr die Hand, sie zuckte ans Kopfteil zurück. Sie verzog das Gesicht und kniff die Lippen zusammen, bis diese nur eine weiße Narbe und die Augen gequälte Schlitze waren.

Warte, es geht vorbei ... es geht vorbei ...

Ja, natürlich würde es vorbeigehen. Sie hatte in ihrem Leben schon genügend Muskelkrämpfe gehabt, um das zu wissen, aber momentan, o Gott, tat das weh. Hätte sie den Bizeps des linken Arms mit der rechten Hand erreichen können, würde sich die Haut dort, das wußte sie, wie über kleine Steine gespannt und dann mit unsichtbarem Faden wieder zugenäht anfühlen. Es fühlte sich nicht wie ein Charleypferd an, sondern wie eine gottverdammte Leichenstarre.

Nein, nur ein Charleypferd, Jessie. Wie das vorhin. Warte ab, das ist alles. Warte ab und laß um Himmels willen dieses Glas Wasser nicht fallen.

Sie wartete, und nach einer oder zwei Ewigkeiten entspannten sich die Muskeln in ihrem Arm langsam wieder und der Schmerz ließ nach. Jessie stieß einen langen, rauhen Seufzer der Erleichterung aus, dann machte sie sich bereit, ihre Belohnung zu trinken. Trinken, ja, dachte Goody, *aber ich finde, du bist dir ein bißchen mehr schuldig als nur einen schönen kalten Drink, Teuerste.* Genieß *deine Belohnung ... aber genieß sie mit Anstand. Kein Schlürfen wie ein Schwein!*

Goody, du änderst dich nie, dachte sie, aber als sie das Glas hob, machte sie es mit der fürstlichen Gelassenheit eines Gastes beim Hofbankett und achtete nicht auf die Alkalitrockenheit des Gaumens oder das bittere Pulsieren des Durstes in ihrem Hals. Man konnte auf Goody herumhacken soviel man wollte – manchmal bettelte sie förmlich darum –, aber wenn man sich unter solchen Umständen (*gerade* unter solchen Umständen) mit ein wenig Anstand verhielt, konnte das nicht schaden. Sie hatte hart um das Wasser gekämpft; warum sich also nicht die Zeit nehmen und sich ehren, indem man es genoß? Der erste kalte Schluck, der über ihre Lippen floß und den heißen Teppich ihrer Zunge benetzte, schmeckte nach Triumph ... und nach der Pechsträhne, die sie gerade hinter sich hatte, war das wahrlich ein Genuß, den man auskosten mußte.

Jessie führte das Glas zum Mund und konzentrierte sich auf die köstliche Nässe, die vor ihr lag, auf den löschenden Wolkenbruch. Ihre Geschmacksknospen krampften sich erwartungsvoll zusammen, sie verkrampfte die Zehen und spürte einen heftigen Puls unter dem Kiefer pochen. Sie stellte fest, daß ihre Brustwarzen steif geworden waren, wie manchmal, wenn sie erregt war. *Geheimnisse der weiblichen Sexualität, von denen du dir nie hättest träumen lassen, Gerald,* dachte sie. *Feßle mich mit Handschellen ans Bett, und nichts passiert. Aber zeig mir ein Glas Wasser, und ich werde zur hemmungslosen Nymphomanin.*

Bei dem Gedanken mußte sie lächeln, und als das Glas dreißig Zentimeter von ihrem Gesicht entfernt unvermittelt zum Stillstand kam, so daß Wasser auf ihren bloßen Schenkel tropfte und sie eine Gänsehaut dort bekam, wich das Lächeln zuerst nicht. In diesen ersten Sekunden spürte sie lediglich dümmliches Erstaunen und

(?hä?)

Unverständnis. Was war los? Was *konnte* los sein?

Das weißt du, sagte eine der UFO-Stimmen. Sie sprach mit einer ruhigen Gewißheit, die Jessie gräßlich fand. Ja, sie vermutete, *daß* sie es irgendwo tief in ihrem Innersten wußte, aber sie wollte dieses Wissen nicht ins Rampenlicht ihres bewußten Denkens treten lassen. Einige Tatsachen waren einfach zu schlimm, um sie zur Kenntnis zu nehmen. Zu ungerecht.

Unglücklicherweise lagen manche Tatsachen auch auf der Hand. Als Jessie das Glas ansah, dämmerte entsetztes Begreifen in ihren blutunterlaufenen, aufgequollenen Augen. Die *Kette* war der Grund, warum sie ihr Wasser nicht bekam. Die Kette der Handschelle war einfach zu kurz. Diese Tatsache war so offensichtlich gewesen, daß sie den Wald vor lauter Bäumen nicht gesehen hatte.

Plötzlich mußte Jessie an die Nacht denken, als George Bush zum Präsidenten gewählt worden war. Sie und Gerald waren zu einer Siegesfeier im Dachrestaurant des Hotels Sonesta eingeladen worden. Senator William Cohen war Ehrengast, und der frischgebackene Präsident, Lonesome George persönlich, sollte sich kurz vor Mitternacht per Fernsehübertragung melden. Gerald hatte für diesen Abend eine nebelgraue Limousine gemietet, die auf die Sekunde pünktlich um sieben Uhr vorgefahren war, aber um zehn nach sieben saß sie immer noch in ihrem besten schwarzen Kleid auf dem Bett, wühlte durch ihre Schmuckschatulle und suchte fluchend nach einem speziellen Paar goldener Ohrringe. Gerald hatte ungeduldig den Kopf ins Zimmer gesteckt, um nachzusehen, was sie aufhielt, hörte ihr mit seinem ›Warum-seid-ihr-Mädels-nur-immer-so-verdammt-dumm‹-Ausdruck zu, den sie so haßte, und sagte dann, er wäre nicht sicher, glaubte aber, sie trüge die gesuchten Ohrringe bereits. Und so war es auch. Sie war sich klein und dumm vorgekommen, die perfekte Rechtfertigung für seinen väterlichen Gesichtsausdruck. Außerdem war ihr danach zumute gewesen, ihm an den Hals zu springen und ihm mit einem ihrer exquisiten, aber unbequemen hochhackigen Pumps die wunderbar ebenmäßig verkronten Zähne einzuschlagen. Was sie damals empfunden hatte, war gar nichts verglichen mit dem, was sie jetzt empfand, und wenn es jemand verdiente, die Zähne eingeschlagen zu bekommen, dann sie.

Sie streckte den Kopf so weit sie konnte nach vorne und spitzte die Lippen wie die Heldin eines abgedroschenen alten Schwarzweißkitschfilms. Sie kam dem Glas so nahe, daß sie winzige Luftbläschen zwischen den letzten Eisresten erkennen konnte, so nahe, daß sie die Mineralien in dem Brunnenwasser tatsächlich riechen konnte (oder es sich einbildete), aber nicht so nahe, daß sie daraus trinken konnte. Als sie den Punkt erreicht hatte, wo es absolut nicht weiter ging, waren ihre gespitzten Küß-mich-Lippen immer noch gut zehn Zentimeter von dem Glas entfernt. Es hätte fast gereicht, aber wie Gerald (und ihr Vater auch, wo sie gerade darüber nachdachte) immer zu sagen pflegte, knapp daneben war auch vorbei.

»Das glaube ich nicht«, hörte sie sich mit ihrer neuen, heiseren Scotch-und-Marlboro-Stimme sagen. »Das glaube ich einfach nicht.«

Plötzlich loderte Wut in ihr hoch und schrie sie mit der Stimme von Ruth Neary an, sie solle das Glas durchs Zimmer werfen; wenn sie schon nicht daraus trinken konnte, verkündete Ruths Stimme schroff, würde sie es wenigstens bestrafen; wenn sie ihren Durst nicht mit dem stillen konnte, was darin war, konnte sie wenigstens ihren Verstand mit dem Geräusch zufriedenstellen, wie es an der Wand in tausend Scherben zerschellte.

Ihr Griff um das Glas wurde fester, die Stahlkette sank zu einem schlaffen Bogen, als sie die Hand zurückzog, um genau das zu machen. Ungerecht! Es war einfach so ungerecht!

Die Stimme, die ihr dann doch Einhalt gebot, war die leise, zaghafte Stimme von Goodwife Burlingame.

Vielleicht gibt es eine Möglichkeit, Jessie. Gib noch nicht auf – vielleicht gibt es doch noch eine Möglichkeit.

Ruth gab darauf keine verbale Antwort, aber das ungläubige, höhnische Schnaufen war nicht zu überhören; es war schwer wie Eisen und bitter wie ein Spritzer Blutorangensaft. Ruth wollte immer noch, daß sie das Glas warf. Nora Callighan hätte zweifellos gesagt, daß Ruth voll auf das Konzept des Heimzahlens setzte.

Beachte sie einfach nicht, sagte Goodwife. Ihre Stimme hatte ihre einstige zögernde Eigenheit abgestreift; sie hörte sich jetzt fast aufgeregt an. *Stell es wieder auf das Regal, Jessie.*

Und was dann? fragte Ruth. *Was dann, o Großer Weißer Guru, o Göttin der Tupperware und Schutzheilige der Kirche der Versandhauskataloge?*

Goody sagte es ihr, und Ruths Stimme verstummte, während Jessie und alle anderen Stimmen in ihrem Kopf lauschten.

10

Sie stellte das Glas vorsichtig wieder aufs Regal und achtete sorgfältig darauf, daß es nicht über den Rand ragte. Ihre Zunge fühlte sich mittlerweile wie ein Stück Schmirgelpapier mit Fünfer-Körnung an, und ihr Hals schien vor Durst *entzündet* zu sein. Es erinnerte sie daran, wie sie sich im Herbst ihres zehnten Lebensjahrs gefühlt hatte, als Grippe und Bronchitis sie eineinhalb Monate ans Bett fesselten, so daß sie nicht zur Schule konnte. Während dieser Belagerung war sie manchmal in langen Nächten aus wirren, chaotischen Alpträumen erwacht, an die sie sich nicht mehr erinnern konnte

(aber du kannst dich erinnern, Jessie, du hast von dem gerußten Glas geträumt; du hast geträumt, wie die Sonne erloschen ist; du hast von dem schalen und tränenreichen Geruch wie nach Mineralien in Quellwasser geträumt; du hast von seinen Händen geträumt)

und sie war schweißgebadet, aber zu schwach, um nach dem Krug auf dem Nachttisch zu greifen. Sie wußte noch, wie sie dagelegen hatte, äußerlich naß und klebrig und nach Fieber riechend, innerlich ausgedörrt und voll von Phantomen; wie sie dagelegen und gedacht hatte, daß ihre wahre Krankheit nicht Bronchitits war, sondern Durst. Jetzt, Jahre später, war ihr genauso zumute.

Ihr Denken wollte immer wieder zu dem schrecklichen Augenblick zurückkehren, als sie erkannt hatte, daß es ihr nicht gelingen würde, dieses letzte Restchen Distanz zwischen dem Glas und ihrem Mund zu überbrücken. Sie sah immer wieder die Luftbläschen zwischen den Eisresten, roch das schwache Aroma von Mineralien im wasserhaltigen Gestein tief unter dem See. Diese Bilder quälten sie wie ein Jucken zwischen den Schulterblättern, wo man nicht hinkam.

Dennoch zwang sie sich zu warten. Der Teil in ihr, der Goody Burlingame war, sagte ihr, daß sie sich trotz der aufreizenden Bilder und ihres rauhen Halses etwas Zeit nehmen mußte. Sie mußte warten, bis ihr Herz langsamer schlug, ihre Muskeln aufhörten zu zittern, ihre Gefühle sich ein wenig beruhigt hatten.

Draußen erlosch die letzte Farbe am Himmel; die Welt nahm einen ernsten und melancholischen Grauton an. Auf dem See ließ der Eistaucher seinen durchdringenden Schrei im abendlichen Halbdunkel erschallen.

»Halt die Klappe, Mr. Eistaucher«, sagte Jessie und kicherte. Es hörte sich wie ein rostiges Scharnier an.

Also gut, meine Liebe, sagte Goodwife. *Ich glaube, es ist Zeit für einen Versuch. Bevor es dunkel wird. Aber vorher solltest du dir noch einmal die Hände abtrocknen.*

Dieses Mal krümmte sie beide Hände um die Bettpfosten und rieb sie auf und ab, bis sie quietschten. Sie hielt die rechte Hand hoch und bewegte sie vor den Augen auf und ab. *Sie haben gelacht, als ich mich ans Klavier gesetzt habe,* dachte sie. Dann tastete sie vorsichtig nach der Stelle unmittelbar hinter dem Glas auf dem Regal. Sie ließ die Finger wieder über das Holz wandern. Die Handschelle stieß einmal klirrend gegen das Glas, worauf sie erstarrte und darauf wartete, daß es umkippen würde. Als es stehenblieb, setzte sie ihre Erkundung fort.

Sie war fast zur Überzeugung gekommen, daß das, wonach sie suchte, außer Reichweite gerutscht oder völlig heruntergefallen war, als sie schließlich die Kante der Einlegekarte berührte. Sie nahm sie zwischen den ersten und zweiten Finger der rechten Hand, hob sie behutsam hoch und nahm sie vom Regal und dem Glas weg. Jessie festigte mit dem Daumen ihren Griff um die Karte und betrachtete sie neugierig.

Sie war leuchtend, purpurn, Signalstreifen tanzten trunken am oberen Rand. Konfetti und Girlanden schwebten zwischen den Worten herab. *Newsweek* bot TOLLE TOLLE ERSPARNISSE, verkündete die Karte, und sie sollte an der Party teilnehmen. Die Journalisten von *Newsweek* würden sie über das Weltgeschehen auf dem laufenden halten, ihr Blicke hinter die Kulissen der Weltpolitik ermöglichen und sie mit ausführlichen Berichten über Kunst, Politik und Sport versorgen. Es stand nicht so deutlich darauf, aber die Karte vermittelte ziemlich nachdrücklich den Eindruck, daß *Newsweek* Jessie helfen konnte, den Sinn des gesamten Kosmos zu verstehen. Und das Allerbeste war, die Irren der Abonnementsabteilung von *Newsweek* machten ein so erstaunliches Angebot, daß einem der Urin kochen und der Kopf explodieren konnte: Wenn sie mit EBEN DIESER KARTE *Newsweek* drei Jahre abonnierte, bekam sie jede Ausgabe für weniger als den HALBEN VERKAUFSPREIS AM KIOSK! Und war Geld vielleicht ein Problem? Auf gar keinen Fall! Die Rechnung würde erst später zugestellt.

Ich frage mich, ob sie Lieferung ans Bett für gefesselte Damen haben, dachte Jessie. *Vielleicht mit George Will oder Jane Bryant Quinn oder einem anderen dieser überheblichen alten Fürze, die mir die Seiten umblättern – das ist in Handschellen so schrecklich schwierig, wissen Sie.*

Aber unter diesem Sarkasmus verspürte sie eine besondere Art von seltsam nervösem Staunen und konnte nicht aufhören, die purpurne Karte mit ihrem Feiern-wir-eine-Party-Motiv, den Kästchen für Namen und Anschrift und den kleinen Rechtecken mit den Bezeichnungen DiCl, MC, Visa und AMEX zu studieren. *Ich habe diese Abokarten mein Leben lang verflucht – besonders wenn ich mich bücken und eines von den verdammten Dingern aufheben oder mich als weiteren Produzenten von überflüssigem Müll sehen mußte – ohne je zu ahnen, daß meine geistige Gesundheit, vielleicht sogar mein ganzes* Leben *von einer abhängen könnten.*

Ihr Leben? War das tatsächlich möglich? Mußte sie tatsächlich so eine gräßliche Vorstellung in ihre Rechnung mit einbeziehen? Jessie kam widerwillig zur Überzeugung, daß es so war. Es konnte sein, daß sie lange Zeit hier zubringen mußte, bis jemand sie fand, und es war durchaus möglich, daß ein einziges Glas Wasser den Unterschied zwischen Leben und Tod ausmachte. Die Vorstellung hatte etwas Surrealistisches, schien aber nicht mehr durch und durch lächerlich.

Genau wie vorhin, Teuerste – langsam und sachte gewinnt man das Rennen.

Ja ... aber wer hätte sich je träumen lassen, daß die Ziellinie sich in einer so ausgefallenen Landschaft befinden würde?

Trotzdem bewegte sie sich langsam und vorsichtig und stellte zu ihrer Erleichterung fest, daß es nicht so schwer wie befürchtet war, die Abokarte mit einer Hand zu bearbeiten. Das lag teilweise daran, daß sie zwölf mal acht Zentimeter maß – fast so groß wie zwei Spielkarten nebeneinander –, zum größten Teil jedoch daran, daß sie nicht versuchte, etwas besonders Kompliziertes damit zu machen.

Sie hielt die Karte der Länge nach zwischen erstem und zweitem Finger, dann benützte sie den Daumen, um den letzten Zentimeter der langen Seite ganz nach unten zu drücken. Die Falzkante war nicht gleichmäßig, aber sie dachte, es müßte genügen. Außerdem würde kaum jemand daherkommen und ihre Arbeit benoten; die Bastelabende donnerstags in der First Methodist Church von Falmouth lagen schon lange hinter ihr.

Sie kniff die purpurne Karte fest zwischen die beiden ersten

Finger und faltete wieder einen Zentimeter. Sie brauchte fast drei Minuten und siebenmal Falten, bis sie zum Ende der Karte gekommen war. Als es endlich soweit war, hatte sie etwas, das wie eine linkisch aus purpurnem Papier gedrehte Granate von einem Joint aussah.

Oder, wenn man die Fantasie ein wenig anstrengte, ein Strohhalm.

Jessie steckte ihn in den Mund und versuchte, die unregelmäßige Falte mit den Zähnen zusammenzuhalten. Als sie sie so fest hatte, wie es ihrer Meinung nach nur ging, tastete sie wieder nach dem Glas.

Sei vorsichtig, Jessie. Mach jetzt nicht alles durch Ungeduld kaputt!

Danke für den guten Rat. Und für den Einfall. Der war toll – das ist mein Ernst. Aber jetzt wäre es mir sehr recht, wenn du so lange den Mund halten würdest, bis ich meinen Schuß bekommen habe. Okay?

Sobald sie die glatte Oberfläche des Glases berührte, legte sie die Finger so zärtlich und behutsam wie eine junge Liebende darum, die zum ersten Mal mit der Hand in den Hosenschlitz ihres Freundes greift.

Das Glas in seiner neuen Position zu ergreifen war vergleichsweise einfach. Sie zog es her und hob es so hoch wie's die Kette zuließ. Sie sah, daß die letzten Eissplitter geschmolzen waren; die Zeit war nämlich trotz ihres Eindrucks, sie wäre stehengeblieben, seit der Hund seinen ersten Auftritt gehabt hatte, munter vorangeschritten. Aber sie wollte nicht an den Hund denken. Sie würde sich im Gegenteil die größte Mühe geben zu glauben, daß es überhaupt nie einen Hund gegeben hatte.

Du bist gut darin, etwas wegzudenken, oder nicht, Schmusi-Bussi?

He, Ruth – ich versuche, mich selbst so im Griff zu behalten wie dieses verdammte Glas, falls dir das noch nicht aufgefallen ist. Wenn es mir hilft, ein paar Gedankenspiele zu machen, sehe ich nicht, wo das große Problem liegen soll. Halt einfach eine Weile die Klappe, ja? Gib Ruhe und laß mich meine Angelegenheiten erledigen.

Aber Ruth hatten offenbar nicht die Absicht, Ruhe zu geben. *Halt die Klappe!* staunte sie. *Junge, wie mich das in alte Zeiten zurückversetzt – besser als ein Oldie von den Beach Boys im Radio. Im Klappehalten warst du schon immer gut, Jessie – erinnerst du dich noch an die Nacht im Schlafsaal, als wir von deiner ersten und letzten Sitzung im Frauenzentrum in Neuworth zurückgekommen sind?*

Ich will *mich nicht erinnern, Ruth.*

Das kann ich mir denken, darum werde ich mich auch für uns beide erinnern, abgemacht? Du hast gesagt, das Mädchen mit den Narben auf der Brust hat dich total durcheinandergebracht, nur das, mehr nicht, und als ich dir erzählen wollte, was du in der Küche gesagt hast – wie du und dein Vater 1963 allein in dem Haus am Dark Score Lake gewesen seid und wie die Sonne erloschen ist und er etwas mit dir gemacht hat –, da hast du mir auch gesagt, ich soll die Klappe halten. Aber das habe ich nicht, und du hast versucht, mich zu schlagen. Als ich immer noch nicht aufgehört habe, hast du deinen Mantel geschnappt, bist weggelaufen und hast die Nacht anderswo verbracht – wahrscheinlich in der verlausten kleinen Blockhütte von Susie Timmel, unten am Fluß, die wir immer Susies Bumshotel genannt haben. Und bis Ende der Woche hast du dann ein paar Mädchen mit einer Wohnung in der Stadt gefunden gehabt, die noch eine Zimmergefährtin brauchten. Bumm, so schnell ging das . . . aber du warst schon immer schnell, wenn du erst einmal etwas beschlossen hattest, Jess, das muß ich dir lassen. Und wie schon gesagt, du warst immer gut im Klappe-halten.

Halt die . . .

Da! Was hab' ich dir gesagt?

Laß mich in Ruhe!

Das kenne ich auch ziemlich gut. Weißt du, was mir am meisten weh getan hat, Jessie? Nicht das Vertrauen – ich wußte schon damals, daß es nichts Persönliches war, daß du der Meinung warst, du könntest niemandem die Geschichte anvertrauen, was damals passiert ist, nicht einmal dir selbst. Weh getan hat das Wissen, wie nahe du damals in der Küche des Frauenzentrums von Neuworth gewesen bist, dir alles von der Seele zu reden. Wir saßen da, mit dem Rücken zur Tür und den Armen umeinander geschlungen, und du hast angefangen zu reden. Du hast gesagt: »Ich hätte es nie erzählen können, es hätte meine Mom umgebracht, und selbst wenn nicht, hätte sie ihn verlassen, und ich habe ihn doch so lieb gehabt. Wir haben ihn alle lieb gehabt, wir haben ihn gebraucht, sie hätten mir die Schuld gegeben, und dabei hat er ja nichts gemacht, nicht eigentlich.« Ich habe dich gefragt, wer *nichts gemacht hat, und es kam so schnell heraus, als hättest du die letzten acht Jahre darauf gewartet, daß jemand diese Frage stellt. »Mein Vater«, hast du gesagt. »Wir waren am Dark Score Lake an dem Tag, als die Sonne erloschen ist.« Du hättest mir alles erzählt – das weiß ich –, aber in diesem Augenblick ist die dumme Kuh reingekommen und hat gefragt: »Geht es ihr gut?« Als ob du ausgesehen hättest, als würde es dir gutgehen, weißt du, was ich meine? Herrgott, manchmal kann ich nicht glauben, wie dumm die Leute sein können. Man sollte ein Gesetz erlassen, wonach man einen Führerschein braucht, oder zumindest eine Zulassung, bevor man Redeerlaubnis bekommt. Und bis man seinen Redetest bestanden hat, müßte man stumm bleiben. Das würde eine Menge Probleme lösen. Aber so ist es eben nicht, und kaum war die Hart Hall's-Version von Florence Nightingale hereingeschossen, bist du zugeklappt wie eine Muschel. Ich konnte dich um nichts auf der Welt bewegen, dich wieder zu öffnen, obwohl ich es weiß Gott versucht habe.*

Du hättest mich einfach in Ruhe lassen sollen! erwiderte Jessie. Das Glas Wasser bebte in ihrer Hand, der behelfsmäßige purpurne Strohhalm zitterte zwischen ihren Lippen. *Du hättest aufhören sollen, dich einzumischen! Es ging dich nichts an!*

Manchmal können Freundinnen nichts für ihre Besorgnis, Jessie, sagte die Stimme in ihrem Inneren, und sie war so voller Freundschaft, daß Jessie schwieg. *Ich habe es nachgeschlagen, weißt du. Ich habe mir zusammengereimt, wovon du gesprochen haben mußtest, und habe es nachgeschlagen. Ich konnte mich überhaupt nicht an eine Sonnenfinsternis Anfang der sechziger Jahre erinnern, aber ich war selbstverständlich zu der Zeit in Florida und interessierte mich mehr für das Schnorcheln und den Bademeister von Del Mar – in den war ich verknallt, das kannst du dir nicht vorstellen – als für astronomische Phänomene. Ich glaube, ich wollte nur sicherstellen, daß das Ganze nicht ein irres Hirngespinst oder so was war – vielleicht ausgelöst von dem Mädchen mit den schrecklichen Brandnarben auf den Eutern. Es war* kein *Hirngespinst. Es* gab *eine totale Sonnenfinsternis in Maine, und euer Sommerhaus am Dark Score Lake muß genau im Pfad dieser Finsternis gelegen haben. Juli 1963. Nur ein Mädchen und ihr Dad, die die Sonnenfinsternis betrachtet haben. Du hast mir nicht sagen wollen, was der gute alte Dad mit dir gemacht hat, aber ich wußte zwei Dinge, Jessie: daß er dein Vater war, und das war schlimm, und daß du erst zehn, fast elf gewesen bist, kurz vor der Pubertät also ... und das war noch schlimmer.*

Ruth, bitte hör auf. Du hättest dir keinen schlechteren Zeitpunkt aussuchen können, diese alten Wunden wieder aufzukratzen ...

Aber Ruth ließ sich nicht aufhalten. Die Ruth, die einmal Jessies Zimmergenossin gewesen war, hatte stets gesagt, was sie wollte – jedes einzelne Wort –, und die Ruth, die jetzt Jessies Kopfgenossin war, hatte sich offenbar kein bißchen verändert.

Und als nächstes hast du mit diesen drei kleinen Anfängersusen außerhalb des Campus gewohnt – Prinzessinnen in A-Line-Latzhosen und Matrosenblüschen, die zweifellos alle einen Satz Unterhosen mit aufgestickten Wochentagen besaßen. Ich glaube, etwa zu dem Zeitpunkt hast du beschlossen, mit dem Training für die Olympiade im Abstauben und Fußbodenwachsen anzufangen. Du hast die Nacht im Frauenzentrum Neuworth verdrängt, du hast Tränen und Wut und Qualen verdrängt, du hast mich verdrängt. Oh, natürlich haben wir uns ab und zu noch gesehen – haben gelegentlich eine Pizza und einen Krug Molson's bei Pat's geteilt –, aber unsere Freundschaft war wirklich vorbei, richtig? Als es um die Entscheidung zwischen mir und den Ereignissen vom Juli 1963 ging, hast du dich für die Eklipse entschieden.

Das Glas Wasser zitterte heftiger.

»Warum gerade jetzt, Ruth?« fragte sie und merkte nicht, daß sie die Worte in dem dunklen Schlafzimmer tatsächlich laut aussprach. *Warum gerade jetzt, das will ich wissen – vorausgesetzt, daß du in dieser Inkarnation wirklich ein Teil von mir bist, warum gerade jetzt? Warum zu einem Zeitpunkt, wo ich es mir am allerwenigsten leisten kann, aufgeregt und abgelenkt zu werden?*

Die offensichtlichste Antwort auf diese Frage war auch die unangenehmste: weil sie eine Feindin im Inneren hatte, ein trauriges, böses Flittchen, die sie genauso mochte, wie sie war – gefesselt, wund, durstig, ängstlich und elend – prima so. Die diesen Zustand nicht im geringsten verändert haben wollte. Die auf jeden schmutzigen Trick zurückgreifen würde, damit es nicht soweit kam.

Die totale Sonnenfinsternis dauerte an diesem Tag knapp über eine Minute, Jessie ... aber nicht in deinem Denken. Dort findet sie immer noch statt ... oder nicht?

Sie machte die Augen zu und konzentrierte ihre gesamte Willenskraft und ihr ganzes Denken darauf, das Glas in ihrer Hand stillzuhalten. Jetzt sprach sie im Geiste und unbewußt zu Ruths Stimme, als würde sie tatsächlich zu einer anderen Person sprechen, statt zu einem Teil ihres Gehirns, der plötzlich entschieden hatte, daß es an der Zeit war, ein bißchen auf eigene Faust zu arbeiten, wie Nora Callighan es ausgedrückt haben würde.

Laß mich in Ruhe, Ruth. Wenn du dich immer noch darüber unterhalten willst, nachdem ich getrunken habe, okay. Aber könntest du bis dahin nicht einfach ...

»... die verdammte Klappe halten«, beendete sie leise flüsternd.

Ja, flüsterte Ruth unverzüglich. *Ich* weiß, *daß jemand in dir ist, der versucht, Sand ins Getriebe zu streuen, und ich weiß, daß sie manchmal mit meiner Stimme spricht – sie ist zweifellos eine begnadete Bauchrednerin –, aber* ich *bin es nicht. Ich habe dich damals gern gehabt, und ich habe dich heute gern. Darum habe ich so lange versucht, den Kontakt zu dir nicht abreißen zu lassen ... weil ich dich gern gehabt habe. Und, vermute ich, weil wir überkandidelten Flittchen zusammenhalten müssen.*

Jessie lächelte, oder versuchte es zumindest, um den behelfsmäßigen Strohhalm herum.

Und jetzt versuch es, Jessie, mit aller Macht.

Jessie wartete einen Augenblick, aber es kam nichts mehr. Ruth war fort, zumindest vorübergehend. Sie schlug wieder die Augen auf, dann beugte sie langsam den Kopf nach vorne, und die zusammengerollte Karte ragte ihr aus dem Mund wie das Zigarettenmundstück von Roosevelt.

Bitte, lieber Gott, ich flehe dich an ... mach, daß es klappt.

Ihr behelfsmäßiger Strohhalm glitt in das Wasser. Jessie machte die Augen zu und saugte. Einen Augenblick lang tat sich nichts, worauf schwarze Verzweiflung in ihr hochwallte wie ein lähmendes Gift. Dann füllte Wasser ihren Mund, kühl und köstlich und überraschte sie so, daß sie fast in Ekstase geriet. Sie hätte vor Dankbarkeit geschluchzt, wäre ihr Mund nicht so verbissen um das Ende der zusammengerollten Abokarte gepreßt gewesen; so konnte sie nur ein dumpfes Tröten durch die Nase zustande bringen.

Sie schluckte das Wasser und spürte, wie es sich wie flüssiger Satin über ihren Hals ausbreitete, dann saugte sie weiter. Dies machte sie so selbstvergessen und instinktiv wie ein hungriges Kalb, das am Euter der Mutter saugt. Ihr Strohhalm war alles andere als perfekt und lieferte nur Schlucke und Tropfen und Spritzer statt eines konstanten Stroms, und der Großteil dessen, was sie in die Röhre saugte, tropfte durch die mangelhaften Dichtungen und schiefen Falze wieder hinaus. In einer Ecke ihres Gehirns wußte sie das, konnte Wasser wie Regentropfen auf die Decke tropfen hören, aber ihr dankbarer Verstand wiegte sich weiterhin in der Überzeugung, daß ihr Strohhalm eine der größten Erfindungen war, die die Menschheit je hervorgebracht hatte, und daß dieser Augenblick, das Wasser aus dem Glas ihres toten Mannes, die Krönung ihres Lebens war.

Trink nicht alles, Jess – heb dir etwas für später auf.

Sie wußte nicht, welche ihrer Phantomgefährtinnen dieses Mal gesprochen hatte, und es war auch nicht wichtig. Es war ein guter Rat, aber ungefähr so, als wollte man einem achtzehnjährigen Jungen, der nach sechs Monaten Petting halb wahnsinnig war, den Rat geben, es wäre einerlei, ob sein Mädchen jetzt endlich willig war; wenn er keinen Gummi dabei hatte, sollte er warten. Manchmal, stellte sie fest, war es unmöglich, auf die Ratschläge des eigenen Verstandes zu hören, so gut sie auch sein mochten.

Manchmal raffte sich der Körper einfach auf und schlug alle guten Ratschläge in den Wind. Sie fand aber noch etwas anderes heraus – sich einfachen körperlichen Bedürfnissen hinzugeben konnte eine unaussprechliche Erleichterung sein.

Jessie saugte weiter durch die zusammengerollte Karte, kippte das Glas, damit die Wasseroberfläche über dem durchweichten, ungeschlachten purpurnen Ding blieb, und sie nahm mit einem Teil ihres Denkens zur Kenntnis, daß die Kartonrolle immer schlimmer leckte und es Wahnsinn war, nicht aufzuhören und zu warten, bis sie getrocknet war, trank aber dennoch weiter.

Schließlich hörte sie auf, aber nur deshalb, weil sie feststellte, daß sie bloß noch Luft saugte, und das schon seit einigen Sekunden. Es war noch Wasser in Geralds Glas, aber die Spitze ihres behelfsmäßigen Strohhalms kam nicht mehr ganz hin. Die Bettdecke unter der zusammengerollten Abokarte war dunkel vor Feuchtigkeit.

Ich könnte *den Rest aber bekommen. Ich* könnte. *Wenn ich die Hand ein bißchen weiter in die unnatürliche Richtung nach hinten drehen könnte wie vorhin, als ich das Glas geholt habe, könnte ich auch den Hals etwas weiter strecken und die letzten Tropfen aufsaugen. Ob ich* glaube, *daß ich es kann? Ich* weiß *es.*

Sie wußte es *wirklich,* und später sollte sie den Plan in die Tat umsetzen, aber vorerst hatten die Typen mit den weißen Kragen in der Chefetage – die mit der guten Aussicht – den Tagelöhnern und Mechanikern, die die Maschine am Laufen hielten, die Kontrolle wieder abgenommen; die Meuterei war vorbei. Ihr Durst war noch längst nicht völlig gestillt, aber ihr Hals pulsierte nicht mehr und sie fühlte sich viel besser ... geistig ebenso wie körperlich. Ihr Denken war geklärt, die Aussichten nicht mehr ganz so trostlos.

Sie stellte fest, sie war froh, daß sie den letzten Rest im Glas gelassen hatte. Zwei Schluck Wasser durch einen lecken Strohhalm machten wahrscheinlich nicht den Unterschied aus, ob sie ans Bett gefesselt blieb oder einen Ausweg aus diesem Schlamassel fand – geschweige denn zwischen Leben und Tod –, aber diese letzten Schlucke zu bekommen konnte ihr Denken ablenken, wenn und falls dieses wieder versuchte, sich seinen eigenen morbiden Belangen zuzuwenden. Schließlich wurde es Nacht, ihr Mann lag tot auf dem Boden und es sah aus, als müßte sie noch eine Weile hierbleiben.

Keine besonders angenehme Vorstellung, schon gar nicht,

wenn man den hungrigen Streuner mit einbezog, aber Jessie stellte fest, daß sie trotzdem wieder müde wurde. Sie suchte nach Gründen, gegen ihre zunehmende Schläfrigkeit zu kämpfen, aber ihr fielen keine guten ein. Nicht einmal die Vorstellung, mit bis zu den Ellbogen eingeschlafenen Armen aufzuwachen, schien besonders schreckhaft. Sie würde sie einfach bewegen, bis das Blut wieder ungehindert zirkulieren konnte. Es würde nicht angenehm sein, aber sie hatte keine Zweifel, daß sie es schaffen würde.

Außerdem könnte dir im Schlaf etwas einfallen, Teuerste, sagte Goodwife Burlingame. *In Büchern ist das immer so.*

»*Dir* vielleicht«, sagte Jessie. »Schließlich hast du bis jetzt den besten Einfall gehabt.«

Sie ließ sich zurücksinken und drückte das Kissen mit den Schulterblättern so fest sie konnte ans Kopfteil. Ihre Schultern schmerzten, ihre Arme (besonders der linke) pochten, ihre Bauchmuskeln flatterten immer noch von der Anstrengung, den Oberkörper so weit vorne zu halten, daß sie mit dem Strohhalm trinken konnte ... aber sie fühlte sich dennoch seltsam zufrieden. Mit sich selbst in Einklang.

Zufrieden? Wie kannst du zufrieden sein? Dein Mann ist tot, und du bist daran nicht unschuldig, Jessie. Und angenommen, du wirst *gefunden? Angenommen, du* wirst *gerettet? Hast du dir einmal Gedanken gemacht, wie diese Situation für denjenigen aussehen muß, der dich findet? Was meinst du, wird beispielsweise Constable Teagarden dazu sagen? Was meinst du, wie lange er brauchen wird, bis er sich entschließt, die State Police zu verständigen? Dreißig Sekunden? Vielleicht vierzig? Hier draußen auf dem Land denken sie ein bißchen langsamer, richtig – also braucht er vielleicht ganze zwei Minuten.*

Dagegen konnte sie nichts vorbringen. Es stimmte.

Wie kannst du nur zufrieden sein, Jessie? Wie kannst *du zufrieden sein, wenn das alles über deinem Kopf schwebt?*

Sie wußte es nicht, aber es war so. Ihr Gefühl der Ausgeglichenheit war so tief wie ein Sprungfederbett in einer Nacht, wenn der Märzwind Graupelschauer aus Nordwesten bläst, und so warm wie eine Daunendecke auf diesem Bett. Sie vermutete, daß dieses Gefühl weitgehend von körperlichen Empfindungen herrührte: wenn man durstig genug war, konnte einen offenbar ein halbes Glas Wasser high machen.

Aber da war auch noch die geistige Seite. Vor zehn Jahren hatte sie widerwillig ihren Job als Aufhilfslehrerin aufgegeben und sich damit letztlich dem Druck von Geralds hartnäckiger (oder vielleicht war ›stur‹ das Wort, nach dem sie wirklich suchte) Logik gefügt. Da hatte er schon fast hunderttausend Dollar im Jahr verdient; daneben nahmen sich ihre fünf bis sieben Riesen recht armselig aus. Es war sogar ein ständiger Grund des Verdrusses bei der Steuererklärung, wenn das Finanzamt sich fast alles holte und dann ihre Finanzunterlagen durchschnüffelte, wo der Rest geblieben war.

Sie hatte Gerald nicht erklären können, was der Teilzeitvertrag für sie bedeutete ... oder vielleicht hatte er auch nur nicht zuhören wollen. Wie dem auch sei, es lief auf dasselbe hinaus: das Unterrichten gab ihr, auch nur als Teilzeitarbeit, eine gewisse Erfüllung, die wichtig war, und das verstand Gerald nicht. Und er hatte auch nicht verstanden, daß die Teilzeitarbeit eine Brücke zu dem Leben schlug, das sie führte, bevor sie Gerald bei dieser Party der Republikaner kennengelernt hatte, als sie Englischlehrerin mit vollem Lehramt an der Waterville High gewesen war, eine auf sich allein gestellte Frau, die ihren Lebensunterhalt verdiente, von ihren Kollegen geachtet und geschätzt wurde und gegen die niemand etwas hatte. Sie hatte ihm nicht begreiflich machen können (oder er hatte nicht zuhören wollen), daß sie sich, wenn sie das Unterrichten aufgab – und selbst wenn es nur noch ein paar Stunden wären –, traurig und verloren und irgendwie nutzlos vorkommen würde.

Das Gefühl des hilflosen Treibens – das wahrscheinlich in gleichem Maße von ihrem Unvermögen, schwanger zu werden, wie von der Entscheidung herrührte, den SAD 24-Vertrag nicht unterzeichnet zurückgegeben zu haben – war nach einem oder zwei Jahren von der Oberfläche ihres Denkens verschwunden, aber es hatte die tieferen Regionen ihres Herzens nie völlig verlassen. Sie war sich manchmal selbst wie ein Klischee vorgekommen – junge Lehrerin heiratet erfolgreichen Anwalt, dessen Name schon im zarten Alter von dreißig Jahren (beruflich gesehen) das Firmenschild ziert. Diese junge (nun, relativ junge) Frau betritt schließlich das Foyer dieses rätselhaften Palastes mit Namen ›Die mittleren Jahre‹, sieht sich um und muß feststellen, daß sie auf einmal ganz allein ist – kein Job, keine Kinder und ein Mann, der fast ausschließlich darauf konzentriert ist (man mochte nicht fixiert sagen; das wäre zwar zutreffend, aber unhöflich gewesen), die legendäre Erfolgsleiter hinaufzuklettern.

Diese Frau, die plötzlich weiß, daß hinter der nächsten Kurve die Vierzig auf sie warten, ist genau der Typ Frau, die nun für gewöhnlich Probleme mit Drogen, Alkohol oder einem anderen Mann bekommt. Für gewöhnlich einem jüngeren Mann. Das alles passierte dieser jungen (nun ... *ehemals* jungen) Frau nicht, aber Jessie hatte festgestellt, daß sie dennoch eine beängstigende Menge Zeit hatte – Zeit für den Garten, Zeit zum Einkaufen, Zeit für Unterricht (Malen, Bildhauern, Dichtung ... und sie hätte eine Affäre mit dem Mann haben können, der den Kurs in Dichtung abhielt, wenn sie gewollt hätte, und sie hätte fast gewollt). Außerdem hatte sie Zeit gehabt, auch ein wenig für sich zu tun, und so hatte sie Nora kennengelernt. Nichts davon hatte ihr jedoch je dieses Gefühl gegeben, das sie jetzt hatte, als wären ihre Müdigkeit und ihre Schmerzen Ehrenauszeichnungen und ihre Müdigkeit eine gerecht verdiente Belohnung ... Miller Times Version der Dame in Handschellen, könnte man sagen.

He, Jess – wie du das Wasser geholt hast, war echt *ziemlich gut.*

Auch das war eine UFO-Stimme, aber dieses Mal war es Jessie egal. Solange nur Ruth sich eine Weile nicht zurückmeldete. Ruth war interessant, aber sie war auch anstrengend.

Eine Menge Leute hätten das Glas nicht einmal in die Hand gekriegt, fuhr ihr UFO-Fan fort, *und die Abokarte als Strohhalm zu benützen ... das war ein echter Geniestreich. Also nur zu, fühl dich gut. Ist genehmigt. Und ein kleines Nickerchen ebenfalls.*

Aber der Hund, sagte Goody zweifelnd.

Dieser Hund wird dich nicht im geringsten behelligen ... und du weißt genau, warum.

Ja. Der Grund, warum der Hund sie nicht behelligen würde, lag in der Nähe auf dem Schlafzimmerboden. Gerald war jetzt nur ein Schatten unter Schatten, und dafür war Jessie dankbar. Draußen böte der Wind wieder. Das Geräusch, wenn er durch die Pinien fegte, war tröstlich, einlullend. Jessie machte die Augen zu.

Aber sei vorsichtig, was du träumst! rief Goody ihr voll plötzlicher Besorgnis nach, aber ihre Stimme war fern und nicht besonders nachdrücklich. Dennoch versuchte sie es noch einmal: *Sei vorsichtig, was du träumst, Jessie! Es ist mein Ernst!*

Ja, das war es selbstverständlich. Goodwife meinte immer ernst, was sie sagte, eben deshalb war sie häufig so langweilig.

Was immer ich träume, dachte Jessie, *bestimmt nicht, daß ich Durst habe. Ich hatte in den letzten zehn Jahren nicht viele klare Siege zu ver-*

zeichnen – hauptsächlich ein halbherziges Guerillascharmützel nach dem anderen –, aber dieses Glas Wasser zu bekommen war ein klarer Sieg. Oder etwa nicht?

Doch, stimmte die UFO-Stimme zu. Es war eine vage maskuline Stimme, und Jessie fragte sich auf verschlafene Weise, ob es vielleicht die Stimme ihres Bruders Will war ... Will, wie er als Kind gewesen war, damals in den Sechzigern. *Auf jeden Fall. Das war toll.*

Fünf Minuten später schlief Jessie tief, die Arme hoch erhoben und schlaff V-förmig gespreizt, die Handgelenke locker mit den Handschellen an die Bettpfosten gefesselt, der Kopf auf der rechten Schulter (die, die weniger weh tat), und langgezogenes, langsames Schnarchen drang aus ihrem Mund. Und an einem bestimmten Punkt – lange nachdem die Dunkelheit hereingebrochen und im Osten eine weiße Mondsichel aufgegangen war – erschien der Hund wieder unter der Tür.

Er war, wie Jessie, ruhiger geworden, nachdem sein dringendstes Bedürfnis erfüllt und das Grummeln in seinem Bauch bis zu einem gewissen Maß gestillt worden war. Er betrachtete sie lange Zeit gebannt, die Schnauze erhoben und das gute Ohr aufgestellt und versuchte zu entscheiden, ob sie wirklich schlief oder nur so tat. Er kam zum Ergebnis (weitgehend auf der Basis von Gerüchen – trocknender Schweiß, völliges Fehlen des knisternden Ozongestanks von Adrenalin), daß sie wirklich schlief. Dieses Mal würde er keine Tritte oder Schreie ernten – wenn er darauf achtete, sie nicht zu wecken.

Der Hund schlich leise zu dem Fleischberg mitten im Zimmer. Obwohl er nicht mehr so großen Hunger hatte, roch das Fleisch jetzt noch besser. Das lag daran, daß die erste Mahlzeit viel dazu beigetragen hatte, das uralte, angezüchtete Tabu gegen diese Art von Fleisch zu brechen, auch wenn der Hund das nicht wußte und es ihm einerlei gewesen wäre, hätte er es gewußt.

Er senkte den Kopf und schnupperte den inzwischen attraktiven Geruch des toten Anwalts mit dem Gebaren eines Feinschmeckers, dann schlug er die Zähne behutsam in Geralds Unterlippe. Er zog, steigerte die Kraft langsam und dehnte das Fleisch immer weiter. Gerald sah aus, als würde er einen monströsen Schmollmund ziehen. Schließlich riß die Lippe ab und legte die unteren Zähne zu einem gewaltigen toten Grinsen bloß. Der Hund schluckte diese kleine Delikatesse mit einem Haps, dann leckte er sich die Lefzen. Er wedelte wieder mit dem

Schwanz, dieses Mal mit langsamen, zufriedenen Bewegungen. Zwei winzige Lichtpunkte tanzten hoch oben an der Decke; Mondlicht, das sich auf den Füllungen von zwei von Geralds unteren Mahlzähnen spiegelte. Diese Füllungen waren erst vor zwei Wochen gemacht worden und immer noch so frisch und glänzend wie frisch geprägte Vierteldollarstücke.

Der Hund leckte sich die Lefzen zum zweiten Mal und sah Gerald dabei liebevoll an. Dann streckte er den Hals fast genauso wie Jessie ihren gestreckt hatte, damit sie endlich den Strohhalm in das Wasserglas brachte. Der Hund schnupperte an Geralds Gesicht, aber er schnupperte nicht nur; er gestattete seiner Nase eine Art von Geruchsferien, indem er zuerst das schwache Holzpolituraroma von braunem Wachs tief im linken Ohr des toten Herrchens wahrnahm, dann die Geruchsmischung von Schweiß und Prell-Pomade am Haaransatz, dann den stechenden, verlockend bitteren Geruch von verkrustetem Blut auf Geralds Schädel. Besonders lange verweilte er bei Geralds Nase und nahm mit seiner zerkratzten, schmutzigen, aber ach so feinen Schnauze eine eingehende Untersuchung der jetzt freien Kanäle vor. Wieder herrschte ein Eindruck von Feinschmeckerei vor, als würde der Hund unter vielen unerwarteten Schätzen auswählen. Schließlich grub er die scharfen Zähne tief in Geralds linke Wange, biß sie zusammen und fing an zu ziehen.

Auf dem Bett bewegte Jessie die Augen rasch hinter den geschlossenen Lidern und stöhnte – ein hoher, zitternder Laut voll Entsetzen und Erkennen.

Der Hund sah einmal auf, sein Körper nahm instinktiv die geduckte Haltung von Schuld und Angst ein. Aber das dauerte nicht lange; er betrachtete diesen Fleischberg nicht mehr als etwas Verbotenes, dem man sich ausschließlich in der Gewalt von tödlichem Hunger nähern durfte, sondern als seine private Vorratskammer, für die er kämpfen – und notfalls sterben – würde, wenn er angegriffen wurde. Aber es war nur das Frauchen, das dieses Geräusch von sich gab, und der Hund war mittlerweile ziemlich sicher, daß das Frauchen keine wirkliche Macht hatte.

Er senkte den Kopf, packte Gerald Burlingames Wange noch einmal, zuckte zurück und bewegte dabei heftig den Kopf hin und her. Ein langer Streifen der Wange des Toten löste sich mit einem Geräusch, als würde Klebeband von der Verteilerrolle gerissen werden. Gerald stellte jetzt das verzerrte Raubtiergrinsen eines Mannes zur Schau, der gerade bei einem Pokerspiel mit höchsten Einsätzen einen Straight-Flush bekommen hat.

Jessie stöhnte wieder. Diesem Geräusch folgten eine Reihe kehliger, unverständlicher Sprechlaute. Der Hund sah noch einmal zu ihr auf. Er war sicher, daß sie nicht vom Bett aufstehen und ihn behelligen konnte, aber diese Geräusche erfüllten ihn trotzdem mit Unbehagen. Das alte Tabu war zwar verblaßt, aber noch nicht ganz verschwunden. Außerdem war sein Hunger gestillt; jetzt fraß er nicht, sondern kostete. Er drehte sich um und trottete wieder aus dem Zimmer. Der größte Teil von Geralds linker Wange baumelte ihm aus dem Maul wie der Skalp eines Kleinkinds.

11

Es ist der 14. August 1965 – etwas mehr als zwei Jahre, nachdem die Sonne erloschen ist. Es ist Wills Geburtstag; er läuft schon den ganzen Tag herum und erzählt den Leuten, daß er jetzt ein Jahr für jede Spielrunde bei einem Baseballspiel gelebt hat. Jessie kann nicht verstehen, warum ihr Bruder darum so ein Aufhebens macht, aber es ist nun mal so, und sie kommt zum Ergebnis, daß es seine Sache ist, wenn Will sein Leben mit einem Baseballspiel vergleichen will.

Eine Weile läuft alles prima beim Geburtstagsfest ihres kleinen Bruders. Marvin Gaye singt vom Tonband, zugegeben, aber es ist nicht das böse Lied, das gefährliche Lied. ›I wouldn't be doggone‹, singt Marvin gespielt bedrohlich, ›I'd be long gone ... bay-bee‹. Eigentlich ein niedlicher Song, und in Wahrheit war der Tag viel besser als prima, jedenfalls bisher; er war, mit den Worten von Jessies Großtante Katherine, ›feiner als Fiedelmusik‹. Selbst ihr Dad denkt das, obwohl er nicht besonders begeistert über den Vorschlag war, wegen Wills Geburtstag nach Falmouth zurückzufahren, als dieser zum ersten Mal ausgesprochen wurde. Jessie hat ihn *Ich glaube, es war doch eine gute Idee* zu ihrer Mom sagen hören, und jetzt ist *sie* stolz, weil sie – Jessie Mahout, Tochter von Tom und Sally, Schwester von Will und Maddy, Frau von niemand – den Vorschlag gemacht hat. Wegen ihr sind sie hier, und nicht im Landesinneren, in Sunset Trails.

Sunset Trails ist der Feriensitz der Familie (aber nach drei Generationen willkürlicher Familienexpansion ist er so groß, daß man schon fast von einem Landgut sprechen kann) am nördlichen Ende des Dark Score Lake. Dieses Jahr haben sie ihre üblichen neun Wochen in Abgeschiedenheit unterbrochen, weil Will – nur ein einziges Mal, hat er seinen Eltern im Tonfall eines bettlägerigen alten Grandseigneurs gesagt, der weiß, daß er dem Sensenmann nicht mehr lange von der Schippe springen kann – seine Geburtstagsparty mit seinen Freunden *und* seiner Familie feiern möchte.

Tom Mahout spricht sich zunächst gegen den Vorschlag aus. Er ist Börsenmakler, der seine Zeit in Portland und Boston verbringt, und er hat seine Familie seit Jahren beschworen, sie sollen

Hemden und Krawatten zur Arbeit gehen, ihre Tage mit Herumalbern verbringen – daß sie entweder bei der Wasserflasche herumhängen oder hübschen Blondinen aus der Stenotypistinnenriege Einladungen zum Essen diktieren. »Kein fleißiger Kartoffelfarmer in Aroostook County arbeitet härter als ich«, sagt er ihnen gelegentlich. »Es ist nicht leicht, mit dem Markt Schritt zu halten, und auch nicht besonders glamourös, ganz egal, was ihr Gegenteiliges gehört haben mögt.« In Wahrheit hat keiner von ihnen etwas Gegenteiliges gehört, sie alle (wahrscheinlich einschließlich seiner Frau, obwohl Sally es nie sagen würde) sind der Meinung, daß sein Job langweiliger als Eselsscheiße ist, und nur Maddy hat eine vage Vorstellung davon, was er eigentlich treibt.

Tom besteht darauf, daß er die Zeit am See *braucht,* um sich vom Streß der Arbeit zu erholen, und daß sein Sohn später noch *genügend* Geburtstage mit seinen Freunden daheim feiern kann. Schließlich wird Will neun, nicht neunzig. »Außerdem«, fügt Tom hinzu, »sind Geburtstagsparties mit Freunden erst lustig, wenn man alt genug ist, um ein oder zwei Fäßchen zu leeren.«

Damit wäre Wills Bitte, seinen Geburtstag im Haus der Familie an der Küste zu feiern, wahrscheinlich abgelehnt worden, wenn Jessie nicht überraschenderweise den Plan unterstützt hätte (was für Will *ziemlich* überraschend kommt; Jessie ist drei Jahre älter, und er ist häufig nicht sicher, ob sie überhaupt noch *weiß,* daß sie einen Bruder hat). Nach ihrem mit leiser Stimme ausgesprochenen Vorschlag, es könnte schön sein, nach Hause zu fahren – natürlich nur zwei oder drei Tage – und eine Gartenparty mit Krokket und Federball und einem Grill und Papierlampions, die bei Dämmerung eingeschaltet werden, zu feiern, findet auch Tom Gefallen an der Idee. Er ist ein Mann, der sich als ›willensstarken Hurensohn‹ betrachtet, von anderen aber häufig als ›sturer alter Bock‹ bezeichnet wird; wie man es auch sehen mochte, es war immer schwer, ihn umzustimmen, wenn er sich einmal etwas in den Kopf gesetzt hatte.

Seine jüngere Tochter ist die Ausnahme, die die Regel bestätigt. In den etwas über zwei Jahren, seit die Sonne erloschen ist, hat Jessie oft ein Schlupfloch oder einen Geheimgang ins Denken ihres Vaters gefunden, die dem Rest der Familie verschlossen blieben. Sally ist der Überzeugung, ihr zweites Kind ist einfach Papas Liebling, und Tom gibt sich der irrigen Meinung hin, daß die anderen das nicht merken würden. Maddy und Will sehen es einfacher: sie glauben, daß Jessie ihrem Vater in den Arsch kriecht und er sie dafür vollkommen verzieht. »Wenn Daddy *Jessie* beim Rauchen erwischen würde«, hat Will im Jahr zuvor seiner älteren Schwester gesagt, als Maddy wegen eben diesem Vergehen verdonnert worden ist, »würde er ihr wahrscheinlich auch noch ein Feuerzeug kaufen.« Maddy hat gelacht, zugestimmt und ihren Bruder umarmt. Weder sie noch ihre Mutter haben eine Ahnung von dem Geheimnis, das zwischen Tom Mahout und seiner jüngsten Tochter liegt wie ein Berg verfaultes Fleisch.

Jessie selbst glaubt, daß sie einfach die Bitte ihres kleinen Bruders unterstützt – sie stärkt ihm den Rücken. Sie hat keine Ahnung, jedenfalls nicht in ihrem bewußten Denken, daß sie Sunset Trails haßt und geradezu darauf brennt, von dort wegzukommen. Außerdem haßt sie den See, den sie einmal so von Herzen geliebt hat – besonders den schwachen Mineraliengeruch. 1965 kann sie es kaum noch ertragen, dort schwimmen zu gehen, selbst an den heißesten Tagen. Sie weiß, ihre Mutter denkt, das liegt an ihren Formen – Jessie ist früh erblüht, genau wie Sally, und hat im Alter von zwölf Jahren schon eine frauliche Figur –, aber es liegt nicht an ihren Formen. Daran hat sie sich gewöhnt, und sie weiß, daß sie mit ihren alten und verblichenen Badeanzügen von Jantzen kaum wie ein Pin-up aus dem *Playboy* aussieht. Nein, es liegt nicht an ihren Brüsten, nicht an den Hüften, nicht an ihrem Pipi. Es liegt an diesem *Geruch*.

Welche Gründe auch immer ausschlaggebend sein mögen, Will Mahouts Bitte wird schließlich durch das Oberhaupt der Familie Mahout gebilligt. Sie haben den Rückweg zur Küste gestern gemacht und sind so zeitig aufgebrochen, damit Sally (mit eifriger Unterstützung beider Töchter) die Party noch vorbereiten kann. Heute ist der 14. August, und der 14. August ist unbedingt der Höhepunkt des Sommers in Maine, ein Tag mit verblaßtem blauen Jeanshimmel und dicken weißen Wolken, und alles wird von einem salzigen Meerwind aufgefrischt.

Im Landesinneren – dazu gehören der Lake District, wo Sunset Trails am Ufer des Dark Score Lake steht, seit Tom Mahouts Großvater die ursprüngliche Hütte 1923 erbaut hat – stöhnen Wälder und Seen und Teiche und Moore unter Temperaturen um die dreiunddreißig Grad, und die Luftfeuchtigkeit liegt dicht unter dem Sättigungspunkt, aber hier, an der Meeresküste, herrschen nur achtundzwanzig Grad. Der Wind vom Meer ist ein Extrabonus, er macht die Luftfeuchtigkeit erträglich und fegt

Moskitos und Fliegen fort. Auf dem Rasen tummeln sich Kinder, überwiegend Wills Freunde, aber auch Mädchen, die mit Maddy und Jessie schwatzen, und endlich einmal, *mirabile dictu,* scheinen sie gut miteinander auszukommen. Kein einziger Streit ist ausgebrochen, und gegen fünf Uhr, als Tom den ersten Martini des Tages zu den Lippen führt, sieht er Jessie an, die in der Nähe steht und den Krocketschläger wie ein Wachsoldat auf den Schultern trägt (und die in Hörweite einer scheinbar beiläufigen Unterhaltung zwischen Mann und Frau ist, bei der es sich aber durchaus um ein listig verbrämtes Kompliment an seine Tochter handeln könnte), dann seine Frau: »Ich glaube, es war doch eine ziemlich gute Idee, hierher zu kommen«, sagte er.

Besser als gut, denkt Jessie. *Unglaublich toll und völlig abgefahren, wenn ihr die Wahrheit wissen wollt.* Doch das ist es nicht ganz, was sie wirklich denkt, wirklich meint, aber es wäre gefährlich, den Rest laut auszusprechen; das würde die Götter in Versuchung führen. In Wirklichkeit denkt sie, daß der Tag makellos ist – ein süßer und perfekter Pfirsich von einem Tag. Sogar das Lied, das aus Maddys tragbarem Plattenspieler plärrt (den Jessies große Schwester zu diesem Anlaß freudestrahlend auf die Veranda gerollt hat, obwohl er normalerweise die Große Unberührbare Ikone ist) ist okay. Jessie wird Marvin Gaye nie *richtig* mögen – ebensowenig wie sie je den schwachen Mineraliengeruch mögen wird, der an heißen Sommernachmittagen vom See aufsteigt –, aber *dieser* Song ist okay. I'll be doggone if you ain't a pretty thing . . . bay-bee: albern, aber nicht gefährlich.

Es ist der 14. August 1965, ein Tag, der war, ein Tag, der im Kopf einer träumenden, mit Handschellen ans Bett gefesselten Frau in einem vierzig Meilen südlich von Dark Score gelegenen Haus immer noch *ist* (aber mit demselben Mineraliengeruch, dem wüsten, erinnerungsträchtigen Geruch an heißen Sommertagen), und obwohl das zwölfjährige Mädchen, das sie gewesen ist, Will nicht sieht, wie er sich hinter ihr anschleicht, als sie sich bückt, um den Krocketball zu schlagen, und dabei den Allerwertesten so dreht, daß es einfach zu verlockend für einen Jungen ist, der erst ein Jahr für jede Spielrunde beim Baseball gelebt hat, weiß ein Teil ihres Denkens, daß er da ist, und genau das ist die Naht, wo der Traum mit dem Alptraum zusammengenäht ist.

Sie nimmt Maß für den Schuß und konzentriert sich auf das knapp zwei Meter entfernte Tor. Ein schwerer Schlag, aber kein *unmöglicher,* und wenn sie den Ball durchbekommt, kann sie Caroline vielleicht doch noch schlagen. Das wäre schön, weil Caroline fast *immer* beim Krocket gewinnt. Und als sie den Schläger gerade hochhebt, ändert sich die Musik aus dem Plattenspieler.

›*Oww, listen everybody*‹, singt Marvin Gaye, der sich für Jessie jetzt mehr als nur gespielt bedrohlich anhört, ›*especially you girls ...*‹

Gänsehaut breitet sich auf Jessies braungebrannten Armen aus.

›*... is it right to be left alone when the one you love is never at home? ... I love too hard, my friends sometimes say ...*‹

Ihre Finger werden taub, sie verliert jedes Gefühl für den Schläger in ihren Händen. Ihre Handgelenke kribbeln, als wären sie mit

(Strümpfen Goody ist in Strümpfen kommt und seht Goody in Strümpfen kommt und lacht über Goody in Strümpfen)

unsichtbaren Klammern gefesselt, und ihr Herz ist mit einem Mal schwer vor Kummer und Ekel. Es ist der andere Song, der falsche Song, der *schlimme* Song.

›*... but I believe ... I believe ... that a woman should be loved that way ...*‹

Sie sieht zu der kleinen Gruppe Mädchen auf, die darauf warten, daß sie ihren Schlag macht, und stellt fest, daß Caroline fort ist. An ihrer Stelle steht Nora Callighan dort. Sie hat das Haar zu Zöpfen geflochten, auf der Nase hat sie einen Tupfer weiße Sonnencreme, sie trägt Carolines gelbe Turnschuhe und Carolines Medaillon – das mit dem winzigen Bild von Paul McCartney darin –, aber es sind Noras grüne Augen, die sie voll tiefempfundenem, erwachsenem Mitgefühl betrachten. Jessie erinnert sich plötzlich, daß Will – zweifellos von seinen Kumpels angetrieben, die ebenso von Cola und Milchschokolade angetörnt sind wie Will selbst – sich hinter ihr anschleicht und sich anschickt, sie zu necken. Sie wird völlig übertrieben reagieren, wenn er das macht, sich umdrehen und ihm auf den Mund schlagen, die Party vielleicht nicht völlig verderben, aber auf jeden Fall Sand ins Getriebe ihres perfekten Ablaufs streuen. Sie versucht, den Schläger loszulassen, weil sie sich aufrichten und umdrehen will, ehe es geschehen kann. Sie will die Vergangenheit verändern, aber die Vergangenheit ist träge – der Versuch, stellt sie fest, ist so, als wollte man das ganze Haus an einer Ecke hochheben, damit man nachsehen kann, was alles darunter verloren oder vergessen oder versteckt worden ist.

Hinter ihr dreht jemand Maddys kleinen Plattenspieler lauter, und der gräßliche Song plärrt ohrenbetäubender denn je, triumphierend und beschwingt und sadistisch: ›*IT HURTS ME SO INSIDE... TO BE TREATED SO UNKIND... SOMEBODY, SOMEWHERE... TELL HER IT AIN'T FAIR...*‹

Sie versucht wieder, den Schläger loszuwerden – ihn wegzuwerfen –, aber sie kann es nicht; es ist, als hätte sie jemand mit Handschellen daran gefesselt.

Nora! schreit sie. *Nora, du mußt mir helfen! Halt ihn auf!*

(An dieser Stelle des Traums stöhnte Jessie zum erstenmal und lenkte den erschrockenen Hund damit vorübergehend von Geralds Leiche ab.)

Nora schüttelt langsam und ernst den Kopf. *Ich kann dir nicht helfen, Jessie. Du bist auf dich allein gestellt – wie wir alle. Das sage ich meinen Patienten normalerweise nicht, aber ich finde, in deinem Fall ist Ehrlichkeit das Beste.*

Du begreifst nicht! Ich kann das nicht noch einmal durchmachen! ICH KANN NICHT!

Ach, sei nicht albern, sagt Nora plötzlich ungeduldig. Sie will sich abwenden, als könnte sie den Anblick von Jessies Gesicht, das sie ihr in panischer Angst zugewandt hat, nicht mehr ertragen. *Du wirst nicht sterben; es ist nicht giftig.*

Jessie sieht sich panisch um (obwohl sie sich nach wie vor nicht aufrichten kann und ihrem anschleichenden Bruder weiterhin die verlockende Kehrseite darbieten muß) und stellt fest, daß ihre Freundin Tammy Hough fort ist; Ruth Neary steht in Tammys weißen Shorts und dem gelben Oberteil da. Sie hält Tammys rotgestreiften Krocketschläger in einer und eine Marlboro in der anderen Hand. Die Mundwinkel hat sie zu ihrem gewohnt sarkastischen Grinsen verzogen, aber ihre Augen sind ernst und voll Kummer.

Ruth, hilf mir! schreit Jessie. *Du* mußt *mir helfen!*

Ruth nimmt einen gewaltigen Zug an der Zigarette, dann tritt sie sie mit einer von Tammy Houghs Korksohlensandalen im Gras aus. *Himmelherrgott, Süße – er wird dich necken und dir nicht einen Ochsenziemer in den Arsch schieben. Das weißt du so gut wie ich; du hast es schließlich schon einmal durchgemacht. Also was soll das Getue?*

Es ist *nicht nur ein Necken! Ist es* nicht, *und das weißt du!*

The old hooty-owl hooty-hoos to the dove, sagt Ruth.

Was? Was soll das bed...

Es bedeutet, woher sollte ich irgend etwas WISSEN? schießt Ruth zurück. Wut schwingt an der Oberfläche ihrer Stimme mit, tiefe Gekränktheit darunter. *Du hast es mir ja nicht gesagt – du hast es* keinem *gesagt. Du bist einfach weggelaufen. Du bist gerannt wie ein Kaninchen, das den Schatten einer alten Heule-Eule auf dem Gras sieht.*

Ich KONNTE es nicht erzählen! kreischt Jessie. Jetzt kann sie einen Schatten auf dem Gras neben sich sehen, als hätten Ruths Worte ihn beschworen. Aber es ist nicht der Schatten einer Eule; es ist der Schatten ihres Bruders. Sie kann das unterdrückte Kichern seiner Freunde hören und weiß, er streckt die Hand aus, aber sie kann sich immer noch nicht aufrichten, geschweige denn weggehen. Sie kann nicht verhindern, was geschehen wird, und sie begreift, daß dies die innerste Essenz von Alpträumen und Tragödien gleichermaßen ist. Nicht Angst, sondern Hilflosigkeit.

ICH KONNTE NICHT! schreit sie Ruth wieder an. *Ich konnte nicht, niemals! Es hätte meine Mutter umgebracht ... oder die Familie zerstört ... oder beides! Er hat es gesagt! Daddy hat es gesagt!*

Es stinkt mir, daß ausgerechnet ich dir das sagen muß, aber dein lieber Dad ist im Dezember zwölf Jahre tot. Und überhaupt, können wir nicht den letzten Akt dieses Melodrams hinter uns bringen? Es ist ja nicht so, daß er dich an den Nippeln an eine Wäscheleine gehängt und dir die Pflaume angezündet hat, weißt du.

Aber sie will das nicht hören, will – nicht einmal im Traum – daran denken, die verdrängte Vergangenheit noch einmal zu durchleben; wenn die Dominosteine erst einmal anfangen zu fallen, wer weiß, wo es enden wird? Daher verschließt sie die Ohren vor dem, was Ruth sagt, und fixiert ihre alte Zimmergenossin vom College weiterhin mit einem flehentlichen Blick, der Ruth (deren hartgesottenes Gebaren ohnehin immer nur dünn wie ein Zuckerguß gewesen ist) immer dazu gebracht hat, zu lachen und nachzugeben und zu tun, was Jessie von ihr wollte.

Ruth, du mußt mir helfen! Du mußt!

Aber dieses Mal funktioniert der flehentliche Blick nicht. *Das glaube ich nicht, Süße. Die Anfänger-Susen sind alle fort, die Zeit für das Verdrängen ist vorbei, Weglaufen ist nicht möglich und Aufwachen nicht denkbar. Dies ist der Mystery Train, Jessie. Du bist die Miezekatze und ich bin die Eule. Los geht's – alles an Bord. Bitte anschnallen, und zwar fest. Dies ist eine Fahrt ohne Rückfahrkarte.*

Nein!

Aber jetzt wird der Tag zu Jessies Entsetzen dunkler. Es könnte sein, daß die Sonne nur hinter einer Wolke verschwindet, aber sie weiß, daß es nicht so ist. Die Sonne erlischt. Bald werden die

Sterne am Sommernachmittagshimmel leuchten, und die alte Heule-Eule wird der Taube was heulen. Die Zeit der Sonnenfinsternis ist gekommen.

Nein! kreischt sie wieder. *Das war zwei Jahre vorher!*

Da irrst du dich, Süße, sagt Ruth Neary. *Für dich war sie nie zu Ende. Für dich ist die Sonne nie wieder zum Vorschein gekommen.*

Sie macht den Mund auf, um das zu bestreiten, um Ruth zu sagen, daß sie sich ebenso einer Überdramatisierung schuldig macht wie Nora, die sie immer zu Türen geschubst hat, die sie, Jessie, nicht aufstoßen wollte, die ihr versicherte, daß man die Gegenwart verbessern kann, indem man die Vergangenheit untersucht – als könnte man den Geschmack des heutigen Essens verbessern, indem man es mit den madigen Überresten des gestrigen mischt. Sie möchte Ruth sagen, ebenso wie Nora an dem Tag, als sie deren Praxis zum letztenmal betreten hatte, daß es ein großer Unterschied ist, ob man mit etwas lebt oder davon gefangengehalten wird. *Begreift ihr beiden nicht, daß der Ich-Kult auch nur ein Kult ist?* will sie sagen, aber bevor sie auch nur den Mund aufmachen kann, beginnt der Überfall: eine Hand zwischen ihren leicht gespreizten Beinen, der Daumen drückt grob gegen ihre Pofalte, die Finger reiben dicht über ihrer Vagina auf dem Stoff der Shorts, und es ist dieses Mal nicht die unschuldige kleine Hand ihres Bruders; die Hand zwischen ihren Beinen ist viel größer als die von Will und überhaupt nicht unschuldig. Das schlimme Lied läuft im Radio, die Sterne sind um drei Uhr nachmittags zu sehen und so

(du wirst nicht sterben es ist nicht giftig)

necken die Erwachsenen einander.

Sie wirbelt herum und rechnet damit, ihren Vater zu sehen. Er hat während der Sonnenfinsternis so etwas mit ihr gemacht, das die winselnden Anhänger des Ich-Kults und die Ewiggestrigen wie Ruth und Nora wahrscheinlich Kindesmißbrauch nennen würden. Was immer es war, er wird es sein – da ist sie ganz sicher –, und sie befürchtet, sie wird eine schreckliche Strafe für seine Tat folgen lassen, so ernst oder trivial sie auch gewesen sein mag: sie wird den Krocketschläger heben und ihm damit ins Gesicht schlagen, die Nase zertrümmern und die Zähne ausschlagen, und wenn er aufs Gras fällt, werden die Hunde kommen und ihn fressen.

Aber nicht Tom Mahout steht da; es ist Gerald. Er ist nackt. Der Penis des Anwalts ragt unter dem weichen rosa Halbrund seines

Bauchs hervor. In jeder Hand hält er eine Polizeihandschelle Marke Kreig. Er streckt sie ihr in der unheimlichen Dunkelheit am Nachmittag entgegen. Unnatürliches Sternenlicht funkelt auf den offenen Bögen mit dem Aufdruck M-17, weil sein Lieferant ihm keine F-21er besorgen konnte.

Komm schon, Jess, sagt er grinsend. *Es ist nicht so, daß du nicht wüßtest, worum es geht. Außerdem hat es dir gefallen. Beim ersten Mal bist zu so heftig gekommen, daß du fast explodiert wärst. Ich darf dir versichern, daß das die beste Nummer meines Lebens war, so gut, daß ich manchmal davon träume. Und* weißt *du, warum es so gut war? Weil du keine Verantwortung übernehmen mußtest. Fast alle Frauen mögen es lieber, wenn der Mann alles in die Hand nimmt – das ist eine erwiesene Tatsache der weiblichen Psychologie. Bist du gekommen, als dein Vater dich mißbraucht hat, Jessie? Ich wette, du bist. Ich wette, du bist so heftig gekommen, daß du fast explodiert wärst. Die Anhänger des Ich-Kults mögen das zwar bestreiten, aber* wir *kennen die Wahrheit, oder nicht? Manche Frauen können sagen, daß sie es wollen, aber manche brauchen einen Mann, der ihnen sagt, daß sie es wollen. Du gehörst zu den letzteren. Aber das macht nichts, Jessie; dafür sind die Handschellen da. Nur sind sie nie Handschellen gewesen. Es sind Armreife der Liebe. Also zieh sie an, Herzblatt. Zieh sie an.*

Sie weicht zurück, schüttelt den Kopf und weiß nicht, ob sie lachen oder weinen soll. Das Thema ist neu, aber die Argumentation nur allzu vertraut. *Deine Anwaltstricks funktionieren bei mir nicht, Gerald – ich bin schon zu lange mit einem verheiratet. Wir wissen beide, daß es bei der Sache mit den Handschellen nie um mich gegangen ist. Es ging um dich ... damit du deinen alten, alkoholbetäubten Johannes aufwecken konntest, um ganz ehrlich zu sein. Deine verkorkste Version weiblicher Psychologie kannst du dir sparen, okay?*

Gerald lächelt auf eine wissende, nervtötende Weise.

Guter Versuch, Baby. Nicht ins Schwarze, aber trotzdem ein verdammt guter Schuß. Angriff ist die beste Verteidigung, richtig? Ich glaube, das habe ich dir beigebracht. Aber vergiß es. Im Augenblick mußt du eine Entscheidung treffen. Entweder du ziehst diese Handschellen an, oder du schwingst den Schläger und bringst mich noch einmal um.

Sie sieht sich um und merkt voll aufkeimender Panik und Bestürzung, daß jeder bei Wills Party ihre Konfrontation mit diesem nackten (das heißt mit Ausnahme der Brille), übergewichtigen, sexuell erregten Mann verfolgt ... und es sind nicht nur ihre Familie und Freunde aus Kindertagen. Mrs. Henderson, die ihre Studienberaterin am College werden wird, steht neben der Schüssel mit dem Punsch; Bobby Hagen, der sie zum Abschlußball begleiten und sie hinterher auf dem Rücksitz des alten Oldsmobile 88 seines Vaters ficken wird, steht auf der Veranda neben dem blonden Mädchen aus dem Frauenzentrum Neuworth, deren Eltern sie liebten, aber ihren Bruder vergötterten.

Barry, denkt Jessie. *Sie ist Olivia, und ihr Bruder ist Barry.*

Das blonde Mädchen hört Bobby Hagen zu, sieht aber Jessie an, und ihr Gesicht ist ruhig, aber irgendwie gequält. Sie trägt ein Sweatshirt, auf dem Robert Crumbs Mr. Natural eine Straße entlanghastet. Der Text in der Sprechblase, die aus dem Mund von Mr. Natural kommt, lautet: ›Laster ist gut, aber Inzest ist besser.‹ Hinter Olivia schneidet Kendall Wilson, der Jessie ihre erste Anstellung als Lehrerin verschaffen wird, ein Stück Geburtstagstorte für Mrs. Paige, bei der sie als Kind Klavierunterricht hatte. Mrs. Paige sieht bemerkenswert lebendig für eine Frau aus, die vor zwei Jahren beim Apfelpflücken in Corrit's Orchards in Alfred an einem Herzschlag gestorben ist.

Jessie denkt: *Das ist nicht wie Träumen; es ist wie Ertrinken. Alle, die ich jemals gekannt habe, stehen hier unter diesem unheimlichen nachmittäglichen Sternenhimmel und sehen zu, wie mein nackter Ehemann versucht, mir Handschellen anzulegen, während Marvin Gaye ›Can I Get A Witness‹ singt. Wenn es einen Trost gibt, dann diesen: Es kann unmöglich noch schlimmer kommen.*

Aber es kommt schlimmer. Mrs. Wertz, ihre Lehrerin in der ersten Klasse, fängt an zu lachen. Der alte Mr. Cobb, ihr Gärtner, bis er 1964 in Rente ging, lacht mit ihr. Maddy stimmt ein, und Ruth und Olivia mit den vernarbten Brüsten. Kendall Wilson und Bobby Hagen biegen sich fast vor Lachen und klopfen sich auf den Rücken wie Männer, die den größten Knüller von dreckigem Witz im hiesigen Friseurladen gehört haben. Vielleicht den, dessen Gag in *Ein Lebenserhaltungssystem für eine Fotze* besteht.

Jessie sieht an sich hinab und stellt fest, daß sie jetzt auch nackt ist. Mit einem Lippenstift der Farbe, die Peppermint Yum-Yum genannt wird, sind zwei Worte der Verdammnis auf ihre Brust geschrieben: PAPAS LIEBLING.

Ich muß aufwachen, denkt sie. *Wenn nicht, sterbe ich vor Scham.*

Aber sie wacht nicht auf, jedenfalls nicht gleich. Sie sieht auf und stellt fest, daß Geralds wissendes, nervtötendes Lächeln zu einer klaffenden Wunde geworden ist. Plötzlich kommt die blutige Schnauze des streunenden Hundes zwischen seinen Zähnen hervor. Der Hund grinst ebenfalls, und zwischen *seinen* Zähnen ragt der Kopf ihres Vaters wie beim Beginn eines obszönen Geburtsvorgangs heraus. Seine Augen, die immer strahlend blau gewesen sind, wirken jetzt grau und gequält über dem Grinsen. Es sind Olivias Augen, stellt sie fest, und dann fällt ihr noch etwas auf: der schale Mineraliengeruch von Seewasser, so fad und doch so gräßlich, ist überall.

›I loove too hard, my friends sometimes say‹, singt ihr Vater aus dem Maul des Hundes, das im Mund ihres Mannes ist. *›But I believe, I believe, that a woman should be loved that way . . .‹*

Sie wirft den Schläger fort und läuft schreiend weg. Als sie an dem gräßlichen Geschöpf mit seiner bizarren Kette von Köpfen vorbeikommt, schlingt ihr Gerald eine der Handschellen ums Gelenk.

Ich hab dich! ruft er triumphierend. *Ich hab dich, stolze Schöne mein!*

Zuerst denkt sie, die Sonnenfinsternis kann doch nicht total gewesen sein, weil der Tag noch dunkler geworden ist. Dann wird ihr klar, daß sie wahrscheinlich ohnmächtig wird. Dieser Gedanke ist von einem Gefühl tiefer Dankbarkeit und Erleichterung begleitet.

Mach dich nicht lächerlich, Jess – in einem Traum kann man nicht ohnmächtig werden.

Aber sie denkt, daß genau das geschieht, und letztendlich ist es auch einerlei, ob es eine Ohnmacht oder nur eine tiefere Schicht des Schlafes ist, zu der sie wie die Überlebende einer Katastrophe flieht. Wichtig ist, daß sie endlich diesem Traum entfliehen kann, der ihr mehr zugesetzt hat als das, was ihr Vater ihr an jenem Tag auf der Veranda angetan hat, sie kann endlich fliehen, und unter diesen Umständen scheint Dankbarkeit eine wunderbar normale Reaktion zu sein.

Sie hat es fast zu dieser tröstlichen Schicht der Dunkelheit geschafft, als sich ein Geräusch einmischt: ein splitterndes, häßliches Geräusch wie ein lauter Hustenanfall. Sie versucht, diesem Geräusch zu entfliehen, muß aber feststellen, daß sie es nicht kann. Es hält sie fest wie ein Haken, und wie ein Haken zieht es sie hinauf zu dem weiten, aber dünnen silbernen Firmament, das den Schlaf vom Wachsein trennt.

12

Der einstige Prinz, der einmal Stolz und Freude der kleinen Catherine Sutlin gewesen war, saß etwa zehn Minuten nach seinem letzten Ausflug ins Schlafzimmer im Kücheneingang. Er saß mit erhobenem Kopf und großen, starren Augen da. In den vergangenen beiden Monaten war Schmalhans Küchenmeister gewesen, aber heute abend hatte er gut gegessen – sogar geschlemmt – und hätte eigentlich zufrieden und müde sein sollen. Beides war er eine Zeitlang gewesen, aber jetzt war seine Müdigkeit verflogen. Sie war einem Gefühl der Nervosität gewichen, das immer schlimmer wurde. Etwas hatte mehrere der haarfeinen Stolperdrähte in der mystischen Zone zerrissen, wo die Sinne des Hundes und seine Intuition einander überlappten. Das Frauchen stöhnte weiter im Nebenzimmer und gab gelegentlich Sprechlaute von sich, aber ihre Geräusche waren nicht die Ursache für die Nervosität des Streuners; sie hatten ihn nicht veranlaßt, sich aufzurichten, als er im Begriff gewesen war, friedlich einzuschlafen, und auch nicht der Grund, warum er das gute Ohr jetzt aufmerksam aufgestellt und die Schnauze so sehr gefletscht hatte, daß die Spitzen der Zähne zu sehen waren.

Es war etwas anderes ... etwas nicht Richtiges ... etwas, das möglicherweise gefährlich war.

Während sich Jessies Traum dem Höhepunkt näherte und dann spiralförmig in Dunkelheit versank, sprang der Hund plötzlich auf die Füße, weil er das ständige Kribbeln in den Nerven nicht mehr aushalten konnte.

Der Streuner machte kehrt, stieß die angelehnte Hintertür mit der Schnauze auf und sprang in die windige Dunkelheit hinaus. Dabei schlug ihm ein seltsamer und unidentifizierbarer Geruch entgegen.

Es lag Gefahr in diesem Geruch ... mit ziemlicher Sicherheit Gefahr.

Der Hund rannte, so schnell sein praller, vollgefressener Bauch es erlaubte, in den Wald. Als er das sichere Unterholz erreicht hatte, drehte er sich um und robbte ein Stückchen zum Haus zurück. Er hatte den Rückzug angetreten, das stimmte, aber es mußten noch eine ganze Menge mehr Alarmglocken ertönen, bis er ernsthaft in Betracht ziehen würde, den wunderbaren Futtervorrat, den er gefunden hatte, aufzugeben.

In seinem sicheren Versteck fing der Streuner mit dem hageren, erschöpften, von Mondschatten überzogenen intelligenten Gesicht an zu bellen, und dieses Geräusch holte Jessie schließlich ins Reich des Wachseins zurück.

13

Während der Sommeraufenthalte am See in den frühen sechziger Jahren, bevor William mehr tun konnte, als mit einem Paar grell-orangefarbener Schwimmflügel im seichten Wasser paddeln, waren Maddy und Jessie, die trotz des Altersunterschieds stets gute Freundinnen gewesen waren, häufig zu den Neidermeyers zum Schwimmen gegangen. Die Neidermeyers besaßen ein Floß mit Sprungbrett, und dort trainierte sich Jessie die Form an, mit der sie sich einen Platz in der Schwimmannschaft der High-School und später, 1971, im All-State Team sicherte. Am zweitbesten erinnerte sie sich bei den Sprüngen vom Sprungbrett auf dem Floß der Neidermeyers (an erster Stelle – damals und für immer – kam nämlich der Flug durch die heiße Sommerluft, hin zum blauen Glitzern des wartenden Wassers) daran, wie es war, durch unterschiedlich kalte und warme Schichten zur Oberfläche zurückzukommen. Und genau so war es, als sie aus ihrem unruhigen Schlaf emporkam.

Zuerst herrschte schwarze, brüllende Verwirrung, als befände sie sich im Inneren einer Gewitterwolke. Sie mühte und kämpfte sich ihren Weg hindurch, ohne die leiseste Ahnung zu haben, wer sie war oder *wann* sie war, geschweige denn wo sie war. Dann kam eine wärmere, ruhigere Schicht: sie hatte den schlimmsten Alptraum der bekannten Geschichtsschreibung hinter sich (zumindest in *ihrer* bekannten Geschichtsschreibung), aber es war *nur* ein Alptraum gewesen, und jetzt war er vorbei. Aber als sie sich der Oberfläche näherte, kam sie in eine weitere kalte Schicht: in den Gedanken, daß die Wirklichkeit, die auf sie wartete, fast genauso schlimm wie der Alptraum war. Möglicherweise sogar schlimmer.

Was ist es? fragte sie sich. *Was könnte schlimmer sein als das, was ich gerade durchgemacht habe?*

Sie weigerte sich, darüber nachzudenken. Die Antwort lag in ihrer Reichweite, aber wenn sie ihr einfiel, beschloß sie vielleicht, eine Rolle zu schlagen und wieder in die Tiefe hinabzutauchen. Das hieße ertrinken, und ertrinken war vielleicht nicht der schlimmste Weg hinaus – nicht so schlimm wie mit seiner Harley gegen eine Betonmauer zu fahren oder mit dem Fallschirm in einem Seilspiel von Starkstromleitungen zu landen, zum Beispiel –, aber die Vorstellung, ihren Körper diesem schalen Mineraliengeruch zu öffnen, der sie an Kupfer und Austern zugleich erinnerte, war unerträglich. Jessie schwamm verbissen nach oben und sagte sich, sie würde sich über die Wirklichkeit Gedanken machen, wenn sie die Oberfläche tatsächlich erreicht hatte und durchbrach.

Die letzte Schicht, durch die sie kam, war warm und furchteinflößend wie frisch vergossenes Blut: ihre Arme würden abgestorbener als Stümpfe sein. Sie hoffte nur, sie würde sie so weit bewegen können, daß die Blutzirkulation wieder einsetzte.

Jessie keuchte, zuckte zusammen und schlug die Augen auf. Sie hatte nicht die geringste Ahnung, wie lange sie geschlafen hatte, und der Radiowecker auf dem Frisiertisch, der in seiner eigenen Hölle von besessener Wiederholung gefangen war (zwölf-zwölf-zwölf, blinkte er in die Dunkelheit, als wäre die Zeit für ewig um Mitternacht stehengeblieben), half ihr auch nicht gerade. Sie wußte nur, es war völlig dunkel und der Mond schien jetzt durch das Oberlicht und nicht mehr durch das Ostfenster.

Ihre Arme zuckten in einem nervösen Stakkato von Nadelstichen und Kribbeln. Normalerweise mißfiel ihr dieses Gefühl außerordentlich, aber jetzt nicht; es war tausendmal besser als der Muskelkrampf, den sie als Strafe dafür erwartet hatte, daß sie ihre abgestorbenen Extremitäten wieder aufweckte. Einen oder zwei Augenblicke später bemerkte sie Nässe zwischen den Beinen und unter der Kehrseite und stellte fest, daß ihr Drang zu urinieren nicht mehr da war. Ihr Körper hatte sich des Problems angenommen, während sie schlief.

Sie ballte die Fäuste, zog sich vorsichtig ein wenig hoch und zuckte angesichts der Schmerzen in den Handgelenken und dem dumpfen, qualvollen Pochen in den Handrücken zusammen. *Diese Schmerzen sind weitgehend darauf zurückzuführen, daß ich versucht habe, aus den Handschellen zu schlüpfen,* dachte sie. *Daran bist du ganz allein schuld, Herzblatt.*

Der Hund hatte wieder angefangen zu bellen. Jeder schrille Laut war wie ein Splitter, der in ihre Trommelfelle gebohrt wurde, und ihr wurde bewußt, daß dieses Geräusch sie aus dem Schlaf gerissen hatte, als sie gerade unter den Alptraum tauchen wollte. Der Ursprung des Geräuschs verriet ihr, daß der Hund wieder draußen war. Sie war froh, daß er das Haus verlassen hatte, aber auch ein wenig verwirrt. Vielleicht hatte er sich einfach unter einem Dach nicht wohl gefühlt, nachdem er so lange Zeit im Freien verbracht hatte. Dieser Gedanke ergab einen gewissen Sinn ... jedenfalls soviel wie alles andere in dieser Situation.

»Nimm dich zusammen, Jess«, riet sie sich selbst mit einer ernsten, verschlafenen Stimme, und vielleicht – nur vielleicht – gelang ihr das sogar. Panik und unvernünftige Scham, die sie in dem Traum empfunden hatte, ließen nach. Der Traum selbst schien auszutrocknen und nahm die seltsam ausgedörrte Eigenheit einer überbelichteten Fotografie an. Bald, stellte sie fest, würde er völlig verschwunden sein. Beim Aufwachen waren Träume – wie die leeren Kokons von Zikaden oder die aufgeplatzten Samenkapseln von Wolfsmilch – tote Hüllen, in denen das Leben kurz in heftigen aber vergänglichen Sturmsystemen gewütet hatte. Manchmal war ihr diese Amnesie – so es denn eine war – traurig vorgekommen. Jetzt nicht. Sie hatte das Vergessen in ihrem ganzen Leben noch nie so schnell und gründlich mit Barmherzigkeit gleichgesetzt.

Und es spielt auch keine Rolle, dachte sie. *Schließlich war es nur ein Traum. Ich meine, Köpfe, die aus Köpfen kommen? Träume sollen angeblich symbolisch sein – ja, ich weiß –, und ich schätze, dieser hätte wirklich symbolischen Charakter haben können ... vielleicht sogar einen wahren Kern. Wenn sonst schon nichts, so verstehe ich jetzt wenigstens, warum ich Will geschlagen habe, als er mich an diesem Tag gekniffen hat. Nora Callighan wäre zweifellos aus dem Häuschen – sie würde von einem Durchbruch sprechen. Vielleicht ist es einer. Aber das trägt keinen Deut dazu bei, mich aus diesem elenden Gefängnis herauszubringen, und das hat immer noch oberste Priorität. Oder ist jemand etwa anderer Meinung?*

Weder Ruth noch Goody antworteten; die UFO-Stimmen waren ebenfalls stumm. Die einzige Antwort kam von ihrem Magen, dem es schrecklich leid tat, daß das alles passiert war, der sich aber dennoch veranlaßt fühlte, seinem Unmut über das ausgefallene Abendessen mit einem lauten Knurren Luft zu machen. Irgendwie komisch ... aber morgen um diese Zeit wahrscheinlich nicht mehr so sehr. Bis dahin würde sie auch wieder rasenden Durst haben, und sie machte sich keine Illusionen mehr, wie lange die beiden letzten Schlucke Wasser diesen Durst stillen konnten, selbst wenn sie sich diese holen konnte.

Ich muß mich auf eines konzentrieren – das muß ich einfach. Das Problem ist nicht Essen, und auch nicht Wasser. Augenblicklich ist das so unwichtig wie der Grund, warum ich Will an seinem neunten Geburtstag auf den Mund geschlagen habe. Das Problem ist, wie ich ...

Ihre Gedanken brachen mit dem lauten Knall eines harzigen Astes ab, der in einem heißen Feuer explodiert. Ihr Blick, der unablässig durch das halbdunkle Zimmer geschweift war, verweilte in der gegenüberliegenden Ecke, wo die windgepeitschten Schatten der Pinien wild im kargen Sternenschein durch das Oberlicht tanzten.

Dort stand ein Mann.

Größeres Entsetzen, als sie es je empfunden hatte, erfüllte sie, ein so überwältigendes Gefühl, daß sie glaubte, das Herz müßte ihr zerspringen. Ihre Blase, die nur den schlimmsten Druck beseitigt hatte, leerte sich nun mit einem schmerzlosen, warmen Strahl. Jessie merkte weder das noch sonst etwas. Ihre Angst hatte ihren Verstand vorübergehend von Wand zu Wand und von Boden bis Decke leergefegt. Sie gab keinen Laut von sich, nicht einmal das leiseste Wimmern; sie konnte ebensowenig etwas sagen wie denken. Ihre Hals-, Schulter- und Oberarmmuskeln schienen sich in warmes Wasser zu verwandeln und am Kopfteil hinabzufließen, bis sie wie ein nasser Sack in den Handschellen hing. Sie wurde nicht ohnmächtig – nicht einmal annähernd –, aber die geistige Leere und das völlige körperliche Unvermögen, das damit einherging, waren schlimmer als eine Ohnmacht. Als das Denken wieder einsetzen wollte, wurde es anfänglich von einer dunklen, konturlosen Mauer der Angst abgeblockt.

Ein Mann. Ein Mann in der Ecke.

Sie konnte seine dunklen Augen sehen, die sie mit starrer, idiotischer Aufmerksamkeit fixierten. Sie konnte das wächserne Weiß seiner eingefallenen Wangen und der hohen Stirn sehen, aber die eigentlichen Gesichtszüge des Eindringlings wurden vom Spiel der Schatten unkenntlich gemacht, das über sie hinwegsauste. Sie konnte hängende Schultern und baumelnde, affengleiche Arme erkennen, die in langen Händen endeten; sie erahnte Füße in dem schwarzen Schattendreieck, das die Kommode warf, aber das war auch schon alles.

Sie hatte keine Ahnung, wie lange sie in dieser gräßlichen Halbstarre lag, reglos, aber bei Bewußtsein wie ein Käfer nach dem Stich einer Minierspinne. Es schien sehr lange zu sein. Die Sekunden verstrichen, und sie war außerstande, auch nur die Augen zu schließen, geschweige denn sie von ihrem seltsamen Gast abzuwenden. Ihre anfängliche Angst vor ihm ließ etwas nach, aber was folgte, war irgendwie sogar noch schlimmer: Grauen und ein unvernünftiger, irgendwie atavistischer Ekel.

Jessie dachte später, daß die Ursache dieser Gefühle – der stärksten negativen Empfindungen, die sie je in ihrem Leben erfahren hatte, einschließlich derer, die sie vor kurzer Zeit erleben mußte, als sie sah, wie der Streuner sich an Gerald gütlich tat – in der vollkommenen Stille des Geschöpfs begründet lag. Es war hereingekrochen, während sie schlief, und stand nun einfach in der Ecke, getarnt von Ebbe und Flut der Schatten auf Gesicht und Körper, und sah sie mit seinen seltsam leeren schwarzen Augen an – so große und starre Augen, daß sie an die Höhlen in einem Totenschädel denken mußte.

Ihr Besucher stand nur in der Ecke; nur das, sonst nichts.

Sie lag in ihren Handschellen mit über den Kopf gestreckten Armen da und kam sich vor wie eine Frau auf dem Grund eines tiefen Brunnens. Zeit verging, die nur vom idiotischen Blinken einer Uhr gemessen wurde, welche verkündete, daß es zwölf, zwölf, zwölf war, und schließlich stahl sich ein zusammenhängender Gedanke in ihr Gehirn, der gefährlich und unendlich tröstlich zugleich zu sein schien.

Außer dir ist niemand hier, Jessie. Der Mann, den du in der Ecke siehst, ist eine Mischung aus Schatten und Einbildung – mehr nicht.

Sie mühte sich wieder in eine sitzende Haltung, zog mit den Armen, verzerrte das Gesicht wegen der Schmerzen in ihren überlasteten Schultern, stützte sich mit den Füßen ab, versuchte die bloßen Fersen auf die Decke zu stemmen und atmete vor Anstrengung in kurzen, keuchenden Stößen ... und dabei nahm sie keinen Blick von dem wüst verzerrten Schatten in der Ecke.

Er ist zu groß und dünn für einen Menschen, Jess, das siehst du doch auch, oder? Er ist nur Wind und Schatten, eine Ausgeburt des Mondlichts ... und ein paar Überbleibsel aus deinem Alptraum, denke ich mir. Okay?

Fast. Sie entspannte sich langsam. Dann stieß der Hund draußen wieder ein hysterisches Bellen aus. Und drehte die Gestalt in der Ecke – die Gestalt, die nur Wind, Schatten, eine Ausgeburt des Mondlichts war –, drehte diese nichtexistierende Gestalt nicht leicht den Kopf in diese Richtung?

Nein, gewiß nicht. Das war sicher auch nur eine Sinnestäuschung von Wind und Dunkelheit und Schatten.

Das konnte sein; sie war fast sicher, daß das – das Kopfdrehen – eine Illusion gewesen war. Aber der Rest? Die Gestalt selbst? Sie konnte sich nicht völlig überzeugen, daß *alles* Einbildung war. Eine Gestalt, die *so sehr* menschenähnlich aussah, konnte unmöglich nur eine Illusion sein ... oder?

Plötzlich meldete sich Goodwife Burlingame zu Wort, und obwohl ihre Stimme ängstlich klang, schwang keine Hysterie darin mit, jedenfalls noch nicht; seltsamerweise war es der Ruth-Teil in ihr, der das größte Grauen angesichts der Vorstellung empfand, sie könnte nicht allein in dem Zimmer sein, und dieser Ruth-Teil war immer noch nahe daran zu schlottern.

Wenn dieses Ding nicht real ist, sagte Goody, *warum ist der Hund dann überhaupt geflohen? Ich glaube, das hätte er nicht ohne guten Grund gemacht, du nicht?*

Ihr war klar, daß Goody dennoch große Angst hatte und sich nach einer Erklärung für den Abgang des Hundes sehnte, die nichts mit der Gestalt zu tun hatte, welche Jessie in der Ecke sah oder sich zumindest einbildete, daß sie sie sah. Goody flehte sie an zu sagen, daß die erste Erklärung, wonach der Hund gegangen war, weil er sich in einem Haus nicht mehr wohl fühlte, wahrscheinlicher war. Vielleicht, überlegte sie, war er aber auch aus dem ältesten aller Gründe gegangen: er hatte eine Artgenossin gerochen, eine läufige Hündin. Sie hielt es sogar für denkbar, daß der Hund von einem Geräusch erschreckt worden war – einem Ast, der ans Fenster schlug, zum Beispiel. Das gefiel ihr am besten, weil es eine Art rudimentärer Gerechtigkeit andeutete: der Hund war ebenfalls von einem imaginären Eindringling erschreckt worden und wollte diesen nichtexistierenden Neuankömmling mit seinem Bellen von seiner Pariasmahlzeit vertreiben.

Ja, sag eines davon, flehte Goody sie an, *und selbst wenn du es nicht glauben kannst, sieh zu, daß du es* mir *glaubhaft machst.*

Aber sie glaubte nicht, daß sie das konnte, und der Grund dafür stand in der Ecke neben dem Schreibtisch. Es *war* jemand da. Keine Halluzination aus Mondlicht, keine Mischung aus windgepeitschten Schatten und ihrer Einbildung, kein Überbleibsel aus ihrem Traum, ein flüchtiges Phantom im Niemandsland der Wahrnehmung zwischen Schlafen und Wachen. Es war ein

(Monster es ist ein Monster ein Schreckgespenst das gekommen ist um mich zu fressen)

Mann, kein Monster, sondern ein *Mann,* der reglos dastand und sie beobachtete, während der Wind in Böen wehte und das Haus ächzen ließ und Schatten über das seltsame, halb sichtbare Gesicht trieb.

Dieses Mal stieg der Gedanke – *Monster! Schreckgespenst!* – aus tieferen Ebenen ihres Denkens zur heller erleuchteten Bühne des Bewußtseins auf. Sie verleugnete ihn erneut, konnte aber spüren, wie die Angst sich wieder einstellte. Die Kreatur auf der anderen Seite des Zimmers konnte ein Mensch sein, aber selbst wenn, kam sie immer mehr zur Überzeugung, daß etwas mit seinem Gesicht nicht stimmte. Wenn sie nur besser sehen könnte!

Das möchtest du lieber nicht, riet ihr eine flüsternde, geheimnisvolle UFO-Stimme.

Aber ich muß mit ihm reden – muß Kontakt herstellen, dachte Jessie und antwortete sich sofort mit einer nervösen, keifenden Stimme, die sich wie eine Mischung aus Ruth und Goody anhörte: *Betrachte ihn nicht als Monster, Jessie – betrachte ihn als Mann. Als Mann, der sich vielleicht im Wald verirrt hat, der ebenso verängstigt ist wie du.*

Möglicherweise ein guter Rat, aber Jessie stellte fest, daß sie die Gestalt in der Ecke nicht als etwas Menschliches betrachten konnte, ebensowenig wie sie den Streuner als etwas Menschliches betrachten konnte. Und sie dachte auch nicht, daß die Kreatur in der Ecke sich verirrt hatte oder ängstlich war. Sie spürte lange, langsame Wellen des Bösen aus dieser Ecke kommen.

Das ist albern! Sprich es an, Jessie! Sprich ihn *an!*

Sie wollte sich räuspern, stellte aber fest, daß es nichts zu räuspern gab – ihr Hals war so trocken wie eine Wüste und so glatt wie Speckstein. Jetzt konnte sie das Herz in der Brust pochen spüren, es schlug sehr leicht, sehr schnell, sehr unregelmäßig.

Der Wind schwoll an. Die Schatten bliesen weiße und schwarze Muster über Wände und Decke, so daß sie sich vorkam wie eine Frau in einem Kaleidoskop für Farbenblinde. Einen Augenblick glaubte sie eine Nase zu sehen – dünn und lang und weiß unter den schwarzen, reglosen Augen.

»Wer . . .«

Zuerst brachte sie nur dieses leise Flüstern zustande, das auf der anderen Seite des Bettes schon nicht mehr gehört werden konnte, geschweige denn auf der anderen Seite des Zimmers. Sie verstummte, leckte sich die Lippen, versuchte es noch einmal. Sie stellte fest, daß sie die Hände zu schmerzenden Ballen verkrampft hatte und lockerte die Finger.

»Wer sind Sie?« Immer noch ein Flüstern, aber etwas besser als vorher.

Die Gestalt antwortete nicht, sondern stand nur da, ließ die schmalen weißen Hände an den Knien baumeln, und Jessie dachte: *An den Knien? Knien? Unmöglich, Jess – wenn jemand die Arme hängen läßt, hören die Hände an den Oberschenkeln auf.*

Ruth antwortete, aber ihre Stimme klang so gedämpft und ängstlich, daß Jessie sie fast nicht erkannte. *Die Hände eines* normalen *Menschen hören an den Oberschenkeln auf, hast du das nicht gemeint? Aber glaubst du, ein normaler Mensch würde mitten in der Nacht in ein Haus schleichen und dann einfach in der Ecke stehen und zusehen, wenn er die Dame des Hauses ans Bett gekettet findet? Nur dastehen, und sonst nichts?*

Dann *bewegte* er ein Bein ... oder es war wieder eine Täuschung der Schatten, diesmal im unteren Quadranten ihres Sichtfeldes. Die Verbindung von Schatten und Mondschein und Windböen verliehen der ganzen Episode etwas schrecklich Zweideutiges, und Jessie zweifelte wieder daran, ob der Besucher wirklich da war. Sie dachte an die Möglichkeit, daß sie immer noch schlief, daß ihr Traum von Wills Geburtstagsfest einfach eine merkwürdige neue Wendung genommen hatte ... aber sie glaubte nicht eigentlich daran. Nein, sie war wach.

Ob er das Bein nun bewegte oder nicht (oder ob es überhaupt ein Bein *gab*), Jessies Blick wurde vorübergehend nach unten gelenkt. Sie dachte, sie könnte einen schwarzen Gegenstand sehen, der zwischen den Füßen der Kreatur auf dem Boden stand. Es war unmöglich zu sagen, was das sein mochte, weil der Schatten der Kommode diesen Teil des Zimmers zum dunkelsten überhaupt machte, aber plötzlich kehrte ihr Denken zum Nachmittag zurück, als sie Gerald davon zu überzeugen versuchte, daß sie wirklich meinte, was sie sagte. Da hatte sie nur den Wind gehört, die schlagende Tür, den bellenden Hund, den Eistaucher und ...

Das Ding auf dem Boden zwischen den Füßen ihres Besuchers war eine Motorsäge.

Davon war Jessie sofort überzeugt. Ihr Besucher hatte sie vorhin schon benützt, aber nicht, um Feuerholz zu sägen. Er hatte *Menschen* zersägt, und der Hund war geflohen, weil er die Ankunft dieses Wahnsinnigen gerochen hatte, der den Pfad vom See entlanggekommen war und eine blutbespritzte Säge Marke Stihl in einer Hand im Arbeitshandschuh geschwungen hatte ...

Aufhören! rief Goody wütend. *Hör augenblicklich mit diesen Albernheiten auf und nimm dich zusammen!*

Aber sie stellte fest, daß sie nicht aufhören *konnte,* denn dies war kein Traum, und außerdem war sie in zunehmendem Maße davon überzeugt, daß die Gestalt, die stumm und reglos wie Frankensteins Ungeheuer vor dem Blitzschlag in der Ecke stand, wirklich war. Aber selbst wenn, hatte er den Nachmittag nicht damit verbracht, Leute mit der Motorsäge in Gehacktes zu verwandeln. Selbstverständlich nicht – das war nichts weiter als eine vom Kino beeinflußte Variation der simplen, grusligen Ferienlagergeschichten, die so komisch waren, wenn man mit den anderen Mädchen ums Feuer versammelt saß und Marshmallows röstete, und später so gräßlich, wenn man zitternd im Schlafsack lag und glaubte, daß jeder knacksende Ast die Ankunft des Lakeview Man bedeutete, des legendären, hirngeschädigten Überlebenden des Koreakriegs.

Das Ding, das in der Ecke stand, war nicht der Lakeview Man und auch kein Kettensägenmörder. Es *war* etwas auf dem Boden (jedenfalls war sie ziemlich sicher), und Jessie überlegte, es *könnte* eine Motorsäge sein, aber es konnte auch ein Koffer sein ... ein Rucksack ... der Musterkoffer eines Vertreters ...

Oder meine Einbildung.

Ja. Obwohl sie es genau betrachtete, was immer es war, konnte sie die Möglichkeit nicht ausschließen, daß es nur in ihrer Einbildung existierte. Aber auf eine perverse Weise *bestärkte* das nur die Überzeugung, daß die Kreatur *selbst* wirklich war, und es wurde immer schwerer, die Aura des Bösen zu übersehen, die aus dem Dickicht schwarzer Schatten und fahlen Mondlichts drang wie ein unablässiges, leises Knurren.

Es haßt mich, dachte sie. *Was es auch sein mag, es haßt mich. Es muß mich hassen. Warum würde es sonst nur dastehen und mir nicht helfen?*

Sie betrachtete wieder das halb sichtbare Gesicht, die Augen, in denen eine fiebrige Abneigung in den schwarzen Höhlen zu lodern schien, und fing an zu weinen.

»Bitte, ist da jemand?« Ihre Stimme klang unterwürfig und von Tränen erstickt. »Wenn ja, können Sie mir nicht helfen? Sehen Sie diese Handschellen? Die Schlüssel sind neben Ihnen auf der Kommode ...«

Nichts. Keine Bewegung. Keine Antwort. Es stand einfach nur da – das heißt, wenn es wirklich da war – und betrachtete sie hinter seiner trügerischen Maske der Schatten.

»Wenn ich niemand sagen soll, daß ich Sie gesehen habe, werde ich es nicht tun«, versuchte sie es noch einmal. Ihre Stimme bebte, nuschelte, schwoll an und brach. »Sicher nicht! Und ich wäre Ihnen so ... so dankbar ...«

Es beobachtete sie.

Nur das, nichts mehr.

Jessie spürte, wie ihr die Tränen langsam die Wangen hinunterrannen. »Sie machen mir angst, wissen Sie das«, sagte sie. »Warum sagen Sie denn nichts? *Wenn Sie wirklich da sind, sprechen Sie bitte mit mir, ja?*«

Da packte sie eine dünne, schreckliche Hysterie und flog mit einem wertvollen, unersetzlichen Teil von ihr in den knochigen Klauen davon. Sie weinte und beschwor die stumme Gestalt, die reglos in der Ecke des Schlafzimmers stand; dabei blieb sie die ganze Zeit bei Bewußtsein, wanderte aber manchmal in das eigentümlich leere Terrain, welches für alle jene reserviert ist, deren Entsetzen so groß ist, daß es schon Verzückung gleichkommt. Sie hörte sich selbst, wie sie die Gestalt mit heiserer, verheulter Stimme bat, sie doch *bitte* von den Handschellen zu befreien, sie bitte, o bitte, o *bitte* von den Handschellen zu befreien, und dann versank sie wieder in dieser eigentümlichen Leere. Sie wußte, daß sie den Mund noch bewegte, weil sie es spürte. Sie konnte auch die Töne hören, die herauskamen, aber solange sie sich in dem leeren Terrain aufhielt, waren diese Töne keine Worte, sondern nur zusammenhanglose, stammelnde Sprachfluten. Sie konnte den Wind wehen und den Hund bellen hören, war wach, aber nicht wissend, hörte, aber verstand nicht, verlor alles im Grauen des halb erblickten Schemens, des gräßlichen Besuchers, des ungebetenen Gasts. Sie konnte nicht aufhören, über den schmalen, mißgestalteten Kopf nachzudenken, die weißen Wangen, die hängenden Schultern ... aber ihre Augen wurden immer häufiger zu den Händen der Kreatur gezogen: den baumelnden, langfingrigen Händen, die weiter an den Beinen hinabreichten als es normale Hände eigentlich dürften. Eine unbekannte Zeitspanne verstrich auf diese leere Weise *(zwölf-zwölf-zwölf* meldete die Uhr überflüssigerweise auf dem Frisiertisch), und dann kam sie ein wenig zurück, fing an zu denken, statt nur eine endlose Abfolge zusammenhangloser Bilder zu empfangen, hörte ihre Lippen Worte formen, nicht nur stammelnde Geräusche. Aber sie hatte sich weiter bewegt, während sie sich in dem leeren Terrain aufhielt; ihre Worte hatten nichts mehr mit den Handschellen oder den Schlüsseln auf der Kommode zu tun. Statt dessen hörte sie das dünne, hysterische Flüstern einer Frau, die nur noch um ihr Leben betteln kann.

»Was bist du?« schluchzte sie. »Ein Mensch? Ein Teufel? *Was in Gottes Namen bist du?«*

Der Wind wehte böig.

Die Tür schlug zu.

Das Gesicht der Gestalt vor ihr schien sich zu verändern ... schien sich zu einem Grinsen zu verziehen. Dieses Grinsen hatte etwas schrecklich Vertrautes an sich, und Jessie spürte, wie der harte Kern ihrer geistigen Gesundheit, der diesem Überfall bis jetzt mit bemerkenswerter Kraft standgehalten hatte, endlich ins Wanken geriet.

»Daddy?« flüsterte sie. »Daddy, bist du das?«

Mach dich nicht lächerlich! schrie Goodwife, aber Jessie konnte spüren, wie selbst diese standhafte Stimme in Hysterie abglitt. *Sei keine dumme Pute, Jessie! Dein Vater ist seit 1980 tot!*

Statt zu helfen, machte das alles nur noch schlimmer. *Viel* schlimmer. Tom Mahout war in der Familiengruft in Falmouth beigesetzt worden, und die war keine hundert Meilen von hier entfernt. Jessies brennender, entsetzter Verstand beharrte jedoch darauf, ihr eine zusammengesunkene Gestalt zu zeigen, deren Kleidung und verfaulte Schuhe mit blaugrünem Schimmel verklebt waren, die über Felder im Mondschein schlurfte und durch Haine von Nadelwäldchen zwischen Vorstadthäuserblocks eilte; sie sah die Schwerkraft an den verwesten Armmuskeln ziehen und diese allmählich dehnen, bis die Hände neben den Knien baumelten. Es war ihr Vater. Es war der Mann, der sie mit drei Jahren auf den Schultern getragen und in Entzücken versetzt hatte, der sie mit sechs Jahren tröstete, als ein Zirkusclown sie zu Tränen erschreckt hatte, und der ihr Gutenachtgeschichten vorlas bis sie acht war – alt genug, sagte er, sie selbst zu lesen. Ihr Vater, der am Tag der Sonnenfinsternis Rußfilter selbst geschwärzt und sie an diesem Nachmittag auf dem Schoß sitzen gehabt hatte, ihr Vater, der gesagt hatte: *Sieh nur hin, Punkin, du mußt keine Angst haben, dir kann nichts geschehen,* aber sie hatte gedacht, vielleicht hatte *er* Angst gehabt, denn seine Stimme war belegt und zitternd und gar nicht wie seine sonstige Stimme gewesen.

In der Ecke schien das Ding breiter zu grinsen, und plötzlich war das Zimmer von diesem Geruch erfüllt, dem schalen, halb metallischen und halb organischen Geruch; ein Geruch, der sie an Austern in Sahne erinnerte, und daran, wie die eigene Hand roch, wenn man Pennies umklammert hatte, und wie die Luft vor einem Gewitter roch.

»Daddy, bist zu das?« fragte sie den Schatten in der Ecke, und von irgendwo ertönte der ferne Schrei des Eistauchers. Jessie konnte spüren, wie ihr langsam die Tränen die Wangen hinab rannen. Und dann geschah etwas überaus Seltsames, etwas, mit dem sie in tausend Jahren nicht gerechnet hätte. Je überzeugter sie wurde, daß Tom Mahout dort in der Ecke stand, zwölf Jahre tot oder nicht, desto mehr fiel ihr Entsetzen von ihr ab. Sie hatte die Beine angezogen, aber jetzt ließ sie sie wieder nach unten rutschen und spreizte sie bequem. Dabei fiel ihr ein Bruchstück aus dem Traum ein – PAPAS LIEBLING war mit Peppermint Yum-Yum-Lippenstift auf ihre Brust geschrieben.

»Also gut, mach schon«, sagte sie zu der schemenhaften Gestalt. Ihre Stimme klang ein wenig heiser, aber ansonsten gelassen. »Darum bist du doch zurückgekommen, oder nicht? *Versprich mir nur, daß du mich hinterher losmachst. Daß du mich befreist und gehen läßt.«*

Die Gestalt ließ nicht die geringste Reaktion erkennen. Sie stand nur in ihrem surrealistischen Flimmern von Mondlicht und Schatten und grinste sie an. Und während die Sekunden verstrichen (*zwölf-zwölf-zwölf,* sagte die Uhr auf dem Frisiertisch und schien damit anzudeuten, daß die ganze Vorstellung von verrinnender Zeit nur eine Illusion, daß die Zeit erstarrt war), desto überzeugter wurde Jessie, daß sie von Anfang an recht gehabt hatte, es war wirklich niemand hier bei ihr im Zimmer. Sie kam sich vor wie eine Wetterfahne im Griff der launischen, widersprüchlichen Böen, die manchmal kurz vor einem schlimmen Gewitter oder Wirbelsturm wehen.

Dein Vater kann gar nicht von den Toten zurückkehren, sagte Goodwife Burlingame mit einer Stimme, die sich um Festigkeit bemühte und kläglich scheiterte. Dennoch zollte Jessie dem Versuch Achtung. Ob Hölle oder Hochwasser kamen, Goodwife blieb auf ihrem Posten und schöpfte unermüdlich. *Dies ist kein Horror-Film oder eine Folge von* Twilight Zone, *Jess; dies ist das wirkliche Leben.*

Aber ein anderer Teil von ihr – der Teil, der möglicherweise Heimat der wenigen Stimmen in ihr war, bei denen es sich um *echte* UFOs handelte, nicht nur die Abhörmikrofone, die ihr Unterbewußtsein einmal im bewußten Denken installiert hatte – beharrte darauf, daß es hier eine dunklere Wahrheit gab, etwas, das an den Fersen der Logik hing wie ein irrationaler (und möglicherweise übernatürlicher) Schatten. Diese Stimme bestand darauf, daß sich die Dinge in der Dunkelheit *änderten*. Ganz *besonders* änderten sie sich, sagte sie, wenn jemand allein war. Wenn das geschah, fielen die Schlösser von dem Käfig ab, der die Fantasie festhielt, und alles – alles *Mögliche* – konnte freigesetzt werden.

Es kann *dein Daddy sein,* sagte dieser essentiell fremde Teil von ihr flüsternd, und Jessie nahm von einem Frösteln der Angst begleitet zur Kenntnis, daß es die Stimme von Wahnsinn und Vernunft zusammengenommen war. *Er* kann *es sein, daran zweifle nicht. Bei Tage sind die Menschen fast sicher vor Geistern und Ghulen und den lebenden Toten, und sie sind normalerweise auch bei Nacht vor ihnen sicher, wenn sie mit anderen zusammen sind, aber wenn jemand allein im Dunkeln ist, ist alles möglich. Männer und Frauen allein im Dunkeln sind wie offene Türen, Jessie, und wenn sie rufen oder um Hilfe schreien, wer weiß, welch gräßliche Wesen antworten? Wer weiß, was mancher Mann und manche Frau im Augenblick des einsamen Todes gesehen haben mag? Ist es so schwer zu glauben, daß einige vor Angst gestorben sind, was auch immer auf dem Totenschein stehen mag?*

»Das glaube ich nicht«, sagte sie mit nuschelnder, zitternder Stimme. Sie sprach lauter und bemühte sich um einen Nachdruck, den sie gar nicht empfand. »Du bist nicht mein Vater! Ich glaube nicht, daß du *überhaupt* jemand bist! Ich glaube, du bestehst nur aus Mondlicht!«

Wie als Antwort bückte sich die Gestalt zu einer spöttischen Verbeugung, und einen Augenblick kam das Gesicht – ein Gesicht, das so wirklich schien, daß man nicht daran zweifeln konnte – aus dem Schatten heraus. Jessie stieß einen krächzenden Schrei aus, als die fahlen Strahlen vom Oberlicht die Züge grellbunt wie bei einer Jahrmarktsfigur hervorhoben. Es war nicht ihr Vater; verglichen mit dem Bösen und dem Wahnsinn, die sie im Antlitz des Besuchers sah, hätte sie ihren Vater selbst nach zwölf Jahren im kalten Sarg willkommen geheißen. Blutunterlaufene, tückisch funkelnde Augen betrachteten sie aus tiefen, von Runzeln gesäumten Höhlen. Dünne Lippen waren zu einem trockenen Grinsen aufwärts gekrümmt und entblößten ausgeblichene Mahlzähne und unregelmäßige Schneidezähne, die fast so lang wie die Fangzähne des Streuners waren.

Eine weiße Hand hob den Gegenstand, den sie zwischen den Füßen in der Dunkelheit halb gesehen und halb erahnt hatte. Zuerst dachte sie, es hätte Geralds Aktentasche vom Rücksitz des Mercedes geholt, aber als die Kreatur das kofferförmige Ding ans Licht hob, konnte sie sehen, daß es viel größer als Geralds Aktentasche war, und viel älter. Es sah aus wie die altmodischen Musterkoffer, die Handlungsreisende früher bei sich gehabt hatten.

»Bitte«, flüsterte sie mit einer kraftlosen leisen Piepsstimme. »Was immer du bist, bitte tu mir nicht weh. Du mußt mich nicht gehen lassen, wenn du nicht willst, das macht nichts, aber bitte tu mir nicht weh.«

Das Grinsen wurde breiter, und sie sah ein schwaches Funkeln weit hinten im Mund – ihr Besucher hatte offenbar Goldzähne oder Goldfüllungen da drinnen, genau wie Gerald. Er schien tonlos zu lachen, als würde ihm ihre Angst Spaß machen. Dann öffneten die langen Finger die Schnallen der Tasche.

(Ich träume doch, glaube ich, jetzt ist *es wie ein Traum, o Gott sei Dank, es ist wie einer)*

und öffnete sie für Jessie. Die Tasche war voller Knochen und Juwelen. Sie sah Fingerknochen und Ringe und Zähne und Armreifen und Ellen und Speichen; sie sah einen Diamanten, so groß, daß man ein Rhinozeros damit hätte ersticken können, im Mondschein milchige Trapezoeder aus dem Brustkasten eines Babys spiegeln. Sie sah das alles und wollte, daß es ein Traum wäre, ja, *wollte,* daß es so wäre, aber wenn es einer war, dann ein Traum wie sie noch nie einen gehabt hatte. Die *Situation* – mit Handschellen ans Bett gefesselt, während ein kaum sichtbarer Irrer stumm seine Schätze zeigte – war wie ein Traum. Die Stimmung jedoch . . .

Die Stimmung entsprach der Wirklichkeit. Es gab kein Drumherum. *Die Stimmung entsprach der Wirklichkeit.*

Das Ding in der Ecke hielt ihr den Koffer zur Begutachtung auf und stützte dabei mit einer Hand den Boden. Mit der anderen Hand griff es in das Durcheinander von Knochen und Geschmeide, rührte es um und erzeugte ein brüchiges Klickern und Rascheln, das nach schmutzverklebten Kastagnetten klang. Während es das machte, waren die irgendwie

(embryonalen)

unausgebildeten Gesichtszüge des seltsamen Antlitzes vor Heiterkeit verzerrt, der Mund zu dem stummen Grinsen aufgesperrt, die hängenden Schultern wogten in erstickten Lachsalven.

Nein! schrie Jessie, aber kein Laut kam heraus. *Nein! Neeeein! Neeeeiiiiin!*

Plötzlich spürte sie, wie jemand – höchstwahrscheinlich Goodwife, und Mann o Mann, wie sie den Schneid *dieser* Dame unterschätzt hatte – zum Sicherungskasten in ihrem Kopf rannte.

Goody hatte die Rauchwölkchen aus den Ritzen der geschlossenen Türen dieses Kastens quellen sehen, hatte begriffen, was das bedeutete und unternahm einen letzten verzweifelten Versuch, die Sicherungen herauszudrehen und die Maschine abzuschalten, bevor die Motoren überhitzten und die Kugellager sich festfraßen.

Die grinsende Gestalt auf der anderen Seite griff tiefer in den Koffer und hielt Jessie im Mondschein eine Handvoll Knochen und Gold entgegen.

In ihrem Kopf zuckte ein unerträglich greller Blitz, dann gingen die Lichter aus. Sie wurde nicht hübsch ohnmächtig, wie die Heldin in einem Bühnenstück, sondern wurde brutal zurückgerissen wie ein verurteilter Mörder, der an den elektrischen Stuhl geschnallt ist und gerade seine erste Ladung Saft abbekommen hat. Wie auch immer, es war das Ende des Schreckens, und vorläufig genügte das. Jessie Burlingame ging ohne Einwände in die Dunkelheit.

14

Einige Zeit später kämpfte sie sich kurz zum Bewußtsein zurück und bemerkte nur zweierlei: der Mond hatte den Weg zu den Westfenstern zurückgelegt, und sie hatte schreckliche Angst . . . wovor, wußte sie zuerst nicht. Dann fiel es ihr ein: Daddy war hier gewesen, war möglicherweise immer noch hier. Die Kreatur hatte ihm nicht ähnlich gesehen, das stimmte, aber das lag nur daran, daß Daddy sein Sonnenfinsternis-Gesicht getragen hatte.

Jessie mühte sich hoch und stieß sich so fest mit den Füßen ab, daß sie die Decke unter sich nach unten schob. Aber mit den Armen konnte sie nicht viel ausrichten. Die kribbelnden Nadeln waren zwar verschwunden, während sie ohnmächtig gewesen war, und Jessie hatte nicht mehr Gefühl darin als in Stuhlbeinen. Sie sah mit aufgerissenen, mondversilberten Augen in die Dunkelheit neben der Kommode. Der Wind hatte sich gelegt, und die Schatten waren zumindest vorübergehend ruhig. In der Ecke war nichts. Ihr dunkler Besucher war verschwunden.

Vielleicht nicht, Jess – vielleicht hat er nur den Standort gewechselt. Vielleicht versteckt er sich unter dem Bett, was meinst du dazu? Wenn ja, könnte er jeden Moment hochgreifen und dir eine Hand auf den Schenkel legen.

Der Wind regte sich – nur ein Hauch, keine Bö –, und die Hintertür schlug schwach. Das waren die einzigen Geräusche. Der Hund war verstummt, und das überzeugte sie mehr als alles andere, daß der Fremde fort war. Das Haus gehörte wieder ihr allein.

Jessies Blick fiel auf den großen dunklen Klops auf dem Boden.

Ich korrigiere, dachte sie. *Da ist noch Gerald. Den darf man nicht vergessen.*

Sie legte den Kopf zurück, machte die Augen zu und spürte ein konstantes, dumpfes Pochen im Hals, wollte aber nicht so wach werden, daß dieses Pochen sich zu dem entwickeln konnte, was es wirklich war: Durst. Sie wußte nicht, ob sie von schwärzester Bewußtlosigkeit in gewöhnlichen Schlaf überwechseln konnte oder nicht, aber sie wußte, daß sie das wollte; mehr als alles andere – außer vielleicht, daß jemand hierher gefahren kam und sie rettete – wollte sie schlafen.

Es war niemand hier, Jessie – das weißt du, oder nicht? Es war, Absurdität aller Absurditäten, Ruths Stimme. Die hartgesottene Ruth, deren eingeschriebener Wahlspruch, aus einem alten Song von Nancy Sinatra, lautete: ›One of these days these boots are gonna walk all over you – Eines Tages werden diese Stiefel über dich hinwegtrampeln.‹ Ruth, die der Schemen im Mondlicht zu einem Haufen stammelndem Glibber gemacht hatte.

Nur zu, Süße, sagte Ruth. *Mach dich nur über mich lustig – vielleicht habe ich es sogar verdient –, aber mach dir selbst nichts vor. Es war niemand da. Deine Fantasie hat dir einen kleinen Streich gespielt, das ist alles. Mehr war nicht dran an der ganzen Sache.*

Du irrst dich, Ruth, antwortete Goody ruhig. *Es war jemand hier, das stimmt, und Jessie und ich wissen beide, wer es war. Es hat nicht gerade wie Daddy* ausgesehen, *aber das lag nur daran, daß er sein Sonnenfinsternis-Gesicht aufgesetzt hatte. Aber das Gesicht war nicht das Wesentliche, auch nicht, wie groß er ausgesehen hat – vielleicht hat er Stiefel mit besonders hohen Sohlen angehabt, vielleicht trug er Schuhe mit Einlagen. Meinethalben hätte er auch auf Stelzen stehen können.*

Stelzen! rief Ruth erstaunt. *O lieber Gott, jetzt habe ich* allllles *gehört! Unwichtig, daß der Mann gestorben ist, bevor Reagans Frack zur Amtseinführung aus der Reinigung zurück war; Tom Mahout war so ungeschickt, er hätte eine Versicherung fürs Treppensteigen abschließen müssen.* Stelzen? *O Baby, du* mußt *mich verarschen!*

Das ist nicht so wichtig, sagte Goody mit einer Art gelassener Verstocktheit. *Er war es. Ich kenne diesen Geruch überall – diesen dikken, blutwarmen Geruch. Nicht der Geruch von Austern oder Pennies. Nicht einmal der Geruch von Blut. Der Geruch von ...*

Der Gedanke brach ab und driftete davon.

Jessie schlief.

15

Sie war aus zwei Gründen am 20. Juli 1963 allein mit ihrem Vater in Sunset Trails. Einer war eine Ausrede für den anderen. Die Ausrede war ihre Behauptung, daß sie immer noch ein bißchen Angst vor Mrs. Gilette hatte, obwohl mindestens fünf Jahre (wahrscheinlich eher sechs) seit dem Zwischenfall mit dem Plätzchen und der Ohrfeige vergangen waren. Der wahre Grund war schlicht und unkompliziert: sie wollte während eines so besonderen, einmaligen Ereignisses bei ihrem Daddy sein.

Ihre Mutter hatte es vermutet, und es gefiel ihr nicht, von ihrem Mann und ihrer zehnjährigen Tochter wie eine Schachfigur herumgeschubst zu werden, aber da war das Thema praktisch schon ein *fait accompli.* Jessie war zuerst zu ihrem Daddy gegangen. Ihr elfter Geburtstag lag immer noch vier Monate entfernt, aber deshalb war sie noch lange nicht dumm. Sally Mahouts Vermutung war zutreffend: Jessie hatte eine wissentliche, gründlich durchdachte Kampagne eingefädelt, die ihr ermöglichte, den Tag der Sonnenfinsternis mit ihrem Vater zu verbringen. Viel später sollte Jessie denken, daß auch das ein Grund dafür war, daß sie den Mund gehalten und niemand gesagt hatte, was sich an dem Tag zutrug; manche – darunter zum Beispiel ihre Mutter – konnten sagen, daß sie kein Recht hatte, sich zu beschweren; daß sie es nicht anders verdient hatte.

Am Tag vor der Sonnenfinsternis hatte Jessie ihren Vater auf der Veranda vor seinem Zimmer gefunden, wo er eine Taschenbuchausgabe von *Profiles in Courage* las, während Frau, Sohn und älteste Tochter lachten und unten im See schwammen. Er lächelte ihr zu, als sie sich neben ihn auf den Stuhl setzte, und Jessie lächelte zurück. Sie hatte sich für dieses Gespräch den Mund mit Lippenstift bemalt – Peppermint Yum-Yum, ein Geburtstagsgeschenk von Maddy. Jessy hatte ihn nicht gemocht, als sie ihn zum erstenmal aufgetragen hatte – sie fand, es war eine Babyfarbe und schmeckte wie Pepsodent –, aber Daddy hatte gesagt, daß er sie hübsch fand, und damit wurde der Lippenstift zum kostbarsten Stück ihrer winzigen Kosmetiksammlung, das sie achtete und nur bei besonderen Gelegenheiten wie dieser benützte.

Er hörte aufmerksam und respektvoll zu, während sie sprach,

gab sich aber keine besondere Mühe, das Funkeln amüsierter Skepsis in seinen Augen zu verbergen. *Willst du mir* wirklich *weismachen, daß du noch Angst vor Adrienne Gilette hast?* fragte er, als sie die häufig erzählte Geschichte geschildert hatte, wie Mrs. Gilette ihr einmal eine Ohrfeige gegeben hatte, als sie nach dem letzten Plätzchen auf dem Teller griff. *Das muß ... ich weiß nicht, aber ich habe noch für Dunninger gearbeitet, also muß es vor 1959 gewesen sein. Und so viele Jahre später hast du immer noch Bammel? Wie ungemein freudianisch, meine Teuerste!*

Nun jaa-aaa ... du weißt schon ... nur ein bißchen. Sie machte große Augen und versuchte auszudrücken, daß sie wenig *sagte,* aber viel *meinte.* In Wahrheit wußte sie nicht, ob sie noch Angst vor der alten Mrs. Mundgeruch hatte oder nicht, aber sie *wußte,* Mrs. Gilette war eine langweilige alte Schnepfe mit blauen Haaren, und sie, Jessie, hatte nicht die Absicht, die einzige totale Sonnenfinsternis, die sie wahrscheinlich je sehen würde, in ihrer Gesellschaft zu verbringen, wenn sie es so hinbiegen konnte, daß sie sie mit ihrem Daddy beobachten durfte, den sie mehr vergötterte, als man mit Worten ausdrücken konnte.

Sie schätzte seine Skepsis ab und stellte erleichtert fest, daß diese freundlicher Natur war, möglicherweise sogar verschwörerisch. Sie lächelte und fügte hinzu: *Und außerdem möchte ich bei dir bleiben.*

Er hob ihre Hand zum Mund und küßte ihre Finger wie ein französischer Monsieur. Er hatte sich an diesem Tag nicht rasiert – was in den Sommerferien häufig vorkam –, und das rauhe Kratzen seiner Bartstoppeln jagte ihr einen angenehmen Schauer wie eine Gänsehaut die Arme hinauf und wieder hinunter.

Comment douce, mademoiselle, sagte er. *Doucement, ma belle. Je t'aime.*

Sie kicherte, verstand sein radebrechendes Französisch nicht, wußte aber plötzlich, daß alles so laufen würde, wie sie es geplant hatte.

Das wäre schön, sagte sie glücklich. *Nur wir zwei. Ich könnte das Abendessen früh machen und wir könnten es hier essen, auf der Veranda.*

Er grinste. *Eklipse-Burger a deux?*

Sie lachte, nickte und klatschte aufgeregt in die Hände.

Dann sagte er etwas, das ihr schon damals etwas seltsam vorgekommen war, weil ihm sonst nicht viel an Kleidung und Mode lag: *Du könntest dein hübsches neues Sommerkleid tragen.*

Klar, wenn du willst, sagte sie, obwohl sie sich bereits entschieden hatte, ihre Mutter zu fragen, ob sie das Kleid umtauschen konnte.

Es *war* hübsch – wenn man sich nicht von schreiend grellen gelben und roten Streifen abschrecken ließ –, aber es war auch zu klein und zu eng. Ihre Mutter hatte es bei Sears bestellt und weitgehend geschätzt, wobei sie einfach eine Nummer größer als die, die Jessie letztes Jahr paßte, eingetragen hatte. Aber wie sich herausstellte, war sie in vielerlei Hinsicht schneller gewachsen. Aber wenn es Daddy gefiel ... und wenn er auf ihrer Seite stand und ihr half, diese Sache mit der Sonnenfinsternis voranzutreiben ...

Er stand auf ihrer Seite und trieb sie voran wie Herkules persönlich. Er fing schon an diesem Abend damit an, als er seiner Frau nach dem Essen (und zwei oder drei mildestimmenden Gläsern *vin rouge*) den Vorschlag machte, Jessie sollte von der morgigen Beobachtung der Sonnenfinsternis auf dem Mount Washington entschuldigt werden. Die meisten Nachbarn in den umliegenden Sommerhäusern gingen hin; kurz nach dem Memorial Day hatten zwanglose Treffen begonnen, wie und wo sie das bevorstehende Himmelsphänomen beobachten sollten (Jessie waren diese Treffen wie ganz normale Sommerparties vorgekommen), und sie hatten sich sogar einen Namen gegeben – die Dark Score-Sonnenanbeter. Die Sonnenanbeter hatten einen Minibus von der Schulbehörde für diesen Anlaß gemietet und hatten vor, mit Vesperkoffern, Polaroidsonnenbrillen, eigens konstruierten Spiegelreflektoren, Kameras mit Spezialfiltern ... und natürlich einer Menge Champagner auf den Gipfel des höchsten Berges von New Hampshire zu fahren. Einer großen Menge Champagner. Für Jessies Mutter und ihre ältere Schwester schien das alles der Inbegriff einer gediegenen, ordentlichen Freizeitbeschäftigung zu sein. Für Jessie war es der Inbegriff alles Langweiligen gewesen ... und das schon, *bevor* die alte Mrs. Mundgeruch mit ins Spiel gekommen war.

Sie war am Abend des neunzehnten nach dem Essen auf die Veranda gegangen – vorgeblich, um zwanzig oder dreißig Seiten von Mr. C. S. Lewis' *Jenseits des schweigenden Sterns* zu lesen, bevor die Sonne unterging. Ihr wahres Ziel war nicht so intellektuell: sie wollte hören, wie ihr Vater seinen – *ihren* – Vorschlag machte, und ihn stumm anfeuern. Sie und Maddy hatten schon vor Jahren festgestellt, daß die Kombination Wohn/Eßzimmer des Sommerhauses eine eigenwillige Akustik hatte, was wahrscheinlich an der hohen Giebeldecke lag; Jessie hatte eine Ahnung, daß selbst Will wußte, wie gut der Schall von da drinnen nach hier draußen auf die Veranda getragen wurde. Lediglich ihre Eltern schienen nicht mitbekommen zu haben, daß das Zimmer ebensogut mit Abhörmikrofonen gespickt hätte sein können und alle wichtigen Entscheidungen, die nach dem Essen bei Cognac oder Kaffee dort gefällt wurden, schon lange bevor die Marschbefehle vom Stabshauptquartier ergingen, bekannt waren.

Jessie stellte fest, daß sie den Roman von Lewis verkehrt herum hielt, und korrigierte das Mißgeschick hastig, bevor Maddy vorbeikam und sie mit einem gewaltigen, lautlosen Pferdewiehern auslachte. Sie verspürte leichte Schuldgefühle ob ihres Tuns – wenn man es recht überlegte, war es mehr Spionieren als Horchen –, aber nicht so sehr, daß sie es gelassen hätte. Tatsächlich dachte sie, daß sie immer noch auf der richtigen Seite einer dünnen moralischen Linie stand. Schließlich war es nicht so, daß sie sich im Schrank versteckt hatte oder so; sie saß für alle deutlich sichtbar hier draußen im hellen Schein der untergehenden Sonne im Westen. Sie saß mit ihrem Buch hier draußen und fragte sich, ob es auch auf dem Mars Sonnenfinsternisse gab, und wenn ja, ob Marsianer dort lebten, die sie beobachten konnten. War es etwa *ihre* Schuld, wenn ihre Eltern dachten, niemand könnte sie hören, nur weil sie da drinnen am Tisch saßen? Sollte sie hineingehen und es ihnen *sagen*?

»Ich denke niiicht, meine Teuahste«, flüsterte Jessie mit ihrer rotznäsigsten ›Elizabeth Taylor – *Die Katze auf dem heißen Blechdach*‹-Stimme, und dann schlug sie die Hände über ein breites, albernes Grinsen. Und sie vermutete, daß sie auch keine Angst vor Störungen durch ihre Schwester haben mußte, zumindest nicht so schnell; sie konnte Maddy und Will unten in der Rumpelkammer hören, wo sie gutmütig wegen eines Cooty- oder Candyland-Spiels zankten.

Ich glaube nicht, daß es ihr schaden *würde, morgen hier bei mir zu bleiben, du etwa?* fragte ihr Vater mit seiner einnehmendsten, humorvollsten Stimme.

Selbstverständlich nicht, antwortete Jessies Mutter, *aber es würde sie auch nicht gerade umbringen, wenn sie diesen Sommer einmal etwas mit uns anderen zusammen unternehmen würde. Sie ist durch und durch Papas Liebling geworden.*

Sie war letzte Woche mit dir und Will in Bethel im Marionettentheater. Hast du mir nicht gesagt, daß sie bei Will geblieben ist – ihm sogar von ihrem Taschengeld ein Eis gekauft hat –, während du zum Flohmarkt gegangen bist?

Das war kein Opfer für unsere Jessie, antwortete Sally. Sie hörte sich fast grimmig an.

Was meinst du damit?

Ich meine, sie ist ins Marionettentheater gegangen, weil sie es wollte, und sie hat sich um Will gekümmert, weil sie es wollte. Die Grimmigkeit war einem vertrauteren Tonfall gewichen: hilflose Verzweiflung. *Wie kannst du verstehen, was ich meine?* sagte dieser Tonfall. *Wie* könntest *du das verstehen, als Mann?*

Das war ein Ton, den Jessie in den letzten paar Jahren immer häufiger in der Stimme ihrer Mutter gehört hatte. Sie wußte, das lag teilweise daran, daß sie immer mehr hörte und sah, je älter sie wurde, aber sie war sicher, daß ihre Mutter diesen Ton auch immer *häufiger* anschlug als früher. Jessie konnte nicht verstehen, warum die Logik ihres Vaters ihre Mutter immer so auf die Palme brachte.

Ist es plötzlich ein Grund zur Besorgnis, daß sie etwas macht, weil sie es will? fragte Tom dann. *Vielleicht sogar ein Punkt gegen sie? Was sollen wir nur tun, wenn sie neben ihrem Sinn für die Familie auch noch ein soziales Gewissen entwickelt? Sie in ein Heim für schwer erziehbare Mädchen stecken?*

Mach dich nicht über mich lustig, Tom. Du weißt genau, was ich meine.

Nee; dieses Mal habe ich keinen blassen Schimmer, Herzblatt. Dies sind angeblich unsere Sommerferien, weißt du nicht mehr? Und ich habe immer irgendwie gedacht, wenn Leute in den Sommerferien sind, können sie tun und lassen, was sie wollen und mit wem sie wollen. Ich habe gedacht, genau das wäre Sinn und Zweck von Sommerferien.

Jessie lächelte, weil sie wußte, daß es bis auf das Anbrüllen gelaufen war. Wenn die Sonnenfinsternis morgen früh anfing, würde sie mit Daddy hier sein, und nicht mit Mrs. Mundgeruch und den anderen Dark Score-Sonnenanbetern auf dem Mount Washington. Ihr Vater war wie ein Weltklasseschachspieler, der einem talentierten Amateur eine Chance gegeben hatte und ihm jetzt das Fell über die Ohren zog.

Du könntest auch mitkommen, Tom – Jessie würde mitgehen, wenn du mitgehen würdest.

Das war gefährlich. Jessie hielt den Atem an.

Ich kann nicht, Liebes – ich erwarte einen Anruf von David Adams wegen dem Aktienportefeuille von Brookings Pharmaceuticals. Ziemlich wichtige Sache ... und ziemlich riskant. Momentan mit Brookings zu handeln ist, als würde man mit Sprengsätzen hantieren. Aber ich will ehrlich zu dir sein; selbst wenn ich könnte, ich weiß nicht, ob ich wollte. Ich bin nicht besonders scharf auf diese Gilette, aber mit der könnte ich leben. Sleefort dagegen, dieses Arschloch ...

Psst, Tom!

Keine Sorge – Maddy und Will sind unten und Jessie ist draußen auf der Veranda ... siehst du sie?

In diesem Augenblick war Jessie plötzlich überzeugt, daß ihr Vater *genau* wußte, wie es um die Akustik des Wohn/Eßzimmers stand; er wußte, daß seine Tochter jedes Wort der Unterhaltung hörte. Er *wollte,* daß sie jedes Wort hörte. Ein warmes Kribbeln lief ihr den Rücken hinab und die Beine hinauf.

Ich hätte wissen müssen, daß es wieder auf Dick Sleefort hinausläuft! Ihre Mutter hörte sich wütend und erheitert an, eine Kombination, bei der sich Jessies Kopf drehte. Ihr schien, als könnten nur Erwachsene Gefühle auf so mannigfaltige Weise miteinander verbinden – wenn Gefühle Essen wären, dann wären die Gefühle von Erwachsenen Sachen wie Steaks mit Schokoladenguß, Kartoffelpüree mit Pfirsichscheiben, Kuchen mit Chilipulver statt mit Staubzucker. Jessie dachte nicht zum erstenmal, daß es mehr eine Strafe als eine Belohnung war, erwachsen zu sein.

Du kannst einem wirklich den letzten Nerv töten, Tom – der Mann hat mich vor sechs Jahren belästigt. Er war betrunken. Damals war er immer *betrunken, aber darüber ist er weg. Polly Bergeron hat mir gesagt, daß er zu den A. A.s geht und ...*

Schön für ihn, sagte ihr Vater trocken. *Sollen wir ihm eine Glückwunschkarte oder einen Orden schicken, Sally?*

Werd nicht schnippisch. Du hast dem Mann fast die Nase gebrochen ...

Ja, richtig. Wenn ein Mann in die Küche kommt und seinen Drink nachfüllen will, und dort den Trunkenbold aus der Straße findet, der eine Hand auf dem Po der Frau des Hausherrn und die andere in ihrem Ausschnitt hat ...

Laß das, sagte sie pikiert, aber Jessie fand, daß sich ihre Mutter aus einem unerfindlichen Grund fast *zufrieden* anhörte. Es wurde immer seltsamer. *Du solltest langsam herausfinden, daß Dick Sleefort kein Dämon aus der Tiefe ist, und Jessie sollte allmählich herausfinden, daß Adrienne Gilette nur eine einsame alte Frau ist, die ihr einmal bei einer Gartenparty eine Ohrfeige gegeben hat, was ein kleiner Scherz sein sollte. Und jetzt werd nicht wütend auf mich, Tom; ich behaupte nicht, daß es ein* guter *Scherz war; nein. Ich sage nur, daß Adrienne es nicht gewußt hat. Sie hat es nicht böse gemeint.*

Jessie sah nach unten und stellte fest, daß sie ihr Taschenbuch mit der rechten Hand fast umgeknickt hatte. Wie konnte ihre Mutter, eine Frau, die ihren Abschluß *cum laude* gemacht hatte (was immer das auch heißen mochte), nur so dumm sein? Die Antwort leuchtete Jessie ein: gar nicht. Entweder wußte sie es besser, oder sie weigerte sich, die Wahrheit zu sehen, und welche Antwort auch die richtige sein mochte, man kam immer zur selben Schlußfolgerung: vor die Wahl gestellt, ob sie einer häßlichen alten Frau glauben sollte, die im Sommer in derselben Straße wohnte, oder ihrer eigenen Tochter, hatte sich Sally Mahout für Mrs. Mundgeruch entschieden. Toll, was?

Weil ich Papas Liebling bin, darum. Das und alles andere, was sie in der Hinsicht sagt. Genau darum, aber das könnte ich ihr nie sagen, und sie würde es von selbst nie einsehen. In einer Million Jahren nicht.

Jessie zwang sich, das Taschenbuch loszulassen. Mrs. Gilette *hatte* es ernst gemeint, sie *hatte* böse Absichten gehabt, aber die Vermutung ihres Vaters, daß sie keine Angst mehr vor der alten Krähe hatte, war dennoch weitgehend zutreffend gewesen. Aber sie würde ihren Willen bekommen und bei ihrem Vater bleiben dürfen, und daher war die ganze Ess-ze-ha-e-i-ess-ess-e, die ihre Mutter verzapfte, eigentlich unwichtig. Oder? Sie würde hier bei ihrem Daddy bleiben, sie mußte sich nicht mit der alten Mrs. Mundgeruch herumärgern, und das alles nur, weil ...

»Weil er zu mir hält«, murmelte sie.

Ja; das war der Knackpunkt. Ihr Vater hielt zu ihr, und ihre Mutter machte ihr Vorhaltungen.

Jessie sah den Abendstern schwach am Abendhimmel leuchten und merkte plötzlich, daß sie schon fast eine Dreiviertelstunde auf der Veranda saß und zuhörte, wie sie das Thema Sonnenfinsternis – und das Thema *Jessie* – abhandelten. An diesem Abend fand sie einen unbedeutenden, aber doch recht interessanten Sachverhalt des Lebens heraus: die Zeit vergeht am schnellsten, wenn man Unterhaltungen über sich selbst belauscht.

Ohne darüber nachzudenken, hob sie die Hand, formte eine Röhre damit, betrachtete den Stern und schickte ihm gleichzeitig das alte Sprichwort hinauf: Sternenglanz, Sternenschein, laß meinen Wunsch erfüllet sein. *Ihr* Wunsch, der schon so gut wie erfüllt war, bestand darin, daß sie morgen mit ihrem Daddy hierbleiben durfte. Daß sie bei ihm bleiben durfte, was auch geschehen mochte. Zwei verwandte Seelen, die wußten, wie man zueinander hielt, die auf der Veranda saßen und Eklipse-Burger *a deux* aßen ... mehr wie ein lange verheiratetes Paar, denn wie Vater und Tochter.

Und was Dick Sleefort angeht, er hat sich später bei mir entschuldigt. Ich weiß nicht, ob ich dir das je gesagt habe ...

Hast du, aber ich kann mich nicht erinnern, daß er sich je bei mir *entschuldigt hat.*

Wahrscheinlich hat er Angst gehabt, daß du ihm eine runterhaust oder es wenigstens versuchst, antwortete Sally wieder in dem Tonfall, den Jessie so eigentümlich fand – es schien eine unbehagliche Mischung aus Glück, Humor und Wut zu sein. Jessie überlegte einen Augenblick, ob es möglich war, sich so anzuhören und dennoch geistig normal zu sein, aber dann erstickte sie diesen Gedanken schnellstmöglich und gründlich. *Außerdem möchte ich noch eines über Adrienne Gilette sagen, bevor wir dieses Thema endgültig lassen ...*

Nur zu.

Sie hat mir – das war 1959, zwei Jahre später – gesagt, daß sie in den Wechseljahren war. Sie hat nie explizit von Jessie und dem Plätzchen gesprochen, aber ich glaube, sie hat versucht, sich zu entschuldigen.

Oh. Das war das kühlste, geschäftsmäßigste ›Oh‹ ihres Vaters. *Und hat eine der beiden Damen je daran gedacht, diese Information Jessie weiterzugeben ... und ihr zu erklären, was das bedeutet?*

Ihre Mutter schwieg. Jessie, die nur eine überaus vage Vorstellung davon hatte, was ›in den Wechseljahren‹ bedeutete, sah nach unten und stellte fest, daß sie das Buch wieder so fest umklammert hielt, daß sie es knickte, und entspannte die Hände.

Oder sich zu entschuldigen? Sein Tonfall war sanft ... zärtlich ... tödlich.

Hör auf mit diesem Kreuzverhör! platzte Sally nach einem langen, nachdenklichen Schweigen heraus. *Dies ist dein Zuhause und nicht Teil zwei von Superior Court, falls du es nicht bemerkt hast!*

Du hast das Thema angeschnitten, sagte er. *Ich habe nur gefragt ...*

Oh, ich habe es so satt, wie du einem das Wort im Mund umdrehst, sagte Sally.

Jessie merkte an ihrem Tonfall, daß sie entweder weinte oder im Begriff dazu war. Zum erstenmal seit sie sich erinnern konnte, lösten die Tränen ihrer Mutter kein Mitleid bei ihr aus, keinen Drang zu trösten (und dabei wahrscheinlich selbst in Tränen auszubrechen). Statt dessen empfand sie eine merkwürdige steinerne Befriedigung.

Sally, du bist aufgebracht. Können wir nicht einfach ...

Da hast du verdammt recht. Bin ich fast immer, wenn ich mit meinem Mann streite, ist das nicht komisch? Ist das nicht das Seltsamste, *was man je gehört hat? Und weißt du,* warum *wir streiten? Ich will es dir sagen, Tom – nicht wegen Adrienne Gilette und nicht wegen Dick Sleefort und nicht wegen der Sonnenfinsternis morgen. Wir streiten wegen* Jessie, *wegen unserer* Tochter, *und was gibt es sonst noch Neues?*

Sie lachte unter Tränen. Ein trockenes Zischen war zu hören, als sie ein Streichholz rieb und sich eine Zigarette anzündete.

Sagt man nicht, wer gut schmiert, der gut fährt? So ist das mit unserer Jessie, nicht? Sie schmiert gut. Sie ist nie mit irgendwelchen Vereinbarungen zufrieden, wenn sie nicht das letzte Wort dazu hat. Nie zufrieden mit den Plänen von anderen. Nie imstande, sich mit etwas zufriedenzugeben.

Jessie stellte bestürzt fest, daß sie in der Stimme ihrer Mutter so etwas wie Haß hörte.

Sally ...

Vergiß es, Tom. Sie will hier bei dir bleiben? Prima. Es wäre sowieso keine Freude, sie dabeizuhaben; sie würde sowieso nur mit ihrer Schwester streiten und dauernd jammern, weil sie auf Will aufpassen muß. Mit anderen Worten, sie würde nicht gut fahren.

Sally, Jessie jammert fast nie, und sie ist sehr gut mit ...

Ach, du siehst *sie ja nie!* schrie Sally Mahout, und Jessie zuckte angesichts der Abscheu in ihrer Stimme auf dem Stuhl zusammen. *Ich schwöre bei Gott, manchmal benimmst du dich, als wäre sie deine Freundin und nicht deine Tochter!*

Dieses Mal machte ihr Vater eine lange Pause, und als er weitersprach, war seine Stimme sanft und kalt. *Das war ein elender, unfairer Tiefschlag,* antwortete er schließlich.

Jessie stand auf der Veranda, betrachtete den Abendstern und spürte, wie ihr Unbehagen langsam zu etwas wie Angst wurde. Sie verspürte plötzlich den Drang, die Hand wieder zu rollen und den Stern anzusehen – dieses Mal, um alles wegzuwünschen, angefangen mit ihrer Bitte an Daddy, er sollte es so einrichten, daß sie morgen mit ihm in Sunset Trails bleiben konnte.

Dann das Geräusch, als ihre Mutter den Stuhl zurückschob. *Entschuldige,* sagte Sally, und obwohl sie sich immer noch wütend anhörte, dachte Jessie, daß sie jetzt auch ein wenig ängstlich klang. *Dann laß sie morgen eben hier, wenn du willst! Prima! Gut! Kannst sie gerne haben!*

Dann das Geräusch ihrer Absätze, das sich hastig entfernte, und einen Moment später das *Klick* des Zippo-Feuerzeugs ihres Vaters, als dieser sich seine Zigarette anzündete.

Auf der Veranda schossen Jessie warme Tränen in die Augen – Tränen der Scham, Gekränktheit und Erleichterung, daß der Streit aufgehört hatte, bevor er noch schlimmer werden konnte... denn war nicht ihr ebenso wie Maddy aufgefallen, daß die Streite ihrer Eltern in letzter Zeit immer lauter und wütender geworden waren? Daß die Kälte danach immer langsamer wich? Es war doch nicht möglich, daß sie...

Nein, unterbrach sie sich selbst, ehe sie den Gedanken zu Ende denken konnte. *Nein, ist es nicht. Es ist nicht möglich, also hör auf damit.*

Vielleicht würde ein Tapetenwechsel sie auf andere Gedanken bringen. Jessie stand auf, ging die Verandastufen hinunter und schlenderte den Weg zum See entlang. Dort saß sie und warf Steine ins Wasser, bis ihr Vater sie eine halbe Stunde später fand.

»Eklipse-Burger für zwei morgen auf der Veranda«, sagte er und gab ihr einen Kuß auf den Hals. Er hatte sich rasiert, und sein Kinn war glatt, aber das köstliche Kribbeln lief ihr trotzdem über den Rücken. »Es ist alles abgemacht.«

»War sie wütend?«

»Nee«, sagte ihr Vater fröhlich. »Sie hat gesagt, ihr wäre es so oder so recht, und da du deine Arbeiten diese Woche alle erledigt hast...«

Sie hatte ihre vorherige Ahnung vergessen, daß er mehr über die Akustik des Wohn/Eßzimmers wußte, als er zugeben wollte, und diese wohlmeinende Lüge rührte sie so sehr, daß sie fast in Tränen ausbrach. Sie drehte sich zu ihm um, legte ihm die Arme um den Hals und bedeckte seine Wangen und Lippen mit innigen Küssen.

Seine erste Reaktion war Überraschung. Er zog seine Hände zurück und berührte einen kurzen Augenblick die winzigen Wölbungen ihrer Brüste. Das Kribbeln lief wieder durch sie, aber dieses Mal war es viel stärker – so stark, daß es fast schmerzhaft war, wie ein Stromschlag –, und in dessen Kielwasser kam wie ein unheimliches *déjà vu* erneut der Eindruck von den seltsamen Widersprüchlichkeiten der Erwachsenen: eine Welt, wo man Hackfleisch mit Blaubeeren oder in Zitronensaft gebratene Eier bestellen konnte, wenn man wollte... und wo manche Menschen das tatsächlich *machten.* Dann glitten seine Hände ganz um sie herum, wurden sicher gegen die Schulterblätter gedrückt und zogen sie warm an ihn, und ihr fiel kaum auf, daß sie einen Augenblick länger als erforderlich geblieben waren, wo sie nichts zu suchen hatten.

Ich hab dich lieb, Daddy.

Ich hab dich auch lieb, Punkin. Hundert Millionen Mal.

16

Der Tag der Sonnenfinsternis dämmerte heiß und schwül, aber relativ klar – die Warnungen der Wettervorhersage, daß tiefhängende Wolken das Schauspiel verbergen könnten, erwiesen sich, so schien es, zumindest im Westen von Maine als unbegründet.

Sally, Maddy und Will brachen gegen zehn Uhr zum Bus der Dark Score-Sonnenanbeter auf (Sally gab Jessie beim Aufbruch einen flüchtigen Kuß auf die Wange, und Jessie antwortete ebenso) und ließen Tom Mahout mit dem Mädchen allein, von dem seine Frau gestern abend gesagt hatte, daß sie ›gut schmierte‹.

Jessie zog Shorts und das T-Shirt mit der Aufschrift ›Camp Ossippee‹ aus und das neue Kleid an. Es war hübsch (wenn man nichts gegen schreiend gelbe und rote Streifen hatte), aber zu eng. Sie nahm einen Tropfen von Maddys Parfum Marke My Sin, ein wenig vom Yodora-Deodorant ihrer Mutter und trug frischen Peppermint Yum-Yum-Lippenstift auf. Und obwohl sie sonst nie vor dem Spiegel herumtrödelte und an sich herumzauselte (das war der Ausdruck ihrer Mutter, wie in ›Maddy, hör auf, an dir herumzuzauseln, und komm da raus!‹), nahm sie sich an diesem Tag Zeit, das Haar hochzustecken, weil ihr Vater ihr einmal ein Kompliment wegen dieser speziellen Frisur gemacht hatte.

Als sie die letzte Haarklammer festgesteckt hatte, griff sie nach dem Schalter des Badezimmerlichts, aber dann hielt sie inne. Das Mädchen, das sie aus dem Spiegel betrachtete, schien überhaupt kein Mädchen zu sein, sondern ein Teenager. Es lag nicht daran, wie das Sommerkleid die kleinen Wölbungen hervorhob, die erst in ein oder zwei Jahren wirklich Brüste werden würden, und es lag nicht am Lippenstift, und es war nicht ihr Haar, das sie zu einer linkischen, aber seltsam reizvollen Hochfrisur aufgetürmt hatte; es war vielmehr alles zusammen, das diesen Eindruck hervorrief, weil ... was? Sie wußte es nicht. Möglicherweise lag es daran, wie das hochgesteckte Haar ihre Wangenknochen betonte. Oder an der bloßen Krümmung ihres Nackens, der soviel aufreizender war als die Fliegenstiche auf der Brust oder ihr hüftloser Knabenkörper. Oder vielleicht lag es nur am Ausdruck in ihren Augen – ein Funkeln, das bis heute verborgen oder überhaupt nicht dagewesen war.

Was auch immer, sie verweilte noch einen Augenblick, betrachtete ihr Spiegelbild, und plötzlich hörte sie ihre Mutter sagen: *Ich schwöre bei Gott, manchmal benimmst du dich, als wäre sie deine Freundin und nicht deine Tochter!*

Sie biß sich auf die rosa Unterlippe, runzelte ein wenig die Stirn und mußte an den Abend zuvor denken – das Kribbeln, das sie bei seiner Berührung empfunden hatte, den Druck seiner Hände auf den Brüsten. Sie konnte spüren, wie sich dieses Kribbeln wieder einstellen wollte, ließ es aber nicht zu. Es hatte keinen Zweck, wegen alberner Sachen zu zittern, die man sowieso nicht verstehen konnte. Über die man nicht einmal nachdenken konnte.

Ein guter Rat, dachte sie, drehte sich um und schaltete das Badezimmerlicht aus.

Sie wurde immer aufgeregter, während der Mittag verging, der Nachmittag verstrich und der Zeitpunkt der Sonnenfinsternis immer näher rückte. Sie schaltete WNCH im Kofferradio ein, den lokalen Rock-and-Roll-Sender. Ihre Mutter verabscheute WNCH und zwang denjenigen, der ihn eingestellt hatte (normalerweise Jessie oder Maddy, aber manchmal auch Will), den Sender mit klassischer Musik einzuschalten, der vom Gipfel des Mount Washington sendete, wenn Del Shannon oder DeeDee Sharp oder Gary ›U. S.‹ Bonds dreißig Minuten gesungen hatten, aber heute schien ihrem Vater die Musik tatsächlich zu gefallen, er schnippte mit den Fingern und sang mit. Einmal, während die Duprees ihre Version von ›You Belong to Me‹ zum besten gaben, zog er Jessie sogar kurz in die Arme und tanzte mit ihr über die Veranda. Jessie warf den Grill gegen halb vier an, als der Beginn der Sonnenfinsternis noch über eine Stunde entfernt war, und ging ihren Vater fragen, ob er einen oder zwei Hamburger wollte.

Sie fand ihn auf der Südseite des Hauses unter der Veranda, auf der sie stand. Er trug nur Baumwollshorts (TURNMANNSCHAFT YALE stand auf einem Bein) und einen gesteppten Grillhandschuh. Um die Stirn hatte er ein Band geschlungen, damit ihm der Schweiß nicht in die Augen lief. Er kauerte über einem kleinen, qualmenden Grünholzfeuer. Die Kombination von Shorts und Stirnband verlieh ihm einen seltsamen, aber hübschen jugendlichen Ausdruck; Jessie konnte zum erstenmal in ihrem Leben den Mann sehen, in den sich ihre Mutter im Sommer ihres letzten Semesters verliebt hatte.

Mehrere Glasscheiben – die er sorgfältig aus dem bröckelnden

Kitt des alten Schuppenfensters gebrochen hatte – waren neben ihm aufgestapelt. Eine hielt er in den Qualm des Feuers und drehte die Scheibe mit der Gillzange hierhin und dorthin wie eine ganz besondere Lagerfeuerköstlichkeit. Jessie prustete vor Lachen – der Grillhandschuh kam ihr am komischsten vor –, worauf er sich umdrehte und ebenfalls grinste. Der Gedanke, daß er ihr bei dem Winkel unters Kleid sehen konnte, ging ihr durch den Kopf, aber nur flüchtig. Schließlich war er ihr *Vater*, kein niedlicher Junge wie Duane Corson von der Bootsanlegestelle.

Was machst du da? kicherte sie. *Ich habe gedacht, wir essen Hamburger und nicht Glassandwiches!*

Sonnenfinsternis-Ferngläser, Punkin, nicht Sandwiches, sagte er. *Wenn du zwei oder drei übereinanderlegst, kannst du die ganze Sonnenfinsternis beobachten, ohne daß deine Augen darunter leiden. Ich habe gelesen, man muß ziemlich vorsichtig sein; man kann sich die Netzhäute verbrennen und merkt es erst später.*

Bäh! sagte Jessie und erschauerte ein wenig. Die Vorstellung, sich zu verbrennen, ohne es zu bemerken, kam ihr unwahrscheinlich schlimm vor. *Wie lange dauert denn die totale Finsternis, Daddy?*

Nicht lange. Eine Minute oder so.

Dann mach noch ein paar von diesen Glasdingern – ich will mir meine *Augen nicht verbrennen. Ein Eklipse-Burger oder zwei?*

Einer genügt. Wenn es ein großer ist.

Okay.

Sie drehte sich um.

Punkin?

Sie sah ihn an, ein kleiner, kompakter Mann, dem winzige Schweißperlen auf der Stirn standen, ein Mann mit so wenig Körperhaar wie der Mann, den sie später heiraten sollte, aber ohne Geralds dicke Brille oder seinen Bauch, und einen Augenblick schien ihr die Tatsache, daß er ihr Vater war, das Unwichtigste an diesem Mann zu sein. Sie stellte wieder fassungslos fest, wie hübsch er war und wie jung er aussah. Während sie ihn betrachtete, rollte langsam eine Schweißperle an seinem Bauch vorbei, direkt östlich des Nabels, und erzeugte einen dunklen Fleck auf dem elastischen Bund der Yale-Shorts. Sie sah ihm wieder ins Gesicht und wurde sich plötzlich überdeutlich bewußt, wie er sie betrachtete. Seine Augen waren absolut atemberaubend, obwohl er sie wegen des Rauchs zugekniffen hatte – das strahlende Grau eines Tagesanbruchs über winterlichem Gewässer. Jessie merkte, daß sie schlucken mußte, bevor sie antworten konnte; ihr Hals war trocken. Möglicherweise lag es am beißenden Rauch des Feuers. Möglicherweise auch nicht.

Ja, Daddy?

Er sagte eine ganze Weile nichts, sondern sah sie nur weiter an, während ihm der Schweiß langsam über Wangen und Stirn und Brust und Bauch rann, und Jessie bekam es plötzlich mit der Angst zu tun. Dann lächelte er wieder, und alles war gut.

Du siehst heute sehr hübsch aus, Punkin. Falls es sich nicht zu albern anhört, du siehst wunderschön aus.

Danke – das hört sich überhaupt nicht albern an.

Wirklich nicht. Seine Bemerkung freute sie sogar so sehr (besonders nach den wütenden Bemerkungen ihrer Mutter am Abend zuvor, oder gerade deshalb), daß sie einen Kloß im Hals hatte und ihr einen Moment nach Weinen zumute war. Aber statt dessen lächelte sie, machte einen Hofknicks in seine Richtung und eilte dann zum Grill zurück, während ihr Herz einen anhaltenden Trommelwirbel in der Brust vollführte. Ein Vorwurf ihrer Mutter, der schlimmste, wollte sich in ihrem Denken breitmachen,

(benimmst du dich, als wäre sie deine)

aber sie zerquetschte ihn so schnell und skrupellos, wie sie eine übellaunige Wespe zerquetscht hätte. Dennoch fühlte sie sich im Griff eines dieser merkwürdigen Erwachsenengefühle – Eiskrem mit Bratensoße, Brathuhn mit Obstfüllung – und konnte ihm nicht ganz entkommen. Sie war auch gar nicht sicher, ob sie es überhaupt *wollte.* In Gedanken sah sie den einzelnen Schweißtropfen träge seinen Bauch hinabrinnen, bis er vom weichen Stoff der Baumwollshorts aufgefangen wurde und einen dunklen Fleck erzeugte. Von diesem Bild schien ihre Gefühlsaufwallung auszugehen. Sie sah es immer und immer und immer wieder vor sich. Irre.

Na und? Es war ein irrer Tag, das war alles. Sogar die Sonne würde etwas Irres machen. Warum konnte man es nicht dabei belassen?

Ja, stimmte die Stimme zu, die sich eines Tages als Ruth Neary verkleiden sollte. *Warum nicht?*

Die Eklipse-Burger mit gedünsteten Champignons und milden roten Zwiebeln waren rundherum großartig. *Auf jeden Fall besser als die letzten, die deine Mutter gemacht hat,* sagte ihr Vater zu ihr, und Jessie kicherte unbeherrscht. Sie aßen auf der Veranda vor Tom Mahouts Zimmer, wo sie Metalltabletts auf den Schenkeln balancierten. Zwischen ihnen stand ein runder Tisch voll Gewürzen, Papptellern und Zubehör zum Beobachten der Sonnenfinsternis. Zur optischen Ausrüstung gehörten Polaroidbrillen, zwei selbstgebastelte Reflektorboxen aus Pappkarton, wie sie der Rest der Familie mit zum Mount Washington genommen hatte, gerußte Glasscheiben und ein Stapel Topflappen aus der Schublade neben dem Küchenherd. Die Glasscheiben waren nicht mehr heiß, erklärte Tom seiner Tochter, aber er konnte nicht besonders gut mit dem Glasschneider umgehen und hatte Angst, es könnten noch Splitter oder scharfe Kanten an den Rändern von einigen Scheiben sein.

Ich will auf keinen Fall, sagte er ihr, *daß deine Mutter nach Hause kommt und einen Zettel findet, auf dem steht, daß ich dich zur Notaufnahme des Oxford Hills Hospital bringen mußte, damit sie dir ein paar Finger annähen können.*

Mom war nicht besonders begeistert von der Idee, oder? fragte Jessie.

Ihr Daddy nahm sie kurz in den Arm. *Nein,* sagte er, *aber* ich. *Ich war begeistert genug für uns beide.* Und er lächelte sie so strahlend an, daß sie einfach zurücklächeln mußte.

Als der Zeitpunkt der Sonnenfinsternis gekommen war – 16.49 EDT –, benützten sie als erstes die Reflektorboxen. Die Sonne, die in der Mitte von Jessies Reflektorbox lag, war nicht größer als ein Kronkorken, aber so grell, daß sie eine Sonnenbrille vom Tisch holte und aufsetzte. Laut ihrer Timex hätte die Sonnenfinsternis schon angefangen haben sollen – die zeigte 16:30 an.

Ich glaube, meine Uhr geht vor, sagte sie nervös. *Entweder das, oder eine Menge Astronomen rund um die Welt stehen jetzt ganz schön blöd da.*

Schau noch mal rein, sagte Tom lächelnd.

Als sie wieder in die Reflektorbox sah, stellte sie fest, daß der Kreis kein perfekter Kreis mehr war; eine dunkle Sichel drückte die rechte Seite ein. Ein Schauer lief ihr über den Nacken. Tom, der sie beobachtet hatte, und nicht das Bild in seiner Reflektorbox, sah es.

Punkin? Alles in Ordnung?

Ja, aber . . . es ist doch ein bißchen beängstigend, was?

Ja, sagte er. Sie sah ihn an und stellte zu ihrer großen Erleichterung fest, daß er es ernst meinte. Er sah fast so ängstlich aus, wie ihr zumute war, was sein einnehmend jungenhaftes Aussehen noch betonte. Der Gedanke, daß sie vor verschiedenen Dingen Angst haben könnten, kam ihr nicht. *Möchtest du auf meinen Schoß sitzen, Jess?*

Darf ich?

Klar doch.

Sie rutschte auf seinen Schoß, ohne die Reflektorbox loszulassen. Sie wackelte hin und her, bis sie bequem saß, und genoß den Geruch seiner leicht verschwitzten, sonnengewärmten Haut und die leichte Spur seines Rasierwassers – Redwood hieß es, glaubte sie. Das Sommerkleid rutschte ihr an den Schenkeln hoch (etwas anderes konnte es auch schwerlich machen, so kurz wie es war), und sie merkte es kaum, als er seine Hand auf eines ihrer Beine legte. Schließlich war er ihr Vater – *Daddy* – und nicht Duane Corson vom Bootsanlegeplatz oder Richie Ashlocke, der Junge, wegen dem sie mit ihren Schulfreundinnen stöhnte und kicherte.

Die Minuten verstrichen langsam. Ab und zu rutschte sie herum und versuchte, es sich bequem zu machen – sein Schoß schien heute nachmittag merkwürdig kantig zu sein –, und einmal mußte sie drei oder vier Minuten eingedöst sein. Es konnte sogar noch länger gewesen sein, denn der Windhauch, der über die Veranda wehte, war überraschend kalt auf ihren verschwitzten Armen und der Nachmittag hatte sich irgendwie verändert; Farben, die grell gewesen waren, bevor sie sich an seine Schulter gelehnt hatte, wirkten jetzt blaß und pastellgetönt, und das Licht selbst war irgendwie schwächer geworden. Es war, dachte sie, als wäre der Tag durch ein Küchenhandtuch gepreßt worden. Sie sah in ihre Reflektorbox und war überrascht – beinahe erschrocken –, daß jetzt nur noch die halbe Sonne dawar. Sie sah auf die Uhr und stellte fest, daß es neun Minuten nach fünf war.

Es ist passiert, Daddy! Die Sonne geht aus!

Ja, stimmte er zu. Seine Stimme klang seltsam – oberflächlich beherrscht und nachdenklich, aber darunter irgendwie gepreßt. *Pünktlich auf die Minute.*

Sie stellte vage fest, daß seine Hand auf ihrem Bein höher gerutscht war, während sie döste – sogar ein ganzes Stück höher.

Kann ich schon durch das Rußglas sehen, Dad?

Noch nicht, sagte er, während seine Hand noch weiter an ihrem Schenkel hinaufrutschte. Es war warm und verschwitzt, aber nicht unangenehm. Sie legte ihre eigene Hand auf seine, drehte sich zu ihm um und grinste.

Aufregend, nicht?

Ja, sagte er im selben gepreßten Ton. *Das ist es, Punkin. Sogar mehr, als ich gedacht habe.*

Mehr Zeit verging. In der Reflektorbox knabberte der Mond

weiter an der Sonne, während es fünfundzwanzig nach fünf wurde, dann halb sechs. Fast ihre gesamte Aufmerksamkeit war jetzt auf das abnehmende Bild in der Reflektorbox gerichtet, aber ein entfernter Teil von ihr wunderte sich wieder darüber, wie seltsam hart sein Schoß heute war. Etwas drückte gegen ihre Kehrseite. Es tat nicht weh, war aber beharrlich. Jessie fand, es fühle sich an wie der Griff eines Werkzeugs – eines Schraubenziehers oder womöglich des Tackers ihrer Mutter.

Jessie rutschte wieder und wollte eine bequemere Stellung auf seinem Schoß finden, worauf Tom rasch und keuchend Luft über die Unterlippe einzog.

Daddy? Bin ich zu schwer? Habe ich dir wehgetan?

Nein. Alles bestens.

Sie sah auf die Uhr. Fünf nach halb sechs; vier Minuten bis zur totalen Sonnenfinsternis, vielleicht ein bißchen mehr, wenn ihre Uhr vorging.

Kann ich schon durch das Glas sehen?

Noch nicht, Punkin. Aber bald.

Dank WNCH konnte sie Debbie Reynolds etwas von den Dark Ages singen hören: ›The old hooty-owl ... Hooty-hoos to the dove ... Tammy ... Tammy ... Tammy's in love.‹ Es ertrank schließlich in einem kitschigen Violintusch, dann folgte der Discjockey, der ihnen sagte, daß es dunkel wurde in Ski Town, U. S. A. (damit bezeichneten die Deejays von WNCH fast immer North Conway), aber daß der Himmel auf der New-Hampshire-Seite der Grenze so verhangen war, daß man fast nichts von der Sonnenfinsternis sehen konnte. Der Discjockey sagte ihnen, daß eine Menge enttäuschter Leute mit Sonnenbrillen gegenüber auf dem Gemeindeplatz standen.

Wir *sind keine enttäuschten Leute, Daddy, oder?*

Kein bißchen, stimmte er zu und regte sich wieder unter ihr. *Wir sind unter den glücklichsten Leuten im Universum, denke ich.*

Jessie sah wieder in die Reflektorbox und vergaß alles bis auf das winzige Bild, das sie jetzt betrachten konnte, ohne die Augen hinter der dunklen Polaroidbrille schützend zu Schlitzen zusammenzukneifen. Aus der dunklen Sichel rechts, die den Beginn der Eklipse signalisiert hatte, war inzwischen links eine lodernde Sichel aus Sonnenlicht geworden. Diese war so grell, daß sie fast auf der Oberfläche der Reflektorbox zu schweben schien.

Schau auf den See, Jessie!

Sie gehorchte, und ihre Augen hinter der Sonnenbrille wurden groß. Sie hatte das schrumpfende Bild in der Reflektorbox so gebannt betrachtet, daß sie überhaupt nicht mitbekommen hatte, was rings um sie herum vor sich ging. Die Pastelltöne waren zu alten Wasserfarben verblaßt. Vorzeitige Dämmerung, für das zehnjährige Mädchen faszinierend und furchteinflößend zugleich, senkte sich über den Dark Score Lake. Irgendwo im Wald schrie leise eine alte Heule-Eule, und Jessie spürte, wie sich plötzlich ein heftiges Zittern durch ihren Körper bohrte. Im Radio ging ein Werbespot von Aamco Transmission zu Ende und Marvin Gaye fing an zu singen: *›Oww, listen everybody, especially you girls, is it right to be left alone when the one you love is never home?‹*

Die Eule heulte wieder im Wald nördlich von ihnen. Es war ein beängstigender Laut, stellte Jessie plötzlich fest – ein *sehr* beängstigender Laut. Als sie dieses Mal erschauerte, legte Tom einen Arm um sie. Jessie lehnte sich dankbar an seine Brust.

Es ist unheimlich, Dad.

Es dauert nicht lang, Liebes, und du wirst wahrscheinlich nie wieder eine sehen. Versuch nur, nicht so ängstlich zu sein, daß du es nicht genießen kannst.

Sie sah in die Reflektorbox. Da war nichts.

›I love too hard, my friends sometimes say . . .‹

Dad? Daddy? Sie ist fort. Kann ich . . .

Ja. Jetzt ist es gut. Aber wenn ich sage: aufhören, mußt du aufhören. Keine Widerrede, verstanden?

Sie hatte verstanden. Sie fand die Vorstellung von Netzhautverbrennungen – Verbrennung, die man offenbar gar nicht bemerkte, bis es zu spät war, etwas dagegen zu unternehmen – viel beängstigender als die Heule-Eule im Wald. Aber sie wollte es auf *gar keinen Fall* versäumen, nachdem es nun tatsächlich stattfand. *Auf gar keinen Fall.*

›But I believe‹, sang Marvin Gaye mit dem Eifer des Bekehrten, *›yes I believe . . . that a woman should be loved that way . . .‹*

Tom Mahout gab ihr einen Topflappen, dann drei Scheiben gerußtes Glas als Stapel. Er atmete schwer, und plötzlich tat er Jessie leid. Die Sonnenfinsternis hatte ihm wahrscheinlich auch angst gemacht, aber er war selbstverständlich ein Erwachsener und durfte so etwas nicht zeigen. Erwachsene waren in vieler Hinsicht bedauernswerte Geschöpfe. Sie überlegte sich, ob sie sich umdrehen und ihn trösten sollte, entschied aber, daß er sich dann noch alberner vorkommen mußte. Daß er sich dumm vorkommen mußte. Er hatte Jessies vollstes Mitgefühl. Sie haßte es am allermeisten, wenn sie sich dumm fühlte. Daher hielt sie die gerußten Scheiben in die Höhe, dann hob sie langsam den Kopf von der Reflektorbox und sah durch.

›*Now you chicks should all agree*‹, sang Marvin, ›*this ain't the way it's s'posed to be. So lemme* hear *ya! Lemme heray say YEAH, YEAH!*‹

Was Jessie sah, als sie durch den improvisierten Filter blickte ...

17

An diesem Punkt wurde Jessie, die im Sommerhaus am Ufer des Kashwakamak Lake mit Handschellen ans Bett gefesselt war, der Jessie, die nicht zehn, sondern neununddreißig und seit fast zwölf Stunden Witwe war, plötzlich zweierlei klar: daß sie schlief und daß sie nicht vom Tag der Sonnenfinsternis *träumte*, sondern ihn noch einmal *durchlebte*. Sie hatte eine Zeitlang gedacht, es *wäre* ein Traum, nur ein Traum, wie ihr Traum von Wills Geburtstagsparty, wo die meisten Gäste entweder tot oder Menschen gewesen waren, die sie erst Jahre später kennenlernen sollte. Dieser neue Film im Kopf besaß die surrealistische, aber sensible Eigenheit des vorherigen, aber das war ein unzuverlässiger Maßstab, weil der ganze *Tag* surrealistisch und traumgleich gewesen war. Zuerst die Sonnenfinsternis und dann ihr Vater . . .

Nicht mehr, entschied Jessie. *Nicht mehr, ich steige aus.*

Sie unternahm eine konvulsivische Anstrengung, aus dem Traum oder der Erinnerung oder was auch immer zu entkommen. Ihre geistigen Anstrengungen führten zu Zuckungen des ganzen Körpers, und die Ketten der Handschellen klirrten gedämpft, während sie sich heftig von einer Seite auf die andere warf. Sie hätte es fast geschafft; einen Augenblick war sie fast draußen. Und sie *hätte* es geschafft, hätte es schaffen *können,* wenn sie es sich nicht im letzten Moment anders überlegt hätte. Die Einsicht hielt sie auf, daß auf der anderen Seite des Traums schlimmere Dinge auf sie warteten . . . das hieß, wenn sie sich ihnen stellte.

Aber ich will mich ihnen nicht stellen. Noch nicht.

Aber vielleicht war der Wunsch, sich zu verstecken, nicht alles – vielleicht war da noch etwas anderes im Spiel. Ein Teil von ihr, der beschlossen hatte, alles jetzt ein für allemal ans Licht zu bringen, koste es was es wolle.

Sie sank wieder auf das Kissen zurück, ließ die Augen geschlossen, die Arme wie zum Opfer hochgestreckt, das Gesicht bleich und vor Anstrengung verkniffen.

»Especially you girls«, flüsterte sie in die Dunkelheit. »Especially you girls.«

Sie sank auf das Kissen zurück, und der Tag der Sonnenfinsternis zog sie wieder in seinen Bann.

18

Was Jessie durch ihre Sonnenbrille und den improvisierten Filter sah, war so seltsam und ehrfurchtgebietend, daß ihr Verstand sich zuerst weigerte, es anzuerkennen. Ein großer runder Schönheitsfleck, wie der unter Anne Francis' Mundwinkel, schien dort am Nachmittagshimmel zu schweben.

›*If I talk in my sleep ... 'caus I haven't seen my baby all week ...*‹

An diesem Punkt bemerkte sie zum ersten Mal, daß ihr Vater eine Hand auf die Knospe ihrer rechten Brust gelegt hatte. Er drückte sie einen Moment behutsam, glitt zur linken und kehrte wieder zur rechten zurück, als würde er einen Größenvergleich anstellen. Er atmete jetzt sehr schnell; sein Atem klang in ihren Ohren wie eine Dampfmaschine, und sie bemerkte wieder das harte Ding, das gegen ihre Kehrseite drückte.

›*Can I get a witness?*‹ sang Marvin Gaye, die Galionsfigur des Soul, brüllend. ›*Witness, witness?*‹

Daddy? Alles in Ordnung?

Sie spürte wieder ein feines Kribbeln in den Brüsten – Lust und Schmerz, gebratener Truthahn mit Zuckerguß und Schokoladensoße –, aber dieses Mal verspürte sie auch Schrecken und eine Art fassungsloser Verblüffung.

Ja, sagte er fast mit der Stimme eines Fremden. *Ja, bestens, aber dreh dich nicht um.* Er bewegte sich. Die Hand, die auf ihrer Brust gewesen war, wanderte anderswohin; die auf ihrem Schenkel glitt weiter nach oben, schob den Saum des Kleids vor sich her.

Daddy, was machst du da?

Ihre Frage war nicht unbedingt ängstlich; sie war überwiegend neugierig. Dennoch schwang ein Unterton der Angst darin mit, so wie ein dünner roter Faden. Über ihr loderte ein Hochofen seltsamen Lichts um eine dunkle Scheibe am indigofarbenen Himmel herum.

Liebst du mich, Punkin?

Ja, klar ...

Dann mach dir keine Sorgen. Ich würde dir nie weh tun. Ich will nur lieb zu dir sein. Sieh dir einfach die Sonnenfinsternis an und laß mich lieb zu dir sein.

Ich weiß nicht, ob ich das will, Daddy. Das Gefühl der Verwirrung wurde schlimmer, der rote Faden dicker. *Ich habe Angst, daß ich mir die Augen verbrenne. Die Wieheißensienochgleich.*

›*But I believe*‹, sang Marvin, ›*a woman's a man's best friend ... and I'm gonna stick by her ... to the very end.*‹

Keine Bange. Jetzt keuchte er. *Du hast noch zwanzig Sekunden. Mindestens. Also mach dir keine Sorgen. Und dreh dich nicht um.*

Sie hörte einen Gummibund schnalzen, aber es war seiner, nicht ihrer; ihre Unterhosen waren, wo sie sein wollten, aber sie merkte, wenn sie nach unten blickte, würde sie sie sehen können, so weit hatte er ihr Kleid hochgeschoben.

Liebst du mich? fragte er wieder, und obwohl sie eine schreckliche Ahnung hatte, daß die richtige Antwort auf diese Frage die falsche war, war sie doch erst zehn Jahre alt und es war immer noch die einzige Antwort, die sie geben konnte. Sie bejahte seine Frage.

›*Witness, witness*‹, flehte Marvin, der langsam ausgeblendet wurde.

Ihr Vater bewegte sich und drückte das harte Ding fester gegen ihre Kehrseite. Jessie stellte plötzlich fest, was es war ... nicht der Griff eines Schraubenziehers oder des Tackers aus dem Werkzeugkasten in der Vorratskammer, das stand fest – und in ihren Schrecken mischte sich eine vorübergehende hämische Freude, die mehr mit ihrer Mutter als mit ihrem Vater zu tun hatte.

Das hast du davon, daß du nicht zu mir gehalten hast, dachte sie, während sie den dunklen Kreis am Himmel durch das rußgeschwärzte Glas betrachtete, und dann: *Ich glaube, das haben wir beide davon.* Plötzlich verschwamm ihr Blickfeld, und die Freude war dahin. Nur das wachsende Gefühl des Schreckens blieb. *Herrje,* dachte sie. *Das sind meine Netzhäute ... es müssen meine Netzhäute sein, die anfangen zu verbrennen.*

Die Hand auf ihrem Oberschenkel glitt zwischen ihre Beine und weiter, bis sie vom Schritt gebremst wurde, wo sie fest liegen blieb. Er sollte das nicht machen, dachte sie. Es war die falsche Stelle für seine Hand. Es sei denn ...

Er neckt dich, meldete sich eine Stimme in ihr plötzlich zu Wort.

In späteren Jahren erfüllte diese Stimme, die sie mit der Zeit als die von Goodwife betrachtete, sie manchmal mit Verzweiflung; es war manchmal die Stimme der Vorsicht, häufig eine vorwurfsvolle Stimme, und fast immer die Stimme des Leugnens. Unangenehme Dinge, würdelose Dinge, schmerzliche Dinge ... sie alle verschwanden schließlich, wenn man sie nur nachdrücklich genug ignorierte, das war die Ansicht von Goodwife. Es war eine Stimme, die mehr als verstockt darauf beharren konnte, daß das größte Unrecht Recht war, Teil eines barmherzigen Plans, so kompliziert, daß gewöhnliche Sterbliche ihn nicht durchschauen konnten. Es gab Zeiten (am häufigsten während ihres elften und zwölften Lebensjahrs, als sie die Stimme Miß Petrie genannt hatte, nach ihrer Lehrerin aus der zweiten Klasse), da drückte sie tatsächlich die Hände auf die Ohren, um dieser zänkischen Stimme der Vernunft zu entfliehen – selbstverständlich vergebens, da diese ihren Ursprung in Jessies Kopf hatte –, aber in diesem Augenblick wachsenden Unbehagens, während die Sonnenfinsternis den Himmel über dem westlichen Maine verdunkelte und gespiegelte Sterne in den Tiefen des Dark Score Lake brannten, in dem Augenblick, als ihr klar wurde (gewissermaßen), was die Hand zwischen ihren Beinen vorhatte, hörte sie nur Freundlichkeit und einen Sinn fürs Praktische aus dieser Stimme und beherzigte das, was sie ihr sagte, voll panischer Erleichterung.

Es ist nur eine Neckerei, das ist alles, Jessie.

Bist du sicher? rief sie zurück.

Ja, antwortete die Stimme nachdrücklich – im Lauf der Jahre sollte Jessie herausfinden, daß diese Stimme *immer* nachdrücklich sprach, ob sie nun recht oder unrecht hatte. *Es soll ein Witz sein, mehr nicht. Er weiß nicht, daß er dir Angst macht, also halt den Mund und verdirb den schönen Tag nicht. Es ist nichts Besonderes.*

Glaub kein Wort, Süße! antwortete die andere Stimme – die hartgesottene Stimme. *Manchmal benimmt er sich, als wärst du seine verdammte* Freundin *und nicht seine Tochter, und genau das macht er im Augenblick! Er* neckt *dich nicht, Jessie! Er* fickt *dich!*

Sie war fast überzeugt, daß das eine Lüge war, fast überzeugt, daß dieses seltsame und verbotene Schulhofwort einen Akt beschrieb, den man nicht nur mit der Hand ausführen konnte, aber Zweifel blieben. Sie erinnerte sich voll plötzlichem Ekel, wie Karen Aucoin ihr einmal gesagt hatte, sie dürfe sich auf gar keinen Fall von einem Jungen die Zunge in den Mund stecken lassen, weil das ein Baby in ihrem Hals machte. Karen sagte, daß das manchmal passierte, aber eine Frau, die ihr Baby kotzen mußte, damit es herauskam, starb fast immer, und das Baby meistens auch. *Ich laß mir nie von einem Jungen einen Zungenkuß geben,* sagte Karen. *Ich laß mich vielleicht obenrum von einem anfassen, wenn ich ihn wirklich liebe, aber ich will nie ein Baby im Hals. Wie soll man denn da ESSEN?*

Damals war Jessie die Vorstellung so einer Schwangerschaft derart verrückt vorgekommen, daß sie fast etwas Bezauberndes hatte – und wer außer Karen Aucoin, die sich Gedanken machte, ob das Licht ausging oder nicht, wenn man die Kühlschranktür zumachte, hätte sich so etwas überhaupt ausdenken können? Aber jetzt schien diese Vorstellung eine ureigene verschrobene Logik zu besitzen. Angenommen – nur angenommen –, es stimmte? Wenn man ein Baby von der Zunge eines Jungen bekommen konnte, wenn das passieren konnte, dann ...

Und dann war da dieses harte Ding, das gegen ihre Kehrseite drückte. Dieses Ding, das nicht der Griff eines Schraubenziehers oder eines Tackers ihrer Mutter war.

Jessie versuchte, die Beine zusammenzukneifen, eine Geste, die für sie eindeutig war, für ihn aber offensichtlich nicht. Er keuchte – ein gequälter, furchteinflößender Laut – und drückte die Finger fester auf den empfindlichen Hügel unter dem Schritt ihrer Unterhose. Es tat ein bißchen weh. Sie drückte sich starr an ihn und stöhnte.

Erst viel später überlegte sie sich, daß ihr Vater diesen Laut wahrscheinlich als Leidenschaft fehlinterpretiert hatte, was möglicherweise auch ganz gut war. Wie auch immer seine Interpretation aussah, sie signalisierte den Höhepunkt dieses merkwürdigen Zwischenfalls. Er krümmte sich plötzlich unter ihr, so daß sie kerzengerade in die Höhe schoß. Die Bewegung war gräßlich und seltsam lustvoll ... daß er so stark war, daß er sie so bewegen konnte. Einen Augenblick verstand sie die Natur der chemischen Reaktion beinahe, die hier ablief, gefährlich und doch faszinierend, und wußte, daß die Kontrolle in ihrer Reichweite lag – wenn sie sie kontrollieren *wollte.*

Ich will nicht, dachte sie. *Ich will nichts damit zu tun haben. Was es auch ist, es ist böse und schlimm und unheimlich.*

Dann wurde das harte Ding, das kein Griff eines Schraubenziehers oder des Tackers ihrer Mutter war, gegen ihre Pobacken gedrückt, und eine Flüssigkeit breitete sich dort aus, die einen heißen, feuchten Fleck auf ihre Unterhose machte.

Schweiß, sagte die Stimme, die eines Tages Goodwife werden sollte, auf der Stelle. *Das ist es. Er hat gespürt, daß du Angst vor ihm hast, Angst davor, auf seinem Schoß zu sitzen, und das hat ihn nervös gemacht. Du solltest dich schämen.*

Schweiß, meine Fresse! antwortete die andere Stimme, die eines Tages Ruth gehören sollte. Sie sprach leise, nachdrücklich, ängstlich. *Du weißt, was es ist, Jessie – es ist das Zeug, von dem Maddy und die anderen Mädchen in der Nacht von Maddys Schlummerparty gesprochen haben, als sie dachten, du wärst endlich eingeschlafen. Cindy Lessard hat es Saft genannt. Sie hat gesagt, es ist weiß und spritzt aus dem Ding eines Jungen wie Zahnpasta.* Das *Zeug macht Babys, nicht Zungenküsse.*

Einen Augenblick balancierte sie im starren Griff seiner Arme, verwirrt und furchtsam und irgendwie aufgeregt, und hörte, wie er einen keuchenden Atemzug nach dem anderen aus der schwülen Luft sog. Dann entspannten sich seine Hüften und Schenkel langsam, und er ließ sie wieder sinken.

Schau nicht mehr hin, Punkin, sagte er, und obwohl er immer noch keuchte, klang seine Stimme fast wieder normal. Die beängstigende Erregung war daraus verschwunden, und es konnte kein Zweifel an dem bestehen, was sie jetzt empfand: tiefste, simple Erleichterung. Was immer passiert war – wenn überhaupt –, es war vorbei.

Daddy . . .

Nein, keine Widerrede. Deine Zeit ist um.

Er nahm den Stapel rußgeschwärzter Glasscheiben behutsam aus ihrer Hand. Gleichzeitig gab er ihr noch behutsamer einen Kuß auf den Nacken. Dabei sah Jessie in die unheimliche Dunkelheit, die den See einhüllte. Sie merkte am Rande, daß die Eule immer noch schrie und die Grillen genasführt worden waren und ihr Abendlied zwei oder drei Stunden zu früh anstimmten. Ein Nachbrennen schwebte wie eine runde Tätowierung in einem unregelmäßigen Strahlenkranz vor ihren Augen, und sie dachte: *Wenn ich zu lange hingesehen, wenn ich meine Netzhäute verbrannt habe, muß ich das wahrscheinlich den Rest meines Lebens sehen, so, wie man etwas sieht, wenn einem jemand mit einem Blitzlicht ins Gesicht geleuchtet hat.*

Warum gehst du nicht rein und ziehst Jeans an, Punkin? Ich glaube, das mit dem Sommerkleid war doch keine so gute Idee.

Er sagte es mit einer dumpfen, emotionslosen Stimme, die andeuten schien, das mit dem Sommerkleid wäre ihre Idee gewesen (*Selbst wenn nicht, hättest du es besser wissen müssen,* sagte die Stimme von Miß Petrie sofort), und plötzlich kam ihr ein neuer Gedanke: Was war, wenn er beschloß, daß er Mom von dem Vorfall erzählen mußte? Diese Möglichkeit war so schrecklich, daß Jessie in Tränen ausbrach.

Es tut mir leid, Daddy, schluchzte sie, schlang die Arme um ihn und drückte das Gesicht an seinen Hals, wo sie das vage und geisterhafte Aroma seines Rasierwassers oder Parfums oder was auch immer roch. *Wenn ich etwas falsch gemacht habe, tut es mir wirklich, wirklich leid.*

Herrgott, nein, sagte er, aber immer noch mit der dumpfen, geistesabwesenden Stimme, als wollte er entscheiden, ob er Sally erzählen mußte, was Jessie getan hatte, oder ob man es möglicherweise unter den Teppich kehren konnte. *Du hast nichts falsch gemacht, Punkin.*

Hast du mich immer noch lieb? beharrte sie. Der Gedanke kam ihr, daß es Wahnsinn sei, diese Frage zu stellen, Wahnsinn, eine Antwort zu riskieren, die sie niederschmettern konnte, aber sie *mußte* fragen. *Mußte.*

Natürlich, antwortete er augenblicklich. Seine Stimme wurde etwas lebhafter, als er das sagte, und es reichte aus, ihr begreiflich zu machen, daß es ihm ernst war (oh, war das eine Erleichterung), aber sie vermutete trotzdem, daß sich alles verändert hatte, und das wegen etwas, das sie kaum verstand. Sie wußte, die

(Neckerei es war eine Neckerei nur eine Art Neckerei)

hatte etwas mit Sex zu tun, aber sie hatte keine Ahnung, wieviel oder wie ernst es gewesen sein mochte. Es war wahrscheinlich nicht das, was die Mädchen bei der Schlummerparty ›bis zum Letzten gehen‹ genannt hatten (abgesehen von der seltsam wissenden Cindy Lessard; die hatte es ›Tiefseetauchen mit einer langen weißen Harpune‹ genannt, ein Ausdruck, der Jessie urkomisch und gräßlich zugleich vorkam), aber die Tatsache, daß er sein Ding nicht in ihr Ding reingesteckt hatte, bedeutete wahrscheinlich nicht, daß sie vor dem sicher war, was einige Mädchen selbst an ihrer Schule ›einen Braten in der Röhre‹ nannten. Ihr fiel wieder ein, was Karen Aucoin ihr letztes Jahr auf dem Heimweg von der Schule gesagt hatte, und Jessie versuchte, es zu verdrängen. Es war mit ziemlicher Sicherheit überhaupt nicht wahr, und selbst wenn, hatte er ihr ja nicht die Zunge in den Mund gesteckt.

Im Geiste hörte sie die Stimme ihrer Mutter laut und wütend: *Sagt man nicht, wer gut schmiert, der gut fährt?*

Sie spürte den heißen nassen Fleck an den Pobacken. Er breitete sich immer noch aus. Ja, dachte sie, ich glaube, das stimmt. Nur bin *ich* dieses Mal gut geschmiert worden.

Daddy ...

Er hob die Hand, eine Geste, die er oft bei Tisch machte, wenn ihre Mutter oder Maddy (für gewöhnlich ihre Mutter) wegen etwas in Rage geriet. Jessie konnte sich nicht erinnern, daß Daddy diese Geste je bei ihr gemacht hätte, und das bestärkte sie in ihrem Gefühl, daß etwas schrecklich schiefgegangen war und es wahrscheinlich grundlegende, unabdingbare Veränderungen als Folge eines schrecklichen Fehlers von ihr (wahrscheinlich, weil sie das Sommerkleid getragen hatte) geben würde. Dieser Gedanke löste ein so umfassendes Gefühl der Traurigkeit aus, daß ihr war, als würden unsichtbare Finger unbarmherzig in ihr walten und ihr die Eingeweide zerkratzen und zerfetzen.

Aus dem Augenwinkel bemerkte sie, daß die Sporthosen ihres Vaters schief waren. Etwas ragte daraus hervor, etwas Rosafarbenes, und es war auf gar keinen Fall der Griff eines Schraubenziehers.

Bevor sie wegsehen konnte, bemerkte Tom Mahout die Richtung ihres Blicks, zog hastig die Hose zurecht und ließ das rosa Ding verschwinden. Er verzog das Gesicht zu einem momentanen *moué* des Mißfallens, und Jessie zuckte innerlich wieder zusammen. Er hatte sie beim Gucken ertappt, hatte ihren ziellosen Blick als unziemliche Neugier interpretiert.

Was gerade passiert ist, begann er, dann räusperte er sich. *Wir müssen uns darüber unterhalten, was gerade passiert ist, Punkin, aber nicht gleich sofort. Geh rein und zieh dich um, und dusch gleich, wenn du schon dabei bist. Beeil dich, damit du das Ende der Sonnenfinsternis nicht versäumst.*

Sie hatte das Interesse an der Sonnenfinsternis verloren, aber das hätte sie ihm nicht in einer Million Jahren gesagt. Statt dessen nickte sie, drehte sich aber noch einmal um. *Daddy, ist alles in Ordnung mit mir?*

Er sah überrascht, unsicher, argwöhnisch aus – eine Mischung, die das Gefühl verstärkte, daß wütende Hände sich in ihrem Inneren zu schaffen machten und ihre Eingeweide kneteten ... und plötzlich wurde ihr klar, daß ihm so schlimm zumute war wie ihr. Vielleicht schlimmer. Und in einem Augenblick der Klarheit, in dem keine andere Stimme als ihre eigene ertönte, dachte sie: *Das solltest du auch! Herrje, du hast damit angefangen!*

Ja, sagte er ... aber sein Ton überzeugte sie nicht völlig. *In bester Ordnung, Jess. Und jetzt geh rein und mach dich zurecht.*

Sie versuchte zu lächeln – ganz fest – und es gelang ihr sogar ein bißchen. Ihr Vater sah einen Augenblick verblüfft drein, dann erwiderte er das Lächeln. Das erleichterte sie irgendwie, und die Hände, die sich in ihrem Inneren zu schaffen machten, lockerten den Griff vorübergehend. Als sie in dem großen Zimmer oben war, das sie sich mit Maddy teilte, hatten sich ihre Gefühle allerdings wieder eingestellt. Am schlimmsten war bei weitem die Angst, er könnte glauben, daß er ihrer Mutter erzählen mußte, was vorgefallen war. Und was würde ihre Mutter denken?

So ist das mit unserer Jessie, nicht? Sie schmiert gut.

Das Schlafzimmer war zeltlagermäßig mit einer Wäscheleine in der Mitte abgeteilt. Sie und Maddy hatten alte Handtücher an diese Leine gehängt, die ihnen ihre Mutter gegeben hatte, und dann mit Wills Buntstiften bunte Muster darauf gemalt. Die Handtücher zu bemalen und das Zimmer zu teilen war ihr damals wie ein Riesenspaß vorgekommen, aber jetzt schien es ihr albern und kindisch zu sein, und es war ein bißchen beängstigend, wie ihr übergroßer Schatten auf dem mittleren Handtuch tanzte; er sah wie der Schatten eines Monsters aus. Selbst der aromatische Geruch von Pinienharz, den sie normalerweise mochte, schien schwer und erstickend wie ein Luftfrischer, den man allzu freigebig versprüht hatte, um einen üblen Gestank zu überdecken.

So ist das mit unserer Jessie, nie mit irgendwelchen Vereinbarungen zufrieden, wenn sie nicht das letzte Wort dazu hat. Nie zufrieden mit den Plänen von anderen. Nie imstande, sich mit etwas zufriedenzugeben.

Sie lief ins Bad, weil sie dieser Stimme davonlaufen wollte, vermutete aber zu Recht, daß es ihr nicht gelingen würde. Sie schaltete das Licht ein und zog das Sommerkleid mit einem einzigen Ruck über den Kopf. Sie warf es in den Wäschekorb und war froh, daß sie es los war. Sie betrachtete sich mit großen Augen im Spiegel und sah ein kleines Mädchen mit der Frisur eines großen ... bei der sich langsam Locken und Strähnen aus den Haarklammern lösten. Es war auch der Körper eines kleinen Mädchens – flachbrüstig und schmalhüftig –, aber das würde er nicht mehr lange sein. Die Veränderung hatte bereits angefangen, und sie hatte ihren Vater zu etwas verleitet, zu dem er kein Recht hatte.

Ich will nie Möpse und breite Hüften, dachte sie verdrossen. Wer wollte das schon, wenn sie solche Sachen bewirken?

Bei dem Gedanken wurde ihr der feuchte Fleck auf dem Hosenboden ihres Schlüpfers wieder bewußt. Sie schlüpfte heraus – Baumwollunterhosen von Sears, einst grün, aber inzwischen so verblaßt, daß sie fast grau aussahen –, schob die Hand in den Bund und betrachtete sie neugierig. Es war etwas auf der Rückseite, und es war kein Schweiß. Und es sah auch nicht wie Zahnpasta aus. Es erinnerte sie mehr an perlgraues Geschirrspülmittel.

Jessie senkte den Kopf und schnupperte vorsichtig. Sie nahm einen schwachen, schalen Geruch wahr, den sie mit dem See nach einer langen, ruhigen Hitzeperiode assoziierte, und mit Brunnenwasser. Sie hatte ihrem Vater einmal ein Glas Wasser gebracht, das ihrer Meinung nach besonders stark gerochen hatte, und ihn gefragt, ob *er* es auch riechen konnte.

Er hatte den Kopf geschüttelt. *Nee,* hatte er fröhlich gesagt, *aber das bedeutet nicht, daß er nicht da ist. Es bedeutet nur, daß ich zuviel rauche. Ich vermute, du riechst die wasserführende Gesteinsschicht, Punkin. Spurenelemente, mehr nicht. Ein schwacher Geruch, der bedeutet, daß deine Mutter ein Vermögen für Wasserenthärter ausgeben muß, aber schaden kann dir das nicht. Ich schwöre es.*

Spurenelemente, dachte sie jetzt und schnupperte noch einmal den schalen Geruch. Sie konnte sich nicht erklären, weshalb er sie faszinierte, aber es war so. *Der Geruch der wasserführenden Gesteinsschicht, mehr nicht. Der Geruch der . . .*

Dann meldete sich die nachdrücklichere Stimme zu Wort, die sie in späteren Jahren mit Ruth Neary assoziieren sollte, aber am Nachmittag der Sonnenfinsternis hörte sie sich ein bißchen nach ihrer Mutter an (zum Beispiel nannte sie sie Süße, wie Sally manchmal, wenn sie böse auf Jessie war, weil diese sich um eine Arbeit drückte oder eine Aufgabe vergessen hatte), aber Jessie hatte keine Ahnung, daß es in Wahrheit die Stimme ihrer eigenen erwachsenen Persönlichkeit war. Wenn ihr kampfeslustiges Murren etwas beunruhigend war, lag das nur daran, daß es strenggenommen zu früh für diese Stimme war. Aber sie war dennoch da. Sie war da und gab sich beste Mühe, sie wieder zu beruhigen. Jessie fand sie trotz ihres lärmenden, blechernen Klangs ziemlich beruhigend.

Es ist das Zeug, von dem Cindy Lessard gesprochen hat, das ist es – es ist sein Saft, Süße. Ich glaube, du solltest dankbar sein, daß er auf deiner Unterwäsche gelandet ist und nicht anderswo, aber erzähl dir nicht selbst Märchen, daß du den See riechst, oder Spurenelemente aus der tiefliegenden wasserführenden Gesteinsschicht oder sonstwas. Karen Aucoin ist ein Spatzenhirn, es hat in der ganzen Weltgeschichte keine Frau gegeben, der ein Baby im Hals gewachsen ist, und das weißt du auch, aber Cindy Lessard ist kein Spatzenhirn. Ich glaube, sie hat dieses Zeug schon gesehen, und jetzt hast du es auch gesehen. Männerzeug. Saft.

Von plötzlichem Ekel erfüllt – nicht wegen dem, was es war, sondern von wem es stammte –, warf Jessie die Unterhose auf das Sommerkleid im Wäschekorb. Dann hatte sie eine Vision ihrer

Mutter, die den Wäschekorb leerte und in der feuchten Waschküche im Keller die Wäsche wusch, dieses spezielle Paar Unterhosen aus diesem speziellen Wäschestapel fischte und diese spezielle Zugabe entdeckte. Was würde sie denken? Nun, natürlich daß die Nervensäge der Familie endlich auch einmal gut geschmiert worden war, was sonst?

Ihr Ekel wurde zu schuldbewußtem Entsetzen, und Jessie holte die Unterhose hastig wieder heraus. Mit einemmal stieg ihr der schale Geruch wieder aufdringlich und auffällig und ekelerregend in die Nase. *Austern und Kupfer,* dachte sie, und mehr war nicht erforderlich. Sie fiel vor der Toilette auf die Knie, zerknüllte die Unterhose in einer Hand und übergab sich. Sie spülte rasch, bevor sich der Geruch von halb verdautem Hamburger ausbreiten konnte, dann drehte sie den Kaltwasserhahn auf und spülte den Mund aus. Ihre Angst, sie könnte die nächste Stunde hier drinnen vor der Toilette verbringen und kotzen, ließ nach. Ihr Magen schien sich zu beruhigen. Wenn es ihr nur gelang, nicht noch einmal eine Nase von diesem schalen, kupferig-sahnigen Geruch zu bekommen ...

Sie hielt den Atem an, hielt die Unterhose unter den Wasserhahn, spülte sie, wrang sie aus und warf sie wieder in den Korb. Dann holte sie tief Luft und strich sich gleichzeitig mit den Handrücken das Haar von den Schläfen. Wenn ihre Mutter sie fragte, was eine feuchte Unterhose in der Schmutzwäsche zu suchen hatte ...

Du denkst schon wie eine Kriminelle, jammerte die Stimme, die eines Tages Goodwife gehören sollte. *Siehst du, wohin es einen bringt, wenn man ein böses Mädchen ist, Jessie? Ja? Ich hoffe ...*

Sei still, du kleines Miststück, fauchte die andere Stimme zurück. *Du kannst später keifen, soviel du willst, aber momentan versuchen wir, hier etwas ins reine zu bringen, wenn du gestattest. Okay?*

Keine Antwort. Das war gut. Jessie strich sich wieder nervös über das Haar, obwohl ihr kaum eine Strähne in die Stirn gefallen war. Wenn ihre Mutter fragte, was das feuchte Höschen im Wäschekorb zu suchen hatte, würde sie einfach sagen, es war so heiß, daß sie schwimmen gegangen war, ohne sich umzuziehen. Das hatten sie alle drei schon mehrmals diesen Sommer gemacht.

Dann solltest du nicht vergessen, Shorts und Hemd auch unter den Wasserhahn zu halten. Richtig, Süße?

Richtig, stimmte sie zu. *Guter Punkt.*

Sie schlüpfte in den Morgenmantel, der an der Badezimmertür

hing, ging rasch ins Schlafzimmer und holte Shorts und T-Shirt, die sie angehabt hatte, als ihre Mutter, ihr Bruder und ihre ältere Schwester heute morgen aufgebrochen waren ... vor tausend Jahren, so schien es ihr jetzt. Sie sah sie zuerst nicht und ließ sich auf die Knie sinken, damit sie unter dem Bett nachsehen konnte.

Die andere Frau ist auch auf den Knien, bemerkte eine Stimme, *und sie riecht denselben Geruch. Den Geruch von Pennies und Austern.*

Jessie hörte sie und doch wieder nicht. Ihre Gedanken waren bei Shorts und T-Shirt – ihrer Ausrede. Sie waren wie vermutet unter dem Bett. Jessie streckte die Hand danach aus.

Er kommt aus dem Brunnen, führte die Stimme weiter aus. *Der Mief von ganz tief.*

Ja, ja, dachte Jessie, packte die Kleidungsstücke und ging ins Bad zurück. Der Mief von ganz tief, sehr gut, du bist eine Dichterin und hast es nicht einmal gewußt.

Sie hat ihn in den Brunnen gestoßen, sagte die Stimme, und das schließlich drang zu ihr durch. Jessie blieb wie vom Schlag getroffen unter der Badtür stehen und riß die Augen auf. Plötzlich hatte sie auf eine neue und tödliche Art Angst. Jetzt, wo sie ihr tatsächlich zugehört hatte, stellte sie fest, daß diese Stimme nicht wie die anderen Stimmen war; diese war wie eine, die man spät nachts im Radio empfangen konnte, wenn die Umstände genau richtig waren – eine Stimme, die aus weiter, weiter Ferne kommen konnte.

Nicht so *weit, Jessie; sie liegt auch auf dem Pfad der Sonnenfinsternis.*

Einen Augenblick lang schien der obere Flur des Hauses am Dark Score Lake verschwunden zu sein. An seine Stelle war ein Brombeerdickicht getreten, das schattenlos unter einem von der Sonnenfinsternis verdunkelten Himmel lag, und der deutliche Geruch von Salzwasser. Jessie sah eine dürre Frau im Morgenmantel, die das graumelierte Haar zu einem Knoten hochgesteckt hatte. Sie kniete neben einem gesplitterten Bretterboden. Neben ihr lag ein Stück weißer Stoff. Jessie war überzeugt, daß es sich um den Slip der dürren Frau handelte. Wer bist du? fragte Jessie die Frau, aber die war schon wieder fort ... das heißt, falls sie überhaupt je wirklich dagewesen war.

Jessie sah tatsächlich über die Schulter, um festzustellen, ob die unheimliche dürre Frau möglicherweise hinter ihr stand. Aber der obere Flur war verlassen; sie war allein.

Sie betrachtete ihre Arme und stellte fest, daß sie eine Gänsehaut hatte.

Du verlierst den Verstand, sagte die Stimme, die eines Tages

Goodwife Burlingame gehören sollte, klagend. *O Jessie, du bist böse gewesen, du bist* sehr *böse gewesen, und jetzt mußt du dafür büßen, indem du den Verstand verlierst.*

»Stimmt *nicht*«, sagte sie. Sie betrachtete ihr blasses, gequältes Gesicht im Badezimmerspiegel. »Stimmt *nicht*!«

Sie wartete einen Augenblick voll gräßlicher Spannung, ob eine der anderen Stimmen – oder die Frau auf den gesplitterten Brettern, deren Slip zerknüllt am Boden lag – wiederkommen würden, aber sie sah und hörte nichts. Diese unheimliche andere, die Jessie berichtete, daß irgendeine Sie irgendeinen Er irgendeinen Brunnen hinuntergestoßen hatte, war scheinbar auch fort.

Streß, Süße, sagte die Stimme, die eines Tages Ruth werden sollte, und Jessie überlegte, daß die Stimme das vielleicht nicht ganz so ernst gemeint hatte, sie sich aber trotzdem sputen sollte, und zwar plötzlich. *Du hast an eine Frau mit einem Slip neben sich gedacht, weil dir heute nachmittag Unterwäsche im Kopf herumgeht, das ist alles. Ich an deiner Stelle würde die ganze Sache vergessen.*

Das war ein guter Rat. Jessie machte Shorts und T-Shirt rasch unter dem Wasserhahn naß, wrang sie aus und ging unter die Dusche. Sie seifte sich ein, spülte sich ab, trocknete sich ab und eilte ins Schlafzimmer zurück. Normalerweise hätte sie für den kurzen Weg über den Flur den Morgenmantel nicht noch einmal angezogen, aber heute tat sie es, auch wenn sie ihn nur zuhielt, statt den Gürtel zuzubinden.

Sie blieb unter der Schlafzimmertür stehen, biß sich auf die Lippen und betete, daß die andere Stimme nicht wiederkommen, daß sie nicht wieder so eine verrückte Halluzination oder Illusion oder was auch immer haben würde. Nichts geschah. Sie ließ den Morgenmantel aufs Bett fallen, eilte zur Kommode und holte frische Unterwäsche und Shorts heraus.

Sie riecht denselben Geruch, dachte sie, *wer diese Frau auch sein mag, sie nimmt denselben Geruch wahr, der aus dem Brunnen kommt, in den sie den Mann gestoßen hat, und es passiert jetzt, während der Sonnenfinsternis. Ich bin sicher ...*

Sie drehte sich mit einer frischen Bluse in der Hand um, dann erstarrte sie. Ihr Vater stand unter der Tür und beobachtete sie.

19

Jessie erwachte im milchigen, weichen Licht der Dämmerung, und die geheimnisvolle und verwirrende Erinnerung an die Frau beherrschte noch ihr Denken – die Frau, deren ergrauendes Haar zum strengen Knoten einer Landfrau hochgesteckt war, die Frau, die mit dem Slip neben sich in einem Brombeerdickicht gekniet hatte, die Frau, die durch rissige Bretter gesehen und diesen schrecklich schalen Geruch wahrgenommen hatte. Jessie hatte seit Jahren nicht mehr an diese Frau gedacht, und jetzt, wo sie frisch aus dem Traum von 1963 erwacht war, der gar kein Traum gewesen war, sondern eine Erinnerung, schien ihr, als wäre ihr an jenem Tag eine übernatürliche Vision erschienen, eine Vision, die durch Streß herbeigeführt worden und möglicherweise aus demselben Grund wieder verschwunden war.

Aber das spielte jetzt keine Rolle – das nicht und auch nicht, was ihr Vater auf der Veranda getan hatte. Nicht einmal das, was später geschehen war, als sie sich umgedreht und ihn unter der Schlafzimmertür hatte stehen sehen. Das alles war vor langer Zeit passiert, und was die derzeitigen Geschehnisse anging . . .

Ich glaube, ich stecke wirklich in Schwierigkeiten. In sehr ernsten Schwierigkeiten.

Sie legte sich auf das Kissen zurück und betrachtete ihre hängenden Arme. Sie kam sich so betäubt und hilflos vor wie ein vergiftetes Insekt in einem Spinnennetz und wollte nur wieder schlafen – dieses Mal traumlos, wenn möglich – und ihre gefühllosen Arme und den trockenen Hals in einem anderen Universum zurücklassen. – Pech gehabt.

Irgendwo in der Nähe ertönte ein langsamer, einschläfernder Summlaut. Ihr erster Gedanke war *Wecker*. Ihr zweiter, nachdem sie zwei oder drei Minuten mit offenen Augen gedöst hatte, war *Rauchmelder*. Dieser Gedanke löste einen kurzen, unbegründeten Anflug von Hoffnung aus, der sie dem echten Erwachen ein Stück näher brachte. Sie stellte fest, daß das Geräusch, das sie hörte, doch nicht sehr nach einem Rauchmelder klang. Es hörte sich an wie . . . nun . . . wie . . .

Fliegen, Süße, okay? Die Ohne-Scheiß-Stimme klang erschöpft und ausgelaugt. *Du hast doch von den Boys of Summer – den Jungs des*

Sommers – gehört, oder nicht? Nun, dies sind die Fliegen des Herbstes, und ihre Version der Weltserie wird gerade auf Gerald Burlingame gespielt, dem bekannten Anwalt und Handschellenfetischisten.

›Herrgott, ich muß aufstehen‹, dachte sie mit einer krächzenden, heiseren Stimme, die sie kaum als ihre eigene erkannte.

Um Himmels willen, was soll das *denn heißen?* fragte sie sich selbst, und die Antwort – überhaupt nichts, schönen Dank auch – machte sie vollends wach. Sie *wollte* nicht wach sein, aber sie hatte so eine Ahnung, daß sie die Tatsache, daß sie nun mal existierte, besser akzeptieren und soviel wie möglich daraus machen sollte, solange sie noch konnte.

Du fängst besser damit an, daß du deine Hände und Arme aufweckst. Das heißt, wenn *sie aufwachen.*

Sie betrachtete den rechten Arm, dann drehte sie den Kopf auf dem rostigen Kugellager des Halses (der nur teilweise eingeschlafen war) und betrachtete den linken. Jessie stellte von plötzlicher Betroffenheit erfüllt fest, daß sie sie auf eine gänzlich neue Art und Weise sah – wie Möbelstücke in einem Ausstellungsraum. Sie schienen überhaupt nichts mit Jessie Burlingame zu tun zu haben, und sie dachte, daß daran nichts Seltsames war, nicht eigentlich; schließlich waren sie vollkommen abgestorben. Erst etwas unterhalb der Achselhöhlen hatte sie wieder Gefühl.

Sie versuchte sich hochzuziehen und mußte zu ihrem Mißfallen feststellen, daß die Meuterei in ihren Armen weiter reichte, als sie vermutet hatte. Sie weigerten sich nicht nur, *sie* zu bewegen; sie weigerten sich auch, *sich selbst* zu bewegen. Die Befehle ihres Gehirns wurden völlig mißachtet. Sie betrachtete sie erneut, und jetzt kamen sie ihr nicht mehr wie Möbelstücke vor: jetzt sahen sie wie bleiche Fleischstücke aus, die an Metzgerhaken hingen, und sie stieß einen heiseren Schrei der Angst und Wut aus.

Vergiß es. Die Arme funktionierten nicht, jedenfalls vorübergehend, und wütend oder ängstlich zu sein würde daran kein bißchen ändern. Und was war mit den Fingern? Wenn sie die um die Bettpfosten krümmen konnte, dann vielleicht ...

... oder vielleicht auch nicht. Ihre Finger schienen so nutzlos wie ihre Arme zu sein. Nachdem sie sich eine Minute völlig verausgabt hatte, bekam Jessie als Belohnung nur ein lahmes Zucken des rechten Daumens.

»Großer Gott«, sagte sie mit ihrer knarrenden Staub-in-den-Fugen-Stimme. Jetzt klang keine Wut mehr darin mit, nur Angst.

Menschen kamen bei Unfällen um – selbstverständlich, sie

glaubte, sie hatte zeit ihres Lebens Hunderte, möglicherweise Tausende ›Todes-Clips‹ in den Fernsehnachrichten gesehen. Leichensäcke, die von Schrottautos weggetragen oder mit Medi-Vac-Schlingen aus dem Dschungel gezogen wurden; Füße, die unter hastig ausgebreiteten Decken hervorragten, während im Hintergrund Gebäude brannten; blasse, stammelnde Zeugen, die in Gassen oder Bars auf Lachen voll klebriger dunkler Flüssigkeit deuteten. Sie hatte den weißverhüllten Leichnam von John Belushi gesehen, der aus dem Chateau Maremont Hotel in Los Angeles getragen worden war; sie hatte mitangesehen, wie der Hochseilakrobat Karl Wallenda das Gleichgewicht verlor, schwer auf das Kabel stürzte, das er überqueren wollte (es war zwischen zwei Hotels gespannt gewesen, glaubte sie sich zu erinnern), dieses kurz packte und dann in den Tod stürzte. Das hatten alle Nachrichtensender immer wieder ausgestrahlt, als wären sie davon besessen gewesen. Daher wußte sie, daß Menschen bei Unfällen ums Leben kamen, *natürlich* wußte sie das, aber bisher war ihr einfach nicht klar gewesen, daß *Menschen* in diesen Menschen wohnten, Menschen wie sie, die nicht die geringste Ahnung hatten, daß sie nie wieder einen Cheeseburger essen, nie wieder eine Folge von ›Riskant‹ sehen (und bitte vergessen Sie nicht, daß Ihre Antwort als Frage formuliert sein muß), oder nie wieder ihre Freunde anrufen würden, um ihnen zu sagen, daß Penny-Poker am Donnerstagabend oder ein Einkaufsbummel am Samstagnachmittag eine prima Idee wäre. Kein Bier mehr, keine Küsse mehr, und die Fantasie, während eines Gewitters in einer Hängematte Sex zu machen, würde auch nicht mehr in Erfüllung gehen, weil man zu sehr damit beschäftigt war, tot zu sein. Jeder Morgen, an dem man sich aus dem Bett wälzte, könnte der letzte für einen sein.

Ich glaube, heute morgen heißt es nicht mehr ›könnte‹, Jessie. Ich glaube, heute heißt es schon ›wahrscheinlich‹. Das Haus – unser hübsches kleines Haus am See – könnte durchaus am Freitag- oder Samstagabend in den Nachrichten kommen. Doug Rowe wird den weißen Trenchcoat tragen, den ich so sehr verabscheue, und ins Mikrofon sprechen und es das Haus nennen, ›in dem der bekannte Anwalt Gerald Burlingame aus Portland und seine Frau Jessie gestorben sind‹. Dann wird er ins Studio zurückgeben und Bill Green wird die Sportnachrichten verlesen, und das ist nicht morbid, Jessie, es ist weder das Jammern von Goodwife noch das Toben von Ruth. Es ist . . .

Aber Jessie wußte es. Es war die Wahrheit. Es war nur ein dummer kleiner Unfall, über den man den Kopf schüttelte, wenn man beim Frühstück in der Zeitung davon las; man sagte: ›Hör dir das mal an, Liebling‹ und las den Artikel seinem Mann vor, während der eine Grapefruit aß. Nur ein dummer kleiner Unfall, und dieses Mal stieß er eben ihr zu. Das unablässige Beharren ihres Verstandes, daß es ein Irrtum war, war verständlich, aber irrelevant. Es gab keine Beschwerdestelle, wo sie erklären konnte, daß das mit den Handschellen Geralds Idee gewesen war und es daher nur gerecht schien, wenn sie verschont wurde. Wenn der Irrtum schon korrigiert werden sollte, mußte sie es selbst tun.

Jessie räusperte sich, machte die Augen zu und sprach zur Decke: »Gott? Könntest Du mir einen Augenblick zuhören? Ich brauche Hilfe, wirklich. Ich stecke in einem echten Schlamassel und habe Angst. Bitte hilf mir hier raus, ja? Ich ... äh ... ich bete im Namen von Jesus Christus.« Sie suchte nach einer Bekräftigung dieses Gebets, aber ihr fiel nur etwas ein, das Nora Callighan ihr beigebracht hatte, ein Gebet, das heutzutage jeder Selbsthilfekrüppel und Pseudoguru auf den Lippen zu haben schien: »Lieber Gott, gib mir die Gelassenheit, zu akzeptieren, was ich nicht ändern kann, den Mut, zu ändern, was ich kann, und die Weisheit, den Unterschied zu erkennen. Amen.«

Nichts änderte sich. Sie verspürte keine Gelassenheit, keinen Mut und mit Sicherheit keine Weisheit. Sie war immer noch nur eine Frau mit abgestorbenen Armen und einem toten Mann und ans Bett gekettet wie ein Hofhund, der unbemerkt und unbetrauert stirbt, während sein gewissenloses Herrchen dreißig Tage im County-Knast absitzen muß, weil er ohne Führerschein und betrunken gefahren ist.

»O bitte mach, daß es nicht weh tut«, sagte sie mit leiser, zitternder Stimme. »Wenn ich sterben muß, lieber Gott, bitte mach, daß es nicht weh tut. Ich bin ein Angsthase, wenn es um Schmerzen geht.«

Im Augenblick über das Sterben nachzudenken ist wahrscheinlich nicht die glücklichste Idee, Süße. Nach einer Pause fügte Ruths Stimme hinzu: *Wenn ich es recht überlege, streich das ›wahrscheinlich‹.*

Okay, keine Widerrede – über das Sterben nachzudenken war keine gute Idee. Was blieb ihr sonst noch?

Befreien, sagten Ruth und Goodwife Burlingame gleichzeitig.

Na gut, befreien. Und damit war sie wieder bei ihren Armen angelangt.

Sie sind eingeschlafen, weil ich die ganze Nacht daran gehangen habe. Ich hänge noch *daran. Sie zu entlasten ist der erste Schritt.*

Sie versuchte, sich mit den Füßen wieder zurück- und hochzustoßen, und wurde vom plötzlichen Gewicht der Panik niedergedrückt, als diese sich ebenfalls nicht bewegen wollten. Sie rastete einen Moment lang aus, und als sie wieder zu sich kam, kickte sie panisch mit den Beinen auf und ab und schob Laken und Matratzenschoner zu der schon zerknüllten Bettdecke am Fußende. Sie keuchte wie ein Radrennfahrer am letzten Hügel einer Marathonfahrt. Ihre Kehrseite, die ebenfalls eingeschlafen war, kribbelte wie von Nadelstichen.

Die Angst hatte sie völlig aufgeweckt, aber das linkische Aerobic, das ihre Panik begleitete, war erforderlich, um auch das Herz auf Touren zu bringen. Schließlich verspürte sie ein Kribbeln von Empfindungen – tief und geheimnisvoll wie fernes Donnergrollen – in den Armen.

Wenn nichts anderes hilft, Süße, denk an die letzten zwei oder drei Schluck Wasser. Vergiß nicht, daß du das Glas nie zu fassen bekommen wirst, wenn deine Hände und Arme nicht einwandfrei funktionieren, geschweige denn daraus trinken kannst.

Jessie strampelte weiter mit den Füßen, während der Morgen heller wurde. Schweiß klebte ihr das Haar an den Schläfen fest und lief ihr an den Wangen hinab. Sie merkte – vage –, daß sie ihr Wasserdefizit mit jedem Augenblick dieser anstrengenden Tätigkeit noch vergrößerte, aber sie sah keine andere Möglichkeit.

Weil es keine gibt, *Süße – überhaupt keine.*

Süße dies, Süße das, dachte sie abwesend. *Könntest du vielleicht mal den Rand halten, Quasselstrippe?*

Schließlich glitt ihre Kehrseite nach oben Richtung Kopfteil. Jedesmal, wenn sie sich bewegte, spannte Jessie die Bauchmuskeln an und machte ein Mini-Klappmesser. Der Winkel, den ihr Ober- und Unterleib bildeten, näherte sich langsam neunzig Grad. Ihre Ellbogen wurden gebeugt, und als das Gewicht von Armen und Schultern genommen wurde, nahm das Kribbeln in ihrer Haut zu. Sie hörte nicht auf, die Beine zu bewegen, als sie endlich aufrecht saß, sondern strampelte weiter, weil sie ihren Herzschlag hochpeitschen wollte.

Ein Schweißtropfen lief ihr ins linke Auge. Sie schüttelte ihn mit einer ungeduldigen Kopfbewegung ab und strampelte weiter. Das Kribbeln wurde schlimmer, schoß von ihren Ellbogen aus nach oben und unten, und etwa fünf Minuten nachdem sie sich in die derzeitige kauernde Haltung gezogen hatte (sie sah aus wie ein schlaksiger Teenager, der über einem Kinositz hängt), stellte sich der erste Krampf ein. Er fühlte sich an wie ein Schlag mit der stumpfen Seite einer Fleischhacke.

Jessie warf den Kopf zurück, so daß ein feiner Schweißschauer von Gesicht und Haaren spritzte, und kreischte. Als sie Luft holte, um den Schrei zu wiederholen, kam der zweite Krampf. Dieser war viel schlimmer. Es war, als hätte ihr jemand eine Schlinge mit Glasscherben um die linke Schulter geschlungen und gezogen. Sie heulte und ballte die Hände mit so unvermittelter Heftigkeit zu Fäusten, daß zwei Fingernägel vom Nagelbett abbrachen und zu bluten anfingen. Ihre Augen, die in braune Höhlen aufgequollener Haut eingesunken waren, hatte sie fest zugekniffen, aber dennoch quollen ihr Tränen heraus, liefen die Wangen hinab und vermischten sich mit den Schweißtropfen vom Haaransatz.

Weiter strampeln, Süße – jetzt nur nicht aufhören.

»*Nenn mich nicht* Süße!« schrie Jessie.

Der Streuner war kurz vor Einbruch der Dämmerung auf die hintere Veranda zurückgeschlichen, und als er ihre Stimme hörte, hob er ruckartig den Kopf. Sein Gesicht stellte einen fast komischen Ausdruck der Überraschung zur Schau.

»Nenn mich nicht so, du Schlampe! Du häßliche Schl . . .«

Wieder ein Krampf, der sich scharf und plötzlich wie ein Herzschlag durch ihren linken Trizeps bis zur Achselhöhle bohrte, und ihre Worte gingen in einen langgezogenen, bebenden Schmerzensschrei über. Dennoch strampelte sie weiter.

Irgendwie gelang es ihr, weiter zu strampeln.

20

Als die schlimmsten Krämpfe vorbei waren – wenigstens *hoffte* sie, daß es die schlimmsten waren –, holte sie tief Luft, lehnte sich an die Mahagonibretter des Kopfteils, machte die Augen zu und verlangsamte ihren Atem allmählich – zuerst zum Galopp, dann zum Trab, schließlich zum Gang. Durst hin, Durst her, es ging ihr überraschend gut. Sie vermutete, das lag teilweise an dem alten Witz, dem mit dem Gag ›Es tut so gut, wenn man aufhört‹. Aber sie war bis vor fünf Jahren (gut, zugegeben, vielleicht mehr Richtung zehn) ein sportliches Mädchen und eine sportliche Frau gewesen und erkannte einen Endorphinstoß immer noch, wenn sie einen hatte. Absurd, unter den gegebenen Umständen, aber gut.

Vielleicht nicht so absurd, Jess. Vielleicht nützlich. Diese Endorphine machen den Kopf klar, was ein Grund sein mag, warum manche Leute nach ein paar Übungen besser denken können.

Und ihr Kopf *war* klar. Die schlimmste Panik war verflogen wie Industrieabgase bei starkem Wind, und sie fühlte sich mehr als vernünftig; sie fühlte sich wieder durch und durch normal. Das hätte sie nie für möglich gehalten, und sie fand diesen Beweis für die unermüdliche Anpassungsfähigkeit und beinahe insektenhafte Widerstandskraft des Geistes fast ein bißchen unheimlich. *Das alles, und dabei habe ich noch nicht einmal meinen Frühstückskaffee getrunken,* dachte sie.

Beim Gedanken an Kaffee – schwarz, in ihrer Lieblingstasse mit dem Kranz blauer Blumen um die Mitte – leckte sie sich die Lippen. Außerdem mußte sie an die Fernsehsendung *Today* denken. Wenn ihre innere Uhr richtig ging, mußte *Today* gerade eben anfangen. Männer und Frauen überall in Amerika – größtenteils ohne Handschellen – saßen an Küchentischen, tranken Saft und Kaffee, aßen Brötchen und Rührei (oder diese Frühstücksflocken, die angeblich gleichzeitig das Herz beruhigten und die Verdauung anregten). Sie sahen Bryant Gumbel und Katie Couric mit Joe Garagiola flachsen. Etwas später würden sie sehen, wie Willard Scott ein paar Hundertjährigen einen schönen Geburtstag wünschte. Es würden Gäste eingeladen sein – einer würde über etwas sprechen, das Primärrate genannt wurde, und über etwas anderes mit Namen Fed, einer würde den Zuschauern zeigen, wie sie ihr Lieblingshaustier daran hindern konnten, daß es ihnen die Pantoffeln zerbiß, und einer würde seinen neuesten Film vorstellen – und keiner würde wissen, daß drüben im westlichen Maine ein Unfall stattfand; daß eine ihrer mehr oder weniger treuen Zuschauerinnen heute morgen nicht einschalten konnte, weil sie keine sechs Meter von ihrem nackten, hundezerfressenen, fliegenübersäten Ehemann entfernt mit Handschellen ans Bett gefesselt war.

Sie drehte den Kopf nach rechts und betrachtete das Glas, das Gerald kurz vor Beginn der Festivitäten so achtlos auf seine Seite des Regals gestellt gehabt hatte. Vor fünf Jahren, überlegte sie sich, wäre dieses Glas wahrscheinlich nicht dagewesen, aber so sehr Geralds nächtlicher Konsum von Scotch zugenommen hatte, so sehr hatte er tagsüber alle anderen Flüssigkeiten in sich hineingeschüttet – hauptsächlich Wasser, aber er trank auch literweise Diätsoda und Eistee. Für Gerald schien der Ausdruck ›Probleme mit dem Trinken‹ jedenfalls kein geflügeltes Wort, sondern die nackte Wahrheit zu sein.

Nun, dachte sie garstig, *wenn er Probleme mit dem Trinken hatte, sind sie jetzt auf jeden Fall geheilt, oder nicht?*

Das Glas stand selbstverständlich noch genau dort, wo sie es abgestellt hatte; wenn ihr nächtlicher Besucher kein Traum gewesen war *(Mach dich nicht lächerlich, selbstverständlich war er ein Traum,* sagte Goodwife nervös), schien er keinen Durst gehabt zu haben.

Ich werde dieses Glas holen, dachte sie grimmig. *Und ich werde außerordentlich vorsichtig sein, falls ich wieder Muskelkrämpfe bekomme. Noch Fragen?*

Keine, und dieses Mal war es ein Kinderspiel, das Glas zu holen. Zunächst einmal konnte sie es jetzt viel leichter erreichen – der Balanceakt entfiel. Als sie den behelfsmäßigen Strohhalm holte, bemerkte sie noch einen Sonderbonus. Beim Trocknen war die Abokarte an den Falzkanten wellig geworden. Dieses seltsame geometrische Gebilde sah wie Freistilorigami aus und funktionierte viel besser als in der vergangenen Nacht. Den letzten Rest Wasser zu trinken war noch einfacher als das Glas zu holen, und während Jessie das Malt-Shoppe-Schlurpsen vom Grund des Glases hörte, als sie mit dem Strohhalm die letzten Tropfen aufsaugen wollte, fiel ihr ein, daß sie viel weniger Wasser auf die Decke getropft hätte, hätte sie gewußt, wie man den Strohhalm ›heilen‹ konnte. Aber jetzt war es zu spät, und es hatte keinen Sinn, über verschüttetes Wasser zu weinen.

Die wenigen Tropfen reichten kaum aus, ihren Durst mehr als

richtig zu wecken, aber damit würde sie leben müssen. Sie stellte das Glas wieder auf das Regal, dann lachte sie über sich selbst. Gewohnheiten waren zähe kleine Biester. Selbst unter so bizarren Umständen wie diesen waren sie zähe kleine Biester. Sie hatte wieder einen totalen Krampf riskiert, als sie das leere Glas aufs Regal zurückstellte, statt es einfach über die Seite des Bettes zu werfen und auf dem Boden zerschellen zu lassen. Und warum? Weil Ordnung das halbe Leben war, darum. Das hatte Sally Mahout ihrer Süßen beigebracht, die sich nie mit etwas zufriedengab und immer gut schmierte, damit sie ihren Willen durchsetzte – ihre kleine Süße, die willens gewesen war, alles zu machen, einschließlich ihren eigenen Vater zu verführen, damit es auch weiterhin nach ihrem Kopf ging.

Vor ihrem geistigen Auge sah Jessie die Sally Mahout, die sie damals so oft gesehen hatte: vor Verzweiflung gerötete Wangen, fest zusammengepreßte Lippen, Hände an die Hüften gestemmt und zu Fäusten geballt.

»Und du hättest es auch *geglaubt*«, sagte Jessie leise. »Oder nicht, Miststück?«

Unfair, antwortete ein Teil ihres Verstands unbehaglich. *Unfair, Jessie!*

Aber es *war* fair, das wußte sie genau. Sally war alles andere als eine ideale Mutter gewesen, besonders in den Jahren, als sich ihre Ehe mit Tom Mahout dahingeschleppt hatte wie ein altes Auto mit Sand im Getriebe. In diesen Jahren war ihr Verhalten oft paranoid gewesen, manchmal sogar irrational. Will waren die Tiraden und Anschuldigungen aus unerfindlichen Gründen fast völlig erspart geblieben, aber ihren beiden Töchtern hatte sie manchmal schlimme Angst eingejagt.

Diese dunkle Seite war jetzt verschwunden. Die Briefe, die Jessie aus Arizona bekam, waren die banalen, langweiligen Mitteilungen einer alten Frau, die nur für das Bingo donnerstags abends lebte und die Jahre der Kindererziehung als friedliche, glückliche Zeit sah. Sie konnte sich offenbar nicht mehr erinnern, daß sie, was die Lungen hergaben, geschrien hatte, sie würde Maddy umbringen, wenn sie noch einmal vergaß, ihre gebrauchten Tampons in Toilettenpapier einzuwickeln, bevor sie sie in den Mülleimer warf, oder den Sonntagvormittag, als sie – aus Gründen, die Jessie bis heute ein Rätsel geblieben waren – in Jessies Zimmer gestürmt war, ihr ein Paar hochhackige Schuhe hingeworfen hatte und wieder hinausgestürmt war.

Wenn Jessie Briefe und Postkarten von ihrer Mutter bekam – *hier ist alles so schön, Liebes, habe von Maddy gehört, sie schreibt so regelmäßig, mein Appetit ist besser, seit es kühler geworden ist*–, verspürte sie manchmal den Drang, zum Telefon zu greifen und ihre Mutter anzurufen und zu schreien: *Hast du denn alles vergessen, Mom? Hast du vergessen, daß du mir eines Tages die Schuhe nachgeworfen und meine Lieblingsvase kaputtgemacht hast und ich geweint habe, weil ich dachte, du wüßtest es, er wäre schließlich doch zusammengebrochen und hätte dir alles gesagt, obwohl da seit dem Tag der Sonnenfinsternis schon vier Jahre vergangen waren? Hast du vergessen, wie oft du uns mit deinem Schreien und deinen Tränen Angst gemacht hast?*

Das ist unfair, Jessie. Unfair und untreu.

Es mag unfair sein, aber deshalb ist es noch lange nicht gelogen.

Wenn sie gewußt hätte, was an dem Tag passiert war . . .

Das Bild der Frau am Pranger fiel Jessie wieder ein, es kam und ging so schnell, daß es fast nicht zu erkennen war, wie Werbung im Unterbewußtsein: die festgeklammerten Hände, das Haar, das wie ein Bußschleier ins Gesicht hing, die kleine Gruppe deutender, verächtlicher Menschen. Überwiegend Frauen.

Ihre Mutter hätte es vielleicht nicht direkt ausgesprochen, aber, ja – sie *hätte* geglaubt, daß es Jessies Schuld war, und hätte es wahrscheinlich wirklich für eine absichtliche Verführung gehalten. Von einer Nervensäge, die gut schmierte, war es schließlich nur ein kleiner Schritt zu einer Lolita, oder nicht? Und das Wissen, daß sich etwas Sexuelles zwischen ihrem Mann und ihrer Tochter abgespielt hatte, hätte sie wahrscheinlich veranlaßt, nicht nur darüber nachzudenken, ihn zu verlassen, sondern es auch tatsächlich zu tun.

Geglaubt? *Jede Wette,* daß sie es geglaubt hätte.

Dieses Mal machte sich die Stimme des Anstands nicht einmal die Mühe auch nur einer rhetorischen Antwort, und da hatte Jessie eine plötzliche Einsicht: Ihrem Vater war sofort klar gewesen, wofür sie dreißig Jahre gebraucht hatte, bis sie dahintergekommen war. Er hatte den wahren Sachverhalt ebenso gekannt, wie er von der seltsamen Akustik des Wohn/Eßzimmers gewußt hatte.

Ihr Vater hatte sie an diesem Tag in mehr als nur einer Hinsicht mißbraucht.

Jessie rechnete mit einer Flucht negativer Emotionen angesichts dieser traurigen Erkenntnis; immerhin war sie von dem Mann, dessen vordringlichste Aufgabe gewesen wäre, sie zu lieben und beschützen, zum Narren gehalten worden. Aber die Flut blieb aus. Vielleicht lag es daran, daß sie immer noch von Endorphinen aufgepeitscht war, aber sie hatte eine Ahnung, als hätte es mehr mit Erleichterung zu tun: so verdorben die Sache auch gewesen sein mochte, sie hatte sie endlich überwunden. Ihre Träume waren gar keine Träume gewesen, überhaupt nicht, sondern kaum verkleidete Erinnerungen. Ihre hauptsächlichen Empfindungen waren Staunen, daß sie das Geheimnis so lange gehütet hatte, und eine Art unbehagliche Verwirrung. Wie viele Entscheidungen, die sie seit damals getroffen hatte, waren direkt oder indirekt von dem beeinflußt worden, was während der Minute oder so geschehen war, als sie auf Daddys Schoß saß und das große runde Mal am Himmel durch zwei oder drei Scheiben rußgeschwärztes Glas betrachtet hatte? War ihre momentane Situation eine Folge dessen, was sich während der Sonnenfinsternis zugetragen hatte?

Oh, das ist zuviel, dachte sie. *Wenn er mich vergewaltigt hätte, wäre es vielleicht etwas anderes. Aber was an dem Tag auf der Veranda passiert ist, war auch nur ein Unfall, und obendrein nicht einmal ein besonders schlimmer – wenn du wissen willst, was ein* ernster *Unfall ist, Jessie, dann sieh dir mal die Situation an, in der du jetzt steckst. Ich könnte ebensogut Mrs. Gilette wegen der Ohrfeige bei der Teegesellschaft auf ihrer Sonnenterrasse die Schuld geben, als ich vier war. Oder einem Gedanken, den ich auf dem Weg durch den Geburtskanal hatte. Oder Sünden aus einem früheren Leben, die noch ungesühnt waren. Außerdem war das, was er auf der Veranda mit mir gemacht hat, nichts im Vergleich mit dem, was er dann im Schlafzimmer gemacht hat.*

Und diesen Teil mußte sie nicht träumen; er war da, vollkommen klar und vollkommen zugänglich.

21

Als sie aufblickte und ihren Vater unter der Schlafzimmertür stehen sah, war ihre erste, instinktive Geste, die Arme vor der Brust zu verschränken. Dann sah sie seinen traurigen und schuldbewußten Gesichtsausdruck und ließ sie wieder sinken, obwohl sie selbst Wärme in die Wangen schießen spürte und wußte, daß ihr eigenes Gesicht die unschöne, fleckige Rottönung annahm, die ihre Version eines jüngferlichen Errötens war. Sie hatte da oben nichts vorzuweisen (nun, *fast* nichts), aber sie kam sich dennoch nackter als nackt vor und so verlegen, daß sie fast schwören konnte, sie spüre ihre Haut kochen. Sie dachte: *Angenommen, die anderen kommen früher zurück? Angenommen,* sie *käme in diesem Augenblick herein und würde mich ohne Hemd sehen?*

Verlegenheit wurde zu Scham, Scham wurde zu Angst, aber als sie die Bluse überstreifte und zuknöpfte, spürte sie noch ein anderes Gefühl darunter. Dieses Gefühl war Wut, und es unterschied sich nicht sehr von der bohrenden Wut, die sie Jahre später empfinden sollte, als ihr klar wurde, daß Gerald wußte, es war ihr ernst mit dem, was sie sagte, aber so tat, als würde er es nicht bemerken. Sie war wütend, weil sie es nicht *verdient* hatte, daß sie Scham und Angst empfand. Schließlich war *er* der Erwachsene, *er* war derjenige, der den komisch riechenden Glibber auf ihre Unterhose gemacht hatte, *er* war derjenige, der sich schämen sollte, aber so lief es nicht. So lief es *ganz und gar nicht.*

Als sie die Bluse zugeknöpft und in die Shorts gesteckt hatte, war die Wut verraucht oder – ein und dasselbe – in ihre Höhle zurückverbannt worden. Aber sie sah immer noch im Geiste, daß ihre Mutter früher zurückkam. Es würde keine Rolle spielen, daß sie wieder völlig angezogen war. Die Tatsache, daß etwas Schlimmes passiert war, stand ihnen in den Gesichtern geschrieben, überdeutlich, überlebensgroß und häßlich wie die Nacht. Sie sah es seinem Gesicht an und spürte es auf ihrem.

»Alles in Ordnung, Jessie?« fragte er leise. »Fühlst du dich nicht geschwächt oder so?«

»Nein.« Sie versuchte zu lächeln, aber dieses Mal gelang es ihr nicht ganz. Sie spürte eine Träne die Wange hinabrinnen und wischte sie hastig und schuldbewußt mit dem Handrücken weg.

»Es tut mir leid.« Seine Stimme zitterte, und sie sah zu ihrem Entsetzen Tränen in *seinen* Augen stehen – oh, es wurde immer schlimmer und schlimmer. »Es tut mir leid.« Er drehte sich unvermittelt um, duckte sich ins Bad, zog ein Handtuch vom Regal und wischte sich damit das Gesicht ab. Während er das machte, dachte Jessie angestrengt und krampfhaft nach.

»Daddy?«

Er sah sie über das Handtuch hinweg an. Die Tränen in seinen Augen waren fort. Wenn sie es nicht besser gewußt hätte, hätte sie geschworen, daß sie nie dagewesen waren.

Die Frage blieb ihr fast im Hals stecken, aber sie mußte gestellt werden. *Mußte* einfach.

»Müssen wir ... müssen wir Mom davon erzählen?«

Er holte tief seufzend und zitternd Luft. Sie wartete mit klopfendem Herzen, und als er sagte: »Ich glaube, das müssen wir, oder nicht?«, da rutschte es ihr fast in die Hose.

Sie ging durch das Zimmer zu ihm, strauchelte ein wenig – ihre Beine schienen völlig gefühllos zu sein – und schlang die Arme um ihn. »Bitte, Daddy. Nicht. Bitte sag es ihr nicht. *Bitte* nicht. Bitte ...« Ihre Stimme brach, ging in Schluchzen über, und sie drückte das Gesicht an seine bloße Brust.

Nach einem Augenblick legte er die Arme um sie, dieses Mal auf die alte, väterliche Weise. »Ich mache es nicht gern«, sagte er, »weil es in letzter Zeit zwischen uns beiden nicht zum Besten steht, Liebes. Es würde mich überraschen, wenn du das nicht schon wüßtest. So etwas könnte alles noch viel schlimmer machen. Sie war in letzter Zeit ziemlich ... nun, ziemlich abweisend, und das war heute weitgehend das Problem. Ein Mann hat ... bestimmte Bedürfnisse. Das wirst du eines Tages verstehen ...«

»Aber wenn sie es herausfindet, wird sie sagen, daß es *meine* Schuld war!«

»O nein – das glaube ich nicht«, sagte Tom, aber sein Tonfall war überrascht, nachdenklich ... und für Jessie so grauenhaft wie ein Todesurteil. »Nei-eiiin ... ich bin sicher – nun, *ziemlich* sicher –, daß sie ...«

Sie sah mit tränenden, roten Augen zu ihm auf. »*Bitte* sag es ihr nicht, Daddy! Bitte nicht! Bitte nicht!«

Er küßte sie auf die Stirn. »Aber Jessie ... ich *muß*. *Wir* müssen.«

»Warum? *Warum*, Daddy?«

»Weil ...«

22

Jessie bewegte sich ein wenig. Die Ketten klirrten; die Handschellen rasselten an den Bettpfosten. Licht strömte mittlerweile durch die Ostfenster herein.

»›Weil du es nicht geheimhalten könntest‹«, sagte sie verdrossen. »›Und wenn es herauskommt, Jessie, ist es für uns beide besser, wenn es jetzt herauskommt, und nicht in einer Woche oder einem Monat oder einem Jahr. Oder in *zehn* Jahren.‹«

Wie hervorragend er sie manipuliert hatte – erst die Entschuldigung, dann die Tränen, und zum Schluß der Clou: *sein* Problem zu *ihrem* Problem zu machen. *Bruder Fuchs, Bruder Fuchs, was du auch machst, wirf mich nicht in den Dornbusch!* Bis sie ihm schließlich geschworen hatte, sie würde das Geheimnis ewig hüten, nicht einmal Folterknechte könnten es aus ihr herausholen.

Sie konnte sich sogar erinnern, daß sie ihm genau das unter einem Regen heißer, ängstlicher Tränen versprochen hatte. Schließlich hatte er aufgehört, den Kopf zu schütteln und nur noch mit zusammengekniffenen Augen und aufeinandergepreßten Lippen durch das Zimmer gesehen – das bekam sie im Spiegel mit, was er mit ziemlicher Sicherheit auch gewußt hatte.

»Du dürftest es nie jemandem erzählen«, hatte er schließlich gesagt, und Jessie erinnerte sich noch an die grenzenlose Erleichterung, die sie bei diesen Worten empfunden hatte. Was er sagte, war nicht so wichtig wie der Ton, in dem er es sagte. Jessie hatte diesen Ton schon häufig gehört und wußte, es machte ihre Mutter rasend, daß sie, Jessie, ihn öfter dazu brachte, so zu sprechen, als Sally selbst. *Ich ändere meine Meinung,* sagte er. *Ich mache es wider besseres Wissen, aber ich* ändere *sie; ich schlage mich auf deine Seite.*

»Nein«, hatte sie zugestimmt. Ihre Stimme klang zitternd, sie mußte Tränen hinunterschlucken. »Ich sage es nicht, Daddy – niemals.«

»Nicht nur deiner Mutter nicht«, sagte er, »*niemand. Niemals.* Das ist eine große Verantwortung für ein kleines Mädchen, Punkin. Du könntest in Versuchung geführt werden. Wenn du zum Beispiel mit Caroline Cline oder Tammy Hough nach der Schule lernst und eine dir ein Geheimnis von sich anvertraut, könntest du vielleicht erzählen ...«

»Denen? *Nie-nie-nie!*«

Er mußte ihrem Gesicht angesehen haben, daß es die Wahrheit war: der Gedanke, daß Caroline oder Tammy herausfinden konnten, daß ihr Vater sie angefaßt hatte, erfüllte Jessie mit Grauen. Nachdem er dieses Thema zu seiner Zufriedenheit abgehakt hatte, kam er zu seinem, wie sie meinte, Hauptanliegen.

»Oder deiner Schwester.« Er schob sie von sich weg und sah ihr lange streng ins Gesicht. »Der Zeitpunkt könnte kommen, wenn du ihr sagen möchtest . . .«

»Daddy, nein, ich würde nie . . .«

Er schüttelte sie behutsam. »Sei still und laß mich ausreden, Punkin. Ihr beiden steht euch nahe, das weiß ich, und ich weiß auch, daß Mädchen manchmal eine Neigung verspüren, einander Dinge anzuvertrauen, die sie normalerweise nie erzählen würden. Wenn dir so mit Maddy zumute wäre, könntest du trotzdem den Mund halten?«

»Ja!« In ihrem verzweifelten Verlangen, ihn zu überzeugen, hatte sie wieder angefangen zu weinen. Logischerweise war es wahrscheinlicher, daß sie es Maddy erzählen würde – wenn es jemanden auf der Welt gab, dem sie eines Tages so ein verzweifeltes Geheimnis anvertrauen würde, dann ihrer großen Schwester . . . bis auf eins. Maddy und Sally standen sich ebenso nahe wie Jessie und Tom, und wenn Jessie ihrer großen Schwester je erzählen würde, was sich auf der Veranda abgespielt hatte, standen die Chancen ziemlich gut, daß ihre Mutter es erfahren würde, noch ehe der Tag zu Ende war. Mit dieser Einsicht glaubte Jessie, daß sie der Versuchung, Maddy einzuweihen, leicht widerstehen konnte.

»Bist du wirklich ganz sicher?« fragte er zweifelnd.

»Ja! Wirklich!«

Er hatte wieder angefangen, den Kopf auf die bedauernde Weise zu schütteln, die sie in panische Angst versetzte. »Ich finde nur, Punkin, es wäre besser, alles gleich ans Licht zu bringen. Die bittere Medizin zu schlucken. Ich meine, sie kann uns ja nicht *umbringen . . .*«

Jessie hatte allerdings ihre Wut gehört, als Daddy sie gebeten hatte, Jessie von der Reise zum Mount Washington auszunehmen . . . und Wut war nicht alles. Sie dachte nicht gerne daran, aber im Augenblick konnte sie sich den Luxus, so etwas zu übersehen, nicht leisten. In der Stimme ihrer Mutter hatte auch Eifersucht und etwas, das Haß ziemlich nahe kam, mitgeklungen. Eine vorübergehende Vision von bestechender Klarheit suchte Jessie heim, während sie mit ihrem Vater unter der Schlafzimmertür stand und ihn zu überreden versuchte, den Mund zu halten: Sie beide verstoßen und auf der Straße wie Hänsel und Gretel, heimatlos und per Anhalter kreuz und quer durch Amerika unterwegs ...

... und selbstverständlich schliefen sie zusammen. Nachts schliefen sie zusammen.

Da war sie völlig zusammengebrochen, hatte hysterisch geweint, ihn angefleht, nichts zu sagen, und ihm versprochen, sie würde für immer und ewig ein braves Mädchen sein, wenn er nur nichts sagte. Er hatte sie weinen lassen, bis er der Meinung war, der Zeitpunkt wäre genau richtig, und dann hatte er ernst gesagt: »Weißt du, du hast eine große Überzeugungskraft für ein kleines Mädchen, Punkin.«

Sie hatte mit nassen Wangen und von frischer Hoffnung beseelten Augen zu ihm aufgesehen.

Er nickte langsam, dann trocknete er ihr die Tränen mit dem Handtuch ab, mit dem er sich das Gesicht abgewischt hatte. »Ich habe dir noch nie etwas abschlagen können, wenn du es wirklich gewollt hast, und dieses Mal kann ich es auch nicht. Wir versuchen es so, wie du es willst.«

Sie warf sich in seine Arme und bedeckte sein Gesicht mit Küssen. Irgendwo weit hinten in ihrem Denken hatte sie befürchtet, das könnte

(ihn wieder aufreizen)

wieder zu Ärger führen, aber ihre Dankbarkeit hatte derlei Bedenken einfach vom Tisch gefegt, und es hatte auch keinen Ärger gegeben.

»Danke! Danke, Daddy! Danke!«

Er hatte sie wieder an den Schultern auf Armeslänge von sich weg gehalten, aber dieses Mal lächelnd, nicht ernst. Der traurige Ausdruck war jedoch nicht von seinem Gesicht gewichen, und selbst jetzt, fast dreißig Jahre später, glaubte Jessie nicht, daß dieser Gesichtsausdruck Teil der Verstellung gewesen war. Die Traurigkeit war echt gewesen, und das machte das Schreckliche, das er getan hatte, irgendwie sogar noch schlimmer statt besser.

»Ich glaube, wir haben ein Abkommen«, sagte er. »Ich sage nichts, du sagst nichts. Richtig?«

»Richtig!«

»Zu keinem anderen, nicht einmal zu uns selbst. Für immer

und ewig, Amen. Wenn wir dieses Zimmer verlassen, Jessie, ist es nie passiert. Okay?«

Sie hatte sofort zugestimmt, aber gleichzeitig war ihr der Geruch wieder eingefallen, und sie wußte, sie mußte mindestens noch eine Frage stellen, bevor es nie passiert war.

»Und eins muß ich noch einmal sagen. Ich muß sagen, daß es mir leid tut, Jessie. Ich habe etwas Widerliches, Schändliches getan.«

Er hatte sich abgewendet, als er das sagte, das wußte sie noch. Die ganze Zeit hatte er sie absichtlich in eine Hysterie von Schuldgefühlen und Angst und Aussichtslosigkeit getrieben, die ganze Zeit hatte er sichergestellt, daß sie es nie jemandem erzählen würde, indem er drohte, er würde es selbst erzählen, und er hatte sie unverwandt angesehen. Aber als er ihr diese letzte Entschuldigung darbot, hatte er die Buntstiftmuster auf den Handtüchern betrachtet, die das Zimmer teilten. Diese Erinnerung erfüllte sie mit etwas, das Kummer und Wut zugleich zu sein schien. Bei seinen Lügen hatte er ihr ins Gesicht sehen können; die Wahrheit jedoch hatte ihn zuletzt veranlaßt, sich abzuwenden.

Sie wußte noch, sie hatte den Mund aufgemacht, um ihm zu sagen, daß er so etwas nicht sagen mußte, und dann hatte sie ihn wieder zugeklappt – teilweise, weil sie befürchtete, wenn sie etwas sagte, könnte er es sich wieder anders überlegen, aber weitgehend, weil ihr schon mit zehn Jahren klar gewesen war, daß sie ein Recht auf eine Entschuldigung hatte.

»Sally ist abweisend – das ist wahr, aber es ist trotzdem eine beschissene Entschuldigung. Ich habe keine Ahnung, was über mich gekommen ist.« Er hatte leise gelacht, sie aber immer noch nicht angesehen. »Vielleicht lag es an der Sonnenfinsternis. Wenn ja, wir werden ja Gott sei Dank keine mehr sehen.« Dann, als würde er mit sich selbst sprechen: »Herrgott, wenn wir den Mund halten und sie es später trotzdem herausfindet . . .«

Jessie hatte den Kopf an seine Brust gelegt und gesagt: »Das wird sie nicht. Ich werde es nie sagen, Daddy.« Nach einer Pause fügte sie hinzu: »Was *könnte* ich denn auch schon sagen?«

»Stimmt.« Er lächelte. »Es ist ja nichts passiert.«

»Und ich bin nicht . . . ich meine, es kann nicht sein . . .«

Sie hatte aufgesehen und gehofft, er würde ihr sagen, was sie wissen mußte, ohne daß sie ihn fragte, aber er sah sie nur an und hatte stumm fragend die Brauen hochgezogen. Das Lächeln war einem argwöhnischen, abwartenden Ausdruck gewichen.

»Es kann nicht sein, daß ich schwanger bin, oder?« stieß sie hervor.

Er zuckte zusammen, dann arbeitete es in seinem Gesicht, während er versuchte, eine heftige Gefühlsaufwallung zu unterdrükken. Angst oder Traurigkeit, hatte sie damals gedacht; erst Jahre später kam sie darauf, daß er tatsächlich versucht haben mußte, eine wilde, unbändige Lachsalve zu unterdrücken. Schließlich hatte er sich wieder unter Kontrolle und küßte ihre Nasenspitze.

»Nein, Liebling, natürlich nicht. Was Frauen schwanger macht, ist nicht passiert. *Nichts* dergleichen ist passiert. Ich habe ein bißchen mit dir herumgealbert, das ist alles ...«

»Und du hast mich geneckt.« Jetzt wußte sie wieder ganz deutlich, daß sie das gesagt hatte. »Du hast mich geneckt, das hast du.«

Er hatte gelächelt. »Jawoll. Das kommt hin. Du bist in bester Ordnung, Punkin. Was meinst du? Ist das Thema damit abgeschlossen?«

Sie hatte genickt.

»So etwas wird nicht noch einmal passieren – das weißt du doch auch, oder nicht?«

Sie nickte wieder, aber ihr eigenes Lächeln war verschwunden. Was er sagte, hätte sie erleichtern sollen, und teilweise tat es das auch, zumindest ein bißchen, aber der Ernst seiner Worte und sein trauriger Gesichtsausdruck hatten ihre Panik fast wieder entfacht. Sie wußte noch, wie sie seine Hand ergriffen und so fest sie konnte gedrückt hatte. »Du hast mich also lieb, Daddy, oder nicht? Du hast mich immer noch lieb, richtig?«

Er hatte genickt und ihr gesagt, daß er sie lieber denn je hatte.

»Dann nimm mich in den Arm! Ganz fest!«

Das hatte er gemacht, aber jetzt fiel Jessie noch etwas ein: sein Unterleib hatte ihren nicht berührt.

Damals nicht, und nie wieder, dachte Jessie. *Jedenfalls nicht, daß ich wüßte. Sogar als ich meinen Collegeabschluß gemacht habe, das zweite Mal, als er meinetwegen weinte, hat er mich auf so eine komisch altjüngferliche Art umarmt, bei der man den Hintern abspreizt, damit man nicht im entferntesten den Unterleib an der Person reibt, die man umarmt. Armer, armer Mann. Ich frage mich, ob seine vielen Geschäftspartner im Lauf der Jahre ihn je einmal so am Boden zerstört gesehen haben wie ich am Tag der Sonnenfinsternis. Das große Leid, und weswegen? Wegen eines sexuellen Unfalls, der etwa so ernst wie ein verstauchter Zeh gewesen ist. Herrgott, was für ein Leben das ist. Was für ein Scheißleben.*

Sie bewegte die Arme fast ohne es zu bemerken wieder langsam auf und ab, weil sie wollte, daß das Blut weiterhin in Hände, Handgelenke und Unterarme fließen konnte. Sie vermutete, daß es inzwischen etwa acht Uhr sein mußte, oder fast. Sie war seit achtzehn Stunden an dieses Bett gekettet. Unglaublich, aber wahr.

Ruth Nearys Stimme ergriff so unvermittelt das Wort, daß Jessie zusammenzuckte. Sie triefte vor verdrossenem Staunen.

Du erfindest immer noch Ausreden für ihn, was? Läßt ihn nach all den Jahren noch vom Haken und gibst dir selbst die Schuld. Auch heute noch. Erstaunlich.

»Hör auf«, sagte sie heiser. »Das alles hat nicht das geringste mit dem Schlamassel zu tun, in dem ich stecke ...«

Was bist du doch für ein Zuckerpüppchen, Jessie!

»... und selbst wenn«, fuhr sie mit leicht erhobener Stimme fort, »*selbst wenn*, hat es nicht das geringste damit zu tun, wie ich aus dem Schlamassel *rauskomme*, in dem ich stecke, *also gib endlich Ruhe!*«

Du warst keine Lolita, Jessie, was er dir auch einreden wollte. Du warst nicht einmal ansatzweise eine Lolita.

Jessie weigerte sich zu antworten. Ruth machte einen Punkt gut; sie weigerte sich zu schweigen.

Wenn du immer noch denkst, daß dein Daddy ein makelloser, tapferer Ritter war, der seine Zeit weitgehend damit verbrachte, dich vor dem feuerspeienden Mamadrachen zu beschützen, solltest du lieber noch einmal genauer nachdenken.

»Sei still.« Jessie ruderte fester mit den Armen. Die Ketten klirrten, die Handschellen schepperten. »Sei still, du bist unerträglich.«

Er hat es geplant, Jessie. Begreifst du das nicht? Es war keine spontane Tat – der sexhungrige Vater gibt einem plötzlichen Gefühl nach; er hat es geplant.

»Du lügst«, fauchte Jessie. Schweiß rann ihr in großen klaren Tropfen von den Schläfen.

Wirklich? Nun, dann überleg dir mal folgendes – wessen Vorschlag war es, daß du dein Sommerkleid anziehen sollst? Das zu klein und zu eng war? Wer hat gewußt, daß du zuhörst – und ihn bewunderst –, während er deine Mutter manipulierte? Wer hat am Abend vorher die Hände auf deine Titten gedrückt und wer trug am fraglichen Tag eine Sporthose und sonst nichts?

Plötzlich stellte sie sich vor, Bryant Gumbel wäre bei ihr im

Zimmer, makellos in seinem dreiteiligen Anzug mit Goldkettchen stand er neben dem Bett und neben ihm ein Typ mit einer Minikamera, der langsam über ihren fast nackten Körper fuhr, bevor er eine Totale ihres verschwitzten, fleckigen Gesichts aufnahm. Bryant Gumbel in einer Live-Übertragung mit der Unglaublichen Frau in Handschellen, der sich mit einem Mikrofon über sie beugte und fragte: *Wann haben Sie zum ersten Mal bemerkt, daß Ihr Vater scharf auf Sie war?*

Jessie hörte auf, mit den Armen zu rudern, und machte die Augen zu. Ihr Gesicht hatte einen verschlossenen, störrischen Ausdruck. *Nicht mehr,* dachte sie. *Ich glaube, ich kann mit den Stimmen von Ruth und Goodwife leben, wenn es sein muß ... sogar mit den verschiedenen UFOs, die ab und zu ihren Senf dazugeben ... aber ein Interview mit Bryant Gumbel, während ich nur ein Paar pipifleckiger Unterhosen anhabe, das ist zuviel. Das ist selbst in meiner Fantasie zuviel.*

Sag mir nur eins, Jessie, sagte eine andere Stimme. Kein UFO; es war die Stimme von Nora Callighan. *Nur eins, dann betrachten wir das Thema als erledigt, zumindest für jetzt, vielleicht sogar für immer. Okay?*

Jessie blieb stumm, abwartend, argwöhnisch.

Als du gestern nachmittag schließlich die Beherrschung verloren hast – als du endlich um dich getreten hast – nach wem *hast du da getreten? Nach Gerald?*

»*Selbstverständlich* nach Ger ...« begann sie, aber dann verstummte sie, als ein einziges, vollkommen klares Bild vor ihrem geistigen Auge stand. Es war der weiße Speichelfaden, der von Geralds Kinn hing. Sie sah, wie er länger wurde, wie er über dem Nabel auf ihren Bauch tropfte. Nur ein bißchen Spucke, das war alles, nichts Besonderes nach jahrelangen leidenschaftlichen Küssen mit offenen Mündern und Zungen; sie und Gerald hatten eine Menge Körperflüssigkeiten ausgetauscht, und der einzige Preis dafür war ab und zu einmal eine gemeinsame Erkältung gewesen.

Nichts Besonderes, bis heute, als er sich geweigert hatte, sie loszulassen, als sie losgebunden werden wollte, losgebunden werden *mußte.* Nichts Besonderes, bis sie diesen schalen, traurigen Mineraliengeruch wahrgenommen hatte, den sie mit dem Brunnenwasser am Dark Score assoziierte, und mit dem See selbst an heißen Sommertagen ... an Tagen wie dem 20. Juli 1963, zum Beispiel.

Sie hatte Spucke *gesehen;* sie hatte an Saft *gedacht.*

Nein, das stimmt nicht, dachte sie, aber dieses Mal mußte sie nicht Ruth herbeizitieren, damit diese den Teufelsadvokaten spielte; sie *wußte,* daß es stimmte. *Es ist sein gottverdammter Saft* – das war ihr exakter Gedanke gewesen, und danach hatte sie völlig aufgehört zu denken, jedenfalls vorübergehend. Anstatt zu denken, hatte sie zu ihrem unwillkürlichen Gegenschlag ausgeholt und ihm mit einem Fuß in den Magen und mit dem anderen in die Eier getreten. Keine Spucke, sondern Saft; kein Ekel wegen Geralds Spiel, sondern das alte, stinkende Grauen, das plötzlich wieder wie ein Seeungeheuer an die Oberfläche gekommen war.

Jessie betrachtete den eingefallenen, verstümmelten Leichnam ihres Mannes. Tränen kribbelten ihr einen Moment in den Augen, aber dann ging das Gefühl vorbei. Sie hatte den Verdacht, daß das Überlebensministerium beschlossen hatte, Tränen wären ein Luxus, den sie sich derzeit nicht leisten konnte. Dennoch war sie traurig – traurig, weil Gerald tot war, ja, selbstverständlich, aber noch trauriger, daß sie hier war, in dieser Situation.

Jessie sah ein klein wenig über Gerald ins Leere und brachte ein klägliches, gequältes Lächeln zustande.

»Ich glaube, mehr habe ich dazu im Augenblick nicht zu sagen, Bryant. Bestellen Sie Willard und Katie meine Grüße, und nebenbei – würde es Ihnen etwas ausmachen, diese Handschellen aufzuschließen, bevor Sie gehen? Ich wäre Ihnen wirklich sehr verbunden.«

Bryant antwortete nicht. Was Jessie nicht im geringsten überraschte.

23

Falls du dieses Erlebnis überleben solltest, Jess, schlage ich vor, daß du aufhörst, die Vergangenheit zu beschwören und dich endlich entscheidest, was du mit der Zukunft anstellen willst... angefangen mit den nächsten zehn Minuten oder so. Ich glaube nicht, daß es besonders angenehm wäre, auf diesem Bett zu verdursten, du etwa?

Nein, nicht sehr angenehm ... und sie dachte, Durst wäre wahrscheinlich bei weitem nicht das Schlimmste. Seit sie erwacht war, ging ihr der Gedanke an Kreuzigung nicht mehr aus dem Kopf, er trieb auf und ab wie ein häßliches ertrunkenes Ding, das zu sehr mit Wasser vollgesogen war, als daß es bis ganz an die Oberfläche gekommen wäre. Sie hatte für eine Geschichtsarbeit am College einmal etwas über diese reizende alte Foltermethode nachgelesen und zu ihrer Überraschung festgestellt, daß der alte Nägel-durch-Hände-und-Füße-Trick erst der Anfang war. Wie Zeitschriftenabos und Taschenrechner, war Kreuzigung ein Geschenk, das ein Quell unerschöpflicher Freude sein konnte.

Richtig hart wurde es erst, wenn Krämpfe und Muskelspasmen einsetzten. Jessie gestand sich widerwillig ein, daß die Schmerzen, die sie bisher erduldet hatte, selbst das lähmende Charleypferd, das ihrem ersten Panikanfall ein Ende bereitet hatte, ein Honigschlecken verglichen mit dem waren, was ihr noch bevorstand. Sie würden im Laufe des Tages ihre Arme, den Solarplexus und den Unterleib zerreißen und immer schlimmer, weitreichender und häufiger werden. Mit der Zeit würden ihre Extremitäten absterben, so sehr sie sich auch bemühen mochte, die Blutzirkulation anzuregen, aber die Taubheit würde keine Erleichterung bringen; bis dahin würde sie mit Sicherheit von quälenden Brust- und Magenkrämpfen heimgesucht werden. Sie hatte keine Nägel in Händen und Füßen und lag auf dem Bett, statt an einem Kreuz am Straßenrand zu hängen wie einer der besiegten Gladiatoren in *Spartakus*, aber diese Variationen zogen ihren Leidensweg vielleicht nur noch mehr in die Länge.

Also was hast du jetzt vor, solange du noch kaum Schmerzen hast und klar denken kannst?

»Was immer ich kann«, krächzte sie, »also warum hältst du nicht die Klappe und läßt mich einen Moment nachdenken?«

Nur zu – ich hindere dich nicht.

Sie würde mit der logischsten Lösung anfangen und sich dann abwärts vorarbeiten ... wenn es sein mußte. Und was *war* die logischste Lösung? Selbstverständlich die Schlüssel. Sie lagen immer noch auf der Kommode, wo er sie hingelegt hatte. Zwei Schlüssel, aber beide genau gleich. Gerald, der manchmal geradezu rührend komisch sein konnte, hatte sie häufig als STÜRMER und ERSATZMANN bezeichnet (und Jessie hatte die Großbuchstaben deutlich aus der Stimme ihres Mannes heraushören können).

Angenommen, nur als Denkmodell, sie konnte das Bett irgendwie durchs Zimmer zur Kommode rucken. Würde es ihr tatsächlich gelingen, einen dieser Schlüssel zu fassen zu bekommen, damit sie ihn benützen konnte? Jessie gestand sich widerwillig ein, daß sie zwei Fragen aufwarf, nicht nur eine. Sie ging davon aus, daß es ihr gelingen würde, einen Schlüssel mit den Zähnen hochzuheben, aber was dann? Sie würde ihn trotzdem nicht ins Schloß bekommen; ihre Erfahrung mit dem Wasserglas deutete darauf hin, daß eine Kluft von zehn Zentimetern bleiben würde, so sehr sie sich auch streckte.

Okay, streichen wir die Schlüssel. Hinunter auf die nächste Sprosse der Leiter der Wahrscheinlichkeit. Was könnte das sein?

Sie dachte fast fünf Minuten erfolglos darüber nach, drehte es im Geiste herum wie die Seiten eines Rubik's Cube und ruderte dabei mit den Armen. An einem Punkt während ihrer Überlegungen schweifte ihr Blick zum Telefon auf dem niederen Tischchen bei den Ostfenstern. Zuvor hatte sie es abgetan, weil es in einem anderen Universum stand, aber vielleicht war das zu vorschnell gewesen. Schließlich war das Tischchen näher als die Kommode und das Telefon viel größer als ein Handschellenschlüssel.

Wenn sie das Bett zum Telefontisch rücken könnte, würde sie dann nicht mit dem Fuß den Hörer von der Gabel nehmen können? Und wenn ihr das gelang, konnte sie vielleicht mit dem großen Zeh die Taste für das Fernamt drücken, die zwischen den Tasten * und #. Es hörte sich nach einem verrückten Vaudevillekunststück an, aber ...

Ich drücke den Knopf, warte und schrei mir dann die Seele aus dem Leib.

Ja, und eine halbe Stunde später würden entweder der große blaue Medcu-Notarztwagen aus Norway oder der große orangefarbene mit der Aufschrift ›Castle County Rescue‹ kommen und sie in Sicherheit bringen. Eine verrückte Idee, zugegeben, genauso wie eine Abokarte zu einem Strohhalm zu falten. Verrückt oder nicht, es konnte funktionieren – und nur darauf kam es an. Auf jeden Fall vielversprechender als das Bett quer durchs Zimmer zu rucken und dann nach einer Möglichkeit zu suchen, einen Schlüssel ins Schloß einer Handschelle zu bekommen. Die Idee hatte allerdings einen großen Nachteil: sie mußte irgendwie versuchen, das Bett nach rechts zu schieben, und das war ein schwieriges Unterfangen. Sie schätzte, daß es mit den Kopf- und Fußteilen aus Mahagoni mindestens dreihundert Pfund wiegen mußte, und diese Schätzung konnte noch untertrieben sein.

Aber du könntest es wenigstens versuchen, und vielleicht erlebst du eine große Überraschung – vergiß nicht, der Boden ist seit dem Tag der Arbeit gewachst. Wenn ein streunender Hund, bei dem alle Rippen zu sehen sind, deinen Mann bewegen kann, kannst du vielleicht dieses Bett bewegen. Du hast schließlich nichts zu verlieren, wenn du es versuchst, oder?

Ein guter Punkt.

Jessie rückte die Beine zur linken Seite des Betts und verlagerte dabei gleichzeitig Rücken und Schultern langsam und geduldig nach rechts. Als sie so weit gekommen war, wie es mit dieser Methode ging, drehte sie sich auf der linken Hüfte. Ihre Füße schwangen über die Seite ... und plötzlich *bewegten* sich ihre Beine und der Oberkörper nicht nur nach links, sie *rutschten* nach links wie ein im Absturz begriffener Erdrutsch. Ein gräßlicher Krampf raste zickzackförmig ihre linke Seite hinauf, als ihr Körper sich auf eine Weise dehnte, für die er nicht einmal unter günstigsten Bedingungen geschaffen gewesen wäre. Ihr war, als hätte ihr jemand schnell mit einem rauhen, brandheißen Schürhaken darüber gestrichen.

Die kurze Kette der rechten Handschelle wurde straffgezogen, und einen Augenblick lang wurden die Nachrichten von der linken Seite durch erneute Schmerzen übertönt, die im rechten Arm und in der Schulter pochten. Es war, als versuchte jemand, diesen Arm ganz und gar abzudrehen. *Jetzt weiß ich, wie einem Truthahnhals zumute sein muß,* dachte sie.

Ihr linker Absatz hämmerte auf den Boden; der rechte blieb sechs Zentimeter darüber hängen. Ihr Körper wurde unnatürlich nach links gedreht, der rechte Arm wie eine stehende Welle starr hinter ihr festgehalten. Die straffe Kette glänzte über ihrem Gummimantel unbarmherzig in der Frühmorgensonne.

Jessie war plötzlich überzeugt, daß sie in dieser Haltung sterben würde, mit schreienden Schmerzen in ihrer linken Seite und dem rechten Arm. Sie würde hier liegen müssen und langsam absterben, während das rasende Herz den Kampf verlor, Blut in sämtliche Teile ihres unnatürlich überdehnten Körpers zu pumpen. Panik überwältigte sie wieder, und sie heulte nach Hilfe, ohne daran zu denken, daß niemand in der Gegend war, außer einem räudigen Streuner mit einem Bauchvoll Anwalt. Sie griff mit der rechten Hand hektisch nach dem Bettpfosten, war aber ein bißchen zu weit gerutscht; das dunkle Mahagoni blieb einen Zentimeter von den Spitzen ihrer greifenden Finger entfernt.

»Hilfe! Bitte! Hilfe! Hilfe!«

Keine Antwort. Die einzigen Geräusche in diesem stillen, sonnigen Schlafzimmer waren ihre eigenen Geräusche: heisere, schreiende Stimme, keuchender Atem, klopfendes Herz. Außer ihr niemand hier, und wenn sie es nicht schaffte, wieder ins Bett zu kommen, würde sie sterben wie eine Frau, die an einem Fleischerhaken hing. Und die Situation hatte den Tiefpunkt noch lange nicht erreicht: ihre Kehrseite rutschte immer noch Richtung Bettkante und zog ihren rechten Arm konstant in einen Winkel zurück, der immer extremer wurde.

Ohne nachzudenken oder es zu planen (es sei denn, der schmerzgeplagte Körper denkt manchmal für sich selbst), stemmte Jessie die bloße linke Ferse auf den Boden und stieß sich mit aller Gewalt ab. Es war der einzige Halt, den ihr schmerzhaft verkrümmter Körper noch hatte, und das Manöver funktionierte. Ihr Unterleib krümmte sich, die Kette zwischen der Handschelle und ihrer rechten Hand wurde schlaff, und sie packte den Bettpfosten so panisch wie eine Ertrinkende einen Rettungsring. Daran riß sie sich zurück, ohne auf die Qual in Rücken und Bizeps zu achten. Als sie die Füße wieder oben hatte, strampelte sie hektisch von der Bettkante zurück, als wäre sie in ein Schwimmbecken voller Babyhaie getaucht und hätte es gerade noch rechtzeitig bemerkt, um ihre Zehen zu retten.

Schließlich hatte sie wieder ihre vorherige, zusammengesunkene Sitzhaltung inne, Arme ausgestreckt, der verlängerte Rükken auf den schweißgetränkten Kissen mit den völlig zerknitterten Bezügen. Sie ließ den Kopf gegen die Mahagonibretter sinken, atmete schwer, und ihre bloßen Brüste waren mit einem Schweißfilm überzogen, obwohl sie sich den Flüssigkeitsverlust nicht leisten konnte. Sie machte die Augen zu und lachte erschöpft.

Also das war ziemlich aufregend, Jessie, was? Ich glaube, so schnell und fest hat dein Herz seit 1985 nicht mehr geschlagen, als du um Haaresbreite mit Tommy Delguidace ins Bett gegangen wärst. Du kannst bei dem Versuch nichts verlieren, hast du das nicht gedacht? Nun, jetzt weißt du es besser.

Ja. Und sie wußte auch noch etwas anderes.

Ach? Und das wäre, Süße?

»Ich weiß, daß das Scheißtelefon außer Reichweite ist«, sagte sie.

Ja, wahrhaftig. Als sie sich gerade eben mit der linken Ferse abgestoßen hatte, hatte sie ihre ganzen hundertzwanzig Pfund hineingelegt – sie hatte mit dem Nachdruck völliger, kopfloser Panik gedrückt. Das Bett hatte sich kein Jota bewegt, und jetzt, wo sie genauer darüber nachdenken konnte, war sie froh darum. Wäre es nach rechts gerutscht, würde sie immer noch herunterhängen. Und selbst wenn sie es auf diese Weise bis zum Telefontischchen hätte schieben können, nun ...

»Ich würde auf der falschen Seite gehängt haben«, sagte sie halb lachend und halb weinend. »Herrgott, warum erschießt mich denn keiner?!«

Sieht nicht gut aus, sagte eine der UFO-Stimmen – auf die sie gerne hätte verzichten können – zu ihr. *Sieht ganz so aus, als wäre die Jessie Burlingame-Show gerade abgesetzt worden.*

»Such nach 'ner anderen Möglichkeit«, sagte sie heiser. »Die hier gefällt mir überhaupt nicht.«

Es gibt *keine anderen. Es waren von Anfang an nicht eben viele, und du hast sie alle ausprobiert.*

Sie machte die Augen wieder zu und sah zum zweiten Mal, seit dieser Alptraum angefangen hatte, den Spielplatz hinter der Grundschule von Falmouth in der Central Avenue. Aber dieses Mal sah sie im Geiste nicht zwei Mädchen, die auf einer Wippe balancierten; statt dessen sah sie einen kleinen Jungen – ihren Bruder Will –, der am Klettergerüst hing und einen Aufschwung machte.

Sie machte die Augen auf, sank nach unten und legte den Kopf in den Nacken, damit sie das Kopfteil genauer in Augenschein nehmen konnte. Ein Aufschwung bedeutete, daß man an einer Stange hing und die Beine hoch und über die Schultern zog. Man beendete das Manöver mit einer kleinen Drehung, die einem ermöglichte, wieder auf den Füßen zu landen. Will hatte diese behende und ökonomische Bewegung so gut beherrscht, daß es für

Jessie manchmal ausgesehen hatte, als würde er Purzelbäume in den eigenen Armen schlagen.

Und wenn ich das könnte? Einfach einen Aufschwung über dieses verdammte Kopfteil machen. Über die Oberkante schwingen und . . .

»Und auf den Füßen landen«, flüsterte sie.

Ein paar Augenblicke schien das gefährlich, aber machbar zu sein. Sie mußte das Bett selbstverständlich von der Wand wegrücken – man konnte keinen Aufschwung machen, wenn man keinen Platz zum Landen hatte –, aber sie hatte eine Vorstellung, wie sie das bewerkstelligen könnte. Wenn das Regal über dem Bett weg war (was kein Problem sein durfte, es war ja nicht fest verankert), würde sie eine Rolle rückwärts machen und die bloßen Füße über dem Kopfteil an die Wand drücken. Sie hatte das Bett nicht seitwärts bewegen können, aber wenn sie sich an der Wand abstoßen konnte . . .

»Dasselbe Gewicht, aber zehnfache Hebelwirkung«, murmelte sie. »Moderne Physik im praktischen Hausgebrauch.«

Sie streckte die linke Hand nach dem Regalbrett aus und wollte es von den L-Haken stoßen, als sie sich Geralds verfluchte Polizeihandschellen mit den selbstmörderisch kurzen Ketten noch einmal genauer ansah. Wenn er sie ein bißchen höher an den Bettpfosten festgemacht hätte – sagen wir zwischen dem ersten und zweiten Querbrett –, wäre sie das Risiko vielleicht eingegangen; das Manöver hätte wahrscheinlich zu zwei gebrochenen Handgelenken geführt, aber sie war in einem Zustand, wo ihr zwei gebrochene Handgelenke als akzeptabler Preis für die Freiheit erschienen . . . schließlich würden sie heilen, oder nicht? Aber statt zwischen dem ersten und zweiten Querbrett waren die Handschellen zwischen dem zweiten und dritten angebracht, und das war ein kleines bißchen zu weit unten. Ein Versuch, über das Kopfteil hinweg einen Aufschwung zu machen, würde mehr als nur zwei gebrochene Handgelenke bewirken; es würde zu zwei Schultern führen, die nicht nur verrenkt, sondern vom Gewicht des Körpers regelrecht aus den Gelenkpfannen gerissen wurden.

Und dann versuch mal, dieses gottverdammte Bett mit zwei gebrochenen Handgelenken und zwei ausgerenkten Schultern irgendwo hin *zu schieben. Wäre das nicht ein Mordsspaß?*

»Nein«, sagte sie heiser. »Nicht besonders.«

Geben wir es doch zu, Jess – du sitzt hier fest. Du kannst mich die Stimme der Verzweiflung nennen, wenn es dir dann besser geht oder dir hilft, die geistige Gesundheit noch eine Weile zu erhalten – Gott weiß, ich bin sehr für geistige Gesundheit –, aber in Wirklichkeit bin ich die Stimme der Wahrheit, und die Wahrheit ist, daß du hier festsitzt.

Jessie drehte den Kopf ruckartig auf die Seite, weil sie diese selbsternannte Stimme der Wahrheit nicht hören wollte, mußte aber feststellen, daß sie sie ebensowenig abschalten konnte wie alle anderen Stimmen.

Das sind echte Handschellen, die du da anhast, nicht die niedlichen kleinen Sex-shop-Artikel mit Polsterung innen und einem verborgenen Sicherheitsknopf, den du drücken kannst, wenn sich jemand vergißt und ein bißchen zu weit geht. Du bist richtig gefesselt, und du bist kein Fakir aus dem geheimnisvollen Orient, der seinen Körper wie eine Brezel verknoten kann, und kein Entfesselungskünstler wie Harry Houdini oder David Copperfield. Ich sage es nur, wie ich es sehe, okay? Und soweit ich es sehe, bist du im Eimer.

Plötzlich fiel ihr ein, was geschehen war, nachdem ihr Vater am Tag der Sonnenfinsternis das Schlafzimmer verlassen hatte – wie sie sich auf das Bett geworfen und geweint hatte, bis ihr schien, als müßte ihr Herz brechen oder schmelzen oder einfach zu schlagen aufhören. Und jetzt, während ihr Mund anfing zu zittern, sah sie fast genauso aus wie damals: müde, verwirrt, ängstlich und hilflos. Letzteres am allermeisten.

Jessie fing an zu weinen, aber nach den ersten Tränen konnten ihre Augen keine mehr erzeugen; offenbar waren strengere Rationierungsmaßnahmen in Kraft getreten. Sie weinte trotzdem ohne Tränen, und das Schluchzen war so trocken wie Schmirgelpapier in ihrem Hals.

24

In New York City hatten sich die Fans der Fernsehsendung *Today* wieder für einen Tag verabschiedet. Im NBC-Sender, der den Süden und Westen von Maine versorgte, folgte zuerst eine lokale Talk-Show (eine große, matronenhafte Frau in Ginghamschürze führte vor, wie einfach es war, Bohnen im Schmortopf zu garen), dann eine Spiel-Show, wo Berühmtheiten Scherzfragen knackten und Teilnehmer laute, orgiastische Schreie ausstießen, wenn sie Autos oder Boote oder hellrote Staubsauger Marke ›Dirt Devil‹ gewannen. Im Haus der Burlingames am malerischen Kashwakamak Lake döste die frischgebackene Witwe unbehaglich in ihren Fesseln, dann träumte sie wieder. Es war ein Alptraum, den der unruhige, leichte Schlaf der Träumenden irgendwie noch lebhafter und überzeugender machte.

Darin lag Jessie in der Dunkelheit, und ein Mann – oder ein mannähnliches Wesen – stand ihr wieder in der Ecke des Zimmers gegenüber. Der Mann war nicht ihr Vater; der Mann war nicht ihr Ehemann; der Mann war ein Fremder, *der* Fremde, der, der unsere kränksten, paranoidesten Hirngespinste und tiefsten Ängste verkörpert. Es war das Gesicht eines Wesens, das Nora Callighan mit all ihren guten Ratschlägen und ihrer lieben, praktischen Natur nie mit einbezogen hatte. Dieses schwarze Wesen konnte durch nichts mit der Nachsilbe ›ologie‹ gebannt werden. Es war ein kosmischer Joker.

Aber du *kennst mich,* sagte der Fremde mit dem langen, blassen Gesicht. Er bückte sich und ergriff den Henkel seiner Tasche. Jessie stellte ohne Überraschung fest, daß der Griff aus einem Kieferknochen und die Tasche selbst aus Menschenhaut bestand. Der Fremde hob sie hoch, klappte die Laschen um und machte sie auf. Wieder sah sie Knochen und Juwelen; wieder griff seine Hand in das Durcheinander und rührte es mit langsam kreisenden Bewegungen um, wobei er das schauerliche Klicken und Klappern und Klirren und Scheppern erzeugte.

Nein, sagte sie. *Ich weiß nicht, wer du bist. Ich weiß es nicht, ich weiß es nicht, ich* weiß es nicht!

Ich bin selbstverständlich der Tod, und ich komme heute nacht wieder. Nur glaube ich, werde ich heute nacht mehr machen als nur in der Ecke stehen; ich glaube, heute nacht werde ich dich anspringen, ganz ... genau ... so!

Er sprang vorwärts, ließ die Tasche fallen (Knochen und Armreife und Ketten und Ringe kollerten zu der Stelle hin, wo Gerald auf dem Boden lag und mit dem verstümmelten Arm zur Flurtür deutete) und streckte die Arme aus. Sie sah, daß die Finger in schmutzigen Nägeln endeten, die von der Länge her eher Klauen ähnelten, und dann schüttelte sie sich keuchend und ruckartig wach, daß die Ketten der Handschellen schwangen und klirrten, während sie abwehrende Bewegungen mit den Händen machte. Sie flüsterte nuschelnd und monoton immer wieder das Wort »Nein«.

Es war ein Traum! Hör auf, Jessie, es war nur ein Traum!

Sie ließ langsam die Hände sinken und wieder schlaff in den Handschellen baumeln. Selbstverständlich – nur eine Variation des Traums von gestern nacht. Aber realistisch war er schon gewesen – Herrgott, ja. Viel schlimmer, wenn man es recht überlegte, als der Traum von der Krocketparty oder der, in dem sie das heimliche und unglückliche Erlebnis mit ihrem Vater während der Sonnenfinsternis durchlebt hatte. Es war mehr als seltsam, daß sie heute morgen so viel über diese beiden Träume und so wenig über diesen weitaus furchteinflößenderen nachgedacht hatte. Tatsache war, daß sie überhaupt nicht an das Wesen mit den unheimlich langen Armen und dem gräßlichen Souvenirkoffer gedacht hatte, bis sie gerade eben eingedöst war und wieder von ihm geträumt hatte.

Eine Zeile aus einem Song fiel ihr ein, etwas aus dem späten Psychedelischen Zeitalter: ›*Some people call me the space cowboy ... yeah ... some call me the gangster of love ...*‹

Jessie erschauerte. Space Cowboy. Das war irgendwie genau zutreffend. Ein Außenseiter, der mit nichts etwas zu tun hatte, ein Joker, ein ...

»Ein *Fremder*«, flüsterte Jessie, und plötzlich fiel ihr ein, wie sich seine Wangen beim Grinsen gerunzelt hatten. Und als ihr *das* eingefallen war, fügten sich ringsum auch andere Teile in das Puzzle ein. Der funkelnde Goldzahn weit hinten im grinsenden Mund. Die wulstigen Lippen des Schmollmunds. Die schmale Stirn und die scharfkantige Hakennase. Und dann natürlich die Tasche, wie man sie bei einem Handlungsreisenden erwartete, dem sie ans Bein schlug, während er sich sputete, um den Zug noch zu bekommen ...

Hör auf, Jessie – mach dir nicht selbst Angst. Hast du nicht genug Probleme, auch ohne dir über den Schwarzen Mann Gedanken zu machen?

Das war sicherlich zutreffend, aber sie stellte fest, nachdem sie nun einmal angefangen hatte, über den Traum nachzudenken, konnte sie nicht mehr aufhören. Und was noch schlimmer war, je mehr sie darüber nachdachte, desto weniger kam er ihr wie ein Traum vor.

Und wenn ich nun doch wach war? dachte sie plötzlich, und nachdem dieser Gedanke auf der Bildfläche erschienen war, stellte sie zu ihrem Entsetzen fest, daß ein Teil von ihr die ganze Zeit davon überzeugt gewesen war. Er hatte nur darauf gewartet, daß sich der Rest von ihr ebenfalls zu dieser Erkenntnis durchringen konnte.

Nein, o nein, es war nur ein Traum, mehr nicht ...

Und wenn nicht? Wenn nicht?

Tod, stimmte der Fremde mit dem weißen Gesicht zu. *Du hast den Tod gesehen. Ich komme heute nacht zurück, Jessie. Und morgen nacht werde ich* deine *Ringe bei den anderen hübschen Sachen in meiner Tasche haben ... meinen Souvenirs.*

Jessie stellte fest, daß sie am ganzen Körper schlotterte, als hätte sie sich eine Erkältung geholt. Ihre aufgerissenen Augen sahen hilflos in die verlassene Ecke, wo der

(Space Cowboy Gangster of Love)

gestanden hatte, die Ecke, die jetzt hell im Licht der Morgensonne lag, aber heute nacht wieder ein dunkles Dickicht von Schatten sein würde. Gänsehaut ließ ihr die Härchen an den Armen zu Berge stehen. Die unentrinnbare Wahrheit stellte sich wieder ein: Sie würde wahrscheinlich hier sterben.

Mit der Zeit wird dich jemand finden, Jessie, aber es könnte lange dauern. Als erstes wird man vermuten, daß ihr beiden zu einem wildromantischen Schäferstündchen abgereist seid. Warum nicht? Habt ihr, du und Gerald, nach außen hin nicht immer so getan, als wärt ihr im glücklichsten zweiten Ehefrühling? Schließlich habt nur ihr beiden gewußt, daß ihn Gerald zuletzt nur noch dann mit Sicherheit hochkriegen konnte, wenn du mit Handschellen ans Bett gefesselt warst. Dabei fragt man sich unwillkürlich, ob jemand mit ihm am Tag der Sonnenfinsternis auch *ein paar nette Spielchen gespielt hat, oder nicht?*

»Haltet den Mund«, murmelte sie. »Haltet alle miteinander den Mund.«

Aber früher oder später wird *jemand nervös werden und nach euch sehen. Wahrscheinlich Geralds Kollegen, die eigentlich an den Schalthebeln sitzen, glaubst du nicht? Ich meine, es gibt ein paar Frauen in Portland, die du Freundinnen nennst, aber die hast du eigentlich nie richtig an deinem Leben Anteil nehmen lassen, oder? Mehr als Bekannte sind sie eigentlich nicht, Damen, die man zum Tee einlädt und mit denen man Kataloge austauscht. Keine wird sich nennenswert Sorgen machen, wenn du eine Woche oder zehn Tage abwesend bist. Aber Gerald hat Termine, und wenn er bis Montag mittag nicht aufgetaucht ist, werden einige seiner Geschäftskollegen wahrscheinlich zum Telefon greifen und Fragen stellen. Ja, so wird es wahrscheinlich anfangen, aber wahrscheinlich wird der Hausmeister die Leichen finden, meinst du nicht auch? Ich wette, er wird das Gesicht abwenden, wenn er die Ersatzdecke aus dem Schrank über dich wirft, Jessie. Er wird deine Finger nicht sehen wollen, die steif wie Bleistifte und weiß wie Kerzen aus den Handschellen ragen. Er wird deinen starren Mund nicht ansehen wollen, oder den Schaum, der längst auf den Lippen zu Flocken getrocknet sein wird. Aber am allerwenigsten wird er den Ausdruck des Grauens in dem sehen wollen, was die Maden von deinen Augen übriggelassen haben, daher wird er selbst zur Seite sehen, wenn er dich zudeckt.*

Jessie bewegte den Kopf in einer langsamen, hoffnungslosen Geste der Verneinung von einer Seite auf die andere.

Bill wird die Polizei rufen, und die werden mit der Spurensicherung und dem örtlichen Gerichtsmediziner hier aufkreuzen. Sie werden alle um das Bett herumstehen und Zigarren rauchen (Doug Rowe, der zweifellos seinen abscheulichen weißen Trenchcoat trägt, wird selbstverständlich mit seinem Filmteam draußen warten), und wenn der Gerichtsmediziner die Decke wegzieht, werden sie alle zusammenzucken. Ja – ich glaube, sogar der abgebrühteste von ihnen wird ein bißchen zusammenzucken, und einige werden vielleicht sogar das Zimmer verlassen. Später werden sich ihre Kumpels deswegen über sie lustig machen. Und diejenigen, die bleiben, werden nicken und sagen, daß die Person auf dem Bett einen schweren Todeskampf gehabt haben muß. »Man muß sie nur ansehen, um das festzustellen«, werden sie sagen. Aber sie werden nicht einmal die halbe Wahrheit ahnen. Sie werden den wahren Grund nicht kennen, weshalb deine Augen aufgerissen sind und der Mund sperrangelweit zu einem lautlosen Schrei erstarrt ist – wegen dem nämlich, was du am Ende gesehen hast. Was du aus dem Dunkeln kommen gesehen hast. Dein Vater mag dein erster Liebhaber gewesen sein, Jessie, aber dein letzter wird der Fremde mit dem langen weißen Gesicht und dem Musterkoffer aus Menschenhaut sein.

»O bitte, kannst du nicht *aufhören*?« stöhnte Jessie. »Keine Stimmen mehr, bitte, keine *Stimmen* mehr.«

Aber diese Stimme schwieg nicht; sie nahm Jessie nicht einmal zur Kenntnis. Sie fuhr einfach fort und flüsterte von irgendwo am Hirnstamm direkt in ihren Verstand. Ihr zuzuhören war, als würde ihr jemand mit einem schlammigen Stück Seide über das Gesicht streichen.

Sie werden dich nach Augusta bringen, und dort wird dich der Gerichtsmediziner aufschneiden, damit er eine Inventur deiner Eingeweide machen kann. Das ist Vorschrift bei Fällen von Tod unter fragwürdigen Umständen und ohne Zeugen, und bei dir wird beides zutreffen. Er wird sich deine letzte Mahlzeit ansehen – Sandwich mit Salami und Käse von Amato's in Gorham – und eine kleine Gewebeprobe aus dem Gehirn nehmen, die er unter dem Mikroskop betrachten wird, und zuletzt wird er Tod durch Unfall eintragen. »Die Dame und der Herr haben ein harmloses Spiel gespielt«, wird er sagen, »aber der Herr besaß die Geschmacklosigkeit, im entscheidenden Augenblick einen Herzanfall zu bekommen, und daher mußte die Dame ... aber es ist besser, nicht so sehr ins Detail zu gehen. Man sollte sich damit begnügen, daß die Dame einen schweren Tod gehabt hat – man muß sie nur ansehen, um das festzustellen.« So wird es laufen, Jess. Vielleicht wird jemandem auffallen, daß dein Ehering fort ist, aber sie werden nicht lange danach suchen, wenn überhaupt. Und der Gerichtsmediziner wird auch nicht merken, daß einer deiner Knochen – ein unwichtiger, der dritte Ristknochen des rechten Fußes, zum Beispiel – nicht mehr da ist. Aber wir *werden es wissen, oder nicht, Jessie? Wir wissen es sogar jetzt schon. Wir wissen, daß* es *sie mitgenommen hat. Der kosmische Fremde; der Space Cowboy. Wir wissen ...*

Jessie schlug den Kopf so fest gegen das Kopfteil, daß sie einen Schwarm großer weißer Sterne vor ihren Augen explodieren sah. Es tat weh – sogar ziemlich weh –, aber die geistige Stimme verstummte wie ein Radio bei Stromausfall, und damit hatte es sich gelohnt.

»Na also«, sagte sie. »Und wenn du wieder anfängst, mache ich es *wieder*. Ohne Scheiß. Ich habe es satt, dir zuzuhören ...«

Jetzt sprach ihre eigene Stimme unbewußt laut in dem leeren Zimmer, und auch sie brach ab wie ein Radio bei Stromausfall. Als die Sterne vor ihren Augen verblaßten, sah sie das Licht der Morgensonne auf etwas funkeln, das etwa vierzig Zentimeter von Geralds ausgestreckter Hand entfernt lag. Es war ein kleiner weißer Gegenstand, durch dessen Mitte sich ein schmales goldenes Band wand, so daß es wie ein Yin-Yang-Symbol aussah. Zuerst hielt Jessie es für einen Fingerring, aber dafür war es eigentlich zu klein. Kein Fingerring, sondern ein Perlmuttohrring.

Dieser war auf den Boden gefallen, während der Besucher den Inhalt seiner Tasche durchwühlt und ihr die Stücke gezeigt hatte.

»Nein«, flüsterte sie. »Nein, unmöglich.«

Aber er *lag da,* funkelte im Licht der Morgensonne und war in jeder Hinsicht so wirklich wie der tote Mann, der fast darauf zu deuten schien: ein Perlmuttohrring mit einem winzigen Goldband.

Das ist einer von mir! Er ist aus meinem Schmuckkästchen gefallen und liegt seit dem Sommer hier, ich habe ihn nur eben erst bemerkt!

Aber sie besaß nur ein Paar Perlmuttohrringe, die hatten kein Goldmuster, und außerdem waren sie sowieso daheim in Portland.

Aber die Männer von Skip's waren hier gewesen und hatten in der Woche nach dem Tag der Arbeit die Böden gewachst, und *wenn* ein Ohrring auf dem Fußboden gelegen hätte, hätte ihn einer aufgehoben und entweder auf die Kommode gelegt oder eingesteckt.

Und da war noch etwas.

Nein, da ist nichts. Da ist nichts, und wage ja nicht, das Gegenteil zu behaupten.

Es befand sich genau hinter dem verwaisten Ohrring.

Selbst wenn, ich werde es nicht ansehen.

Aber sie schaffte es nicht, *nicht hinzusehen.* Ihr Blick wanderte wie aus eigenen Stücken an dem Ohrring vorbei und richtete sich auf den Boden gleich neben der Tür zur Diele. Dort befand sich ein kleiner Tropfen getrocknetes Blut, aber nicht das Blut hatte ihre Aufmerksamkeit erregt. Das Blut stammte von Gerald. Das Blut war in Ordnung. Der Fußabdruck daneben machte ihr Kummer.

Wenn dort ein Abdruck ist, dann war er schon vorher da!

Doch so sehr sich Jessie auch wünschte, sie könnte das glauben, der Abdruck war vorher *nicht* da gewesen. Gestern war kein einziges Stäubchen auf diesem Boden gewesen, geschweige denn ein Fußabdruck. Und weder sie noch Gerald hatten den hinterlassen, den sie gerade betrachtete. Es handelte sich um einen schuhförmigen Ring aus getrocknetem Schlamm, wahrscheinlich von dem zugewucherten Waldweg, der etwa eine Meile oder so am Ufer entlang verlief, bevor er in den Wald und nach Süden Richtung Motton führte.

Es schien, als wäre gestern nacht doch jemand bei ihr im Schlafzimmer gewesen.

Als dieser Gedanke unausweichlich in Jessies überlasteten Verstand einsickerte, fing sie an zu schreien. Draußen, auf der hinteren Veranda, hob der Streuner einen Augenblick lang die struppige, zerkratzte Schnauze von den Pfoten. Er stellte das gesunde Ohr auf. Dann verlor er das Interesse und ließ den Kopf wieder sinken. Schließlich kam das Geräusch nicht von etwas Gefährlichem; es war nur das Frauchen. Außerdem hatte sie jetzt den Geruch des dunklen Dings an sich, das in der Nacht zu ihr gekommen war. Es war ein Geruch, den der Streuner nur zu gut kannte. Es war der Geruch des Todes.

Der einstige Prinz machte die Augen zu und schlief weiter.

25

Schließlich gelang es ihr wieder, sich zu beherrschen. Sie bewerkstelligte es absurderweise mit Hilfe von Nora Callighans kleinem Mantra.

»Eins ist für Füße«, sagte sie mit einer trockenen Stimme, die in dem verlassenen Schlafzimmer knarrte und krächzte, »zehn Zehen klein, wie kleine Schweinchen, sind sie nicht fein? Zwei ist für Beine, schön lang und schön eben, drei mein Geschlecht, mit dem Gott mir's gegeben.«

Sie machte unaufhörlich weiter, rezitierte die Verse, an die sie sich erinnern konnte, ließ alle weg, die sie nicht mehr wußte, und hielt die Augen geschlossen. Sie sagte den ganzen Spruch ein halbes dutzendmal auf. Sie merkte, daß ihr Herzschlag langsamer wurde und die schlimmste Angst nachließ, aber sie merkte nicht, daß sie das eine von Noras Verschen verändert hatte.

Nach der sechsten Wiederholung schlug sie die Augen auf und sah sich wie eine Frau im Zimmer um, die gerade aus einem kurzen, erholsamen Nickerchen erwacht ist. Die Ecke neben der Kommode allerdings mied sie. Sie wollte den Ohrring nicht noch einmal sehen, und den Fußabdruck wollte sie auf gar keinen Fall betrachten.

Jessie? Die Stimme war sehr leise, sehr zaghaft. Jessie dachte, daß es die Stimme von Goodwife war, ohne den schrillen Unterton und das fieberhafte Abstreiten. *Jessie, kann ich etwas sagen?*

»Nein«, antwortete sie sofort mit ihrer schroffen Staub-in-den-Fugen-Stimme. »Zieh Leine. Ich will mit euch Weibern nichts mehr zu tun haben.«

Bitte, Jessie. Bitte hör mir zu.

Sie machte die Augen zu und stellte fest, daß sie den Teil ihrer Persönlichkeit, den sie Goody Burlingame getauft hatte, tatsächlich sehen konnte. Goody stand immer noch am Pranger, aber jetzt hatte sie den Kopf gehoben – eine Tat, die nicht leicht gewesen sein konnte, da die grausamen Holzklammern ihr in den Nacken drückten. Das Haar fiel für einen Moment aus dem Gesicht, und Jessie stellte überrascht fest, daß sie nicht Goodwife sah, sondern ein junges Mädchen.

Ja, aber sie ist trotzdem ich, dachte Jessie und lachte fast. Wenn das nicht ein Fall von Comic-Psychologie war, dann wußte sie nicht, was einer sein konnte. Sie hatte gerade an Nora gedacht, und eines von Noras Lieblingssteckenpferden war gewesen, wie die Menschen sich um ›das Kind in ihnen‹ kümmern sollten. Nora behauptete, die häufigste Ursache für Unglücklichsein war, wenn man das Kind in sich nicht hegte und pflegte.

Jessie nickte feierlich angesichts von dem allem und behielt die Meinung für sich, daß es sich weitgehend um sentimentalen Quatsch von wegen Zeitalter des Wassermanns/New Age handelte. Sie hatte Nora gern gehabt, und obwohl sie der Überzeugung war, daß sich Nora an zu viele Relikte der späten sechziger und frühen siebziger Jahre klammerte, sah sie Noras ›Kind im Inneren‹ jetzt deutlich vor sich, und das schien vollkommen in Ordnung zu sein. Jessie überlegte sich, daß die Vorstellung sogar einen symbolischen Wert haben konnte, und unter den gegebenen Umständen war der Pranger ein verdammt passendes Bild, oder nicht? Das Mädchen darin war die wartende Goodwife, die wartende Ruth, die wartende Jessie. Sie war das kleine Mädchen, das ihr Vater Punkin genannt hatte.

»Dann sprich«, sagte Jessie. Sie hatte die Augen immer noch geschlossen, und eine Mischung aus Streß, Hunger und Durst trug dazu bei, daß die Vision des Mädchens am Pranger fast exquisit wirklichkeitsgetreu wirkte. Jetzt konnte sie die Worte WEGEN SEXUELLER VERFÜHRUNG über dem Kopf des Mädchens auf einem festgenagelten Stück Pergament lesen. Die Worte waren selbstverständlich mit bonbonrosa Peppermint Yum-Yum-Lippenstift geschrieben.

Aber damit war ihre Fantasie noch lange nicht am Ende. Neben Punkin stand ein zweiter Pranger mit einem zweiten Mädchen darin; das war etwa siebzehn und dick. Ihr Gesicht war von Pikkeln übersät. Hinter den Gefangenen wurde ein Gemeindepark sichtbar, auf dem Jessie im nächsten Augenblick einige Kühe grasen sehen konnte. Jemand läutete mit monotoner Regelmäßigkeit eine Glocke – hinter dem nächsten Hügel, wie es sich anhörte –, als wollte der Glöckner den ganzen Tag so weitermachen ... oder zumindest bis die Kühe nach Hause gekommen waren.

Du verlierst den Verstand, Jess, dachte sie resigniert, und sie dachte, daß das stimmen mußte, aber unter den gegebenen Umständen schien es ihre geringste Sorge zu sein. Sie vermutete, daß sie es über kurz oder lang sogar zu den glücklichen Fügungen rechnen würde. Sie verdrängte den Gedanken und konzentrierte sich wieder auf das Mädchen am Pranger. Dabei stellte sie fest, daß ihr Verdruß Zärtlichkeit und Wut gewichen war. Diese Version von Jessie Mahout war älter als die, die während der Sonnenfinsternis mißbraucht worden war, aber nicht *viel* älter – zwölf, höchstens vierzehn. In diesem Alter sollte sie *überhaupt nicht* wegen eines Verbrechens im Stadtpark am Pranger stehen, aber sexuelle Verführung? Sexuelle Verführung, um Himmels willen? Was war das für ein schlechter Scherz? Wie konnten die Leute nur so grausam sein? So wissentlich blind?

Was willst du mir sagen, Punkin?

Nur daß es echt ist, sagte das Mädchen am Pranger. Ihr Gesicht war blaß vor Schmerzen, aber die Augen besorgt und klar. *Es ist echt, das weißt du, und es wird heute nacht zurückkommen. Ich glaube, dieses Mal wird es mehr als nur beobachten. Du mußt aus den Handschellen raus, bevor die Sonne untergeht, Jessie. Du mußt aus diesem Haus sein, bevor es zurückkommt.*

Wieder wollte sie weinen, hatte aber keine Tränen in sich; sie spürte nur das trockene Schmirgelpapierbrennen.

Ich kann nicht! schrie sie. *Ich habe alles versucht! Ich* kann *nicht alleine raus!*

Du hast eins vergessen, sagte das Mädchen am Pranger zu ihr. *Ich weiß nicht, ob es wichtig ist, aber es könnte sein.*

Was?

Das Mädchen drehte die Hände in den Löchern, die sie festhielten, und offenbarte die sauberen rosa Handflächen. *Er hat gesagt, es gibt zwei Sorten, weißt du noch? M-17 und F-23. Ich glaube, gestern wäre es dir fast wieder eingefallen. Er wollte F-23er, aber davon stellen sie nicht viel her und sie sind schwer zu bekommen, daher mußte er sich mit einem Paar M-17ern begnügen. Du* kannst *dich doch erinnern, oder nicht? An dem Tag, als er die Handschellen nach Hause gebracht hat, hat er dir alles darüber erzählt.*

Sie machte die Augen auf und betrachtete die Handschelle um ihr rechtes Handgelenk. Ja, er hatte ihr eindeutig alles darüber erzählt; er hatte sogar geplappert wie ein Kokser, der sich zweimal high geschnupft hat, angefangen mit einem Anruf aus dem Büro am späten Vormittag. Er wollte wissen, ob das Haus frei war – er konnte sich nie merken, wann die Haushälterin ihren freien Tag hatte –, und als sie ihm bestätigt hatte, daß es frei war, hatte er sie gebeten, sich etwas Bequemes anzuziehen. »Etwas, das fast da ist«, hatte er sich ausgedrückt. Sie wußte noch, sie war gespannt gewesen. Selbst am Telefon hatte Gerald sich angehört, als würde er gleich platzen, und sie hatte vermutet, daß er etwas Schweinigeliges dachte. Sie hatte nichts dagegen; beide gingen auf die Vierzig zu, und wenn Gerald ein bißchen experimentieren wollte, war sie gerne dazu bereit.

Er war in Rekordzeit heimgekommen (die ganzen drei Meilen der Stadtumgehung 295 mußten noch hinter ihm qualmen, dachte sie), und sie erinnerte sich am besten, wie er mit roten Wangen und leuchtenden Augen im Schlafzimmer herumgewuselt war. Wenn sie über Gerald nachdachte, fiel ihr Sex nicht als erstes ein (bei einem Wortassoziationstest wäre ihr wahrscheinlich als erstes *Sicherheit* in den Sinn gekommen), aber an diesem Tag wären die beiden fast austauschbar gewesen. Er hatte eindeutig nur Sex im Sinn gehabt; Jessie war überzeugt, sein normalerweise höflicher Anwaltspillermann hätte den Hosenschlitz seiner Gabardinehose herausgedrückt, wenn er sie ein bißchen langsamer ausgezogen hätte.

Nachdem er sie und die Unterhose darunter abgelegt hatte, hatte er sich ein wenig beruhigt und feierlich den Adidas-Turnschuh-Karton aufgemacht, den er mit nach oben gebracht hatte. Er holte die beiden Handschellen heraus und hielt sie ihr zur Begutachtung hin. Der Puls hatte an seinem Hals gepocht, eine flatternde Bewegung, die an den Flügelschlag eines Kolibris erinnerte. Auch daran erinnerte sie sich. Schon damals mußte sein Herz nicht mehr ganz einwandfrei funktioniert haben.

Du hättest mir einen großen Gefallen getan, Gerald, wenn du dort und damals den Löffel abgegeben hättest.

Sie wollte entsetzt sein ob dieses garstigen Gedankens über den Mann, mit dem sie einen so großen Teil ihres Lebens verbracht hatte, und mußte feststellen, daß sie lediglich eine fast klinische Selbstabscheu zustande brachte. Und als sie wieder daran dachte, wie er an dem Tag ausgesehen hatte – die roten Wangen, die leuchtenden Augen –, ballte sie die Hände stumm zu festen kleinen Fäusten.

»Warum hast du mich nicht in Ruhe lassen können?« fragte sie ihn jetzt. »Weshalb mußtest du deswegen so ein Arsch sein? So ein *grober Klotz?*«

Vergiß es. Denk nicht über Gerald nach; denk an die Handschellen. Zwei Paar Sicherheitshandfesseln Marke Kreig, Größe M-17. M für männlich; 17 für die Anzahl der Kerben im Schließbügel.

Ein Gefühl strahlender Hitze keimte in ihrem Bauch und ihrer Brust auf. *Fühl das nicht,* sagte sie zu sich, *und wenn du es unbedingt fühlen* mußt, *dann tu so, als wären es Verdauungsstörungen.*

Aber das war unmöglich. Sie verspürte Hoffnung, und das ließ sich nicht leugnen. Sie konnte sie bestenfalls mit der Wirklichkeit ins Gleichgewicht bringen und sich vergegenwärtigen, daß ihr erster Versuch, sich aus den Handschellen zu zwängen, gescheitert war. Aber trotz der Anstrengung, sich an die Schmerzen und das Scheitern zu erinnern, konnte sie nur daran denken, wie nahe – wie verdammt *nahe* – sie dem Entkommen gewesen war. Nur noch fünf Millimeter, hatte sie damals gedacht, und es hätte wahrscheinlich geklappt, und ein Zentimeter hätte auf jeden Fall gereicht. Die Handwurzelknochen waren ein Problem, ja, aber wollte sie wirklich in diesem Bett sterben, weil sie eine Kluft nicht überwinden konnte, die nicht viel breiter als ihre Unterlippe war? Auf gar keinen Fall.

Jessie bemühte sich nach Kräften, diese Gedanken zurückzustellen und sich auf den Tag zu konzentrieren, an dem Gerald die Handschellen nach Hause gebracht hatte. Wie er sie mit der stummen Ehrfurcht eines Juweliers hochgehalten hatte, der das erlesenste Diamantkollier vorzeigt, das jemals durch seine Hände gegangen ist. Sie selbst war auch einigermaßen davon beeindruckt gewesen, um ehrlich zu sein. Sie erinnerte sich, wie glänzend sie gewesen waren, wie sich das Licht vom Fenster in dem blauen Stahl auf den Schellen selbst und auf den eingekerbten Bügeln des Verschlusses gespiegelt hatte, mit dem man die Handschellen auf Handgelenke verschiedener Größe einstellen konnte.

Sie hatte wissen wollen, woher er sie hatte – eine Frage reiner Neugier, kein Vorwurf –, aber er hatte ihr nur verraten, daß ihm jemand von den Gerichtswachen behilflich gewesen war. Er schenkte ihr ein verschleiertes kurzes Augenzwinkern, als er das sagte, als würden Dutzende dieser hilfreichen Burschen, die er alle persönlich kannte, durch die verschiedenen Säle und Flure des Gerichtsgebäudes von Cumberland County laufen. Tatsächlich hatte er sich an dem Nachmittag aufgeführt, als hätte er zwei Scud-Raketen ergattert, statt zwei Paar Handschellen.

Sie lag auf dem Bett und trug einen Teddy aus weißer Spitze und dazu passende Seidenhöschen, ein Ensemble, das eindeutig fast da war, und beobachtete ihn mit einer Mischung aus Erheiterung, Neugier und Erregung ... aber Erheiterung hatte an dem Tag die Oberhand gehabt, oder nicht? Ja. Gerald, der sich stets bemühte, Mr. Cool persönlich zu sein, durchs Zimmer stapfen zu sehen wie einen brünstigen Hengst, war ihr in der Tat sehr erheiternd vorgekommen. Sein Haar stand in unbändigen Korkenzieherlocken ab, die Jessies kleiner Bruder immer ›Flusen‹ genannt hatte, und er trug noch seine schwarzen Nylonsocken Marke Aufstrebender Jungmanager. Sie erinnerte sich, wie sie sich auf die Innenseite der Wangen gebissen hatte – und zwar ziemlich fest –, damit man ihr das Grinsen nicht ansah.

Mr. Cool hatte an diesem Nachmittag schneller geredet als ein Auktionator bei einer Zwangsversteigerung. Und dann hatte er plötzlich in voller Fahrt aufgehört. Sein Gesicht hatte einen Ausdruck komischer Überraschung angenommen.

»Gerald, was ist denn?« hatte sie ihn gefragt.

»Mir ist gerade eingefallen, daß ich gar nicht weiß, ob du das auch nur in *Erwägung* ziehst«, hatte er geantwortet. »Ich plappere einfach drauflos, ich habe wegen dem du-weißt-schon-was fast Schaum vor dem Mund, wie du deutlich sehen kannst, und ich habe dich gar nicht gefragt, ob du . . .«

Da hatte sie gelächelt, weil sie einerseits die Schals ziemlich satt hatte und nicht wußte, wie sie es ihm beibringen sollte, und andererseits, weil es schön war, ihn wegen Sex wieder einmal so in Fahrt zu erleben. Na gut, es war vielleicht ein bißchen abseitig, wenn einen die Vorstellung aufgeilte, die eigene Frau mit Handschellen zu fesseln, bevor man mit der langen weißen Harpune Tiefseetauchen ging. Na und? Es blieb strikt zwischen ihnen beiden, oder nicht?, und es war nur Spaß – wirklich nicht mehr als eine nicht jugendfreie komische Oper. Gilbert und Sullivan machen auf Bondage. Ich bin eine gefesselte Lady-dee in des Königs Nay-vee. Außerdem gab es abseitigere Neigungen; Freida Soames von gegenüber hatte Jessie einmal gestanden (nach zwei Drinks vor dem Essen und einer halben Flasche Wein während), daß es ihrem Exmann gefallen hatte, sich pudern und windeln zu lassen.

Beim zweiten Mal hatte es nicht funktioniert, daß sie sich auf die Wangen gebissen hatte, und sie hatte losgeprustet. Gerald hatte sie mit leicht nach rechts geneigtem Kopf und einem verhaltenen Lächeln angesehen, das den linken Mundwinkel nach oben zog. Es war ein Ausdruck, den sie in den vergangenen siebzehn Jahren gut kennengelernt hatte – er bedeutete, daß Gerald entweder im Begriff war, wütend zu werden oder mit ihr zu lachen. Normalerweise war es unmöglich zu sagen, wofür er sich entscheiden würde.

»Möchtest du mitmachen?« hatte er gefragt.

Sie hatte nicht gleich geantwortet. Statt dessen hatte sie aufgehört zu lachen und ihn mit einer Miene angesehen, die, wie sie hoffte, der gemeinsten Nazihure würdig war, deren Konterfei jemals den Umschlag des Magazins *Man's Adventure* geziert hatte. Als sie der Meinung war, sie hätte das richtige Ausmaß eiskalter *hauteur* erreicht, hatte sie die Arme gehoben und vier arglose Worte gesagt, worauf er offenbar schwindlig vor Erregung zum Bett gesprungen kam:

»Komm hierher, du Dreckskerl.«

Er hatte ihr die Handschellen in Null Komma nichts über die Gelenke gepfriemelt und an den Bettpfosten festgemacht. Das Bett im Schlafzimmer des Hauses in Portland hatte keine Querbretter; *hätte* er dort seinen Herzanfall gehabt, hätte sie die Handschellen mühelos über die Pfosten streifen können. Während er keuchte und sich an den Handschellen zu schaffen machte und dabei das Knie aufreizend nach unten an ihr rieb, hatte er geredet. Und dabei hatte er ihr von M und F erzählt und erklärt, wie die Verschlüsse funktionierten. Er wollte Fs, hatte er ihr gesagt, weil die Handschellen für Frauen Verschlußbügel mit dreiundzwanzig Kerben statt siebzehn hatten, wie die meisten für Männer. Mehr Kerben bedeutete, man konnte die Frauenmodelle enger schließen. Aber an die kam man nur schwer ran, und als sein Freund bei Gericht Gerald gesagt hatte, er könnte ihm zwei Männerhandschellen zu einem vernünftigen Preis besorgen, hatte Gerald die Gelegenheit beim Schopf ergriffen.

»Manche Frauen können mühelos aus Männerhandschellen rausschlüpfen«, hatte er ihr gesagt, »aber du hast einen starken Knochenbau. Außerdem wollte ich nicht warten. Und jetzt laß mal sehen . . .«

Er hatte ihr die Schelle um das rechte Handgelenk gelegt und den Verschlußbügel anfangs schnell zugedrückt, dann aber langsamer, als er sich dem Ende näherte, und er hatte sie bei jeder Kerbe gefragt, ob er ihr weh tat. Es ging prima bis zur letzten Kerbe, aber als er sie gebeten hatte, sie sollte einmal versuchen, ob sie herausschlüpfen konnte, war es ihr nicht gelungen. Ihr Handgelenk war schon weitgehend durch die Öse gerutscht, und Gerald hatte ihr später erzählt, daß nicht einmal das passieren dürfte, aber als sie bis zum Handrücken und Daumenansatz kam, und nicht weiter, war sein komisch besorgter Ausdruck verschwunden.

»Ich glaube, die sind prima«, hatte er gesagt. Daran konnte sie sich noch genau erinnern, und noch deutlicher an das, was er danach gesagt hatte: »Mit denen werden wir eine Menge Spaß haben.«

Mit der Erinnerung an diesen Tag deutlich vor Augen, zog Jessie wieder nach unten und versuchte, ihre Hände so klein wie möglich zu machen, damit sie sie durch die Handschellen zwängen konnte. Dieses Mal setzten die Schmerzen früher ein und fingen nicht in den Händen an, sondern in den überanstrengten Muskeln von Schultern und Armen. Jessie kniff die Augen zu, zog fester und versuchte, nicht auf die Schmerzen zu achten.

Dann stimmten ihre Hände in den Chor der Qual ein, und als sie sich wieder der äußersten Grenze ihrer Muskelkraft näherte und die Handschellen sich in die dünne Haut über den Handrücken gruben, fingen sie an zu schreien. *Posteriorsehne,* dachte sie mit schiefgelegtem Kopf und zu einem breiten, trockenen Grinsen verzerrten Lippen. *Posteriorsehne, Posteriorsehne, Scheiß-Posteriorsehne.*

Nichts. Unnachgiebig. Und sie begann zu vermuten – *stark* zu vermuten –, daß hier mehr im Spiel war als Sehnen. Es waren auch *Knochen* dort, knubbelige kleine Knochen, die unter dem Daumengelenk an der Hand entlang verliefen, ein paar knubbelige kleine Knochen, die wahrscheinlich ihren Tod bedeuteten.

Mit einem letzten Schrei der Qual und Enttäuschung entspannte Jessie die Hände wieder. Ihre Schultern und Oberarme bebten vor Erschöpfung. Soviel zum Herausrutschen aus den Handschellen, weil es M-17er und keine F-23er waren. Die Enttäuschung war fast schlimmer als die körperlichen Schmerzen; sie brannte wie Brennesseln.

»Abgewichste Scheiße!« kreischte sie in das leere Zimmer. *»Abgewichste Scheiße, abgewichste Scheiße, abgewichste Scheiße!«*

Irgendwo am See – heute weiter entfernt, wie es sich anhörte – wurde die Motorsäge angelassen, und das machte sie noch wütender. Der Typ von gestern holte noch mehr. Nur ein Schlappschwanz im rotschwarz karierten Flanellhemd von L. L. Beans, der dort draußen Paul Leck-mich-im-Arsch Bunyan spielte, mit seiner McCullough abdröhnte und davon träumte, wie er am Abend mit seiner Zuckerpuppe ins Bett kroch … oder vielleicht träumte er von Football, oder von ein paar Eisgekühlten unten in der Hafenbar. Jessie sah den Bauerntölpel im karierten Flanellhemd so deutlich wie das Mädchen am Pranger, und wenn Gedanken allein töten könnten, wäre der Kopf des Mannes wahrscheinlich noch in diesem Augenblick zu seinem Arschloch rausexplodiert.

»Es ist unfair!« schrie sie. *»Es ist einfach unf . . .«*

Da schnürte ihr eine Art trockener Krampf die Kehle zu, und sie verstummte mit angstverzerrtem Gesicht. Sie hatte die harten Knochensplitter gespürt, die ihr das Entkommen unmöglich machten – weiß Gott, das hatte sie –, aber sie wußte, sie war nahe dran gewesen. Das war die wahre Quelle ihrer Verbitterung – nicht die Schmerzen und schon gar nicht der unsichtbare Holzfäller mit seiner kreischenden Motorsäge. Es war das Wissen, daß sie nahe dran gewesen war, aber nicht nahe genug. Sie konnte weiter die Zähne zusammenbeißen und die Schmerzen ertragen, aber sie glaubte nicht mehr, daß es ihr auch nur das geringste nützen würde. Die letzten fünf bis zehn Millimeter würden immer höhnisch außerhalb ihrer Reichweite bleiben. Wenn sie weiter zog, würde sie lediglich Ödeme und Schwellungen in den Handgelenken herbeiführen und die Situation nur noch verschlimmern statt verbessern.

»Und sagt mir nicht, daß ich im Eimer bin, *wagt* es ja nicht«, sagte sie mit flüsternder, zänkischer Stimme. »Das will ich nicht hören.«

Du mußt irgendwie rauskommen, flüsterte die Stimme des jungen Mädchens zurück. *Weil er – es – wirklich wiederkommen wird. Heute nacht. Wenn die Sonne untergegangen ist.*

»Das glaube ich nicht«, krächzte sie. »Ich glaube nicht, daß der Mann wirklich da war. Der Ohrring und der Fußabdruck sind mir egal. Ich glaube es einfach nicht.«

Doch.

Nein.

Doch.

Jessie ließ den Kopf auf die Seite sinken, das Haar hing fast bis auf die Matratze und ihr Mund bebte ganz erbärmlich.

Ja, sie glaubte es.

26

Trotz des zunehmend schlimmeren Dursts und ihrer pochenden Arme döste sie wieder ein. Sie wußte, es war gefährlich zu schlafen – ihre Kraftreserven würden weiter schwinden, während sie weg war –, aber was spielte das schon für eine Rolle? Sie hatte alle Möglichkeiten durchgespielt und war immer noch Amerikas Herzblatt in Handschellen. Außerdem wollte sie das herrliche Vergessen – brauchte es sogar, so wie ein Fixer seinen Stoff braucht. Kurz bevor sie wegdriftete, kam ihr ein einfacher und schockierend direkter Gedanke, der ihren verwirrten, dösenden Verstand wie eine Fackel erhellte.

Die Gesichtscreme. Das Döschen Gesichtscreme auf dem Regal über dem Bett.

Mach dir keine Hoffnungen, Jessie – das wäre ein schwerer Fehler. Wenn es nicht ganz vom Regal gefallen ist, als du das Brett gekippt hast, ist es wahrscheinlich an eine Stelle gerutscht, wo du weniger Chancen hast, es zu erreichen, als ein Schneeball in der Hölle. Also mach dir keine Hoffnungen.

Aber es war so, daß sie sich *nicht* keine Hoffnungen machen konnte, denn wenn die Creme noch da war und wenn sie sie in die Finger bekommen konnte, sorgte sie möglicherweise für genug Schlüpfrigkeit, um eine Hand befreien zu können. Möglicherweise beide, obwohl sie nicht glaubte, daß das erforderlich sein würde. Wenn es ihr gelang, aus einer Handschelle herauszuschlüpfen, konnte sie vom Bett herunter, und sie glaubte, wenn sie vom Bett herunter konnte, hatte sie es geschafft.

Es war nur eine kleine Probedose aus Plastik, wie sie sie mit der Post verschicken, Jessie. Sie muß *auf den Boden gefallen sein.*

Aber das war sie nicht. Als Jessie den Kopf so weit sie konnte nach links gedreht hatte, ohne sich den Hals auszurenken, konnte sie den dunkelblauen Umriß am äußersten Rand ihrer Wahrnehmung erkennen.

Sie ist gar nicht da, flüsterte der gehässige, destruktive Teil von ihr. *Du* glaubst, *daß sie da ist, das ist vollkommen verständlich, aber in Wirklichkeit ist sie nicht da. Sie ist nur eine Halluzination, Jessie, du siehst nur, was du sehen möchtest, was dir dein Verstand vorgaukelt. Aber ich nicht; ich bin Realist.*

Sie sah noch einmal hin und drehte sich trotz der Schmerzen noch ein Stück weiter nach links. Statt zu verschwinden, wurde der blaue Umriß kurz deutlicher. Es war tatsächlich das Probedöschen. Auf Jessies Seite des Regals stand eine Leselampe, die nicht vom Regal gerutscht war, weil sie mit dem Holz verschraubt war. Eine Taschenbuchausgabe von *Das Tal der Pferde,* die seit Mitte Juli auf dem Regal lag, war gegen den Sockel der Lampe gerutscht, und die Nivea-Dose gegen das Buch. Jessie wurde klar, daß ihr Leben möglicherweise von einer Leselampe und ein paar erfundenen Höhlenmenschen mit Namen wie Ayla und Oda und Uba und Thonolan gerettet wurde. Das war mehr als erstaunlich; es war surrealistisch.

Selbst wenn sie da ist, kommst du nie hin, sagte die Schwarzseherin zu ihr, aber Jessie hörte es kaum. Sie *glaubte,* daß sie die Dose erreichen konnte. Sie war fest überzeugt davon.

Sie drehte die linke Hand in der Fessel und streckte sie langsam, mit unendlicher Behutsamkeit, zum Regal aus. Jetzt durfte sie sich ja keinen Fehler leisten, um die Dose Nivea-Creme auf dem Regal nicht außer Reichweite oder gar nach hinten gegen die Wand zu stoßen. Es konnte sein, daß jetzt eine Lücke zwischen Brett und Wand klaffte, ein Lücke, durch die ein kleines Probedöschen mühelos fallen konnte. Und sie war ganz sicher, wenn das geschah, würde sie durchdrehen. Ja. Sie würde hören, wie das Döschen zwischen Mäusedreck und Staubflusen auf dem Boden landete, und ihr Verstand würde einfach ... nun, durchdrehen. Darum mußte sie vorsichtig sein. Wenn sie das war, konnte alles gut werden. Weil ...

Weil es vielleicht doch einen Gott gibt, dachte sie, *und Er will nicht, daß ich hier auf diesem Bett sterbe wie ein Tier in der Falle. Wenn man genauer darüber nachdenkt, scheint das logisch zu sein. Ich habe das Döschen auf dem Regal ertastet, als der Hund anfing, Gerald anzuknabbern, und dann habe ich gesehen, daß es zu klein und leicht war, dem Hund weh zu tun, selbst wenn ich ihn getroffen hätte. Unter diesen Umständen – angeekelt, verwirrt und halb wahnsinnig vor Angst – wäre es das Logischste gewesen, es einfach fallenzulassen und nach etwas Schwererem auf dem Regal zu tasten. Aber statt dessen habe ich es auf das Regal zurückgestellt. Warum hätte ich oder sonst jemand so etwas Unlogisches tun sollen? Wegen Gott, darum. Das ist die einzige Antwort, die mir einfällt, die einzige, die logisch klingt. Gott hat es für mich aufgehoben, weil Er gewußt hat, daß ich es brauchen würde.*

Sie hauchte die gefesselte Hand langsam am Holz entlang und

versuchte, ihre gespreizten Finger in eine Radarantenne zu verwandeln. Es durfte kein Schnitzer passieren. Ihr war klar, Gott oder Schicksal oder Vorsehung hin oder her, dies würde mit ziemlicher Sicherheit ihre beste und letzte Chance sein. Und als ihre Finger die glatte, runde Oberfläche des Döschens berührten, fiel ihr ein Vers aus einem Sprech-Blues ein, ein kleiner Gassenhauer, den wahrscheinlich Woody Guthrie komponiert hatte. Damals, am College, hatte sie ihn zum ersten Mal von Tom Rush gesungen gehört:

»If you want to go to heaven
Let me tell you how to do it,
You gotta grease your feet
With a little mutton suet.
You just slide out of the devil's hand
And ooze on over to the promised land;
Take it easy,
*Go greasy.«**

Sie legte die Finger um das Gefäß, achtete nicht auf das rostige Ziehen in den Schultermuskeln und zog das Döschen langsam und vorsichtig, fast zärtlich zu sich. Jetzt wußte sie, wie Sprengmeistern zumute sein mußte, wenn sie mit Nitro arbeiteten. *Take it easy,* dachte sie, *go greasy.* Waren im Verlauf der Weltgeschichte jemals zutreffendere Worte gesprochen worden?

»Das glaube ich niiiicht, Teuahste«, sagte sie mit ihrer rotznäsigsten ›Elizabeth Taylor–*Die Katze auf dem heißen Blechdach*‹-Stimme. Sie hörte es nicht, bemerkte nicht einmal, daß sie gesprochen hatte.

Sie spürte bereits, wie sich der heilige Balsam der Erleichterung über sie ausbreitete; es war so angenehm, wie der erste Schluck frischen, kühlen Wassers sein würde, wenn sie diesen über den rostigen Stacheldraht in ihren Hals goß. Sie würde dem Teufel aus der Hand flutschen und ins Gelobte Land glitschen, daran konnte überhaupt kein Zweifel bestehen. Das hieß, so

* Wenn du in den Himmel willst,
Laß mich dir sagen, wie man das macht,
Du schmierst dir die Füße
Mit etwas Hammelfett ein.
Damit flutschst du dem Teufel aus der Hand
Und glitschst hinüber ins Gelobte Land;
Nimm's nicht so schwer,
Geh geschmiert.

lange sie *vorsichtig* glitschte. Sie war in Versuchung geführt, sie war im Feuer geläutert worden; jetzt konnte sie ihre Belohnung ernten. Sie war eine Närrin gewesen, jemals daran zu zweifeln.

Ich finde, du solltest aufhören, so zu denken, sagte Goodwife mit besorgter Stimme. *Dadurch wirst du sorglos, und ich könnte mir denken, daß die wenigsten sorglosen Menschen dem Teufel aus der Hand flutschen.*

Das stimmte wahrscheinlich, aber sie hatte nicht die geringste *Absicht,* sorglos zu sein. Sie hatte die vergangenen achtzehn Stunden in der Hölle verbracht, und keiner wußte besser als sie, wieviel auf dem Spiel stand. Niemand *konnte* es besser wissen; niemals.

»Ich werde vorsichtig sein«, gurrte Jessie. »Ich werde mir jeden Schritt genau überlegen. Ich verspreche es. Und dann ... dann werde ich ...«

Was würde sie?

Selbstverständlich geschmiert gehen. Nicht nur, bis sie aus den Handschellen raus war, sondern für immer. Jessie hörte sich wieder mit Gott sprechen, und diesmal mühelos und flüssig.

Ich will etwas versprechen, sagte sie Gott. *Ich verspreche, daß ich von jetzt an immer flutschen werde. Ich werde mit einem gründlichen Frühjahrsputz in meinem Kopf anfangen und alle kaputten Sachen und das Spielzeug hinauswerfen, über das ich schon lange hinausgewachsen bin – mit anderen Worten alles, das nur unnötig Platz wegnimmt und zur Feuergefahr beiträgt. Vielleicht rufe ich Nora Callighan an und frage sie, ob sie mir helfen will. Vielleicht rufe ich auch Carol Symonds an ... heutzutage natürlich Carol Rittenhouse. Wenn jemand aus unserer alten Clique noch weiß, wo Ruth Neary steckt, dann Carol. Hör mir zu, lieber Gott – ich weiß nicht, ob jemals jemand ins Gelobte Land kommt oder nicht, aber ich verspreche dir, ich bleibe geschmiert und werde es versuchen. Okay?*

Und sie sah (fast wie eine wohlwollende Antwort auf ihr Gebet) genau vor sich, wie es ablaufen würde. Am schwierigsten würde es sein, den Deckel des Döschens herunterzubekommen; das würde Geduld und größte Sorgfalt erfordern, aber das ungewöhnlich kleine Format würde ihr zu Hilfe kommen. Sie würde den Boden des Döschens gegen die linke Handfläche drücken; den Deckel mit den Fingern umschließen und mit dem Daumen aufdrehen. Es wäre hilfreich, wenn der Deckel nicht ganz fest zugeschraubt wäre, aber sie war überzeugt, daß sie es auf jeden Fall schaffen würde.

Du hast verdammt recht, ich werde sie aufbekommen, Süße, dachte Jessie grimmig.

Der gefährlichste Augenblick würde wahrscheinlich sein, wenn der Deckel tatsächlich anfing, sich zu drehen. Wenn das auf einmal geschah und sie nicht darauf vorbereitet war, konnte ihr das Döschen glatt aus der Hand rutschen. Jessie stieß ein krächzendes, kurzes Lachen aus. »Keine Chance, Teuahste«, sagte sie dem verlassenen Zimmer. »Absolut keine Chance, Teuahste.«

Jessie hielt das Gefäß hoch und betrachtete es starr. Durch die halbdurchlässige Plastikdose war es schwer zu sagen, aber es schien mindestens noch halb voll zu sein, möglicherweise etwas mehr. Wenn der Deckel aufgeschraubt war, würde sie das Döschen einfach in der Hand drehen und den Glibber auf die Handfläche fließen lassen. Wenn sie genügend beisammen hatte, würde sie die Hand in die Vertikale neigen und die Creme am Handgelenk hinunterlaufen lassen. Das meiste würde sich zwischen ihrer Haut und der Handfläche stauen. Sie würde es verteilen, indem sie die Hand kreisen ließ. Sie kannte die entscheidende Stelle schon: die Wölbung unter dem Daumen. Und wenn sie so eingefettet war, wie es nur ging, würde sie ein letztes Mal ziehen, ruckartig und kräftig. Sie würde nicht auf die Schmerzen achten und weiter ziehen, bis ihre Hand aus der Handschelle glitschte und sie endlich frei war, endlich frei, allmächtiger Gott, endlich frei. Sie konnte es schaffen. Sie wußte es.

»Aber vorsichtig«, murmelte sie, ließ den Boden des Döschens auf die Handfläche gleiten und preßte Fingerspitzen und Daumen in Abständen auf den Deckel. Und . . .

»Er ist locker!« rief sie mit heiserer, zitternder Stimme. »Herrgott Hosianna, er ist wirklich nicht fest zugedreht!«

Sie konnte es kaum glauben – und die Schwarzseherin irgendwo in ihrem Inneren weigerte sich –, aber es stimmte. Sie konnte spüren, wie sich der Deckel ein wenig auf dem Schraubverschluß bewegte, als sie mit den Fingern behutsam darüberstrich.

Vorsichtig, Jess – oh, sei vorsichtig. Genauso, wie du es vorhergesehen hast.

Ja. Im Geiste sah sie noch etwas anderes – sah sich selbst an ihrem Schreibtisch in Portland sitzen, und sie trug ihr bestes schwarzes Kleid – das modische kurze, das sie sich selbst letztes Frühjahr als Belohnung gekauft hatte, weil sie ihre Diät durchgehalten und zehn Pfund abgenommen hatte. Ihr Haar war frisch gewaschen und roch nach einem angenehmen Kräutershampoo statt nach altem saurem Schweiß, und es wurde von einer schlichten goldenen Spange gehalten. Das freundliche Licht der Nachmittagssonne fiel durch die Rundbogenfenster auf ihren Schreibtisch. Sie sah sich, wie sie der Nivea Corporation of America schrieb, oder wer Nivea-Gesichtscreme auch immer herstellte. *Sehr geehrte Damen und Herren,* würde sie schreiben, *ich wollte Ihnen nur mitteilen, daß einem Ihr Produkt wirklich das Leben retten kann ...*

Als sie mit dem Daumen auf den Deckel der Dose drückte, drehte dieser sich problemlos ohne einen Ruck. Alles genau nach Plan. *Wie ein Traum,* dachte sie. *Danke, lieber Gott. Danke. Vielen, vielen, vielen Da ...*

Eine plötzliche Bewegung in ihrem Augenwinkel, und ihr erster Gedanke war nicht, daß jemand gekommen war und sie gerettet hatte, sondern daß der Space Cowboy zurückgekehrt war, um sie für sich zu holen, bevor sie entkommen konnte. Jessie stieß einen schrillen, erschrockenen Schrei aus. Ihr Blick schnellte vom gebannten Brennpunkt des Döschens weg. Sie krallte die Finger in einer unwillkürlichen Zuckung von Schrekken und Überraschung darum.

Es war der Hund. Der Hund war zu einem zweiten Frühstück zurückgekommen, stand unter der Tür und überprüfte das Schlafzimmer, bevor er hereinkam. In dem Augenblick, als Jessie das klar wurde, stellte sie auch fest, daß sie das kleine blaue Döschen viel zu fest gedrückt hatte. Es glitt ihr zwischen den Fingern hindurch wie eine frisch geschälte Traube.

»Nein!«

Sie versuchte es zu halten und hätte es beinahe geschafft. Dann fiel es ihr aus der Hand, landete auf ihrer Hüfte und hüpfte vom Bett herunter. Ein schwaches und dummes Klicken war zu hören, als das Döschen auf dem Boden aufschlug. Dies war das Geräusch, von dem sie vor nicht einmal drei Minuten noch geglaubt hatte, es würde sie wahnsinnig machen. Aber so weit kam es nicht, und nun fand sie ein neues, tiefergehendes Grauen: trotz allem, was ihr zugestoßen war, war sie noch eine weite Strecke vom Wahnsinn entfernt. Sie überlegte sich, welche Schrecken auch noch vor ihr liegen mochten; dieser letzte Notausgang war verschlossen und sie mußte sich ihnen geistig normal stellen.

»Warum mußt du ausgerechnet jetzt hereinkommen, du Drecksköter?« fragte sie den einstigen Prinz, der angesichts ihrer knarrenden, tödlichen Stimme stehenblieb und sie so voll von Vorsicht ansah, wie es ihre Schreie und Drohungen niemals bewirkt hatten. »Warum jetzt, gottverdammt? Warum *jetzt*?«

Der Streuner entschied, daß das Frauchen wahrscheinlich immer noch harmlos war, obwohl jetzt ein schneidender Unterton in ihrer Stimme mitschwang, aber dennoch behielt er sie argwöhnisch im Auge, während er zu seinem Fleischvorrat trottete. Auf Nummer Sicher zu gehen war auf jeden Fall besser. Der Hund hatte viel leiden müssen, bis er diese einfache Lektion gelernt hatte, und er würde sie nicht mehr so schnell oder so leicht vergessen – es war immer besser, auf Nummer Sicher zu gehen.

Er warf ihr einen letzten Blick seiner hellen und verzweifelten Augen zu, dann senkte er den Kopf, packte einen von Geralds Armen und riß ein großes Stück heraus. Es war schlimm, das zu sehen, aber für Jessie war es nicht das Schlimmste. Das Schlimmste war die Wolke von Fliegen, die von ihren Freß- und Eiablageplätzen hochstoben, als der Streuner die Zähne ins Fleisch geschlagen und gezerrt hatte. Ihr schläfriges Summen vollendete den Prozeß, der einen lebenswichtigen, überlebensorientierten Teil von ihr abmurkste, einen Teil, der mit Hoffnung und Herz zu tun hatte.

Der Hund wich so behende wie ein Tänzer in einem Musicalfilm zurück, hatte das gute Ohr hochgestellt und Fleisch aus dem Maul hängen. Dann drehte er sich um und trottete rasch aus dem Zimmer. Die Fliegen setzten wieder zur Landung an, noch ehe er außer Sichtweite war. Jessie lehnte den Kopf gegen das Mahagonikopfteil und machte die Augen zu. Sie fing wieder an zu beten, aber dieses Mal betete sie nicht für ihr Entkommen. Dieses Mal betete sie, Gott möge sie schnell und schmerzlos holen, bevor die Sonne unterging und der Fremde mit dem weißen Gesicht zurückkam.

27

Die nächsten vier Stunden waren die schlimmsten in Jessie Burlingames Leben. Ihre Muskelkrämpfe wurden immer häufiger und immer schlimmer, aber nicht die Schmerzen in den Muskeln machten die Stunden zwischen elf und drei so schrecklich; es war vielmehr die störrische, grausame Weigerung ihres Verstands, die geistige Klarheit aufzugeben und ins Dunkel zu entschwinden. Sie hatte Poes ›Das verräterische Herz‹ an der High-School gelesen, aber erst jetzt wurde ihr der wahre Schrecken der ersten Zeile bewußt: *Wahrhaftig! – reizbar – sehr, fürchterlich reizbar warn meine Nerven gewesen, und sie sind es noch; doch warum meinen Sie, ich sei verrückt?*

Wahnsinn wäre eine Erleichterung gewesen, aber der Wahnsinn stellte sich nicht ein. Ebensowenig der Schlaf. Der Tod würde wahrscheinlich schneller als beide sein, die Dunkelheit aber mit Sicherheit. Sie konnte nur im Bett liegen und existierte in einer dumpfen olivfarbenen Wirklichkeit, durch die gelegentlich grelle Blitze oder Schmerzen zuckten, wenn sich die Muskeln verkrampften. Die Krämpfe waren wichtig, ebenso ihre gräßliche, ermüdende geistige Gesundheit, aber sonst nichts – die Welt außerhalb dieses Zimmers hatte eindeutig jegliche Bedeutung für sie verloren. Sie kam sogar zur festen Überzeugung, daß es keine Welt außerhalb dieses Zimmers *gab*, daß alle Menschen, die sich dort einst getummelt hatten, zu einem existentiellen Besetzungsbüro zurückgekehrt und die Kulissen abgebaut und weggepackt worden waren wie das Bühnenbild nach einer Aufführung der Schultheatergruppe.

Zeit war ein kaltes Meer, durch das ihr Bewußtsein pflügte wie ein plumper, grobschlächtiger Eisbrecher. Stimmen kamen und gingen wie Phantome. Die meisten sprachen in ihrem Kopf, aber eine Zeitlang sprach Nora Callighan aus dem Badezimmer mit ihr, und ein andermal führte Jessie eine Unterhaltung mit ihrer Mutter, die in der Diele zu lauern schien. Ihre Mutter war gekommen, um ihr zu sagen, daß sie nie in diese Lage geraten wäre, wenn sie ordentlicher mit ihrer Kleidung gewesen wäre. »Wenn ich einen Fünfer für jeden Slip bekommen würde, den ich aus einer Ecke gefischt und richtig herumgekrempelt habe«, sagte ihre Mutter,

»könnte ich mir das Gaswerk von Cleveland kaufen.« Das war der Lieblingsspruch ihrer Mutter gewesen, und Jessie überlegte sich erst jetzt, daß keiner sie je gefragt hatte, *warum* sie das Gaswerk von Cleveland überhaupt wollte.

Jessie machte weiter erschöpft ihre Übungen, strampelte mit den Füßen und ruderte mit den Armen auf und ab, soweit die Handschellen – und ihre schwindenden Kräfte – es zuließen. Sie machte es nicht mehr, um ihren Körper für eine Flucht bereit zu halten, wenn sich endlich die richtige Gelegenheit bot, denn sie hatte endlich eingesehen, in Kopf und Herzen, daß es keine Gelegenheiten mehr gab. Das Döschen Gesichtscreme war die letzte gewesen. Sie machte die Übungen nur noch, weil die Bewegung die Krämpfe etwas zu lindern schien.

Trotz der Übungen konnte sie spüren, wie sich Kälte in Füßen und Händen breitmachte und sich auf die Haut senkte wie eine Eisschicht, die langsam nach innen vordrang. Es war nicht mit dem Gefühl eingeschlafener Gliedmaßen vergleichbar, mit dem sie heute morgen aufgewacht war; mehr mit den Erfrierungen, die sie als Teenager einmal nach einem langen Langlauf-Nachmittag erlitten hatte – schlimme graue Flecken auf einem Handrükken und einer Wade, wo die Strümpfe verrutscht gewesen waren, abgestorbene Stellen, die nicht einmal für die Bruthitze des Kamins empfänglich waren. Sie vermutete, daß diese Taubheit die Krämpfe allmählich ablösen und ihr Tod sich doch als etwas Barmherziges erweisen konnte – als würde man in einer Schneeverwehung einschlafen –, aber es ging alles viel zu langsam.

Zeit verging, aber es war keine Zeit; es war lediglich ein unbarmherziger, unveränderlicher Strom von Informationen, die von ihren schlaflosen Sinnen zum unheimlich klaren Verstand übermittelt wurden. Da war nur das Schlafzimmer, die Szenerie draußen (die letzten Bühnenkulissen, die der Materialverwalter dieser beschissenen kleinen Produktion noch nicht weggeräumt hatte), das Summen der Fliegen, die Gerald in einen spätherbstlichen Brutkasten verwandelten, und die langsame Bewegung der Schatten auf dem Fußboden, während die Sonne über einen Herbsthimmel zog, der wie gemalt aussah. Ab und zu fuhr ihr ein Krampf wie ein Eispickel in eine Achselhöhle oder hämmerte einen stumpfen Stahlnagel in ihre rechte Seite. Während sich der Nachmittag endlos hinzog, setzten die ersten Krämpfe im Magen ein, der schon längst nicht mehr vor Hunger knurrte, sowie in den überbeanspruchten Sehnen des Zwerchfells. Letztere waren die schlimmsten, sie machten die Muskelschicht der Brust starr und drückten auf die Lungen. Sie sah mit gequälten, vorquellenden Augen zu den Wellenspiegelungen an der Decke, und ihre Arme und Beine zitterten vor Anstrengung, während sie versuchte zu atmen, bis der Krampf nachließ. Es war, als wäre sie bis zum Hals in kaltem, nassem Beton begraben.

Der Hunger verging, aber der Durst nicht, und während sich der endlose Tag um sie drehte, kam sie zur Erkenntnis, daß schlichter Durst (nur das, nichts weiter) das bewerkstelligen konnte, was die zunehmenden Schmerzen und selbst die Aussicht auf ihren bevorstehenden Tod nicht vermocht hatten: er konnte sie in den Wahnsinn treiben. Es ging jetzt nicht mehr nur um Hals und Mund; jede Faser ihres Körpers schrie nach Wasser. Selbst ihre Augäpfel waren durstig, und sie stöhnte leise, während sie links neben dem Oberlicht die gespiegelten Wellen an der Decke tanzen sah.

Da sie sich diesen durchaus realen Gefahren ausgesetzt fand, hätte das Grauen vor dem Space Cowboy eigentlich abklingen oder ganz verschwinden müssen, aber je länger sich der Nachmittag hinzog, desto mehr mußte sie an den Fremden mit dem weißen Gesicht denken. Sie sah seine Gestalt andauernd gleich außerhalb des Lichtkreises ihrer beeinträchtigten Wahrnehmung, und obwohl sie wenig mehr ausmachen konnte als den generellen Umriß (hager bis zum Punkt der Ausgezehrtheit), stellte sie fest, daß sie das versunkene, widerliche Grinsen immer deutlicher erkennen konnte, während die Sonne ihren Köcher voll Stunden nach Westen schleppte. Sie hörte das staubige Murmeln von Knochen und Juwelen, wenn er diese mit der Hand in dem seltsamen, antiquierten Musterkoffer durchwühlte.

Er würde zu ihr kommen. Wenn es dunkel wurde, würde er kommen. Der tote Cowboy, der Außenseiter, das Gespenst der Liebe.

Du hast *ihn gesehen, Jessie. Es war der Tod, und du* hast *ihn gesehen wie viele Menschen, die an einsamen Orten sterben.* Selbstverständlich; *man sieht es ihren verzerrten Gesichtern und hervorquellenden Augen an. Es war der alte Cowboy Tod, und heute abend, wenn die Sonne untergeht, kommt er wieder zu dir.*

Kurz nach drei nahm der Wind, der den ganzen Tag lang ruhig gewesen war, wieder zu. Die Hintertür schlug erneut unbarmherzig gegen den Rahmen. Nicht lange danach ging die Motorsäge aus, und sie konnte das leise Plätschern windgepeitschter Wellen an den Steinen am Ufer hören. Der Eistaucher ließ die Stimme nicht mehr erschallen; vielleicht hatte er beschlossen, daß die Zeit gekommen war, nach Süden zu fliegen oder sich zumindest einen Teil des Sees zu suchen, wo die kreischende Lady nicht mehr zu hören war.

Jetzt bin ich allein. Zumindest bis der andere zurückkommt.

Sie bemühte sich nicht mehr, so zu tun, als wäre ihr dunkler Besucher nur Einbildung gewesen; dazu hatte sich die Lage schon zu weit entwickelt.

Ein frischer Krampf schlug lange, bittere Zähne in ihre linke Achselhöhle, bis sie die rissigen Lippen zu einer Grimasse verzerrte. Es war, als würde man ihr mit den Zinken einer Grillgabel ins Herz stechen. Dann zogen sich die Muskeln unmittelbar unter ihren Brüsten zusammen, und die Nerven im Solarplexus schienen zu entflammen wie trockene Fidibusse. Diese Schmerzen waren neu, und sie waren gewaltig – schlimmer als alles, was sie bisher erlebt hatte. Sie krümmte sich wie ein grüner Zweig, ihr Oberkörper zuckte von einer Seite zur anderen, die Knie klappten auseinander und schlugen zusammen. Sie schüttelte das strähnige, verklebte Haar. Sie versuchte zu schreien, konnte es aber nicht. Einen Augenblick war sie überzeugt, daß es das gewesen war; das Ende der Fahnenstange. Eine letzte Zuckung, so heftig wie sechs Stangen Dynamit in einem Granitfelsen, und raus mit dir, Jessie; die Kasse ist gleich rechts.

Aber auch dieser ging vorbei.

Sie entspannte sich langsam, keuchte, drehte den Kopf zur Decke. Zumindest vorläufig quälten die tanzenden Spiegelungen da oben sie nicht mehr; ihre ganze Konzentration galt dem brennenden Strang Nerven zwischen und dicht unterhalb der Brüste, und sie wartete, ob die Schmerzen wirklich nachlassen oder statt dessen erneut aufflackern würden. Sie ließen nach ... aber widerwillig und mit dem Versprechen, baldmöglichst wiederzukommen. Jessie machte die Augen zu und betete um Schlaf. Selbst eine kurze Pause vom langen und qualvollen Job des Sterbens wäre ihr im Augenblick willkommen gewesen.

Der Schlaf kam nicht, aber dafür Punkin, das Mädchen am Pranger. Sie war jetzt frei wie ein Vogel, sexuelle Verführung hin oder her, und ging barfuß durch den Park des wie auch immer gearteten puritanischen Dorfs, wo sie wohnte, und war erfreulicherweise allein – sie mußte den Blick nicht verschämt gesenkt halten, damit kein Junge im Vorbeigehen ihr grinsend oder blinzelnd in die Augen sehen konnte. Das Gras war samtgrün und dunkel, und weit entfernt, auf der Kuppe des nächsten Hügels (*das muß der größte Stadtpark der Welt sein,* dachte Jessie) graste eine Schafherde. Die Glocke, die Jessie schon einmal gehört hatte, ließ ihren tonlosen, monotonen Klang durch den dämmrigen Tag erschallen.

Punkin trug ein Nachthemd aus blauem Flanell mit einem großen gelben Ausrufungszeichen auf der Vorderseite – kaum puritanische Kleidung, aber auf jeden Fall schicklich genug, da es sie vom Hals bis zu den Füßen bedeckte. Jessie kannte das Nachthemd gut und war entzückt, es wieder einmal zu sehen. Im Alter zwischen zehn und zwölf, als sie sich schließlich überzeugen ließ, es in den Altkleidersack zu stopfen, mußte sie das alberne Ding zu zwei Dutzend Schlummerparties getragen haben.

Punkins Haar, das ihr Gesicht vollkommen verborgen hatte, so lange der Pranger ihr den Kopf nach unten drückte, war jetzt mit einer mitternachtsblauen Schleife zurückgebunden. Das Mädchen sah reizend und durch und durch glücklich aus, was Jessie nicht im geringsten überraschte. Schließlich war das Mädchen *seinen* Fesseln entkommen; es war frei. Jessie verspürte deswegen keine Eifersucht, nur den ausgeprägten Wunsch – ja fast das Bedürfnis –, ihr zu sagen, daß sie mehr tun mußte, als sich ihrer Freiheit einfach nur erfreuen; sie mußte sie schätzen und beschützen und genießen.

Ich bin doch eingeschlafen. Ich muß eingeschlafen sein, denn dies kann nur *ein Traum sein.*

Noch ein Krampf, dieses Mal nicht so schlimm wie der andere, der ihren Solarplexus in Brand gesteckt hatte, verzerrte die Muskeln in ihrem rechten Bein, so daß der rechte Fuß komisch in der Luft herumfuchtelte. Sie schlug die Augen auf und sah das Schlafzimmer, wo das Licht wieder lang und schräg geworden war. Noch nicht ganz das, was die Franzosen *l'heure bleue* nannten, aber diese Zeit rückte zusehends näher. Sie hörte die schlagende Tür und roch ihren Schweiß, Urin und sauren, erschöpften Atem. Alles war genau, wie es gewesen war. Die Zeit bewegte sich vorwärts, aber sie war nicht vorwärts *gesprungen,* wie es häufig der Fall ist, wenn man aus einem unfreiwilligen Nickerchen erwacht. Ihre Arme waren ein wenig kälter, dachte sie, aber nicht mehr oder weniger abgestorben als zuvor. Sie hatte nicht geschlafen und nicht geträumt . . . aber sie hatte *etwas* gemacht.

Und das kann ich wieder, dachte sie und machte die Augen zu. Im selben Augenblick stand sie wieder in dem unvorstellbar großen Stadtpark. Das Mädchen, dem das riesengroße Ausrufungszeichen zwischen den knospenden Brüsten wuchs, sah sie ernst und reizend an.

Eins hast du noch nicht versucht, Jessie.

Das stimmt nicht, sagte sie zu Punkin. *Ich habe* alles *versucht, glaub mir. Und weißt du was? Ich glaube, wenn ich die elende Dose Gesichtscreme nicht fallen gelassen hätte, als der Hund reingekommen ist, wäre es mir vielleicht gelungen, mich aus der linken Handschelle zu zwängen. Es war Pech, daß der Hund gerade da reingekommen ist. Oder schlechtes Karma. Oder irgendwas.*

Das Mädchen kam näher, und das Gras flüsterte unter ihren bloßen Füßen.

Nicht die linke Handschelle, Jessie. Aus der rechten *kannst du dich rauszwängen. Zugegeben, es ist nur eine vage Möglichkeit, aber immerhin. Die Frage ist nur, ob du wirklich überleben* willst.

Selbstverständlich *will ich überleben*!

Noch näher. Die Augen – eine dunstige Farbe, die blau zu sein versuchte, es aber nicht ganz schaffte – schienen jetzt durch ihre Haut direkt in ihr Herz zu sehen.

Wirklich? Ich weiß nicht.

Was soll das, bist du verrückt? Glaubst du, ich möchte noch hier und an dieses Bett gefesselt sein, wenn ...

Jessie schlug langsam wieder die Augen auf, die sich nach all den Jahren immer noch bemühten, blau zu sein, und es immer noch nicht ganz schafften. Sie sahen sich mit einem Ausdruck ängstlicher Ernsthaftigkeit im Zimmer um. Sahen Jessies Mann, der jetzt in einer unmöglich verkrümmten Haltung dalag und zur Decke starrte. »Ich will nicht mehr mit Handschellen an dieses Bett gefesselt sein, wenn es dunkel wird und der Schwarze Mann zurückkommt«, sagte sie dem menschenleeren Zimmer.

Mach die Augen zu, Jessie.

Sie machte sie zu. Punkin stand in ihrem alten Flanellnachthemd da und betrachtete sie gelassen, und jetzt konnte Jessie auch das andere Mädchen sehen – das dicke mit der pickligen Haut. Das dicke Mädchen war nicht so glücklich wie Punkin gewesen; sie war nicht entkommen, es sei denn, daß in manchen Fällen der Tod selbst ein Entkommen war – eine Hypothese, die Jessie mittlerweile bereitwillig akzeptierte. Das dicke Mädchen war entweder erstickt oder hatte eine Art Anfall gehabt. Ihr Gesicht war so purpur-schwarz wie Gewitterwolken im Sommer.

Ein Auge war aus der Höhle gequollen; das andere war aufgeplatzt wie eine zerquetschte Traube. Die Zunge, blutig, weil sie in den letzten Zuckungen mehrmals darauf gebissen hatte, ragte zwischen den Lippen hervor.

Jessie drehte sich erschauernd wieder zu Punkin um.

So will ich nicht enden. Was auch immer nicht mit mir in Ordnung sein mag, so will ich nicht enden. Wie bist du *entkommen?*

Herausgeflutscht, entgegnete Punkin prompt. *Dem Teufel aus der Hand geflutscht; hinüber ins Gelobte Land geglitscht.*

Jessie spürte trotz ihrer Erschöpfung pochende Wut.

Hast du nicht gehört, was ich gesagt habe? Ich habe die verfluchte Nivea-Dose fallen gelassen! Der Hund ist reingekommen und hat mich erschreckt und ich habe sie fallen gelassen! *Wie kann ich ...*

Mir ist auch die Sonnenfinsternis eingefallen. Punkin sprach brüsk wie jemand, dem ein komplexes, aber sinnloses gesellschaftliches Verhaltensmuster auf den Wecker geht; du machst einen Hofknicks, ich verbeuge mich, wir fassen uns alle an den Händen. *So bin ich wirklich rausgekommen; ich habe mich an die Sonnenfinsternis erinnert und daran, was sich während dieser Sonnenfinsternis auf der Veranda abgespielt hat. Und daran mußt du dich auch erinnern. Ich glaube, es ist deine einzige Chance, dich zu befreien. Du kannst nicht mehr weglaufen, Jessie. Du mußt stehenbleiben und der Wahrheit ins Auge sehen.*

Schon wieder? Nur das, und sonst nichts? Jessie verspürte einen gewaltigen Anflug von Erschöpfung und Niedergeschlagenheit. Einen oder zwei Augenblicke hätte sich fast wieder Hoffnung breitgemacht, aber jetzt war nichts mehr da. Gar nichts.

Du verstehst nicht, sagte sie zu Punkin. *Das haben wir schon hinter uns – ganz hinter uns. Ja, ich glaube, was mein Vater damals mit mir gemacht hat, hat etwas damit zu tun, was heute mit mir passiert, ich halte es zumindest für möglich, aber warum sollte ich diese Qualen noch einmal durchmachen, wo noch so viele andere Qualen vor mir liegen, bevor Gott es satt hat, mich zu quälen, und die Rollos runterzieht?*

Sie bekam keine Antwort. Das kleine Mädchen im blauen Nachthemd, das kleine Mädchen, das sie einmal gewesen war, war fort. Jetzt herrschte nur noch Dunkelheit hinter Jessies geschlossenen Lidern, wie die Dunkelheit einer Kinoleinwand, wenn der Film zu Ende ist, daher schlug sie die Augen wieder auf und sah sich lange und gründlich in dem Zimmer um, in dem sie sterben würde. Sie sah von der Badezimmertür zum Batikschmetterling, zur Kommode, zum Leichnam ihres Mannes, der unter einem giftigen Teppich träger Herbstfliegen lag.

»Hör auf, Jess. Geh zurück zur Sonnenfinsternis.«

Ihre Augen wurden groß. Das schien sich tatsächlich *echt* anzuhören – eine echte Stimme, die nicht aus dem Bad oder der Diele oder ihrem eigenen Kopf zu kommen, sondern aus der Luft selbst zu quellen schien.

»Punkin?« Ihre Stimme war jetzt nur noch ein Krächzen. Sie versuchte, sich noch ein Stückchen aufzurichten, aber ein neuerlicher tückischer Krampf bedrohte ihre Leibesmitte, daher lehnte sie sich sofort gegen das Kopfteil zurück und wartete, bis er abklang. »Punkin, bist du das? Bist du es, Liebes?«

Einen Augenblick dachte, sie, daß sie etwas hörte, daß die Stimme noch etwas sagte, aber wenn, konnte sie die Worte nicht verstehen. Und dann war sie völlig verschwunden.

Geh zurück zur Sonnenfinsternis, Jessie.

»Dort finde ich keine Lösung«, murmelte sie. »Dort finde ich nur Qualen und Dummheit und ...« Und was? Was noch?

Den alten Adam. Dieser Ausdruck kam ihr mühelos in den Sinn, wahrscheinlich aus einer Predigt, die sie als gelangweiltes Kind gehört haben mußte, als sie zwischen ihrer Mutter und ihrem Vater saß und mit den Füßen strampelte, damit sie sehen konnte, wie das Licht, das durch die bunten Kirchenfenster einfiel, auf ihren weißen Lackschuhen glänzte und strahlte. Nur ein Ausdruck, der auf das klebrige Fliegenpapier ihres Unterbewußtseins geraten und hängengeblieben war. *Der alte Adam* – und vielleicht war das auch schon alles, ganz einfach. Ein Vater, der halb absichtlich dafür sorgte, daß er mit seiner hübschen, quirligen kleinen Tochter allein blieb und die ganze Zeit gedacht hatte: *Es kann ihr nicht schaden, nicht schaden, kein bißchen schaden.* Dann hatte die Sonnenfinsternis angefangen, sie hatte in dem Sommerkleid, das zu klein und zu eng war, auf seinem Schoß gesessen – dem Sommerkleid, das zu tragen er sie persönlich gebeten hatte –, und es war eben geschehen, was geschehen war. Nur ein kurzes, albernes Zwischenspiel, das sie beide beschämt und in Verlegenheit gebracht hatte. Er hatte seinen Saft abgespritzt – und sie hatte geschwiegen und ihm hinterher die Stange gehalten (und ihr war scheißegal, ob eine Zweideutigkeit in diesem Ausdruck lag oder nicht); er hatte ihn auf ihre Unterhose gespritzt – eindeutig kein anständiges Verhalten und eindeutig keine Situation, die sie je in *Drei Mädchen und drei Jungen* gesehen hatte, aber ...

Aber seien wir ehrlich, dachte Jessie. *Wenn man bedenkt, was hätte passieren können, bin ich eigentlich mit einem blauen Auge davongekom-*

men . . . was tagtäglich *passiert. Es passiert auch nicht nur in Häusern wie Peyton Place oder entlang der Tobacco Road. Mein Vater war nicht der erste gebildete weiße Mann der oberen Mittelschicht, der je wegen seiner Tochter einen Ständer bekommen hat, und ich war nicht die erste Tochter, die einen feuchten Fleck auf der Unterhose entdeckt hat. Das soll nicht heißen, daß es richtig oder gar entschuldbar gewesen ist; es soll nur heißen, es ist vorbei und hätte viel schlimmer ausgehen können.*

Ja. Und augenblicklich schien es weitaus besser zu sein, alles zu vergessen, statt es noch einmal durchzumachen, was Punkin auch immer zu dem Thema zu sagen wußte. Am besten ließ man es im allgemeinen Dunkel verschwinden, das mit jeder Sonnenfinsternis einherging. Sie würde in diesem stinkenden, fliegenverseuchten Schlafzimmer noch alle Hände voll mit Sterben zu tun haben.

Sie machte die Augen zu, und sofort stieg ihr der Geruch des Parfums ihres Vaters in die Nase. Und der Geruch seines leichten, nervösen Schweißes. Sie spürte das harte Ding an der Kehrseite. Ihr kurzes Stöhnen, als sie auf seinem Schoß hin und her rutschte und versuchte, eine bequeme Haltung zu finden. Spürte seine Hand, die behutsam auf ihre Brust drückte. Fragte sich, ob alles mit ihm in Ordnung war. Er *atmete* so schnell. Marvin Gaye im Radio: *›I love too hard, my friends sometimes say, but I believe . . . I believe . . . that a woman should be loved that way . . .‹*

Liebst du mich, Punkin?

Ja, klar . . .

Dann kümmere dich nicht darum, was ich mache. Ich würde dir nie weh tun. Jetzt glitt seine andere Hand an ihrem bloßen Schenkel entlang und schob das Sommerkleid vor sich her, so daß es sich im Schoß bauschte. *Ich will . . .*

»Ich will lieb zu dir sein«, murmelte Jessie und bewegte sich ein wenig am Kopfteil. Ihr Gesicht war teigig und ausgezehrt. »Das hat er gesagt. Großer Gott, er hat es *tatsächlich* gesagt.«

›Everybody knows . . . especially you girls . . . that a love can be sad, well my love is twice as bad . . .‹

Du hast noch zwanzig Sekunden. Mindestens. Also mach dir keine Sorgen. Und dreh dich nicht um.

Dann das Schnalzen von Gummi – nicht ihres, seins –, als er den alten Adam herausgeholt hatte.

Ihrem bevorstehenden Austrocknen zum Trotz rann eine Träne aus Jessies linkem Auge und rollte langsam die Wange hinab. »Ich mache es«, sagte sie mit heiserer, erstickter Stimme. »Ich erinnere mich. Ich hoffe, jetzt bist du zufrieden.«

Ja, sagte Punkin, und obwohl Jessie sie nicht mehr sehen konnte, spürte sie den seltsamen, lieben Blick auf sich. *Aber du bist zu weit gegangen. Ein Stückchen zurück. Nur ein Stückchen.*

Ein Gefühl ungeheurer Erleichterung erfüllte sie, als ihr klar wurde, daß das, worauf Punkin sie aufmerksam machen wollte, sich nicht während oder nach den sexuellen Zudringlichkeiten ihres Vaters abgespielt hatte, sondern *davor* ... wenn auch nicht lange davor.

Und warum mußte ich dann die ganze gräßliche alte Geschichte noch mal durchmachen?

Sie überlegte sich, daß die Antwort darauf eigentlich auf der Hand lag. Es war einerlei, ob man eine Sardine oder zwanzig wollte, man kam nicht umhin, die Dose aufzumachen und alle anzusehen und den widerlichen Fischgeruch einzuatmen. Und außerdem würde ein bißchen Frühgeschichte sie nicht umbringen. Die Handschellen, mit denen sie ans Bett gefesselt war, vielleicht schon, aber nicht diese alten Erinnerungen, so schmerzlich sie sein mochten. Es wurde Zeit, mit dem Keifen und Stöhnen aufzuhören und zur Sache zu kommen. Zeit herauszufinden, was Punkin ihr sagen wollte.

Geh zurück zu der Stelle, bevor er dich angefaßt hat – falsch angefaßt hat. Geh zu dem Grund zurück, warum ihr beiden überhaupt allein da draußen wart. Geh zur Sonnenfinsternis zurück.

Jessie machte die Augen zu und ging zurück.

28

Punkin? Alles in Ordnung?

Ja, aber . . . ein bißchen beängstigend, was?

Jetzt muß sie nicht in die Reflektorbox sehen, um zu wissen, daß etwas passiert; der Tag wird dunkler, als würde sich eine Wolke vor die Sonne schieben. Aber es ist keine Wolke; der Dunst hat sich verzogen, und die wenigen Wolken hängen weit entfernt im Osten.

Ja, sagt er, und als sie ihn ansieht, stellt sie zu ihrer großen Erleichterung fest, daß es ihm ernst ist. *Möchtest du auf meinem Schoß sitzen?*

Darf ich?

Logisch.

Also macht sie es und freut sich über seine Nähe und Wärme und den süßlichen Schweißgeruch – den Geruch von Daddy –, während der Tag noch dunkler wird. Am meisten freut sie sich aber, weil es *wirklich* ein bißchen beängstigend ist, beängstigender, als sie es sich vorgestellt hat. Am meisten macht ihr angst, wie ihre Schatten auf der Veranda verblassen. Sie hat noch nie gesehen, wie Schatten auf diese Weise verblassen, und ist fast überzeugt, daß sie es nie wieder sehen wird. Das macht mir überhaupt nichts aus, denkt sie, kuschelt sich an und ist froh (zumindest für die Dauer dieses unheimlichen, kurzen Zwischenspiels), wieder ihres Vaters kleine Punkin zu sein, statt der normalen alten Jessie – zu groß, zu schlaksig . . . zu nörglerisch.

Kann ich schon durch das Rußglas sehen, Dad?

Noch nicht, sagt er, und seine Hand liegt warm und verschwitzt auf ihrem Schenkel. Sie legt ihre Hand auf seine, dreht sich zu ihm um und grinst.

Aufregend, nicht?

Ja. Das ist es, Punkin. Sogar mehr, als ich gedacht habe.

Sie rutscht wieder hin und her und will eine Möglichkeit finden, sich den Platz mit diesem harten Teil von ihm zu teilen, auf dem ihre Kehrseite jetzt ruht. Er zieht rasch und keuchend Luft über die Unterlippe ein.

Daddy? Bin ich zu schwer? Habe ich dir weh getan?

Nein. Alles bestens.

Kann ich schon durch das Glas sehen?

Noch nicht, Punkin. Aber bald.

Die Welt sieht nicht mehr so aus, als wäre die Sonne hinter einer Wolke verschwunden; jetzt sieht sie aus, als wäre am hellichten Nachmittag die Dämmerung hereingebrochen. Sie hört die alte Heule-Eule im Wald und erschauert bei dem Laut. Bei WNCH werden die Dixie Cups ausgeblendet, und dem Discjokkey, der übernimmt, wird gleich Marvin Gaye folgen.

Schau auf den See, Jessie! sagt Daddy zu ihr, und als sie gehorcht, sieht sie eine unheimliche Dämmerung über eine ausgeblutete Welt heraufziehen, aus der jegliche Farbe gewichen ist, bis nur gedämpfte Pastelltöne übriggeblieben sind. Sie erschauert und sagt ihm, daß es unheimlich ist; er sagt ihr, sie soll versuchen, nicht so sehr Angst zu haben, daß sie es nicht genießen kann, eine Bemerkung, die sie Jahre später gründlich – vielleicht zu gründlich – nach einer Zweideutigkeit abklopfen wird. Und jetzt ...

Dad? Daddy? Sie ist fort. Kann ich ...

Ja. Jetzt ist es gut. Aber wenn ich sage aufhören, mußt du aufhören. Keine Widerrede, verstanden?

Er gibt ihr drei Scheiben gerußtes Glas als Stapel, aber vorher gibt er ihr einen Topflappen. Er gibt ihn ihr, weil er die Scheiben aus einem alten Schuppenfenster herausgelöst hat und seiner Fähigkeit als Glasschneider alles andere als vertraut. Und als sie in diesem Erlebnis, das sowohl Traum als auch Erinnerung ist, die Topflappen betrachtet, springt ihr Gedächtnis plötzlich so behende wie ein Akrobat, der einen Salto schlägt, noch weiter zurück, und sie hört ihn sagen: *Ich will auf keinen Fall ...*

29

»... daß deine Mutter nach Hause kommt und einen Zettel findet, auf dem steht ...«

Jessie riß die Augen auf, als sie diese Worte in das verlassene Zimmer sagte, und als erstes erblickte sie das leere Glas: Geralds Wasserglas, das immer noch auf dem Regal stand. Neben der Handschelle, die ihr Gelenk an den Bettpfosten kettet. Nicht das linke, sondern das rechte.

... einen Zettel findet, auf dem steht, daß ich dich zur Notaufnahme des Oxford Hills-Hospital bringen mußte, damit sie dir ein paar Finger annähen können.

Mittlerweile begriff Jessie den Zweck dieser alten, schmerzlichen Erinnerung; begriff, was Punkin ihr die ganze Zeit zu sagen versucht hatte. Die Lösung hatte nichts mit dem alten Adam zu tun, auch nicht mit dem schwachen Mineraliengeruch des feuchten Flecks auf ihrer alten Baumwollunterhose. Sie hatte etwas mit den sechs Glasscheiben zu tun, die vorsichtig aus dem bröckelnden Kitt des alten Schuppenfensters geschnitten worden waren. Sie hatte die Dose Nivea-Creme verloren, aber ein Gleitmittel blieb ihr noch, oder nicht? Eine andere Möglichkeit, ins Gelobte Land hinüberzuflutschen. Blut. Bevor es gerann, war Blut fast ebenso glitschig wie Öl.

Es wird tierisch weh tun, Jessie.

Ja, selbstverständlich würde es tierisch weh tun. Aber sie glaubte, daß sie irgendwo einmal gehört oder gelesen hatte, daß sich in den Handgelenken wesentlich weniger Nerven befanden als an vielen anderen lebenswichtigen Körperteilen; darum war es seit den ursprünglichen Toga-Parties im alten Rom eine bevorzugte Methode des Selbstmords, sich die Pulsadern aufzuschlitzen, speziell in einer Badewanne voll heißem Wasser. Außerdem war sie sowieso schon halb betäubt.

»Ich muß halb betäubt gewesen sein, daß ich mich überhaupt von ihm mit diesen Dingern habe fesseln lassen«, krächzte sie.

Wenn du zu tief schneidest, verblutest du, genau wie die alten Römer.

Ja, gewiß würde sie das. Aber wenn sie gar nicht schnitt, würde sie hier liegen, bis sie an Krämpfen oder Durst zugrunde ging ... oder bis ihr Freund mit der Tasche voller Knochen heute abend hier erschien.

»Okay«, sagte sie. Ihr Herz schlug rasend schnell, und sie war zum ersten Mal seit Stunden wieder richtig wach. Die Zeit setzte mit einem Ruck wieder ein wie ein Güterzug, der vom Abstellgleis wieder auf den Schienenstrang rangiert. »Okay, das hat mich überzeugt.«

Hör zu, sagte eine drängende Stimme, und Jessie stellte erstaunt fest, daß es die Stimme von Ruth *und* Goodwife zusammen war. Sie waren verschmolzen, wenigstens vorübergehend. *Hör gut zu, Jess.*

»Ich höre zu«, sagte sie ins leere Zimmer. Sie sah sich auch um. Sie betrachtete das Glas. Eins von zwölf, die sie vor drei oder vier Jahren bei Sears im Ausverkauf geholt hatte. Sechs oder acht waren inzwischen kaputt. Bald würde sich noch eins dazu gesellen. Sie schluckte und verzog das Gesicht. Es war, als würde sie mit einem flanellbezogenen Stein im Hals schlucken. »Ich höre genau zu, glaubt mir.«

Gut. Denn wenn du einmal damit angefangen hast, wirst du nicht mehr aufhören können. Alles muß ziemlich schnell passieren, weil dein Körper bereits ausgedörrt ist. Aber vergiß nicht: selbst wenn alles schiefgeht . . .

». . . es wird alles glattgehen«, sprach sie zu Ende. Und das stimmte, oder nicht? Die Situation war jetzt so simpel, daß es auf eine grausige Weise fast elegant war. Sie *wollte* selbstverständlich nicht verbluten – wer wollte das schon? –, aber es wäre besser als immer schlimmere Krämpfe und Durst. Besser als er. *Es.* Die Halluzination. Was auch immer.

Sie leckte sich die trockenen Lippen mit der trockenen Zunge und bremste ihre rasenden, wirren Gedanken. Sie versuchte sie zu ordnen wie vorhin, bevor sie die Probedose Gesichtscreme geholt hatte, die jetzt nutzlos auf dem Boden neben dem Bett lag. Sie stellte fest, daß es schwieriger wurde zu denken. Sie hörte immer wieder Fetzen von diesem

(go greasy)

Sprech-Blues, roch das Parfum ihres Vaters, spürte dieses harte Ding an ihrer Kehrseite. Und dann war da noch Gerald. Gerald schien vom Boden her auf sie einzureden. *Es wird zurückkommen, Jessie. Du kannst es nicht daran hindern. Es wird dir eine Lektion beibringen, stolze Schöne mein.*

Sie sah ihn an, aber dann betrachtete sie hastig wieder das Wasserglas. Gerald schien sie mit der Seite seines Gesichts, die der Hund unversehrt gelassen hatte, diabolisch anzugrinsen. Sie unternahm noch einen Versuch, ihren Grips wieder in die Gänge zu bekommen, und nach einiger Anstrengung kamen ihre Gedanken ins Rollen.

Sie nahm sich zehn Minuten Zeit, die einzelnen Stufen wiederholt zu durchdenken. In Wahrheit gab es nicht viel zu überdenken – ihr Vorhaben war selbstmörderisch riskant, aber nicht kompliziert. Sie ging dennoch jede Bewegung mehrmals im Geiste durch und suchte nach kleinen Fehlern, die sie ihre letzte Überlebenschance kosten konnten. Sie konnte keine finden. Letztendlich gab es nur einen entscheidenden Nachteil – es mußte sehr schnell geschehen, bevor das Blut gerinnen konnte – und nur zwei mögliche Endergebnisse: rasches Entkommen oder Bewußtlosigkeit und Tod.

Sie dachte die ganze Sache noch einmal durch – nicht um die unappetitliche Angelegenheit hinauszuschieben, sondern um sie zu untersuchen, wie sie einen selbstgestrickten Schal nach fallengelassenen Maschen untersuchen würde –, während die Sonne unerbittlich weiter nach Westen wanderte. Auf der hinteren Veranda stand der Hund auf und ließ einen klebrigen Knorpel liegen, auf dem er genagt hatte. Er trottete zum Wald. Er hatte wieder einen Hauch dieses schwarzen Geruchs wahrgenommen, und mit vollem Bauch war selbst dieser eine Hauch zuviel.

30

Zwölf-zwölf-zwölf, blinkte die Uhr, und welche Zeit man auch immer schreiben mochte, es wurde Zeit.

Eins noch, bevor du anfängst. Du hast dich bis zur Vergasung hochgeschaukelt, und das ist gut so, aber bleib auf dem Teppich. Wenn du damit anfängst, daß du das verdammte Glas auf den Boden fallen läßt, bist du wirklich im Arsch.

»Bleib draußen, Hund!« rief sie schrill und ohne zu wissen, daß der Hund schon vor einigen Minuten in das Wäldchen jenseits der Einfahrt zurückgewichen war. Sie zauderte noch einen Augenblick und überlegte sich ein neues Gebet, aber dann entschied sie, daß sie genug gebetet hatte. Jetzt war sie auf ihre Stimmen angewiesen ... und auf sich selbst.

Sie griff mit der rechten Hand nach dem Glas, bewegte sich aber ohne die vorherige zaghafte Sorgfalt. Ein Teil von ihr – wahrscheinlich der Teil, der Ruth Neary gemocht und bewundert hatte – war sich darüber im klaren, daß dieser letzte Job sich nicht um Vorsicht und Zaghaftigkeit drehte, sondern nur darum, mit dem Hammer draufzuschlagen, und zwar fest.

Jetzt muß ich die Samurai-Lady sein, dachte sie und lächelte.

Sie schloß die Finger um das Glas, für das sie so große Anstrengungen auf sich genommen hatte, betrachtete es einen Moment neugierig – wie eine Gärtnerin, die eine unerwartete Pflanze zwischen ihren Bohnen oder Erbsen entdeckt hat – und hielt es fest. Sie kniff die Augen fast völlig zu, um sie vor fliegenden Scherben zu schützen, dann schlug sie das Glas fest auf die Kante des Regals wie jemand, der die Schale eines hartgekochten Eis aufschlägt. Das Geräusch, welches das Glas von sich gab, klang absurd vertraut, absurd *normal,* ein Geräusch, das sich in nichts von den hundert anderen Gläsern unterschied, die ihr entweder beim Spülen zwischen den Fingern durchgerutscht waren oder die sie seit der Zeit, als sie mit vier Jahren den Aufstieg von der Dandy Duck-Tasse aus Plastik geschafft hatte, mit den Ellbogen oder Händen auf den Boden gestoßen hatte. Dasselbe alte *Schrab-Klirr;* kein besonderer Klang deutete darauf hin, daß sie gerade die einmalige Aufgabe begonnen hatte, ihr Leben zu riskieren, um es zu retten.

Sie spürte einen winzigen Splitter, der ihr als Querschläger an die Stirn prallte, unmittelbar über der Braue, aber das war der einzige, der sie im Gesicht traf. Ein anderes Stück – ein großes, wie es sich anhörte – prallte vom Regal ab und zerschellte auf dem Boden. Jessie hatte die Lippen zu einer schmalen weißen Linie zusammengepreßt, weil sie auf die naheliegendsten Schmerzen wartete, zumindest als Auftakt: in den Fingern. Mit diesen hatte sie das Glas fest umklammert, als es zerbarst. Aber sie verspürte keine Schmerzen, lediglich ein Gefühl von schwachem Druck und noch schwächerer Wärme. Verglichen mit den Krämpfen, die sie in den vergangenen Stunden verspürt hatte, war es gar nichts.

Das Glas muß glücklich gebrochen sein, und warum auch nicht? Wird es nicht Zeit, daß ich ein bißchen Glück habe?

Dann hob sie die Hand und sah, daß das Glas doch nicht glücklich gebrochen war. Dunkelrote Blutblasen schwollen an den Spitzen des Daumens und drei ihrer vier Finger an; nur der kleine hatte keine Schnittwunde davongetragen. Glasscherben ragten wie unheimliche Federn aus dem zweiten und dritten Finger heraus. Aufgrund der schleichenden Taubheit in ihren Gliedmaßen – und möglicherweise wegen der scharfen Kanten des Glases – hatte sie die Schnitte kaum gespürt, aber sie waren da. Vor ihren Augen tropften dicke Blutstropfen auf die rosa gesteppte Matratze und befleckten sie mit einer ungleich dunkleren Farbe.

Als sie die schlanken Glassplitter sah, die aus ihren beiden Mittelfingern ragten wie Nadeln aus einem Nadelkissen, war ihr zumute, als müßte sie sich übergeben, obwohl sie nichts im Magen hatte.

Eine schöne Samurai-Lady bist du, höhnte eine der UFO-Stimmen.

Aber das sind meine Finger! schrie sie sie an. *Siehst du das denn nicht? Meine Finger!*

Sie spürte Panik aufkommen, drängte sie zurück und konzentrierte ihre Aufmerksamkeit wieder auf die Scherbe des Wasserglases, die sie noch in den Händen hielt. Es war ein gekrümmtes Oberteil, etwa ein Viertel des Ganzen, das auf beiden Seiten in Form zweier runder Bögen gebrochen war. Diese liefen zu einer fast perfekten Spitze zusammen, die in der Nachmittagssonne grausam funkelte. Möglicherweise ein Glücksfall. Das hieß, wenn sie den Mut aufbrachte. Für sie sah diese spitz zulaufende Glasscherbe wie eine fantastische Märchenwaffe aus – ein winziger Krummsäbel, den ein kriegerischer Gnom trug, der auf dem Weg zu einer Schlacht unter einem Fliegenpilz war.

Deine Gedanken schweifen ab, Teuerste, sagte Punkin. *Kannst du dir das leisten?*

Die Antwort lautete selbstverständlich nein.

Jessie legte das Viertel des Trinkglases wieder auf das Regal, wobei sie es sorgfältig so hinlegte, daß sie es ohne größere Verrenkungen wieder erreichen konnte. Es lag auf dem glatten, gerundeten Bauch, die krummsäbelförmige Spitze stand ab. Ein winziger Funke reflektierten Sonnenlichts gleißte heiß auf der Spitze. Sie überlegte sich, daß es bestens für die Aufgabe geschaffen sein würde, wenn sie nicht zu fest drückte. Wenn sie das tat, würde sie das Glas entweder vom Regal fegen oder die zufällig entstandende Säbelklinge abbrechen.

»Sei nur vorsichtig«, sagte sie. »Du mußt nicht fest drücken, wenn du vorsichtig bist, Jessie. Tu einfach so, als ...«

Aber der Rest dieses Gedankens

(würdest du Roastbeef schneiden)

schien nicht gerade produktiv, daher blockte sie ihn ab, bevor mehr als die Spitze durchdringen konnte. Sie hob den rechten Arm, streckte ihn bis die Kette der Handschelle fast straff war und ihr Handgelenk über der funkelnden Scherbe verweilte. Sie wollte von ganzem Herzen die restlichen Glasscherben wegwischen – sie konnte spüren, wie sie wie ein Minenfeld auf dem Regal auf sie warteten –, wagte es aber nicht. Nicht nach ihrem Erlebnis mit dem Döschen Nivea-Creme. Wenn sie das säbelförmige Stück Glas versehentlich vom Regal stieß oder zerbrach, mußte sie die restlichen Trümmer nach einem geeigneten Ersatz durchsuchen. Derlei Vorsichtsmaßnahmen schienen fast surrealistisch zu sein, aber sie versuchte sich nicht einen Sekundenbruchteil einzureden, daß sie überflüssig waren. Wenn sie hier heraus wollte, würde sie viel mehr bluten müssen als jetzt.

Mach es genau so, wie du es gesehen hast, Jessie, das ist alles ... und daß du kein Muffensausen bekommst.

»Kein Muffensausen«, stimmte Jessie mit ihrer schroffen Staub-in-den-Fugen-Stimme zu. Sie spreizte die Hand und schüttelte das Handgelenk in der Hoffnung, die Splitter loszuwerden, die aus ihren Fingern ragten. Es gelang ihr weitgehend; nur der Splitter im Daumen, der tief im weichen Fleisch unter dem Nagel steckte, widersetzte sich. Sie beschloß, ihn stecken zu lassen und mit dem Unternehmen fortzufahren.

Was du vorhast, ist völliger Wahnsinn, sagte eine nervöse Stimme in ihr. Kein UFO; es war eine Stimme, die Jessie nur zu gut kannte. Es war die Stimme ihrer Mutter. *Nicht, daß mich das überraschen würde, weißt du; es ist eine dieser typisch überspannten Jessie Burlingame-Reaktionen, von denen ich schon tausende gesehen habe. Denk nach, Jessie – warum möchtest du dich aufschneiden und möglicherweise verbluten? Jemand wird kommen und dich retten; alles andere ist einfach undenkbar. Im eigenen Sommerhaus sterben? In* Handschellen *sterben? Vollkommen lächerlich, glaub mir. Also sieh zu, daß du deine normale nörgelnde Natur überwindest, Jessie – nur dieses eine Mal. Schneid dich nicht mit diesem Glas. Tu es nicht!*

Das war ihre Mutter, kein Zweifel; die Mimikry war so gut, es war schon richtig unheimlich. Sie wollte einen davon überzeugen, daß man Liebe und gesunden Menschenverstand hörte, die sich als Wut maskiert hatten, und obwohl die Frau nicht völlig unfähig gewesen war zu lieben, glaubte Jessie, daß die wahre Sally Mahout diejenige war, die eines Tages in Jessies Zimmer gestürmt war und ihr ohne ein Wort der Erklärung, weder da noch später, ein Paar Schuhe mit hohen Absätzen hingeworfen hatte.

Außerdem war alles, was diese Stimme gesagt hatte, eine Lüge. Eine feige, dreckige Lüge.

»Nein«, sagte sie, »ich glaube dir nicht. Niemand kommt ... außer vielleicht dem Typ von gestern abend. Kein Muffensausen also.«

Damit senkte Jessie das rechte Handgelenk über die funkelnde Glasscherbe.

31

Es war unbedingt erforderlich, daß sie sah, was sie machte, weil sie anfangs fast gar nichts spürte; sie hätte das Handgelenk in blutige Streifen schneiden können und trotzdem nichts gespürt, abgesehen vielleicht von den wie aus weiter Ferne kommenden Gefühlen von Druck und Wärme. Sie war überaus erleichtert festzustellen, daß das kein Problem sein würde; sie hatte das Glas an einer günstigen Stelle auf dem Regal zertrümmert (*Endlich ein Durchbruch!* jubilierte ein Teil ihres Verstands sarkastisch), und ihr Blickfeld war fast vollkommen frei.

Mit nach hinten gekrümmter Hand ließ Jessie das Gelenk – die Stelle mit den Linien, die Handleser Glückslinien nennen – auf die gekrümmte Bruchstelle des Glases sinken. Sie beobachtete fasziniert, wie die Spitze zuerst ihre Haut eindrückte und dann zum Aufplatzen brachte. Sie drückte weiter, und ihre Hand verschlang mehr von dem Glas. Das Grübchen füllte sich mit Blut.

Jessies erste Reaktion war Enttäuschung. Die Glasspitze hatte nicht den Sturzbach ausgelöst, den sie erhofft (und halb gefürchtet) hatte. Dann trennte die scharfe Kante die blauen Venen durch, die am dichtesten unter der Haut lagen, und da floß das Blut schon freigebiger. Nicht der pulsierende Strahl, den sie erwartet hatte, aber ein rascher, konstanter Strom wie Wasser aus einem Hahn, der fast ganz aufgedreht worden ist. Dann platzte die große Vene mitten auf dem Handgelenk und der Strahl wurde zur Fontäne. Diese ergoß sich über das Regal und floß an Jessies Unterarm hinab. Jetzt gab es kein Zurück mehr; sie war mittendrin. So oder so, sie war mittendrin.

Hör endlich auf! schrie die Mutter-Stimme. *Mach es nicht noch schlimmer – du hast genug angerichtet! Komm schon, versuch es jetzt!*

Ein verlockender Gedanke, aber Jessie hatte den Verdacht, was sie bisher angerichtet hatte, würde noch lange nicht ausreichen. Sie kannte den Ausdruck ›Abhäutung‹ nicht, ein Fachbegriff, der üblicherweise von Ärzten im Zusammenhang mit Opfern von Verbrennungen gebraucht wurde, aber nachdem sie diese grausame Operation nun angefangen hatte, wurde ihr klar, daß sie sich nicht auf Blut allein verlassen konnte, wenn sie herausrutschen wollte. Blut allein war vielleicht nicht genug.

Sie drehte das Handgelenk und schnitt die straffe Haut ihres Unterarms so mühelos durch wie ein scharfes Messer Brathähnchen. Jetzt spürte sie ein unheimliches Kribbeln in der Handfläche, als hätte sie in ein kleines, aber lebenswichtiges Bündel Nerven geschnitten, das schon von Anfang an halb betäubt gewesen war. Der dritte und vierte Finger ihrer rechten Hand zuckten nach vorne, als wären sie ermordet worden. Die beiden ersten und der Daumen zappelten wild hin und her. So barmherzig taub ihr Fleisch war, fand Jessie diese Beweise des Schadens, den sie sich selbst zufügte, doch unsagbar gräßlich. Die beiden schlaffen Finger, die so sehr winzigen Leichnamen glichen, waren irgendwie schlimmer als alles Blut, das sie bisher vergossen hatte.

Dann verblaßten dieses Grauen und die Gefühle von Wärme und Druck in der verletzten Hand angesichts eines neuen Krampfs, der wie eine Sturmfront in ihre Seite hineinfegte. Er zerrte unbarmherzig an ihr und versuchte, sie aus ihrer verkrümmten Haltung zu reißen, und Jessie wehrte sich mit entsetzlicher Wut. Sie *konnte* sich jetzt nicht bewegen. Wenn sie sich bewegte, würde sie mit Sicherheit ihr improvisiertes Schneidewerkzeug auf den Boden werfen.

»Nein, das wirst du nicht«, murmelte sie mit zusammengebissenen Zähnen. »Nein, du Dreckskerl – verschwinde aus Dodge.«

Sie hielt sich starr in ihrer Haltung und versuchte gleichzeitig, nicht noch härter auf die zerbrechliche Glasscherbe zu drücken, weil sie diese nicht kaputt achen und es mit einem weniger geeigneten Werkzeug probieren wollte. Aber wenn sich der Krampf von der rechten Seite zum rechten Arm ausbreitete, was er eindeutig vorhatte ...

»Nein«, stöhnte sie. »Geh weg, hast du gehört? Verflucht, sieh zu, daß du *verschwindest*!«

Sie wartete, obwohl sie wußte, sie konnte es sich nicht leisten zu warten, aber auch wußte, daß sie gar nichts anderes machen wollte; sie wartete und hörte, wie ihr Lebenssaft vom Kopfteil auf den Boden tropfte. Sie sah weitere Blutrinnsale vom Regalbrett fließen. In manchen funkelten winzige Glassplitter. Sie kam sich vor wie das Opfer in einem Splatter-Film.

Du kannst nicht mehr warten, Jessie! schrie Ruth sie an. *Deine Zeit ist abgelaufen!*

In Wirklichkeit ist mein Glück abgelaufen, und ich hatte schon von Anfang an nicht gerade viel, sagte sie zu Ruth.

In diesem Augenblick spürte sie, wie der Krampf ein wenig

nachließ, oder zumindest konnte sie sich einreden, daß er es tat. Jessie ließ die Hand in der Handschelle kreisen und schrie vor Schmerzen, als der Krampf wieder zuschlug, die heißen Krallen in ihre Seite bohrte und versuchte, diese wieder zu entzünden. Sie bewegte sich dennoch weiter, und jetzt pfählte sie die Rückseite des Handgelenks. Die weiche Innenseite war nach oben gekehrt, und Jessie betrachtete fasziniert, wie der tiefe Schnitt über die Glückslinien den schwarzroten Mund weit aufsperrte und zu lachen schien. Sie trieb die Glasscherbe so tief in den Handrücken wie sie sich traute, während sie immer noch gegen den Krampf in Leibesmitte und Brust ankämpfte, und dann riß sie die Hand zu sich her, so daß ein feiner Nebel aus Blutströpfchen sich auf ihre Stirn, Wangen und Nasenrücken niederschlug. Die Glasscherbe, mit der sie diesen rudimentären chirurgischen Eingriff ausgeführt hatte, fiel kreisend auf den Boden, und dort zerschellte der Gnomenkrummsäbel. Jessie verschwendete keinen Gedanken mehr daran; er hatte seine Schuldigkeit getan. Ihr blieb noch ein Schritt, nämlich eines festzustellen: ob die Handschelle sie weiter in ihrem eifersüchtigen Griff behalten würde, oder ob Fleisch und Blut als Mitverschwörer nicht endlich imstande sein würden, sie zu lösen.

Der Krampf in Jessies Seite bäumte sich ein letztes Mal auf, dann ließ er nach. Sie bemerkte sein Abklingen ebensowenig wie den Verlust des primitiven Skalpells aus Glas. Sie konnte die Gewalt ihrer Konzentration spüren – ihr Denken schien förmlich zu brennen wie eine mit Pinienharz getränkte Fackel –, und diese gesamte Konzentration war auf die rechte Hand fixiert. Sie hielt sie hoch und betrachtete sie im goldenen Sonnenlicht des Spätnachmittags. Die Finger waren dick mit Glibber beschmiert. Ihr ganzer Unterarm schien mit Streifen hellroter Latexfarbe bemalt worden zu sein. Die Handschelle war kaum mehr als eine gekrümmte Wölbung, die aus dem generellen Sturzbach ragte, und Jessie wußte, besser würde es nicht mehr werden. Sie winkelte den Arm an und zog nach unten, wie schon zweimal vorher. Die Handschelle rutschte ... rutschte noch ein Stück ... und dann steckte sie wieder fest. Wieder hatte die Knochenwölbung unterhalb des Daumens sie aufgehalten.

»Nein!« schrie Jessie und zog fester. *»Ich will so nicht sterben! Hast du mich gehört? ICH WILL SO NICHT STERBEN!«*

Die Handschelle grub sich schmerzhaft ins Fleisch, und einen verzweifelten Augenblick lang war Jessie überzeugt, daß sie sich keinen Millimeter mehr bewegen würde, daß sie erst wieder rutschen würde, wenn ein zigarrenrauchender Polizist sie aufschloß und ihrem, Jessies, erstarrtem Leichnam abnahm. Sie konnte sie nicht bewegen, keine Macht der Welt konnte sie bewegen, und weder die himmlischen Heerscharen noch die Potentaten der Hölle *würden* sie bewegen.

Dann hatte sie ein Gefühl auf dem Rücken des Gelenks, das sich wie Wetterleuchten anfühlte, und die Handschelle rutschte ein Stückchen hoch. Sie steckte fest, dann bewegte sie sich wieder. Dabei breitete sich das heiße, elektrische Kribbeln aus und wurde rasch zu einem dunklen Brennen, das sich zuerst ganz um ihre Hand herum streckte wie ein Armreif und dann zubiß wie ein Bataillon hungriger roter Ameisen.

Die Handschelle bewegte sich, weil sich die Haut bewegte, auf der sie festsaß, sie glitt so, wie ein schwerer Gegenstand auf einem Teppich gleitet, wenn jemand an dem Teppich zieht. Der zickzackförmige Schnitt, den sie sich am Handgelenk zugefügt hatte, wurde breiter, feuchte Sehnenstränge spannten sich über die Wunde und formten einen roten Armreif. Die Haut über dem Handrücken schlug Falten und staute sich vor der Handschelle, und dabei mußte sie daran denken, wie die Bettdecke ausgesehen hatte, als sie diese mit den strampelnden Füßen zum Fußende des Bettes geschoben hatte.

Ich schäle meine Hand, dachte sie. *O gütiger Gott, ich schäle sie wie eine Orange.*

»Laß los!« schrie sie die Handschelle plötzlich vor Wut schäumend an. In diesem Augenblick wurde die Handschelle etwas Lebendiges für sie, eine verhaßte, klammernde Kreatur mit vielen Zähnen wie ein Neunauge oder ein tollwütiges Wiesel. *»Oh, wirst du mich niemals freigeben?«*

Die Handschelle war viel weiter gerutscht als bei Jessies bisherigen Bemühungen, aber sie saß immer noch fest und weigerte sich störrisch, ihr diese letzten fünf Millimeter (vielleicht waren es auch nur noch drei) zuzugestehen. Der unerbittliche, blutige Kreis aus Edelstahl lag nun um eine teilweise von der Haut befreite Hand, wo man ein glänzendes Netz von Sehnen erkennen konnte, die wie Pflaumen gefärbt waren. Ihr Handrücken sah aus wie ein Truthahnschlegel, von dem man die knusprige Haut abgezogen hat. Der konstante Druck nach unten, den sie ausübte, hatte den Schnitt innen am Handgelenk noch weiter aufgerissen und eine blutverkrustete Kluft geschaffen. Jessie fragte sich, ob sie bei diesem letzten Versuch, sich zu befreien, die Hand nicht möglicherweise ganz vom Unterarm abriß. Und jetzt saß die Handschelle, die sich wenigstens ein bißchen bewegt hatte – zumindest hatte sie das geglaubt –, wieder fest. Felsenfest sogar.

Logisch, Jessie! schrie Punkin. *Sieh sie dir doch an! Sie ist vollkommen schief! Wenn du sie wieder gerade rücken könntest...*

Jessie rammte den Arm vorwärts, riß die Handschellenkette straff an das Handgelenk. Dann, bevor ihr Arm auch nur ans Verkrampfen denken konnte, zog sie wieder nach unten und wandte dabei jedes Quentchen Kraft auf, dessen sie fähig war. Ein roter Nebel des Schmerzes hüllte ihre Hand ein, als die Handschelle über das rohe Fleisch zwischen Gelenk und Handmitte streifte. Die ganze losgerissene Haut hing da in Form einer Diagonalen, die vom Ansatz des kleinen Fingers zum Daumenballen verlief. Einen Augenblick hielt dieser lose Hautlappen die Handschelle fest, dann glitt er mit einem feuchten Schmatzlaut unter den Stahlbügel. Damit blieb nur noch die letzte Knochenwölbung, aber die reichte aus, die Bewegung zu stoppen. Jessie zog fester. Nichts geschah.

Das war's, dachte sie. *Alle raus aus dem Pool.*

Als sie den schmerzenden Arm gerade entspannen wollte, rutschte die Handschelle über die winzige Wölbung, die sie so lange festgehalten hatte, schnalzte von Jessies Fingerspitzen und prallte klirrend gegen den Bettpfosten. Alles geschah so schnell, daß Jessie anfangs gar nicht bewußt wurde, *daß* es geschehen war. Ihre Hand sah nicht mehr wie ein Bestandteil des menschlichen Körpers aus, aber sie *war* frei.

Frei.

Jessie sah von der leeren, blutbeschmierten Handschelle zu ihrer übel zugerichteten Hand, und allmählich dämmerte die Erkenntnis auf ihrem Gesicht. *Sieht aus wie ein Vogel, der in eine Fabrikmaschine geraten und am anderen Ende wieder ausgespuckt worden ist,* dachte sie, *aber die Handschelle ist nicht mehr dran. Wirklich nicht.*

»Kann es nicht glauben«, krächzte sie. »Kann es ... verdammt noch mal ... Nicht glauben.«

Vergiß es, Jessie. Du mußt dich beeilen.

Sie zuckte zusammen wie jemand, der aus einem Nickerchen aufgeschreckt wurde. Beeilen? Ja, wahrhaftig. Sie wußte nicht, wieviel Blut sie bereits verloren hatte – ein halber Liter schien vernünftig geschätzt zu sein, wenn man die durchweichte Matratze und die Rinnsale betrachtete, die am Regal heruntertropften –, aber sie wußte, wenn sie noch mehr verlor, bevor sie ihre Hand bandagiert und den Arm irgendwie abgebunden hatte, würde sie ohnmächtig werden, und die Reise von der Ohnmacht zum Tod war eine kurze – nur eine kleine Fährpartie über einen schmalen Fluß.

Soweit wird es nicht kommen, dachte sie. Es war wieder die Hartwie-Kruppstahl-Stimme, aber dieses Mal gehörte sie ausschließlich ihr selbst, und das machte Jessie glücklich. *Ich habe diese schlimme Scheiße nicht nur durchgemacht, damit ich bewußtlos hier auf dem Boden sterbe. Ich habe den Papierkram nicht gesehen, aber ich bin verdammt sicher, daß das nicht in meinem Vertrag steht.*

Na gut, aber deine Beine . . .

Das war eine Erinnerung, die sie eigentlich gar nicht brauchte. Sie war seit über vierundzwanzig Stunden nicht mehr auf den Latschen gewesen, und es konnte trotz ihrer Bemühungen, sie gelenkig zu halten, ein schwerer Fehler sein, wenn sie sich zu sehr darauf verließ, zumindest am Anfang. Vielleicht bekam sie einen Krampf; vielleicht gaben sie unter ihr nach; vielleicht beides. Aber Gefahr erkannt, Gefahr gebannt . . . wie man so sagte. Selbstverständlich hatte sie zeit ihres Lebens viele solcher Ratschläge erhalten (Ratschläge, die man am häufigsten dieser geheimnisvollen, allgegenwärtigen Gruppe namens ›sie‹ zuschreiben konnte), und nichts, das sie je in *Firing Line* gesehen oder im *Reader's Digest* gelesen hatte, hatte sie auf das vorbereiten können, was sie gerade getan hatte. Trotzdem mußte sie so vorsichtig wie möglich sein. Jessie hatte eine Ahnung, daß sie in dieser Hinsicht allerdings nicht allzu viel Rückstand hatte.

Sie wälzte sich nach links und zog den rechten Arm hinter sich her wie ein Drache den Schwanz oder ein altes Auto den rostigen Auspuff. Der einzige Teil, der nicht völlig abgestorben zu sein schien, war der Handrücken, wo die freigelegten Sehnenstränge brannten und brüllten. Die Schmerzen waren schlimm, und das Gefühl, daß sich der rechte Arm vom Rest des Körpers losreißen wollte, war schlimmer, aber das alles ging in einem Aufruhr von Hoffnung und Triumph unter. Sie verspürte eine fast göttliche Freude darüber, daß sie sich vom Bett wälzen konnte, ohne von einer Handschelle um das Handgelenk aufgehalten zu werden. Ein neuerlicher Krampf überfiel sie und bohrte sich in ihren Unterleib wie das Ende eines Baseballschlägers Marke Louisville Slugger, aber sie achtete nicht darauf. Hatte sie das Gefühl Freude genannt? Oh, das Wort war viel zu milde. Es war Ekstase. Unverhohlene, regelrechte Ekst . . .

Jessie! Die Bettkante! Himmel, anhalten!

Es sah nicht wie die Bettkante aus; es sah wie der Rand der Welt auf einer altmodischen Karte vor Kolumbus aus. *›Dahinter seyen Ungeheuern und Seeschlangen‹*, dachte sie. *Ganz zu schweigen von einem gebrochenen linken Handgelenk. Anhalten, Jess!*

Aber ihr Körper mißachtete den Befehl; er rollte weiter, mitsamt den Krämpfen, und Jessie hatte gerade noch Zeit, die linke Hand in der Handschelle zu drehen, bevor sie mit dem Bauch auf die Bettkante aufschlug und dann ganz herunterrutschte. Ihre Zehen landeten mit wuchtiger Erschütterung auf dem Boden, aber es waren nicht nur die Schmerzen, die sie aufschreien ließen. Schließlich berührten ihre Zehen tatsächlich wieder den Boden. *Sie berührten tatsächlich den Boden.*

Sie beendete ihre linkische Flucht vom Bett mit einem immer noch am Bettpfosten hängenden, starr ausgestreckten linken Arm – sie sah aus, als wollte sie einem Taxi winken –, während der rechte Arm vorübergehend zwischen ihrer Brust und der Bettseite eingeklemmt war. Sie konnte spüren, wie warmes Blut auf ihre Haut gepumpt wurde und an den Brüsten hinablief.

Jessie drehte das Gesicht auf eine Seite, dann mußte sie in dieser neuen schmerzhaften Haltung ausharren, während ein Krampf von lähmender, glasklarer Heftigkeit ihren Rücken vom Nacken bis zum Ansatz der Pofalte im Griff hielt. Das Laken, an das sie Brüste und aufgeschnittene Hand drückte, wurde von Blut getränkt.

Ich muß aufstehen, dachte sie. *Ich muß sofort aufstehen, sonst werde ich genau hier verbluten.*

Der Krampf in ihrem Rücken ließ nach, und jetzt konnte sie endlich die Füße fest unter sich auf den Boden stemmen. Ihre Beine waren längst nicht so schwach und wacklig, wie sie gedacht hatte, sie schienen sogar förmlich darauf zu brennen, ihren ursprünglichen Verwendungszweck zu erfüllen. Jessie drückte sich hoch. Die Handschelle um den Bettpfosten zur Linken rutschte so weit sie konnte hoch, bis sie auf das nächsthöhere Querbrett stieß, und Jessie befand sich plötzlich in einer Haltung, die sie nicht mehr für möglich gehalten hätte: sie stand auf beiden Füßen neben dem Bett, das ihr Gefängnis gewesen war . . . beinahe ihr Sarg.

Ein Gefühl unermeßlicher Dankbarkeit drohte sie zu überwältigen, aber sie wehrte sich so verbissen dagegen wie gegen die Panik. Zeit für Dankbarkeit war später, aber momentan durfte sie nicht vergessen, daß sie immer noch an das Scheißbett gekettet und ihre Zeit, sich davon zu befreien, mehr als begrenzt war. Es war richtig, daß sie bis jetzt noch nicht das geringste Gefühl von Schwindel oder Ohnmacht gespürt hatte, aber sie hatte den Verdacht, daß das nichts zu sagen hatte. Wenn der Zusammenbruch kam, würde er wahrscheinlich unvermittelt kommen; so als würde man eine Glühbirne ausschießen.

Dennoch war Aufstehen – nur das, und nichts mehr – je so großartig gewesen? So unaussprechlich großartig?

»Niemals«, krächzte Jessie.

Jessie, die den rechten Arm über die Brust hielt und die Wunde innen am Handgelenk fest auf die obere Wölbung des linken Busens hielt, machte eine halbe Drehung und drückte den Po an die Wand. Sie stand jetzt neben der linken Seite des Betts in einer Haltung, die fast an das ›Rührt euch‹ eines Soldaten erinnerte. Sie holte lange und tief Luft, dann bat sie den rechten Arm und die übel zugerichtete rechte Hand, sich wieder an die Arbeit zu machen.

Der Arm hob sich knirschend wie der Ausleger eines verwahrlosten mechanischen Spielzeugs, und ihre Hand legte sich auf das Regal über dem Bett. Der dritte und vierte Finger weigerten sich immer noch, ihren Befehlen zu gehorchen, aber Jessie konnte das Regal so fest zwischen den Daumen und die beiden ersten Finger nehmen, daß sie es von den Halterungen stoßen konnte. Es landete auf der Matratze, auf der sie so viele Stunden gelegen hatte, der Matratze, wo ihr Umriß noch zu sehen war, eine eingedrückte, verschwitzte Vertiefung in der rosa Steppdecke, deren obere Hälfte teilweise mit Blut gezeichnet war. Als sie den Umriß betrachtete, wo sie gelegen hatte, wurde Jessie elend und wütend und ängstlich zugleich zumute. Ihn anzusehen machte sie rasend.

Sie richtete den Blick von der Matratze, auf der jetzt das Regalbrett lag, zu ihrer zitternden rechten Hand. Diese hob sie an Mund und Zähne, damit sie den Glassplitter zu fassen bekam, der unter dem Daumennagel hervorragte. Das Glas glitt heraus, dann rutschte es zwischen einen Schneide- und Eckzahn und schnitt tief ins weiche rosa Zahnfleisch ihres Gaumens. Sie verspürte einen raschen, stechenden Schmerz, dann floß ihr Blut in den Mund, das süß-salzig schmeckte und so dickflüssig wie der Hustensaft mit Kirschgeschmack war, den sie trinken mußte, als sie als Kind eine Erkältung gehabt hatte. Sie schenkte dieser neuen Schnittwunde keine Beachtung – sie hatte in den letzten paar Minuten mit viel Schlimmerem ihren Frieden gemacht –, sondern packte lediglich noch einmal zu und befreite den Splitter völlig aus dem Daumen. Als er draußen war, spie sie ihn zusammen mit einem Mundvoll warmem Blut auf das Bett.

»Okay«, murmelte sie und zwängte sich schwer atmend zwischen Kopfteil und Wand.

Das Bett glitt einfacher von der Wand weg, als sie zu hoffen gewagt hatte, aber sie hatte nie bezweifelt, *daß* es sich bewegen würde, wenn sie nur genügend Hebelwirkung zustande brachte. Die hatte sie nun, und damit schob sie das verhaßte Bett über den gewachsten Boden. Es rutschte nach rechts, während Jessie schob, aber das hatte Jessie eingerechnet, daher machte es ihr nichts aus. Sie hatte sogar ihren rudimentären Plan darauf aufgebaut. *Wenn sich das Glück wendet,* dachte sie, *wendet es sich gründlich. Du magst dir den Oberkiefer blutig geschnitten haben, aber du bist noch nicht auf eine einzige Glasscherbe getreten. Also schieb das Bett weiter, Herzblatt, und laß dich nicht . . .*

Sie stieß mit dem Fuß gegen etwas. Sah nach unten und stellte fest, daß sie gegen Geralds feiste rechte Schulter getreten war. Blut tropfte ihm auf Brust und Gesicht. Ein Tropfen fiel auf ein glasiges blaues Auge und überzog es wie eine Kontaktlinse. Sie empfand kein Mitleid für ihn; sie empfand keinen Haß für ihn; sie empfand keine Liebe für ihn. Sie verspürte eine Art Grauen und Ekel vor sich selbst, weil alle Empfindungen, mit denen sie sich im Lauf der Jahre beschäftigt hatte – die sogenannten ›zivilisierten‹ Gefühle, die das Rückgrat jeder Seifenoper, Talk-Show und Anrufsendung im Radio waren –, neben dem Überlebensinstinkt so blaß wirkten, der sich (zumindest in ihrem Fall) als so überwältigend und brutal beharrlich wie eine Bulldozerschaufel entpuppt hatte. Aber es war so, und sie hatte eine Ahnung, wenn sich Arsenio oder Oprah jemals in dieser Situation befinden würden, würden sie sich genauso verhalten wie sie, Jessie, selbst.

»Geh mir aus dem Weg, Gerald«, sagte sie und gab ihm einen Tritt (und gestand sich selbst die enorme Befriedigung nicht ein, die in ihr aufwallte). Gerald rührte sich nicht. Es war, als hätten ihn die chemischen Reaktionen, die mit der Verwesung einhergingen, am Boden festgeklebt. Die Fliegen stoben als aufgeschreckter Schwarm von seiner verstümmelten Leibesmitte hoch. Das war alles.

»Dann scheiß drauf«, sagte Jessie. Sie schob das Bett wieder. Es gelang ihr, mit dem rechten Fuß über Gerald zu steigen, aber ihr linker landete mitten auf seinem Bauch. Der Druck erzeugte einen abscheulichen Grunzton in seinem Hals und drückte eine kurze, übelriechende Gaswolke aus seinem offenen Mund. »Entschuldige dich, Gerald«, murmelte sie, dann ließ sie ihn ohne einen weiteren Blick hinter sich zurück. Jetzt sah sie zur Kommode, zur Kommode, auf der die Schlüssel lagen.

Kaum hatte sie Gerald hinter sich gelassen, ließ sich der aufgeschreckte Fliegenschwarm wieder auf ihm nieder, und sie setzten ihr Tagwerk fort. Schließlich gab es so viel zu tun und so wenig Zeit.

32

Ihre größte Angst war gewesen, daß sich das Fußende des Bettes entweder in der Badezimmertür oder in der Ecke gegenüber verkanten würde, so daß sie zurücksetzen und manövrieren mußte wie eine Frau, die ein großes Auto in eine enge Parklücke befördern will. Wie sich herausstellte, ging die Drehbewegung nach rechts, die das Bett beschrieb, während sie es langsam durch das Zimmer schob. Sie mußte nur einmal den Kurs korrigieren, indem sie ihr Ende des Bettes ein bißchen weiter nach links rückte, damit das andere sicher nicht an der Kommode hängenblieb. Dabei – als sie mit gesenktem Kopf und ausgestreckter Kehrseite und fest um den Bettpfosten geschlungenen Armen drückte – erlebte sie ihren ersten Schwindelanfall ... aber erst als sie das Gewicht an den Bettpfosten lehnte und aussah wie eine Frau, die so betrunken ist, daß sie nur noch stehen kann, indem sie vorgibt, sie würde Wange an Wange mit ihrem Freund tanzen, überlegte sie sich, daß *Dunkelheitsgefühl* wohl das bessere Wort dafür wäre. Das vorherrschende Gefühl war das eines Verlusts – nicht nur von Denkvermögen und Willenskraft, sondern auch jeglicher Sinneswahrnehmung. Einen verwirrten Augenblick lang dachte sie, die Zeit hätte einen Purzelbaum geschlagen und sie an einen Ort versetzt, der weder Dark Score noch Kashwakamak war, sondern etwas anderes, ein Ort, der am Meer lag, nicht an einem See im Landesinneren. Es roch nicht mehr nach Austern und Pennies, sondern nach Meersalz. Es war wieder der Tag der Sonnenfinsternis, nur das war dasselbe geblieben. Sie war in die Brombeerhecken gelaufen, um einem anderen Mann zu entkommen, einem anderen Daddy, der viel mehr wollte, als nur seinen Saft auf ihre Unterhose abspritzen. Und nun lag er auf dem Grund des Brunnens.

Déjà vu schlug über ihr zusammen wie ein seltsames Gewässer.

O Gott, was ist *das?* dachte sie, bekam aber keine Antwort, sondern sah nur wieder das verwirrende Bild, an das sie nicht mehr gedacht hatte, seit sie am Tag der Sonnenfinsternis in das mit Handtüchern abgeteilte Zimmer gegangen war, um sich umzuziehen: eine hagere Frau im Hauskleid, deren meliertes Haar zu einem Knoten hochgesteckt war und die ein Bündel weißen Stoff neben sich hatte.

Puh, dachte Jessie, die mit der verstümmelten rechten Hand den Bettpfosten umklammerte und sich verzweifelt bemühte, keine weichen Knie zu bekommen. *Halt durch, Jessie – halt einfach durch. Vergiß die Frau, vergiß den Geruch von Meersalz und Brombeeren, vergiß die Dunkelheit. Halt durch, dann geht die Dunkelheit vorbei.*

Sie hielt durch, und die Dunkelheit ging vorbei. Das Bild der hageren Frau, die neben ihrem Slip kniete und das unregelmäßige Loch in den alten Brettern betrachtete, verschwand als erstes, dann löste sich die Dunkelheit auf. Es wurde wieder heller im Schlafzimmer, in das allmählich der herbstliche Fünf-Uhr-Sonnenschein zurückkehrte. Sie sah Staubteilchen im Licht tanzen, das schräg durch die Fenster zum See einfiel, sah ihre eigenen Schattenbeine, die sich über den Boden streckten. Sie waren an den Knien gebrochen, damit der restliche Schatten an den Wänden hochragen konnte. Die Dunkelheit verzog sich, hinterließ aber ein hohes, liebliches Summen in Jessies Ohren. Als sie auf ihre Füße sah, stellte sie fest, daß auch diese mit Blut überzogen waren. Sie watete darin und hinterließ Spuren.

Deine Zeit wird knapp, Jessie.

Sie wußte es.

Jessie drückte die Brust wieder gegen das Kopfteil. Dieses Mal war es schwerer, das Bett in Bewegung zu setzen, aber schließlich gelang es ihr. Zwei Minuten später stand sie neben der Kommode, die sie so lange und hoffnungslos von der anderen Seite des Zimmers aus betrachtet hatte. Ein unmerkliches, trockenes Lächeln brachte ihre Mundwinkel zum Zucken. *Ich bin wie eine Frau, die ihr Leben lang vom schwarzen Sand von Kona geträumt hat und nicht glauben kann, daß sie endlich darauf steht,* dachte sie. *Es scheint auch wieder nur ein Traum zu sein, bloß etwas realistischer als die meisten, weil in diesem deine Nase juckt.*

Ihre Nase juckte nicht, aber sie sah auf die verschlungene Schlange von Geralds Krawatte hinunter, die immer noch geknotet war. Letzteres war ein Detail, wie es selbst die realistischsten Träume kaum je präsentierten. Außerdem lagen neben der roten Krawatte zwei kleine, eindeutig identische Schlüssel mit runden Griffen. Die Handschellenschlüssel.

Jessie hob die rechte Hand und betrachtete sie kritisch. Der dritte und vierte Finger hingen immer noch schlaff herab. Sie überlegte sich flüchtig, wieviel Schaden sie der Hand zugefügt haben mochte, dann vergaß sie den Gedanken wieder. Das war vielleicht später wichtig – so wie vieles andere, das sie im Verlauf dieses grimmigen Home-Runs über das Spielfeld verdrängt hatte –, aber im Augenblick war ihr der Schaden in der rechten Hand so wichtig wie die Preise von Schweinebäuchen in Omaha. Wichtig war, daß der Daumen und die beiden ersten Finger dieser Hand noch Botschaften empfingen. Sie zitterten ein wenig, als wollten sie Betroffenheit über den Verlust ihrer Nachbarn seit Lebenszeit ausdrücken, aber sie reagierten noch.

Jessie neigte den Kopf und sprach mit ihnen.

»Ihr müßt damit aufhören. Später könnt ihr zittern wie verrückt, wenn ihr wollt, aber momentan müßt ihr mir helfen. Ihr *müßt.*« Ja. Denn die Vorstellung, die Schlüssel fallenzulassen oder von der Kommode zu stoßen, nachdem sie so weit gekommen war ... das war undenkbar. Sie sah ihre Finger streng an. Diese hörten nicht auf zu zittern, nicht ganz, aber unter Jessies Blick wurde das Zittern der Finger zu einem kaum sichtbaren Beben.

»Okay«, sagte sie leise. »Ich weiß nicht, ob das gut genug ist, aber wir werden's ja herausfinden.«

Immerhin waren die Schlüssel gleich, wodurch sie zwei Chancen hatte. Sie fand es keineswegs befremdlich, daß Gerald beide mitgebracht hatte; er ging stets systematisch vor. Alle Eventualitäten einzuplanen, hatte er häufig gesagt, machte den Unterschied aus, ob man nur gut oder hervorragend war. Die einzigen Eventualitäten, die er dieses Mal nicht einkalkuliert hatte, waren der Herzanfall und der Fußtritt, der ihn ausgelöst hatte. Die Folge war natürlich, daß er weder gut noch hervorragend war, sondern einfach nur tot.

»Hundefutter«, murmelte Jessie. »Gerald used to be a winner, but now he's just the doggy's dinner – Gerald war ein Siegertyp, aber jetzt ist er nur noch Hundefutter. Richtig, Ruth? Richtig, Punkin?«

Sie nahm einen kleinen Stahlschlüssel zwischen Daumen und Zeigefinger der brennenden rechten Hand (als sie das Metall berührte, stellte sich das überzeugende Gefühl wieder ein, daß alles ein Traum war), hob ihn hoch und betrachtete ihn und dann die Handschelle, die ihr linkes Handgelenk umklammerte. Das Schloß bestand aus einer kleinen kreisförmigen Vertiefung an der Seite; Jessie fand, es sah aus wie eine Klingel, die reiche Leute am Dienstboteneingang ihrer Villa haben mochten. Um das Schloß zu öffnen, mußte man einfach den hohlen Schaft des Schlüssels in diesen Kreis schieben, bis man ihn einrasten hörte, und dann drehen.

Sie führte den Schlüssel Richtung Schloß, aber bevor sie den Schaft einführen konnte, rollte wieder eine Woge dieser eigentümlichen Dunkelheit über ihr Denken hinweg. Sie schwankte auf den Füßen und mußte wieder an Karl Wallenda denken. Ihre Hand fing erneut an zu zittern.

»Hör auf!« schrie sie verbittert und stieß den Schlüssel verzweifelt Richtung Schloß. »Hör auf mit d . . .«

Der Schlüssel verfehlte den Kreis, stieß statt dessen gegen den harten Stahl daneben und drehte sich in ihren vom Blut glitschigen Fingern. Sie konnte ihn noch einen Sekundenbruchteil festhalten, dann entglitt er ihrem Griff – ging sozusagen geschmiert – und fiel auf den Boden. Jetzt hatte sie nur noch einen Schlüssel übrig, und wenn sie den auch noch verlor, dann gnade Gott.

Wirst du nicht, sagte Punkin. *Ich schwöre es. Nimm ihn einfach, bevor du den Mut verlierst.*

Sie spannte den rechten Arm einmal, dann hob sie die Finger zum Gesicht. Sie betrachtete sie eingehend. Das Zittern klang wieder ab, zwar nicht so sehr, daß sie zufrieden gewesen wäre, aber sie konnte nicht mehr warten. Sie hatte Angst, sie würde das Bewußtsein verlieren, wenn sie zu lange wartete.

Sie streckte eine schwach zitternde Hand aus und hätte den Schlüssel beim ersten Versuch, ihn zu greifen, um ein Haar von der Kommode gestoßen. Es lag an der Taubheit – der gottverdammten Taubheit, die einfach nicht aus ihren Fingern weichen wollte. Sie holte tief Luft, hielt den Atem an, ballte die Faust, obwohl ihr das teuflische Schmerzen bereitete und das Blut wieder zu strömen anfing, dann stieß sie die Luft in Form eines langen Stoßseufzers aus den Lungen. Danach ging es ihr etwas besser. Dieses Mal drückte sie den Zeigefinger auf den runden Kopf des Schlüssels und schob ihn bis zum Rand der Kommode, anstatt zu versuchen, ihn gleich hochzuheben. Sie hielt erst inne, als er über die Kante hinausragte.

Wenn du ihn fallen läßt, Jessie! stöhnte Goodwife. *Oh, wenn du den auch fallen läßt!*

»Halt den Mund, Goody«, sagte Jessie, drückte den Daumen von unten gegen den Schlüssel und bildete so eine Pinzette. Dann versuchte sie, überhaupt nicht daran zu denken, was aus ihr werden würde, wenn es schiefging, hob den Schlüssel hoch und hielt ihn über die Handschelle. Sie durchlebte schlimme Sekunden, als es ihr nicht gelang, den zitternden Schlüssel in das Schloß einzuführen, und noch schlimmere, als sie das Schloß plötzlich doppelt sah . . . dann vierfach. Jessie kniff die Augen zu, holte noch einmal tief Luft und riß sie wieder auf. Jetzt sah sie wieder nur ein Schloß und rammte den Schlüssel hinein, bevor ihre Augen ihr noch mehr Streiche spielen konnten.

»Okay«, sagte sie. »Mal sehen.«

Sie drückte im Uhrzeigersinn. Nichts geschah. Panik versuchte in ihrem Hals emporzusteigen, aber dann fiel ihr plötzlich der alte rostige Pritschenwagen ein, den Bill Dunn fuhr, wenn er die Runde machte und nach den Ferienhäusern sah, und der Scherzaufkleber auf der hinteren Stoßstange: LINKSRUM GLATT VORBEI, RECHTSRUM EINWANDFREI stand da. Über diesen Worten war eine riesengroße Schraube aufgemalt.

»Linksrum glatt vorbei«, murmelte Jessie und versuchte, den Schlüssel im Gegenuhrzeigersinn zu drehen. Einen Augenblick begriff sie gar nicht, daß der Bügel aufgeschnappt war; sie dachte, das laute Klicken hätte der Schlüssel erzeugt, der im Schloß abgebrochen war, und kreischte so sehr, daß Blut von der Schnittwunde in ihrem Mund auf die Kommode spritzte. Ein paar Tropfen besudelten Geralds Krawatte, rot auf rot. Dann sah sie, daß der gekerbte Verschlußbügel aufgeschnappt war und stellte fest, daß sie es geschafft hatte – tatsächlich geschafft.

Jessie Burlingame zog die linke Hand, die ums Handgelenk herum etwas geschwollen, ansonsten aber unversehrt war, aus der offenen Handschelle, die wie ihr Kompagnon gegen das Kopfteil fiel. Dann hob sie mit einem Ausdruck tief empfundener Verwunderung langsam beide Hände vors Gesicht. Sie sah von der linken zur rechten und wieder zur linken. Sie nahm nicht zur Kenntnis, daß die rechte blutverschmiert war; sie interessierte sich nicht für das Blut, jedenfalls noch nicht. Im Augenblick wollte sie sich nur vergewissern, daß sie wirklich und wahrhaftig frei war.

Sie sah fast eine halbe Minute zwischen ihren Händen hin und her und bewegte dabei die Augen wie eine Zuschauerin bei einem Tischtennisspiel. Dann holte sie tief Luft, legte den Kopf zurück und stieß einen neuerlichen Schrei aus. Sie spürte eine erneute Woge der Dunkelheit, groß, glatt und tückisch, durch sich hindurch donnern, achtete aber nicht darauf und schrie weiter. Ihr schien, als hätte sie keine andere Wahl; entweder schreien oder sterben. Der spröde, kristallene Unterton des Wahnsinns in diesem Schrei war nicht zu überhören, aber es war dennoch ein Schrei völligen Triumphs und Sieges. Zweihundert Meter entfernt, im Wäldchen am Ende der Einfahrt, hob der Streuner den Kopf von der Erde.

Sie schien den Blick nicht von ihren Händen nehmen zu können, schien mit dem Schreien einfach nicht aufhören zu können. Sie hatte noch nie etwas auch nur im entferntesten Ähnliches wie jetzt empfunden, und irgendein Teil von ihr dachte: *Wenn Sex auch nur halb so gut wäre, würden die Leute es an jeder Straßenecke treiben – sie könnten einfach nicht anders.*

Dann ging ihr die Puste aus und sie schwankte rückwärts. Sie griff nach dem Kopfteil, aber einen Augenblick zu spät – sie verlor das Gleichgewicht und landete auf dem Schlafzimmerboden. Während sie fiel, stellte Jessie fest, ein Teil von ihr rechnete damit, daß die Ketten der Handschellen ihren Sturz bremsen würden. Reichlich komisch, wenn man darüber nachdachte.

Beim Aufprall schlug sie sich die offene Wunde der Innenseite des Handgelenks an. Schmerzen flammten in ihrem rechten Arm auf wie elektrische Christbaumkerzen, und als sie dieses Mal schrie, war es *ausschließlich* vor Schmerzen. Sie unterdrückte den Schrei jedoch rasch, als sie merkte, daß sie wieder in die Bewußtlosigkeit abdriftete. Sie schlug die Augen auf und sah in das zerfetzte Gesicht ihres Mannes. Gerald betrachtete sie mit einem Ausdruck endloser, erstarrter Überraschung – *Das hätte mir nicht zustoßen dürfen, ich bin Anwalt und mein Name steht auf dem Firmenschild.* Dann verschwand die Fliege, die sich auf seiner Oberlippe die Hinterfüße geputzt hatte, in einem seiner Nasenlöcher, und Jessie drehte den Kopf so unvermittelt herum, daß sie ihn auf den Bodendielen anschlug und Sterne sah. Als sie dieses Mal die Augen aufschlug, sah sie zum Kopfteil mit seinen fröhlichen Blutspuren und Rinnsalen empor. Hatte sie noch vor wenigen Sekunden so weit oben gestanden? Sie war ziemlich sicher, daß es so gewesen sein mußte, aber es war schwer zu glauben – von hier unten sah das Scheißbett etwa so hoch wie das Chrysler Building aus.

Beweg dich, Jess! Das war Punkin, die wieder mit ihrer drängenden, nervtötenden Stimme sprach. Für jemand mit so einem süßen lieben Gesicht konnte Punkin wirklich ein Flittchen sein, wenn sie sich einmal etwas in den Kopf gesetzt hatte.

»Kein Flittchen«, sagte sie und ließ die Augen zufallen. Ein ansatzweises, verträumtes Lächeln umspielte ihre Mundwinkel. »Eine Nervensäge.«

Beweg dich, verdammt!

Kann nicht. Muß erst etwas ausruhen.

Wenn du dich nicht sofort in Bewegung setzt, kannst du für immer ausruhen! Also heb *deinen fetten Arsch!*

Das rüttelte sie auf. »Der ist überhaupt nicht fett, Großmaul«, murmelte sie gallig und versuchte, auf die Füße zu kommen. Nur zwei Anstrengungen (die zweite wurde von einem weiteren lähmenden Krampf im Zwerchfell vereitelt) waren erforderlich, ihr zu zeigen, daß das Aufstehen zumindest vorläufig ein ziemlich schlechter Einfall gewesen war. Und wenn sie aufstand, fingen die Probleme erst richtig an, denn sie mußte ins Bad, aber die Tür dorthin wurde vom Fußende des Bettes wie von einer Straßensperre verbarrikadiert.

Jessie glitt mit einer schwimmenden, behenden Bewegung, die fast anmutig wirkte, unter das Bett und wehte dabei ein paar verstreute Staubflusen aus dem Weg. Diese rollten wie graue Wüstenhexen davon. Aus unerfindlichen Gründen mußte sie bei den Staubflusen wieder an die Frau aus ihrer Vision denken – die Frau, die im Brombeerstrauch kniete und den Slip als weißes Bündel neben sich liegen hatte. Sie schob sich ins Bad, und dort peinigte ein neuer Geruch ihre Nasenflügel: der dunkle, moosige Geruch von Wasser. Wasser tropfte aus dem Hahn beim Waschbecken; Wasser tropfte vom Duschkopf; Wasser tropfte aus der Batterie über der Badewanne. Sie konnte sogar den eigentümlichen Demnächst-Mehltau-Geruch eines nassen Handtuchs im Korb hinter der Tür riechen. Wasser, Wasser, überall Wasser, und jeder Tropfen war trinkbar. Ihre Speiseröhre schrumpfte trocken im Hals zusammen, schien aufzuschreien, und Jessie stellte fest, daß sie tatsächlich sogar Wasser *berührte* – eine kleine Pfütze vom lecken Rohr unter dem Waschbecken, das der Klempner nie zu reparieren schien, wie oft sie es ihm auch sagte. Jessie zog sich keuchend zu dieser Pfütze, ließ den Kopf sinken und leckte das Linoleum ab. Das Wasser schmeckte unglaublich, das seidige Gefühl auf Lippen und Zunge besser als alle Träume von Sinnlichkeit.

Das einzige Problem war, es war nicht genug. Der bezaubernd feuchte, bezaubernd *grüne* Geruch war rings um sie herum, aber die Pfütze unter dem Waschbecken war fort und Jessies Durst nicht gelöscht, sondern nur angespornt. Der Geruch, der Geruch von schattigen Frühlingstagen und alten, verborgenen Brunnenschächten, vollbrachte, was nicht einmal Punkins Stimme vollbracht hatte: Jessie kam wieder auf die Füße.

Sie zog sich am Rand des Beckens hoch. Im Spiegel sah sie nur ganz kurz eine achthundertjährige Frau herausblicken, dann drehte sie die Armatur mit der Aufschrift K. Frisches Wasser –

alles Wasser der Welt – kam herausgesprudelt. Sie versuchte, wieder diesen Triumphschrei auszustoßen, aber dieses Mal brachte sie lediglich ein rauhes, nuschelndes Flüstern zustande. Sie beugte sich über das Becken, machte den Mund auf und zu wie ein Fisch und stürzte sich in das moosige Brunnenparfum. Es war auch der schale Mineraliengeruch, der sie im Lauf der Jahre, seit ihr Vater sie am Tag der Sonnenfinsternis mißbrauchte, immer wieder heimgesucht hatte, aber jetzt war er nicht mehr schlimm; jetzt war es nicht der Geruch von Angst und Scham, sondern der Geruch des Lebens. Jessie inhalierte ihn, dann hustete sie ihn fröhlich wieder aus, als sie den Mund unter den Strahl aus dem Wasserhahn hielt. Sie trank, bis ein heftiger, aber schmerzloser Krampf sie veranlaßte, alles wieder zu erbrechen. Es kam immer noch kühl von dem kurzen Besuch in ihrem Magen zurück und bespritzte den Spiegel mit rosa Tröpfchen. Dann keuchte sie mehrmals und versuchte es noch einmal.

Beim zweiten Mal blieb das Wasser drinnen.

33

Das Wasser stellte sie auf wunderbare Weise wieder her, und als sie schließlich den Hahn zudrehte und sich im Spiegel betrachtete, fühlte sie sich wieder wie ein hinreichend akzeptables Faksimile eines menschlichen Wesens – schwach, leidend und wacklig auf den Beinen ... aber dennoch am Leben und bei Bewußtsein. Sie dachte, daß sie wahrscheinlich nie wieder so etwas Befriedigendes wie diese ersten Schlucke Wasser aus dem sprudelnden Hahn erleben würde, und in ihrer ganzen bisherigen Erfahrung ließ sich nur ihr erster Orgasmus annähernd mit diesem Augenblick vergleichen. In beiden Fällen war sie einige Sekunden lang einzig und allein von den Zellen und dem Gewebe ihres Körpers beherrscht und das bewußte Denken (aber nicht das Bewußtsein selbst) weggefegt gewesen, und das Ergebnis war Ekstase. *Ich werde es nie vergessen,* dachte sie, wohl wissend, daß sie es bereits vergessen hatte, ebenso wie sie den herrlichen süßen Kitzel dieses ersten Orgasmus vergessen hatte, sobald ihre Nerven das Feuer einstellten. Es war, als mißbillige der Körper Erinnerungen ... oder weigerte sich, die Verantwortung dafür zu übernehmen.

Das ist alles unwichtig, Jessie – du mußt dich beeilen!

Kannst du nicht aufhören, mich ständig anzuschnauzen? antwortete sie, obwohl sie wußte, daß Punkin recht hatte, selbstverständlich. Ihr verletztes Handgelenk sprudelte nicht mehr, aber es war immer noch einiges mehr als ein Rinnsal, und das Bett, dessen Reflexion sie im Badezimmerspiegel sah, war der reine Horror – die Matratze war blutgetränkt und das Kopfteil davon bespritzt. Sie hatte gelesen, daß man eine Menge Blut verlieren und dennoch weiter funktionieren konnte, aber wenn sich das Blatt wendete, dann auf einen Schlag. Und sie forderte auf jeden Fall ihr Schicksal heraus.

Sie machte das Arzneischränkchen auf, betrachtete die Pakkung Pflaster und stieß ein schroffes, gackerndes Lachen aus. Wenn sie die selbst zugefügten Verletzungen mit Pflaster versorgen wollte, war das etwa so, als wollte man versuchen, den schiefen Turm von Pisa mit einem Toyota-Abschlepphaken geradezuziehen. Ihr Blick fiel auf einen kleinen Karton Maxibinden Marke

Always, der diskret hinter einem Wirrwarr von Parfum und Kölnisch und Rasierwasser stand. Sie stieß zwei oder drei Fläschchen um, während sie den Karton hervorzog, worauf eine erstickende Mischung von Düften die Luft erfüllte. Sie zog die Papierhülle von einer Binde, die sie sich dann wie einen dicken Armreif um das Handgelenk legte. Fast augenblicklich erblühten Mohnblumen darauf.

Wer hätte gedacht, daß die Frau eines Anwalts soviel Blut in sich hat? überlegte sie und stieß erneut eine schroffe, gackernde Lachsalve aus. Im obersten Fach des Medizinschränkchens lag eine Blechspule Rotkreuzband. Diese holte sie mit der linken Hand. Ihre rechte schien inzwischen kaum mehr etwas anderes machen zu können als bluten und vor Schmerzen heulen. Dennoch verspürte sie tiefe Zuneigung für sie, und warum auch nicht? Als sie sie gebraucht hatte, als es absolut keine andere Möglichkeit mehr gegeben hatte, hatte die Hand den letzten Schlüssel genommen, ins Schloß gesteckt und umgedreht. Nein, sie hatte nicht das geringste gegen Mrs. Rechts.

Das warst du, Jessie, sagte Punkin. *Ich meine ... wir sind* alle *du. Das weißt du doch, oder nicht?*

Ja. Sie wußte es genau und betete, daß sie es nie vergessen würde, sollte sie tatsächlich lebend aus diesem Schlamassel herauskommen.

Sie entfernte den Verschluß des Bands und hielt es linkisch mit der rechten Hand, während sie mit dem linken Daumen das Ende des Bands hochhielt. Sie wechselte die Rolle in die linke Hand über, drückte das Bandende auf den behelfsmäßigen Verband und ließ die Rolle mehrmals um das rechte Handgelenk kreisen, wobei sie die bereits durchweichte Monatsbinde so fest auf den Schnitt an der Innenseite des Gelenks drückte, wie sie nur konnte. Sie riß das Band mit den Zähnen von der Rolle ab, zögerte und fügte dann noch einen überlappenden Armreif aus Klebeband dicht unter dem rechten Ellbogen hinzu. Jessie hatte keine Ahnung, wieviel so ein behelfsmäßiger Druckverband nützen konnte, aber sie dachte sich, schaden konnte er auf keinen Fall.

Sie riß das Band zum zweiten Mal ab, und als sie die sichtlich geschrumpfte Rolle ins Fach zurücklegte, sah sie eine grüne Flasche Excedrin, die auf dem mittleren Fachboden im Arzneischränkchen stand. Und keine Verschlußkappe mit Kindersicherung – Gott sei Dank. Sie holte sie mit der linken Hand herunter und entfernte den weißen Plastikverschluß mit den Zähnen. Der Geruch der Aspirintabletten war beißend, stechend, säuerlich.

Ich halte das ganz und gar nicht für eine gute Idee, sagte Goodwife Burlingame nervös. *Aspirin verdünnt das Blut und hemmt die Gerinnung.*

Das stimmte wahrscheinlich, aber die freiliegenden Nerven auf dem rechten Handrücken kreischten inzwischen wie eine Feuersirene, und Jessie überlegte, wenn sie nicht etwas dagegen unternahm, würde sie sich bald auf dem Boden wälzen und die gespiegelten Wellen an der Decke anheulen. Sie schüttelte zwei Excedrin in den Mund, zögerte und warf noch zwei ein. Sie drehte den Hahn wieder auf, schluckte sie und betrachtete den behelfsmäßigen Verband am Handgelenk schuldbewußt. Das Rot troff immer noch durch die Papierlagen; bald würde sie die Binde abnehmen und das Blut herauswringen können wie heißes rotes Wasser. Eine gräßliche Vorstellung ... und sobald sie sie einmal im Kopf hatte, schien sie sie nicht mehr loswerden zu können.

Wenn du es schlimmer gemacht hast ... begann Goody trübselig.

Ach, verschon mich, antwortete die Ruth-Stimme. Sie sprach brüsk, aber nicht unfreundlich. *Wenn ich jetzt an Blutverlust sterbe, soll ich dann vier Aspirin die Schuld geben, nachdem ich meine rechte Hand buchstäblich skalpiert habe, damit ich vom Bett runter konnte? Das ist surrealistisch!*

Ja, wahrhaftig. *Alles* schien jetzt surrealistisch zu sein. Aber das war nicht ganz das richtige Wort. Das richtige Wort war ...

»*Hyper*-realistisch«, sagte sie mit leiser, nachdenklicher Stimme.

Ja, das war es. Eindeutig. Jessie drehte sich um, bis sie wieder Richtung Badezimmertür stand, dann keuchte sie erschrocken. Der Teil ihres Kopfs, der das Gleichgewicht überwachte, meldete ihr, daß sie sich *noch* drehte. Einen Augenblick stellte sie sich Dutzende Jessies vor, eine überlappende Kette, welche die einzelnen Stadien des Bewegungsablaufs festhielten wie einzelne Bilder einer Filmrolle. Ihr Schrecken nahm zu, als sie feststellte, daß die goldenen Lichtsäulen, die schräg zu den Westfenstern hereinfielen, eine reale Beschaffenheit angenommen hatten – sie sahen wie Stücke hellgelber Schlangenhaut aus. Die Staubkörnchen, die darin schwebten, waren zu Schwaden Diamantgrieß geworden. Sie konnte ihren schnellen, leichten Herzschlag hören, konnte die vermischten Gerüche von Blut und Brunnenwasser wahrnehmen. Es war, als würde sie an einem uralten Kupferrohr riechen.

Das ist die Vorstufe einer Ohnmacht.

Nein, Jess, stimmt nicht. Du kannst dir nicht leisten, ohnmächtig zu werden.

Das stimmte wahrscheinlich, aber sie war ziemlich sicher, daß es trotzdem passieren würde. Sie konnte nichts dagegen tun.

Doch, du kannst. Und du weißt auch was.

Sie betrachtete ihre gehäutete Hand und hob sie. Eigentlich mußte sie gar nichts tun, nur die Muskeln des rechten Arms entspannen. Die Schwerkraft würde den Rest erledigen. Wenn die Schmerzen nicht ausreichten, sie aus dem schrecklichen grellen Ort zu holen, an dem sie sich plötzlich befand, die Schmerzen, wenn ihre geschälte Hand auf dem Tresen aufschlug, dann würde gar nichts helfen. Sie hielt die Hand eine ganze Weile an die blutverschmierte Brust gedrückt und versuchte, genügend Mut aufzubringen. Schließlich ließ sie sie wieder an die Seite sinken. Sie konnte es nicht – konnte es einfach nicht. Es war eins zuviel: ein *Schmerz* zuviel.

Dann beweg dich, bevor du umkippst.

Das kann ich auch nicht, antwortete sie. Sie fühlte sich mehr als müde; sie fühlte sich, als hätte sie gerade ein volles Ka-wumm absolut erstklassiges Kambodschanisch-Rot alleine geraucht. Sie wollte nur hier stehen und zusehen, wie die Körnchen Diamantstaub ihre trägen Kreise durch die Sonnenstrahlen zogen, welche durch die westlichen Fenster hereinfielen. Und vielleicht noch einen Schluck von diesem dunkelgrünen Wasser mit Moosgeschmack trinken.

»Herrje«, sagte sie mit distanzierter, ängstlicher Stimme. »Herrje, Louise.«

Du mußt aus dem Badezimmer raus, Jessie – du mußt. Mach dir vorläufig nur darum Gedanken. Ich glaube, du solltest dieses Mal über das Bett klettern; ich bin nicht sicher, ob du es noch mal unten durch schaffst.

Aber ... aber auf dem Bett sind Glasscherben. Und wenn ich mich schneide?

Das rief Ruth Neary auf den Plan, und die war tobsüchtig.

Du hast schon fast die ganze Haut deiner rechten Hand abgezogen – glaubst du, ein paar Schnittwunden mehr spielen da noch eine Rolle? Herrgott noch mal, Süße, was ist, wenn du mit einer Fotzenwindel am Handgelenk und einem breiten dummen Grinsen im Gesicht in diesem Badezimmer stirbst? Was meinst du zu diesem Was-wäre-wenn? Beweg dich, Schlampe!

Zwei vorsichtige Schritte brachten sie zur Badezimmertür zurück. Jessie stand nur einen Augenblick schwankend da und blinzelte ins gleißende Sonnenlicht wie jemand, der einen ganzen Nachmittag im Kino verbracht hat. Der nächste Schritt brachte sie zum Bett. Als ihre Schenkel die blutgetränkte Matratze berührten, zog sie vorsichtig das linke Knie hoch, hielt sich an einem der Pfosten am Fußende fest, damit sie nicht das Gleichgewicht verlor, und kletterte auf das Bett. Sie war nicht auf den Abscheu und die Angst vorbereitet, die sie empfand. Sie konnte sich ebensowenig vorstellen, daß sie noch einmal freiwillig in diesem Bett schlafen würde, wie sie sich vorstellen konnte, daß sie in ihrem eigenen Sarg schlief. Allein als sie darauf kniete, war ihr zum Schreien zumute.

Du mußt keine tiefe, bedeutsame Beziehung damit aufbauen, Jessie – du sollst nur über das Scheißding rüberklettern.

Irgendwie gelang es ihr, und sie vermied die Splitter und Scherben des zerschellten Wasserglases, indem sie es am Fußende der Matratze überquerte. Jedesmal, wenn sie die Handschellen an den Pfosten am Kopfteil sehen konnte, eine aufgesprungen, die andere ein geschlossener Edelstahlkreis voll Blut – *ihrem* Blut –, kam ihr ein kurzer Laut des Ekels und Mißfallens über die Lippen. Die Handschellen kamen ihr nicht wie tote Gegenstände vor. Sie schienen zu leben. Und hungrig zu sein.

Sie kam zur anderen Seite des Bettes, umklammerte den Pfosten mit der guten linken Hand, drehte sich mit der Vorsicht eines Rekonvaleszenten im Krankenhaus auf den Knien um, ließ sich auf den Bauch sinken und tastete mit den Füßen nach dem Boden. Sie erlebte einen schlimmen Augenblick, als sie dachte, sie hätte nicht mehr genügend Kraft zum Aufstehen; sie müßte hier liegen, bis sie ohnmächtig wurde und vom Bett rutschte. Dann holte sie tief Luft und schob mit der linken Hand. Einen Augenblick später stand sie auf den Füßen. Jetzt schwankte sie noch schlimmer – sie sah aus wie ein Matrose, der dem Sonntagvormittagsabschnitt einer Wochenendsauftour entgegentorkelt –, aber sie war bei Gott aufgestanden. Eine neuerliche Woge der Dunkelheit segelte durch ihr Denken wie ein Piratenschiff mit riesigen schwarzen Segeln. Oder eine Sonnenfinsternis.

Blind, auf den Füßen hin und her wippend, dachte sie: *Bitte, lieber Gott, laß mich nicht ohnmächtig werden. Bitte, lieber Gott, einverstanden? Bitte.*

Schließlich kehrte das Licht in den Tag zurück. Als Jessie dachte, daß es nicht mehr heller werden würde, durchquerte sie langsam das Zimmer zum Telefontisch, wobei sie den linken Arm ein wenig vom Körper weg hielt, um das Gleichgewicht zu halten. Sie hob den Hörer hoch, der soviel zu wiegen schien wie ein Band des Oxford English Dictionary, und hielt ihn ans Ohr. Es war überhaupt kein Laut zu hören; die Leitung war mausetot. Irgendwie überraschte sie das nicht, warf aber eine Frage auf: Hatte Gerald das Telefon aus der Wand gezogen, wie es manchmal seiner Art entsprach, wenn sie hier unten waren, oder hatte ihr nächtlicher Besucher das Kabel draußen irgendwo durchgeschnitten?

»Es war nicht Gerald«, krächzte sie. »Den hätte ich sehen müssen.«

Dann fiel ihr ein, daß das nicht unbedingt der Fall sein mußte – sie war ins Bad gegangen, sobald sie das Haus erreicht hatten. Da hätte er es machen können. Sie bückte sich, ergriff das flache weiße Kabel, das vom Telefon zur Steckdose am Sockel hinter dem Stuhl führte, und zog. Sie glaubte, daß es anfangs ein wenig nachgab, aber dann nicht mehr. Dieses anfängliche kurze Nachgeben hätte sie sich auch einbilden können; sie wußte sehr gut, daß ihre Sinne nicht mehr besonders vertrauenswürdig waren. Das Kabel konnte einfach am Stuhl festgebunden sein, aber . . .

Nein, sagte Goody nervös. *Es ist fest, weil es noch im Stecker steckt – Gerald hat es nie herausgezogen. Das Telefon funktioniert deshalb nicht, weil das Ding, das gestern nacht hier bei dir war, die Leitung durchgeschnitten hat.*

Hör nicht auf sie; sie hat Angst vor ihrem eigenen Schatten, sagte Ruth. *Der Stecker hat sich an einem Stuhlbein verhakt – darauf gehe ich jede Wette ein. Außerdem läßt sich das ja problemlos herausfinden, oder nicht?*

Selbstverständlich. Sie mußte nur den Stuhl wegziehen und dahinter nachsehen. Und den Stecker reinstecken, wenn er draußen war.

Und wenn du das alles machst und das Telefon funktioniert trotzdem *nicht?* jammerte Goody. *Dann wirst du noch etwas wissen, oder nicht?*

Ruth: *Hör auf zu zaudern – du brauchst Hilfe, und zwar schnell.*

Das stimmte, aber der Gedanke, den Stuhl wegzuziehen, erfüllte sie mit erschöpfter Niedergeschlagenheit. Sie konnte es wahrscheinlich machen – der Stuhl war groß, aber er konnte trotzdem nicht ein Fünftel des Bettes wiegen, und *das* hatte sie schließlich ganz durch das Zimmer schieben können –, aber allein die *Vorstellung* wog schwer genug. Und wenn sie den Stuhl vorzog, wäre das erst der Anfang. Wenn sie ihn weggerückt hatte, mußte sie auf die Knie ... in die düstere, staubige Ecke dahinter kriechen, bis sie den Stecker gefunden hatte ...

Himmel, Süße! schrie Ruth. Sie klang erschrocken. *Du hast keine andere* Wahl! *Ich dachte, wir hätten uns endlich alle mindestens auf eins geeinigt, nämlich, daß du Hilfe brauchst, und zwar sch ...*

Plötzlich schlug Jessie Ruths Stimme die Tür vor der Nase zu, und zwar fest. Anstatt den Stuhl zu verschieben, bückte sie sich darüber, nahm den Hosenrock und zog ihn vorsichtig an den Beinen hoch. Blutstropfen vom durchnäßten Verband am Handgelenk besudelten augenblicklich die Vorderseite, aber sie sah sie kaum. Sie war emsig damit beschäftigt, das Murmeln der erbosten, perplexen Stimmen zu ignorieren und sich zu fragen, wer diese unheimlichen Leute überhaupt alle in ihren Kopf gelassen hatte. Es war, als würde man eines Morgens aufwachen und feststellen, daß das eigene Haus über Nacht zum Hotel geworden war. Alle Stimmen äußerten schockierte Fassungslosigkeit über ihr Vorhaben, aber Jessie stellte plötzlich fest, daß ihr das ziemlich scheißegal war. Es war ihr Leben. *Ihres.*

Sie hob die Bluse auf und schlüpfte mit dem Kopf hinein. Für ihren verwirrten, unter Schock stehenden Verstand schien die Tatsache, daß es gestern warm genug für dieses leichte, ärmellose Oberteil gewesen war, unwiderlegbar die Existenz Gottes zu beweisen. Sie glaubte nicht, daß sie imstande gewesen wäre, die abgezogene rechte Hand durch einen langen Ärmel zu schieben.

Vergiß das, dachte sie, *es ist ein Wahnsinn, und ich brauche keine erfundenen Stimmen, um mir das zu sagen. Ich denke daran, von hier weg zu fahren – es jedenfalls zu versuchen –, dabei müßte ich nur den Stuhl wegrükken und das Telefon wieder einstecken. Muß der Blutverlust sein – der hat mir vorübergehend den Verstand geraubt. Ein irrer Einfall. Herrgott, dieser Stuhl kann keine fünfzig Pfund wiegen ... ich bin so gut wie in Sicherheit!*

Ja, aber es war nicht der Stuhl und nicht der Gedanke, die Typen vom Rettungsdienst könnten sie im selben Zimmer wie ihren nackten, angenagten Mann finden. Jessie war überzeugt, sie hätte auch dann versucht, mit dem Mercedes wegzufahren, selbst wenn das Telefon perfekt funktioniert und sie Polizei, Notarzt und die Marschkapelle der Deering High-School verständigt hätte. Denn das Telefon war nicht das Wichtige – überhaupt nicht. Das Wichtige war ... nun ...

Das Wichtige ist, daß ich schleunigst hier abhauen sollte, dachte sie und erschauerte plötzlich. Sie bekam Gänsehaut auf den bloßen Armen. *Weil dieses Ding zurückkommen wird.*

Bockmist. Das Problem war nicht Gerald oder der Stuhl oder was die Typen vom Rettungsdienst denken mochten, wenn sie herkamen und die Situation sahen. Es war nicht einmal die Frage des Telefons. Das Problem war der Space Cowboy; ihr alter Freund Dr. Doom. *Darum* zog sie die Kleidung an und spritzte noch ein bißchen mehr Blut herum, statt zu versuchen, Verbindung mit der Außenwelt aufzunehmen. Der Fremde war ganz in der Nähe, dessen war sie vollkommen sicher. Er wartete nur auf die Dunkelheit, und die Dunkelheit war nicht mehr fern. Wenn sie bewußtlos wurde, während sie versuchte, den Stuhl von der Wand zu rücken oder munter in Staub und Spinnweben dahinter herumkroch, war sie vielleicht immer noch allein hier, wenn das Ding mit dem Musterkoffer voll Knochen kam. Schlimmer, sie war vielleicht immer noch am Leben.

Außerdem *hatte* ihr Besucher die Leitung durchgeschnitten. Sie konnte es unmöglich wissen ... aber im Grunde ihres Herzens wußte sie es doch. Wenn sie die Mühe auf sich nahm, den Stuhl zu verschieben und den Stecker wieder einzustecken, dann wäre das Telefon immer noch tot, genau wie das in der Küche und das in der Diele.

Und was ist schon dabei? fragte sie ihre Stimmen. *Ich habe vor, zur Hauptstraße zu fahren, das ist alles. Ein Kinderspiel verglichen mit Behelfschirurgie mit einem Wasserglas und der Tatsache, daß ich ein dreihundert Pfund schweres Bett durchs Zimmer geschoben und dabei einen halben Liter Blut verloren habe. Der Mercedes ist ein gutes Auto, und die Einfahrt ist schnurgerade. Ich tuckere mit zwanzig Stundenkilometern zur Route 117, und wenn ich zu schwach bin, zu Dakin's Store zu fahren, wenn ich auf dem Highway bin, fahre ich einfach rechts ran, schalte den Warnblinker ein und hupe jedesmal, wenn ich jemand kommen sehe. Das müßte eigentlich hinhauen, zumal die Straße auf zwei Kilometern in beide Richtungen flach und einsichtig ist. Das Gute am Auto sind die Schlösser. Wenn ich drinnen bin, kann ich die Türen abschließen. Dann kann es nicht rein. Es,* versuchte Ruth zu spötteln, aber Jessie fand, sie hörte sich ängstlich an – ja, sogar sie.

Ganz recht, erwiderte sie. *Du hast mir schließlich immer gesagt, ich sollte öfter den Kopf ausschalten und mehr auf mein Herz hören, oder nicht? Klar doch. Und weißt du, was mein Herz im Augenblick sagt, Ruth? Es sagt, der Mercedes ist meine einzige Chance. Und wenn du darüber lachen willst, nur zu ... aber ich habe mich entschieden.*

Ruth wollte offenbar nicht lachen. Ruth war verstummt.

Gerald hat mir vor dem Aussteigen die Autoschlüssel gegeben, damit er auf den Rücksitz greifen und seine Aktentasche holen konnte. Das hat er doch, oder nicht? Bitte, lieber Gott, sieh zu, daß mich mein Gedächtnis nicht trügt.

Jessie steckte die Hand in die linke Rocktasche und fand nur ein paar Kleenex. Sie streckte die rechte Hand nach unten, drückte behutsam von außen auf die Tasche und stieß einen Stoßseufzer der Erleichterung aus, als sie den vertrauten Umriß des Schlüssels samt Anhänger spürte, den Gerald ihr zum letzten Geburtstag geschenkt hatte. Die Inschrift auf dem Schlüsselanhänger lautete YOU SEXY THING. Jessie überlegte sich, daß sie sich in ihrem ganzen Leben noch nicht weniger sexy und mehr wie ein Ding gefühlt hatte, aber das machte nichts; damit konnte man leben. Der Schlüssel war ihre Fahrkarte weg von diesem gräßlichen Ort.

Ihre Tennisschuhe standen nebeneinander unter dem Telefontisch, aber Jessie entschied, daß sie so vollständig angezogen war, wie sie nur sein wollte. Sie setzte sich langsam Richtung Dielentür in Bewegung und machte winzige Invalidenschritte. Unterwegs erinnerte sie sich daran, das Telefon in der Diele zu benützen, bevor sie hinausging – schaden konnte es nicht.

Sie hatte kaum das Kopfteil des Bettes hinter sich gelassen, als das Licht wieder aus dem Tag ausströmte. Es war, als wären die fetten hellen Sonnenstrahlen, die durch die westlichen Fenster hereinfielen, an einen Dimmer angeschlossen, den gerade jemand herunterdrehte. Als sie trüber wurden, verschwand der Diamantstaub, der darin tanzte.

O nein, nicht jetzt, flehte sie. *Bitte, das* muß *ein Witz sein.* Aber das Licht wurde immer düsterer, und Jessie merkte plötzlich, daß sie wieder schwankte und ihr Oberkörper immer ausgreifendere Kreise in der Luft machte. Sie tastete nach dem Bettpfosten und bekam statt dessen die blutige Handschelle zu fassen, aus der sie erst vor so kurzer Zeit entkommen war.

20. Juli 1963, dachte sie zusammenhanglos. *16.39 Uhr. Totale Sonnenfinsternis. Can I get a witness?*

Der Geruch von Schweiß, Samen und dem Rasierwasser ihres Vaters drang ihr in die Nase. Sie wollte würgen, war aber plötzlich zu schwach dazu. Sie brachte noch zwei torkelnde Schritte zustande, dann kippte sie vornüber auf die blutgetränkte Matratze. Ihre Augen waren offen und blinzelten ab und zu, aber ansonsten war sie so reglos wie eine Frau, die ertrunken an einen verlassenen Strand gespült worden ist.

34

Der erste Gedanke, der sich wieder einstellte, war der, daß die Dunkelheit bedeutete: sie war tot.

Ihr zweiter Gedanke war: wenn sie tot wäre, würde sich ihre rechte Hand nicht anfühlen, als wäre sie erst mit Napalm bombardiert und dann mit Rasierklingen geschält worden. Der dritte war die erschreckende Erkenntnis: wenn es dunkel war und sie die Augen offen hatte – was der Fall zu sein schien –, mußte die Sonne untergegangen sein. Das riß sie hastig aus dem Niemandsland, wo sie gelegen hatte – nicht völlige Bewußtlosigkeit, aber eine tiefe Post-Schock-Trägheit. Zuerst konnte sie sich nicht erinnern, weshalb der Gedanke an den Sonnenuntergang so furchterregend sein sollte, aber dann

(*Space Cowboy Monster of Love*)

fiel ihr alles so urplötzlich wieder ein, daß es einem elektrischen Schock gleichkam. Die schmalen, leichenhaften Wangen; die hohe Stirn; die starren Augen.

Der Wind hatte wieder zugenommen, während sie bewußtlos auf dem Bett lag, und die Hintertür schlug wieder. Einen Augenblick lang waren Tür und Wind die einzigen Laute, aber dann erklang ein langgezogenes, wimmerndes Heulen. Jessie glaubte, daß es das gräßlichste Geräusch war, das sie in ihrem Leben je gehört hatte; sie stellte sich vor, daß so eine lebendig Begrabene schreien würde, nachdem sie ausgegraben und lebend, aber wahnsinnig aus ihrem Sarg geholt worden war.

Das Geräusch verhallte in der unheimlichen Nacht (und es *war* Nacht, daran konnte kein Zweifel bestehen), aber einen Augenblick später ertönte es erneut: ein nichtmenschliches Falsett voll hirnlosem Grauen. Es rauschte über sie hinweg wie etwas Lebendiges, so daß sie hilflos auf dem Bett schlotterte und sich die Ohren zuhielt. Sie hielt sie zu, aber nicht einmal das konnte den gräßlichen Schrei abhalten, als er zum dritten Mal erklang.

»Oh, nicht«, stöhnte sie. Ihr war noch nie so kalt gewesen, so kalt, so kalt. »Oh, nicht ... nicht.«

Das Heulen verklang in der windumtosten Nacht und ertönte nicht sofort wieder. Jessie konnte einen Augenblick durchatmen und sagte sich, daß es nur ein Hund war – wahrscheinlich *der* Hund, der ihren Mann in sein privates McDonald's Drive-in-

Restaurant verwandelt hatte. Dann *ertönte* der Schrei erneut, es war unmöglich zu glauben, daß ein Geschöpf der natürlichen Welt so einen Laut von sich geben konnte; es mußte gewiß eine Banshee sein, oder ein Vampir, der sich mit einem Pfahl im Herzen wand. Während der Schrei seinem Gipfel zustieg, begriff Jessie plötzlich, weshalb das Tier solche Töne von sich gab.

Es war zurückgekommen, wie sie befürchtet hatte. Der Hund wußte es, spürte es irgendwie.

Sie schlotterte am ganzen Körper. Ihr Blick fiel panisch in die Ecke, wo sie den Besucher letzte Nacht stehen sehen hatte – die Ecke, wo er den Perlmuttohrring und den einzelnen Fußabdruck hinterlassen hatte. Es war viel zu dunkel, als daß man das eine oder andere hätte erkennen können (immer vorausgesetzt, sie waren tatsächlich da), aber einen Augenblick glaubte Jessie die Kreatur selbst zu sehen und spürte, wie ihr ein Schrei im Hals emporstieg. Sie kniff die Augen fest zusammen, schlug sie wieder auf und sah nichts außer den windgepeitschten Schatten der Bäume vor den westlichen Fenstern. Weit hinten im Westen, hinter den zuckenden Umrissen der Bäume, konnte sie ein verblassendes Goldband über dem Horizont sehen.

Es könnte sieben Uhr sein, aber da ich den Sonnenuntergang noch sehen kann, ist es vielleicht nicht einmal so spät. Was bedeutet, ich war nur eineinhalb Stunden weg, allerhöchstens zweieinhalb. Vielleicht ist es noch nicht zu spät, einen Abgang zu machen. Vielleicht . . .

Dieses Mal schien der Hund regelrecht zu *kreischen.* Als sie es hörte, war Jessie, als müßte sie zurückschreien. Sie packte einen der Pfosten am Fußende, weil sie wieder schwankte, und stellte plötzlich fest, sie konnte sich überhaupt nicht daran erinnern, daß sie vom Bett aufgestanden war. So sehr hatte der Hund sie durcheinandergebracht.

Reiß dich zusammen, Mädchen. Hol tief Luft und reiß dich zusammen.

Sie *holte* tief Luft, und den Geruch, den sie mit der Luft einatmete, kannte sie. Er war wie der schale Mineraliengeruch, der sie die ganzen Jahre über gequält hatte – der Geruch, der Sex, Wasser und Vater für sie bedeutete –, aber nicht *genau* so. Ein anderer Geruch oder Gerüche schienen mit dieser Version zu verschmelzen – alter Knoblauch . . . uralte Zwiebeln . . . Schmutz . . . möglicherweise ungewaschene Füße. Der Geruch stieß Jessie wieder in den Brunnen der Jahre hinunter und erfüllte sie mit dem hilflosen, unaussprechlichen Schrecken, den Kinder empfinden, wenn sie eine gesichtslose, namenlose Kreatur spüren – ein Es –, das geduldig unter dem Bett lauert, bis sie einen Fuß herausstrekken ... oder eine Hand herunterbaumeln lassen ...

Der Wind böte. Die Tür schlug. Und irgendwo in der Nähe quietschte eine Bodendiele verstohlen, wie es häufig geschieht, wenn jemand, der sich bemüht, leise zu sein, leichtfüßig darauf tritt.

»Es ist wieder da«, flüsterte ihr Verstand. Er bestand jetzt aus allen Stimmen; sie waren ineinandergeflochten wie ein Zopf. *Das riecht der Hund, das riechst* du, *Jessie, und darum quietscht die Diele. Das Ding, das gestern nacht da war, ist zurückgekommen.*

»O Gott, bitte, nein«, stöhnte sie. »O Gott, nein. O Gott, nein. O lieber Gott, bitte mach, daß es nicht stimmt.«

Sie versuchte sich zu bewegen, aber ihre Füße waren am Boden festgefroren und die linke Hand am Bettpfosten festgenagelt. Ihre Angst hatte sie so sicher gelähmt, wie näherkommende Scheinwerfer ein Reh oder Kaninchen mitten auf der Straße festhalten. Sie würde hier stehen und hauchend beten, bis es sie holen kam, *sie holen* – der Space Cowboy, der Schnitter der Liebe, der Handlungsreisende der Toten, dessen Musterkoffer mit Knochen und Fingerringen gefüllt war statt mit Bürsten von Amway oder Fuller.

Der wabernde Schrei des Hundes schwoll in der Luft an, schwoll in ihrem *Kopf* an, bis sie glaubte, er müßte sie wahnsinnig machen.

Ich träume, dachte sie. *Darum konnte ich mich nicht erinnern, wie ich aufgestanden bin: Träume sind die geistige Version von Reader's Digest Auswahlbüchern, und wenn man träumt, kann man sich nie an Nebensächlichkeiten wie diese erinnern. Ich bin umgekippt, ja* – das *ist wirklich passiert, aber statt ins Koma zu fallen, bin ich ganz normal eingeschlafen. Ich glaube, die Blutung muß aufgehört haben, denn ich glaube nicht, daß Menschen, die verbluten, Alpträume haben, wenn sie ausgezählt werden. Ich schlafe, das ist alles. Ich schlafe und habe den Urahn aller bösen Träume.*

Eine ungeheuer tröstliche Vorstellung, an der nur eines nicht stimmte: sie traf nicht zu. Die tanzenden Baumschatten an der Wand über der Kommode waren echt. Ebenso der eklige Geruch, der durch das Haus zog. Sie war wach und sie mußte von hier weg.

Ich kann mich nicht bewegen! jammerte sie.

Doch, du kannst, sagte Ruth grimmig zu ihr. *Du bist nicht aus diesen verdammten Handschellen rausgekommen, nur um vor Angst zu sterben,*

Süße. Beweg dich, aber schnell – ich muß dir hoffentlich nicht sagen, wie, oder?

»Nein«, flüsterte Jessie und schlug zaghaft mit dem rechten Handrücken gegen den Bettpfosten. Die Folge war eine sofortige und gewaltige Schmerzexplosion. Der Schraubstock der Panik, der sie festgehalten hatte, zerschellte wie Glas, und als der Hund wieder ein Heulen ausstieß, das einem das Blut in den Adern gefrieren lassen konnte, hörte Jessie es kaum – ihre Hand war viel näher und heulte viel lauter.

Und du weißt auch, was als nächstes zu tun ist, Süße – richtig?

Ja – die Zeit war gekommen, Hockeyspieler zu spielen und den Puck von hier verschwinden zu lassen, zu wandern wie ein Buch aus der Bibliothek. Der Gedanke an Geralds Gewehr kam ihr in den Sinn, aber sie verwarf ihn wieder. Wenn die Flinte überhaupt da war, würde sie ungeladen in einem Regal im Keller stehen, und sie hatte nicht die geringste Ahnung, wo Gerald die Patronen aufbewahrte.

Jessie ging langsam und vorsichtig mit zitternden Beinen durch das Zimmer und streckte dabei wieder die linke Hand aus, damit sie das Gleichgewicht behielt. Der Flur jenseits der Schlafzimmertür war ein Karussell tanzender Schatten, rechts lag die offene Tür zum Gästezimmer und links befand sich die Tür der kleinen Kammer, die Gerald als Arbeitszimmer benutzte. Weiter unten auf der linken Seite befand sich ein Rundbogen, durch den man ins Wohnzimmer gelangte. Rechts befand sich die offene Hintertür ... der Mercedes ... und möglicherweise die Freiheit.

Fünfzig Schritte, dachte sie. *Mehr können es nicht sein, wahrscheinlich weniger. Also spute dich, okay?*

Aber zuerst konnte sie nicht. So bizarr es jemandem vorkommen mochte, der nicht durchgemacht hatte, was Jessie in den vergangenen rund achtundzwanzig Stunden erleben mußte, aber das Schlafzimmer bedeutete eine Art kläglicher Sicherheit für sie. Der Flur indessen ... alles konnte da draußen lauern. *Alles.* Dann prallte etwas, das sich wie ein geworfener Stein anhörte, gegen die Westseite des Hauses unmittelbar neben den Fenstern. Jessie stieß ihr eigenes Heulen der Angst aus, bevor ihr klar wurde, daß es nur ein Ast der knorrigen alten Blaufichte draußen neben der Veranda gewesen sein konnte.

Nimm dich zusammen, sagte Punkin streng. *Nimm dich zusammen und geh raus.*

Sie stakste tapfer weiter, ließ den linken Arm ausgestreckt und zählte die Schritte. Bei zwölf kam sie am Gästezimmer vorbei. Bei fünfzehn erreichte sie Geralds Arbeitszimmer, und da hörte sie erstmalig ein leises, tonloses Zischen, als würde Dampf aus einer alten Heizung entweichen. Zuerst brachte Jessie das Geräusch nicht mit dem Arbeitszimmer in Zusammenhang; sie dachte, daß sie es selbst von sich gab. Als sie dann aber den rechten Fuß zum sechzehnten Schritt hob, schwoll das Geräusch an. Dieses Mal nahm sie es deutlicher zur Kenntnis, und Jessie merkte, daß *sie* es nicht machen konnte, weil sie den Atem anhielt.

Langsam, ganz langsam drehte sie den Kopf zum Arbeitszimmer, wo ihr Mann nie wieder an Justizakten arbeiten würde, während er Marlboros kettenrauchte und alte Songs von den Beach Boys sang. Das Haus ächzte jetzt um sie herum wie ein altes Schiff, das durch mittelschweren Seegang pflügt, und quietschte in seinen verschiedenen Gelenken, während der Wind es mit kalter Luft bestürmte. Jetzt konnte sie neben der schlagenden Tür noch einen klappernden Laden hören, aber diese Geräusche waren anderswo, in einer anderen Welt, wo Ehefrauen nicht mit Handschellen gefesselt wurden, Ehemänner sich nicht weigerten, ihren Wünschen nachzukommen, und keine Geschöpfe der Nacht auf Pirsch gingen.

Ich will nicht nachschauen! schrie ihr ganzes Denken. *Ich will nicht nachschauen! Ich will nichts sehen!*

Aber sie mußte hinsehen. Es war, als würden kräftige unsichtbare Hände ihren Kopf drehen, während der Wind heulte und die Hintertür schlug und der Laden klapperte und der Hund wieder seinen einsamen, grauenerregenden Ruf in den nächtlichen Oktoberhimmel heulte. Sie drehte den Kopf, bis sie in das Arbeitszimmer ihres toten Mannes sah, und ja, wie erwartet, dort war sie, eine schlaksige Gestalt neben Geralds Eames-Stuhl vor der Glasschiebetür. Das schmale weiße Gesicht schwebte in der Dunkelheit wie ein langgezogener Totenschädel. Der dunkle, rechtekkige Schatten des Musterkoffers hockte zwischen seinen Beinen.

Sie holte Luft, um zu schreien, aber heraus kam etwas, das sich wie ein Teekessel mit kaputter Pfeife anhörte: »*Huhhhh-aaahhhhhhh.*«

Nur das, sonst nichts.

Irgendwo, in dieser anderen Welt, rann ihr heißer Urin am Bein hinab; sie hatte sich zum zweiten Mal an einem Tag in die Hosen gemacht, ein Rekord. Der Wind wehte böig in der anderen Welt und erschütterte das Haus bis auf die Knochen. Die Blaufichte stieß den Ast wieder gegen die Westwand. Geralds Arbeitszimmer war eine Lagune tanzender Schatten, und es war wieder schwer zu sagen, was sie sah . . . oder ob sie überhaupt etwas sah.

Der Hund ließ wieder seinen durchdringenden Angstschrei erschallen, und Jessie dachte: *Oh, du siehst ihn durchaus. Vielleicht nicht so gut, wie der Hund da draußen ihn riecht, aber du siehst ihn.*

Als wollte er eventuell noch bestehende Zweifel ausräumen, legte ihr Besucher den Kopf zu einer Art Parodie eines fragenden Ausdrucks schief, wodurch Jessie ihn deutlich, aber barmherzigerweise nur kurz sehen konnte. Das Gesicht war das eines Außerirdischen, der ohne nennenswerten Erfolg das Gesicht eines Menschen nachzuahmen versucht. Zunächst einmal war es zu schmal – schmaler als jedes Gesicht, das Jessie je in ihrem Leben gesehen hatte. Die Nase schien nicht breiter als ein Buttermesser zu sein. Die hohe Stirn wölbte sich wie eine groteske Glühbirne. Die Augen des Dings waren schlichte schwarze Kreise unter dem dünnen, kopfstehenden V der Brauen; die leberfarbenen Lippen des Munds schienen gleichzeitig zu schmollen und zu schmelzen.

Nein, nicht zu schmelzen, dachte sie mit der grellen, scharf gebündelten Klarheit, die manchmal wie der Leuchtfaden in einer Glühbirne in einer Kugel pursten Entsetzens existiert. *Nicht zu schmelzen, zu* lächeln. *Es versucht mich anzulächeln.*

Dann bückte es sich, um den Koffer zu ergreifen, und das schmale, zusammenhanglose Gesicht verschwand barmherzigerweise aus dem Blickfeld. Jessie taumelte einen Schritt zurück, versuchte wieder zu schreien und brachte nochmals nur ein sprödes, glasiges Flüstern zustande. Der Wind, der um die Ecken heulte, war lauter.

Ihr Besucher richtete sich wieder auf, hielt die Tasche mit einer Hand und öffnete mit der anderen die Laschen. Jessie stellte zweierlei fest, und zwar nicht, weil sie es wollte, sondern weil die Fähigkeit ihres Verstandes, sich auszusuchen, was er wahrnehmen wollte, völlig im Eimer war. Das erste hatte mit dem Geruch zu tun, der ihr schon zuvor aufgefallen war. Nicht Knoblauch oder Zwiebeln oder Schweiß oder Schmutz. Es war verwesendes Fleisch. Das zweite hatte mit den Armen der Kreatur zu tun. Jetzt war sie näher dran und konnte besser sehen (sie wünschte sich, es wäre nicht der Fall, aber es war so), und nun beeindruckten sie sie noch nachdrücklicher – mißgebildete, lange Schläuche, die in den windgepeitschten Schatten zu wabern schienen wie die Tentakel eines Meeresungeheuers. Sie hielten ihr die Tasche wie zur Begutachtung hin, und jetzt sah Jessie, daß es sich nicht um den Musterkoffer eines Handlungsreisenden handelte, sondern um einen Weidenkorb, der aussah wie eine zu groß geratene Fischreuse.

Ich habe so einen Korb schon einmal gesehen, dachte sie. *Ich weiß nicht, ob in einer alten Fernsehserie oder in Wirklichkeit, aber ich habe ihn gesehen. Als ich ein kleines Mädchen war. Er kam aus einem langen schwarzen Auto mit einer Tür hinten.*

Plötzlich ergriff eine leise und bedrohliche UFO-Stimme in ihrem Inneren das Wort: *Es war einmal, Jessie, als Präsident Kennedy noch lebte und alle kleinen Mädchen Punkins waren und man den Plastikbeutel noch nicht erfunden hatte – sagen wir einmal zur Zeit der Sonnenfinsternis –, da waren solche Kisten gebräuchlich. Es gab sie in allen Größen, für Männer mit Übergröße bis zu Fehlgeburten im sechsten Monat. Dein Freund bewahrt seine Souvenirs in einer altmodischen Leichenkiste auf, Jessie.*

Als ihr das klar wurde, wurde ihr schlagartig noch etwas anderes klar. Es lag vollkommen auf der Hand, wenn man darüber nachdachte. Der Grund, weshalb ihr Besucher so schlimm roch, war der, daß er tot war. Das Ding in Geralds Arbeitszimmer war ein wandelnder Leichnam.

Nein . . . nein, das kann nicht sein . . .

Aber es war so. Sie hatte, es war noch keine drei Stunden her, genau denselben Geruch an Gerald wahrgenommen. Hatte ihn *in* Gerald gerochen, wie er in dessen Fleisch schwärte wie eine exotische Krankheit, mit der sich nur die Toten anstecken können.

Jetzt machte ihr Besucher wieder die Kiste auf und hielt sie ihr hin, und wieder sah sie das Funkeln von Gold und das Glitzern von Diamanten zwischen den Knochenhaufen. Wieder beobachtete sie, wie die schmale tote Hand des Mannes hineingriff und den Inhalt der geflochtenen Leichenkiste umrührte – einer Kiste, in der sich vielleicht einmal der Leichnam eines Babys oder sehr kleinen Kindes befunden hatte. Wieder hörte sie das brüchige Klicken und Klappern von Knochen, ein Geräusch, das sich nach schmutzverklebten Kastagnetten anhörte.

Jessie sah hypnotisiert und fast ekstatisch vor Angst hin. Ihre geistige Gesundheit war im Schwinden begriffen; sie konnte spüren, wie sie den Bach hinunterging, konnte es fast *hören,* und sie konnte nichts auf Gottes grüner Erde dagegen machen.

Doch du kannst! Du kannst weglaufen! Du mußt *weglaufen, und du mußt es gleich machen!*

Das war Punkin, und sie kreischte ... aber sie war auch weit entfernt, in einer tiefen Steinschlucht in Jessies Kopf verirrt. Es gab *viele* Schluchten da drinnen, stellte sie fest, und viele dunkle, gewundene Täler und Höhlen, die das Licht der Sonne noch nie gesehen hatten – Orte, wo die Sonnenfinsternis nie zu Ende gegangen war, könnte man sagen. Es war interessant. Interessant herauszufinden, daß der Verstand eines Menschen in Wirklichkeit nichts weiter als ein Friedhof über einer schwarzen Höhle war, wo mißgestaltete Reptilien wie dieses auf dem Grund herumkrochen. Interessant.

Draußen heulte der Hund erneut auf, und Jessie fand endlich ihre Stimme wieder. Sie heulte mit ihm, ein bellender Laut, aus dem jegliche Vernunft entschwunden war. Sie konnte sich vorstellen, daß sie in einem Irrenhaus solche Laute von sich gab. Den Rest ihres Lebens von sich gab. Sie stellte fest, daß sie sich das mühelos vorstellen konnte.

Jessie, nein! Halt durch! Bleib bei Sinnen und lauf weg! Lauf weg!

Ihr Besucher grinste sie an, fletschte die Lippen vom Zahnfleisch weg und entblößte erneut dieses Funkeln von Gold hinten im Mund, ein Funkeln, das sie an Gerald erinnerte. Goldzähne, und das bedeutete, es war ...

Es bedeutet, daß es wirklich da ist, ja, aber das wußten wir bereits, oder nicht? Die einzige Frage ist noch, was wirst du tun? Irgendwelche Vorschläge, Jessie? Wenn ja, solltest du sie besser ausspucken, die Zeit wird nämlich verflixt knapp.

Die Erscheinung, die noch die offene Kiste hielt, kam einen Schritt nach vorne, als erwartete sie, daß Jessie den Inhalt bewundern würde. Sie sah, daß es ein Kollier trug – ein unheimliches Kollier. Der durchdringende, unangenehme Geruch wurde stärker. Ebenso das unübersehbare Gefühl des Bösen. Jessie versuchte, als Ausgleich für den Schritt des Besuchers selbst einen zurückzuweichen, und stellte fest, daß sie die Füße nicht bewegen konnte. Es war, als wären sie am Boden festgeklebt.

Es will dich umbringen, Süße, sagte Ruth, und Jessie wußte, daß das zutraf. *Wirst du das zulassen?* Jetzt schwang kein Ärger oder Sarkasmus mehr in Ruths Stimme mit, nur Neugier. *Nach allem, was du durchgemacht hast, willst du das wirklich zulassen?*

Der Hund heulte. Die Hand rührte. Die Knochen flüsterten. Die Diamanten und Rubine versprühten ihr trübes Nachtfeuer.

Ohne richtig zu merken, was sie machte, geschweige denn warum sie es machte, nahm Jessie ihre eigenen Ringe, die am dritten Finger der linken Hand, mit dem heftig zitternden Daumen und Zeigefinger der rechten. Die Schmerzen in dieser Hand beim Zugreifen waren schwach und fern. Sie hatte die Ringe alle Tage und Jahre ihrer Ehe fast ununterbrochen getragen, und als sie sie das letzte Mal abnehmen wollte, hatte sie sich die Finger einseifen müssen. Dieses Mal nicht. Dieses Mal glitten sie mühelos herunter.

Sie hielt die blutige Hand der Kreatur hin, die inzwischen bis zum Bücherschrank neben dem Eingang zum Arbeitszimmer vorgedrungen war. Die Ringe bildeten eine mystische Acht unter dem behelfsmäßigen Verband aus der Monatsbinde. Die Kreatur blieb stehen. Das Lächeln des mißgestalteten Schmollmunds wurde zu einem neuen Ausdruck, bei dem es sich um Wut oder nur Verwirrung handeln mochte.

»Hier«, sagte Jessie mit schroffem, ersticktem Knurren. »Hier, nimm sie. Nimm sie und laß mich in Ruhe.«

Bevor die Kreatur sich bewegen konnte, warf sie die Ringe in die offene Kiste, wie sie einmal Münzen in die Körbchen mit der Aufschrift KLEINGELD an der Mautstelle New Hampshire geworfen hatte. Jetzt lagen keine fünf Schritte mehr zwischen ihnen, die Öffnung der Kiste war groß, beide Ringe landeten im Ziel. Sie hörte ein leises Klick, als ihr Ehe- und Verlobungsring auf die Knochen des Fremden fielen.

Das Ding fletschte wieder die Zähne und stieß erneut das einsilbige, schmierige Zischen aus. Es ging noch einen Schritt vorwärts, und da erwachte etwas – etwas, das schockiert und fassungslos auf dem Grund ihres Verstands gelegen hatte.

»Nein!« schrie sie. Sie drehte sich herum und rannte den Flur entlang, während der Wind böte und die Tür schlug und der Laden klapperte und der Hund heulte, und es war *direkt hinter ihr*, das war es, sie konnte sein Zischen hören, es würde jeden Moment nach ihr greifen, eine schmale weiße Hand, die am Ende eines fantastischen Arms, so lang wie ein Tentakel, schwebte, sie würde spüren, wie sich die verwesenden weißen Finger um ihren Hals legten ...

Dann war sie an der Hintertür, riß sie auf, sie schnellte auf die Veranda und stolperte über ihren eigenen rechten Fuß; sie fiel und erinnerte sich noch im Fallen irgendwie daran, daß sie den Körper drehen mußte, damit sie auf der linken Seite landete. Das gelang ihr, aber der Aufprall war dennoch so fest, daß sie Sterne sah. Sie drehte sich auf den Rücken, hob den Kopf, sah zur Tür und rechnete damit, das schmale weiße Gesicht des Space Cowboy hinter dem Fliegengitter zu sehen. Sie sah es nicht und konnte auch das Zischen nicht mehr hören. Nicht, daß das viel zu sagen gehabt hätte; es konnte jeden Moment herausstürzen, sie packen und ihr die Kehle aufschlitzen ...

Jessie rappelte sich auf, schaffte einen Schritt, und dann ließen die von Schock und Blutverlust geschwächten Beine sie im Stich; sie stürzte wieder auf die Veranda und kam neben dem geschlossenen Kasten zu liegen, in dem sich die Mülltonne befand. Sie stöhnte und sah zum Himmel, wo Wolken im Licht eines Dreiviertelmondes mit irrwitziger Geschwindigkeit von Westen nach Osten rasten. Schatten wanderten über ihr Gesicht wie wundersame bewegliche Tätowierungen. Dann heulte der Hund wieder, der sich hier draußen viel näher anhörte, und das gab ihr das letzte bißchen Schwung, das sie brauchte. Sie griff mit der linken Hand nach dem leicht angeschrägten Deckel des Müllkastens, tastete nach dem Griff und zog sich daran auf die Füße. Als sie stand, hielt sie den Griff fest umklammert, bis die Welt aufhörte, sich zu drehen. Dann ließ sie los und ging langsam auf den Mercedes zu, wobei sie nun beide Arme ausstreckte, um das Gleichgewicht zu halten.

Wie sehr das Haus im Mondschein einem Totenschädel ähnelt! staunte sie nach ihrem ersten panischen Blick zurück. *Wie ein Totenschädel! Die Tür ist der Mund, die Fenster sind die Augen, die Schatten der Bäume sein Haar ...*

Dann kam ihr ein neuer Gedanke, und der schien komisch zu sein, denn sie lachte kreischend in die windige Nacht hinaus.

Und das Gehirn – vergiß das Gehirn nicht. Gerald ist selbstverständlich das Gehirn. Das tote und verfaulende Gehirn des Hauses.

Sie lachte wieder, als sie beim Auto war, lauter denn je, und der Hund heulte als Antwort. *Mein Hund hat einen Floh, der beißt ihn so,* dachte sie. Ihre Knie gaben nach, und sie packte den Türgriff, damit sie nicht auf der Einfahrt stürzte, hörte dabei aber nicht auf zu lachen. Sie verstand nicht genau, *warum* sie lachte. Sie verstand es vielleicht, wenn die Teile ihres Verstands, die als Selbstschutzmaßnahme abgeschaltet hatten, jemals wieder in Betrieb genommen wurden, aber das würde erst passieren, wenn sie von hier weg war. Wenn ihr das je gelang.

»Ich könnte mir denken, daß ich auch eine Bluttransfusion brauche«, sagte sie, was wieder eine Lachsalve auslöste. Sie griff unbeholfen mit der linken Hand zur rechten Tasche und lachte immerzu. Sie tastete nach dem Schlüssel, als ihr auffiel, daß der Geruch wieder da war und die Kreatur mit dem Weidenkorb direkt hinter ihr stand. Jessie drehte den Kopf, das Lachen steckte ihr noch im Hals und ein Grinsen zuckte um ihre Lippen, und einen Moment *sah* sie die schmalen Wangen und starren, grundlosen Augen. Aber sie sah sie nur wegen

(*der Sonnenfinsternis*)

der großen Angst, die sie empfand, nicht weil tatsächlich etwas *da* war; die hintere Veranda war immer noch verlassen.

Aber du solltest dich sputen, sagte Goodwife Burlingame. *Ja, du solltest besser wie ein Hockeyspieler sausen, solange du noch kannst, meinst du nicht auch?*

»Mich wie eine Amöbe teilen«, stimmte Jessie zu und lachte wieder, während sie den Schlüssel aus der Tasche zog. Er wäre ihr fast aus den Fingern gerutscht, aber sie fing ihn an dem übergroßen Plastikanhänger auf. »Du sexy Ding«, sagte Jessie und lachte ausgelassen, als die Hintertür aufgerissen wurde und der Tote-Cowboy-Gespenst-der-Liebe in einer schmutzig-weißen Wolke aus Knochenstaub herausgestürmt kam, aber als sie sich umdrehte, war nichts zu sehen. Nur der Wind, der die Tür geschlagen hatte – nur das, sonst nichts.

Sie machte die Fahrertür auf, glitt hinter das Steuer des Mercedes und schaffte es, die zitternden Beine hineinzuziehen. Sie schlug die Tür zu, und als sie die Zentralverriegelung drückte, die sämtliche Türen abschloß (einschließlich des Kofferraums, selbstverständlich; nichts auf der Welt ging über deutsche Wertarbeit), überkam sie ein unaussprechliches Gefühl der Erleichterung. Erleichterung und noch etwas. Dieses Etwas schien ihre geistige Gesundheit zu sein, und sie hatte in ihrem ganzen Leben noch nichts empfunden, das es mit diesem herrlichen Gefühl aufnehmen konnte ... abgesehen natürlich vom ersten Schluck Wasser aus dem Hahn.

Wie nahe war ich dran, da drinnen verrückt zu werden? Wie nahe wirklich?

Vielleicht solltest du das lieber gar nicht erst erfahren, Süße, erwiderte Ruth Neary ernst.

Nein, vielleicht nicht. Jessie steckte den Schlüssel ins Zündschloß und drehte ihn herum. Nichts geschah.

Das letzte Lachen trocknete aus, aber sie geriet nicht in Panik; sie fühlte sich immer noch normal und vergleichsweise gesund. *Denk nach, Jessie.* Sie dachte nach und fand die Lösung fast augenblicklich. Der Mercedes kam in die Jahre (sie war nicht sicher, ob er jemals etwas so Vulgäres wie alt wurde), und in letzter Zeit hatte die Kraftübertragung ein paar üble Tricks auf Lager gehabt, deutsche Wertarbeit hin oder her. Dazu gehörte, daß der Wagen manchmal nicht ansprang, wenn der Fahrer nicht den Schalthebel zwischen den Schalensitzen nach oben rammte, und zwar fest nach oben rammte. Den Zündschlüssel drehen und gleichzeitig den Schalthebel nach oben drücken, dazu waren zwei Hände erforderlich, und ihre rechte pulsierte bereits schrecklich. Beim Gedanken, daß sie damit auf den Schalthebel drücken mußte, krümmte sie sich innerlich, aber nicht nur wegen der Schmerzen. Sie war ziemlich sicher, daß dabei die Schnittwunde an der Innenseite des Handgelenks wieder aufplatzen würde.

»Bitte, lieber Gott, ich brauche hier ein bißchen Hilfe«, flüsterte Jessie und drehte den Zündschlüssel wieder herum. Immer noch nichts. Nicht einmal ein Klick. Und jetzt stahl sich ein neuer Gedanke in ihren Kopf wie ein übellauniger kleiner Einbrecher: ihr Unvermögen, den Motor anzulassen, hatte nichts mit dem kleinen Tick des Getriebes zu tun. Auch das war auf das Treiben ihres Besuchers zurückzuführen. Er – es – hatte die Telefonleitungen durchgeschnitten; es hatte auch die Haube des Mercedes gerade lange genug hochgehoben, um die Verteilerkappe abzureißen.

Die Tür schlug. Sie sah nervös in diese Richtung und war überzeugt, daß sie einen Augenblick das weiße, grinsende Gesicht in der Dunkelheit des Foyers gesehen hatte. Noch einen oder zwei Augenblicke, und es würde herauskommen. Es würde einen Stein nehmen und das Autofenster einschlagen, dann würde es eine große Scherbe Sicherheitsglas nehmen und . . .

Jessie griff sich mit der linken Hand über den Schoß und drückte so fest sie konnte gegen den Schalthebel (der sich in Wahrheit überhaupt nicht zu bewegen schien). Dann griff sie mit der rechten Hand unbeholfen durch den unteren Halbkreis des Lenkrads, nahm den Zündschlüssel und drehte ihn wieder.

Noch mehr nichts. Abgesehen vom stummen, hämischen Gelächter des Ungeheuers, das sie beobachtete. Das konnte sie überdeutlich hören, wenn auch nur im Geiste.

»Bitte, lieber Gott, kann ich verdammt noch mal nicht ein einziges Mal Glück haben?« schrie sie. Der Schalthebel zitterte ein wenig unter ihrer Hand, und als Jessie den Schlüssel dieses Mal auf Startposition drehte, erwachte der Motor brüllend zum Leben – *Ja, mein Führer!* Sie schluchzte vor Erleichterung und schaltete die Schein-

werfer ein. Ein paar leuchtend orangerote Augen sahen sie von der Einfahrt an. Sie schrie und spürte, wie sich ihr Herz von den Leitungen in der Brust losreißen, ihr den Hals hinaufhüpfen und sie erwürgen wollte. Es war selbstverständlich der Hund – der Streuner, der sozusagen Geralds letzter Klient gewesen war.

Der einstige Prinz stand stocksteif da und war vom grellen Scheinwerferlicht vorübergehend geblendet. Hätte Jessie den Gang in diesem Augenblick eingelegt, hätte sie wahrscheinlich losfahren und den Hund töten können. Der Gedanke ging ihr sogar durch den Kopf, aber auf eine distanzierte, fast akademische Weise. Haß und Angst vor dem Hund waren verraucht. Sie sah, wie abgemagert er war und wie sich die Zecken in seinem struppigen Fell drängten – ein Fell, das zu dünn war, als daß es nennenswerten Schutz vor dem bevorstehenden Winter geboten hätte. Aber am deutlichsten sah sie, wie er im Licht zusammenzuckte, die Ohren hängen ließ und die Hinterbeine auf die Einfahrt drückte.

Ich habe es nicht für möglich gehalten, dachte sie, *aber ich habe etwas gefunden, das noch mehr Angst hat als ich.*

Sie schlug mit dem Ballen der linken Hand auf die Hupe des Mercedes. Diese gab einen kurzen Laut von sich, mehr Röcheln als Hupen, aber der reichte aus, den Hund zu erschrecken. Er drehte sich um und verschwand im Wald.

Du solltest seinem Beispiel folgen, Jess. Verschwinde von hier, solange du noch kannst.

Gute Idee. Es war sogar die *einzige* Idee. Sie griff wieder mit der linken Hand über sich hinweg, dieses Mal um den Schalthebel auf ›Fahren‹ zu stellen. Der Wagen rollte mit seinem beruhigenden kurzen Aufbäumen an und fuhr langsam die gepflasterte Einfahrt entlang. Die windgepeitschten Bäume wiegten sich auf beiden Seiten des Autos wie Schattentänzer und ließen die ersten Wirbelsturmtrichter voll Herbstlaub in den Nachthimmel kreisen. *Ich schaffe es,* dachte Jessie staunend. *Ich schaffe es wahrhaftig, ich bringe den Puck wahrhaftig von hier weg.*

Sie rollte die Einfahrt entlang, rollte zu dem namenlosen Feldweg, der sie zur Sunset Lane bringen würde, und diese wiederum würde sie zur Route 117 und in die Zivilisation führen. Während sie das Haus (das im windigen Oktobermondenschein mehr denn je wie ein Totenschädel aussah) im Rückspiegel schrumpfen sah, dachte sie: *Warum läßt es mich gehen? Läßt es mich überhaupt gehen? Wirklich?*

Ein Teil von ihr – der vor Angst halb wahnsinnige Teil, der nie ganz den Handschellen und dem Schlafzimmer im Haus an der Nordseite des Kashwakamak Lake entkommen würde – versicherte ihr, daß sie keine Chance hatte, daß die Kreatur mit dem Weidenkorb nur mit ihr spielte wie eine Katze mit einer verwundeten Maus. Bevor sie viel weiter gekommen war, mit Sicherheit bevor sie das Ende der Einfahrt erreicht hatte, würde es sie verfolgen, mit seinen langen Trickfilmbeinen die Entfernung überwinden, die langen Trickfilmarme ausstrecken, die Heckstoßstange packen und das Auto zum Stillstand bringen. Deutsche Wertarbeit war prima, aber wenn man es mit etwas zu tun hatte, das von den Toten zurückgekommen war ... nun ...

Aber das Haus schrumpfte weiter im Rückspiegel und nichts kam zur Hintertür heraus. Jessie kam zum Ende der Einfahrt, bog nach rechts ab und fuhr mit Aufblendlicht auf den ausgefahrenen Spuren Richtung Sunset Lane, wobei sie das Auto mit der linken Hand steuerte. Jeden zweiten oder dritten August schnitt eine Gruppe von Sommergästen, die sich freiwillig gemeldet hatten – überwiegend von Bier und Tratsch getrieben –, das Unterholz und die herabhängenden Zweige entlang des Wegs bis zur Sunset Lane. Dieses Jahr jedoch war das ausgefallen, und daher war der Weg viel schmaler, als es Jessie gefallen wollte. Jedesmal, wenn ein windgepeitschter Zweig gegen Dach oder Türen des Autos schlug, zuckte sie ein bißchen zusammen.

Aber sie *entkam*. Eines nach dem anderen tauchten die Wegzeichen, die sie im Lauf der Jahre kennengelernt hatte, im Scheinwerferlicht auf und verschwanden hinter ihr: der riesige Felsblock mit der gespaltenen Spitze, das zugewucherte Tor, die entwurzelte Kiefer, die zwischen kleineren Kiefern stand wie ein Betrunkener, der von kleinwüchsigen, nüchternen Freunden nach Hause geschleppt wird. Die schiefe Kiefer war nur ein paar hundert Meter von der Sunset Lane entfernt, und von dort waren es nur noch zirka drei Kilometer bis zum Highway.

»Ich schaffe es, wenn ich es leicht nehme«, sagte sie und drückte die ON-Taste des Radios sehr behutsam mit dem rechten Daumen. Es wurde immer besser. »Take it easy«, sagte sie ein bißchen lauter. »Go greasy.« Selbst der letzte Schock – die leuchtend orangeroten Augen des Streuners – klang jetzt ein wenig ab, obwohl sie spürte, daß sie anfing zu zittern. »Überhaupt keine Probleme, wenn ich's nur leicht nehme.«

Das würde sie, keine Bange – vielleicht sogar ein bißchen *zu* leicht. Die Tachonadel berührte kaum den Strich für zwanzig Kilometer. Es war eine ungeheure Beruhigung, wohlbehalten in der sicheren Umgebung des eigenen Autos zu sitzen, und sie fragte sich schon, ob sie nicht die ganze Zeit nur vor Schatten Angst gehabt hatte, aber der Zeitpunkt wäre mehr als ungünstig, gerade jetzt etwas als gegeben zu nehmen. *Wenn* jemand im Haus gewesen war, konnte er (*es*, beharrte eine tiefe Stimme – das UFO aller UFOs) das Haus durch eine *andere* Tür verlassen haben. Er folgte ihr möglicherweise in diesem Augenblick. Es wäre sogar möglich, daß ein entschlossener Verfolger sie einholen konnte, wenn sie weiterhin mit zwanzig Stundenkilometern dahinkroch.

Jessie sah blinzelnd zum Rückspiegel und wollte sich vergewissern, daß dieser Gedanke nur durch Schock und Erschöpfung erzeugte Paranoia war, aber da spürte sie, wie ihr das Herz in der Brust stehenblieb. Die linke Hand fiel vom Lenkrad auf die rechte im Schoß. Das hätte teuflisch weh tun müssen, aber sie verspürte keine Schmerzen – überhaupt keine.

Der Fremde saß auf der Rückbank und hatte die unheimlichen langen Hände an die Schläfen gedrückt. Die schwarzen Augen sahen sie voll leerem Desinteresse an.

Du siehst . . . ich sehe . . . WIR sehen nichts als Schatten! rief Punkin, aber dieser Ruf kam aus weiter Ferne; er schien seinen Ursprung am anderen Ende des Universums zu haben.

Und es stimmte nicht. Sie sah mehr als nur Schatten im Rückspiegel. Das Ding, das da hinten saß, war in Schatten *eingehüllt*, das stimmte, aber es *bestand* nicht daraus. Sie sah das Gesicht, die gewölbte Stirn, die runden schwarzen Augen, die messerscharfe Nase, die plumpen, mißgestalteten Lippen.

»Jessie!« flüsterte der Space Cowboy ekstatisch. »Nora! Ruth! Du-del-dei! Punkin Pie!«

Ihre Augen, die starr auf den Rückspiegel gerichtet waren, konnten sehen, wie sich der Passagier langsam nach vorne beugte, sahen die gewölbte Stirn, die sich langsam ihrem rechten Ohr entgegensenkte, als wollte ihr die Kreatur ein Geheimnis anvertrauen. Sie sah, wie die wulstigen Lippen von den schiefen, farblosen Zähnen weggezogen wurden und ein verzerrtes, dümmliches Grinsen formten. An diesem Punkt begann der endgültige Zusammenbruch von Jessie Burlingames Verstand.

Nein! schrie dieser mit einer Stimme, die so dünn wie die Stimme eines Sängers auf einer kratzigen alten 78er Schallplatte klang. *Nein, bitte nicht! Es ist nicht fair!*

»Jessie!« Sein stinkender Atem war scharf wie eine Raspel und kalt wie die Luft in einer Fleischtheke. »Nora! Jessie! Ruth! Jessie! Punkin! Goodwife! Jessie! Mommy!«

Ihre vorquellenden Augen sahen, daß das weiße Gesicht jetzt halb in ihrem Haar verborgen war und der grinsende Mund fast ihr Ohr küßte, während er immer und immer wieder sein köstliches Geheimnis flüsterte: »*Jessie! Nora! Goody! Punkin! Jessie! Jessie! Jessie!*«

In ihren Augen erfolgte eine weiße Explosion, die lediglich ein großes dunkles Loch hinterließ. Als Jessie hineintauchte, hatte sie einen letzten zusammenhängenden Gedanken: *Ich hätte nicht hinsehen sollen – jetzt habe ich mir doch die Augen verbrannt.*

Dann kippte sie ohnmächtig über das Lenkrad. Als der Mercedes gegen eine große Pinie prallte, die an diesem Straßenabschnitt an der Böschung standen, rastete der Sicherheitsgurt ein und riß sie wieder zurück. Der Aufprall war so heftig, daß sich der Airbag wahrscheinlich aufgeblasen haben würde, wäre das Modell neu genug gewesen, um mit diesem System ausgerüstet zu sein. Er war jedoch nicht stark genug, den Motor zu beschädigen oder gar abzuwürgen; die gute alte deutsche Wertarbeit hatte wieder einmal triumphiert. Stoßstange und Kühler waren verbogen und die Kühlerfigur schief, aber der Motor schnurrte weiter zufrieden vor sich hin.

Nach fünf Minuten stellte ein Mikrochip im Armaturenbrett fest, daß der Motor jetzt warm genug war und man die Heizung einschalten konnte. Das Gebläse unter dem Armaturenbrett zischelte leise. Jessie war seitlich gegen die Fahrertür gesunken, wo sie mit ans Fenster gedrückter Wange dalag wie ein müdes Kind, das schließlich aufgegeben hat und eingeschlafen ist, obwohl Großmutters Haus gleich hinter dem nächsten Hügel liegt. Über ihr reflektierte der Rückspiegel den verlassenen Rücksitz und die einsame Straße im Mondlicht dahinter.

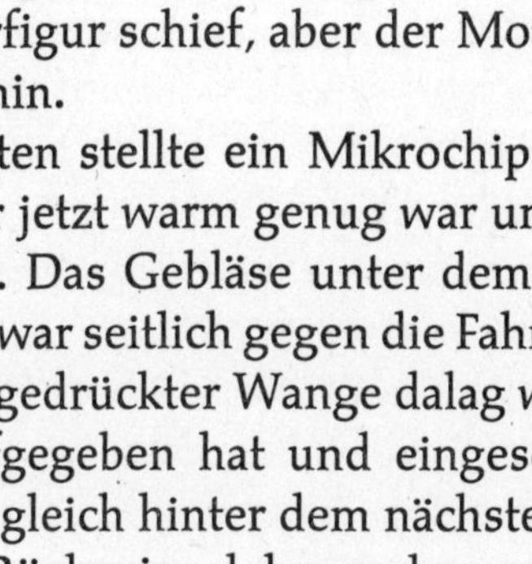

35

Es hatte den ganzen Vormittag geschneit – düster, aber gutes Wetter zum Briefeschreiben –, und als ein Sonnenstrahl auf die Tastatur des Mac fiel, sah Jessie überrascht auf und wurde aus ihren Gedanken gerissen. Was sie vor dem Fenster sah, war mehr als bezaubernd; es erfüllte sie mit einer Empfindung, in deren Genuß sie schon lange nicht mehr gekommen war und mit der sie auch für lange Zeit nicht mehr gerechnet hatte, wenn überhaupt. Es war Freude – eine tiefempfundene, komplexe Freude, die sie nie hätte erklären können.

Es hatte nicht aufgehört zu schneien – jedenfalls nicht völlig –, aber die helle Februarsonne war durch die Wolkendecke gebrochen und verlieh der zwölf Zentimeter dicken, frischen Schneedecke und den Schneeflocken, die noch durch die Luft tanzten, eine gleißend diamantweiße Farbe. Das Fenster bot weitreichenden Ausblick auf die Eastern Promenade von Portland, ein Ausblick, der Jessie bei jedem Wetter und in jeder Jahreszeit fasziniert hatte, aber so etwas wie heute hatte sie noch nie gesehen; die Verbindung von Schnee und Sonnenschein hatte die graue Luft über Casco Bay in ein fantastisches Schmuckkästchen voll verschlungener Juwelen verwandelt.

Wenn richtige Menschen in den Plastikkugeln leben würden, in denen man jederzeit einen Schneesturm aufschütteln kann, würden sie dieses Wetter ständig sehen, dachte sie und lachte. Dieser Laut klang so seltsam fremd in ihren Ohren wie die Freude in ihrem Herzen, und sie brauchte nur einen Augenblick, bis sie dahintergekommen war, warum: sie hatte seit dem vergangenen Oktober überhaupt nicht mehr gelacht. Sie bezeichnete diese Stunden, die letzten, die sie je am Kashwakamak zu verbringen gedachte (oder einem anderen See, was das betraf), als ›meine schwere Zeit‹. Sie fand, dieser Ausdruck verriet, was notwendig war, und kein bißchen mehr. Und genau so gefiel es ihr.

Seither kein Lachen mehr? Zilch? Zero? Bist du sicher?

Nicht *absolut* sicher, nein. Sie vermutete, daß sie in Träumen gelacht haben konnte – geweint hatte sie weiß Gott oft genug –, aber soweit es ihre wachen Stunden anbetraf, war bis heute Funkstille gewesen. An das letzte konnte sie sich deutlich erinnern: sie hatte mit der linken Hand um den Körper gegriffen, damit sie die Autoschlüssel aus der Tasche ihres Hosenrocks holen konnte, und der windumtosten Dunkelheit dabei gesagt, daß sie es wie eine Amöbe machen und sich teilen würde. Soweit sie wußte, war das bis heute ihr letztes Lachen gewesen.

»Nur das, und nichts mehr«, murmelte Jessie. Sie holte eine Packung Zigaretten aus der Blusentasche und zündete sich eine an. Herrgott, wie dieser Ausdruck ihr alles ins Gedächtnis zurückrief – das einzige andere, dem das so schnell und gründlich gelang, hatte sie festgestellt, war der gräßliche Song von Marvin Gaye. Sie hatte ihn einmal im Radio gehört, als sie sich auf der Rückfahrt von einem der scheinbar endlosen Arzttermine befunden hatte, aus denen ihr Leben diesen Winter bestand, und da hatte Marvin mit seiner leisen, vielsagenden Stimme ›Everybody knows . . . especially you girls . . .‹ gestöhnt. Sie hatte das Radio sofort abgestellt, war aber dennoch so erschüttert gewesen, daß sie nicht weiterfahren konnte. Sie hatte angehalten und gewartet, bis das schlimmste Zittern vorbei war. Es hatte schließlich aufgehört, aber in den Nächten, wenn sie nicht aufgewacht war und jenen Ausdruck aus ›Der Rabe‹ immer und immer wieder in ihr Kissen murmelte, hörte sie sich »Witness, witness« singen. Soweit es Jessie betraf, waren es sechs vom einen und eine halbe Million vom anderen.

Sie zog lange an der Zigarette, stieß drei perfekte Ringe aus und beobachtete, wie sie langsam über dem Mac aufstiegen.

Wenn die Leute dumm genug oder taktlos genug waren, sie nach ihrer schweren Prüfung zu fragen (und sie hatte feststellen müssen, daß es viel mehr dumme oder taktlose Menschen gab als sie vermutet hätte), sagte sie ihnen, sie könne sich kaum daran erinnern, was vorgefallen war. Nach den ersten zwei oder drei polizeilichen Verhören erzählte sie den Bullen und allen Kollegen Geralds, ausgenommen einem, dasselbe. Die einzige Ausnahme war Brandon Milheron gewesen. Ihm hatte sie die Wahrheit gesagt, weil sie einesteils Hilfe brauchte, aber andererseits, weil Brandon der einzige gewesen war, der auch nur ansatzweise zu begreifen schien, was sie durchgemacht hatte . . . und immer noch durchmachte. Er hatte ihre Zeit nicht mit Mitleid vergeudet, und das war eine unendliche Erleichterung gewesen. Jessie hatte auch feststellen dürfen, daß Mitleid im Überfluß im Kielwasser einer Tragödie kam, aber alles Mitleid der Welt nicht mehr wert war als ein Pißloch im Schnee.

Wie dem auch sei, Polizei und Zeitungsreporter hatten ihre Amnesie akzeptiert – wie den Rest der Geschichte –, das war das Entscheidende, und warum auch nicht? Menschen, die ein gravierendes seelisches und körperliches Trauma durchmachten, verdrängten häufig die Erinnerungen an das Geschehene; die Polizisten wußten das noch besser als die Anwälte, und Jessie wußte es besser als alle zusammen. Seit letztem Oktober hatte sie eine Menge über seelisches und körperliches Trauma gelernt. Bücher und Artikel hatten ihr geholfen, plausible Gründe dafür zu finden, nicht über das zu reden, worüber sie nicht reden wollte, aber sonst waren sie keine Hilfe gewesen. Oder vielleicht war sie einfach nicht über die richtigen Fallstudien gestolpert – die von mit Handschellen gefesselten Frauen, die mit ansehen mußten, wie ihre Ehemänner zu Chappy wurden.

Jessie lachte zu ihrer Überraschung wieder – dieses Mal ein gutes Lachen. War *das* komisch? Offenbar schon, aber es war auch eins der komischen Dinge, die man nie, niemals jemandem erzählen konnte. Wie zum Beispiel auch, daß der eigene Dad einmal wegen einer Sonnenfinsternis so geil geworden war, daß er einem eine volle Ladung auf die Unterhose abgespritzt hatte. Oder daß man – ein echter Heuler – tatsächlich geglaubt hatte, man könnte von einem Spritzer Wichsbrühe auf dem Hosenboden schwanger werden.

Wie dem auch sei, die meisten Fallstudien deuteten darauf hin, daß der menschliche Verstand auf extreme Traumata häufig so reagierte wie ein Tintenfisch auf Gefahr – indem er die gesamte Landschaft mit einer Tintenwolke einnebelte, die alles verdeckte. Man wußte, daß *etwas* geschehen war, und es war kein Tag im Park gewesen, aber das war auch schon alles. Alles andere war fort, von den Tintenschwaden verdeckt. Viele Leute in den Fallstudien sagten das – Leute, die vergewaltigt worden waren, Leute, die in Autounfälle verwickelt waren, Leute, die von Feuer überrascht und zum Sterben in den Schrank gekrochen waren, sogar eine Fallschirmspringerin, deren Schirm nicht aufgegangen war, die man aber schwer verletzt, jedoch wie durch ein Wunder am Leben, aus dem großen weichen Moor gezogen hatte, in dem sie gelandet war.

Wie war der Absturz? hatten sie die Fallschirmspringerin gefragt. *Was haben Sie gedacht, als Sie gemerkt haben, daß sich Ihr Fallschirm nicht öffnet und niemals öffnen würde?* Und die Fallschirmspringerin hatte geantwortet: *Ich kann mich nicht erinnern. Ich kann mich erinnern, wie mir der Starter auf den Rücken geklopft hat, und ich glaube, ich erinnere mich an den Absprung, aber danach weiß ich nur, wie ich auf der Bahre gelegen und einen der Männer, die mich in den Krankenwagen schoben, gefragt habe, wie schlimm ich verletzt bin. Alles dazwischen ist nur Dunst. Ich nehme an, ich habe gebetet, aber nicht einmal daran kann ich mich mit Sicherheit erinnern.*

Vielleicht hast du dich aber doch an alles erinnert, meine fallschirmspringende Freundin, dachte Jessie, *und gelogen, genau wie ich. Vielleicht sogar aus denselben Gründen. Meiner Meinung nach wäre es möglich, daß sämtliche Leute in jeder Fallstudie in jedem verdammten Buch, das ich gelesen habe, gelogen haben.*

Vielleicht. Ob oder ob nicht, die Tatsache blieb, daß sie sich an die Stunden erinnern konnte, die sie ans Bett gekettet verbracht hatte – vom Klicken des zweiten Schlüssels im Schloß bis zum letzten grauenhaften Augenblick, als sie in den Rückspiegel gesehen und festgestellt hatte, daß das Ding im Haus zum Ding auf dem Rücksitz geworden war, konnte sie sich an alles erinnern. Sie erinnerte sich bei Tage an diese Augenblicke und durchlebte sie nachts immer wieder in schrecklichen Alpträumen, in denen das Wasserglas auf der schiefen Ebene des Regalbrettes an ihr vorbeirutschte und auf dem Boden zerschellte; in denen der Streuner den kalten Snack auf dem Boden verschmähte und statt dessen die warme Mahlzeit auf dem Bett vorzog; in denen der böse nächtliche Besucher in der Ecke mit der Stimme ihres Vaters fragte: *Liebst du mich, Punkin?,* während Maden sich wie Samen aus seinem erigierten Penis ergossen.

Aber sich an etwas zu *erinnern* und es ständig neu zu *durchleben* beinhaltete keine Verpflichtung, auch darüber zu *reden,* nicht einmal, wenn man wegen der Erinnerungen schwitzte und wegen der Alpträume schrie. Sie hatte seit Oktober zehn Pfund abgenommen (nun, das war ein bißchen Schönfärberei, in Wahrheit waren es eher siebzehn), hatte wieder zu rauchen angefangen (eineinhalb Schachteln täglich, dazu vor dem Schlafengehen einen Joint ungefähr von der Größe einer El Producto), ihr Teint war im Eimer, und auf einmal wurde ihr Haar auf dem ganzen Kopf grau, nicht nur an den Schläfen. Das wenigstens konnte sie beheben – hatte sie es nicht schon die letzten fünf Jahre gemacht? –, aber bisher hatte sie einfach noch nicht die Energie aufgebracht, O Pretty Woman in Westbrook anzurufen und sich einen Termin geben zu lassen. Außerdem, für wen sollte sie sich überhaupt schön machen? Hatte sie die Absicht, durch die Single-Bars zu ziehen und sich einen der hiesigen Aufreißer anzulachen?

Gute Idee, dachte sie. *Ein Typ wird mich fragen, ob er mir einen Drink spendieren darf, ich sage ja, und während wir darauf warten, daß der Barkeeper sie bringt, sage ich ihm – ganz beiläufig –, daß ich Träume habe, in denen mein Vater Maden statt Samen ejakuliert. Bei dem interessanten Thema wird er mich sicher auf der Stelle bitten, mit ihm in seine Wohnung zu kommen. Er wird nicht einmal ein ärztliches Attest sehen wollen, daß ich HIV-negativ bin.*

Mitte November, als sie zur Überzeugung kam, daß die Polizei sie wirklich in Ruhe lassen und der Sex-Aufmacher der Geschichte nicht in die Zeitungen gelangen würde (sie gewöhnte sich nur langsam an den Gedanken, weil ihr vor der Publicity am meisten gegraut hatte), beschloß sie, es wieder mit Therapie bei Nora Callighan zu versuchen. Vielleicht wollte sie nicht, daß diese Sache in ihrem Inneren saß und die nächsten dreißig oder vierzig Jahre giftige Dämpfe ausstieß, während sie verfaulte. Wie anders hätte ihr Leben verlaufen können, wenn sie Nora hätte sagen können, was sich am Tag der Sonnenfinsternis abgespielt hatte? Und was das betraf, wie anders hätte alles verlaufen können, wenn das Mädchen an dem Abend im Frauenzentrum Neuworth nicht in die Küche geplatzt wäre. Vielleicht gar nicht anders . . . vielleicht ganz anders.

Vielleicht *vollkommen* anders.

Daher rief sie New Today, New Tomorrow an, die Therapeutenvereinigung, der Nora Callighan angehörte, und schwieg betroffen, als die Telefonistin ihr erzählte, daß Nora im Jahr zuvor an Leukämie gestorben war – an einer listigen, hinterhältigen Variante, die sich in den Hinterhöfen ihres Körpers versteckt hatte, bis es zu spät war, etwas dagegen zu unternehmen. Ob Jessie vielleicht einen Termin bei Laurel Stevenson wollte? hatte die Telefonistin gefragt, aber Jessie konnte sich noch an Laurel erinnern – eine große, dunkelhaarige Schönheit mit dunklen Augen, die hochhackige Schuhe mit Riemchen hinten trug und aussah, als könnte sie Sex nur vollstens genießen, wenn sie obenauf saß. Sie sagte der Telefonistin, sie würde es sich überlegen. Soviel zum Thema Therapie.

In den drei Monaten, seit sie von Noras Tod erfahren hatte, hatte sie gute Tage (an denen sie nur Angst hatte) und schlechte Tage erlebt (an denen sie so entsetzt war, daß sie das Zimmer nicht verlassen konnte, geschweige denn das Haus), aber lediglich Brandon Milheron hatte eine Version gehört, die die fast vollständige Geschichte von Jessie Mahouts schwerer Zeit am See umfaßte ... und Brandon hatte die verrückteren Aspekte dieser Geschichte nicht geglaubt. Hatte Anteil genommen, ja, aber ihr nicht geglaubt. Jedenfalls anfangs nicht.

»Kein Perlmuttohrring«, hatte er am Tag, nachdem sie ihm von dem Fremden mit dem langen weißen Gesicht erzählt hatte, gesagt. »Kein lehmiger Fußabdruck. Jedenfalls nicht in den schriftlichen Berichten.«

Jessie zuckte die Achseln und sagte nichts. Sie *hätte* etwas sagen können, aber es schien sicherer zu schweigen. In den Wochen nach der Flucht aus dem Sommerhaus hatte sie dringend einen Freund gebraucht, und Brandon hatte diese Aufgabe mit Bravour erfüllt. Sie wollte ihn nicht entfremden oder mit irrem Geschwätz völlig vertreiben. Daher sagte sie ihm nicht, was er mit Sicherheit selbst schon gedacht hatte, weil er kein Dummkopf war: daß der Perlmuttohrring in jemandes Tasche verschwunden sein konnte und man einen lehmigen Fußabdruck neben der Kommode leicht übersehen konnte. Schließlich war das Schlafzimmer als Schauplatz eines Unfalls behandelt worden, nicht eines Mordes.

Und da war noch etwas, etwas Einfaches und Direktes: Vielleicht hatte Brandon recht gehabt. Vielleicht war ihr Besucher ja wirklich nur eine optische Täuschung des Mondlichts gewesen.

Nach und nach hatte sie sich zumindest im Wachsein überzeugen können, daß das der Wahrheit entsprach. Ihr Space Cowboy war eine Art Rorschachmuster gewesen, nicht aus Tinte und Papier, sondern aus windgepeitschten Schatten und Einbildung. Sie machte sich deswegen freilich keine Vorwürfe, im Gegenteil. Wäre ihre Einbildung nicht gewesen, hätte sie nie gesehen, wie sie an das Wasserglas herankommen konnte, und selbst *wenn* sie es bekommen hätte, wäre sie nie auf die Idee gekommen, die Abokarte einer Zeitschrift als Strohhalm zu benützen. Nein, dachte sie, ihre Einbildung hatte sich ihr Recht auf ein paar halluzinatorische Abschweifungen mehr als verdient, aber für sie selbst blieb wichtig, nicht zu vergessen, daß sie in dieser Nacht allein gewesen war. Wenn die Genesung einen Anfang hatte, dann da, wo die Fähigkeit einsetzte, die Wirklichkeit von Hirngespinsten zu trennen. Einige davon erzählte sie Brandon. Er hatte gelächelt, sie umarmt, ihr einen Kuß auf die Schläfe gegeben und ihr gesagt, daß sie in jeder Hinsicht auf dem Weg der Besserung war.

Dann, letzten Freitag, war ihr Blick auf die Titelgeschichte der

County News im *Press Herald* gefallen. Da hatte ein Umdenkungsprozeß in ihr angefangen, der andauerte, während sich die Geschichte von Raymond Andrew Joubert vom anfänglichen Lükkenfüller zwischen dem Veranstaltungskalender und den Polizeinachrichten des County zu riesengroßen Schlagzeilen auf Seite eins mauserte. Dann, gestern ... sieben Tage nachdem Jouberts Name im Lokalteil des County erwähnt worden war ...

Es klopfte an der Tür, und Jessies erste Empfindung war wie gewöhnlich Angst. Sie kam und ging, fast bevor Jessie es richtig mitbekam. Fast ... aber nicht ganz.

»Meggie? Sind Sie das?«

»Höchstpersönlich.«

»Kommen Sie rein.«

Megan Landis, die Haushälterin, die Jessie im Dezember eingestellt hatte (nachdem der erste fette Scheck der Versicherungsgesellschaft per Einschreiben eingetrudelt war), kam mit einem Glas Milch auf einem Tablett herein. Neben dem Glas lag eine kleine grau-rosa Pille. Beim Anblick des Glases fing Jessies rechtes Handgelenk wie verrückt an zu jucken. Das passierte nicht immer, war aber auch nicht gerade eine unbekannte Reaktion. Wenigstens hatten die Zuckungen und das unheimliche Meine-Haut-schält-sich-gleich-vom-Knochen-ab-Gefühl weitgehend aufgehört. Eine Zeitlang, vor Weihnachten, hatte Jessie aber tatsächlich geglaubt, sie würde den Rest ihres Lebens aus einer Plastiktasse trinken müssen.

»Wie geht es Ihrer Pfote heute?« fragte Meggie, als hätte sie Jessies Juckreiz telepathisch wahrgenommen. Was Jessie keineswegs für eine lächerliche Vorstellung hielt. Manchmal fand sie Meggies Fragen – und die Eingebungen, die sie auslösten – fast ein wenig unheimlich, aber niemals lächerlich.

Die fragliche Hand, die jetzt im Sonnenstrahl lag, der sie von ihrem Geschriebenen im Mac abgelenkt hatte, steckte in einem schwarzen Handschuh, der mit einem Polymer des Weltraumzeitalters ohne Reibungswiderstand gefüttert war. Jessie vermutete, daß der Brandwundenhandschuh – denn darum handelte es sich – so oder so für einen schmutzigen Krieg entwickelt worden war. Nicht, daß sie sich deswegen je geweigert haben würde, ihn anzuziehen, und nicht, daß sie nicht dankbar dafür war. Sie war wirklich sehr dankbar. Nach der dritten Hauttransplantation lernte man, daß Dankbarkeit eines der wenigen zuverlässigen Bollwerke des Lebens gegen den Wahnsinn war.

»Nicht schlecht, Meggie.«

Meggie zog die linke Braue bis kurz vor Ich-glaube-Ihnen-nicht-Höhe hoch. »Nicht? Wenn Sie die ganzen drei Stunden, seit Sie hier drinnen sind, auf der Tastatur getippt haben, singt sie inzwischen bestimmt *Ave Maria.*«

»Bin ich wirklich schon seit ...?« Sie sah auf die Uhr und stellte fest, daß es so war. Sie warf einen Blick auf den Zähler im oberen Teil des Bildschirms und sah, daß sie auf Seite fünf des Textes war, den sie nach dem Frühstück in Angriff genommen hatte. Jetzt war es fast Mittagszeit, und das Überraschendste war, sie war weitgehend bei der Wahrheit geblieben, was Meggies hochgezogene Braue auch sagen mochte: ihrer Hand ging es *wirklich* nicht so schlecht. Wenn nötig hätte sie noch eine Stunde auf die Pille warten können.

Sie nahm sie trotzdem und schluckte sie mit der Milch hinunter. Als sie den Rest trank, schweiften ihre Augen wieder zum Bildschirm und lasen die Worte dort:

Niemand hat mich in dieser Nacht gefunden; ich erwachte kurz nach der Dämmerung des nächsten Tages allein. Der Motor war schließlich ausgegangen, aber das Auto war noch warm. Ich konnte Vögel im Wald singen hören, und zwischen den Bäumen sah ich den spiegelglatten See, von dem winzige Dunstwölkchen aufstiegen. Es sah wunderschön aus, aber gleichzeitig habe ich den Anblick gehaßt, wie ich seitdem allein den Gedanken daran gehaßt habe. Kannst du das verstehen, Ruth? Ich kann es mir nicht vorstellen.

Meine Hand tat höllisch weh – die Wirkung des Aspirin hatte längst nachgelassen –, aber trotz der Schmerzen verspürte ich ein unglaubliches Gefühl von Frieden und Wohlbefinden. Aber etwas nagte daran. Etwas, das ich vergessen hatte. Zuerst konnte ich mich nicht erinnern, was es war. Ich glaube, mein Gehirn *wollte* nicht, daß ich mich daran erinnerte. Aber es fiel mir wie aus heiterem Himmel ein. Er hatte auf dem Rücksitz gesessen und sich vorgebeugt, damit er mir die Namen meiner sämtlichen Stimmen ins Ohr flüstern konnte.

Ich sah in den Spiegel und stellte fest, daß niemand auf dem Rücksitz war. Das beruhigte mich ein wenig, aber dann ...

An dieser Stelle brach der Satz ab, der Cursor blinkte einladend am Ende des letzten unvollendeten Abschnitts. Er schien sie zu locken, sie anzufeuern, und plötzlich fiel Jessie ein Gedicht aus einem wunderbaren kleinen Buch von Kenneth Patchen ein. Es trug den Titel *But Even so,* und das Gedicht lautete ungefähr folgendermaßen: »Wenn wir dir wehtun wollten, Liebste, / Hätten wir dann hier, / Im tiefsten, dunkelsten Teil des Waldes / Auf dich gewartet?«

Gute Frage, dachte Jessie und ließ den Blick vom Bildschirm zu Meggie Landis' Gesicht wandern. Jessie mochte die energische Irin, mochte sie sehr – verdammt, *schuldete* ihr eine Menge –, aber wenn die kleine Haushälterin die Worte auf dem Bildschirm des Mac gelesen hätte, wäre sie mit dem Wochenlohn in der Tasche die Forest Avenue entlang verschwunden, bevor Jessie hätte sagen können: *Liebe Ruth, es wird dich wahrscheinlich überraschen, nach so vielen Jahren von mir zu hören.*

Aber Megan sah nicht auf den Bildschirm des PC; sie hatte nur Augen für den wunderbaren Ausblick auf die Eastern Prom und Casco Bay dahinter. Die Sonne schien immer noch, und es schneite noch, obwohl der Schneefall eindeutig nachließ.

»Der Teufel schlägt seine Frau«, bemerkte Meggie.

»Bitte?« fragte Jessie lächelnd.

»Das hat meine Mutter immer gesagt, wenn die Sonne heraus kam, bevor es aufgehört hat zu schneien.« Meggie sah ein bißchen verlegen drein, während sie die Hand nach dem leeren Glas ausstreckte. »Ich bin nicht sicher, was es bedeuten sollte.«

Jessie nickte. Die Verlegenheit in Meggie Landis' Gesicht war etwas anderem gewichen – etwas, das Jessie als Unbehagen interpretierte. Einen Augenblick hatte sie keine Ahnung, warum Meggie so dreinschauen sollte, aber dann fiel es ihr ein – etwas so Offensichtliches, daß man es leicht übersehen konnte. Es war das Lächeln. Meggie war nicht daran gewöhnt, Jessie lächeln zu sehen. Jessie wollte ihr versichern, daß alles in Ordnung war, daß das Lächeln nicht bedeutete, sie würde vom Stuhl aufspringen und Meggie die Kehle zerfleischen.

Statt dessen sagte sie zu ihr: »Meine Mutter pflegte zu sagen: ›Die Sonne scheint nicht jeden Tag auf denselben Hundearsch.‹ Ich habe auch nie gewußt, was das bedeuten sollte.«

Jetzt sah die Haushälterin in Richtung des Mac, aber lediglich mit einem achtlosen Blinzeln: *Es wird Zeit, Ihre Spielsachen aufzuräumen, Missus,* sagte der Blick. »Die Pille wird Sie müde machen, wenn Sie nicht einen Happen nachschieben. Ich habe Ihnen ein Sandwich gemacht, und auf dem Herd steht warme Suppe.«

Suppe und Sandwich – Kindernahrung, wie man sie bekam, wenn man den ganzen Vormittag Schlitten gefahren war, weil die Schule wegen Sturmwarnung ausfiel; ein Essen, das man zu sich nahm, wenn die Kälte noch auf den Wangen brannte wie ein Freudenfeuer. Es hörte sich absolut prima an, aber ...

»Ich muß passen, Meg.«

Meggie runzelte die Stirn und zog die Mundwinkel nach unten. Das war ein Ausdruck, den Jessie am Anfang, als sie Meggie eingestellt hatte, oft zu sehen bekam, als sie manchmal so dringend eine zusätzliche Schmerztablette wollte, daß sie aufschrie. Aber Meggie hatte ihren Tränen nie nachgegeben. Jessie vermutete, daß sie die kleine Irin genau deshalb eingestellt hatte – sie hatte von Anfang an gewußt, daß Meggie nicht zur nachgiebigen Sorte gehörte. Wenn es sein mußte, konnte sie sogar ausgesprochen hartherzig sein ... aber dieses Mal würde Meggie ihren Willen nicht durchsetzen.

»Sie müssen essen, Jess. Sie sind die reinste Vogelscheuche.« Jetzt wurde dem überquellenden Aschenbecher der Peitschenhieb ihres mißfälligen Blickes zuteil. »Und mit *dem* Mist müssen Sie auch aufhören.«

Ich sorge dafür, daß du aufhörst, stolze Schöne mein, sagte Gerald in ihrem Kopf, und Jessie erschauerte.

»Jessie? Alles in Ordnung? Zieht es?«

»Nein. Ich habe nur wie Espenlaub gezittert.« Sie lächelte verhalten. »Wir sind heute ein regelrechter Hausschatz alter Sprichwörter, was?«

»Man hat Ihnen immer wieder gesagt, Sie sollen es nicht übertreiben ...«

Jessie streckte die schwarzumhüllte rechte Hand aus und berührte damit zaghaft Meggies linke. »Meine Hand wird wirklich besser, oder nicht?«

»Ja. Wenn Sie damit drei Stunden oder länger an dieser Maschine schreiben konnten, ohne nach der Pille zu schreien, kaum daß ich den Kopf zur Tür hereingesteckt hatte, wird es vermutlich schneller besser, als Dr. Magliore gedacht hat. Nichtsdestotrotz ...«

»Nichtsdestotrotz geht es ihr besser, und das ist prima ... richtig?«

»Natürlich ist das prima.« Die Haushälterin sah Jessie an, als hätte sie den Verstand verloren.

»Und jetzt versuche ich, auch den Rest von mir wieder auf Vordermann zu bringen. Erster Schritt ist ein Brief an eine alte Freundin. Ich habe mir geschworen – letzten Oktober, während meiner schweren Zeit –, sollte ich lebend aus dem Schlamassel herauskommen, in dem ich mich befand, würde ich ihr schreiben. Aber ich habe es immer hinausgeschoben. Jetzt habe ich es endlich versucht, und ich wage nicht, damit aufzuhören. Andernfalls verliere ich vielleicht den Mut.«

»Aber die Pille . . .«

»Ich glaube, ich habe gerade noch Zeit, das hier zu Ende zu bringen und den Ausdruck in einen Umschlag zu stecken, bevor ich zu müde zum Arbeiten werde. Dann kann ich ein langes Nikkerchen halten, und wenn ich aufwache, nehme ich ein frühes Abendessen zu mir.« Sie berührte wieder Meggies linke Hand mit ihrer rechten, eine tröstliche Geste, die linkisch und süß zugleich war. »Ein schönes großes.«

Maggies Stirnrunzeln wich nicht. »Es ist nicht gut, Mahlzeiten auszulassen, Jessie, das wissen Sie.«

Jessie sagte sehr behutsam: »Manche Dinge sind wichtiger als Mahlzeiten. Das wissen Sie auch, oder nicht?«

Meggie sah wieder zum Bildschirm, dann seufzte sie und nickte. Als sie sprach, sprach sie im Tonfall einer Frau, die sich einer Binsenweisheit beugt, an die sie selbst nicht recht glaubt. »Kann sein. Und selbst wenn nicht, Sie sind der Boss.«

Jessie nickte und stellte zum ersten Mal fest, daß es jetzt mehr als eine Fassade war, die die beiden der Bequemlichkeit halber aufrecht hielten. »Ich denke, das bin ich.«

Meggies Brauen waren wieder auf halbmast geklettert. »Wenn ich das Sandwich hereinbringen und auf Ihren Schreibtisch stellen würde?«

Jessie grinste. »Abgemacht!«

Dieses Mal lächelte Meggie zurück. Als sie das Sandwich drei Minuten später hereinbrachte, saß Jessie wieder vor dem leuchtenden Bildschirm, dessen Reflexion ihrem Gesicht eine ungesunde grüne Comic-Farbe verlieh, und war in das versunken, was sie langsam mit der Tastatur tippte. Die kleine irische Haushälterin bemühte sich nicht, leise zu sein – sie gehörte zu den Frauen, die wahrscheinlich nicht einmal dann auf Zehenspitzen gehen können, wenn ihr Leben davon abhängen würde –, aber Jessie hörte sie trotzdem weder kommen noch gehen. Sie hatte einen Stapel Zeitungsausschnitte aus der obersten Schreibtischschublade genommen und hörte auf zu tippen, um sie durchzusehen. Die meisten waren bebildert, Fotografien eines Mannes mit seltsam schmalem Gesicht, das am Kinn fliehend und an der Stirn aufgedunsen war. Die tiefliegenden Augen waren dunkel und rund und vollkommen leer; Augen, bei denen Jessie gleichzeitig an Dondi, den Comic-Streuner, und an Charles Manson denken mußte. Wulstige Lippen so dick wie Obstscheiben ragten unter der messerscharfen Nase hervor.

Meggie blieb einen Moment neben Jessies Schulter stehen und wartete auf eine Reaktion, dann stieß sie ein leises »Pff!« aus und ging aus dem Zimmer. Etwa fünfundvierzig Minuten später sah Jessie nach links und erblickte das getoastete Käsesandwich. Es war kalt, der Käse zu Klumpen geronnen, aber sie schlang es dennoch mit fünf großen Bissen hinunter. Dann wandte sie sich wieder dem Mac zu. Der Cursor fing wieder an zu tanzen und führte sie unablässig tiefer in den Wald hinein.

36

Das beruhigte mich ein bißchen, aber dann dachte ich mir: »Er könnte unten kauern, so daß er im Spiegel nicht zu sehen ist.« Ich schaffte es, mich umzudrehen, obwohl ich kaum glauben konnte, wie schwach ich war. Bei der geringsten Bewegung schien mir, als würde mir jemand einen rotglühenden Schürhaken in die Hand stoßen. Es war selbstverständlich niemand da, und ich versuchte mir einzureden, daß er wirklich nur ein Schatten gewesen war, als ich ihn zum letzten Mal gesehen hatte ... ein Schatten und eine Ausgeburt meiner überreizten Fantasie.

Aber ich konnte es nicht glauben, Ruth – nicht einmal bei aufgehender Sonne und frei von den Handschellen und in meinem eigenen Auto eingeschlossen. Ich redete mir ein, wenn er nicht auf dem Rücksitz war, dann im Kofferraum, und wenn nicht im Kofferraum, dann geduckt hinter der Heckstoßstange. Mit anderen Worten, ich redete mir ein, daß er immer noch bei mir war, und er ist seither ständig bei mir gewesen. Das mußt Du – Du oder jemand anders – begreifen; das muß ich mir wirklich von der Seele reden. *Er ist seither ständig bei mir gewesen.* Selbst als mein Verstand überzeugt war, daß er *jedesmal* nur Schatten und Mondschein gewesen war, wenn ich ihn gesehen hatte, war er noch bei mir. Oder vielleicht sollte ich doch besser sagen, daß *es* ständig bei mir gewesen ist. Weißt du, mein Besucher ist ›der Mann mit dem weißen Gesicht‹, wenn die Sonne scheint, aber er ist ›das Ding mit dem weißen Gesicht‹, wenn sie untergeht. Wie auch immer, er oder es, mein vernünftiges Denken war schließlich imstande, von ihm abzulassen, aber ich habe festgestellt, daß das längst nicht ausreicht. Denn jedesmal, wenn nachts im Haus eine Diele quietscht, weiß ich, er ist zurückgekehrt; jedesmal, wenn ein komischer Schatten an der Wand tanzt, weiß ich, er ist zurückgekehrt; jedesmal, wenn ich unbekannte Schritte in der Einfahrt höre, weiß ich, er ist zurückgekehrt – zurückgekehrt, um die angefangene Arbeit zu Ende zu bringen. ›Es‹ war am Morgen, als ich aufgewacht bin, im Mercedes, und ›es‹ ist fast jede Nacht hier in meinem Haus an der Eastern Prom, wo es sich vielleicht hinter einem Vorhang versteckt oder mit der Korbkiste zwischen den Füßen in einem Schrank lauert. Es gibt keine magischen Pfähle, die man den wahren Monstern ins Herz schlagen kann, und, o Ruth, das macht mich so *müde.*

Jessie hielt gerade so lange inne, daß sie den überquellenden Aschenbecher ausleeren und sich eine frische Zigarette anzünden konnte. Das machte sie langsam und bewußt. Ihre Hände hatten leicht, aber deutlich zu zittern angefangen, und sie wollte sich nicht verbrennen. Als die Zigarette glühte, nahm Jessie einen tiefen Zug, atmete aus, legte sie auf den Aschenbecher und wandte sich wieder dem Mac zu.

Ich weiß nicht, was ich gemacht hätte, wenn die Autobatterie den Dienst versagt hätte – ich glaube, ich wäre einfach sitzengeblieben, bis jemand kommt, selbst wenn es den ganzen Tag gedauert hätte –, aber der Motor sprang beim ersten Mal an. Es gelang mir, von dem Baum loszukommen, an den ich gefahren war, und das Auto auf die Straße zurückzusetzen. Ich wollte ständig in den Rückspiegel sehen, hatte aber Angst davor. Ich hatte Angst, ich könnte ihn sehen. Nicht, weil er da war, um das klarzustellen – ich wußte, daß er nicht da war –, aber weil mein Hirn mir vorgaukeln konnte, ich würde ihn sehen.

Als ich schließlich zur Sunset Lane kam, mußte ich hinsehen. Ich konnte nicht anders. Im Rückspiegel war selbstverständlich nur der Rücksitz zu sehen, was den Rest der Fahrt ein bißchen leichter machte. Ich fuhr zur 117 und dann zu Dakin's Country Store – dort hängen die Einheimischen herum, wenn sie zu pleite sind, nach Rangely oder in eine der Bars in Motton zu gehen. Sie sitzen überwiegend an der Eßtheke, essen Donuts und erzählen sich Lügengeschichten, was sie am Samstagabend gemacht haben. Ich fuhr hinter die Zapfsäulen und saß fünf Minuten oder so einfach nur da und beobachtete die Holzfäller und Hausmeister und Arbeiter vom Kraftwerk, die kamen und gingen. Ich konnte nicht glauben, daß sie wirklich da waren – ist das nicht ein Heuler? Ich dachte, sie wären Gespenster, daß sich meine Augen bald an das Tageslicht gewöhnen und ich durch sie hindurchsehen würde. Ich hatte wieder Durst, und jedesmal, wenn jemand mit einer dieser kleinen Kaffeetassen aus Plastik herauskam, wurde es schlimmer, aber ich brachte es immer noch nicht fertig, aus dem Auto auszusteigen ... um sozusagen unter den Gespenstern zu wandeln.

Ich denke, ich hätte es irgendwann einmal geschafft, aber bevor ich den Mut aufbrachte, auch nur die Zentralverriegelung zu öffnen, kam Jimmy Eggart angefahren und parkte neben mir. Jimmy ist ein pensionierter Buchhalter aus Boston, der seit dem Tod seiner Frau 1987 oder '88 ständig am See lebt. Er stieg aus seinem Bronco aus, sah mich, erkannte mich und fing an zu lächeln. Dann veränderte sich sein Gesichtsausdruck zuerst zu Besorgnis, dann zu Grauen. Er kam zum Mercedes und bückte sich, damit er durchs Fenster sehen konnte, und er war so überrascht, daß sämtliche Falten in seinem Gesicht glattgezogen wurden. Daran erinnere ich mich noch ganz deutlich: wie Jimmy Eggart in seiner Überraschung wieder jung aussah.

Ich sah, wie sein Mund die Worte »Jessie, alles in Ordnung?« formte. Ich wollte die Tür aufmachen, aber plötzlich traute ich mich nicht mehr. Mir ging etwas Verrücktes durch den Kopf. Das Ding, das ich den Space Cowboy genannt hatte, war auch in Jimmys Haus gewesen, aber Jimmy hatte nicht soviel Glück gehabt wie ich. Es hatte ihn getötet, ihm das Gesicht abgeschnitten und es aufgezogen wie eine Halloweenmaske. Ich wußte, daß es eine verrückte Vorstellung war, aber das nützte mir nicht viel, weil ich sie nicht aus dem Kopf bekam. Ich brachte es nicht über mich, die Scheißautotür aufzumachen.

Ich weiß nicht, wie schlimm ich an diesem Morgen ausgesehen habe, und *will* es auch nicht wissen, aber es muß ziemlich schlimm gewesen sein, weil Jimmy Eggart wenig später nicht mehr überrascht ausgesehen hat. Er sah so ängstlich aus, als wollte er weglaufen, und so betroffen, als müßte er kotzen. Er hat keins von beiden gemacht, Gott segne ihn. Statt dessen machte er die Autotür auf und fragte mich, was geschehen war, ob ich einen Autounfall gehabt oder mich jemand überfallen hatte.

Ich mußte nur an mir runtersehen und wußte, warum er Muffensausen hatte. Die Wunde am Handgelenk mußte wieder aufgeplatzt sein, weil die Monatsbinde, die ich darum gewickelt hatte, durchgeweicht war. Auch die Vorderseite meiner Bluse war blutgetränkt, als hätte ich die schlimmste Periode der Welt bekommen. Ich saß in Blut, es war Blut auf dem Lenkrad, Blut auf dem Armaturenbrett, Blut auf dem Schalthebel . . . es waren Spritzer auf der Windschutzscheibe. Das meiste war getrocknet und hatte die schreckliche Rostfarbe angenommen, die getrocknetes Blut hat – ich finde, es sieht wie Schokoladenmilch aus –, aber einiges war noch feucht und rot. Wenn du so etwas nicht gesehen hast, Ruth, kannst du dir keinen Begriff davon machen, wieviel Blut in einem Menschen steckt. Kein Wunder, daß Jimmy ausgeflippt ist.

Ich wollte aussteigen – ich glaube, ich wollte ihm zeigen, daß ich das aus eigenem Antrieb kann, um ihn zu beruhigen –, aber ich stieß mir die Hand am Lenkrad an und alles wurde grauweiß. Ich verlor nicht völlig das Bewußtsein, aber es war, als wären die letzten Kabel zwischen meinem Kopf und meinem Körper gekappt worden. Ich weiß noch, daß ich vornübergekippt bin und gedacht habe, ich würde meine Abenteuer damit beenden, daß ich mir die Zähne auf dem Asphalt ausschlug . . . und das, nachdem ich erst letztes Jahr ein Vermögen für die Kronen der oberen Schneidezähne ausgegeben hatte. Dann hielt Jimmy mich fest . . . direkt auf den Titten, wie ich anmerken möchte. Ich hörte, wie er in den Laden rief: »He! He! Ich brauche Hilfe hier draußen!« – eine hohe, schrille Altmännerstimme, die ich komisch fand . . . aber ich war zu erschöpft zum Lachen. Ich legte den Kopf seitlich an sein Hemd und holte keuchend Luft. Ich konnte spüren, wie mein Herz raste, aber kaum schlug, als hätte es keinen *Grund* zu schlagen. Etwas Licht und Farbe strömten wieder in den Tag ein, und ich sah ein halbes Dutzend Männer, die nachsehen kamen, was los war. Lonnie Dakin war auch dabei. Er aß ein Brötchen und trug ein rosa T-Shirt mit der Aufschrift ES GIBT KEINEN TRUNKENBOLD IN DIESER STADT – WIR WECHSELN UNS NUR ALLE AB. Komisch, woran man sich erinnert, wenn man glaubt, daß man sterben muß, was?

»Wer hat Ihnen das angetan, Jessie?« fragte Jimmy. Ich versuchte, ihm zu antworten, brachte aber kein Wort heraus. Was wahrscheinlich auch besser war, wenn man bedenkt, was ich sagen wollte. Ich glaube, ich wollte ›Mein Vater‹ antworten.

Jessie drückte die Zigarette aus, dann betrachtete sie die oberste Fotografie des Stapels Zeitungsausschnitte. Das schmale, mißgestaltete Gesicht von Raymond Andrew Joubert erwiderte ihren Blick starr ... so wie er sie in der ersten Nacht aus der Ecke des Schlafzimmers und in der zweiten aus dem Arbeitszimmer ihres jüngst verstorbenen Mannes angesehen hatte. Fast fünf Minuten verstrichen mit diesem stummen Nachdenken. Dann zündete sich Jessie eine Zigarette an, als wäre sie gerade aus einem kurzen Nickerchen erwacht, und wandte sich wieder dem Brief zu. Der Zähler zeigte inzwischen an, daß sie auf Seite sieben war. Sie streckte sich, hörte das leise Knacken ihrer Wirbelsäule und berührte wieder die Tastatur. Der Cursor setzte seinen Tanz fort.

Zwanzig Minuten später – zwanzig Minuten, in denen ich feststellte, wie süß und besorgt und liebenswert tolpatschig Männer sein können (Lonnie Dakin hat mich gefragt, ob ich etwas Midol wollte) – lag ich im Notarztwagen Richtung Northern Cumberland Hospital, der mit Blinklicht und heulender Sirene fuhr. Eine Stunde danach lag ich in einem dieser Krankenbetten und hörte einem Country-Musik-Arschloch zu, der sang, wie schwer das Leben war, seit seine Frau ihn verlassen hatte und der Lieferwagen kaputt war.

Damit ist Teil eins meiner Geschichte weitgehend erzählt, Ruth – nenne ihn ›Little Nell geht übers Eis‹ oder ›Wie ich den Handschellen entkam und mich in Sicherheit bringen konnte‹. Es folgen noch zwei Teile, die ich ›Danach‹ und ›Der Clou‹ nennen möchte. ›Danach‹ werde ich überspringen, weil dieser Teil wirklich nur interessant ist, wenn man auf Hauttransplantationen und Schmerzen steht, aber hauptsächlich, weil ich möglichst schnell zum Teil ›Der Clou‹ kommen will, bevor ich zu müde und computerüberdrüssig bin, ihn so zu schildern, wie er geschildert werden muß. Und wie Du verdient hast, ihn erzählt zu bekommen, wenn ich so darüber nachdenke. Dieser Gedanke ist mir gerade gekommen und er ist nichts als die nacktärschige Wahrheit, wie wir früher immer gesagt haben. Ohne den ›Clou‹ würde ich Dir vielleicht gar nicht schreiben.

Aber bevor ich dazu komme, muß ich Dir noch ein bißchen über Brandon Milheron erzählen, der die Zeit ›Danach‹ wirklich für mich zum Abschluß bringt. Zu Beginn meiner Genesung, während des wirklich schlimmen Teils, kam Brandon und hat mich mehr oder weniger unter seine Fittiche genommen. Ich würde ihn gern einen lieben Menschen nennen, weil er in der schlimmsten Zeit meines Lebens für mich da war, aber er ist nicht nur lieb – er durchschaut alles, dieser Brandon, bedenkt alle Möglichkeiten und sorgt dafür, daß alles seinen geregelten Gang geht. Und auch das ist nur unzureichend –, er hat mehr an sich und ist ein besserer Mensch – aber zur vorgerückten Stunde muß das genügen. Es soll genügen zu sagen, daß Brandon für einen Mann, dessen Aufgabe es war, die Interessen einer konservativen Anwaltskanzlei im Kielwasser einer möglicherweise üblen Situation im Zusammenhang mit einem Juniorpartner zu wahren, eine Menge Händchen gehalten und Trost gespendet hat. Außerdem hat er mir nie die Hölle heiß gemacht, weil ich auf die Revers seines teuren dreiteiligen Anzugs geweint habe. Wäre das alles, würde ich wahrscheinlich nicht weiter von ihm sprechen, aber es kommt noch etwas. Etwas, das er erst gestern für mich getan hat. Hab Vertrauen, Mädchen – wir sind fast da.

Brandon und Gerald haben in den letzten vierzehn Monaten von Geralds Leben häufig zusammengearbeitet – an einem Fall, in den eine der größten Supermarktketten hier in der Gegend verwickelt war. Sie haben gewonnen, was sie gewinnen wollten, aber was für Deine sehr Ergebene wichtiger ist, sie haben sich einen guten Namen damit gemacht. Ich habe eine Ahnung, wenn die alten Haudegen, die die Firma leiten, Geralds Namen vom Briefkopf streichen, wird Brandon selbst der ideale Mann für die Aufgabe, die er beim ersten Besuch im Krankenhaus als ›Schadensbegrenzung‹ beschrieben hat.

Er hat etwas Süßes an sich – doch, das hat er –, und er war von Anfang an ehrlich zu mir, aber selbstverständlich hatte er auch von vorneherein seine eigenen Prioritäten. Glaub mir, wenn ich dir sage, daß ich in dieser Beziehung Augen wie ein Luchs habe, Teuerste; schließlich war ich fast zwei Jahrzehnte mit einem Anwalt verheiratet und weiß, wie verbissen sie die verschiedenen Aspekte ihres Lebens und ihrer Persönlichkeit abgrenzen. Ich denke, das ermöglicht ihnen, ohne zu viele Nervenzusammenbrüche zu überleben, aber es macht viele auch so durch und durch verabscheuenswürdig.

Brandon war nie verabscheuenswürdig, aber er war ein Mann mit einer

Mission: ein Auge auf alle möglichen Negativschlagzeilen zu haben, in die die Kanzlei kommen konnte. Das hieß natürlich, ein Auge auf sämtliche möglichen Negativschlagzeilen zu haben, in die Gerald und ich kommen konnten. Das war so eine Aufgabe, bei der der Betreffende von einem einzigen unglücklichen Zufall reingeritten werden kann, aber Brandon hat dennoch nicht gezögert, sie anzunehmen... und ich muß ihm weiterhin zugute halten, er hat mir nicht ein einziges Mal einreden wollen, er hätte es aus Respekt vor Geralds Andenken gemacht. Er hat es gemacht, weil es etwas war, das Gerald selbst ein Karrieresprungbrett genannt haben würde – eine Aufgabe, die ziemlich schnell die nächste Sprosse der Leiter freimachen kann, wenn man sie zur Zufriedenheit erfüllt. Brandon hat sie zur Zufriedenheit erfüllt, und das freut mich. Er hat mich mit viel Güte und Respekt behandelt, was Grund genug wäre, mich für ihn zu freuen, aber es gibt noch zwei andere Gründe. Er wurde nie hysterisch, wenn ich ihm gesagt habe, daß jemand von der Presse angerufen hat oder da gewesen ist, und er hat sich nie benommen, als wäre es nur ein Job für ihn – nur das, und sonst nichts. Willst Du wissen, was ich wirklich glaube, Ruth? Obwohl ich sieben Jahre älter bin als der Mann, von dem ich spreche, und immer noch verwüstet, zugerichtet und verstümmelt aussehe, glaube ich, daß sich Brandon Milheron ein kleines bißchen in mich verliebt hat... oder in die heldenhafte Little Nell, die er vor seinem geistigen Auge sieht, wenn er mich betrachtet. Ich glaube nicht, daß es bei ihm etwas mit Sex zu tun hat (jedenfalls noch nicht; mit dreiundfünfzig Kilo sehe ich immer noch ein bißchen wie ein gerupftes Huhn aus, das beim Metzger im Schaufenster hängt), aber das stört mich nicht; ich wäre vollauf zufrieden, wenn ich nie wieder mit einem anderen Mann ins Bett müßte. Aber ich müßte lügen, wenn ich sage, daß ich den Ausdruck in seinen Augen nicht genossen habe, den Ausdruck, der bedeutet, daß ich jetzt auch eine seiner Prioritäten bin – ich, Jessie Angela Mahout Burlingame, ganz im Gegensatz zu einem Ärgernis, das seine Bosse wahrscheinlich als ›Die unglückselige Angelegenheit Burlingame‹ betrachten. Ich weiß nicht, ob ich auf seiner Liste vor oder nach der Firma komme, oder gleich daneben, und es ist mir auch egal. Mir genügt es zu wissen, daß ich *überhaupt* darauf stehe, daß ich etwas mehr bin als

Jessie machte eine Pause, klopfte mit dem linken Zeigefinger gegen die Zähne und dachte gründlich nach. Sie sog kräftig an der momentanen Zigarette, dann fuhr sie fort.

als eine angenehme Dreingabe.

Brandon war bei allen Polizeiverhören bei mir und hat seinen kleinen Kassettenrecorder laufen lassen. Er wies bei jedem Verhör höflich, aber unbarmherzig darauf hin, daß alle bei den Verhören Anwesenden – einschließlich Stenographen und Krankenschwestern –, die die zugegebenermaßen sensationellen Einzelheiten des Falls ausplaudern würden, mit sämtlichen gemeinen Repressalien rechnen mußten, die sich eine große Anwaltskanzlei in Neu-England mit überaus kurzem Geduldsfaden nur ausdenken konnte. Brandon muß für sie so überzeugend gewesen sein wie für mich, denn niemand, den ich kenne, hat je gegenüber der Presse geredet.

Die schlimmsten Verhöre waren die in den drei Tagen, die ich auf der Intensivstation im Northern Cumberland verbracht habe – wo ich weitgehend damit beschäftigt war, Blut, Wasser und Elektrolyte aus Plastikschläuchen aufzusaugen. Die Polizeiberichte, die dabei entstanden, waren so seltsam, daß sie fast glaubwürdig klangen, als sie in der Presse auftauchten. Wie diese verschrobenen Mann-beißt-Hunde-Geschichten, die sie von Zeit zu Zeit bringen. Nur war das in Wirklichkeit eine Hund-beißt-Mann-Geschichte ... und Frau obendrein. Möchtest Du hören, was in den Unterlagen steht? Okay, hier ist es:

Wir haben beschlossen, einen Tag in unserem Sommerhaus im westlichen Maine zu verbringen. Nach einem sexuellen Beisammensein haben wir gemeinsam geduscht, Gerald hat die Dusche verlassen, während ich mir die Haare gewaschen habe. Er hat über Blähungen geklagt, wahrscheinlich wegen der Sandwiches, die wir auf dem Weg von Portland gegessen haben, und gefragt, ob Rolaids oder Rennie im Haus wären. Ich habe gesagt, das wüßte ich nicht, aber wenn, müßten sie auf der Kommode oder dem Regal über dem Bett sein. Drei oder vier Minuten später, als ich gerade die Haare spülte, habe ich Gerald schreien gehört. Dieser Schrei folgte offenbar auf einen massiven Herzanfall. Dann war ein lautes Plumpsen zu hören, als würde jemand auf den Boden fallen. Ich sprang aus der Dusche, und dabei bin ich ausgerutscht. Ich habe mir den Kopf an der Ecke der Kommode angeschlagen und bin umgekippt.

Laut dieser Version, die von Mr. Milheron und Mrs. Burlingame zusammengeschustert wurde – unter tatkräftiger Mithilfe der Polizei, möchte ich hinzufügen –, kam ich mehrmals vorübergehend wieder zu Bewußtsein, kippte aber jedesmal wieder um. Als ich zum letzten Mal aufwachte, hatte der Hund genug von Gerald und knabberte an mir. Ich stieg auf das Bett (laut unserer Geschichte haben Gerald und ich das Bett dort gefunden, wo es war – wahrscheinlich hatten es die Leute, die den Boden gewachst haben, dorthin geschoben –, und waren so scharf darauf, eine Nummer zu schieben, daß wir es gar nicht erst dorthin zurückschoben, wo es hingehörte) und verjagte den Hund, indem ich Geralds Wasserglas und den Aschenbecher nach ihm geworfen habe. Dann habe ich wieder das Bewußtsein verloren und die folgenden Stunden bewußtlos und blutend auf dem Bett verbracht. Als ich später erwachte, stieg ich ins Auto ein und fuhr endlich in Sicherheit ...

das heißt nach einem letzten Ohnmachtsanfall. Da bin ich gegen den Baum am Straßenrand gefahren.
Ich habe nur einmal gefragt, wie Brandon die Polizei dazu gebracht hat, diesen dummen Unsinn zu schlucken. Er sagte: »Die State Police hat den Fall übernommen, Jessie, und wir – damit meine ich die Kanzlei – haben viele Freunde bei der SP. Ich würde jeden Gefallen einfordern, den uns jemand schuldet, aber in Wahrheit mußte ich gar nicht so weit gehen. Wissen Sie, Polizisten sind auch Menschen. Die Jungs konnten sich ziemlich gut vorstellen, was wirklich passiert war, sobald sie die Handschellen vom Bett baumeln gesehen haben. Glaub mir, die haben nicht zum ersten Mal Handschellen gesehen, nachdem jemandem die Pumpe versagt hat. Kein einziger Polizist – weder von der State Police noch von der lokalen – wollte schuld sein, daß Sie und Ihr Mann zum Gegenstand dreckiger Witze werden, nur weil ein grotesker Unfall passiert ist.«
Zuerst habe ich nicht einmal Brandon gegenüber etwas von dem Mann erzählt, den ich gesehen zu haben glaubte, oder von dem Ohrring oder Fußabdruck oder sonst etwas. Weißt Du, ich habe abgewartet – wahrscheinlich nach einem Strohhalm gesucht.

Jessie las den letzten Satz durch, schüttelte den Kopf und tippte weiter.

Nein, das ist dummes Zeug. Ich habe darauf gewartet, daß ein Polizist kommt und mir eine kleine Plastiktüte reicht und mich bittet, die Ringe darin – Fingerringe, keine Ohrringe – zu identifizieren. »Wir sind sicher, daß sie Ihnen gehören müssen«, würde er sagen, »weil Ihre Initialen und die Ihres Mannes eingraviert sind, und außerdem haben wir sie im Arbeitszimmer Ihres Mannes auf dem Boden gefunden.«
Darauf hatte ich gewartet, denn wenn sie mir die Ringe gezeigt hätten, hätte ich mit Sicherheit gewußt, daß der mitternächtliche Besucher von Little Nell nur eine Ausgeburt von Little Nells Fantasie gewesen ist. Ich wartete und wartete, aber niemand kam. Kurz vor der ersten Operation an meiner Hand habe ich Brandon dann gestanden, ich hätte eine Ahnung, als wäre ich nicht allein im Haus gewesen, jedenfalls nicht die ganze Zeit. Ich sagte ihm, ich könnte es mir nur eingebildet haben, das wäre sicherlich möglich, aber es schien durchaus echt zu sein. Ich sagte ihm nichts von meinen eigenen Ringen, erzählte aber von dem Fußabdruck und dem Perlmuttohrring. Was den Ohrring betrifft, könnte man zutreffenderweise sagen, daß ich gestammelt habe, und ich glaube, heute weiß ich warum: Er stand für alles, was ich nicht zu erzählen wagte, nicht einmal Brandon. Verstehst Du das? Und die ganze Zeit, während ich redete, gebrauchte ich ständig Wendungen wie »Dann *glaube ich,* gesehen zu haben« und »Ich bin *fast sicher,* daß«. Ich mußte es ihm sagen, mußte mit irgend jemand darüber

reden, weil die Angst mich innerlich wie Säure zerfraß, aber ich versuchte ihm in jeder Hinsicht zu zeigen, daß ich subjektive Empfindungen nicht mit objektiver Realität verwechselte. Am meisten aber bemühte ich mich, vor ihm zu verbergen, wie ängstlich ich *immer noch* war. Er sollte nicht denken, ich wäre verrückt. Es war mir egal, ob er mich für ein wenig hysterisch hielt; ich war bereit, diesen Preis zu bezahlen, damit ich nicht noch so ein schlimmes Geheimnis mit mir herumschleppen mußte wie das, was mein Vater am Tag der Sonnenfinsternis mit mir gemacht hat, aber ich wollte auf gar keinen Fall, daß er mich für verrückt hielt. Ich wollte nicht einmal, daß er an die Möglichkeit *dachte*.

Brandon nahm meine Hand und tätschelte sie und sagte mir, er könne verstehen, daß ich mir so etwas einbildete; er sagte, unter den Umständen wäre es wahrlich ein zahmes Hirngespinst. Dann fügte er hinzu, ich dürfe nur nicht vergessen, daß es ebenso wenig real war wie die Dusche, die Gerald und ich nach unserem normalen, ganz und gar nicht schlagzeilenträchtigen Sex in der Missionarsstellung genommen hatten. Die Polizei hatte das Haus untersucht, und wenn noch jemand dagewesen wäre, hätten sie ganz bestimmt Spuren von ihm gefunden. Die Tatsache, daß das Haus kurz zuvor einem großen Sommerputz unterzogen worden war, machte das noch wahrscheinlicher.

»Vielleicht *haben* sie Spuren von ihm gefunden«, sagte ich. »Vielleicht hat ein Polizist den Ohrring eingesteckt.«

»Es gibt eine ganze Menge Bullen mit langen Fingern auf der Welt, zugegeben«, sagte er, »aber ich kann mir nicht vorstellen, daß auch nur der Dümmste seine Karriere für einen einzelnen Ohrring aufs Spiel setzen würde. Ich könnte mir eher vorstellen, daß der Mann, der Ihrer Meinung nach bei Ihnen im Haus war, später zurückgekommen ist und ihn selbst geholt hat.«

»Ja!« sagte ich. »Das wäre möglich, oder nicht?«

Er wollte den Kopf schütteln, dann zuckte er statt dessen mit den Achseln. »Alles wäre möglich, einschließlich Habgier oder ein Irrtum seitens der ermittelnden Beamten, aber ...« Er verstummte, dann ergriff er meine linke Hand und schenkte mir seinen Ausdruck, den ich als ›Brandons altväterliche Miene‹ bezeichnen möchte. »Ihre Mutmaßungen basieren weitgehend darauf, daß die Polizisten sich das Haus einmal flüchtig angesehen und es dann gut sein lassen haben. Aber das stimmt nicht. Wenn eine dritte Partei im Haus gewesen wäre, hätte die Polizei das mit Sicherheit festgestellt. Und wenn sie Beweise für die Anwesenheit einer dritten Partei gefunden hätten, wüßte ich es.«

»Warum?« fragte ich.

»Weil so etwas Sie in eine ziemlich üble Situation bringen könnte – in eine Situation, in der die Polizisten keine netten Jungs mehr sind und anfangen, ihnen die Miranda-Warnung vorzulesen.«

»Ich verstehe nicht, wovon Sie sprechen«, sagte ich, aber es dämmerte mir allmählich, Ruth; wahrhaftig. Gerald war eine Art Versicherungsfreak gewesen, und die Agenten dreier verschiedener Gesellschaften hatten mir versichert, daß ich die offizielle Trauerzeit – und ein paar Jahre danach – in finanzieller Sicherheit leben konnte.

»Henry Ryan in Augusta hat eine sehr gründliche, sehr umfassende Autopsie an Ihrem Mann vorgenommen«, sagte Brandon. »Seinem Bericht zufolge starb Gerald an einem, wie die Gerichtsmediziner sagen, ›reinen Herzanfall‹, was bedeutet, einen ohne Lebensmittelvergiftung, außergewöhnliche Anstrengung oder schwere körperliche Verletzungen.« Er wollte eindeutig fortfahren – er war eindeutig in seiner, wie ich sie nenne, Vorlesungsstimmung –, aber er sah etwas in meinem Gesicht und verstummte. »Jessie? Was ist denn?«

»Nichts«, sagte ich.

»O doch – Sie sehen schrecklich aus. Ein Krampf?«

Es gelang mir schließlich, ihn zu überzeugen, daß ich in Ordnung war, und bis dahin stimmte das auch fast. Ich glaube, Du weißt, woran ich denken mußte, Ruth, da ich es oben schon erwähnt habe: die Fußtritte, die ich Gerald gab, als er nicht auf mich hören und mich freilassen wollte. Einen in den Magen, den anderen volle Kanne in die Kronjuwelen. Ich fragte mich, wie ein kluger Mann wie Henry Ryan das übersehen haben konnte. Seitdem habe ich mich ein bißchen diskret sachkundig gemacht und festgestellt, daß der Tritt in die Hoden zu schweren Blutergüssen hätte führen müssen, was unter normalen Umständen auch geschehen wäre. In Geralds Fall nicht, weil der Herzanfall unmittelbar nach dem Tritt erfolgte und so kein Bluterguß entstehen konnte.

Das führt selbstverständlich zu einer anderen Frage – habe ich den Herzanfall mit meinen Fußtritten ausgelöst? Diese Frage konnte keines der medizinischen Fachbücher, die ich gelesen habe, zufriedenstellend beantworten, aber seien wir ehrlich: Ich habe ihm wahrscheilich auf die Sprünge geholfen. Aber ich weigere mich, die Alleinschuld auf mich zu nehmen, verdammt. Er war übergewichtig, er hat zuviel getrunken, und er hat geraucht wie ein Schlot. Der Herzanfall war vorprogrammiert; wäre er an diesem Tag nicht gekommen, dann bestimmt nächste Woche oder nächsten Monat. Der Teufel spielt seine Fiedel nur soundso lange für einen. Das glaube ich fest. Wenn du es nicht glaubst, bitte ich dich herzlich, es zusammenzufalten und da reinzustecken, wo die Sonne nie hinscheint. Ich glaube, ich habe mir das Recht verdient, zu glauben, was ich glauben *will,* zumindest in dieser Angelegenheit. *Besonders* in dieser Angelegenheit.

»Wenn ich ausgesehen habe, als hätte mich der Schlag getroffen«, erzählte ich Brandon, »dann nur deshalb, weil ich versuche, mich an den Gedanken zu gewöhnen, daß jemand denkt, ich hätte Gerald umgebracht, damit ich seine Lebensversicherung kassieren kann.«
Er schüttelte wieder den Kopf und sah mich die ganze Zeit ernst an. »Das denken sie überhaupt nicht. Henry Ryan sagt, daß Gerald einen Herzanfall gehabt hat, der möglicherweise durch sexuelle Erregung ausgelöst wurde, und die State Police akzeptiert das, weil Henry Ryan der Beste in der Branche ist. Bestenfalls wird es ein paar Zyniker geben, die denken, Sie haben Salome gespielt und ihn absichtlich aufgegeilt.«
»Sie auch?« fragte ich.
Ich dachte, ich könnte ihn mit meiner Offenheit schockieren, und ein Teil von mir war neugierig, wie ein schockierter Brandon Milheron aussehen mochte, aber ich hätte es besser wissen müssen. Er lächelte nur. »Ob ich glaube, daß Sie genügend Fantasie haben, Geralds Thermostat wegzupusten, aber nicht genug, um zu erkennen, daß Sie dabei selbst in Handschellen sterben könnten? Nein. Wie auch immer, ich denke, daß es genau so abgelaufen ist, wie Sie mir erzählt haben. Darf ich offen sein?«
Jetzt war es an mir zu lächeln. »Was anderes möchte ich gar nicht, das kann ich Ihnen versichern.«
»Also gut. Ich habe mit Gerald zusammengearbeitet und bin mit ihm ausgekommen, aber eine Menge Leute in der Kanzlei konnten das nicht. Er war der größte Kontroll-Freak der Welt. Es überrascht mich nicht im geringsten, daß bei der Vorstellung, Sex mit einer Frau in Handschellen zu haben, sämtliche Lämpchen bei ihm durchgebrannt sind.«
Ich sah ihn rasch an, als er das sagte. Es war Nacht, nur das Licht am Kopfende des Bettes war an, und er saß von den Schultern aufwärts im Schatten, aber ich bin ziemlich sicher, daß Brandon Milheron, der größte Junganwaltshai im Juristenbecken, errötete.
»Ich habe Sie vor den Kopf gestoßen, es tut mir leid«, sagte er und hörte sich unerwartet linkisch an.
Ich hätte fast gelacht. Es wäre unhöflich gewesen, aber in dem Augenblick hörte er sich an wie ein achtzehnjähriger Bengel, der gerade den Schulabschluß gemacht hat. »Sie haben mich nicht vor den Kopf gestoßen, Brandon«, sagte ich.
»Gut. Damit bin ich aus dem Schneider. Aber es ist immer noch Aufgabe der Polizei, wenigstens die Möglichkeit eines krummen Dings in Betracht zu ziehen – daran zu denken, Sie könnten einen Schritt weiter gegangen sein als nur zu hoffen, daß ihr Mann etwas erleidet, das man in der Branche einen ›geilen Herzanfall‹ nennt.«
»Ich hatte nicht die geringste Ahnung, daß er Probleme mit dem Herzen

hatte!« sagte ich. »Die Versicherungsgesellschaften offenbar auch nicht. Hätten sie es gewußt, dann hätten sie diese Policen nie unterschrieben, oder?«
»Versicherungsgesellschaften versichern jeden, der bereit ist, genügend dafür zu berappen«, sagte er, »und Geralds Versicherungsagenten haben nicht gesehen, wie er kettengeraucht und den Whisky abgekippt hat. Aber Sie. Allen Einwänden zum Trotz müssen Sie gewußt haben, daß er ein wandelnder Herzanfall war, der nur auf den richtigen Zeitpunkt wartete. Die Bullen wissen das auch. Also sagen sie: ›Angenommen, sie hat einen Freund ins Sommerhaus eingeladen und ihrem Mann nichts davon erzählt? Und nehmen wir weiterhin an, dieser Freund kommt zur rechten Zeit für sie, aber zum ungünstigsten Zeitpunkt für ihn aus dem Schrank gesprungen und ruft Buh?‹ Wenn die Polizisten Beweise dafür hätten, daß so etwas passiert sein könnte, würden Sie jetzt ganz schön in der Scheiße sitzen, Jessie. Denn unter gewissen speziellen Umständen kann es als Mord ersten Grades gelten, aus dem Schrank zu springen und Buh zu rufen. Die Tatsache, daß Sie fast zwei Tage in Handschellen verbringen und sich fast selbst häuten mußten, um frei zu kommen, spricht gegen einen Komplizen, aber andersherum machen die Handschellen die Theorie des Komplizen für einen ... nun, sagen wir, einen bestimmten Typ von Polizist erst recht plausibel.«
Ich sah ihn fasziniert an. Ich kam mir vor wie eine Frau, die gerade erkennen mußte, daß sie am Rand eines Abgrunds einen Square Dance getanzt hat. Bis dahin, als ich die Gesichtszüge von Brandon im Schatten außerhalb des Lichtkreises meiner Nachttischlampe betrachtete, war mir der Gedanke, die Polizisten könnten annehmen, ich hätte Gerald ermordet, nur ein paarmal als eine Art grimmiger Scherz durch den Kopf gegangen. Gott sei Dank habe ich nie mit den Polizisten darüber gescherzt, Ruth!
Brandon sagte: »Verstehen Sie jetzt, warum es klüger sein könnte, diese Theorie eines Eindringlings im Haus für sich zu behalten?«
»Ja«, sagte ich. »Schlafende Hunde soll man nicht wecken, richtig?«
Kaum hatte ich das gesagt, sah ich die verfluchte Töle im Geiste, wie sie Gerald am Oberarm durchs Zimmer zerrte – ich konnte sogar den Hautlappen sehen, der sich gelöst hatte und auf der Schnauze des Hundes lag. Sie haben das arme, unglückselige Tier übrigens ein paar Tage später aufgespürt – es hatte sich unter dem Bootshaus der Laglans einen Bau eingerichtet, etwa eine halbe Meile am Ufer entlang entfernt. Er hatte ein ziemlich großes Stück von Gerald dorthin geschleppt, demnach muß er noch mindestens einmal dort gewesen sein, nachdem ich ihn mit Scheinwerfern und Hupe weggejagt hatte. Sie haben ihn erschossen. Er trug eine Bronzemarke – keine reguläre Hundemarke, so daß der Tierschutz den Besitzer ausfindig

machen und ihm die Hölle heiß machen konnte, jammerschade –, auf der der Name Prinz stand. Prinz, kannst Du Dir das vorstellen? Als Constable Harris gekommen ist und mir gesagt hat, daß sie ihn erschossen haben, war ich froh. Ich habe ihm keine Vorwürfe für das gemacht, was er getan hat – er war in keiner besseren Verfassung als ich, Ruth –, aber ich war damals froh und bin es heute noch.

Aber das alles gehört nicht zum Thema – ich wollte Dir von der Unterhaltung mit Brandon erzählen, nachdem ich ihm eröffnet hatte, es wäre ein Fremder im Haus gewesen. Er stimmte mit größtem Nachdruck zu, daß es besser wäre, schlafende Hunde ruhen zu lassen. Ich dachte mir, daß ich damit leben konnte – es war eine große Erleichterung, daß ich es auch nur einem Menschen erzählt hatte –, aber ich war noch nicht bereit, das Thema schon fallen zu lassen.

»Überzeugt hat mich das Telefon«, sagte ich ihm. »Als ich aus den Handschellen raus war und es ausprobiert hatte, war es so tot wie Abe Lincoln. Kaum hatte ich das festgestellt, war ich überzeugt, daß ein Mann dagewesen *war,* und der hatte irgendwann die Telefonleitung von der Straße aus durchgeschnitten. Darum bin ich zur Tür raus und in den Mercedes gestiegen. Sie wissen nicht, was Angst ist, Brandon, wenn Sie nicht einmal plötzlich erkannt haben, daß Sie mitten im Wald allein mit einem ungebetenen Hausgast sind.«

Er lächelte, aber dieses Mal war es kein so einnehmendes Lächeln, fürchte ich. Es war das Lächeln, das Männer stets zur Schau stellen, wenn sie denken, wie albern Frauen doch sind und es eigentlich gesetzlich verboten werden müßte, sie ohne Aufpasser hinaus zu lassen. »Sie sind zur Schlußfolgerung gekommen, daß die Leitung durchgeschnitten worden sein mußte, nachdem Sie ein einziges Telefon ausprobiert hatten – nämlich das im Schlafzimmer –, welches tot war. Richtig?«

So war es nicht genau gewesen und das dachte ich auch nicht genau, aber ich nickte – teils, weil es einfacher schien, teils auch, weil es herzlich wenig nützt, mit einem Mann zu reden, wenn er diesen Gesichtsausdruck hat. Diesen Ausdruck, der sagt: ›Frauen! Man kann nicht mit ihnen leben, aber erschießen kann man sie auch nicht!‹ Wenn Du Dich nicht vollkommen verändert hast, Ruth, weißt Du bestimmt, wovon ich spreche, und Du wirst sicher auch verstehen, daß ich in dem Augenblick nur von ganzem Herzen wollte, daß die Unterhaltung zu Ende sein würde.

»Es war herausgezogen, das ist alles«, sagte Brandon. Da hörte er sich schon wie Mister Rogers an, der erklärt, daß es manchmal *wirklich* den Anschein hat, als wäre ein Monster unter dem Bett, obwohl in Wahrheit natürlich keins da ist. »Gerald hat den Stecker aus der Wand gezogen. Wahrscheinlich wollte er nicht, daß sein freier Nachmittag – ganz zu schweigen von seiner Fessel-Fantasie – durch Anrufe aus dem Büro gestört wurde. Den Stecker des Apparats in der Diele hatte er auch rausgezogen, aber das im Wohnzimmer steckte noch und funktionierte bestens. Das weiß ich alles aus dem Polizeibericht.«

Da dämmerte es mir, Ruth, mir ging plötzlich auf, daß alle – alle Männer, die ermittelten, was sich draußen am See abgespielt hatte – sich gewisse Vorstellungen davon gemacht hatten, wie ich die Situation gehandhabt und warum ich so und nicht anders gehandelt hatte. Die meisten mutmaßten zu meinen Gunsten, was die Sache vereinfachte, aber es war dennoch etwas Nervtötendes und ein wenig Beängstigendes an der Erkenntnis, daß sie ihre meisten Schlußfolgerungen nicht nach dem zogen, was ich gesagt habe, oder nach den vorhandenen Beweisen, sondern aufgrund der Tatsache, daß ich eine Frau bin und Frauen stets auf eine gewisse vorhersehbare Weise reagieren.

Wenn man es so betrachtet, besteht kein Unterschied zwischen Brandon Milheron in seinem maßgeschneiderten dreiteiligen Anzug und Constable Harrington in den sitzverstärkten Blue jeans und seinen roten Feuerwehrhosenträgern. Männer denken alle dasselbe über uns, was sie immer über uns gedacht haben, Ruth – ich bin ganz sicher. Viele haben gelernt, im richtigen Moment das Richtige zu sagen, aber wie meine Mutter zu sagen pflegte: »Selbst ein Kannibale kann lernen, das apostolische Glaubensbekenntnis aufzusagen.«

Und weißt Du was? Brandon Milheron *bewundert* mich, er bewundert, wie ich mich nach Geralds Tod aus der Affäre gezogen habe. Ja, so ist es. Ich habe es ihm ein paarmal im Gesicht angesehen, und wenn er heute abend vorbeikommt, was er für gewöhnlich macht, werde ich es ganz bestimmt wieder sehen. Brandon denkt, ich habe verdammt gute Arbeit geleistet, verdammt *tapfere* Arbeit . . . für eine Frau. Ich glaube, als wir unsere erste Unterhaltung über meinen hypothetischen Besucher hatten, war er irgendwie zur Überzeugung gelangt, daß er sich in einer ähnlichen Situation genauso verhalten hätte . . . das heißt, wenn er zu allem auch noch hohes Fieber gehabt hätte. Ich glaube, die meisten Männer sind der Meinung, daß Frauen einfach so denken: wie Anwälte mit Malaria. Damit ließe sich sicher vieles an ihrem Verhalten erklären, oder nicht?

Ich spreche hier von Herablassung – Männer gegen Frauen –, aber ich spreche auch von etwas viel Größerem und viel Furchteinflößenderem. Er hat nichts verstanden, und das hat nichts mit dem Unterschied zwischen den Geschlechtern zu tun; das ist der Fluch des Menschseins und der sicherste Beweis dafür, daß wir alle im Grunde genommen allein sind. In diesem Haus sind schreckliche Dinge geschehen, Ruth, *wie* schrecklich habe ich erst später erfahren, *und er hat das nicht verstanden.* Ich habe

ihm alles gesagt, damit die Angst mich nicht von innen her auffrißt, und er hat genickt und gelächelt und Anteilnahme gezeigt, und ich glaube, letztendlich hat er mir damit geholfen, aber er war einer der Besten von ihnen und ist der Wahrheit nicht einmal auf Rufweite nahegekommen ... wie die Angst immer weiter wuchs und zu einem riesigen schwarzen Spukhaus in meinem Kopf geworden ist. Es ist immer noch da, die Tür steht offen und lädt mich ein, jederzeit mal reinzuschauen, und ich *will* nie reinschauen, aber manchmal gehe ich trotzdem hin, und jedesmal, wenn ich eintrete, fällt die Tür hinter mir ins Schloß und verriegelt sich von selbst.
Nun, lassen wir das. Ich nehme an, es hätte mich erleichtern sollen, daß meine Intuition hinsichtlich der Telefonleitungen getrogen hat, aber so war es nicht. Aber ein Teil von mir glaubte – und glaubt noch –, daß das Telefon im Schlafzimmer nicht funktioniert hätte, selbst *wenn* ich unter den Stuhl gekrochen wäre und es wieder eingesteckt hätte, daß das im Wohnzimmer vielleicht später wieder funktioniert hätte, aber auf keinen Fall damals, daß ich nur die Wahl hatte, den Mercedes zu nehmen und Fersengeld zu geben oder unter den Händen dieser Kreatur zu sterben.
Brandon beugte sich nach vorne, bis ihm das Licht der Nachttischlampe voll ins Gesicht schien, und sagte: »Es war kein Mann im Haus, Jessie, und es wäre das Beste, wenn Sie völlig von diesem Gedanken abkommen.«
Da hätte ich ihm fast von meinen verschwundenen Ringen erzählt, aber ich war müde und hatte Schmerzen, und daher ließ ich es sein. Nachdem er gegangen war, lag ich noch lange wach – in der Nacht konnte mich nicht einmal die Schmerztablette in Schlaf versetzen. Ich dachte an die Hautverpflanzung, die am nächsten Tag bevorstand, aber wahrscheinlich nicht so sehr, wie Du glauben magst. Am meisten dachte ich über meine Ringe und den Fußabdruck nach, den außer mir niemand gesehen zu haben schien, und ob er – *es* – möglicherweise zurückgekommen war und die Spuren beseitigt hatte. Kurz bevor ich dann doch eindöste, kam ich zum Ergebnis, daß es nie einen Ohrring oder Fußabdruck gegeben hatte. Daß ein Polizist meine Ringe neben dem Bücherschrank auf dem Arbeitszimmerboden gesehen und einfach eingesteckt hatte. *Wahrscheinlich liegen sie in diesem Augenblick im Schaufenster eines An- und Verkaufs in Lewiston,* dachte ich. Vielleicht hätte mich dieser Gedanke wütend machen sollen, aber keineswegs. Er vermittelte mir dasselbe Gefühl wie an dem Morgen, als ich am Steuer des Mercedes aufgewacht bin – ein unglaubliches Gefühl von Frieden und Wohlbefinden. Kein Fremder; kein Fremder; nirgendwo ein Fremder. Nur ein Polizist mit langen Fingern, der kurz über die Schulter gesehen hat, ob die Luft rein ist, und dann ruckzuck in die Tasche damit. Was die Ringe selbst betrifft, war mir damals wie heute einerlei, was aus ihnen geworden ist. In den letzten Monaten bin ich immer mehr zur Überzeugung

gelangt, daß einem ein Mann nur deshalb einen Ring an den Finger steckt, weil es ihm gesetzlich verboten wurde, uns einen durch die Nase zu ziehen. Aber lassen wir das; der Vormittag ist zum Nachmittag geworden, der Nachmittag neigt sich zusehends dem Ende entgegen, und dies ist nicht die Zeit, Frauenprobleme zu erörtern. Es wird Zeit, über Raymond Andrew Joubert zu sprechen.

Jessie lehnte sich auf dem Stuhl zurück und bekam nur am Rande mit, daß ihre Zungenspitze von der Tabaküberdosis brannte, ihr Kopf schmerzte und ihre Nieren nach der Marathonsitzung vor dem Mac protestierten. *Nachdrücklich* protestierten. Das Haus war totenstill – eine Stille, die nur bedeuten konnte, daß die zähe kleine Megan Landis zum Supermarkt und in die Wäscherei gegangen war. Jessie war verblüfft, daß Meggie gegangen war, ohne einen letzten Versuch zu unternehmen, sie vom Bildschirm wegzulocken. Dann überlegte sie sich, die Haushälterin mußte gewußt haben, daß es vergebliche Liebesmüh sein würde. *Am besten läßt man sie es loswerden, was es auch ist,* hatte Meggie bestimmt gedacht. Und schließlich war es nur ein Job für sie. Dieser letzte Gedanke versetzte Jessie einen kleinen Stich ins Herz.

Oben quietschte eine Diele. Jessies Zigarette verweilte einen Zentimeter von den Lippen entfernt. *Er ist wieder da!* kreischte Goody. *O Jessie, er ist wieder da!*

Aber er war nicht da. Ihr Blick fiel auf das schmale Gesicht, das sie vom Stapel der Zeitungsausschnitte ansah, und sie dachte: *Ich weiß genau, wo du bist, du Hurenbock. Oder nicht?*

Sie wußte es, aber ein Teil ihres Verstands beharrte trotzdem darauf, daß er es war – nein, nicht er, *es,* der Space Cowboy, das Gespenst der Liebe, für ein Rückspiel zurückgekommen. Es hatte nur darauf gewartet, bis das Haus verlassen war, und wenn sie das Telefon auf dem Schreibtisch abnahm, würde sie feststellen, daß es mausetot war, wie alle Telefone im Haus am See in der fraglichen Nacht tot gewesen waren.

Dein Freund Brandon kann lächeln soviel er will, aber wir kennen die Wahrheit, Jessie, oder nicht?

Plötzlich streckte sie die unversehrte Hand aus, riß den Telefonhörer von der Gabel und hielt ihn ans Ohr. Hörte das beruhigende Summen des Freizeichens. Legte ihn wieder hin. Ein seltsames, freudloses Lächeln umspielte ihre Mundwinkel.

Ja, ich weiß genau, wo du bist, du Wichser. Was immer Goody und die anderen Stimmen denken mögen, Punkin und ich wissen, daß du einen orangefarbenen Overall anhast und in einer Zelle im County-Gefängnis sitzt – der am äußersten Ende des alten Flügels, hat Brandon gesagt, damit die anderen Insassen dich nicht kriegen und aufmischen, bevor dich der Staat vor unvoreingenommene Geschworene zerrt – wenn ein Ding wie du überhaupt unvoreingenommene Geschworene haben kann. Wir sind vielleicht nicht ganz frei von dir, aber wir werden es sein. Das verspreche ich dir.

Ihr Blick fiel wieder auf den Bildschirm, und obwohl die vage Müdigkeit nach der Tablette und dem Sandwich längst dahin war, verspürte sie die Erschöpfung bis auf die Knochen und konnte nicht glauben, daß sie zu Ende bringen würde, was sie angefangen hatte.

Es wird Zeit, über Raymond Andrew Joubert zu sprechen, hatte sie geschrieben, aber stimmte das? Konnte sie es? Sie war so *müde.* Logischerweise; sie hatte fast den ganzen Tag den verdammten Cursor über den Bildschirm gejagt. Hatte es auf die Spitze getrieben, wie man so sagte, und wenn man etwas lange genug auf die Spitze trieb, rächte sich das. Vielleicht wäre es das Beste, einfach raufzugehen und ein Nickerchen zu halten. Lieber spät als nie, und diese ganze Scheiße. Sie konnte das Geschriebene abspeichern, es morgen früh wieder abrufen, sich dann wieder an die Arbeit machen ...

Punkins Stimme unterbrach ihren Gedankengang. Diese Stimme meldete sich jetzt nur noch selten zu Wort, darum hörte Jessie jedesmal genau zu.

Wenn du jetzt aufhörst, Jessie, brauchst du den Brief gar nicht erst abzuspeichern. Lösch ihn einfach. Wir wissen beide, daß du nie wieder den Mut aufbringst, dich mit Joubert auseinanderzusetzen – nicht, wie man sich mit etwas auseinandersetzen muß, worüber man schreibt. Manchmal erfordert es Mumm, über etwas zu schreiben, richtig? Das Ding aus dem Hinterzimmer deines Verstands herauszuführen und dort auf dem Bildschirm erscheinen zu lassen.

»Ja«, murmelte sie. »Tonnenweise Mumm. Vielleicht sogar noch mehr.«

Sie zog an der Zigarette, dann drückte sie sie halb geraucht aus. Sie blätterte die Ausschnitte ein letztes Mal durch, dann sah sie zum Fenster hinaus auf die Eastern Prom. Es hatte schon längst aufgehört zu schneien, und die Sonne schien hell, aber bestimmt nicht mehr lange; Februartage in Maine sind undankbare, fiese Geschöpfe.

»Was meinst du, Punkin?« fragte Jessie das leere Zimmer. Sie sagte es in der hochmütigen Elizabeth-Taylor-Stimme, die sie als Kind so gern gehabt und die ihre Mutter immer völlig auf die Palme gebracht hatte. »Sollen wir weitermachen, Teuahste?«

Sie bekam keine Antwort, aber Jessie brauchte auch keine. Sie beugte sich auf dem Stuhl nach vorne und setzte den Cursor wieder in Bewegung. Sie hörte lange Zeit nicht mehr auf, nicht einmal, um sich eine Zigarette anzuzünden.

37

Es wird Zeit, über Raymond Andrew Joubert zu sprechen. Das wird nicht leicht sein, aber ich werde mein Bestes tun. Also schenk Dir noch eine Tasse Kaffee ein, Liebste, und wenn Du eine Flasche Brandy zur Hand hast, solltest Du Dir vielleicht einen Schluck einschenken. Jetzt kommt Teil drei.

Ich habe alle Zeitungsausschnitte neben mir auf dem Schreibtisch, und wenn ich den Mut aufbringe, diesen Brief tatsächlich abzuschicken (ich glaube allmählich, daß ich es schaffe), werde ich Fotokopien davon beilegen. Aber die Artikel und Meldungen schreiben nicht alles, was ich weiß, geschweige denn, was es zu wissen *gibt* – ich bezweifle, ob jemand alles weiß, was Joubert auf dem Gewissen hat (einschließlich Joubert selbst, könnte ich mir denken, und das ist wahrscheinlich ein Segen). Was die Zeitungen nur andeuten, und was sie überhaupt nicht bringen konnten, ist der Stoff, aus dem die Alpträume sind, und ich *möchte* gar nicht alles wissen. Das Meiste, das nicht in den Zeitungen steht, habe ich letzte Woche durch einen seltsam stillen, seltsam betroffenen Brandon Milheron erfahren. Ich bat ihn vorbeizukommen, als die Verbindung zwischen Jouberts Geschichte und meiner eigenen so offensichtlich geworden war, daß man sie nicht mehr ignorieren konnte.

»Sie denken, das war der Mann, oder nicht?« fragte er. »Der bei Ihnen im Haus gewesen ist?«

»Brandon«, sagte ich, »ich *weiß,* daß es der Mann ist.«

Er seufzte, betrachtete eine Zeitlang seine Hände und sah wieder zu mir auf – wir waren in eben diesem Zimmer, es war neun Uhr morgens, und dieses Mal verbargen keine Schatten sein Gesicht. »Ich muß mich bei Ihnen entschuldigen«, sagte er. »Ich habe Ihnen damals nicht geglaubt . . .«

»Ich weiß«, sagte ich, so freundlich ich konnte.

». . . aber jetzt glaube ich es. Großer Gott. Wieviel wollen Sie wissen, Jess?«

Ich holte tief Luft und sagte: »Alles, was Sie herausfinden können.«

Er wollte wissen warum. »Ich meine, wenn Sie sagen, daß es mich nichts angeht und ich mich um meinen Kram kümmern soll, muß ich das akzeptieren, aber Sie verlangen von mir, daß ich einen Fall neu aufrolle, den die Kanzlei als abgeschlossen betrachtet. Wenn jemand, der weiß, daß ich letzten Herbst auf Sie aufgepaßt habe, nun Wind davon bekommt, daß ich diesen Winter hinter Joubert herschnüffle, wäre es nicht undenkbar, daß . . .«

»Daß Sie Schwierigkeiten bekommen«, sagte ich.

»Ja«, sagte er, »aber deswegen mache ich mir keine großen Sorgen, und ich kann schon auf mich selbst aufpassen ... jedenfalls glaube ich es. Ich mache mir viel mehr Sorgen um Sie, Jess. Sie könnten wieder in die Schlagzeilen geraten, nachdem wir uns so sehr bemüht haben, Sie so schnell und schmerzlos wie möglich da rauszubekommen. Aber nicht einmal das ist das größte Problem – nicht im entferntesten. Dies ist der unrühmlichste Kriminalfall im nördlichen Neu-England seit dem Zweiten Weltkrieg. Ich meine, manches ist so gräßlich, daß es schon radioaktiv ist, und Sie sollten sich nicht grundlos in die Fallout-Zone begeben.« Er lachte etwas nervös. »Verdammt, *ich* sollte mich nicht ohne verdammt guten Grund dorthin begeben.«

Ich stand auf, ging zu ihm und nahm eine seiner Hände mit der linken. »Ich könnte Ihnen in einer Million Jahren nicht erklären, warum ich es wissen muß«, sagte ich, »aber ich glaube, ich kann Ihnen sagen, *was ich wissen muß* – wird das für den Anfang genügen?«

Er faltete die Hand behutsam über meiner und nickte.

»Es sind drei Dinge«, sagte ich. »Erstens muß ich wissen, daß es ihn wirklich gibt. Zweitens muß ich wissen, daß seine Untaten Wirklichkeit sind. Drittens muß ich wissen, daß ich nie wieder aufwache und er in meinem Schlafzimmer steht.«

Das brachte alles zurück, Ruth, und ich fing an zu weinen. Diese Tränen hatten nichts Gekünsteltes oder Berechnendes an sich; sie kamen einfach. Ich hätte es um nichts auf der Welt verhindern können.

»Bitte helfen Sie mir, Brandon«, sagte ich. »Jedesmal, wenn ich das Licht ausschalte, steht er mir im Dunkeln gegenüber, und ich habe Angst, wenn ich nicht einen Scheinwerfer auf ihn richten kann, wird das ewig so weitergehen. Ich kann sonst niemanden fragen und muß es doch wissen. Bitte helfen Sie mir.«

Er ließ meine Hand los, holte irgendwo aus dem Inneren dieses schreiend ordentlichen Anwaltsanzugs ein Taschentuch und wischte mir damit das Gesicht ab. Das machte er so behutsam wie meine Mom, wenn ich in die Küche kam und mir die Augen wundheulte, weil ich mir die Knie aufgeschürft hatte – das war natürlich zu der Zeit, bevor ich zur Nervensäge der Familie wurde, wie Du wissen solltest.

»Na gut«, sagte er schließlich. »ich werde herausfinden, was ich kann, und Ihnen alles erzählen ... außer natürlich, wenn Sie mich nicht bitten sollten, damit aufzuhören. Aber ich habe das Gefühl, Sie sollten sich besser anschnallen.«

Er hat eine Menge herausgefunden, und das werde ich Dir gleich weitergeben, Ruth, aber vorher eine ernste Warnung: er hat recht gehabt mit dem Anschnallen. Wenn Du die nächsten Seiten überspringen willst, habe ich vollstes Verständnis dafür. Ich wünschte, ich müßte sie gar nicht erst schreiben, aber ich habe das Gefühl, daß das auch zur Therapie gehört. Zum abschließenden Teil, hoffe ich.

Dieses Kapitel der Geschichte – das man wohl mit ›Brandons Erzählung‹ überschreiben könnte – fängt 1984 oder 1985 an. Da kamen im Lake District im Westen von Maine erstmals Fälle von Grabschändungen vor. Ähnliche Fälle wurden aus einem halben Dutzend weiterer Orte bis über die Landesgrenze nach New Hampshire gemeldet. Umgekippte Grabsteine, aufgesprühte Graffiti und gestohlene Wimpel sind im Hinterland eigentlich an der Tagesordnung, und selbstverständlich muß man am 1. November immer ein paar zermatschte Kürbisse aus dem lokalen Friedhof räumen, aber diese Verbrechen waren mehr als grober Unfug oder Diebstahl. Entweihung war das Wort, das Brandon gebrauchte, als er mir Ende letzter Woche den ersten Bericht brachte, und dieses Wort stand 1988 auf den meisten polizeilichen Meldeformularen.

Die Verbrechen selbst kamen den Leuten, die sie entdeckten, und den ermittelnden Beamten abnormal vor, aber der *modus operandi* war durchaus vernünftig; gründlich organisiert und ausgeführt. Jemand – möglicherweise zwei oder drei Jemande, aber wahrscheinlich ein einzelner – brach in Grüfte und Mausoleen von Kleinstadtfriedhöfen ein, was er so geschickt und geübt machte wie ein langjähriger Einbrecher. Er kam offensichtlich mit Bohrern, Bolzenschneidern, Sägen und möglicherweise einer Winde zum Tatort – Brandon sagt, daß heutzutage viele Geländewagen damit ausgerüstet sind.

Die Einbrüche betrafen immer Grüfte und Mausoleen, niemals einzelne Gräber, und fast alle erfolgten im Winter, wenn der Boden zu hart zum Graben ist und die Leichen verstaut werden müssen, bis es taut. Wenn sich der Eindringling Zugang verschafft hatte, machte er mit Bohrer und Bolzenschneider die Särge auf. Er nahm den Leichen systematisch jeglichen Schmuck ab, mit dem sie begraben worden waren; er brach Goldzähne und Zähne mit Goldfüllungen mit einer Zange heraus.

Solche Taten sind verabscheuungswürdig, aber zumindest verständlich. Aber der Typ hielt sich nicht nur mit Diebstahl auf. Er pulte Augen heraus, riß Ohren ab, schnitt Toten die Kehlen durch. Im Februar 1989 wurden zwei Leichen auf dem Friedhof Chilton Remembrance ohne Nasen gefunden – er hatte sie offenbar mit Hammer und Meisel abgeschlagen. Der Beamte, der sie gefunden hatte, sagte Brandon: »Muß leicht gewesen sein – es war gefroren da drin, und sie sind wahrscheinlich wie Eiszapfen abgebrochen. Die Frage ist nur, was macht jemand mit zwei tiefgefrorenen Nasen, wenn er sie hat? An den Schlüsselanhänger binden? Vielleicht mit Frischkäse besprühen und in der Mikrowelle wärmen? Was?«

Fast alle geschändeten Leichen wurden ohne Hände und Füße gefunden, manchmal auch ohne Arme und Beine, und in einigen Fällen hatte der Mann sogar Köpfe und Geschlechtsorgane mitgenommen. Gerichtsmedizinische Untersuchungen ergaben, daß er eine Axt und ein Schlachtermesser für das Grobe benützt hatte sowie eine Vielzahl von Skalpellen für die Feinarbeit. Und er war nicht einmal schlecht. »Ein begabter Amateur«, sagte einer der Deputies des Chamberlain County zu Brandon. »Ich wollte nicht, daß er mir die Gallenblase operiert, aber ich würde mir ein Muttermal von ihm entfernen lassen . . . das heißt, wenn er voll Halcion oder Prozac wäre.«

In einigen Fällen hat er Leichen und/oder Schädel aufgeschnitten und sie mit Tierexkrementen vollgestopft. Häufiger fanden die Polizisten Fälle von sexueller Schändung. Wenn es darum ging, Goldzähne, Juwelen und Gliedmaßen zu stehlen, behandelte er alle gleich, aber wenn er Sexualorgane mitnahm – oder Geschlechtsverkehr mit den Toten hatte –, hielt er sich ausschließlich an die Herren der Schöpfung.

Das könnte mein Glück gewesen sein.

Ich habe in dem Monat nach meiner Flucht aus dem Sommerhaus eine Menge darüber gelernt, wie ländliche Polizeireviere arbeiten, aber verglichen mit dem, was ich während der letzten Woche herausgefunden habe, ist das gar nichts. Am überraschendsten ist, wie taktvoll und diskret Kleinstadtpolizisten sein können. Ich glaube, wenn man jeden in seinem Revier beim Vornamen kennt und mit vielen verwandt ist, wird Diskretion fast so natürlich wie das Atmen.

Wie sie meinen Fall behandelt haben, ist ein Beispiel für diese seltsame, gebildete Diskretion; wie sie den Fall Joubert behandelt haben, ein anderes. Vergiß nicht, die Ermittlungen dauerten sieben Jahre, und bis zum Ende waren eine Menge Leute darin verwickelt – zwei Departments der State Police, vier Sheriffs des County, einunddreißig Deputies und weiß Gott wie viele örtliche Bullen und Constables. Er rangierte an erster Stelle ihrer ungeklärten Fälle, und 1989 hatten sie ihm sogar einen Namen gegeben – Rudolph, wie Valentino. Sie unterhielten sich über Rudolph, wenn sie wegen anderer Fälle vor Gericht aussagen mußten, sie verglichen Unterlagen über Rudolph bei Polizeiseminaren in Augusta und Derry und Waterville, er war das Gesprächsthema ihrer Kaffeepausen. »Und wir haben uns zu Hause darüber unterhalten«, sagte einer der Polizisten zu Brandon – derselbe, der ihm von den Nasen erzählt hatte. »Darauf können Sie Gift nehmen. Typen wie wir unterhalten sich immer daheim über Typen wie Rudolph. Man läßt sich die letzten Neuigkeiten beim Grillen im Garten schildern, schwatzt vielleicht mit einem Kumpel aus einer anderen Abteilung darüber, während man den Kindern beim Baseballspiel der Little

League zusieht. Weil man nie weiß, wann man etwas in einem neuen Licht sieht und das große Los zieht.«

Aber jetzt kommt der erstaunliche Teil (und Du bist mir wahrscheinlich weit voraus ... das heißt, wenn Du nicht gerade im Bad bist und deine Kekse kübelst): die Polizisten wußten all die Jahre, daß sie es mit einem echten Monster zu tun hatten – sogar einem Guhl –, der sich im westlichen Teil des Bundesstaats herumtrieb, *und die Geschichte kam erst in die Presse, als Joubert gefaßt wurde!* Ich finde das in gewisser Weise unheimlich und ein bißchen beängstigend, aber im größeren Maßstab finde ich es herrlich. Ich schätze, in vielen Großstädten steht es nicht besonders gut um den Kampf gegen das Verbrechen, aber hier draußen, in East Overshoe, scheint alles noch prima zu klappen.

Man könnte natürlich sagen, daß einiges besser werden müßte, wenn es sieben Jahre dauert, einen Irren wie Joubert zu fassen, aber das hat mir Brandon eilfertig erklärt. Er hat mir erklärt, daß der Leichenfledderer (diesen Ausdruck hat er tatsächlich benützt) sein Unwesen ausschließlich in winzigen Nestern trieb, wo Etatknappheit die Polizei dazu zwang, sich nur mit den schwerwiegendsten Fällen zu befassen ... was bedeutet, mit Verbrechen an den Lebenden statt an den Toten. Die Polizisten sagen, daß mindestens zwei Banden Autodiebe und vier Geldwäschereien in der Westhälfte des Staates operieren, und das sind nur die, von denen wir wissen. Dann kommen die Mörder, Männer, die ihre Frauen schlagen, Diebe und Verkehrssünder, und natürlich Betrunkene. Und vor allem das gute alte Haschuhaschischindentaschen. Es wird gekauft, es wird verkauft, es wird angebaut, und Menschen bringen sich dafür um oder verletzen sich. Laut Brandon benützt der Polizeichef in Norway das Wort Kokain nicht einmal mehr – er nennt es Pulverscheiße, und in seinen Berichten nennt er es Pulvers ... e. Ich habe verstanden, was er sagen wollte. Wenn man Polizist in einer Kleinstadt ist und versucht, der ganzen Bande mit einem vier Jahre alten Plymouth-Streifenwagen Herr zu werden, der jedesmal auseinanderzufallen droht, wenn man ihn über siebzig Meilen peitscht, setzt man sich ziemlich schnell Prioritäten, und ein Typ, der gern mit Toten herummacht, steht bestimmt nicht ganz oben auf der Liste.

Ich hörte mir alles aufmerksam an und stimmte zu, aber nicht in allem. »Manches scheint wahr zu sein, aber manches klingt ein bißchen nach einer Ausrede«, sagte ich. »Ich meine, was Joubert gemacht hat ... nun, es ging ein bißchen weiter als nur ›mit Toten herummachen‹, oder nicht? Oder irre ich mich?«

»Sie irren sich überhaupt nicht«, sagte er.

Keiner von uns wollte frei heraus sagen, daß diese unglückliche verirrte Seele sieben Jahre von Stadt zu Stadt gezogen war und sich von Toten hatte

einen blasen lassen, und das zu unterbinden schien mir ein bißchen wichtiger zu sein, als hinter Teenagern her zu sein, die im örtlichen Drugstore Kosmetika mitgehen lassen oder herauszufinden, wer im Wäldchen hinter der Baptistenkirche Törngras anbaut.
Wichtig ist aber, daß ihn keiner vergessen hat und alle fleißig ihre Unterlagen verglichen. Ein Fledderer wie Rudolph macht Polizisten aus den unterschiedlichsten Gründen nervös, aber der wichtigste wird sein, daß jemand, der verrückt genug ist, so etwas mit Toten zu machen, auch verrückt genug sein könnte, es einmal mit Lebenden zu versuchen ... nicht, daß man noch lange zu leben gehabt hätte, wenn Rudolph beschloß, einem mit seiner rostigen Axt den Schädel zu spalten. Außerdem machten den Polizisten die fehlenden Gliedmaßen Sorgen – was geschah mit denen? Brandon sagte, im Sheriffsbüro von Oxford County ging vorübergehend ein anonymes Rundschreiben herum, auf dem stand: »Vielleicht ist Rudolph der Liebhaber in Wirklichkeit Hannibal der Kannibale.« Es wurde vernichtet – nicht weil man es für einen schlechten Witz hielt – keineswegs –, sondern weil der Sheriff befürchtete, es könnte in die Presse gelangen.
Wann immer die lokalen Gesetzeshüter es sich leisten konnten, Männer und Zeit zu opfern, behielten sie den einen oder anderen Friedhof im Auge. Es gibt eine ganze Menge im westlichen Maine, und ich glaube, als der Fall schließlich aufgeklärt wurde, war er für viele schon zu einer Art Hobby geworden. Die Theorie lautete, wenn es nur lange genug sucht, findet auch ein blindes Huhn einmal ein Korn. Und das ist im Grunde genommen dann auch passiert.
Anfang letzter Woche – vor etwa zehn Tagen – parkten Castle County Sheriff Norris Ridgewick und einer seiner Deputies in einer verlassenen Scheune beim Friedhof Homeland. Die steht an einem Feldweg, der am hinteren Tor vorbeiführt. Es war zwei Uhr morgens, und sie wollten gerade zusammenpacken, als Deputy John LaPointe einen Motor hörte. Sie sahen den Lieferwagen erst, als er tatsächlich zum Tor fuhr, weil es schneite und der Typ keine Scheinwerfer an hatte. Deputy LaPointe wollte den Mann schnappen, sobald er sah, daß dieser ausstieg und sich mit einer Zange am schmiedeeisernen Friedhofstor zu schaffen machte, aber der Sheriff hielt ihn zurück. »Ridgewick ist ein komischer Kauz«, sagte Brandon, »aber er weiß, was eine gute Festnahme wert ist. Er verliert in der Hitze des Gefechts nie den Gerichtssaal aus den Augen. Das hat er von Alan Pangborn gelernt, seinem Amtsvorgänger, was bedeutet, er hat vom Besten gelernt.«
Zehn Minuten nachdem der Lieferwagen zum Tor hineingefahren war, folgten Ridgewick und LaPointe ebenfalls mit ausgeschalteten Scheinwerfern und krochen mit dem Wagen förmlich durch den Schnee. Sie folgten den Spuren des Lieferwagens, bis sie ziemlich sicher waren, wohin der Typ

wollte – zur städtischen Gruft an der Seite des Hügels. Beide dachten an Rudolph, aber keiner sprach es laut aus. LaPointe sagte, das wäre gewesen, als hätte man das Unglück geradezu heraufbeschworen.

Ridgewick bat seinen Deputy, den Streifenwagen gerade hinter der Kurve vor der Gruft anzuhalten – er sagte, er wollte den Typen wirklich auf frischer Tat ertappen. Wie sich herausstellte, hätte die Tat gar nicht frischer sein können. Als Ridgewick und LaPointe schließlich mit gezückten Schußwaffen und eingeschalteten Taschenlampen eindrangen, fanden sie Raymond Andrew Joubert halb in einem geöffneten Sarg. Er hatte die Axt in einer und den Schwanz in der anderen Hand, und LaPointe sagte, es hätte ausgesehen, als wollte er gerade mit beiden zur Tat schreiten.

Ich könnte mir denken, daß Joubert ihnen beiden eine Scheißangst eingejagt hat, als sie ihn zum erstenmal im Licht der Taschenlampe sahen, und das überascht mich nicht im geringsten – und ich kann mit Fug und Recht behaupten, daß ich besser als die meisten weiß, wie es gewesen sein muß, um zwei Uhr morgens auf einem Landfriedhof so einer Kreatur zu begegnen. Abgesehen von allem anderen, litt Joubert an Akromegalie, einer fortschreitenden Vergrößerung von Händen, Füßen und Gesicht, die einsetzt, wenn die Hypophyse auf Höchstantrieb schaltet. Darum war seine Stirn auch so wulstig und die Lippen so aufgequollen. Außerdem hat er abnormal lange Arme; sie baumeln ihm bis zu den Knien hinunter.

Etwa ein Jahr zuvor hat ein Großbrand Castle Rock verwüstet – fast der größte Teil der Innenstadt ist niedergebrannt –, daher buchtet der Sheriff Schwerverbrecher in Chamberlain oder Norway ein, aber weder Sheriff Ridgewick noch Deputy LaPointe wollten die Fahrt um drei Uhr morgens auf verschneiter Fahrbahn auf sich nehmen, daher brachten sie ihn zu der renovierten Scheune, die ihnen neuerdings als Polizeirevier dient.

»Sie haben *behauptet*, wegen dem Schnee und der vorgerückten Stunde«, sagte Brandon, »aber ich habe so eine Ahnung, als wäre das nicht alles gewesen. Ich glaube nicht, daß Sheriff Ridgewick den *piñata* einem anderen übergeben wollte, bevor er ihn selbst gründlich in Augenschein genommen hatte. Wie dem auch sei, Joubert machte keinen Ärger – er saß hinten im Streifenwagen, war anscheinend so glücklich wie eine Miesmuschel bei Hochwasser und sah aus wie etwas, das einer Episode von *Tales from the Crypt* entsprungen war, und er sang – beide haben geschworen, daß das stimmt – ›Happy Together‹, den alten Song von den Turtles.«

»Ridgewick sorgte per Funk dafür, daß sie von einigen Deputies empfangen wurden. Er vergewisserte sich, daß Joubert sicher hinter Schloß und Riegel kam und die Deputies mit Schrotflinten und jeder Menge frischem Kaffee ausgerüstet wurden, dann brachen er und LaPointe wieder auf. Sie fuhren zum Homeland zurück, den Lieferwagen holen. Ridgewick zog

Handschuhe an, setzte sich auf eine der grünen Hefty-Plastiktüten, die die Polizisten gerne ›Beweisbeutel‹ nennen, wenn sie sie für einen Fall brauchen, und fuhr das Fahrzeug in die Stadt zurück. Er fuhr mit offenen Fenstern und sagte, daß es trotzdem gestunken hätte wie in einer Metzgerei nach sechs Tagen Stromausfall.«

Ridgewick konnte zum erstenmal richtig in den Wagen sehen, als er unter den Bogenlampen des städtischen Fuhrparks stand. In den Staufächern an den Seiten lagen mehrere verwesende Gliedmaßen. Außerdem ein Weidenkorb, viel kleiner als der, den ich gesehen habe, und ein Werkzeugkasten voll Einbruchswerkzeug. Als Ridgewick den Korb aufmachte, fand er sechs Penisse, die auf eine Juteschnur aufgefädelt waren. Er sagte, er hätte sofort gewußt, was es war – ein Kollier. Joubert gab später zu, daß er es häufig getragen hatte, wenn er zu seinen Friedhofsexpeditionen aufgebrochen war, und er tat seine Überzeugung kund, daß er nicht erwischt worden wäre, wenn er es auch bei seinem letzten Ausflug getragen hätte. »Es hat mir Glück gebracht«, sagte er, und wenn man bedenkt, wie lange sie gebraucht haben, ihn zu fassen, hatte er damit vielleicht gar nicht so unrecht, Ruth.

Aber das Schlimmste war das Sandwich, das auf dem Beifahrersitz lag. Was da zwischen zwei Scheiben Weißbrot herausragte, war eindeutig eine menschliche Zunge. Sie war mit dem hellgelben Senf bestrichen, den Kinder so gerne mögen.

»Ridgewick kam gerade noch aus dem Auto, bevor er sich übergeben mußte«, sagte Brandon. »Sein Glück – die State Police hätten ihm ein neues Arschloch gerissen, wenn er auf die Beweismittel gekotzt hätte. Andererseits hätte ich dafür plädiert, ihn aus psychologischen Gründen seines Amtes zu entheben, wenn er *nicht* gekotzt hätte.«

Kurz nach Sonnenaufgang schafften sie Joubert nach Chamberlain. Als Ridgewick sich auf dem Vordersitz des Streifenwagens herumgedreht hatte, um Joubert durch das Drahtgitter hindurch seine Rechte vorzulesen (das war das zweite- oder drittemal – Ridgewick gehört offenbar zur gründlichen Sorte), unterbrach ihn Joubert und sagte, er hätte »vielleicht etwaf Flimmef mit Daddy-Mommy gemacht, tut mir fehr leid«. Da hatten sie anhand von Dokumenten in Jouberts Brieftasche schon festgestellt, daß er in Motton lebte, einer Farmerstadt auf der anderen Seite des Flusses von Chamberlain, und sobald Joubert sicher in seinem neuen Quartier eingeschlossen war, informierte Ridgewick Beamte in Chamberlain und Motton, was Joubert ihnen gesagt hatte.

Auf dem Rückweg nach Castle Rock fragte LaPointe Ridgewick, was die Polizisten, die zu Jouberts Haus fuhren, seiner Meinung nach finden würden. Ridgewick sagte: »Ich weiß nicht, aber ich hoffe, sie vergessen ihre Gasmasken nicht.«

Eine Version dessen, was sie gefunden haben, und die Schlußfolgerungen, die sie daraus zogen, wurden in den folgenden Tagen in den Zeitungen abgedruckt und immer mehr in den Vordergrund gerückt, aber die State Police und das Büro des Generalbundesanwalts von Maine hatten schon ein ziemlich gutes Bild davon, was sich in dem Farmhaus in der Kingston Road abgespielt haben mußte, als die Sonne an Jouberts erstem Tag hinter Gittern unterging. Das Paar, das Joubert ›Daddy-Mommy‹ nannte – eigentlich seine Stiefmutter und deren angetrauter Ehemann –, war tatsächlich tot. Sie waren schon seit Monaten tot, obwohl Joubert weiterhin so tat, als wäre das ›Flimme‹ erst vor Tagen oder Stunden passiert. Er hatte beide skalpiert und ›Daddy‹ größtenteils aufgegessen.
Im ganzen Haus waren Leichenteile verstreut, manche trotz des kalten Wetters verwest und voll Maden, andere sorgfältig konserviert und erhalten. Bei den meisten einbalsamierten Teilen handelte es sich um männliche Geschlechtsorgane. Auf einem Regal unter der Kellertreppe fand die Polizei rund fünfzig Einmachgläser mit Lippen, Fingern, Zehen und Hoden. Sah aus, als ob Joubert ein Fachmann fürs Einwecken war. Außerdem war das Haus voll – und ich meine voll – von Diebesgut, größtenteils aus Sommerlagern und Ferienhäusern. Joubert nannte sie ›meine Fachen‹ – Haushaltsgeräte, Werkzeuge, Gartenausrüstung und ausreichend Reizwäsche, daß man eine Victoria's Secret Boutique damit hätte aufmachen können. Er trug sie offenbar gerne.
Die Polizisten versuchen immer noch, die Leichenteile von Jouberts Friedhofsexpeditionen von denen zu trennen, die von seinen anderen Aktivitäten stammen. Sie glauben, daß er in den letzten fünf Jahren ein Dutzend Menschen ermordet haben könnte, allesamt Anhalter, die er in seinem Lieferwagen mitgenommen hatte. Die Zahl könnte höher sein, meint Brandon, aber die Untersuchungen kommen nur langsam voran. Joubert selbst ist keine Hilfe – nicht, weil er nicht redet, sondern weil er zuviel redet. Laut Brandon hat er bereits über dreihundert Verbrechen gestanden, einschließlich der Ermordung von George Bush. Er scheint zu glauben, daß Bush in Wirklichkeit Dana Carvey ist, der Typ, der die Church Lady in *Saturday Night Live* spielt.
Er saß seit seinem fünfzehnten Lebensjahr, als er wegen ungesetzlicher sexueller Beziehungen zu seiner Cousine verhaftet wurde, in verschiedenen Nervenheilanstalten. Die fragliche Cousine war damals zwei Jahre alt. Er ist selbstverständlich ebenfalls ein Opfer sexuellen Mißbrauchs – sein Vater, sein Stiefvater und seine Stiefmutter waren offenbar allesamt scharf auf ihn. Wie hat man früher gesagt? Die Familie haust zusammen und maust zusammen.
Er wurde wegen sexuellen Mißbrauchs nach Gage Point geschickt – einer

Mischung aus Rehabilitationszentrum und Nervenheilanstalt für Heranwachsende in Hancock County – und vier Jahre später, mit neunzehn, als geheilt entlassen. Das war 1973. Die zweite Hälfte des Jahres 1974 und fast ganz 1975 hat er im AMHI in Augusta verbracht. Das war die Folge von Jouberts Spaß-mit-Tieren-Periode. Ich weiß, ich sollte über so etwas wahrscheinlich keine Witze machen – Du wirst mich für abscheulich halten –, aber ehrlich, ich weiß nicht, was ich sonst machen sollte. Manchmal denke ich mir, wenn ich keine Witze mache, fange ich an zu weinen, und wenn ich anfange zu weinen, kann ich nicht mehr aufhören. Er hat Katzen in Mülltonnen gesteckt und sie dann mit großen Feuerwerkskörpern, die sie ›Kanonenschläge‹ nennen, in Stücke gerissen, das hat er gemacht . . . und ab und zu, wahrscheinlich, wenn er einmal aus der alten Routine ausbrechen mußte, hat er einen kleinen Hund an einen Baum genagelt.
1979 wurde er nach Juniper Hill gebracht, weil er einen sechsjährigen Jungen vergewaltigt und geblendet hatte. Dieses Mal sollte es für immer sein, aber wenn es um Politik und staatliche Institutionen geht – besonders staatliche Institutionen für *Geisteskranke* –, kann man wohl gerechterweise sagen, daß nichts für immer ist. 1984 wurde er aus Juniper Hill entlassen, wieder als ›geheilt‹. Brandon ist der Meinung – wie ich auch –, daß diese zweite Heilung mehr mit Kürzungen des staatlichen Budgets für die Psychiatrie als mit einem Wunder moderner Wissenschaft oder Psychoanalyse zu tun hatte. Wie dem auch sei, Joubert kehrte nach Motton zurück, um bei seiner Stiefmutter und deren Lebensgefährten zu leben, und der Staat vergaß ihn . . . mal abgesehen davon, daß er ihm einen Führerschein gegeben hat. Er machte die Fahrprüfung und bekam einen rechtsgültigen – irgendwie finde ich das von allem am erstaunlichsten –, und irgendwann Ende 1984 oder Anfang 1985 begann er damit seine Rundreise zu den dortigen Friedhöfen.
Er war ein vielbeschäftigter Junge. Im Winter hatte er seine Grüfte und Mausoleen; im Herbst und Frühling brach er in Sommerlager und Ferienhäuser überall im westlichen Maine ein und nahm alles mit, was ihm gefiel – ›meine Sachen‹, Du weißt schon. Offenbar war er ganz vernarrt in gerahmte Fotos. Sie haben vier Kisten auf dem Dachboden des Hauses in der Kingston Road gefunden. Brandon sagt, daß sie immer noch zählen, aber alles in allem werden es wahrscheinlich über siebenhundert sein.
Man kann unmöglich sagen, in welchem Maße ›Daddy-Mommy‹ daran beteiligt waren, bevor Joubert sie alle gemacht hat. Wahrscheinlich in größerem Maße, denn Joubert bemühte sich nicht im geringsten, zu verheimlichen, was er machte. Was die Nachbarn anbelangt, scheinen sie nach dem Motto ›Sie haben ihre Rechnungen bezahlt und sind für sich geblieben. Ging uns nichts an‹ gehandelt zu haben. Dem ist eine grimmige

Art von Perfektion eigen, findest Du nicht auch? Neu-England Gothic aus dem Journal of Aberrant Psychiatry.
Im Keller haben sie einen zweiten, größeren Weidenkorb gefunden. Brandon hat Fotokopien der Polizeifotos dieses speziellen Fundes mitgebracht, wollte sie mir aber anfangs nicht zeigen. Nun ... das ist eigentlich ein bißchen zu milde ausgedrückt. Das war das einzige Mal, daß er der Versuchung erlag, für die alle Männer anfällig zu sein scheinen – Du weißt, welche ich meine; die, John Wayne zu spielen. »Kommen Sie, kleine Lady, sehen Sie einfach so lange in die Wüste, bis wir an allen toten Indianern vorbei sind. Ich sage ihnen, wenn's soweit ist.«
»Ich gebe gerne zu, daß Joubert wahrscheinlich bei Ihnen im Haus war«, sagte er. »Ich müßte ein Vogel Strauß sein und den Kopf in den Sand stekken, wenn ich die Vorstellung nicht zumindest akzeptieren würde; alles paßt zusammen. Aber beantworten Sie mir folgendes: Warum machen Sie weiter damit, Jessie? Was kann es Ihnen nützen?«
Ich wußte nicht, wie ich das beantworten sollte, Ruth, aber eins wußte ich: ich konnte nichts tun, das noch etwas schlimmer machen würde, als es sowieso schon war. Also blieb ich hartnäckig, bis Brandon einsah, daß die kleine Lady nicht wieder in die Postkutsche einsteigen würde, wenn sie nicht einen Blick auf die toten Indianer werfen konnte. Und so bekam ich die Bilder zu sehen. Das, welches ich am längsten ansah, hatte ein Schild mit der Aufschrift STATE POLICE BEWEISSTÜCK 217 in der oberen Ecke. Als ich es ansah, war mir, als würde ich ein Video sehen, das jemand von meinem schlimmsten Alptraum gemacht hatte. Das Foto zeigte einen rechteckigen Weidenkorb, der offen stand, damit der Fotograf den Inhalt aufnehmen konnte, bei dem es sich um Knochen und Juwelen handelte; ein bißchen Tand, einiges Wertvolles, manches aus Sommerhäusern gestohlen und manches zweifellos von den kalten Händen von Leichen in städtischen Kühlhallen gezogen.
Ich betrachtete das Bild, so kalt und nüchtern wie Polizeifotos irgendwie immer sind, und war wieder in dem Haus am See – auf der Stelle, ohne Übergangszeit. Es war keine Erinnerung, verstehst Du das? Ich bin dort, mit Handschellen gefesselt und hilflos, sehe die Schatten über sein Gesicht flimmern und höre mich sagen, daß er mir angst macht. Und dann bückt er sich, um den Korb zu holen, ohne den Blick der fiebrigen Augen je von meinem Gesicht zu nehmen, und ich sehe ihn – ich sehe es –, wie er mit seiner mißgestalteten, ungeschlachten Hand hineingreift, sehe die Hand Knochen und Juwelen umrühren und höre das Geräusch, das sie erzeugen, wie schmutzige Kastagnetten.
Und weißt Du, was mich am allermeisten verfolgt? Ich habe gedacht, er wäre mein Vater, mein *Daddy,* der von den Toten zurückgekommen ist, um

zu machen, was er schon früher machen wollte. »Also gut, mach schon«, habe ich zu ihm gesagt. »Mach schon, versprich mir nur, daß du mich hinterher losmachst. Daß du mich befreist und gehen läßt.«

Ich glaube, das hätte ich auch gesagt, wenn ich gewußt hätte, wer er wirklich war, Ruth. Glaube? Ich *weiß,* daß ich dasselbe gesagt hätte. Begreifst Du das? Ich hätte zugelassen, daß er seinen Schwanz – den Schwanz, den er verwesenden toten Männern in den Mund gesteckt hat – in mich reinschiebt, wenn er mir nur versprochen hätte, daß ich nicht wie ein Hund an Muskelkrämpfen und Spasmen hätte sterben müssen. Wenn er mir nur versprochen hätte, *MICH ZU BEFREIEN.*

Jessie hielt einen Augenblick inne und atmete so schnell und schwer, daß sie fast keuchte. Sie betrachtete die Worte auf dem Bildschirm – das unglaubliche, unaussprechliche Eingeständnis – und verspürte den heftigen Wunsch, sie zu löschen. Nicht, weil sie sich schämte, daß Ruth sie lesen würde; das auch, aber das war nicht das Wesentliche. Sie wollte sich nicht damit *auseinandersetzen,* und wenn sie sie nicht löschte, würde sie genau das tun müssen. Worte haben eine Art, ihre eigenen Zwänge zu schaffen.

Erst wenn du sie aus der Hand gibst, dachte Jessie und streckte den schwarzumhüllten Zeigefinger der rechten Hand aus. Sie berührte die Löschtaste – streichelte sie förmlich –, aber dann zog sie den Finger wieder zurück. Es *stimmte* doch, oder nicht?

»Ja«, sagte sie mit derselben murmelnden Stimme, die sie während ihrer Gefangenschaft so oft benützt hatte – nur sprach sie jetzt nicht mehr mit Goody oder der Fantasie-Ruth; sie hatte wieder zu sich selbst gefunden, ohne dabei ganz um Robin Hoods Scheune herumzugehen. Das war möglicherweise eine Art Fortschritt. »Ja, es stimmt wirklich.«

Es war die Wahrheit und nichts als die Wahrheit, so wahr ihr Gott helfe. Sie würde die Wahrheit nicht mit der Löschtaste ausradieren, so schlimm manche Leute – sie selbst eingeschlossen – diese Wahrheit auch finden mochten. Sie würde sie stehen lassen. Sie beschloß vielleicht doch noch, den Brief nicht abzuschikken (sie wußte nicht, ob es überhaupt fair war, eine Frau, die sie seit Jahren nicht gesehen hatte, mit diesem Wust an Schmerz und Wahnsinn zu belasten), aber löschen würde sie sie nicht. Was bedeutete, es wäre am besten, wenn sie zum Schluß kam, schnellstmöglich, bevor sie der letzte Mut und die letzte Kraft verließen.

Jessie beugte sich nach vorne und fing wieder an zu tippen.

Brandon sagte: »Eins müssen Sie bedenken und akzeptieren, Jessie – es gibt keinen empirischen Beweis. Ja, ich weiß, daß Ihre Ringe fort sind, aber diesbezüglich hätten Sie von Anfang an recht haben können – ein langfingriger Polizist hat sie vielleicht mitgehen lassen.«

»Was ist mit Beweisstück 217?« fragte ich. »Der Weidenkorb.«

Er zuckte die Achseln, und ich erlebte eine plötzliche Erkenntnis, die die Dichter Epiphanien nennen. Er klammerte sich an die Möglichkeit, daß der Weidenkorb nur Zufall gewesen war. Das war nicht leicht, aber leichter, als akzeptieren zu müssen, daß ein Monster wie Joubert tatsächlich das Leben von jemand, den er kennt und achtet, gestreift haben konnte. Was Brandon Milherons Gesicht an dem Tag ausdrückte, war schlicht und einfach: er hatte vor, einen ganzen Stapel Indizienbeweise zu ignorieren und sich statt dessen auf das Fehlen von empirischen Beweisen zu konzentrieren. Er wollte glauben, daß ich mir alles nur eingebildet hatte, daß ich auf den Fall Joubert zurückgegriffen hatte, um eine besonders lebensechte Halluzination zu erklären, die ich hatte, während ich mit Handschellen ans Bett gefesselt war.

Und dieser Einsicht folgte eine zweite auf den Fuß, die noch deutlicher war: daß ich es auch glauben könnte. Ich hätte mich zu der Überzeugung durchringen können, daß ich mich geirrt hatte ... aber hätte ich das gemacht, wäre mein Leben ruiniert gewesen. Die Stimmen wären wiedergekommen – nicht nur Deine oder die von Punkin und Nora Callighan, sondern auch die meiner Mutter und meiner Schwester und meines Bruders und von Kindern an der High-School und Leuten, die ich zehn Minuten im Wartezimmer des Arztes gesehen habe und weiß Gott von wie vielen anderen. Ich glaube, die meisten wären diese furchteinflößenden UFO-Stimmen gewesen.

Das könnte ich nicht ertragen, Ruth, denn in den zwei Monaten nach meiner schweren Zeit am See ist mir vieles eingefallen, das ich jahrelang unterdrückt hatte. Ich glaube, die wichtigste Erinnerung kam mir zwischen der ersten und zweiten Operation an meiner Hand, als ich ›unter Medikamenteneinfluß‹ war (das ist der medizinische Fachausdruck für besinnungslos angetörnt). Die Erinnerung war folgende: In den zwei Jahren zwischen der Sonnenfinsternis und der Geburtstagsparty meines Bruders Will – als er mich beim Krocketspiel gekniffen hat – habe ich diese Stimmen fast unablässig gehört. Vielleicht war es eine versehentliche, unbewußte Art von Therapie, als Will mich gekniffen hat, das wäre, glaube ich, möglich; sagt man nicht, daß unsere Vorfahren das Kochen erfunden haben, indem sie aßen, was nach Waldbränden übrig blieb? Aber falls eine behelfsmäßige Therapie an dem Tag stattgefunden hat, wahrscheinlich nicht, als Will mich gekniffen hatte, sondern als ich mich umdrehte und ihm dafür eine aufs Maul geschlagen habe ... aber heute ist das alles nebensächlich. Wichtig ist, nach dem Tag auf der Veranda habe ich zwei

Jahre lang meinen Kopf mit einem flüsternden Chor von Stimmen geteilt, Dutzenden Stimmen, die ihr Urteil über jede meiner Taten und jedes meiner Worte abgaben. Manche waren gütig und hilfreich, aber die meisten waren Stimmen von ängstlichen Menschen, verwirrten Menschen, die dachten, Jessie wäre ein wertloser Klotz am Bein, der alles Schlechte verdiente, was ihm widerfuhr, und für alles Gute doppelt bezahlen mußte. Ich hörte diese Stimmen zwei Jahre lang, Ruth, und als sie aufhörten, habe ich sie vergessen. Nicht nach und nach, sondern auf einmal.
Wie konnte so etwas passieren? Ich weiß nicht, und es ist mir offen gestanden auch ziemlich egal. Das wäre es nicht, wenn dadurch alles nur noch schlimmer geworden wäre, aber das ist es nicht – ganz im Gegenteil, alles hat sich geradezu unvorstellbar verbessert. Ich habe die zwei Jahre zwischen der Sonnenfinsternis und der Geburtstagsparty in einer Art Zwischenreich verbracht, wo mein Verstand in eine Menge brabbelnder Bruchstücke zerschellt war, und die wahre Epiphanie war diese: Wenn ich dem netten, gütigen Brandon Milheron seinen Willen gelassen hätte, wäre ich genau da gewesen, wo ich angefangen hatte – Richtung Irrenhaus Road über den Schizophrenie-Boulevard. Und dieses Mal wäre kein kleiner Bruder parat gewesen, der eine krude Psychotherapie herbeiführen konnte; dieses Mal mußte ich es selbst machen, wie ich mich auch allein aus Geralds Handschellen befreien mußte.
Brandon beobachtete mich und versuchte die Wirkung seiner Worte abzuschätzen. Es muß ihm nicht gelungen sein, weil er es noch einmal sagte, dieses Mal etwas anders. »Sie dürfen nicht vergessen, wie es auch aussehen mag, Sie könnten sich geirrt haben. Und ich glaube, Sie müssen sich damit abfinden, daß Sie es so oder so nie mit Sicherheit wissen werden.«
»Nein, das muß ich nicht.«
Er zog die Brauen hoch.
»Es besteht immer noch eine ausgezeichnete Chance, daß ich es mit Sicherheit herausfinde. Und Sie werden mir dabei helfen, Brandon.«
Er wollte wieder dieses alles andere als angenehme Lächeln aufsetzen, von dem er, jede Wette, nicht einmal weiß, daß es zu seinem Repertoire gehört, das, das sagen soll, man kann nicht mit ihnen leben, aber man kann sie auch nicht erschießen. »Ach? Und wie werde ich das machen?«
»Indem Sie mich zu Joubert bringen«, sagte ich.
»O nein«, sagte er. »Das werde ich auf gar keinen Fall machen – das *kann* ich nicht machen, Jessie.«
Ich will Dir das stundenlange Hin und Her ersparen, das darauf folgte, ein Gespräch, das an einem Punkt sogar zu so profunden intellektuellen Bemerkungen wie »Sie sind verrückt, Jess« und »Schreiben Sie mir nicht vor, wie ich mein Leben zu leben habe, Brandon« degenerierte. Ich überlegte

mir, ob ich den Morgenstern der Presse vor ihm schwingen sollte – das hätte ihn mit ziemlicher Sicherheit gefügig gemacht –, aber letztendlich war es gar nicht nötig. Ich mußte nur weinen. In gewisser Weise komme ich mir ungeheuer verdorben vor, jetzt, wo ich das schreibe, aber andererseits auch wieder nicht; in gewisser Weise erkenne ich darin eines von vielen Symptomen dessen, was bei diesem speziellen Square Dance zwischen Buben und Mädchen nicht stimmt. Weißt Du, er hat nicht richtig geglaubt, daß es mein Ernst ist, bis ich angefangen habe zu weinen.

Langer Rede kurzer Sinn, er ging zum Telefon, erledigte vier rasche Anrufe und kam mit der Neuigkeit zurück, daß Joubert am nächsten Tag wegen einiger kleinerer Vergehen – hauptsächlich Diebstahl – im Bezirksgericht von Cumberland County angeklagt werden würde. Er sagte, wenn es wirklich mein Ernst wäre – und wenn ich einen Hut mit Schleier besitzen würde –, könnte er mich zur Verhandlung mitnehmen. Ich stimmte sofort zu, und obwohl Brandons Gesicht sagte, daß er seiner Meinung nach einen der größten Fehler seines Lebens machte, hielt er Wort.

Jessie machte wieder eine Pause, und als sie weitertippte, tippte sie langsam und sah durch den Bildschirm ins Gestern, als die zwölf Zentimeter Schnee der vergangenen Nacht nur eine fahlweiße Bedrohung am Himmel gewesen waren. Sie sah blaue Blinklichter vorne auf der Straße und spürte, wie Brandons blauer Beamer abbremste.

Wir kamen zu spät zur Verhandlung, weil ein umgestürzter Lastwagen auf der I-295 lag – das ist die Stadtumgehung. Brandon hat es nicht ausgesprochen, aber ich weiß, er hat gehofft, wir würden völlig zu spät kommen, sie hätten Joubert schon wieder in seine Zelle am Ende des Hochsicherheitstrakts im County-Gefängnis gebracht, aber der Wachmann am Gerichtstor sagte, die Verhandlung wäre noch im Gange, würde sich aber dem Ende nähern. Als Brandon mir die Tür aufhielt, beugte er sich dicht an mein Ohr und flüsterte: »Machen Sie den Schleier runter, Jessie, und lassen Sie ihn unten.« Ich zog ihn herunter, worauf Brandon mir eine Hand um die Taille legte und mich hineinführte. Der Gerichtssaal ...

Jessie hielt inne und sah mit großen und grauen und leeren Augen in den dämmerigen Nachmittag hinaus.

Sie erinnerte sich.

38

Der Gerichtssaal wird von hängenden Milchglaskugeln erhellt, die Jessie mit den Five-and-Dime-Geschäften ihrer Kindheit assoziiert, und er ist so verschlafen wie ein Grundschulklassenzimmer am Ende eines Wintertags. Während sie den Mittelgang entlanggeht, nimmt sie zweierlei Empfindungen wahr – Brandons Hand, die immer noch auf der Krümmung ihrer Taille liegt, und der Schleier, der ihre Wangen kitzelt wie Spinnweben. Diese beiden Empfindungen zusammengenommen bewirken, daß sie sich auf seltsame Weise wie eine Braut vorkommt.

Zwei Anwälte stehen vor dem Pult des Richters. Der Richter beugt sich nach vorne und sieht in ihre Gesichter, alle drei sind in eine gemurmelte Unterhaltung vertieft. Für Jessie sehen sie wie Nachbildungen einer Skizze von Boz aus einem Roman von Charles Dickens aus. Der Gerichtsdiener steht links, neben der amerikanischen Flagge. Neben ihm liest die Stenographin *The Kitchen God's Wife*, während sie darauf wartet, daß die momentane rechtliche Diskussion zu Ende geht. An einem langen Tisch auf der anderen Seite der Kordel, die den Saal in den Bereich für die Zuschauer und den für die Kontrahenten unterteilt, sitzt eine hagere, unglaublich große Gestalt im grell orangefarbenen Gefängnisoverall. Daneben sitzt ein Mann im Anzug, sicher ein weiterer Anwalt. Der Mann im orangefarbenen Overall bückt sich über einen Block gelben Kanzleipapiers und schreibt offenbar etwas.

Jessie spürt eine Million Meilen entfernt, wie sich Brandons Hand fester um ihre Taille legt. »Das ist nahe genug«, murmelt er.

Sie rückt von ihm ab. Er irrt sich; es ist *nicht* nahe genug. Brandon hat nicht die leiseste Ahnung, was sie denkt oder fühlt, aber das macht nichts; sie selbst weiß es. Im Augenblick sind ihre sämtlichen Stimmen zu einer einzigen Stimme geworden; sie sonnt sich in dieser unerwarteten Einigkeit und weiß genau: Wenn sie jetzt nicht näher zu ihm geht, wenn sie nicht so nahe sie kann zu ihm geht, wird er niemals weit genug entfernt sein. Er wird immer im Schrank lauern, vor dem Fenster oder um Mitternacht unter dem Bett, wo er sein teigiges, runzliges Grinsen grinsen wird – bei dem man die Goldzähne weit hinten im Mund funkeln sieht.

Sie geht rasch den Gang entlang zur Kordel, während der Gazestoff des Schleiers ihre Wangen wie winzige, besorgte Finger berührt. Sie kann Brandon unglücklich murren hören, aber das ist mindestens zehn Lichtjahre entfernt. Näher (aber immer noch auf dem nächsten Kontinent) murmelt einer der Anwälte vor dem Richterpult: » . . . Eindruck, daß der Staat in dieser Frage unnachgiebig war, Euer Ehren, und wenn Sie unsere Präzedenzfälle studieren – besonders Castonguay vs. Hollis . . .«

Noch näher sieht der Gerichtsdiener zu ihr auf, ist einen Moment argwöhnisch, entspannt sich aber, als Jessie den Schleier hebt und ihm zulächelt. Der Gerichtsdiener sieht ihr unverwandt in die Augen, während er gleichzeitig mit dem Daumen in Jouberts Richtung deutet und unmerklich den Kopf schüttelt, eine Geste, die sie in ihrem Zustand gesteigerter Emotionen und Wahrnehmungen mühelos lesen kann wie eine Schlagzeile der Regenbogenpresse: *Halten Sie sich vom Tiger fern, Ma'am. Kommen Sie nicht in Reichweite seiner Krallen.* Dann entspannt er sich noch mehr, als er sieht, wie Brandon an ihre Seite kommt, der perfekte edle Ritter, wenn es je einen gab, aber er hört eindeutig nicht Brandons leises Knurren: »Machen Sie den Schleier runter, Jessie, verdammt, sonst mach ich es!«

Sie weigert sich nicht nur, zu tun, was er sagt, sie weigert sich, auch nur in seine Richtung zu sehen. Sie weiß, daß er eine leere Drohung ausgesprochen hat – er wird in diesen heiligen Hallen keine Szene machen und ziemlich alles tun, damit er nicht in eine verwickelt wird –, aber selbst wenn es nicht so wäre, würde es keine Rolle spielen. Sie mag Brandon aufrichtig, aber die Zeiten, als sie etwas gemacht hat, nur weil ein Mann es ihr gesagt hat, sind endgültig vorbei. Sie bekommt nur am Rande mit, daß Brandon ihr etwas zuzischt, daß der Richter immer noch mit dem Verteidiger und dem Staatsanwalt beratschlagt, daß der Gerichtsdiener wieder in sein Halbkoma gesunken ist, daß die Stenotypistin langsam und mit verträumtem Gesicht eine Seite umblättert. Jessies eigenes Gesicht ist zu dem freundlichen Lächeln gefroren, mit dem sie den Gerichtsdiener entwaffnet hat, aber ihr Herz schlägt heftig. Sie ist jetzt noch zwei Schritte von der Kordel entfernt – zwei *kurze* Schritte – und kann sehen, daß sie sich geirrt hat. Joubert schreibt doch nicht. Er zeichnet. Das Bild eines Mannes mit erigiertem Penis, der etwa so groß wie ein Baseballschläger ist. Der Mann auf dem Bild hat den Kopf gesenkt und übt an sich selbst Fellatio aus. Sie kann das Bild vollkommen deutlich sehen, aber vom Künstler selbst immer noch nur ein blasses Scheibchen Wange und die dunklen Haarsträhnen, die davor baumeln.

»Jessie, Sie können nicht . . .« beginnt Brandon und hält sie am Arm fest.

Sie reißt sich los, ohne sich umzudrehen; ihre ganze Aufmerksamkeit ist jetzt auf Joubert gerichtet. »He!« sagt sie mit einem Bühnenflüstern zu ihm. »He, du!«

Nichts, jedenfalls noch nicht. Ein Gefühl des Unwirklichen überkommt sie. Kann sie es sein, die das macht? Kann sie es wirklich sein? Und was das betrifft, *macht* sie es überhaupt? Niemand scheint sie zu bemerken, gar niemand.

»He! Arschloch!« Lauter, wütend – immer noch ein Flüstern, aber gerade noch. »*Pssst! Pssst!* He, ich spreche mit dir!«

Jetzt sieht der Richter stirnrunzelnd auf, also nimmt scheinbar wenigstens einer sie zur Kenntnis. Brandon stößt ein verzweifeltes Stöhnen aus und legt ihr eine Hand auf die Schulter. Hätte er versucht, sie in den Gang zurückzuziehen, hätte sie sich von ihm losgerissen und dabei wahrscheinlich das Oberteil ihres Kleids aufgerissen; und vielleicht weiß Brandon das, denn er zwingt sie nur, sich auf die leere Bank gleich hinter dem Tisch der Verteidigung zu setzen (alle Bänke sind leer; technisch gesehen ist es eine nichtöffentliche Verhandlung), und in diesem Augenblick dreht sich Raymond Andrew Joubert schließlich herum.

Sein groteskes Asteroidengesicht mit den aufgedunsenen, schmollenden Lippen, der schmalen Nase und der gewölbten Glühbirnenstirn ist vollkommen ausdruckslos, völlig ohne Neugier . . . aber es *ist* das Gesicht, das weiß sie sofort, und das übermächtige Gefühl, das sie empfindet, ist weitgehend kein Schrekken. Weitgehend ist es Erleichterung.

Dann strahlt Jouberts Gesicht mit einem Mal. Seine eingefallenen Wangen bekommen Farbe, wie ein Ausschlag sieht es aus, und in die rotgeränderten Augen tritt das tückische Funkeln, das sie schon einmal gesehen hat. Sie betrachten sie jetzt, wie sie sie am Kashwakamak Lake betrachtet haben, mit der gebannten Faszination des unrettbar Geistesgestörten, und sie ist starr und hypnotisiert von dem gräßlichen Wiedererkennen, das sie in seinen Augen sieht.

»Mr. Milheron?« fragt der Richter schneidend aus einem anderen Universum. »Mr. Milheron, können Sie mir sagen, was Sie da machen und wer diese Frau ist?«

Raymond Andrew Joubert ist fort; dies ist der Space Cowboy, das Gespenst der Liebe. Die unproportionalen Lippen bewegen sich wieder und entblößen die Zähne – die fleckigen, unschönen und rein funktionellen Zähne eines wilden Tiers. Weit hinten in der Mundhöhle sieht sie Gold schimmern wie Katzenaugen. Und langsam, o so langsam erwacht der Alptraum zum Leben und bewegt sich; der Alptraum hebt langsam die mißgebildeten langen Arme.

»Mr. Milheron, ich möchte, daß Sie und Ihr ungebetener Gast unverzüglich zum Richterpult kommen!«

Der Gerichtsdiener, den der schneidende Tonfall aufschreckt, erwacht zuckend aus seinem Dösen. Die Stenographin schlägt das Buch zu, ohne das Buchzeichen hineinzustecken, und sieht sich um. Jessie glaubt, daß Brandon ihren Arm ergreift, um sie zu zwingen, der Aufforderung des Richters Folge zu leisten, aber sie kann es nicht mit Sicherheit sagen, und es spielt auch keine Rolle, weil sie sich nicht bewegen kann; sie könnte ebensogut bis zur Hüfte einbetoniert sein. Selbstverständlich herrscht wieder die Sonnenfinsternis; die totale, endgültige Sonnenfinsternis. Nach all den Jahren leuchten die Sterne wieder bei Tage. Sie leuchten in ihrem Kopf.

Sie sitzt da und sieht zu, wie die grinsende Kreatur im orangefarbenen Overall die ungeschlachten Arme hebt, ohne den Blick der rotumränderten Augen von ihr zu lassen. Es hebt die Arme, bis die Hände etwa dreißig Zentimeter von jedem Ohr entfernt in der Luft verharren. Die Nachahmung ist täuschend echt: sie kann fast die Bettpfosten sehen, als das Ding im orangefarbenen Overall zuerst die großen, langfingrigen Hände dreht . . . und sie dann hin und her schüttelt, als würden sie von Fesseln gehalten, die nur er selbst und die Frau mit dem zurückgeschlagenen Schleier sehen können. Die Stimme, die aus dem grinsenden Mund ertönt, ist ein bizarrer Kontrast zum grotesk unförmigen Gesicht; es ist eine greinende, schrille Stimme, die Stimme eines geisteskranken Kindes.

»Ich glaube nicht, daß du da bist!« flötet Raymond Andrew Joubert mit seiner kindlichen, bebenden Stimme. Sie schneidet wie ein scharfes Messer durch die abgestandene, überhitzte Luft des Gerichtssaals. »Du bestehst nur aus Mondlicht!«

Und dann fängt es an zu lachen. Es schüttelt die gräßlichen Hände in Handschellen hin und her, die nur sie beide sehen können, und es lacht . . . lacht . . . lacht.

39

Jetzt griff Jessie nach ihren Zigaretten, stieß sie aber nur allesamt auf den Boden. Sie wandte sich wieder der Tastatur und dem Bildschirm zu, ohne sich die Mühe zu machen, sie aufzuheben.

Ich habe gespürt, wie ich den Verstand verlor, Ruth – und ich meine, daß ich es wirklich gespürt habe. Dann hörte ich eine Stimme in mir. Punkin, glaube ich; Punkin, die mir gezeigt hat, wie ich mich aus den Handschellen befreien konnte, und mich antrieb, als Goody aufgeben wollte – Goody mit ihrer Wunschbildversion von Logik. Punkin, Gott schütze sie.

»Gib ihm diese Befriedigung nicht, Jessie!« sagte sie. »Und laß dich nicht von Brandon fortschaffen, bevor du getan hast, was du tun mußt!«

Und das versuchte er. Er hatte mir beide Hände auf die Schultern gelegt und zerrte an mir, als wäre ich ein Seil beim Tauziehen, und der Richter klopfte mit seinem Hammer, und der Gerichtsdiener kam herübergerannt, und ich wußte, mir blieb nur noch eine Sekunde, etwas zu machen, das Bedeutung haben würde, das etwas ändern würde, das mir zeigen würde, daß keine Sonnenfinsternis ewig dauert, und so habe ich ...

Und so hatte sie sich nach vorne gebeugt und ihm ins Gesicht gespuckt.

40

Jetzt lehnte sie sich plötzlich auf dem Bürostuhl zurück, schlug die Hände vor die Augen und fing an zu weinen. Sie weinte fast zehn Minuten – ein heftiges, lautstarkes Schluchzen in dem verlassenen Haus –, dann tippte sie weiter. Ab und zu hielt sie inne und strich mit dem Arm über die tränenden Augen, damit sie deutlicher sehen konnte. Nach einer Weile überwand sie die Tränen.

... habe ich ihm ins Gesicht gespuckt, aber es war nicht nur Spucke; ich habe ihn mit einem richtig schönen Klumpen Rotz getroffen. Ich glaube nicht, daß er es überhaupt gemerkt hat, aber das macht nichts. Schließlich habe ich es nicht für ihn getan, oder?

Ich muß ein Bußgeld für das Privileg bezahlen, und Brandon sagt, daß es wahrscheinlich ein gehöriges sein wird, aber Brandon selbst ist nur mit einem leichten Verweis davongekommen, und das ist mir momentan wichtiger als jedes Bußgeld, weil ich ihm buchstäblich das Messer auf die Brust gesetzt und ihn gezwungen habe, zu der Verhandlung zu gehen.

Und ich denke, das ist das Ende. Schluß und vorbei. Ich glaube, ich werde den Brief tatsächlich abschicken, Ruth, und dann werde ich die nächsten zwei Wochen schwitzend auf Deine Antwort warten. Ich habe Dich vor vielen Jahren schlecht behandelt, was zwar nicht ausschließlich meine Schuld war – mir ist erst in letzter Zeit klar geworden, wie oft und wie sehr wir uns von anderen beeinflussen lassen, selbst wenn wir uns mit unserer Selbständigkeit und Unabhängigkeit brüsten –, aber ich möchte mich dennoch dafür entschuldigen. Und ich will Dir noch etwas sagen, etwas, das ich nur langsam selbst einsehe: Ich werde wieder in Ordnung kommen. Nicht heute, nicht morgen und nicht nächste Woche, aber mit der Zeit. So in Ordnung, wie wir Sterblichen nur sein können. Es ist schön, das zu wissen – schön zu wissen, daß Überleben doch eine Möglichkeit ist, und daß das Leben manchmal auch schön sein kann. Daß es manchmal ein Sieg ist, wenn man überlebt.

Ich liebe Dich von ganzem Herzen, teuerste Ruth. Du und Deine harten Worte haben mir letzten Oktober mit das Leben gerettet, auch wenn Du es nicht gewußt hast. Ich liebe Dich so sehr.

Deine alte Freundin

Jessie

PS: Bitte schreib mir. Noch besser, ruf ... an ... bitte? J.

Zehn Minuten später legte sie den ausgedruckten und in einen großen Umschlag gesteckten Brief (für ein normales Couvert war er zu dick gewesen) auf den Tisch in der Diele. Sie hatte Ruths Adresse von Sue Clarendon bekommen – *eine* Adresse jedenfalls – und diese mit den gründlichen, krakeligen Buchstaben, die sie mit der linken Hand zustande brachte, auf den Umschlag geschrieben. Daneben legte sie einen Zettel mit derselben krakeligen Handschrift.

Meggie: Bitte bringen Sie den zur Post. Wenn ich nach unten rufe, Sie sollen ihn nicht abschicken, sagen Sie ja und schicken ihn trotzdem.

Sie ging zum Fenster im Salon und sah eine Weile hinaus, bevor sie nach oben ging – auf die Bucht. Es wurde allmählich dunkel. Zum erstenmal seit langem erfüllte sie diese schlichte Erkenntnis nicht mit Grauen.

»Ach, scheiß drauf«, sagte sie in das verlassene Haus. »Soll die Nacht doch kommen.« Dann drehte sie sich langsam um und ging die Treppe zum ersten Stock hinauf.

Als Megan Landis eine Stunde später von ihren Besorgungen zurückkam und den Brief auf dem Tisch in der Diele sah, schlief Jessie schon tief und fest unter zwei Daunendecken im Gästezimmer, das sie jetzt als ihr Zimmer betrachtete. Zum erstenmal seit Monaten waren ihre Träume nicht unangenehm, und ein unmerkliches Katzenlächeln krümmte ihre Mundwinkel. Als der kalte Februarwind unter den Erkern wehte und im Kamin heulte, nestelte sie sich tiefer in die Decken ... aber das unmerkliche, listige Lächeln verschwand nicht.

16. November 1991
Bangor, Maine